OP DE VLUCHT

Van Karen Rose verschenen bij De Fontein:

Sterf voor mij (2008)
Schreeuw voor mij (2009)
Moord voor mij (2010)
De dood in haar ogen (2011)
De mond gesnoerd (2012)
Van mij alleen (2013)
In vertrouwen (2014)
Heb je me gemist? (2014)
Wreed weerzien (2014)
Over de schreef (2015)
Op de hielen (2015)
Niemand zeggen (2016)
In de val (2016)
In het donker (2017)
In het vizier (2017)
Op het spel (2018)
Niets te vrezen (2018)
Het kwaad in jou (2019)
Nergens veilig (2019)
De duistere kant (2020)
Tel tot tien (2020)
In alle onschuld (2021)
Op de vlucht (2021)

Karen ROSE

Op de vlucht

De Fontein

Eerste druk oktober 2021

Oorspronkelijke titel *Say You're Sorry*
Oorspronkelijke uitgever BERKLEY, an imprint of Penguin Random House LLC

Vertaling Hans Verbeek
Omslagontwerp Studio Jan de Boer
Omslagillustratie © Nilfur Barin / Arcangel
Opmaak binnenwerk Text & Image, Assen
ISBN 978 90 261 5083 8
ISBN e-book 978 90 261 5084 5
ISBN luisterboek 978 90 261 5802 5
NUR 332

www.uitgeverijdefontein.nl

Uitgeverij De Fontein vindt het belangrijk om op milieuvriendelijke en verantwoorde wijze met natuurlijke bronnen om te gaan. Bij de productie van het papieren boek van deze titel is daarom gebruikgemaakt van papier waarvan het zeker is dat de productie niet tot bosvernietiging heeft geleid.

Voor mijn buitengewone redactrice, Claire Zion, bij het begin van een nieuwe serie met dit boek, ons tiende samen. Je maakt mijn boeken beter met je opmerkzame blik, je scherpe logica en je grootmoedigheid. Je vriendschap is een eer voor me. Dank je.

Voor Martin. Ik hou altijd van je.
Dank je voor zesendertig prachtige jaren.

Proloog

Sacramento, Californië, zaterdag 10 december, 23.15 uur

Mooi. Ze begon wakker te worden. *Dat heeft lang genoeg geduurd.*

Hij nam een haal van zijn sigaret en blies de rook in haar gezicht. Dat had een hoestbui tot gevolg en tegen de tijd dat ze was gekalmeerd waren haar donkere ogen geopend en keek ze naar hem op.

Ze was bang. Dat vond hij fijn. Hij keek glimlachend op haar neer. Ze waren altijd bang en dat vond hij altijd fijn.

Hij leunde achterover in zijn stoel en keek toe terwijl ze met haar boeien worstelde. Dat deden ze ook altijd. Maar ze kwamen nooit los. Hij kon heel goed knopen leggen. Dat was een van zijn grootste talenten.

Hij wachtte tot ze het had opgegeven, tot haar blik op zijn gezicht bleef rusten en de herkenning begon te dagen. 'Jij,' fluisterde ze. 'Van het wegrestaurant.'

'Ja,' stemde hij in. Van het verlopen wegrestaurant aan de rand van Portland. Haar naar zijn huis brengen was een lastige klus geweest. Ze nam zo veel meer ruimte in beslag dan hij had gedacht. Ze was voluptueuzer dan de meeste van de gasten die hij mee naar huis nam. Dat zou een aardige verandering zijn.

Ze rukte weer aan haar boeien, niet meer dan een symbolisch gebaar. Haar lippen trilden. 'Waar zijn mijn kleren?'

'Verbrand.'

'Waarom?'

Hij ging staan en trok langzaam aan zijn stropdas, zich bewust van het feit dat ze elke beweging van hem volgde. 'Omdat je ze niet meer nodig zult hebben.'

Ze schudde haar hoofd, terecht ongerust. 'Waarom doe je dit?'

Hij knoopte zijn overhemd los terwijl haar blik door het vertrek schoot, op zoek naar hulp. Op zoek naar ontsnapping. Die zou er niet komen. Hij pakte haar hand die hij aan het hoofdeinde had vastgebonden en ging met zijn duim over haar linkerringvinger. Hij volgde de moet die alles was wat nog herinnerde aan haar trouwgeloften.

'Weet hij dat je weg bent?' vroeg hij zacht.

Haar ogen schoten naar haar ringvinger en ze probeerde haar hand weg te trekken, maar dat ging uiteraard niet. Ze knikte langzaam.

'Heeft hij je laten gaan?'

Opnieuw een knik, maar haar ogen keken weg. Hij kneep hard genoeg in haar hand om haar even naar adem te doen snakken. 'Niet tegen me líégen, Miriam.'

Hij was verrast toen haar ogen plotseling fonkelden van woede. 'Zo heet ik niet,' bracht ze uit. 'Ik heet Eileen.'

'Volgens het medaillon is het Miriam.' Hij hield het hartvormige zilveren sieraad omhoog, liet het tussen hen in bungelen en keek hoe het glansde in het zachte licht van het bedlampje. Hij liet het heen en weer zwaaien, als het horloge van een hypnotiseur. 'Heb je het gestolen?'

Ze slikte moeizaam, even gefascineerd door het heen en weer zwaaiende medaillon. Toen verstrakte haar gezicht. 'Nee.'

'In dat geval, als het van jou is, dan ben jij Miriam.'

Ze sloot haar ogen. 'Nee, zo heet ik niet.'

Het deed er op dat moment niet echt toe, maar haar kleine vertoon van woede intrigeerde hem. 'Wie is Miriam dan?'

Er biggelde een traan over haar wang. 'Dat is wie ik vroeger was.'

'Aha. Dus je echtgenoot is op zoek naar Miriam. Niet naar Eileen.'

Ze perste haar lippen op elkaar, waarmee ze hem het antwoord op zijn vraag gaf.

Mooi. Hij had er zich niet vreselijk druk om gemaakt of iemand haar zou opsporen. De vrouw maakte een eenzame, opgejaagde indruk, alsof ze altijd achteromkeek. Alsof ze zich verstopte. Dat kwam hem prima uit.

Hij ging met zijn duim over het medaillon, voelde de randjes van het gegraveerde *Miriam* op de achterkant en ging toen over het symbool aan de voorkant. 'Een olijfboom, twee knielende kinderen, allemaal beschermd door deze prachtige uitgestrekte engelenvleugels.' Ze kromp ineen bij het woord 'beschermd'. Als het een talisman was, dan was het een knap waardeloze. Het had haar zeker niet beschermd. 'Wat wil het zeggen?'

Opnieuw verstrakte haar gezicht en ze wendde haar blik af. Hij pakte haar kin beet en rukte haar hoofd terug. 'Negeer me niet,' waarschuwde hij.

Ze kneep haar ogen stijf dicht, dus bedekte hij haar mond en kneep haar neus dicht. 'Kijk naar me,' snauwde hij. Alle fascinatie voor haar was verdwenen. Hij was weer kwaad, en zo hoorde het ook te zijn. Haar ogen schoten open, doodsbang, en ze begon te worstelen om zich te bevrijden. Hij haalde haar hand weg en liet haar ademhalen. Hij glimlachte bij haar wanhopige snakken naar lucht.

Hij pakte opnieuw haar kin, veel harder dit keer. 'Zeg dat het je spijt, Miriam.' Hij schudde haar hard. 'Zeg sorry.'

Ze hield koppig haar lippen op elkaar.

Zijn mondhoeken krulden. Uitstekend. Hij zou haar dwingen het te zeggen voor hij klaar was en hij zou van elk moment van die inspanning genieten. Want vroeg of laat zeiden ze het altijd.

Meestal terwijl ze hem smeekten hen te laten sterven.

1

Sacramento, donderdag 16 februari, 20.15 uur

'Daisy?'

Daisy Dawson schrok toen Trish haar met haar vinger in de bovenarm prikte. 'Wat?' vroeg ze, terwijl ze heel goed wist dat ze was afgeleid. Ze richtte haar aandacht weer op haar vriendin, die met een bezorgde uitdrukking op haar gezicht midden op het trottoir was blijven staan. 'Sorry. Wat zei je?'

Trish fronste haar voorhoofd. 'Wat is er vanavond met je aan de hand? Je bent gespannen. Is dat vanwege Gus? Moet ik Rosemary bellen?'

Daisy rolde met haar schouders in een poging de spanning in haar spieren te verminderen. Het ontspande haar net zomin als het de kriebel in haar nek wegnam. Want iemand hield haar in de gaten. Volgde haar.

Weer. *Hartelijk bedankt dat je je aan je woord houdt, papa*, dacht ze bitter. Ze leefde in de veronderstelling dat ze een afspraak hadden. Ze had gedacht dat hij haar vertrouwde. Ze had het bij het verkeerde eind. *Weer.* Ze wilde schreeuwen, tekeergaan. Ze wilde hem nu, op dit moment, bellen en tegen hem zeggen dat hij zich verdomme niet met haar leven moest bemoeien.

Haar boosheid zakte toen een ruwe, natte tong aan haar vingers likte. Ze stak afwezig haar hand in de hondentas die kruiselings als een draagdoek voor haar lichaam hing en krabde achter de enorme, vleugelachtige oren van Brutus. 'Stil maar, meisje,' zei ze zacht en de hond werd onmiddellijk rustig. 'Het is goed.' *Het gaat goed met mij.* Wat niet helemaal waar was, niet dat Brutus haar zou geloven trouwens.

Het hondje voelde het wanneer ze doordraaide, wist wanneer ze op het randje balanceerde en deed dan waarvoor het was getraind –

Daisy afleiden voor het doordraaien uitmondde in een totale zenuwinzinking. Ze haalde diep adem en produceerde omwille van Trish een gespannen glimlach. 'Nee, laat Rosemary gewoon naar huis gaan naar haar gezin. Dat heeft ze verdiend.'

Want die avond was voor hen allemaal zwaar geweest, speciaal voor Rosemary.

Trish kreeg opnieuw tranen in haar ogen en ze probeerde niet die te verbergen. Ze waren maar met z'n tweeën en Trish wist dat ze tegenover Daisy niet hoefde te doen alsof. 'Arme Gus.'

'Ja.' Daisy liet één hand op Brutus liggen en hief de andere om de tranen van het gezicht van Trish te vegen. 'Ik denk dat hij het verlies van zijn vrouw gewoon niet aankon.'

'Misschien wilde hij dat ook niet,' fluisterde Trish.

'Ik weet het niet. Misschien heb je gelijk.' Het enige wat Daisy wel wist, was dat de dood van de man door alcoholvergiftiging hard was aangekomen bij Rosemary. Hun begeleider zo in tranen te zien toen ze hun vertelde van het overlijden van Gus had Daisy geschokt en haar een hulpeloos gevoel gegeven. Daisy haatte het om zich hulpeloos te voelen.

Trish beet op haar lip. 'Hij was vijftien jaar nuchter, DD. Vijftien jaar. Hij was nota bene begeleider. Hij was Rosemary's begeleider. Hoe kunnen *wíj* dan verwachten dat –'

Daisy legde haar het zwijgen op door een vinger tegen Trish' mond te leggen. 'Hou op. Je mag jezelf niet vergelijken met Gus of met iemand anders. Hij had verdriet. Zijn vrouw was dood. Ze waren vijftig jaar getrouwd. Je zei het net zelf – misschien wilde hij wel dood. Misschien was dit gewoon zijn manier.'

Trish knikte beverig. 'Ik weet het.' Ze rechtte haar rug en veegde met haar mouw langs haar ogen. 'Je hebt gelijk.'

Daisy sloeg een arm om haar heen. 'Ik heb meestal gelijk.'

Trish snoof. 'Dat zou je wel willen.'

Daisy lachte. 'Als ik zei dat we toe zijn aan een hot fudge sundae met extra nootjes, zou ik dan gelijk hebben?'

'Ja, maar dat stond al vast. We nemen altijd een sundae na een bijeenkomst.'

Daisy haakte haar arm in die van Trish en ze begonnen in de richting van het tentje te lopen waar hun sundaes op hen wachtten. 'Wat zei je eerder ook alweer?'

'O. Ik wilde weten of je dit weekend nog vrijwilliger bent bij de dierenwinkel.'

'Jazeker.' Daisy keek glimlachend op naar Trish, die bijna vijftien centimeter langer was. 'Wil je vrijwilligerswerk doen of wil je adopteren?'

'Adopteren?' Trish zei het meer als een vraag. 'Ik zat aan een kat te denken. Iets om bij thuis te komen, maar niet iets wat ik moet uitlaten. Niet met mijn belachelijke werktijden.'

'Ik vind dat een geweldig idee. Dat vindt Brutus ook, hè, meisje?' Brutus stak haar kop uit de draagtas die ook dienstdeed als Daisy's handtas. Haar tong hing op een allerliefste manier uit haar bek. 'Zie je wel? Ze zegt ja.'

Trish lachte. 'Natuurlijk zegt ze ja. Maar ze is bevooroordeeld. Ze komt zelf uit het asiel. Je hebt echt mazzel gehad dat je een chionpup hebt gevonden in het asiel. Ze ís toch een chion, hè? Ik heb een kruising tussen een papillon en een chihuahua opgezocht. In het artikel werden ze zo genoemd.'

'Sommige mensen noemen ze papihuahua's,' zei Daisy. Maar wat voor ras Brutus ook was, ze was perfect en noodzakelijk. 'Mijn vader heeft haar gevonden toen ik in het afkickcentrum zat. Een van de therapeuten had een hulphond die hem hielp zijn angsten onder controle te houden en dat hielp hem weer om van de drank af te blijven. Papa ging op zoek naar een hond die getraind kon worden om hetzelfde voor mij te doen zodra ik daar weg mocht. Ze was de kleinste van het nest. Dat is de reden dat ik haar Brutus heb genoemd. Ze was zo klein dat ik vond dat ze alle hulp kon gebruiken die ze maar kon krijgen.'

'Ik vroeg me al af waarom ze zo heet. Al lijkt ze meer op Gizmo, vind ik.'

Daisy lachte. Met haar grote vleermuisoren leek Brutus inderdaad op het wezentje uit *Gremlins*. 'Dat doet ze zeker. Dat wil zeggen, voordat de gremlins kwaadaardig werden. Mijn zus Julie stelde voor haar Gizmo te noemen toen mijn vader met haar thuiskwam.'

'Als ik een hondje vond dat zo klein en zo lief was, dan zou ik nog eens na moeten denken over een kat, maar ik kan een hond niet meenemen naar mijn werk.'

'Nou, niet waar je nu werkt, nee. En daar moet verandering in komen,' zei Daisy vastbesloten. 'Ik zou niet in een bar kunnen werken. Het is niet eerlijk tegenover jezelf, Trish.'

'Ik weet het. Ik ben op zoek. Ik heb overal sollicitaties lopen. Maar het gaat er niet alleen om dat er overal drank is. Het gaat ook om die zatte, grijpgrage eikels die niet weten wat nee betekent. Ik heb echt de pest aan die gasten.'

Daisy fronste haar voorhoofd. 'Valt iemand je lastig?'

'Niet echt. Er was vandaag een vent die... ruzie zocht. Hij wilde gewoon niet luisteren. Ik hield op met aardig doen toen hij "per ongeluk" met zijn hand over mijn achterste ging. Ik zei tegen hem dat ik hem eruit zou laten gooien. Toen werd hij gemeen en begon me uit te schelden. Echt een fijne vent, weet je wel.'

Daisy rolde met haar ogen. 'O, ik ken ze.' Want haar medepresentator bij het radiostation was er ook zo een.

Trish keek bedenkelijk. 'Valt Tad je weer lastig?'

Daisy haalde haar schouders op. Trish was de enige die ze over die slijmbal van een Tad had verteld. 'Het oude liedje. Kleine pesterijen met de bedoeling me uit mijn concentratie te halen. Ik kan Tad wel aan, voorlopig in ieder geval. Als het zover komt dat me dat niet meer lukt, dan rapporteer ik hem. Heb jij die vent die je lastigviel aangegeven?'

'Ja. Ik moest wel. Mijn manager heeft hem er uiteindelijk uit gezet. Die vent bleef me maar voeren, probeerde een reactie uit te lokken. Normaal gesproken laat ik dat van me af glijden, maar ik was al gespannen. Ik had vanochtend een zwaar examen en ik weet niet goed hoe ik het heb gemaakt.'

'Ik zal je helpen vacatures te zoeken wanneer ik zaterdag klaar ben met mijn vrijwilligerswerk bij de dierenwinkel.' Een nieuwe baan voor Trish hoefde niet iets permanents te zijn, als het maar niet in een bar was. Zodra ze klaar was met haar opleiding tot tandartsassistente zou ze een goede baan kunnen vinden. 'Ik heb er bij het radiostation naar gevraagd, maar ze nemen op dit moment geen mensen aan.'

Dat deed Daisy inwendig ineenkrimpen, want ze was zich er goed van bewust dat ze alleen maar was aangenomen omdat haar baas en haar vader oude vrienden waren. Dat was iets wat Tad haar nooit liet vergeten. Dat was ook de reden dat ze hem nog niet had gerapporteerd. Ze wilde hem niet nog meer munitie bezorgen.

'Ik waardeer het dat je het hebt gevraagd,' zei Trish. 'Ik zal –'

Daisy bleef opnieuw abrupt staan toen ze een geluid achter hen hoorde. Het was geschuifel, het geschraap van een schoen op beton.

Toen ze een snelle blik over haar schouder wierp zag ze een man met een honkbalpet die een steeg in dook.

Trish stond haar opnieuw fronsend aan te kijken. 'Wat is er aan de hand?'

Daisy liet haar stem dalen tot nauwelijks meer dan gefluister. 'Mijn vader laat me weer volgen. Ik kan die vent achter ons horen.'

Trish' frons werd dieper. 'Weer?'

'Ja,' zei Daisy op grimmige toon. 'Hij had een vent aangenomen om me te volgen toen ik afgelopen zomer door Europa trok. Daar was ik zo pissig over dat ik eerder ben teruggekomen en mijn vader en ik hebben er ruzie over gemaakt. Hij beloofde dat hij me dat nooit meer zou aandoen, maar ik vermoed dat hij me uiteindelijk toch niet vertrouwt.'

'Heeft hij je laten volgen?' vroeg Trish verbijsterd. 'Waarom?'

'Hij was bang dat ik weer zou gaan drinken. Dat zei hij tenminste.' Daisy had nog steeds haar twijfels en ze vermoedde dat het meer te maken had met het onvermogen van haar vader om te breken met een leven vol achterdocht. Dat was de dood geworden van haar zus. *Het is bijna mijn dood geworden.* Het had haar in ieder geval beroofd van wat er resteerde van haar jeugd. Ze was niet van plan haar leven erdoor te laten ruïneren, hoe goed haar vaders bedoelingen ook mochten zijn geweest.

Trish trok een gezicht. 'Tamelijk ironisch, gezien het feit dat die vent je volgt vanaf een bijeenkomst van de AA. Weet je wie het is?'

Daisy sloeg haar ogen ten hemel. 'Ja. Het is onze vroegere knecht van de boerderij, Jacob. We zijn samen opgegroeid. Hij is zo'n beetje de broer die ik nooit heb gehad, maar ik ga hem toch op zijn lazer geven.' Dat had ze ook gedaan toen ze hem betrapte terwijl hij in een duister steegje in Parijs op de loer stond, net zoals hij nu deed.

Trish' lippen trilden. 'Mag ik kijken? Mijn kabel-tv is al twee maanden afgesloten.' Ze vertrok opnieuw haar gezicht. 'Die kabelmensen willen blijkbaar graag worden betaald.'

Daisy klopte haar meelevend op de schouder. Trish kon maar net overleven op wat ze in de bar verdiende. 'Ga naar het eethuis en doe onze bestelling. Ik zie je daar.'

Trish schudde haar hoofd. 'Het kan me niet schelen of het je vriend is. Ik laat je niet alleen.'

'Niets aan de hand. Jacob is zo mak als een lammetje. Een lammetje van 1 meter 90 en honderd kilo. Echt, hij doet geen vlieg kwaad. Ga nou maar. Ik zie je daar over een paar minuten.'

Daisy overwoog even om de confrontatie met Jacob in de steeg aan te gaan, maar uit ergernis liep ze dezelfde kant op als Trish had gedaan en schoot toen snel een ander steegje in. Omdat hij haar weer had gevolgd verdiende Jacob het dat het hem dun door de broek liep. Hij had haar beloofd haar haar eigen leven te laten leiden, net zoals haar vader had gedaan.

Ze knarste met haar tanden. *Dat ze allebei doodvallen.* Ze was geen kind meer. *Ik heb de kans niet gehad om er een te zijn.* Ze was vijfentwintig, leefde zelfstandig en dat ging prima, helemaal alleen. Nou ja, niet alleen, maar met de steun van mensen die ze daar zelf voor had uitgekozen.

Ze hoorde Jacobs voetstappen een paar seconden voor hij langsliep. Ze schoot de steeg uit, greep hem bij zijn gewatteerde jas en rukte hem achteruit. Hij draaide zich verrast om. De klep van zijn pet verborg zijn gezicht.

'De Giants?' spotte ze. 'Is dat de beste vermomming die je kon bedenken? Dacht je dat ik je niet zou zien omdat je een pet van de Giants op je hoofd hebt?' Want Jacob zou nog liever doodvallen dan wat dan ook van de Giants te dragen. Ze waren allebei fans van Oakland.

Ze stak haar hand uit en trok de pet van zijn hoofd. Pas een milliseconde later drong tot haar door dat ze niet ver genoeg omhoog had moeten reiken. Hij was te klein.

Want het was Jacob niet.

Ze deed een stap achteruit, de adem stokte haar in de keel en haar hartslag schoot onmiddellijk omhoog terwijl de man woedend naar haar keek. Zijn donkere ogen waren nauwelijks zichtbaar achter de nylonkous die zijn gezicht bedekte en zijn trekken verwrong.

Ze draaide zich om met de bedoeling weg te rennen, maar het was al te laat. Hij sloeg zijn arm om haar keel en trok haar omhoog op haar tenen, zodat hij haar de adem afsneed. Haar handen gingen instinctief naar zijn armen om te proberen haar nagels in zijn vlees te drukken, maar het jack was te dik gevoerd. Ze raakte in paniek toen er zwarte vlekken voor haar ogen begonnen te dansen.

En toen werd koud staal tegen haar slaap gedrukt en sleurde hij haar de steeg in waar ze hem had staan opwachten. 'Je zult spijt krijgen dat je dat hebt gedaan,' zei hij schor in haar oor. 'Je zult me om vergiffenis smeken voor ik klaar ben. Dat doen ze allemaal.'

Een scherp geblaf drong door de mist in haar brein. *Brutus.*

Haar paniek verdween als bij toverslag, haar concentratie keerde terug terwijl haar spiergeheugen het overnam en ze in haar hoofd haar vaders stem hoorde die haar aanwijzingen gaf.

Ze liet de arm van de man los, draaide haar bovenlichaam om zo veel mogelijk momentum te verkrijgen voor ze haar elleboog in zijn maag ramde. Ze hoorde een verraste kreet, haalde diep adem en greep de pink van de hand met het pistool en rukte die naar achteren. Ze dook onder zijn arm, greep zijn hand, waarbij ze haar duim in het vlezige deel tussen duim en wijsvinger perste zoals haar vader haar had geleerd. Ze negeerde zijn kreet van pijn en duwde met haar vrije hand het pistool weg.

Toen rende ze weg. Ze had net genoeg lucht binnengezogen om te gillen toen hij haar weer te pakken kreeg. Hij bedekte haar mond met zijn hand voor hij haar tegen zijn borst trok en terug sleurde de steeg in.

'Néé, néé, néé.' Ze probeerde de woorden te schreeuwen, maar ze klonken te gedempt om te worden gehoord. Ze probeerde achteruit tegen zijn knieën te trappen, maar hij was sterker dan zij en ze vond nergens houvast.

Brutus bleef blaffen, maar er kwam niemand. Niemand hoorde het.

Hij duwde haar hard. Ze kwam met haar rug tegen de bakstenen muur terecht en alle lucht werd uit haar longen geperst. Hij boog zich in haar persoonlijke ruimte en drukte zijn onderarm opnieuw tegen haar keel zodat ze geen lucht kon krijgen.

'Je bent veel te lastig,' siste hij. Hij zette het pistool tegen haar hoofd, maar keek toen geïrriteerd om zich heen. 'Waar is die kuthond?' Zijn blik viel op de draagtas van Brutus, die ze nog steeds om haar lichaam had hangen. 'O, jezus christus,' mompelde hij. Hij leek te verstijven terwijl hij zijn wapen op haar tas richtte.

Brutus. 'Nee.' Ze greep een handvol van de stof bij zijn keel en rukte hem met al haar kracht naar voren. Zijn hand verschoof en het pistool ging af met een doffe plop. *Geluiddemper*, dacht ze terwijl stukjes steen op haar hoofd regenden. *Brutus.* Maar haar hond was nog steeds aan het blaffen. Daisy bracht met de moed der wanhoop haar knie scherp omhoog en raakte de man in zijn kruis.

Ze kon zijn gevloek nauwelijks horen boven het bonken van haar hart. Ze duwde hem weg en rende naar de straat. Naar veiligheid.

'Daisy? O, mijn god, Daisy!' Plotseling was Trish daar en ze legde haar handen om Daisy's gezicht. 'Wat is er gebeurd? O, mijn god. Je hals. Die ziet rood.'

'Overvaller,' hijgde Daisy en ze zakte op haar knieën. 'Hij wilde Brutus doodschieten.' Haar hond stak zijn kop uit de tas en begon Daisy's nog steeds gebalde vuist te likken.

Maar de man had niet geprobeerd haar draagtas te pakken. *Hij probeerde mij te pakken.* Ze sloot haar ogen en deed haar best om niet over te geven terwijl ze vaag hoorde dat Trish in gesprek was met de alarmcentrale. *Veilig.* Ze waren in veiligheid. Het zou allemaal goed komen.

Trish liet zich op haar knieën vallen, sloeg haar armen om Daisy's schouders en wiegde haar zachtjes. 'Stil maar, schat. Stil maar. Het komt goed. Niet huilen.'

Pas toen besefte Daisy dat ze zat te snikken. En dat er zich een kleine menigte had verzameld. En dat de hand van Trish in haar jaszak zat. 'Wat doe je?'

Trish haalde Daisy's telefoon tevoorschijn. 'Ik bel Rafe. De politie is onderweg, maar Rafe's aanwezigheid hier maakt het gemakkelijker voor je. Hier, ontgrendel je telefoon, dan bel ik wel.' Trish pleegde met haperende stem het telefoontje naar Daisy's huisbaas, die net zozeer als een broer voor haar was als Jacob.

Maar anders dan Jacob was Rafe ook een politieman. *Hij weet wel wat er moet gebeuren.*

Trish' armen sloten zich weer om haar heen en wiegden haar zachtjes. 'Heb je hem gekrabd?'

Nog steeds huilend probeerde Daisy het zich te herinneren. 'Ik geloof van niet. Ik weet het niet. Misschien?' Ze maakte zich ver genoeg los om naar haar handen te kunnen kijken, die nog steeds tot vuisten waren gebald. Maar uit haar linkervuist bungelde een zilveren ketting en er prikte iets in haar handpalm. Ze opende voorzichtig haar vuist en snakte naar adem.

Het was een medaillon. Een hartvormig hangertje. Van zilver en gegraveerd. Met een verwarde blik keek ze naar Trish. Trish sloot Daisy's vingers om het medaillon zodat het opnieuw gevangenzat in haar vuist.

'We laten het aan Rafe zien zodra hij hier is,' fluisterde Trish.

Donderdag 16 februari, 21.55 uur

Gideon Reynolds keek verstoord op toen zijn telefoon overging en pauzeerde de aflevering van *Fixer Upper* die hij had opgenomen. Hij wilde kreunen toen hij zich strekte om zijn mobieltje van het bijzettafeltje te pakken. Hij was moe en wilde niet weer aan het werk. Want het zou zijn werk zijn dat belde. Verder gebruikte vrijwel niemand die hij kende zijn telefoon nog om te bellen.

Zijn verstoorde blik werd er een vol bezorgdheid toen hij zag wie het was. Rafe Sokolov. Zijn beste vriend sms'te altijd en belde nooit. En zeker nooit zo laat. 'Wat is er aan de hand?' vroeg Gideon, zonder de moeite van een begroeting te nemen.

'Misschien niets, maar waarschijnlijk wel iets,' antwoordde Rafe. 'Weet je nog, mijn nieuwe huurster? Daisy Dawson?'

Gideon zuchtte. 'Rafe, nee. Gewoon nee.' Rafe's moeder probeerde hem al maanden te koppelen aan die 'schattige, kleine Daisy'. Hij vermeed de zondagse dinertjes bij de Sokolovs omdat hij de niet-aflatende koppelarij van Irina Sokolov beu was. Ze probeerde nu al meer dan tien jaar de perfecte match voor hem te vinden.

Een deel van hem vond het fijn dat ze dit deed, omdat het betekende dat ze om hem gaf. Maar het grootste deel van hem wenste gewoon dat ze zou ophouden. 'Zeg tegen je moeder –'

'Mijn moeder heeft hier niets mee te maken,' onderbrak Rafe hem gespannen.

Gideon ging rechtop zitten. 'Wat is er met mevrouw Dawson?'

'Ze is vanavond aangevallen, bij J Street.'

Gideon vertrok zijn gezicht vol afkeer. Rafe was rechercheur Moordzaken. 'Is... alles goed met haar?'

'Ja. Ze heeft hem weggejaagd. Zij, samen met dat hondje van haar.'

Gideon was in de war. 'Ik ben blij dat alles goed is met haar, maar haar aanranding valt niet onder mijn jurisdictie. Meestal ook niet onder die van jou.' Rafe was bij de politie van Sacramento gegaan nadat ze geslaagd waren voor hun eindexamen en was nu al een paar jaar rechercheur Moordzaken. Gideon had een andere weg in de ordehandhaving gekozen en was naar Quantico en de FBI gegaan. Zijn specialisatie in taalwetenschappen betekende dat meer dan de helft van zijn werk vanuit zijn kantoor werd gedaan.

Zijn recente overplaatsing naar Sacramento betekende dat hij thuiskwam – voor zover hij een thuis had. 'Wat is er aan de hand?' vroeg hij. Want dat er iets aan de hand was, was duidelijk.

'Ze heeft een ketting van de hals van die vent getrokken voor ze hem een knietje in zijn ballen gaf.'

Gideon vertrok instinctief zijn gezicht. 'Au. Goed van haar. Is hij ontsnapt?'

'Ja,' zei Rafe en hij klonk vol walging. 'Hij had een pistool. Probeerde haar mee te sleuren.'

'Mijn god. Ze moet behoorlijk van streek zijn. Maar – en ik wil niet lullig doen – wat heeft dit met mij te maken?'

'Aan de ketting die ze pakte zat een medaillon. Zilver, hartvormig. Gegraveerd.'

Gideon hield even zijn adem in en zoog toen zijn longen vol. Zijn huid prikte van een akelig voorgevoel. 'Wat voor gravering?'

'Twee kinderen geknield onder een olijfboom–'

'Alles onder de vleugels van een engel,' maakte Gideon fluisterend af. Hij slikte het zuur weg dat in zijn keel brandde. 'Met een vlammend zwaard.'

Rafe liet de stilte een paar seconden hangen. 'Ja. De enige andere keer dat ik dat ontwerp heb gezien was op jouw huid, Gid.'

Gideon staarde naar het televisiescherm, waar het beeld was bevroren. Net als hij.

'Gideon?' Rafe's stem klonk zacht. 'Ben je er nog?'

Gideon stootte de adem uit die hij had ingehouden. 'Ja. Stond er een naam op de achterkant van het medaillon?'

Rafe aarzelde, zijn terughoudendheid was zelfs door de telefoon tastbaar. 'Miriam.'

Gideon sprong doodsbang en geschokt overeind en zijn hart klopte in zijn keel. *Nee. Dat kan niet. Iemand zou het me hebben verteld.* 'Waar ben je?'

'In het UC Davis Medical.'

Hij schudde zijn hoofd om helder te kunnen denken. Zich te concentreren. Er was niets aan de hand met zijn Miriam. *Dat moet.* 'Waarom ben je in het ziekenhuis? Ik dacht dat je zei dat dat meisje van Dawson oké was.'

'Ze is niet ernstig gewond, maar hij heeft haar keel gekneusd toen hij probeerde haar stil te laten zijn.' Rafe klonk... breekbaar. Duidelijk van zijn stuk. Het zou Gideon niets verbazen als de hele meute van

Sokolov nu bij de spoedeisende hulp was. Ze hadden de vrouw gezamenlijk onder hun hoede genomen vanaf het moment dat ze haar intrek had genomen in het appartement in Rafe's oude victoriaanse huis.

Precies zoals ze voor Gideon hadden gedaan toen hij een eenzame, bange tiener was. Hij was plotseling vreselijk blij dat de jonge vrouw de steun had van de Russische immigranten.

'We laten haar onderzoeken om er zeker van te zijn dat alles in orde is,' ging Rafe verder. 'Zodra de dokter klaar is, neem ik haar mee naar het bureau om haar verklaring op te nemen nu alles nog vers is. Daarna nemen mijn ouders haar mee naar hun huis, waar ze kan overnachten. Mam houdt vanavond een oogje in het zeil omdat de aanvaller haar hoofd tegen een stenen muur heeft gebeukt. De dokter dacht niet dat er sprake was van een hersenschudding, maar je weet hoe bezorgd mama altijd is.'

'Ja, dat weet ik,' mompelde Gideon. Hij was al heel vaak het onderwerp geweest van Irina's bezorgdheid. Dat had hem altijd het gevoel gegeven dat hij erbij hoorde.

Rafe schraapte zijn keel. 'Ik zou het fijn vinden als je naar het bureau kwam om dat medaillon te bekijken en me er meer over te vertellen.'

Nee. Nee. Nee.

'Ik weet dat het niet gemakkelijk voor je is,' zei Rafe zacht. 'Maar ik heb echt je hulp nodig. Hij zei tegen Daisy dat ze hem om vergiffenis zou smeken. Dat ze dat "allemaal deden".'

Kut. 'Denk je dat het om een seriemisdadiger gaat?'

'Wie weet. Kom je naar het bureau?'

'Ik ben er over een halfuur.' Gideon verbrak de verbinding en staarde enkele pijnlijke slagen van zijn hart lang naar zijn telefoon. Toen drukte hij op een naam uit zijn lijst favorieten. En wachtte terwijl de telefoon overging. Hij schakelde door naar voicemail. Zoals meestal gebeurde.

Hij verbrak de verbinding en koos opnieuw, wat hij zelden deed. Dit keer werd er bij de tweede keer dat hij overging opgenomen. 'Wát, Gideon?'

Zijn adem ontsnapte aan zijn longen bij het horen van haar stem. *O, god.* Zijn knieën knikten van pure opluchting. Hij zette zich schrap en bleef staan terwijl hij zich concentreerde op het onder controle krijgen van zijn op hol geslagen hart.

'Wat is er aan de hand? Gideon? Hallo?'

Alleen al de gedachte hoe hij zijn vraag moest formuleren bezorgde Gideon pijn in zijn maag.

Zijn zus slaakte een geërgerde zucht. 'In hemelsnaam, Gideon. Het is hier na middernacht. Ik hoop dat dit belangrijk is, want je hebt me wakker gemaakt. Vertel me waarom je belt en laat me weer gaan slapen.'

'Het spijt me. Het is belangrijk.' Hij wreef door zijn overhemd over zijn linkerborstspier en dacht aan hoe pijnlijk het al die jaren geleden was geweest om die tatoeage te zetten. Maar hij had het gelaten ondergaan en niet één keer geklaagd. De meisjes waren er gemakkelijk van afgekomen, had hij destijds gedacht toen hij zijn tanden op elkaar klemde terwijl de tatoeëerder zijn huid tekende. Zij hadden alleen maar de medaillons gekregen. Wat had hij ernaast gezeten. Geen van hen was er gemakkelijk van afgekomen. 'Heb je je medaillon nog?'

Er volgde een geschokte stilte. 'Wat?'

'Je medaillon? Waar is het?'

'In mijn bankkluis,' bracht ze uit, 'waar hij altijd ligt.'

Gideon slikte moeizaam. 'Waar is... waar is die van haar?' vroeg hij schor.

Opnieuw een gespannen stilte. 'In de safe bij die van mij. Waarom? Waar gaat dit om?'

'Vanavond is in Sacramento een vrouw aangevallen. Haar aanvaller had een van de medaillons om zijn nek. Ze heeft die er tijdens de worsteling af getrokken. Op de achterkant staat "Miriam" gegraveerd. Ik dacht... dat het de jouwe kon zijn.' Niets. Stilte. Hij kon haar niet eens horen ademen. 'Mercy?' fluisterde hij.

Mercy's antwoord was wat hij had verwacht. 'Ik... kan het niet, Gideon.' Haar stem brak. 'Ik... kan het gewoon niet.'

'Ik begrijp het,' zei hij. 'Ik moest weten of je hem had weggedaan. Welke dan ook.'

'Nee.'

Eén enkel woord. Hoe kon één enkel woord zo vol zijn van pijn?

Gideon slikte. 'Ik wilde voornamelijk weten of alles goed is met je.'

Al wist hij dat het niet goed met haar ging. Dat zou het nooit gaan. Geen van hen zou ooit weer helemaal in orde zijn. Hoe zou dat kunnen?

'Het gaat goed,' zei ze, maar hij geloofde haar niet. Ze klonk niet eens alsof ze het zelf geloofde. 'En jij?'

'Z'n gangetje.' Hij aarzelde en fluisterde toen: 'Zorg goed voor jezelf, Mercy.'

'Jij ook,' zei ze verdrietig. 'Welterusten.'

Er klonk een klik in Gideons oor en hij nam even de tijd om zijn hart tot bedaren te brengen en zijn brandende maag te laten kalmeren. Om de tranen terug te dringen die elke keer dat hij zijn zuster sprak dreigden te komen. Om te wensen dat alles anders kon zijn.

Hij liep naar de plank naast de tv, waar *Fixer Upper* nog steeds op pauze stond. Op die plank stond een opgepoetst kistje van kersenhout, een cadeau dat Irina en Karl Sokolov hem minstens vijf jaar geleden voor Kerstmis hadden gegeven. In het kistje zaten zijn manchetknopen, een paar toegangskaartjes en een handjevol foto's. Hij bladerde erdoor tot hij de foto had gevonden die hij nodig had. Hij stak hem in zijn zak, haalde zijn Glock uit de wapenkluis, stapte in zijn auto en reed naar het centrum van Sacramento.

Het zag ernaar uit dat hij uiteindelijk toch kennis zou maken met Daisy Dawson. Irina Sokolov zou in ieder geval blij zijn.

Donderdag 16 februari, 22.30 uur

Shit. Shit, shit, shit. Hij trok zijn voordeur verder open zodat hij hem hard kon dichtsmijten, maar hij onderdrukte die aandrang. Geen reden om de aandacht op zichzelf te vestigen. De buurtwacht hield oren en ogen open voor harde geluiden en tekenen van huiselijk geweld. De nieuwsgierige buren waren het enige wat hij haatte aan wonen in een verder perfecte wijk in Midtown. Hij kon niet gebruiken dat iemand het alarmnummer belde voor iets wat hij níét had gedaan.

Hij ging naar de kelder en sloeg die deur hard achter zich dicht, waarmee hij zich van de rest van de wereld had afgesloten. De kelder was het enige wat hij echt fantastisch vond aan het huis. Dat stond in nauw verband met het feit dat hij geen ruimte meer met Sydney hoefde te delen.

Hij had de kelder geluiddicht gemaakt, alle ramen en deuren dichtgemetseld en voldoende isolatie aangebracht om een kleine cocon te creëren. Geen gil zou doordringen tot meeluisterende oren, zelfs niet als die tegen de buitenmuur gedrukt waren. Niet dat hij dat gemakkelijk gemaakt had, trouwens. Zijn rozenstruiken hadden enorme doornen. Hij had de soort daar speciaal op uitgekozen. Gelukkig waren ze ook mooi. Niemand zou dichtbij genoeg kunnen komen om zijn oor tegen de muur te leggen, zelfs niet als ze dat zouden willen.

Nu vertrouwde hij erop dat de geluidsisolatie en de blijf-wegdoorns hun werk zouden doen, want hij moest schreeuwen. Dat deed hij. Hij schreeuwde de frustratie over het zooitje waar de avond op was uitgedraaid van zich af. Hij schreeuwde tot zijn keel pijn deed en zijn hoofd bonkte.

Maar het was niet genoeg. Het was nooit genoeg. Er was maar één ding dat de scherpe kantjes kon weghalen, één ding maar. En dat ene was hem die avond ontglipt.

Hij keek woedend naar het bed in de hoek, keurig opgemaakt en klaar voor de gast die geen gebruik zou maken van zijn gastvrijheid. Die verrekte blonde bitch. Hij had niet verwacht dat ze terug zou vechten. In ieder geval niet met succes. Iemand had haar goed opgeleid.

Die vuile kuthond. Het gekef had hem afgeleid. *Ik had dat stomme beest af moeten maken.* Zijn aarzeling had zijn plannen voor vanavond om zeep geholpen, kon hem misschien zelfs in gevaar hebben gebracht. Hij zou moeten afrekenen met dat blondje. Hij geloofde niet dat ze hem zou kunnen identificeren, maar hij had iets tegen haar gezegd. En ze was veel gewiekster geweest dan goed voor haar was, ook al had ze aanvankelijk een gewone tiener geleken.

Maar ze was niet zo jong geweest. Hij had haar ogen van dichtbij gezien. De grimmige vastberadenheid die voortkwam uit ervaring. Ze had oude ogen. En ze had genoeg van hem gezien om hem zich zorgen over haar te laten maken. Hij moest zich van haar ontdoen.

Uiteraard moest hij er eerst achter zien te komen wie ze was. Hij zou tot de volgende ochtend moeten wachten om de logboeken met alle telefoontjes naar de alarmcentrale in te zien.

Hij trok zijn kleren uit en propte die in een zak om later te verbranden. Hij had zich al ontdaan van de nylonkous die hij over zijn gezicht had getrokken, net als de jas en de handschoenen. Die had hij overgoten met benzine en ze verbrand in een barbecue in een verlaten park tot er niets meer over was dan een stinkende klodder gesmolten plastic.

De nylonkous was een enorme vergissing geweest. Dat had hij ergens in zijn achterhoofd de hele tijd geweten toen hij de kousen kocht, ze had geprepareerd en er een over zijn hoofd had getrokken. Normaal gesproken had hij altijd minstens één vermomming in zijn weekendtas, maar die had hij die ochtend niet bij zich gehad toen hij het huis verliet om naar zijn werk te gaan.

Het had gewoon een personeelsvergadering moeten zijn. Niets bijzonders.

Maar het wás bijzonder. Het was een ramp. Hij was niet voorbereid geweest op het nieuws. Niet voorbereid op hoe het zou voelen terwijl iedereen vol medelijden naar hem keek omdat zijn eigen vader het bedrijf verkocht en hen allemaal werkloos maakte. Zijn vader had niet eens de moed gehad om hen zelf onder ogen te komen, maar had zijn assistent gestuurd om de verklaring voor te lezen dat de nieuwe eigenaren hen zouden vervangen door hun eigen mensen en dat de huidige werknemers een afvloeiingsregeling kregen die gebaseerd was op hoelang ze aan het bedrijf verbonden waren.

Hij was er niet op voorbereid geweest hoe kapot hij daarvan was. Zijn wereld was gewoon ingestort. Zijn woede had het overgenomen en hij was er maar net in geslaagd de vergadering te verlaten zonder zijn vaders assistent in stukken te scheuren.

Hij had iets – of íémand – nodig gehad om zijn razernij op te botvieren en dat moest op dát moment. Verdomme, hij had het nú nodig. *Vuil blond kutwijf.*

Hij ging de badkamer binnen die hij in de kelder had aangelegd en staarde naar zijn spiegelbeeld. 'Godskolere,' siste hij toen de volle omvang van wat hij zag tot hem doordrong.

Dieprode krassen tekenden zijn huid en dat was al erg genoeg. De technische recherche zou huidmonsters nemen. *Straks hebben ze mijn DNA.*

Maar wat nog erger was... Het medaillon was weg. Het moment kwam bij hem terug en benam hem de adem. Het was toen dat blondje zijn jas had beetgepakt, vlak voor ze hem een knietje in zijn ballen gaf.

'Kutwijf.' Ze zou zo veel spijt krijgen dat ze dat had gedaan. Als hij haar eenmaal in handen had... Hij zag voor zich hoe ze op haar knieën zat en hem smeekte om vergiffenis. Ze zou tegen hem zeggen dat het haar speet. Ze zeiden altijd sorry. Uiteindelijk.

Dringender was echter de waarschijnlijkheid dat de politie zijn vingerafdrukken zou vinden op het medaillon. Hij had zichzelf erop betrapt dat hij af en toe aan het zilveren hartje zat sinds hij dat van zijn laatste slachtoffer had afgenomen. Maar hij had vanavond handschoenen gedragen, dus hopelijk waren zijn afdrukken eraf geveegd.

Hoe dan ook, ze zouden hem eerst te pakken moeten krijgen voor ze fysiek bewijs tegen hem konden gebruiken. Ze zouden hem niet vinden in hun databanken. *Ik word gewoon niet gepakt. Zo simpel is het.*

Hij zette de douche aan en stapte onder de stralen. Hij zou willen dat hij de komende paar dagen geen dienst had. Anders zou hij wat wiet roken om tot rust te komen. Maar er bestond altijd de kans dat hij eruit gepikt zou worden voor een drugstest en dan zouden ze dat vinden.

Hij ging met zijn handen over de krassen onder aan zijn keel en hoopte dat wat ze van onder de nagels van die trut zouden schrapen niet al te bezwarend zou zijn. Hij moest erachter zien te komen hoeveel de politie wist.

Hij was gespannen. Te geagiteerd. Hij moest verdomme kalmeren. Hij moest een vrouw in dat bed in de kelder hebben. Nu wenste hij dat hij zich niet zo snel van de laatste had ontdaan. Hij hield ze normaal gesproken lange tijd in leven en gebruikte ze om zijn woede tot bedaren te brengen, maar Miriam had hem zo kwaad gemaakt. *Zoek dan een nieuwe logee.* Dat kon hij.

Morgen. Na het werk. Je kunt morgen op jacht gaan. De spanning wegnemen. En dan zou zijn hoofd helder zijn en kon hij bedenken hoe hij dat blondje kon uitschakelen.

Hij had jarenlang onder de radar geopereerd. Hij was niet van plan om dat allemaal in gevaar te laten brengen door een los eindje.

Vanavond moest hij slapen. Hij verliet de kelder en ging met twee treden tegelijk de trap op. Hardlopen zou hem hopelijk zo moe maken dat hij kon slapen.

Hij deed de achterdeur open en klakte met zijn tong. 'Mutt,' riep hij zacht. 'Kom hier, jongen.' De airedalekruising kwam op een drafje de achtertuin uit, ging net binnen de keukendeur op de deurmat zitten en tilde een voor een zijn poten op om ze te laten afdrogen. Mutt was heel slim. Hij had dat trucje binnen een paar dagen nadat hij bij hem was gekomen onder de knie.

Hij vroeg zich af of Mutts vorige eigenaar hetzelfde had gedaan. Dat was goed mogelijk. Seattle stond bekend om zijn regen en de vrouw die hem had uitgelaten leek een veeleisend type. Janice Fiddler heette ze. Hij was niet in staat geweest om Janice over te brengen naar zijn logeerkamer in de kelder en had haar in plaats daarvan in haar eigen kelder afgemaakt. Maar ze had hem een eersteklas souvenir bezorgd.

Mutt was fijn gezelschap.

2

Sacramento, donderdag 16 februari, 22.30 uur

Gideon trof Rafe bij een van de verhoorkamers, waar hij tegen de muur geleund op hem stond te wachten. Rafe was groot en blond, met een ontspannen houding die hem er veel jonger deed uitzien dan hij werkelijk was. Hij leek altijd meer op een surfer dan op een politieman. Maar er waren maar weinig politiemensen die slimmer waren en er was niemand op aarde die Gideon meer vertrouwde.

Rafe nam hem peinzend op. 'Heb je Mercy gesproken?'

'Ja. Meteen nadat jij had gebeld.'

'Dat vermoedde ik al. Alles goed met haar?'

Gideon haalde zijn schouders op. 'Zo goed als mogelijk is.'

Rafe deed zijn mond open alsof hij iets wilde zeggen, maar schudde toen zijn hoofd.

'Wat?' zei Gideon kortaf, maar daar had hij onmiddellijk spijt van. Niets van dit alles was Rafe's schuld. De man was er voor hem geweest toen alles in het honderd liep. Had hem geholpen de stukken bij elkaar te rapen. 'Sorry. Het is...'

'Het is goed,' zei Rafe zacht. 'Met Mercy praten brengt je van je stuk. Ik snap het. Ik wilde eigenlijk zeggen dat jullie allebei baat zouden hebben bij therapie, maar ik weet dat je nee zou zeggen, dus hield ik me in.'

Gideon knikte, want dat was precies wat hij zou hebben gezegd. 'Waar is mevrouw Dawson?'

Rafe gebaarde naar de dichte deur. 'Hierbinnen met Erin.'

Erin Rhee was sinds een jaar Rafe's partner. Ze maakte een scherpe indruk. Nog belangrijker, ze dekte Rafe. 'Dus jullie twee hebben de zaak gekregen?' vroeg Gideon.

'Ja.'

Gideon keek hem doordringend aan. 'Zijn dat geen botsende belangen?'

Rafe keek hem op zijn beurt strak aan. 'Omdat?' zei hij uitdagend.

'Omdat zij "net een zus" is? Jouw woorden, niet de mijne.'

Rafe maakte een vaag gebaar met zijn hand. 'Ze is een oude bekende van de familie.'

'Gooi je het over die boeg? Hoe zit het met het feit dat je haar huisbaas bent?'

Rafe keek boos. 'Ik was als eerste ter plaatse.'

'Omdat ze jou belde, of niet soms?'

Rafe's blik werd bozer. 'Op dit moment behandelen we het als een poging tot ontvoering en een aanval met een wapen,' zei hij, Gideons vraag negerend, en dat was op zich voldoende antwoord. 'We zullen een mogelijk verband met andere slachtoffers onderzoeken en dan zien we wel wat er opduikt. Ik wilde jou eerst spreken.' Hij haalde een bewijszakje tevoorschijn. Het zilveren medaillon zat erin en Gideons vragen over Daisy Dawson verdwenen als sneeuw voor de zon. Rafe's blik verzachtte, zijn uitdrukking werd bezorgd en Gideon besefte wat de ware reden was van Rafe's aandringen.

Om mij te beschermen. Want hij weet dat dit me pijn gaat doen. Gideon voelde dankbaarheid opkomen en hij wist niet wat hij moest zeggen, maar Rafe begreep het duidelijk.

'Daisy heeft dit van de hals van haar aanvaller getrokken,' zei Rafe zacht.

Gideon nam het zakje aan en hield dat tegen het licht. Een plotselinge golf van misselijkheid overspoelde hem. Ja, hij kende dat medaillon. Nou, niet precies dit medaillon, maar... Ja. Hij had meer dan zijn deel ervan gezien. Hij haatte ze allemaal sinds hij oud genoeg was om te begrijpen waar ze voor stonden. Slavernij. Bezit. De dragers ervan waren pionnen in een schaakspel dat ze niet volledig begrepen tot het te laat was.

'Het is hetzelfde ontwerp, hè? Hetzelfde als wat hier getatoeëerd is?' Rafe tikte op zijn linkerborstspier. 'Het is zo lang geleden dat ik het heb gezien, dat ik er niet meer zeker van was.'

Ja. Het was hetzelfde ontwerp. Met uitzondering van het aantal takken aan de olijfboom. De boom op het medaillon had twaalf takken. De boom op zijn tatoeage had er dertien.

Hij wilde overgeven.

'Gid?' drong Rafe zachtjes aan.

Gideon dwong zichzelf iets te zeggen, dankbaar dat Rafe hem het medaillon in relatieve privacy had laten zien. 'Ja.' Zijn stem klonk schor. Roestig. 'Het is hetzelfde.' Hij haalde de foto uit zijn zak die hij uit het houten kistje in zijn woonkamer had gepakt. Twee tienerjongens, de een goudblond, de ander donker, allebei zonder shirt en de armen om elkaar schouders geslagen met een gelukkige grijns op hun gezicht. De tatoeage op Gideons borst was duidelijk zichtbaar.

'Dit kan ik me nog herinneren,' zei Rafe zacht. 'Het was mijn verjaardag. We gingen met binnenbanden de rivier op.'

Gideon kon zich die dag heel goed voor de geest halen. Het was een van de fijnste dagen die Gideon ooit had beleefd. Nog maar een maand ervoor had hij Mercy gevonden en zijn leven was voor altijd veranderd – weer. 'Ja,' zei hij schor.

Rafe keek op van de foto. 'Het ontwerp is precies zoals ik me herinner. Wat kun je me over dat medaillon vertellen?'

'De oorspronkelijke eigenaar heet Miriam.' Gideon hoopte dat ze ergens veilig zat. 'Ze zou het nooit gewoon hebben afgedaan en het ergens hebben laten liggen. Het is met opzet verwijderd, de ketting losgeknipt.' Hij sprak zonder enige emotie. Dat was de enige manier waarop hij erover kon praten. Over hén. 'Met een betonschaar.'

Rafe's wenkbrauwen gingen omhoog. 'Pardon?'

Gideon wees naar het fijne zilveren kettinkje in de bewijszak. 'Dit is niet de oorspronkelijke ketting. Het medaillon hing aan een veel zwaardere ketting, die alleen met veel kracht kapot te krijgen was. Kracht die geen van de vrouwen bezat.'

'Dus elke vrouw met een medaillon had dezelfde soort ketting.'

'Niet alleen elke vrouw met een medaillon. Elke vrouw. Ze droegen allemaal een medaillon.'

Rafe knipperde met zijn ogen. 'Als een... wat? Een teken van lidmaatschap?'

'Eigendom,' verbeterde Gideon. 'Het medaillon viel in het kuiltje van hun hals, maar de ketting was nooit zo lang dat de drager hem over haar hoofd kon trekken. Het was daarentegen wel lang genoeg om gebruikt te worden als "leerinstrument".' Hij sprak het woord op spottende toon uit.

'Leerinstrument?'

'Haar echtgenoot of welke man dan ook kon die ketting in haar nek pakken en eraan trekken tot ze geen adem meer kon krijgen.'

'Waarom?'

'Omdat ze het konden,' zei Gideon effen. 'Er was geen sluiting. Hij was gelast. De drager had waarschijnlijk een litteken ergens in haar nek.'

'Een brandwond?' vroeg Rafe en hij keek passend verafschuwd. 'Van het lassen?'

'Ja. Minstens één. Bij de meeste dragers moest het worden aangepast omdat ze groeiden. Dan werden er schakels toegevoegd aan de ketting. Miriam heeft haar ketting gekregen op haar twaalfde verjaardag. Hoe vaak hij is aangepast hangt af van hoeveel groter ze in haar leven is geworden.'

'Dus dit is meer een ketting zoals een dominant omdoet bij een sub.'

'Ja. Al werd het door de vrouwen die hem droegen niet gezien als kinky. Het was meer als een trouwring, hoewel ze die ook droegen.'

'Dus ze kreeg het medaillon op haar twaalfde. Wil ik weten op welke leeftijd ze haar trouwring kreeg?'

Gideon bestudeerde het medaillon zodat hij de uitdrukking op het gezicht van zijn vriend niet hoefde te zien. 'Ook op haar twaalfde verjaardag.'

Rafe haalde diep adem en liet die langzaam weer ontsnappen. 'En de tatoeage die jij vroeger had?'

Vroeger. Want hij had die laten veranderen. Hij had er een nieuwe tatoeage overheen laten zetten die die herinnering aan zijn verleden uitvaagde. 'Wat is daarmee?'

'Wanneer kreeg je die?'

Gideon slikte moeizaam en zette de herinnering van zich af. Niet aan het krijgen van die tatoeage, maar wat er later die nacht was gevolgd toen de viering van zijn verjaardag voorbij was. Die nacht domineerde nu, zeventien jaar later, nog steeds zijn ergste nachtmerries.

'Op mijn dertiende verjaardag.'

Rafe wekte de indruk dat hij meer wilde vragen, dus ploeterde Gideon voort. 'Miriam zal de naam zijn geweest die ze had gekregen. Maar ze leeft misschien onder een bijnaam.'

'Zoals Mercy?' vroeg Rafe.

Gideon knikte. Hij wilde niet aan zijn zus denken. Niet hier. Niet in het openbaar. Niet terwijl hij maar nauwelijks zijn zelfbeheersing wist te bewaren. 'Of Midge of Mir of Mimi.' Miriam was een populaire naam geweest. Er was behoefte geweest aan heel veel bijnamen.

Rafe deed er lange tijd het zwijgen toe. 'Ik weet dat je hier niet graag over praat.'

Gideon grinnikte bitter. 'Dat is het understatement van de eeuw.' Maar hij had zichzelf gedwongen het toch te doen, de eerste keer tegen de politieman die hem in het ziekenhuis was komen opzoeken, vijf dagen na zijn dertiende verjaardag. Vier dagen na zijn ontsnapping. De politieman was aardig geweest. Meelevend.

Hij heeft me misschien zelfs wel geloofd. Daar was Gideon nog steeds niet zeker van.

Maar hij had het nooit aan Rafe verteld. Zelfs niet toen hij Mercy had gevonden in een pleeghuis, getraumatiseerd en doodsbang. Hij was toen zeventien. Zij dertien. Hij wist wat die opgejaagde blik in haar ogen had veroorzaakt. Hij had het begrepen. En hij wilde tekeergaan tegen God, het universum, de man – of, de hemel verhoede, de mannen – die haar dit had aangedaan.

Ze had er nooit over gesproken. Niet één keer in al die jaren sinds hij haar had gevonden. Misschien had hij haar moeten dwingen.

Maar hij had haar niet van zich willen vervreemden. Wat toch gebeurd was. Ze woonde nu in New Orleans, drieduizend kilometer en twee tijdzones verder. Ze stuurden elkaar kerstkaarten en ongemakkelijke voicemails op hun verjaardag. Hij had haar twee jaar geleden voor het laatst gezien en dat was alleen maar omdat hij 'toch in de buurt was'. Dat was niet echt zo. Hij had die reis ondernomen omdat hij haar per se wilde zien, haar móést zien, om zich ervan te vergewissen dat het goed met haar ging. Het was de verjaardag van haar ontsnapping geweest en ze had geweten dat hij loog over dat 'toch in de buurt' zijn.

'Je weet dat je er met mij over kunt praten,' zei Rafe zacht. 'Wanneer dan ook.'

Gideon stond naar de muur achter Rafe's schouder te staren en dwong zichzelf de woorden te zeggen. 'Dat weet ik.' Hij had er eerlijk gezegd al eens over gesproken. Toen hij bij de FBI kwam had hij zijn eerste baas verteld over de gemeenschap, over het misbruik. Zijn chef was een onderzoek gestart en verschillende agenten hadden de omgeving doorzocht waar de gemeenschap was geweest ten tijde van

Gideons ontsnapping. Maar ze hadden niets gevonden, niet te voet en niet vanuit de lucht. Zelfs niet op satellietfoto's.

De gemeenschap was verdwenen.

'Ik heb je privacy op dit gebied gerespecteerd vanaf de dag dat we elkaar leerden kennen, maar ik moet nu meer weten over... hen.' Hij gebaarde naar het medaillon dat Gideon nog steeds omhooghield. 'Het spijt me.'

Gideon zag kans kort te knikken. Rafe had nooit om meer informatie gevraagd dan Gideon bereid was te delen, maar dat stond duidelijk op het punt te veranderen en dat was niet Rafe's schuld. 'Ik zal het je vertellen. Maar niet hier en niet voor de camera.' Want het zou moeilijk worden en Gideon wilde niet dat iemand getuige was van wat voor emoties ook aan de oppervlakte kwamen. Het zou al erg genoeg zijn om het alleen aan Rafe te vertellen, ook al vertrouwde hij de man met zijn leven.

'Dat is redelijk. Waarom zou Daisy's aanvaller dat medaillon om zijn nek hebben gehad?'

'Dat is een heel goede vraag. Heb je hem opengemaakt?'

Rafe schudde zijn hoofd. 'Nee. Ik heb het wel geprobeerd, maar ik kon het knopje niet vinden. Het leek me beter het eerst aan jou te vragen voor ik hem forceerde.'

'Er is een trucje voor.' Er was overal een trucje voor geweest daar. Alles en iedereen had zich verborgen achter een façade. Hij gaf het zakje terug aan Rafe. 'Laten we ermee naar het lab gaan, dan laat ik het je zien.'

'De technische recherche is hier binnen' – Rafe keek op zijn horloge – 'minder dan een minuut om de boel naar het lab te brengen. We kunnen hem gaan bekijken, maar ik moet eerst Daisy's verklaring opnemen zodat ze naar huis kan.' Hij keek op toen hij het geluid van voetstappen hoorde. Een vrouw van halverwege de veertig kwam op hen toegelopen terwijl ze haar hoofd vragend schuin hield.

'Ben je ermee klaar?' vroeg ze.

'Voorlopig,' zei Rafe tegen haar en hij gaf haar het bewijszakje. 'Cindy, dit is speciaal agent Gideon Reynolds. Hij weet het een en ander over dat medaillon en zal misschien optreden als consulent. Gideon, dit is brigadier Cindy Grimes van Forensische Opsporing.'

Gideon schudde de uitgestoken hand van de vrouw en bestudeerde haar toen ze het medaillon bekeek.

Ze keek op met een twinkeling in haar ogen. 'Ik ben dol op deze dingen.'

Gideons wenkbrauwen gingen omhoog. 'Hebt u er al eens eerder zo een gezien?'

Cindy schudde haar hoofd. 'Niet precies deze, maar wel met hetzelfde grondmotief. Er is een trucje om hem open te krijgen.'

'Kunt u hem openkrijgen?' vroeg Gideon.

'Uiteindelijk wel, ja. Weet u hoe het moet?' Ze maakte een licht teleurgestelde indruk, als een kind van wie het speelgoed was afgepakt.

'Ik zal het niet voor u verpesten. Ik heb er nog nooit een gezien met een boobytrap, dus als je het verkeerd doet is de kans klein dat hij ontploft.'

Ze vertrok haar gezicht. 'Het verstandigste zou zijn om hem gewoon open te maken. Laat maar zien,' zei ze met een verongelijkte zucht.

Gideon wees naar de twee kinderen die geknield zaten te bidden. 'Druk eerst op de jongen, dan op het meisje. Daarna op de engel. Dan zou hij meteen open moeten schieten.'

Cindy keek hem aan met een scherpe en kritische blik. 'Patriarchaal religieuze beweging?'

Gideon knipperde met zijn ogen. 'Ja. Hoe wist u dat?'

'Olijfboom en engel. Mensen die zitten te bidden? De jongen eerst? Dat is niet zo'n lastige puzzel.' Ze knikte Rafe kort toe. 'Ik laat het je weten als er iets in zit.'

'Bedankt, Cindy.' Rafe wachtte tot ze weg was en wees toen naar de verhoorkamer waar Daisy Dawson zat te wachten. 'Wil je erbij zijn?'

Dat wilde Gideon niet echt. Maar toen herinnerde hij zich dat de aanvaller van Dawson had gezegd: *Dat doen ze allemaal.* Als ze te maken hadden met een serieverkrachter of -moordenaar, dan wilde hij dat weten. En als hij het onderzoek op wat voor manier dan ook kon helpen, dan zou hij zijn baas meteen de volgende ochtend vragen hem uit te lenen aan de politie van Sacramento. Want diep vanbinnen betwijfelde hij of alles wel in orde was met Miriam, de eigenaresse van het medaillon. Dat ze het uit vrije wil had gegeven aan... wie dan ook. Hij betwijfelde of ze daar de innerlijke kracht voor zou hebben gehad.

Mercy had die tenslotte niet gehad en zij was de sterkste vrouw die hij kende. Mercy had levend weten te ontsnappen, maar klampte zich nog steeds vast aan dat kleine stukje zilver. Niet omdat dat goede herinneringen bovenhaalde, want dat deed het zeer beslist niet.

Het medaillon had kracht. Niet de kracht die zij beweerden dat het had, uiteraard, maar het had desalniettemin macht. Hij hoopte dat hij het bij het verkeerde eind had, dat Miriam de kracht had gehad om het ding in de eerste de beste vuilcontainer te gooien, dat de aanrander van Daisy Dawson er bij toeval op was gestuit, maar zijn gevoel zei hem dat dat niet zo was. En Gideon vertrouwde zijn gevoel.

Hij rechtte zijn rug. 'Graag. Ga maar voor.' Hij liep achter Rafe door de deur van de verhoorkamer en... bleef stokstijf staan.

Stopte met lopen. Stopte met ademhalen. Stopte met denken aan medaillons en Mercy en een vrouw die Miriam heette.

Want Irina Sokolov had het mis. De vrouw die naast rechercheur Rhee aan tafel zat was... niet schattig. Ze was al evenmin klein. Ze was... *Wauw.*

Een zachtroze kasjmier coltrui kleefde aan geweldige rondingen, omhulde borsten die een perfecte omvang hadden voor de handen van een minnaar. Blond haar hing in losse golven tot over haar schouders en omlijstten een gezicht dat te gezond en te mooi was, ondanks de lichtrode neus en gezwollen oogleden. Ogen die zijn aandacht trokken. Blauw. Als de hemel op een zonnige dag.

Die ogen werden even groot van verraste herkenning en dat spoorde zijn voeten aan om in beweging te komen. Ze bracht haar uitdrukking onder controle toen hij naar haar kant van de tafel liep en trok één blonde wenkbrauw op. 'Dus jij bent de *gerespecteerde* speciaal agent Gideon Reynolds,' zei ze droog en hij moest een huivering onderdrukken omdat haar stem hees klonk. Sexy. En merkwaardig bekend.

'Irina heeft me meer foto's van je laten zien dan van al haar kinderen samen,' ging ze verder voor hij kon bedenken waar hij haar stem eerder had gehoord. 'Ik heb veel over je gehoord.'

Ze glimlachte beleefd en kwam overeind met een gratie die overgebleven pijn van de aanval verborg. Ze was zo beheerst, zo onverstoorbaar dat hij zou kunnen geloven dat er niets was voorgevallen.

Behalve dat haar gezicht nog de sporen droeg van onlangs vergoten tranen. En haar hand trilde heel licht toen ze die naar hem uitstak. Mevrouw Dawson was niet zo koel en beheerst als ze wilde doen voorkomen. Maar ze deed heel goed alsof en daar had Gideon het grootste respect voor.

'Ja, ik ben Gideon,' zei hij, opgelucht dat zijn stem niet als bij een tiener oversloeg, ook al voelde hij zich vreemd genoeg precies zo nerveus. Hij nam haar uitgestoken hand en kneep zachtjes. Haar huid was te koud, dacht hij, en hij weerstond de verleiding om haar hand tussen de zijne te nemen, maar liet haar in plaats daarvan weer los. 'Maar "gerespecteerd" gaat wel erg ver,' voegde hij eraan toe in een poging haar glimlach terug te brengen, al verwachtte hij niet dat hij daarin zou slagen. Hij was nooit goed geweest in het produceren van een valse glimlach. 'Leuk je eindelijk te ontmoeten. Ik zou willen dat het onder betere omstandigheden was.'

Haar beleefde glimlach verflauwde en haar blik schoot naar Rafe. 'Dat is maar al te waar. Ik ga ervan uit dat je niet naar je moeders pijpen aan het dansen bent en een ontmoeting hebt gearrangeerd, want dat zou heel erg onprofessioneel zijn en dat ben je niet. Dus, waarom is hij hier?'

'Hij is hier om me met het onderzoek te helpen,' zei Rafe, wat ook werkelijk zo was.

Daisy fronste haar voorhoofd. 'Hij is van de FBI.' Toen werden haar ogen opnieuw groot, dit keer van ontzetting. 'O, mijn god. Hij zei dat ze allemaal om vergiffenis smeekten.' Ze keek op naar Gideon met een uitdrukking van oprechte wanhoop op haar gezicht. 'Zijn er anderen? Zijn jullie hier omdat er nog meer slachtoffers zijn?'

Gideon merkte dat hij de behoefte had om haar gerust te stellen en de woorden waren zijn mond al uit voor hij een tweede keer kon nadenken over de mogelijke gevolgen. 'Dat weet ik niet. Ik ben hier vanwege dat medaillon.'

Donderdag 16 februari, 22.50 uur

Daisy bleef doodstil zitten en keek naar hem op. Zijn opvallende groene ogen waren op haar gezicht gericht en er lag een vriendelijke uitdrukking in. Meelevend. Zijn stem was zacht en troostend.

En toen drongen de woorden door de mist in haar hoofd. *Wacht. Wat?* Ze had aangenomen dat een federale agent hier zou zijn omdat haar aanvaller in feite een serieverkrachter was. Of -moordenaar.

Want Daisy had zeker haar leven aan zich voorbij zien trekken in de momenten voor haar spiergeheugen de bewegingen had overgenomen. 'Het medaillon? Dat hij om zijn nek had?'

Ze klemde haar kaken stevig op elkaar omdat ze de volgende woorden niet hardop wilde horen. Woorden die desondanks door haar hoofd schreeuwden. *Het medaillon dat ik van zijn nek heb gerukt toen hij me probeerde te wurgen?*

Gideon knikte voorzichtig; hij had ongetwijfeld haar spanning gevoeld. 'Ja.'

Ze dwong zichzelf te ontspannen, hield haar hoofd schuin en keek hem op haar beurt aan. Bestudeerde zijn gezicht. Zijn heel knappe gezicht. Hij was veel jonger dan hij aanvankelijk had geleken toen hij door die deur naar binnen kwam. Het kwam door de zilverdraden in zijn krullende zwarte haar dat ze heel even was vergeten dat hij bij Rafe op school had gezeten, dus ze waren van ongeveer dezelfde leeftijd. Rond de dertig.

Er was iets, dacht ze. Iets in de vorm van zijn mond die omkranst werd door een keurig getrimde sik, die ook doorweven was met zilver. Iets... persoonlijks.

'Waarom?' vroeg ze. 'Wat is er zo bijzonder aan dat medaillon?'

Afgezien van het feit dat het delicate dingetje gedragen werd door een bruut. En afgezien van het feit dat er *Miriam* op stond. En afgezien van het feit dat hij schor *Dat doen ze allemaal* in haar oor had gefluisterd toen hij haar de steeg in sleurde.

Haar huid tintelde van nieuwsgierigheid. Of misschien was dat omdat ze zich ervan bewust werd dat Gideon Reynolds nog steeds naar haar stond te staren met een intensiteit die haar vanbinnen deed huiveren.

Dat vond Daisy maar niks. *Het is nieuwsgierigheid. Meer niet.*

Blijf dat maar denken als je je daar beter door voelt, zei een spottend stemmetje in haar hoofd.

Ja. Ja, dat doet het zeker, fluisterde ze terug. Vastberaden, want het spottende stemmetje moest in de kiem worden gesmoord. Het was hetzelfde stemmetje dat haar probeerde te verleiden om 'gewoon een slokje' te nemen wanneer haar angsten het probeerden over te nemen. Zoals op dit moment. *Gewoon een klein slokje. Bier. Een slok bier kan toch geen kwaad, of wel? Eén klein biertje?*

Nee. Ze knarste met haar tanden. *Smoor het in de kiem.*

Ze besefte dat hij haar geen antwoord had gegeven. Hij stond haar nog steeds gade te slaan en ze vroeg zich af hoeveel van dat inwendige gesprekje aan haar gezicht af te lezen was geweest.

'Nou?' drong ze aan. 'Waarom is dat medaillon zo speciaal?'

Achter haar werd een keel geschraapt en ze draaide zich om naar Rafe's partner Erin, die geduldig zat te wachten. 'Laten we je verklaring opnemen, Daisy,' zei Erin kalm en Daisy miste de flits van dankbaarheid niet die in Rafe's ogen verscheen. Agent Reynolds had duidelijk zijn mond voorbijgepraat.

Dus daar zou ze zich op concentreren. Op het medaillon. Op het mysterie. Niet dat haar vaders ergste nachtmerrie vanavond bewaarheid was geworden en dat hij waarschijnlijk op de volgende vlucht naar Sacramento zou zitten zodra hij ervan hoorde. *Ge-wel-dig.*

Daisy keek hen gespannen aan en ging weer op haar stoel zitten naast de plek waar haar draagtas op tafel lag, met Brutus er comfortabel in. Als ze goed luisterde, kon ze het zachte gesnurk van de hond horen. Dat hield haar met beide benen op de grond.

Rafe en Gideon gingen ook zitten, Gideon aan haar rechterkant en Rafe aan de andere kant van de tafel. Erin Rhee zat nog steeds aan haar linkerkant en had zich niet verroerd vanaf het moment dat Rafe naar buiten was gestapt omdat hij een telefoontje moest plegen. Waarschijnlijk naar Gideon Reynolds.

Vanwege het medaillon. Haar huid tintelde van de nerveuze spanning. Daisy stak haar hand in de draagtas en aaide Brutus even voor ze een nagelvijl uit een van de zijvakken haalde. 'Ze hebben bij de spoedeisende hulp mijn nagels geknipt,' zei ze terwijl ze de ruwe kantjes van haar pas geknipte nagels vijlde. Want ze had haar aanvaller gekrabd terwijl ze erin slaagde te ontsnappen.

'Die groeien wel weer aan,' zei Rafe troostend.

'Ik geloof niet dat ik dat wil. Ze zaten vanavond in de weg. Mijn nagels, bedoel ik. Ik deed een gewrichtsklem op zijn hand, maar mijn duimnagel was zo lang dat die verhinderde dat ik zo diep kon doordrukken als nodig was om hem hulpeloos te maken. Ik had dood kunnen zijn omdat ik bij de manicure was geweest,' voegde ze er luchtig aan toe.

Ze moest ophouden met kletsen. Haar zenuwen namen het over. *Concentreer je op het verhaal. Op het gezicht van Gideon Reynolds. Op alles wat geen herinnering is aan zíjn arm om je keel.*

'Heb jíj een gewrichtsklem gedaan?' vroeg Gideon voorzichtig en zijn twijfel was duidelijk.

'Ja, dat heb ík gedaan. Zal ik het even voordoen?'

Gideon schudde snel zijn hoofd. Hij leek er niet zeker van of ze het meende of niet. 'Nee. Dat is niet nodig.'

Rafe onderdrukte een glimlach. 'Nee, dat is het inderdaad niet. Ze kan ons allebei aan. Echt waar,' verklaarde hij toen Gideon hem een ongelovige blik toewierp. 'Ze heeft het bij mij "even voorgedaan" toen ik mijn twijfels uitte of ze zich wel kon verdedigen. Niet dat dat ooit nodig had moeten zijn, Daisy.' Hij werd weer ernstig en drukte op een knop op een afstandsbediening waarmee de videorecorder werd aangezet. 'Het is donderdag 16 februari, 22 uur 56. Ik ben rechercheur Raphael Sokolov. Hier bij me zijn rechercheur Erin Rhee, speciaal agent Gideon Reynolds en Eleanor Marie Dawson, ook bekend als Daisy. We zijn hier om de verklaring van mevrouw Dawson op te nemen.'

Daisy keek Rafe vuil aan. Ze had een hekel aan haar eerste naam en dat wist hij. 'Bedankt daarvoor.'

Rafe's uitdrukking bleef ernstig, maar de blik in zijn donkere ogen verzachtte. 'Wat is er vanavond gebeurd?' vroeg hij op vriendelijke toon.

Daisy haalde diep adem. 'Waar moet ik beginnen?'

'Waar je maar wil,' zei Erin. 'Als het nodig is dat we een stapje teruggaan, dan laten we dat wel weten.'

'Oké.' Ze stopte de nagelvijl weg en legde haar handen gevouwen voor zich op tafel. Toen gaf ze het op, stak haar hand in de draagtas en begon de wollige oren van Brutus te aaien, omdat haar angst aan haar vrat. Ze wilde hier niet weer over praten. 'Mijn vriendin Trish Hart en ik gingen weg bij het gemeenschapscentrum aan J Street en liepen in de richting van de Forty-niner Diner.' Ze draaide zich abrupt om naar Erin Rhee. 'Is Trish veilig thuisgekomen?'

'Dat is ze,' verzekerde Erin. 'Ik ben persoonlijk met haar meegelopen tot aan de deur en heb gewacht tot ze veilig binnen was.'

'Dank je,' fluisterde Daisy. Trish was zo vreselijk overstuur geweest en had huilend bij haar gezeten in de spoedeisende hulp tot Irina en Karl waren gekomen. Daisy had erop gestaan dat Trish naar huis zou gaan, omdat ziekenhuizen bij de dingen hoorden die haar weer aan de drank zouden kunnen krijgen.

Erin toonde een kalme glimlach. 'Graag gedaan.'

Daisy dwong zichzelf verder te gaan. Ze wilde dit deel achter de rug hebben. 'Trish en ik wandelen elke week naar dat eettentje.' Ze keek op naar de camera aan de wand. *Kan mij het schelen*, dacht ze. Ze rechtte haar rug en stak haar kin omhoog. 'We gaan op donderdag altijd naar een bijeenkomst van de AA.'

Gideons ogen werden groot, maar hij keek haar recht in de ogen toen ze hem zonder iets te zeggen uitdaagde om te oordelen. Hij knikte haar toe en dat ze zich daardoor kalmer voelde zou niets te betekenen moeten hebben. Maar dat deed het wel.

'Ik voelde al na een paar minuten nadat we aan onze wandeling waren begonnen dat iemand ons volgde,' ging ze verder. 'Gewoon een kriebel in mijn nek.' Ze haalde haar schouders op. 'Ik dacht dat het iemand was die mijn vader had ingehuurd. Ik heb er geen moment aan gedacht dat iemand me werkelijk stalkte.'

Gideon trok zijn wenkbrauwen op. 'Waarom zou je denken dat je vader je liet volgen?'

'Omdat hij dat al eerder heeft gedaan,' antwoordde ze naar waarheid. 'Hij... maakt zich zorgen om me.' Ze dacht na over haar woorden, maar besefte toen dat het haar niet kon schelen. Ze had niets te verbergen, want ze had niets om zich voor te schamen.

Blijf jezelf dat maar wijsmaken, schat, als je je daar beter door voelt.

Hou verdomme je kop.

'Mijn vader zag de tekenen van alcoholisme pas toen mijn zus hem daarop wees. Tegen die tijd was ik al behoorlijk naar de kloten.' Ze keek weer naar de camera en wendde haar blik toen naar Rafe. 'Mag ik "naar de kloten" zeggen?'

Rafe keek haar glimlachend aan. 'Als jij dat wil.'

'Oké dan. Ik was naar de kloten. En ik moest naar een ontwenningskliniek. Daarna heeft hij me als een havik in de gaten gehouden. Hij liet onze boerderijknecht me overal naartoe volgen. Dat was destijds omdat we bang waren en ons schuilhielden.'

Gideons wenkbrauwen gingen nog verder omhoog, waardoor er rimpels in zijn voorhoofd verschenen. 'Schuilhielden? Waarom?'

Waarom? De vraag verbaasde haar oprecht. 'Weet je dat niet, agent Reynolds?' Ze keek Rafe even schuin aan. 'Ik dacht dat je moeder dat al wel verteld zou hebben.' De vrouw probeerde hen nu al maanden te koppelen.

Je moet hem ontmoeten, zei Irina dan op haar bruuske manier met een zwaar accent, maar haar zachte aard was overduidelijk in de glimlach die altijd om haar lippen lag. *Hij is een goede man. Knap ook*, had ze er geslepen aan toegevoegd. Daarna vergastte ze Daisy op verhalen van toen Rafe en Gideon schooljongens waren, die altijd eindigden met een openhartige beoordeling. *Hij zou goed voor je zijn,* dochka. *Laat me je zijn telefoonnummer geven.* Wat Daisy altijd beleefd had afgeslagen, ook al voelde ze zich altijd zo veilig en in het gezin opgenomen wanneer Irina haar 'dochter' noemde dat ze geneigd was in te stemmen.

'Mijn moeder is eerlijk gezegd heel goed in het bewaren van geheimen,' zei Rafe.

Goed om te weten. Irina had het wat knap betrof in ieder geval bij het goede eind. Met zijn perfect zittende haar en perfect geperste blauwe pak dat perfect om brede schouders hing, om nog maar te zwijgen van zijn perfecte gezicht, had Gideon Reynolds zo uit een advertentie voor mannenkleding kunnen zijn gestapt. Hopelijk was hij niet alleen een goede man, maar ook discreet, want als hij haar levensverhaal al niet had geweten, dan stond hij op het punt dat nu te horen.

'Wil je dat ik dat hele trieste verhaal vertel?' vroeg ze luchtig, want ze had aan dat deel ook een hekel. Had er vreselijk de pest aan om de vuile was van de familie buiten te hangen. Niet dat het de eerste keer zou zijn, maar toch.

'Misschien alleen de ingekorte versie,' stelde Rafe voor.

Haar mondhoeken krulden en ze vermoedde dat dat Rafe's bedoeling was geweest. 'Oké. Dat zal wel lukken. Mijn vader was ervan overtuigd dat de ex-man van mijn stiefmoeder haar stalkte om hun kind te kunnen ontvoeren – mijn stiefzus, Taylor. Pap verhuisde ons tot voorbij Eureka en kocht een boerderij. Alles via lege bv's, want daar is hij heel handig in. Hij heeft ons leren schieten en ons te verdedigen voor het geval Taylors biologische vader haar zou komen weghalen. We hebben twaalf jaar in afzondering geleefd en elke dag getraind alsof we een soort van paramilitaire eenheid waren. En toen ging mijn stiefmoeder dood. Op haar sterfbed bekende ze aan Taylor dat ze het allemaal had verzonnen. Haar ex had haar nooit gestalkt en had haar of Taylor nooit bedreigd. Het was allemaal één grote leugen geweest. We zijn onze jeugd verloren vanwege een leugen.'

'En toen?' drong Gideon aan.

Daisy realiseerde zich dat ze naar de muur had zitten staren. De herinnering aan die laatste dagen, Donna zo uitgeteerd, opgevreten door de kanker. Taylor was er kapot van geweest. Net als haar vader. *Net als ik.* Tot ze erachter kwamen wat Donna hun allemaal had aangedaan. En toen had Daisy haar gehaat met de kracht van duizend zonnen. Maar het was te laat geweest. De vrouw was er niet meer en had hen allemaal gebroken en verward achtergelaten.

Het was nu drie jaar geleden dat Donna was gestorven en anderhalf jaar dat ze de waarheid kenden en ze begonnen eindelijk hun leven terug te krijgen. Weer overeind te krabbelen.

Ze haalde haar schouders op. 'Mijn vader voelde zich waardeloos omdat hij Donna had geloofd – ze was de moeder van Taylor. Hij had Taylor al die jaren verborgen gehouden voor een heel goede man vanwege de leugens van mijn stiefmoeder. Maar toen was er geen reden meer om ons te verstoppen. Pap verhuisde naar Maryland om in de buurt van Taylor en haar biologische vader te wonen en nam onze jongste zus mee. Taylor is nu verloofd met een heel aardige knul. Mijn zus Julie krijgt de hulp die ze nodig heeft. Ze heeft spastische verlamming,' voegde ze eraan toe. Ze glimlachte bij de herinnering aan de vreugde op het gezicht van haar zus toen ze een paar dagen eerder met elkaar skypeten. 'Jules heeft een vriendje. En mijn vader heeft zelfs verkering. Ik ben blij voor ze.'

'Maar?' drong Gideon aan.

'Maar ik wilde de wereld zien. Dus dat deed ik. Ik heb door Europa rondgetrokken. Het was de bedoeling dat ik zes maanden weg zou blijven, maar zo rond de vierde maand besefte ik dat ik werd gevolgd. Het was Jacob, de knecht die met ons was opgegroeid. Mijn vader betaalde hem om een oogje op me te houden. En verslag te doen. Gedroeg ik me wel? Dronk ik?' Ze zuchtte diep. 'Ik weet dat papa me wilde beschermen, maar het maakte me vreselijk kwaad. Dus toen ging ik naar huis en...' Ze aarzelde, want het was niet aan haar om dit deel van het verhaal te vertellen. Het was pijnlijk en persoonlijk en haar hart brak elke keer dat ze eraan dacht.

Haar ogen brandden van de tranen die ze weigerde te vergieten, want ze had al te veel gehuild voor één avond. Ze tilde Brutus uit zijn tas, negeerde Gideons verbijsterd verraste blik en drukte het hondje onder haar kin. 'Mijn vader heeft zijn redenen om zo obsessief te zijn over mijn veiligheid. Maar ook al begrijp ik het nu wel, het is niet goed. Dus heb ik hem laten beloven dat nooit meer te doen. Ik dacht eerlijk gezegd niet dat hij zich aan die belofte zou houden, dus toen ik vanavond die man achter ons hoorde, dacht ik geen tweede keer na.'

'Wat deed je?' vroeg Gideon zacht.

Ze wierp hem een scherpe blik toe omdat hij vol medelijden naar haar keek. *Ik ben niet zo teer*, wilde ze schreeuwen, maar ze slikte de woorden in en gaf hem zo kalm als ze kon opbrengen antwoord. 'Ik stuurde Trish vooruit naar het restaurant en verborg mezelf. Ik wachtte hem op en confronteerde hem. Ik trok zijn pet af. Hij was tegen de 1 meter 80, tussen twee haakjes. Ik hoefde niet zo hoog te springen om die pet af te rukken als ik bij Jacob zou hebben moeten doen, die is bijna 1 meter 90.'

'We hebben de pet op die plek gevonden,' zei Erin. 'Die wordt nu in het laboratorium onderzocht. Hoe zag hij eruit?'

'Hij had donkere ogen en geen haar.' Daisy worstelde zich door de herinnering voor die haar eronder kon krijgen. 'Ik kan niet zeggen wat zijn gelaatstrekken waren, want hij had een nylonkous over zijn hoofd getrokken. Hij is een roker. Dat rook ik aan zijn jack en zijn adem. Hij hield zijn stem laag en schor. Alsof hij hard probeerde te fluisteren. Maar dat was niet zijn normale stem. Hij droeg handschoenen.' Ze fronste haar voorhoofd. 'En zwarte brogues. En een vale spijkerbroek.' Ze vertrok haar gezicht, het beeld van zijn onderlichaam, het enige wat ze had kunnen zien toen hij haar meesleurde, van zich afschuddend. 'Heel slechte pasvorm.'

'Alleen op zijn hoofd geen haar?' vroeg Rafe. 'Had hij wel wenkbrauwen?'

Ze dacht een ogenblik na en dwong zichzelf zijn gezicht voor zich te zien zoals het was platgedrukt door de nylonkous. 'Nee. Ik geloof niet dat hij die had.'

'Hoeveel woog hij?' vroeg Gideon en dat hij haar dat in alle ernst vroeg was balsem voor haar rauwe emoties. Hij had vertrouwen in haar waarnemingen. Opnieuw zou dat niet zo kalmerend moeten werken, maar dat deed het wel en Daisy was er dankbaar voor.

'Ongeveer negentig kilo. Hij was stevig. Ik weet niet of hij getraind is om te vechten, maar hij was heel gemakkelijk in zijn bewegingen.' Zoals toen hij haar probeerde te verstikken met zijn onderarm.

Dat was een herinnering die bleef hangen.

Gideon tikte op de tafel om haar aandacht te trekken, maar het was in feite zijn aftershave die door de mist drong. *Omdat ik weer helemaal ergens anders was.* Ze knipperde met haar ogen om haar blik helder te krijgen en zag dat hij veel te dichtbij was. Zijn blik ging over haar gezicht op zoek naar iets wat hij moest hebben gevonden, want hij leunde achterover op zijn stoel.

'En toen?' vroeg hij.

'Hij sloeg zijn onderarm om mijn keel.' Ze zette Brutus op haar schoot, trok vervolgens de kraag van haar coltrui omlaag en legde haar hoofd in haar nek om haar keel zichtbaar te maken voor de camera. Ze wist dat haar keel rood en gekneusd was. De kneuzingen zouden de volgende dag paars zijn. 'Ik ben blij dat ik een heleboel coltruien heb. Die zal ik een tijdje naar mijn werk moeten dragen.'

Ze deed de kraag weer goed, maar snakte even naar adem toen ze Gideons gezicht zag. Zijn ogen hadden een staalharde blik gekregen en er trilde een spiertje in zijn wang. Maar hij knikte alleen maar.

'Hij zette een pistool tegen mijn hoofd en dat was het moment dat hij zei dat ik spijt zou krijgen van wat ik had gedaan en dat ik om zijn vergiffenis zou smeken.' Ze zag kans een huivering te onderdrukken. 'Dat ze dat allemaal deden.'

'Wat denk je dat hij bedoelde, Daisy?' vroeg Erin zacht. 'Waar wilde hij dat je spijt van zou krijgen?'

Daisy haalde hulpeloos haar schouders op. 'Ik weet het niet. Dat ik zijn pet had gepakt? Zijn gezicht heb onthuld?'

'Oké,' zei Erin. Toen glimlachte ze bemoedigend. 'Je doet het geweldig. Wat gebeurde er toen?'

'Ik... ik denk dat ik op de automatische piloot ging. Ik boog de pink van zijn hand met het pistool –' Ze zweeg even. 'Hij was linkshandig. Hij had zijn pistool in ieder geval in zijn linkerhand.'

Erin glimlachte opnieuw. 'Goed zo, Daisy. En wat gebeurde er toen je zijn pink achteroverboog?'

'Ik boog hem naar achteren en gebruikte een gewrichtsklem. Hier.' Daisy wees naar het vlezige deel tussen haar duim en wijsvinger. 'Als ik niet van die lange nagels had gehad, zou ik meer grip hebben gehad. Dan had ik hem op zijn knieën kunnen krijgen.'

Gideon leek niet overtuigd. Daisy werd nijdig, ook al zei hij niets.

'Nogmaals,' bood ze met een lief stemmetje aan, 'ik zal het met alle plezier voordoen.'

Ze had haar mening duidelijk gemaakt en hij had het fatsoen om gegeneerd te kijken. 'Nogmaals,' antwoordde hij, 'dat is niet nodig.'

Maar het zou wel verdomde bevredigend zijn, dacht ze nog steeds geïrriteerd. 'Ik wilde vluchten, maar hij kreeg me te pakken.' Ze haalde opnieuw diep adem, dieper dan strikt noodzakelijk was, gewoon om zichzelf eraan te herinneren dat ze dat kon doen. 'Hij duwde me tegen de muur en drukte zijn onderarm opnieuw tegen mijn keel. Dat was het moment dat ik de ketting om zijn hals beetpakte. Ik had die niet eens gezien. Ik probeerde zijn jas te pakken, iets om hem naar me toe te trekken. Zodat ik hem een knietje in zijn ballen kon geven. Wat ik toen ook deed. Hard.'

Het moest gezegd, Rafe noch Gideon vertrok zijn gezicht. Maar ze keken wel heel ongemakkelijk. Dat gaf haar een beter gevoel.

'Ik rende weer weg en dit keer stond Trish op me te wachten. Ze had me niet alleen willen laten met de man van wie ik dacht dat hij Jacob was. Ze was al een eind verder, maar kwam terug om me te zoeken. Ze had Brutus horen blaffen en zag me het steegje uit komen rennen.' Daisy sloot haar ogen. Haar hart ging te erg tekeer. 'Als ze daar niet was geweest, had hij me misschien weer te pakken gekregen. Ik weet niet of ik dan nog wel de kracht had gehad om me te verzetten.'

Niemand zei iets, maar toen ze haar ogen opendeed, zag ze dat ze haar alle drie zaten gade te slaan met een mengeling van bezorgdheid en respect. Daardoor voelde ze zich een stuk beter. 'Ik denk dat Trish toen om hulp begon te roepen. Voor ik het goed en wel in de gaten had, stonden er een paar mensen om ons heen. Ik vermoed dat de man toen op de vlucht sloeg. Trish belde het alarmnummer en...' Ze keek naar Rafe. 'Toen jou. Dat is het.' Ze liet haar blik rusten op Brutus die op schoot lag en dacht aan haar geblaf.

Ze keek met een ruk op. 'Ik denk dat hij van honden houdt.'

Rafe had op het punt gestaan op de knop van de afstandsbediening van de videorecorder te drukken, maar legde die weer op tafel. 'Waarom denk je dat?'

'Toen hij me tegen de muur drukte, met zijn arm... je weet wel.'

'Je aan het wurgen was,' vulde Gideon gespannen aan.

Daisy slikte, ook al deed dat nog steeds pijn. 'Ja. Hij zei dat ik veel te lastig was en dat hij ging schieten. Maar Brutus bleef blaffen. Hij...' Ze groef in haar geheugen. 'Hij vroeg waar die "kuthond" was en toen hij besefte dat Brutus in mijn draagtas zat, sloeg hij zijn ogen ten hemel. Toen richtte hij het pistool op Brutus. Maar hij schoot niet meteen. Heel even verstijfde hij. Ik greep zijn kraag en bracht hem zo uit zijn evenwicht dat hij niet goed mikte en de muur raakte in plaats van Brutus.' Ze fronste haar wenkbrauwen. 'Hij had een geluiddemper.'

'Goed om te weten,' zei Rafe. 'En toen?'

'Toen gaf ik hem dat knietje. En pakte dat medaillon.' *O ja. Juist. Het medaillon.* Ze keek met samengeknepen ogen naar Gideon, die haar duidelijk gespannen zat op te nemen. 'Waarom is dat medaillon zo belangrijk?'

Gideon deed zijn mond open om antwoord te geven, maar voor hij een woord kon zeggen, keek Brutus om en begon te blaffen.

3

Sacramento, donderdag 16 februari, 23.05 uur

Hij holde de twee treden naar zijn veranda op, zijn lichaam was warm en zijn spieren waren eindelijk los. Hij had extra snel gelopen in een poging zichzelf moe te maken. Mutt was het daar niet mee eens geweest. Hij had hem het laatste stuk voort moeten trekken. Hij deed de deur open, maakte de riem los, en de hond sjokte naar zijn bed in de hoek en liet zich er snuivend op vallen.

'Luilak,' zei hij tegen de hond.

Mutt reageerde niet.

Dat vond hij prettig. Hij kon tegen de hond zeggen wat hij maar wilde en hij had altijd het laatste woord. Mutt probeerde hem nooit te slim af te zijn. De hond kende zijn plaats.

Zijn telefoon in zijn zak ging over, de vierde keer dat dat gedurende de afgelopen dertig minuten gebeurde. Hij bekeek knarsetandend de nummermelder.

Sydney. Alle vier de keren.

'Ik haat je,' grauwde hij, niet helemaal zeker of hij Sydney bedoelde omdat ze een volslagen stomme trut was of zichzelf omdat hij altijd de telefoon opnam. Hij bracht zijn gezichtsuitdrukking onder controle en liet zijn stem kalm klinken. Hij zou het telefoontje aannemen. Dat deed hij altijd.

'Sydney,' zei hij neutraal.

'Sonny. Je negeert me.'

Hij kon het pruillipje horen waarvan ze dacht dat dat zo lief stond. Maar dat was niet zo. Hij had ook de pest aan dat gepruil.

'Ik was aan het hardlopen. Ik ben net terug.' *En ik hoopte dat je het zou opgeven en gaan slapen.*

Maar ze gaf het nooit op. Ze beschouwde dat als een kracht.

Daar was hij het niet mee eens.

'Wat wil je?' vroeg hij, meer kortaf dan zijn bedoeling was geweest.

'Ik bel even om te horen hoe het met je gaat,' zei ze. 'Ik hoor dat je vandaag verontrustend nieuws hebt gekregen.'

Hij knarste weer met zijn tanden. 'Dat de ouweheer het bedrijf onder mijn kont vandaan verkoopt?'

'Zo moet je niet over je vader praten, Sonny,' zei ze, haar stem vol afkeuring.

Noem me geen Sonny! wilde hij schreeuwen, maar hij deed het niet. Want hij schreeuwde niet tegen zijn stiefmoeder.

En noem hem ook niet mijn vader! wilde hij roepen. Want zijn 'vader' was in feite niet meer dan een spermadonor. Hij was er nooit geweest, hij was altijd aan het werk en had de opvoeding van zijn zoon overgelaten aan kindermeisjes. En toen aan Sydney.

De oude man had om niemand iets gegeven, behalve om zichzelf. Want elke échte vader zou hebben beseft dat de stoeipoes met wie hij was getrouwd in werkelijkheid een monster was dat zijn zoon de vernieling in hielp. Stukje bij beetje. Jaar na jaar.

Maar dat zei hij ook allemaal niet. Wat hij zei was wat ze hem had geleerd te zeggen. Ze had hem getraind als een hondje. 'Het spijt me, Sydney.'

'Zo ben je weer mijn brave jongen,' koerde ze. 'Maak je je zorgen om je baan?'

Verdomme, ja. Hij leunde tegen de voordeur. 'Moet ik dat niet doen, dan?' *Verdomme. Ga niet het gesprek aan met haar.* Nadat hij de woorden had uitgesproken wilde hij ze meteen ze weer inslikken, maar het was al te laat.

'Natuurlijk niet.'

Hij knarste met zijn tanden. 'Het schoothondje van de ouweheer zei dat de nieuwe eigenaren schoon schip maken en dat we er allemáál uit vliegen. Hij keek me recht aan toen hij die woorden uitsprak. Dus ja, neem me niet kwalijk dat ik me een beetje zorgen maak.'

Ze klakte met haar tong. 'Domme jongen. Ik heb een ingang bij de nieuwe eigenaar.'

Wat betekende dat ze ook met de nieuwe eigenaar naar bed ging. Sydney kon vrijen met wie ze maar wilde, maar ze verwachtte van hem dat hij alleen met haar seks had.

En ondanks zijn meer dan vastberaden pogingen om seks van wat voor soort dan ook met iemand anders dan Sydney te hebben, was dat precies hoe de zaken ervoor stonden. Hij was zo gebroken dat hij hem voor niemand anders overeind kon krijgen. En dat wist ze. *De slet.* Maar dat zei hij niet.

'Dat is mooi,' zei hij slap. 'Daar ben ik blij om.'

'Je weet dat ik voor je zorg, Sonny. Blijf bij mij en dan komt alles goed.'

Blijf bij mij. Met andere woorden, gehoorzaam elk bevel van haar. Stuk voor stuk. En dat zou hij doen ook, tot zijn eigen schande, ook al werd hij daardoor verscheurd.

'Dat weet ik,' zei hij dof. 'Jij zult voor me zorgen.' Iets wat hij nooit had gewild. Niet één keer.

'Natuurlijk zorg ik voor je, Sonny, schat. Ik had vanávond voor je moeten zorgen.'

Hij vertrok zijn gezicht, want hij was het vergeten. Met opzet. 'Sorry, Sydney. Ik moest... Ik had gewoon tijd nodig om alles wat er vandaag gebeurd is te verwerken.' Hij had een gast voor zijn kelder moeten pakken.

'En wáár precies heb je dat verwerken gedaan? Een bar?'

Ja, verdomme. Hij was achtentwintig. Geen kind meer. Hij kon naar elke bar gaan die hem aanstond. Maar zoiets zou hij nooit tegen haar kunnen zeggen. 'Nee. Natuurlijk niet. Luister, ik moet echt gaan slapen. Ik moet morgen vroeg op.'

'Juist.'

Hij balde zijn vrije hand tot een vuist. Die kille toon van haar voorspelde zelden iets goeds. 'W-w-welterusten, Sydney.'

'Welterusten, Sonny. Droom maar fijn.'

Hij slikte moeizaam terwijl hij een einde maakte aan het gesprek. *Droom maar fijn.* Hoe vaak had ze die woorden in zijn oor gefluisterd terwijl hij bezig was in slaap te vallen en zich zo verdomde in de war voelde? Hij wist het niet. Hij was lang geleden opgehouden met tellen.

Hij wankelde misselijk naar zijn slaapkamer en liet zich op zijn knieën voor zijn stereo vallen. Die was van zijn moeder geweest. Zijn echte moeder. De moeder die van hem had gehouden en hem in slaap had gewiegd en die nooit *Droom maar fijn* had gezegd met dat gladde gefluister.

De stereo was een van de weinige dingen die hij had mogen houden. De draaitafel, de luidsprekers en een stapel oude lp's. Haar favoriet lag op de draaitafel, klaar om te worden afgespeeld. Het kalmeerde hem altijd, vooral wanneer zijn kelder leeg was en hij om wat voor reden dan ook moest wachten tot hij hem kon vullen. *Zoals vanavond.*

Hij tilde voorzichtig de arm op en zette de naald aan het begin. Toen draaide hij zich om tot hij in kleermakerszit met zijn rug tegen het bed zat. Hij stak een sigaret op en inhaleerde diep. Sydney vond het niet prettig wanneer hij rookte. Dus natuurlijk deed hij dat. Alleen niet waar zij het kon zien.

Hij keek met een frons naar het pakje in zijn hand, dat nu leeg was. Hij had vanochtend nog een half pakje gehad. Ja, hij had er een paar gerookt terwijl hij buiten bij het gemeenschapscentrum stond te wachten, maar hij had niet gedacht dat hij er négen had weggepaft. Hij stond zichzelf er meestal maar één per dag toe. Hij vroeg zich af waar hij de peuken had gelaten. *Geweldig. Nog meer DNA van me daarbuiten.*

Maar hij was hier niet om te piekeren. Hij was hier om te ontspannen. Hij deed zijn ogen dicht en luisterde naar de openingsdrums van 'Copacabana' en dacht terug aan hoe zijn moeder met hem danste met een brede glimlach die alleen voor hem was terwijl Manilow zong over een revuemeisje dat Lola heette. Hij had zich pas veel later gerealiseerd dat het nummer in werkelijkheid over een moord ging, lang nadat zijn moeder was overleden. Pas toen Sydney hem erop had gewezen en zijn moeder belachelijk had gemaakt omdat ze het goedvond dat hij ernaar luisterde.

Vlak voor ze uit zijn bed was geglipt en had gefluisterd: *Droom maar fijn.*

Tegen die tijd kende hij Sydney's streken. Ze zou de platen hebben vernield terwijl hij sliep, dus had hij ze verstopt op een plek waar zij ze nooit zou vinden. Hij had er niet meer naar durven luisteren tot hij zijn eigen huis had gekocht.

Van mij. Mijn huis. Een plek waar Sydney nóóit welkom was geheten.

Donderdag 16 februari, 23.10 uur

Waarom is dat medaillon zo belangrijk?

Gideon had bijna Daisy's vraag beantwoord. Bijna. Gelukkig had dat hondje de ban gebroken. *De betovering verbroken.* Wat belachelijk dramatisch klonk, terwijl Gideon dat normaal gesproken helemaal niet was.

Hij dwong zich te ontspannen en verplaatste zijn blik van haar gezicht naar het harige balletje in haar armen. De hond was klein, woog misschien vier kilo, hooguit. En hij heette Brutus. Onder andere omstandigheden zou hij daarom moeten glimlachen. En dat gebeurde niet vaak.

Brutus had de kleuren en tekening van een collie en de oren van een vleermuis, enorm en puntig en bedekt met krullerig haar dat alle kanten op stak. Hij kon maar niet beslissen of de hond nou lelijk was of leuk.

Deed er niet echt toe. Wat er wél toe deed was dat de hond tussenbeide was gekomen en had voorkomen dat hij een waarheid eruit zou gooien die niet gedeeld zou mogen worden.

Maar is dat wel zo? Heeft ze dat niet verdiend?

Nee, hield hij zichzelf streng voor. Ja, ze had dapper gevochten. Schokkend adequaat zelfs. Ja, ze had alles openhartig met hen gedeeld, meer nog dan ze strikt gesproken moest. Maar dat gaf haar niet het recht om meer te weten. Niet hierover. *Niet over mij.*

'Ik zit nog met een paar vragen over de man die je heeft aangevallen,' zei hij in plaats daarvan.

De flits van teleurstelling in haar blauwe ogen was onmiskenbaar. Net als de vastberaden schittering die daarop volgde. Ze zou het onderwerp van het medaillon niet zomaar laten rusten. 'Oké.' Ze was het hondje weer aan het aaien. 'Zeg het maar.'

'Had hij fysieke kenmerken die je zijn opgevallen? Littekens die zichtbaar waren door het nylon, bijvoorbeeld?'

Ze schudde haar hoofd. 'Nee. Niets wat ik kon zien.'

'Hoe zit het met zijn lijf? Opvallende dingen? Tatoeages?'

Ze trok haar wenkbrauwen op. 'Tatoeages? Niet dat ik heb gezien. Ik heb helemaal niets van zijn huid gezien. Hij droeg een gewatteerd jack. Een soort ski-jack. Dat moet bij de hals hebben opengestaan, want ik kon bij de ketting om zijn nek.' Ze staarde naar de hand die de hond aaide en fronste haar voorhoofd. Ze ging met haar duim over haar vingertoppen. 'Ik voelde helemaal geen borsthaar toen ik hem aanraakte. Toen ik hem krabde.'

Gideon hoopte dat ze hem pijn had gedaan. Veel. Hij hoopte dat de huid die ze van onder haar nagels hadden geschraapt tot een DNA-match zou leiden. Hij hoopte dat de man na al die uren die waren verstreken nog steeds pijn in zijn ballen had.

'Heeft je vader je geleerd zo te vechten?' vroeg hij en hij verbaasde zichzelf, want dat was niet de vraag die hij had willen stellen.

Ze keek hem aan en knipperde even met haar ogen. 'Hij zal de pest inhebben dat ik die vent niet op de knieën heb gekregen. Wanneer hij ervan hoort.' Ze keek naar Rafe. 'Ik denk niet dat je moeder dát geheim kan houden voor hem. Of wel?' voegde ze er hoopvol aan toe.

Rafe schudde verdrietig zijn hoofd. 'Ik denk dat ze hem heeft gebeld toen ze op weg was naar de spoedeisende hulp.'

'Dan is hij dus morgen hier,' zei ze met een zucht. 'Geweldig.'

Erin Rhee was heel stil geworden. De vrouw was normaal gesproken al rustig, al kon ze volgens Rafe ongelooflijk snel zijn als dat nodig was. Maar het grootste deel van de tijd vertoonde ze een onverstoorbare kalmte die onwerkelijk was. Op dit moment was ze echter onheilspellend stil. 'Wat gaat hij doen als hij hier komt?' vroeg ze Daisy toen, en haar bijbedoeling was luid en duidelijk, ook al moest hij zich inspannen om haar stem te kunnen horen.

Daisy moest het ook hebben gehoord, want ze wendde zich glimlachend tot Erin. 'Niets ernstigs. Hij heeft ons nooit ofte nimmer fysiek iets aangedaan. Nooit. Hij zal me gewoon... betuttelen. En dan zal hij erop staan dat ik naar Maryland verhuis om bij hem in de buurt te komen wonen. En als ik dat weiger, dan neemt hij Jacob weer in dienst om me te volgen.'

Erin knikte. 'Oké. Ik wilde het alleen even zeker weten.'

'En dat waardeer ik,' zei Daisy. Ze boog zich naar de rechercheur en klopte haar even op de arm. 'Echt waar. Maar je hoeft je geen zorgen te maken over mijn vader. Of om mij.'

Erin glimlachte wrang. 'Gezien het feit dat je hier bent, moeten we ons wel een beetje zorgen om je maken, of vind je van niet?'

Daisy fronste haar wenkbrauwen. 'Ja, ik denk dat dat wel waar is.' Ze wendde zich tot Gideon en ze had opnieuw die nieuwsgierige schittering in haar ogen. Hij wist dat ze op het punt stond hem opnieuw naar het medaillon te vragen.

Dus ontweek hij de vraag. 'We moeten Jacobs achternaam en telefoonnummer hebben zodat we kunnen vaststellen waar hij vanavond was, aangezien hij je in het verleden ook heeft gevolgd.'

'Zijn achternaam is Fogarty en zijn nummer staat in mijn telefoon. De laatste keer dat ik hem heb gezien was hij op weg naar de boerderij van zijn ouders voorbij Weaverville. Maar dat is maanden geleden.'

'Hoe zit het met je werk? Heb je daar problemen?' vroeg Gideon.

Hij verwachtte dat ze nee zou zeggen. Hij had niet verwacht dat ze haar ogen weer zou neerslaan naar de hond. Hij had niet verwacht dat ze diep zou ademhalen voor ze met een schuldige uitdrukking op haar gezicht naar Rafe opkeek.

'Ik dacht dat het niet belangrijk was,' fluisterde ze.

Rafe's verwarde blik schoot van Gideon naar Erin en weer terug naar Daisy. 'Wat leek je niet belangrijk?' vroeg hij behoedzaam.

Daisy zat de hond zo hard te aaien dat het een wonder mocht heten dat het arme dier nog haar overhad. 'Ik heb een paar telefoontjes gekregen,' gaf ze toe. 'En e-mails. Tad zei dat ik ze moest negeren. Dat hij voortdurend van die dingen kreeg. Ik kon het wel aan.'

'Wie is Tad?' vroeg Gideon.

'En om wat voor dingen gaat het?' voegde Erin eraan toe.

'Tad is mijn medepresentator,' zei Daisy. 'Bij de radio. KZAU. Ik doe het ochtendprogramma – je weet wel, *The Big Bang with TNT*. Dat is Tad.'

O. Nu wist Gideon weer waar hij haar stem had gehoord. Hij luisterde elke ochtend naar *The Big Bang with TNT* als hij in zijn auto onderweg was naar zijn werk. Voornamelijk vanwege de nieuwe medepresentator. Dat moest Daisy zijn. Behalve dat ze niet onder die naam in de uitzending was. 'Jij bent Poppy Frederick.'

'Dat ben ik, ja,' zei ze. 'Mijn vader heet Frederick. Zijn koosnaampje voor mijn moeder was Poppy.'

Dat klonk logisch. De vader van Rafe, Karl, was eigenaar van een aantal zaken, waarvan de meeste scheppen geld binnenbrachten. Het radiostation vormde de uitzondering. Gideon wist dat het voortdurend in de rode cijfers verkeerde omdat Irina Karl altijd op zijn huid zat om het te verkopen. Dan glimlachten de twee naar elkaar, omdat ze allebei wisten dat Karl dat nooit zou doen. Het was zijn eerste bedrijf geweest en het was ook de plek waar hij Irina had ontmoet.

KZAU had sentimentele waarde, zo eenvoudig was het. Dat Daisy daar werkte was geen verrassing. Dat had Irina Gideon verteld toen ze net begon de loftrompet te steken over dat 'leuke blondje', de dochter van een van Karls oudste vrienden.

Karl gaf veel mensen die net begonnen een baan. Gideons eerste salaris was afkomstig van Karl Sokolovs radiostation en daar zou hij altijd dankbaar voor blijven. Maar dat Daisy het ochtendprogramma presenteerde was wel een verrassing.

'Ik dacht dat je op de afdeling Verkoop werkte,' zei Gideon, want dat was wat Irina hem had verteld.

'Dat deed ik ook in het begin. Maar...' Ze haalde haar schouders op. 'Op het juiste moment op de juiste plek.'

'Niet waar,' zei Rafe. 'Daisy deed de stem bij een paar van de advertenties en wat de manager hoorde stond hem wel aan. De vorige medepresentator moest een maand of drie geleden plotseling met ziekteverlof en Daisy is voor hem ingevallen. De luistercijfers zijn nog nooit zo hoog geweest.'

Daar twijfelde hij geen moment aan. Hij stemde 's morgens vaker op haar af dan hij wel wilde toegeven. Haar hese, sexy stem was perfect voor de radio. Dat ze ongewenste aandacht oogstte was een onaangename bijkomstigheid.

'Wat voor telefoontjes en e-mails?' wilde Gideon weten.

Opnieuw een schouderophalen. 'Het gewone spul, denk ik. "Ik word geil van je. Je klinkt zo sexy. Kom met me mee naar huis. Laten we samen wat drinken."' Ze ratelde ze snel af terwijl haar wangen rood werden. 'Sommige waren wat explicieter.'

Gideon moest op zijn tong bijten om zijn plotseling opkomende woede te beteugelen. Er was geen enkele reden waarom hij zo kwaad zou zijn om iets wat haar aanging. Ze was niets van hem. Gewoon iemand die hij net had leren kennen. Maar toch, niemand verdiende het om slachtoffer te zijn van seksuele intimidatie. Daisy had dat op geen enkele manier uitgelokt. Het ochtendprogramma was in geen enkel opzicht seksueel getint. Het was luchtig geklets voor in de file, voor het hele gezin. Daar stond Karl op.

Gideon knipperde met zijn ogen, plotseling walgend van zichzelf. Daisy had dit allemaal niet verdiend. Zelfs als ze schuine moppen vertelde, op de radio de rol van sekspoes speelde of zelfs spiernaakt bij evenementen kwam opdagen, dan nog zou ze geen van die suggestieve telefoontjes of e-mails verdienen.

Uiteraard gingen zijn gedachten bij het beeld van haar spiernaakt een heel andere kant op en hij onderdrukte die snel. *Niet nu. Niet nú? Wat is er aan de hand met me?*

'Waarom heb je het niet tegen de manager gezegd?' vroeg Rafe, die duidelijk ook zijn woede zat te onderdrukken. 'Ik ben niet boos op jou, Daisy. Dat begrijp je toch, hè? Het is alleen dat we hadden kunnen helpen.'

'Ik snap het. Echt. Maar Tad zei dat iedereen zulke e-mails krijgt. De werkelijk expliciete kwamen zo af en toe. Als het een constante stroom was geweest of als ze bedreigend waren geworden, dan had ik het wel tegen de manager gezegd. Ik kon ermee omgaan. Dat dacht ik in ieder geval.' Ze beet op haar lip. 'Ik had de e-mails niet in verband gebracht met wat er vanavond is gebeurd. De man zei: "Dat doen ze allemaal." Ik nam aan dat ik een van de velen was, dat vanavond gewoon toeval was. Maar... dat is het misschien niet.' Ze wees naar haar mobieltje, dat op tafel naast haar enorme handtas lag. 'Ik heb de e-mails en voicemails bewaard. De e-mails zijn naar mijn account bij de radio gestuurd, maar daar kan ik via mijn telefoon bij.'

'Kwamen die telefoontjes naar je mobieltje?' vroeg Gideon terwijl zijn woede opnieuw de kop opstak. 'Hoe kwamen ze aan je nummer?'

'Dat is niet zo moeilijk,' mompelde ze. 'Ik doe optredens bij een heleboel van de plekken waar ik zes maanden vrijwilligerswerk heb gedaan – lang voor ik het radioprogramma kreeg. Al die plaatsen hebben mijn mobiele nummer. Ik neem aan dat iemand is verleid of overtuigd om het te geven.'

'Dat verandert met ingang van morgen,' zei Erin grimmig. 'Nieuw mobieltje. Niemand krijgt het nummer behalve wij. En je familie.'

Daisy keek mistroostig. 'Dat vermoedde ik al.'

'We zullen je telefoon ook controleren op de aanwezigheid van volgsoftware,' zei Rafe. 'Dat kan verstopt hebben gezeten in een van de mails.'

'Ik open nooit een bijlage.' Ze ging rechtop zitten en haar uitdrukking was meer dan geïrriteerd. 'Ik ben niet dom, Rafe.'

Rafe klonk kalm terwijl hij antwoord gaf. 'Dat heb ik ook nooit beweerd. Maar ik zal ervoor zorgen dat niemand in staat zal zijn je op te sporen met behulp van je mobieltje. En ik zal eens een babbeltje maken met Tád om te horen wat voor mails wel gerapporteerd kunnen worden.'

'Ik wens je veel geluk,' mompelde Daisy.

Tad was duidelijk niet zo'n fijne collega. Gideon sloeg dat op om later eens op terug te komen. 'Wie beschikten over je nummer?' vroeg hij nu. 'Waar doe je vrijwilligerswerk?'

Rafe glimlachte goedmoedig. 'Waar niet?'

Daisy's kin kwam omhoog en tot Gideons verbazing blonk er woede in haar ogen. 'Ik doe veel voor plaatselijke liefdadigheidsinstellingen,' zei ze koeltjes. 'Om persoonlijke redenen.'

Rafe stak zijn handen omhoog ten teken van overgave. 'Ik zeg ook niet dat je dat niet moet doen. Het is gewoon veel.'

'Ik heb heel veel tijd in te halen,' zei ze met zachte stem en haar boosheid verzachtte tot iets wat Gideon niet goed kon thuisbrengen. 'En dingen goed te maken.'

'Is dat onderdeel van het twaalfstappenplan?' vroeg Erin en er klonk respect in haar stem.

'Voor een deel. Het houdt me ook te druk om een borrel te willen. Maar voornamelijk omdat ik nog niet goed weet wat ik wil gaan doen. Dus doe ik alles.'

Gideon vroeg zich af of dat alle redenen voor haar waren of dat het alleen maar het topje van de ijsberg was. Daisy Dawson had kanten die hij niet had verwacht.

'Waar doe je vrijwilligerswerk?' vroeg hij opnieuw en hij hield zijn pen in de aanslag om een lijst te maken.

'Het dierenasiel, vooral op dagen dat er geadopteerd wordt. Ik heb Brutus uit een opvang.' Ze tilde de hond op en drukte een kus tussen de enorme oren en Gideon merkte dat hij jaloers was op het belachelijke dier. 'Ik werk ook in het recreatiecentrum voor mensen met spastische verlamming en bij een paar van de plaatselijke verpleeghuizen. Ik heb een paar inzamelingsacties gedaan voor veteranengroepen. Verschillende goede doelen daar.' Er trok een schaduw over haar gezicht, maar ze forceerde een vrolijke glimlach. 'En het radiostation sponsort een hardloopwedstrijd van vijf kilometer waar ik de leiding over heb ten behoeve van onderzoek naar leukemie.'

Gideon zette zijn vraag over de veteranengroep voorlopig opzij voor een andere keer. 'Ik doe mee aan die hardloopwedstrijd.'

Ze trok een wenkbrauw op. 'Ik ook. Ik wed dat ik sneller ben dan jij.'

Hij grinnikte. 'Aangenomen.' Toen werd hij weer ernstig. 'Heeft op al die plaatsen iemand jouw telefoonnummer?'

'Waarschijnlijk meerdere iemanden en de meesten daarvan zouden er geen seconde over nadenken om het aan iemand anders door te geven, zeker als degene die erom vraagt beweert dat hij het moet hebben om me iets voor de gemeenschap te laten doen.'

Dat hielp helemaal niet. Hij keek fronsend naar Rafe. 'Rechercheur Sokolov, zijn jullie in staat om te achterhalen waar die mails en voicemails vandaan komen?'

'Dat gaan we zeker proberen.'

Daisy schoof haar mobieltje over de tafel in de richting van Rafe. 'Mag ik hem later terug? Alleen om mijn lijst met contacten en mijn agenda te kopiëren?'

'Maak je geen gebruik van de cloud?' vroeg Erin.

Daisy snoof, maar het was een zacht geluid. 'Nee. Ik heb nog genoeg van de achterdocht van mijn vader in me om dat maar niks te vinden. Sla je informatie nooit ergens op waar je er geen volledige controle over hebt. Ik heb geen idee wie de cloud beheert.'

'Niemand,' mompelde Erin, maar haar lippen trilden even en daardoor deden die van Daisy hetzelfde. 'Hoe zit het met Tad? Mr. TNT zelf?'

Daisy knipperde met haar ogen. 'Nou, Tad is niet... gemeen. Niet echt. Hij laat me nooit vergeten dat ik mijn baan te danken heb aan het feit dat ik de baas ken. Dat is niet voor de volle honderd procent waar, want ik heb journalistiek gestudeerd. Hij doet het nooit tijdens de uitzending, maar... ja. Ik hou het erop dat hij vastbesloten is dat ik mijn plaats ken. En dat is achter hem, waar hij ook mag zijn.'

Journalistiek gestudeerd? Dat verklaarde die nieuwsgierigheid. Gideon vermoedde dat ze vastberaden was om meer te weten te komen over het medaillon en gewoon het juiste moment afwachtte.

'Heeft hij ooit een bepaalde interesse in je getoond die je als seksuele intimidatie beschouwt?' vroeg Erin.

Er verscheen opnieuw een blos op Daisy's wangen. 'Niet echt. Het is meestal een compliment over mijn kleding of over mijn haar. Hij laat het aardig klinken, dus ik heb er nooit iets achter gezocht. Hij heeft een paar keer gevraagd of ik tijd had om te gaan lunchen. Ik blijf hem afwimpelen. Om eerlijk te zijn mag ik hem niet zo erg. Maar hij is nooit overduidelijk onheus geweest of heeft zelfs maar gehint op iets als het geweld waar ik vanavond getuige van ben geweest.'

Erin knikte alsof dat haar tevredenstelde, maar Gideon was daar helemaal niet gelukkig mee. Tad klonk als een zelfgenoegzame lamlul die eens een toontje lager moest leren zingen.

'Hoe zit het met je buurt?' vroeg Erin. 'Daar problemen?'

Daisy keek geamuseerd bij die vraag. 'Alleen wanneer Sasha te veel drinkt en uit volle borst zingend thuiskomt. Ik huur bij Rafe,' legde ze uit.

Dat wist Gideon. Rafe had de andere kinderen uitgekocht toen ze een victoriaans huis in Midtown erfden van een van hun grootouders. Hij had het volledig gerestaureerd en er drie appartementen in gebouwd. Rafe woonde op de tweede verdieping en verhuurde de eerste verdieping aan zijn zus Sasha. Daisy moest de studio op de begane grond hebben gehuurd.

Gideon kende haar appartementengebouw goed. Hij had er gewoond tot hij gesetteld was toen hij net terug was in Sacramento na jaren van stationeringen in andere steden. Hij had onlangs een huis gekocht in de buurt van het FBI-kantoor. Het moest worden gerenoveerd, dus had hij zijn verhuizing steeds uitgesteld, maar Rafe had tegen hem gezegd dat de dochter van zijn vaders oude vriend de ruimte nodig had.

'Hoe zit het met je buren?' drong Gideon aan. 'Heeft Brutus vijanden gemaakt?'

Haar wenkbrauwen gingen omhoog. 'Brutus? Nee. Ze is lief en blaft eigenlijk nooit, behalve wanneer ik in een steeg word aangevallen door een gemaskerde man.'

Sarcasme dus. Hij was merkwaardig onder de indruk. 'Wie wist dat je vanavond naar de AA ging?'

De glimlach op haar gezicht verdween abrupt. 'Mijn vriendin Trish. Mijn sponsor, Rosemary Purcell. Iedereen in mijn AA-groep, neem ik aan. Ik kom meestal niet van de studio, maar vanavond wel omdat ik nog laat moest werken. Hij kan me hebben gevolgd, denk ik.'

'Waarom moest je vanavond laat werken?' vroeg Erin.

'Ik moest definitieve afspraken maken met de overige sponsors van de vijf kilometer. Ik kan jullie een lijst geven van de telefoontjes die ik heb gepleegd. Ik heb niet mijn mobieltje gebruikt. Ik heb alle telefoontjes gedaan met de vaste telefoon in het kantoor van de manager. Iedereen die ik heb gebeld weet dat ik daar was. Hun nummeridentificatie heeft dat van het radiostation laten zien. Ik heb dertien mensen gebeld. Ik weet nog dat ik dacht dat dat geluk bracht of juist niet. Ik geloof dat het dat tweede was.'

'Ik zou graag die voicemails waar je het over had willen afluisteren,' zei Erin. 'En ik zou graag willen weten waarom je ze hebt bewaard.'

Daisy vertrok haar gezicht. 'Ik had dat gedoe met Tad wel onder controle, maar als dat zou veranderen wilde ik wel graag laten zien wat hij me vroeg te negeren.'

Rafe schoof de telefoon naar haar terug. 'Wil je hem voor me ontgrendelen?'

Ze tikte haar code in. 'Het is 140790. Voor het geval je hem nog eens moet ontgrendelen. Maar zeg niet tegen mijn vader dat ik je mijn code heb gegeven. Dan gaat hij uit zijn plaat.'

'Waarom?' vroeg Gideon.

'Omdat hij dan begint over mijn grondwettelijke recht tot bescherming tegen doorzoeking en inbeslagname en blablabla.' Ze wuifde met haar hand. 'Hij is ook strafpleiter.'

Een paramilitaire strafpleiter met achtervolgingswaanzin. Dat was interessant. Maar niet waar Gideon naar op zoek was. 'Nee. Waarom is dat nummer jouw code? Het lijkt een datum.'

Ze draaide zich naar hem toe en haar extreme vermoeidheid was plotseling duidelijk zichtbaar. 'Dat was de verjaardag van mijn zus Carrie,' zei ze heel zacht.

Was. 'Dank je.'

Ze slikte een paar keer. Ze gaf haar telefoon aan Rafe. 'Wat ga je ermee doen?'

'Op dit moment ga ik de voicemails afspelen,' maakte Rafe haar duidelijk. 'Ik wil weten of de stem van een van de bellers dezelfde is als die je vanavond hebt gehoord.'

Ze sloot heel even haar ogen en Gideon had het gevoel dat de boodschappen weleens veel ernstiger zouden kunnen zijn dan ze hun had willen doen geloven. 'Oké,' fluisterde ze; ze opende de berichten op haar telefoon en drukte op PLAY.

Donderdag 16 februari, 23.30 uur

'Copacabana' werd gevolgd door 'Somewhere in the Night' toen zijn telefoon in zijn zak opnieuw begon te zoemen. Hij reageerde als de hond van Pavlov en bekeek het bericht. Hij had geweten dat dat van Sydney afkomstig zou zijn, maar toen hij haar naam op het scherm zag, slikte hij moeizaam.

JE WAS ERG ONBELEEFD VANAVOND, SONNY. IK VERWACHT EXCUSES, ANDERS WEND IK NIET MIJN INVLOED AAN OM JE BAAN TE BEHOUDEN.

Hij slikte opnieuw moeizaam. Had zij die invloed? Kon ze ervoor zorgen dat hij in dienst bleef? Hij mocht zijn baan niet kwijtraken. Dan zou hij zijn huis kwijtraken.

Dan zou hij zijn kelder kwijtraken.

Haar volgende bericht kwam nog veel harder aan. IK ZOU HET VRESELIJK VINDEN ALS JE JE BAAN KWIJTRAAKT, SONNY. MAAR JE MAG UITERAARD ALTIJD WEER BIJ MIJ KOMEN WONEN.

Nee. Nee, nee, nee. Hij werd ijskoud vanbinnen. *Ik kan niet terug. Ik ga niet terug.*

Zijn vingers trilden terwijl hij op het toetsenbordje op het scherm tikte. HET SPIJT ME, SYDNEY.

DAT IS BETER. MIJN LIEVE JONGEN. JE ZULT ALTIJD MIJN LIEVE JONGEN ZIJN. DROOM MAAR FIJN.

Hij sprong overeind en begon door zijn slaapkamer te ijsberen. Dat hij werkelijk ontslagen kon worden nadat hij jáim had gekropen voor die lul, nadat hem was verteld dat het bedrijf van hem zou zijn? Dat het onder zijn kont vandaan was verkocht was een enorme klap, zowel zakelijk als persoonlijk. Hij was verraden, zo eenvoudig was het.

Dit keer niet door Sydney. Ze maakte alleen maar gebruik van de situatie in haar eigen voordeel. Dit was allemaal de schuld van die ouwe.

En van mij.

Want ik vertrouwde hem. Weer. Ik geloofde hem. Weer.

Mijn fout. Weer.

Want hij loog tegen me. Weer.

Hij zou zijn baan niet kwijtraken. Hij zou zijn huis niet kwijtraken. Hij zou zijn kelder niet kwijtraken. En hij zou zeker niet weer bij Sydney intrekken. Nooit meer.

Nieuwe woede raasde door hem heen, want hij had verdomme níémand in zijn kelder.

En hij zou iemand in zijn kelder hebben gehad als dat blondje hem niet had verrast. Als die kuthond van haar hem niet had afgeleid.

Hij ging op de rand van zijn bed zitten, liet zijn hoofd hangen en plantte zijn gebalde vuisten op zijn dijen. Zijn hersenen speelden pingpong. Hij háátte dat. Hij haatte het om niet in staat te zijn om te dénken.

Hij probeerde diep adem te halen, maar dat hielp absoluut niet. Hij zou zo nooit kunnen slapen en hij móést slapen.

Hij moest scherp zijn voor zijn werk. Het zou zijn partner opvallen en die zou hem rapporteren bij zijn chef. Dat was precies waar hij op zat te wachten. Zijn toekomst hing toch al aan een zijden draadje. Hij zou die eikel geen aanleiding geven om hem eerder te ontslaan dan toch al zou gebeuren. Het zou net iets voor die ouwe zijn om een reden te zoeken om zijn werknemers geen afvloeiingsregeling te geven.

Tenzij Sydney het meende en ze werkelijk de nieuwe eigenaar zover kon krijgen om hem zijn baan te laten behouden. *Maar ben ik bereid haar prijs te betalen?* Verdomme, wie probeerde hij voor de gek te houden? Hij zou Sydney's prijs hoe dan ook betalen. Dat deed hij altijd. Hij vroeg altijd *Hoe hoog?* als ze van hem eiste dat hij sprong.

Want ik ben een lafaard. En dat maakte hem zo verrekte kwáád. Sydney zou misbruik maken van zijn omstandigheden, ook al was het onwaarschijnlijk dat ze iets kon doen om hem te helpen, ondanks wat ze beweerde. Zijn handen schokten en een plotselinge hunkering steeg als een plotselinge vloedgolf in hem op. Hij kon zijn handen om haar magere nek vóélen. *Een* magere nek, verbeterde hij zichzelf. Nooit die van Sydney, maar tegen de tijd dat zijn gasten dood waren, was hij in ieder geval niet langer kwaad. *Ik had een gast in mijn kelder moeten hebben. Ik had de mogelijkheid moeten hebben om me beter te voelen.*

Een koude, natte neus duwde tegen zijn knie en hij keek minachtend omlaag in de aanbiddende bruine ogen die naar hem op staarden. 'Het is jouw schuld,' gromde hij. 'Ik had dat verrekte keffende... ding moeten doodschieten toen ik de kans had. Voor het me afleidde. Vóór jou zou ik dat hebben gekund.'

Mutt likte de binnenkant van zijn arm. Hij zou graag geloven dat dat bij wijze van verontschuldiging was, maar Mutt had zelden spijt van iets wat hij had gedaan, ook niet als het om echt ernstige dingen ging.

'Je had dat kreng van haar in één hap kunnen opvreten. Dat ding in haar tas een hond noemen alleen al is een misdaad,' zei hij tegen Mutt, die hem een hondse glimlach toewierp en blij achter hem aan sukkelde terwijl hij naar de kast liep om kleren te pakken.

Hij wist wat hij vanavond nodig had en hij was zo uit zijn doen dat hij bereid was het risico te nemen. Hij deed zijn nette broek aan en een mooi overhemd, dat hij hoger dichtknoopte dan normaal zodat de krassen van eerder niet zichtbaar waren. *Trut*, dacht hij geïrriteerd.

Hij trok een pruik over zijn kale hoofd en plakte een snor en wenkbrauwen op. Vervolgens bekeek hij zijn voorkomen in de spiegel boven zijn dressoir. Hij was niet geweldig knap, maar hij was ook geen trol. Hij was gewoon, ergens in dat grijze gebied waar vrouwen hem soms opmerkten, maar zich hem nooit herinnerden.

Net als zijn ouweheer. Als zijn vader geen geld had gehad, zou Sydney nooit een tweede keer naar hem hebben gekeken. Ze was een klassiek trofeevrouwtje.

Met een voorkeur voor jonge jongens.

Hij keek kwaad naar zijn spiegelbeeld. Hij ging niet aan Sydney denken. Hij ging een andere gast halen, het ergste van zijn razernij botvieren en dan nadenken over de rest.

Donderdag 16 februari, 23.35 uur

Daisy zette haar telefoon uit en deed haar best om haar hand niet te laten trillen. 'Ik wist niet meer dat het er zo veel waren,' mompelde ze nadat de laatste voicemail was afgespeeld.

Of zo afschuwelijk. Want veel ervan wáren afschuwelijk, ontaard en vernederend geweest. Sommige ronduit angstaanjagend. Verschillende telefoonnummers, verschillende stemmen. Allemaal van mannen.

Ik wed dat je mooie tieten hebt.

Heb je een vriend? Ik ben beter dan hij. Gegarandeerd.

Van je stem alleen al kom ik klaar.

Die boodschap, of variaties daarop, was gedurende de afgelopen maanden minstens drie per week achtergelaten door verschillende bellers.

Kan niet wachten tot ik je onder me voel kronkelen terwijl ik je laat zien wie de baas is.

Ik dwing je op je rug en laat je mijn naam schreeuwen met die sexy stem van je terwijl ik je helemaal suf neuk.

De laatste twee waren de enige die door een en dezelfde beller waren achtergelaten. Geweldig zoals je dat T-shirt vulde bij de lintenknipperij vandaag. Dat was twee weken eerder geweest, toen ze aanwezig was bij de opening van een nieuwe supermarkt.

Waar ben je naartoe gegaan na dat supermarktgebeuren? Ik wilde je mee uit eten nemen. Blijf volgende keer even hangen, zei de beller met een gulle lach, maar met geforceerde vrolijkheid voegde hij eraan toe: Laat me je niet naar huis hoeven volgen.

Daisy slikte moeizaam. 'Die laatste...' Ze joegen haar allemaal angst aan, maar die laatste was zo veel... enger geweest. Persoonlijker. 'Die had ik nog niet gehoord,' bekende ze. 'Ik luister altijd meteen naar de boodschappen van mensen die ik ken, maar ik laat de andere soms even voor wat ze zijn.'

Ze keek op en zag dat Rafe boos naar de aantekeningen zat te staren die hij had gemaakt terwijl ze zaten te luisteren. Vanuit haar ooghoeken zag ze dat Gideons gezicht rood van woede was geworden en dat hij zijn handen tot vuisten had gebald. Aan de andere kant van haar zat Erin Rhee grimmig voor zich uit te kijken.

'Heb je deze voicemails afgespeeld voor je medepresentator?' vroeg Erin zacht.

'De eerste paar wel.' Daisy zat Brutus een beetje te wanhopig te aaien, maar het arme hondje kroop alleen maar dichter tegen haar aan. 'Ze zijn... erger dan ik me herinnerde. Misschien heb ik ze in gedachten een beetje gebagatelliseerd. Die waarin de beller het heeft over...' Ze voelde haar wangen rood worden. 'Je weet wel,' zei ze ongemakkelijk.

'Klaarkomen?' vulde Erin op vriendelijke toon aan.

'Ja. Op het geluid van mijn stem.' Ze slikte opnieuw en het zuur brandde in haar keel. Het was overdonderend om al die telefoontjes achter elkaar te horen. Eén tegelijk kon ze negeren. In totaal drie dozijn telefoontjes kon ze niet terzijde schuiven. En het dreigement van haar naar huis te volgen na het volgende evenement? Die zou ze zeker hebben gerapporteerd, ongeacht wat Tad ervan vond. 'Ik speelde een van die voor Tad af en hij haalde zijn schouders op en zei dat hij nog steeds een paar van dergelijke telefoontjes per week kreeg. Hij vond dat ik... dankbaar moest zijn.'

'Dankbaar,' mompelde Gideon met scherpe stem. 'Juist.'

'Ik zal ze van nu af aan rapporteren,' zei Daisy en ze hief haar kin. 'Ik zal meteen morgenochtend ook voor een nieuw telefoonnummer zorgen.'

'En een nieuwe telefoon,' bracht Gideon uit. 'Of in ieder geval een leentelefoon tot het laboratorium zeker weet dat die van jou honderd procent schoon is.'

Ze vertrok haar gezicht. 'Jezus, dat wordt een gedoe.' Maar het was noodzakelijk voor haar veiligheid en na vanavond zou ze de noodzakelijke voorzorgsmaatregelen nemen. 'En een leentelefoon,' beloofde ze.

Rafe schreef een ontvangstbewijs voor haar mobieltje uit. 'Ik breng je telefoon naar het lab. Ik weet niet hoelang het duurt voor je hem terugkrijgt.'

'Ik begrijp het,' mopperde Daisy. Ze stond op het punt om te vragen wie aan haar telefoon zou werken en dus toegang kreeg tot haar persoonlijke informatie toen de telefoon van Rafe begon te zoemen omdat er een sms binnenkwam.

Hij toetste iets in en gaf de telefoon toen aan Erin, die knikte toen ze het gelezen had. 'Forensische Opsporing heeft het medaillon opengekregen,' zei Rafe. 'Er zit een foto in. Ik zou graag willen dat je ernaar keek, Daisy, om te zien of je degene op de foto herkent.'

'Voor het geval dat het geen toeval was dat die vent me vanavond belaagde,' begreep Daisy en ze zette zich schrap voor wie er op die foto te zien zou zijn. Want hij had te kennen gegeven dat er anderen waren. *Laat me diegene alstublieft niet kennen. Alstublieft.*

Ze gaf toe dat dat volledig egoïstisch van haar was. Als ze die persoon kende, zou ze om hem of haar rouwen. Dan zou ze ook moeten toegeven dat dit iets persoonlijks was. Het was op de een of andere manier gemakkelijker wanneer het willekeurig was.

Naast haar verstijfde Gideon Reynolds. Ze bestudeerde zijn profiel, het verstrakken van zijn gezicht, de trilling in zijn wang. Hij keek woedend naar Rafe, die niet vreselijk onder de indruk leek van de boosheid van zijn vriend.

Daisy realiseerde zich dat ze op Gideons knie zat te kloppen voor ze goed en wel doorhad dat ze hem ging aanraken. Hij was gespannen. Dat kon ze zelfs in die vluchtige aanraking voelen. Ze keken elkaar lange tijd aan en na enkele ogenblikken leek Gideon te ontspannen en hij liet zijn schouders hangen.

Gideons blik ging omlaag naar haar hand en ze trok hem snel terug, alsof ze iets had aangeraakt wat vreselijk heet was. En dat was zo. Hij voelde zo warm aan. Er liep een rilling over haar huid omdat ze het zo koud had. Ze wilde tegen zijn warmte aan kruipen zoals Brutus tegen haar aan kroop.

Maar hij leek niet geërgerd dat ze hem had aangeraakt. Hij leek... dankbaar. En vermoeid. Hij wist beslist meer over dat medaillon. Wat het was, was persoonlijk. En onaangenaam.

Ze vroeg zich af wat er met dat medaillon was dat hem zo triest maakte. Het was een eenvoudig zilveren medaillon met een gravure op de voorkant. Ze wist niet eens of ze zich op dit moment wel kon herinneren wat het voorstelde. Achterop had *Miriam* gestaan.

'Ken je haar?' vroeg ze hem zacht.

Hij trok zijn wenkbrauwen op. 'Wie?'

'Miriam.'

Hij deinsde even achteruit, een klein beetje maar, maar Daisy had hem zorgvuldig zitten bestuderen. Hij keek haar recht in de ogen. 'Waarom?'

Ze wist niet goed hoe ze daarop moest antwoorden. 'Ik denk omdat je zo triest lijkt,' zei ze zacht. 'Ik vind het vreselijk wanneer mensen triest zijn. Ik heb de neiging om het dan in orde te willen maken. Het spijt me.'

'Het geeft niet.' Hij maakte opnieuw de indruk dat hij dankbaar was. 'Ik weet niet of ik haar ken,' voegde hij eraan toe en ze had het gevoel dat hij oprecht was.

De deur ging open en er kwam een vrouw binnen met een bewijszakje en een map. Zowel Rafe als Gideon kwam overeind. 'Brigadier Grimes, dit is onze getuige, mevrouw Dawson.'

De gezichtsuitdrukking van de vrouw was tegelijkertijd scherp en meelevend. 'Het spijt me te moeten horen dat u vanavond bent aangevallen, mevrouw Dawson.' Ze ging naast Rafe zitten en legde de map en de bewijszak voor hem op tafel.

Rafe bestudeerde enkele ogenblikken de inhoud van de map, legde hem toen op tafel en draaide hem zo dat Daisy de inhoud kon zien. Ze voelde Gideon weer gespannen raken, maar ze probeerde hem te negeren en concentreerde zich op de foto.

Het was een vergroting en daardoor korrelig. Er stond een jong meisje op, dertien misschien. Ze droeg een eenvoudige witte jurk en had een boeket bloemen in haar hand. Ze stond naast een veel oudere man in een donker pak die op een rechte, houten stoel zat.

Daisy fronste haar voorhoofd. 'De foto ziet er recent uit, maar de stijl van de kleding lijkt oud. Alsof dit zo'n historische goudkoortsfoto is die je in Old Sacramento kunt laten maken.'

'Ken je een van deze mensen?' vroeg Rafe.

Daisy trok de foto naar zich toe en bestudeerde hem zorgvuldig. Het meisje had een lief gezicht en haar donkere haar zat in een keurige knot. 'Ik heb het meisje nooit eerder gezien. Ze lijkt veel te jong om te trouwen.' Maar jonge meisjes werden gedwongen om te trouwen. Daar was ze zich van bewust, hoe weerzinwekkend dat ook was.

'En die man?' drong Rafe aan.

Daisy aarzelde terwijl ze naar het gezicht van de man staarde. Ze dwong zichzelf te kijken, terwijl ze in werkelijkheid wilde wegrennen. De man had iets strengs. Iets hardvochtigs. Iets wat zei dat zijn wil wet was. 'Dit zou de man kunnen zijn die me vanavond heeft aangevallen, maar... ik geloof toch van niet. Die man op de foto, zijn ogen zijn anders geplaatst. Dichter bij elkaar, misschien. De brug van zijn neus is breder. Maar de man van vanavond had een nylonkous over zijn hoofd. Alles was platgedrukt, dus ik weet het niet zeker.'

Ze keek naar Gideon, die doodstil was blijven zitten terwijl hij naar de foto zat te kijken met een combinatie van afschuw en ontkenning.

'Je kent hem, hè?' fluisterde Daisy, maar hij maakte zijn blik niet los van de foto.

Gideon slaakte een diepe zucht. 'Deze man kan niet de aanvaller van vanavond zijn.'

'Waarom niet?' vroeg Rafe, zijn stem net luid genoeg om verstaanbaar te zijn boven het gonzen van het bloed in Daisy's oren. Want Gideon Reynolds bleef met stomheid geslagen naar de foto staren. Er was iets heel, heel erg mis.

Gideon keek eindelijk op met een harde blik in zijn ogen. Zijn gezicht nog harder. 'Omdat hij dood is.'

4

Sacramento, donderdag 16 februari, 23.45 uur

Hij is dood, dacht Gideon terwijl hij naar de foto op tafel keek. *Want ik heb hem gedood.*

De woorden lagen op het puntje van zijn tong, maar hij slikte ze in. Moord was immers een misdaad. *Behalve wanneer het uit zelfverdediging is.* En dat was het geweest. *Maar dat kan ik niet bewijzen.*

Het akelige was dat het niet eens zijn diepste geheim was. Of zijn grootste schande.

Het spijt me, mama. Hij kon haar nog steeds horen huilen om hem. Kon nog steeds haar smeekbedes horen dat hij het nog even vol moest houden. *Nog heel even, schat. Gewoon nog heel even. Ik beloof het. Het komt goed. Het komt goed met jou. Ik beloof het.*

Ze had het beloofd. Ze was die belofte nagekomen. En toen was ze weggewandeld.

Hij had haar willen haten. Maar hij had geweten wat het haar had gekost om weg te gaan. Terug te gaan. Hij had geweten waarom ze was teruggegaan, waarom ze hem had verlaten. *Mercy.*

Zijn moeder was gedwongen geweest een onvoorstelbare keuze te maken. Maar Mercy had haar harder nodig gehad. Dat had hij destijds begrepen, ook al had hij haar bitter gesmeekt hem niet alleen te laten. Hij begreep het nu en had spijt van de woorden die hij haar naar het hoofd had geslingerd. In wanhoop. Vol pijn.

Maar het deed er niet toe, want ze was opnieuw weg. Permanent. Hij kon de woorden die hij had gezegd nooit meer terugnemen, kon haar nooit om vergeving vragen. *Het spijt me, mama. Het spijt me zo.*

'Agent Reynolds? Agent Réynolds!'

Gideon keek met een schok op, de ban gebroken door de scherpe stem van Rafe. Maar het was niet Rafe's stem die zijn aandacht bezighield. Het was de kleine hand die op zijn vuist lag en er hard in kneep. Daisy Dawson.

Gideon liet zijn blik naar Daisy's gezicht gaan. Ze keek hem aan met een mengeling van grimmig besef en medeleven. Ze liet langzaam zijn hand los en ging zonder haar blik af te wenden verder met haar hond te aaien.

Wat had hij gezegd? Hij keek plotseling vol paniek naar de anderen. Zowel Erin Rhee als Cindy Grimes keek vol verwondering. Misschien een beetje bezorgd. Maar niet van streek.

Rafe keek hem aan met een wrange glimlach die meer zei dan woorden. *Je hebt niets gezegd. Het is goed.* 'Ik dacht even dat je in slaap was gevallen. Ik vroeg of je zeker wist dat hij dood is.'

Gideon liet zijn adem langzaam ontsnappen en hoopte dat hij zijn opluchting had weten te verbergen. Hij kon er niet bij dat hij al zo veel had gezegd, maar hij was geschokt geweest. Een deel van hem kon Rafe wel iets aandoen omdat hij hem in die situatie had gebracht, maar toen herinnerde hij zich dat de aanvaller van Daisy het over anderen had gehad. Hij zou in Rafe's plaats hetzelfde hebben gedaan.

'Ja,' zei hij, zonder nadere uitleg. Hij tikte op de map. 'Zat er verder nog iets in dat medaillon?' vroeg hij, want zijn hersenen begonnen eindelijk weer te werken.

Hij had de man op die trouwfoto omgebracht. Miriam – of Eileen, zoals het meisje op de foto liever werd genoemd – zou daarna niet vrijgezel hebben mogen blijven. Ze zou aan een andere man zijn gegeven.

Of ze is kort na mij ontsnapt. Dat leek onwaarschijnlijk. Er zou een andere trouwfoto zijn geweest die over de vorige was gelegd.

'Inderdaad,' zei Cindy verrast. 'Een laagje versnipperd papier, in kleine stukjes geknipt. Ik denk dat het ook een foto was, maar ik zal moeten proberen die in elkaar te puzzelen.'

'Ken je dat meisje op de foto?' vroeg Erin.

'Lang geleden. Ik heb haar de afgelopen zeventien jaar niet meer gezien. Ze heette Miriam. Het medaillon moet van haar zijn geweest.'

'En die papiersnippers die ik heb gevonden?' vroeg Cindy.

Niet hier. Niet nu. Hij had al te veel gezegd. Hij richtte een veelbetekenende blik op Rafe.

Rafe ging staan. 'Ik denk dat we voorlopig klaar zijn. Daisy, kom mee. Mama, papa en Sasha staan te wachten om je naar huis te brengen.'

Daisy keek plotseling gefrustreerd. 'Dat meen je niet.'

'Sorry,' zei Rafe oprecht verontschuldigend. 'Je kunt hier niet meer blijven.'

Daisy kwam overeind en haar blauwe ogen fonkelden. 'Grof,' mompelde ze. 'Net nu we ergens komen.'

Gideon moest zijn keel schrapen omdat er vanuit het niets een lach in hem opborrelde. Ze zag er zo oprecht kwaad uit. Maar hij werd meteen weer ernstig, want ze had gelijk. Ze kwamen inderdaad ergens en dat was niet ergens waar zij hoorde te zijn.

'Kom mee, Brutus. We worden eruit geknikkerd. Net nu het interessant begint te worden.' Ze stopte de kleine wolbaal in haar draagtas, trok de zijkant van de tas uit zodat die groter werd en er een venster van gaas zichtbaar werd.

Gideon stak zijn arm uit en raakte voor hij zich kon inhouden haar hand aan. Hij had de behoefte haar nog eens aan te raken wel kunnen onderdrukken, maar dat deed hij niet en hij wist niet goed waarom. Daisy Dawson had hem getroost terwijl ze dat niet had hoeven doen. En hij had gemerkt dat hij bij haar minder op zijn hoede was. Dat zou hij vreselijk moeten vinden, maar dat was niet zo.

'Dank je,' zei hij zacht toen ze hem verrast aankeek. 'Wees voorzichtig.'

Haar lippen vormden zich tot een verdrietige glimlach die hem een steek in zijn hart bezorgde. Hij vroeg zich af wat ze had gezien toen ze hem zo vol medeleven aankeek. 'Dat zal ik doen. Blijf gezond, agent Reynolds.' Ze hing de tas om haar schouder en liep achter Rafe aan naar de deur. 'Ik kom er wel uit.'

'Dat geloof ik graag,' zei Rafe. Hij klonk geamuseerd. 'En ik geloof ook dat je dan een heleboel interessante gesprekken tegenkomt die je "per ongeluk" opvangt terwijl je net doet of je verdwaald bent. Dus deze aardige agent zal met je mee naar boven lopen.'

Ze keek Rafe boos aan. 'Je hoeft niet zo zelfingenomen te doen.' Ze draaide zich om en keek boos naar de agent die geduldig in de gang stond te wachten. 'Hoelang staat hij hier al?'

'Sinds ongeveer een minuut nadat ik met agent Reynolds door de deur naar binnen kwam, want ik ken je maar al te goed.' Hij trok even speels aan haar haar. 'Zeg tegen mama dat ik bel zodra ik kan.'

'Zal ik doen.' Ze werd ernstig en haar boze blik verdween. 'Ik neem aan dat ik morgen mijn gewone leven weer kan oppakken? Gaan werken, bijvoorbeeld. En naar al mijn evenementen?'

Rafe aarzelde. 'Een van ons zal je morgen brengen. Ga nergens in je eentje heen.'

Daisy's wenkbrauw ging elegant omhoog. 'Een van jullie?' Ze gebaarde naar de verhoorkamer. 'Of een van de Sokolovs?'

Ik. De gedachte overviel Gideon. Het was onverwacht en belachelijk. De vrouw had een heleboel andere mensen die op haar konden passen. Zijn diensten waren beslist niet nodig. Niet eens gewenst.

'Weet ik niet,' zei Rafe. 'Hoe laat word je in de studio verwacht?'

'Vijf uur morgenochtend,' zei Daisy met lichte voldoening tegen hem. 'We gaan om zes uur live. Vanaf het huis van je ouders moet ik om vijf voor halfvijf weg.'

Rafe keek pijnlijk getroffen. 'Au. Ik laat je nog weten wie met je meegaat.'

'Wie me gaat babysitten, bedoel je.' Ze liet terneergeslagen haar schouders hangen. 'Ik weet dat je me alleen maar probeert te beschermen, maar ik dacht dat ik eindelijk mijn onafhankelijkheid had gevonden en nu pakt een of andere klootzak die weer van me af.'

Rafe omhelsde haar even en Gideon moest een grom onderdrukken. *Rustig*, blafte hij zichzelf toe. *Kom op zeg.*

'Hopelijk duurt dat niet al te lang,' zei Rafe. Hij keek de oudere agent aan. 'Je rijdt toch achter ze aan naar huis, hè?'

'Vanzelfsprekend. Ik bel je zodra ze binnen zijn en in veiligheid.'

'Dank je.' Rafe sloot de deur en liep terug naar de tafel. 'Agent Taggert is een vriend van mijn ouders. Ik denk dat hij hoopt op een plakje van mijn moeders *medovik*. Ze heeft er altijd wel een klaarstaan.'

Dat kon Gideon agent Taggert niet kwalijk nemen. Net zoals al het andere wat Irina bereidde, was de honingcake de extra uren in de sportschool om de kilo's er weer af te krijgen meer dan waard.

'Wat doen we hier dan?' vroeg Cindy met een glimlach. 'We moeten naar je moeder.'

'Ik neem wel wat cake mee,' beloofde Rafe. Toen wendde hij zich tot Gideon. 'Oké, nu we onder ons zijn, hoe zit het met die papiersnippers die Cindy in het medaillon heeft aangetroffen?'

Gideon wilde zich excuseren, verontschuldigen en naar huis rennen. Maar hij wist dat dat niet kon. Dit was het spoor waar hij naar had gezocht vanaf het moment dat hij aan die hel was ontsnapt. Een verband met de gemeenschap. Met de mannen die zijn zus hadden verkracht en zijn moeder hadden vermoord. Hij zou gerechtigheid voor ze bewerkstelligen, al was dat het laatste wat hij deed.

Het spijt me, mama.

Vrijdag 17 februari, 00.00 uur

'Weet je zeker dat het wel gaat?' vroeg Karl voor de honderdste keer sinds agent Taggert haar had afgeleverd in de hal van het politiebureau van Sacramento, waar de Sokolovs ongerust hadden zitten wachten.

'Het gaat príma.' Daisy liet zich op de achterbank van de Tesla van de Sokolovs glijden en wierp Karl een glimlach toe die naar ze hoopte een einde zou maken aan zijn ongerustheid, maar waarvan ze ook wist dat dat waarschijnlijk niet het geval zou zijn. Hij had haar vader beloofd dat hij over haar zou waken en zag het feit dat Daisy tijdens zijn wacht was aangevallen als een persoonlijk falen. 'Niets wat een kopje thee niet kan verhelpen.'

Zijn glimlach was flauw en vermoeid. 'Oké, dan. Gordel om, Daisy. Jij ook, Sasha.'

Sasha Sokolov vouwde haar bijna 1 meter 80 aan de andere kant van de auto op de achterbank en sloeg haar ogen ten hemel. 'Ja, papa. Niet dat ik vijfentwintig ben of zo,' voegde ze daar luid genoeg mopperend aan toe zodat haar vader het kon horen.

'Ik weet hoe oud je bent,' zei Karl. 'Ik was erbij toen je werd geboren.'

Sasha maakte zuchtend een hele show van het vastmaken van haar veiligheidsgordel. Daisy volgde haar voorbeeld, maar kalmer. Toen ze allebei vastgesnoerd zaten, liet Karl de vleugeldeur omlaagkomen, wat Daisy altijd een belachelijk gevoel van opwinding gaf. Het was maar een deur, maar het was heel cool.

Irina noemde de Tesla 'Karls speelgoed', maar deed dat vertederd. De man had zijn geld verdiend, zei zijn echtgenote altijd. Hij had het recht om het uit te geven zoals hem dat goeddunkte. Karl besteedde tenslotte veel meer aan zijn familie en liefdadigheid dan hij ooit voor zichzelf uitgaf, met inbegrip van de Tesla. Hij was een heel vrijgevig man die zijn hart en huis had opengesteld voor Daisy ofschoon hij haar meer dan tien jaar niet had gezien. Daisy's vader had hem om hulp gevraagd en Karl had geen moment geaarzeld.

Karl hielp Irina op de passagiersstoel voorin en boog zich voorover om zijn vrouw een kus op de wang te geven voor hij galant haar portier sloot. Irina draaide zich om op haar stoel en keek Daisy aan met een blik die niets ontging. 'Het gaat niet goed met je,' deelde ze haar met een zwaar accent, en nog zwaardere bezorgdheid, mee. 'Je bent vanavond aangevallen. Je kunt niet in orde zijn.'

Daisy haalde haar schouders op. 'Kan ik dan straks wel in orde zijn?'

Irina maakte een geïrriteerd gebaar. 'Natuurlijk komt het goed met je. Daar zorgen we wel voor. Je blijft bij ons –'

'Vannacht,' onderbrak Daisy haar. 'Alleen vannacht.'

Karl grinnikte terwijl hij de auto startte. De motor van de Tesla maakte spookachtig weinig geluid. 'En dan hadden we de kerker nog wel speciaal voor haar klaargemaakt,' zei hij tegen zijn vrouw. Karl had geen spoortje van een accent. Hij was weliswaar de zoon van immigranten, maar anders dan zijn vrouw, die als tiener naar de Verenigde Staten was gekomen, was hij opgegroeid in Californië. Hij keek Daisy met twinkelende ogen aan in de achteruitkijkspiegel. 'Irina heeft zelfs de boeien vervangen door de boeien die we altijd voor gasten gebruiken.'

Irina gaf hem een speelse tik. 'Je had beloofd dat je niet zou zeggen dat ik al die moeite had gedaan.'

Daisy lachte. 'Oké, prima. Ik waardeer het dat jullie voor me zorgen. Het is alleen dat ik gesteld ben op mijn onafhankelijkheid. Ik wil niet dat... er voortdurend op me gelet wordt. Niet meer.'

'Succes daarmee,' mompelde Sasha en Daisy moest opnieuw lachen. Sasha was het zevende van de acht kinderen Sokolov, maar dat had maar een paar minuten gescheeld. Cash, haar tweelingbroer, wreef haar doorlopend onder de neus dat hij de oudste was. De twee waren Daisy's speelkameraadjes geweest wanneer hun gezinnen bij elkaar kwamen voor de feest- of verjaardagen. Samenkomsten waar abrupt een einde aan was gekomen toen Daisy's vader zijn gezin had meegevoerd naar een van God en alleman verlaten boerderij.

Die met Sasha was een van de eerste vriendschappen geweest die Daisy weer had opgepikt toen ze anderhalf jaar eerder was bevrijd en de twee hadden contact gehouden via de sociale media terwijl Daisy in Europa verbleef. Het was eigenlijk Sasha's idee geweest dat Daisy naar Sacramento zou verhuizen, maar het was Daisy gelukt om haar vader te doen geloven dat het zijn idee was. Dat was voor Frederick aanleiding geweest om Karl om hulp te vragen bij het vinden van een baan en een plek om te wonen voor Daisy. Ondanks de gemiste jaren hadden Sasha en zij zonder enige moeite de draad van hun vriendschap weer opgepikt.

'Je hoeft vanavond niet bij me te blijven in het huis van je ouders,' zei Daisy. 'Je zult vroeg op moeten om naar je werk te gaan.' Sasha was maatschappelijk werkster en haar kantoor was een stuk dichter bij het huis dat ze met Rafe deelden in Midtown, dan het huis van de familie Sokolov in Granite Bay.

Sasha wierp Daisy een bestraffende blik toe. 'Ik laat je vanavond niet alleen. Niet na wat je net hebt meegemaakt.'

Daisy klopte haar op de hand. 'Dank je. Mag ik je telefoon alsjeblieft even gebruiken? Ik wil Trish bellen om te vragen hoe het met haar gaat. Ze was net zo overstuur als ik.'

Sasha gaf haar haar mobieltje. 'Wat is er met jouw telefoon?'

'Die moest ik aan Rafe geven. Hij controleert hem op volgsoftware.'

'Waarom?' vroeg Karl scherp.

Die verdomde elektrische auto's, dacht Daisy geïrriteerd. Te veel stilte maakte het te gemakkelijk om mee te luisteren. 'Ik wilde het de zendermanager eerst vertellen, maar hij zal het toch aan jullie vertellen, dus wat maakt het uit. Ik heb... suggestieve voicemails en e-mails gekregen van luisteraars.'

'Wat?' De uitroepen bereikten Daisy van alle kanten.

Irina draaide zich om in haar stoel en keek haar fronsend aan. 'Wat voor suggestieve voicemails?'

'O, je weet wel. Dat ik mooi ben en zo en dat ze... dingen willen doen. Je weet wel.'

Karls ogen werden spleetjes terwijl hij in de achteruitkijkspiegel naar haar keek. 'Nee, dat weet ik niet, want je hebt me nooit iets verteld,' bulderde hij.

'Het spijt me,' bulderde Daisy terug, maar toen zuchtte ze. 'Ik... had het wel moeten vertellen. Het spijt me.'

'Waaróm heb je ons niets verteld?' vroeg Sasha zacht.

'Omdat Tad zei dat het niets voorstelde. Dat iedereen dergelijke berichten krijgt. Ik haal een nieuwe telefoon. Maak je geen zorgen. Rafe gaat proberen die berichten te traceren.'

'Denken ze dat je aanvaller een van de luisteraars was?' wilde Karl weten.

'Ze onderzoeken alle mogelijkheden.' Inclusief het medaillon – met de foto die Gideon Reynolds zo opgejaagd had doen kijken. 'Ze hebben me eruit gegooid voor ik iets te weten kwam wat ik niet al wist. Wat niet meer is dan wat ik jullie in het ziekenhuis al heb verteld,' maakte ze beslist af, want Karl en Irina hadden haar grondiger ondervraagd dan Rafe en Erin hadden gedaan.

Ze voelde de gezamenlijke kracht van de blikken van de drie Sokolovs terwijl ze zich over Sasha's telefoon boog. 'Ik moet me het nummer van Trish proberen te herinneren en jullie maken me zenuwachtig.'

'Ik heb het in mijn contacten staan,' zei Sasha hoofdschuddend. 'We hebben het later nog wel over die berichten.'

'Geloof dat maar,' zei Karl vastbesloten.

Daisy slaakte een zucht, vond het nummer van Trish en belde. Het verbaasde haar niet dat Trish meteen opnam. 'Hallo? Sasha? Waar is Daisy?'

'Ik ben het,' antwoordde Daisy. 'Ik gebruik alleen Sasha's mobiel. Ik ben net klaar bij de politie en ik ga met Karl en Irina mee naar huis. Gaat het wel met jou?'

'Ja. Die vrouwelijke rechercheur heeft me veilig thuisgebracht. Maar ik weet niet of ik vannacht wel kan slapen. Als er ooit een avond is geweest dat ik een borrel wilde, dan was het vanavond wel.'

'Ik ook,' bekende Daisy met zachte stem. 'Als de aandrang te erg wordt, bel Rosemary dan. Ik zou graag zeggen dat je mij moet bellen, maar de politie heeft mijn telefoon. Ik koop morgen een nieuwe.'

'Heb je ze eindelijk verteld over die enge telefoontjes zoals ik de hele tijd al zeg dat je moet doen?'

'Ja.' Daisy zuchtte. 'Ik stuur je een sms zodra ik een nieuw telefoonnummer heb.'

'Was dat medaillon belangrijk?'

'Ik denk van wel, maar ik weet niet waarom.' Ze kreeg plotseling een ingeving. 'Luister, wil je de foto's die je vanavond hebt genomen naar mijn mailadres sturen? Die wil ik graag hebben.' Trish had de tegenwoordigheid van geest gehad om foto's te maken van haar keel, de omgeving en het medaillon. Als Rafe haar weghield van alle belangrijke informatie, dan zou ze zelf moeten gaan zoeken.

'Natuurlijk. Bel me morgen zodat ik weet dat alles in orde is. Doe de Sokolovs de groeten.'

Daisy beëindigde het gesprek en gaf Sasha haar telefoon terug. Ze keek de familie aan en stelde de vraag die ze niet wilde stellen. 'Hebben jullie mijn vader verteld wat er vanavond is gebeurd?'

'Nee,' zei Irina, en Daisy was stomverbaasd. 'We wisten dat de spoedeisende hulp alleen maar uit voorzorg was. Het zou je vader ongeruster hebben gemaakt als hij het van ons zou horen. Hij moet je stem horen wanneer je het hem vertelt, dan weet hij zeker dat je ongedeerd bent.'

'Dank je. Ik was van plan hem te bellen.' Dat was zo. Voor het grootste deel. 'Ik zal hem bellen voor ik morgen in de uitzending ga.' Ze hield haar hoofd schuin toen het ernaar uitzag dat Irina het er niet mee eens was dat ze weer aan het werk ging. 'Rafe zei dat iemand me naar de studio zou brengen. Ik nam aan dat dat betekende dat hij dat zou doen, of rechercheur Rhee.'

'Karl?' vroeg Irina. 'Is dat acceptabel?'

Hij haalde zijn schouders op. 'Niet echt, maar we zullen erop moeten vertrouwen dat Rafe haar zal beschermen.'

Daisy keek even schuin naar Sasha, die een glimlach moest onderdrukken. 'Welkom in mijn leven,' fluisterde Sasha luid.

'Zolang ik mijn vrijheid maar behoud. Verder is alles bespreekbaar.'

Vrijdag 17 februari, 00.00 uur

Het moment om over ze te praten is aangebroken, dacht Gideon. Hij had geprobeerd ze te vinden. Geprobeerd ze te laten boeten. Hij had gefaald. *Maar ik was toen nog maar een jongen.*

De FBI had het ook geprobeerd en gefaald. De gemeenschap had zich veel te goed verstopt. Ze hadden ook geen enkele aanwijzing gehad. Hij had van geen andere ontsnappingen geweten dan die van zichzelf en Mercy, maar nu was Eileen ontsnapt. Dat moest wel – anders zou haar medaillon nog steeds om haar nek hangen terwijl ze in de gemeenschap sloofde.

En dat je iemand hebt gedood? Dat ging hij niet delen. *Duh.*

En Mercy? Ga je hun over haar vertellen? Nee. Dat kon hij niet doen. Niet zonder haar toestemming. Dat zou zijn alsof ze opnieuw werd misbruikt.

'Gid?' drong Rafe aan.

Gideon zuchtte. 'Ik... denk gewoon na. Die foto was een schok.'

'Dat zagen we,' zei Erin droog, maar niet onvriendelijk. 'Waarom?'

'Heb je de foto die ik je heb gegeven?' vroeg Gideon aan Rafe.

Rafe haalde hem uit zijn zak en legde hem op tafel naast het medaillon en draaide het zilveren hartje zo dat de gravure zichtbaar was.

'Wauw,' zei Cindy zacht. Ze keek op. 'Die tatoeage... Ben jij dat?'

'Ja.' Hij had die tatoeage meteen nadat hij Mercy had gevonden gecamoufleerd. Het had aan zijn doel beantwoord, had snel aangetoond dat ze familie waren terwijl geen van beiden over papieren beschikte. Een DNA-test had later Gideons bewering bevestigd, maar dat had destijds maanden in beslag genomen.

'Ze zijn hetzelfde,' mompelde Erin terwijl ze naar de tatoeage en het medaillon gebaarde. 'Het ontwerp. Waarom is dat hetzelfde?'

'Ze zijn niet precies hetzelfde,' corrigeerde Gideon. 'De olijfboom in de tatoeage heeft dertien takken. De boom op het medaillon heeft er maar twaalf. Het is het symbool van een nieuwe religieuze beweging in Noord-Californië.'

'Een sekte,' zei Erin effen. 'Je leefde in een sekte.'

'Ja,' antwoordde hij alleen maar. Vervolgens verklaarde hij het doel van het medaillon en de tatoeage en de leeftijden van de ontvangers.

'Lieten ze twaalfjarigen trouwen?' vroeg Erin, zichtbaar vol walging.

'Nee. Alleen meisjes van twaalf,' ging Gideon behoedzaam verder. Er waren te veel persoonlijke details die hij niet wilde delen. 'Jongens werden mannen op hun dertiende. Ze kregen meer verantwoordelijkheid binnen de gemeenschap en kregen... speciale training.' De woorden bleven in zijn keel steken en hij moest ze naar buiten dwingen. *Speciale training.* Dat had zo geweldig geklonken. En dat moest het voor sommige jongens ook zijn geweest, want ze bleven lachen en grapjes maken. Of misschien waren die jongens beter in staat geweest de waarheid ergens weg te stoppen waar niemand het kon zien.

'Speciale training?' vroeg Rafe op een toon alsof hij bang was voor het antwoord.

'In de kerk,' zei Gideon en het klonk veel bruusker dan zijn bedoeling was geweest. God, hij haatte dit. Hij haatte het om die walgelijke vuiligheid op te graven. 'Ze bestudeerden de heilige geschriften en de kerkpolitiek. Dertien was ook de leeftijd waarop het leerlingschap begon.' *Leerlingschap.* Zijn maag dreigde in opstand te komen bij de herinnering. 'Er was een smid, een leerlooier, een schoenmaker...'

'Net als in een televisiewestern,' mompelde Cindy.

Eerder een griezelfilm. 'Dertien was ook de leeftijd waarop je meeging met jachtpartijen. Het was een zelfvoorzienende landbouwgemeenschap. Ze hielden kippen, varkens, een paar runderen voor het vlees en een paar melkkoeien. En er was wild als de jacht succesvol was.'

'Elektriciteit?' vroeg Cindy.

'Alleen op bepaalde plekken. Met name het kerkkantoor en de huizen van de pastor en een paar van de hogergeplaatsten. Die hadden generatoren.'

Erin zat fronsend te kijken. 'Wanneer trouwden de jongens dan?'

'Zodra ze een huis voor zichzelf hadden gebouwd. Jongens begonnen te bouwen zodra ze achttien waren. Dat gebeurde in hun vrije tijd, na hun gewone taken en dagelijks werk. Sommigen waren sneller klaar, vooral wanneer ze een leerlingschap deden dat te maken had met bouwen.'

Erin zat hem op te nemen. 'Wat was jouw leerlingschap?'

Gideons mond kreeg een bittere trek. 'Fijnsmeden. Ik zou medaillons moeten maken, onder meer.'

'Echt wáár?' vroeg Cindy. 'Wat gebeurde er?'

'Ik ontsnapte.'

'Mazzelaar,' zei Cindy bijna geluidloos.

Ja. Mazzel. Het spijt me zo, mama.

Erin boog zich voorover. 'Hoe?'

'Ik verstopte me in de laadbak van een vrachtwagen die naar de stad ging. Ik glipte eruit en verstopte me achter het busstation.' Bijna waar. Gideon haalde diep adem en liet die weer ontsnappen. *Blijf kalm. Je hebt niets verkeerds gedaan. Nou ja, afgezien van een man vermoorden.* 'Ik was dertien.' *En één dag.*

'En toen?' vroeg Cindy, haar blik zacht en vol medeleven.

'Ik werd opgezogen door het pleegzorgsysteem.' En dat was alles wat hij over zichzelf kwijt wilde. Hij tikte op de foto van het meisje.

Van Miriam. *Eileen.* 'Ze zat bij mij in de klas op school in de gemeenschap. We waren vrienden. Ze werd een paar maanden voor mij twaalf. Ze moest met hem trouwen.' Hij wees naar de vergroting van de trouwfoto. 'Hij heette Edward McPhearson. Zo kende ik hem in ieder geval. Namen hadden niet zo heel veel te betekenen in de gemeenschap. Ze ging van school op haar twaalfde verjaardag. Dat deden alle meisjes. Ze moesten echtgenote worden, geen studiehoofd.' Hij zei dat laatste spottend terwijl hij zich Eileens tranen herinnerde toen ze besefte dat ze van school moest. 'Eileen was dol op leren. Ze was zo slim.'

'Eileen?' onderbrak Rafe hem.

'Dat was de naam waarmee ze was geboren. Zo werd ze het liefste genoemd.' Maar alleen door de mensen die ze vertrouwde. Haar moeder. *En ik.* '"Miriam" was de naam die de gemeenschap haar gaf. We hadden heel veel Miriams.'

'Je zei dat ze slim was,' zei Erin. 'Waarom "was"?'

Omdat de Eileen die hij kende stierf op de dag dat ze gedwongen werd met Edward McPhearson te trouwen. Ze werd een leeg omhulsel met een wezenloze blik. 'Ik weet niet of ze nog leeft of dood is. Dat dit medaillon om de nek van iemand anders hing, betekent dat ze dood is of is ontsnapt en dat het medaillon op de een of andere manier niet langer in haar bezit is gebleven.'

Rafe bemoeide zich ermee. 'Gideon heeft me eerder verteld dat deze ketting niet de originele ketting is, dat de originele zwaar was en vastgelast zodat ze hem had moeten doorzagen om hem af te kunnen doen.'

'Mijn god,' zei Erin zacht. 'Net een slaaf.'

Gideon knikte alleen maar. *Precies als een slaaf.*

'Het medaillon is van zilver,' merkte Cindy op. 'Ze had hem kunnen verpanden. Als ze is ontsnapt.'

'Misschien.' Gideon staarde naar het medaillon, het handwerk van McPhearson. Het moest een van de laatste medaillons zijn geweest die de klootzak had gemaakt. 'Ik denk dat dat ervan afhangt hoelang ze erover heeft gedaan om weg te komen. Als ze er lang gezeten heeft, moet het voor haar moeilijk zijn geweest om er afstand van te doen. Het is lastig om uit te leggen. Voor de vrouwen werd het medaillon een amulet. Het beschermde hen. Hield hen spiritueel verbonden met het lichaam. Zo noemde de gemeenschap zichzelf, het lichaam.'

'Dat is eng,' zei Erin.

Gideon haalde opnieuw zijn schouders op, onzeker hoe hij het belang van het medaillon kon omschrijven. 'Natuurlijk is het dat. Maar zo was het wel. Net als het konijnenpootje dat je toevallig bij je hebt wanneer je op een dag een auto-ongeluk krijgt. Je bent ongedeerd en een deel van je dankt dat aan het konijnenpootje. Je bent bang dat als je hem afdoet, je volgende ongeluk je dood wordt.'

'Ik had zo'n hanger,' bekende Cindy. 'Die was van mijn grootmoeder. Ze zei altijd dat het haar talisman was en toen ze stierf liet ze hem na aan mij. Ze zei dat hij me zou beschermen. Ik heb hem gedurende mijn hele puberteit gedragen.' Ze glimlachte liefdevol. 'Toen knapte op een dag het leren riempje en raakte ik hem kwijt. Ik heb overal gezocht. Nooit teruggevonden. Ik verwachtte steeds dat er iets ergs zou gebeuren. Het heeft weken geduurd voor die angst voorbij was. Ik was destijds zeventien. Ik snap wel hoe iemand er zo aan gehecht kan raken, vooral als de verbondenheid wordt onderstreept door figuren met gezag.'

'Dank je,' zei Gideon. 'Zo was het precies.'

Ze legde nog een bewijszak op tafel. 'Wat is dit?'

De versnipperde restanten van de tweede foto. 'Nadat haar eerste echtgenoot was gestorven, werd Eileen – of Miriam, zoals ze verder door iedereen werd genoemd – toegewezen aan een andere man.' Gideon wees naar de papiersnippers. 'Dat zal de tweede trouwfoto zijn geweest. Als ze is ontsnapt, dan kan het zijn dat ze hem zelf heeft verknipt. Zeker als hij gewelddadig was.'

Niet alle mannen waren gewelddadig. Maar meer dan genoeg waren dat wel.

Gideon schraapte zijn keel. 'Als het je lukt om deze weer in elkaar te zetten, dan zal ik proberen de tweede echtgenoot te identificeren.'

'Hoe zit het met de gemeenschap?' vroeg Erin. 'Waar is die?'

Gideon keek over de tafel naar Rafe en zag dat zijn oudste vriend hem met een triest gezicht zat op te nemen. Begrip blonk in zijn donkere ogen.

'Ik weet niet waar ze zitten,' gaf Gideon toe. 'Ik heb gezocht nadat ik was ontsnapt.' *En was hersteld.* 'Maar ik heb ze nooit kunnen vinden.'

'We gingen samen,' voegde Rafe eraan toe. 'Ik wist nooit wat we gingen zoeken, alleen dat die autotochtjes naar Mount Shasta belangrijk waren voor Gid. Hij had geen auto, maar ik wel, dus reed ik. Ik kwam er uiteindelijk achter dat het op de een of andere manier iets met zijn familie te maken had, maar...' Hij zuchtte. 'We hadden harder moeten zoeken.'

Gideon schudde zijn hoofd. 'Het was tamelijk hopeloos. Als een naald in zo'n kuttige hooiberg.' Dat was toen zo en elke keer daarna dat hij had gezocht. Hij was nooit opgehouden met zoeken.

'Wat voor kenmerken van het landschap kun je je herinneren?' vroeg Erin, duidelijk vastbesloten het mysterie van de verdwenen gemeenschap op te lossen. Was het maar zo eenvoudig.

'Mount Shasta,' zei hij. 'Ik herinner me dat ik die in de verte kon zien.'

'Dan hebben we een algemeen idee waar we moeten beginnen,' zei Erin met een zekerheid die klonk als gezond verstand, maar dat in werkelijkheid niet was.

Gideon zette zich schrap om het uit te leggen. Opnieuw. 'Dat zou kunnen, als ze niet zouden verhuizen.'

Cindy's ogen werden groot. 'De hele gemeenschap? Die verhuisden ze gewoon?'

'Ja. Ze zijn twee keer verhuisd toen ik jonger was. Elke keer kon ik nog steeds Mount Shasta zien, alleen vanuit een andere hoek. Mijn moeder zei dat dat was omdat het land niet genoeg opbracht en dat was wat haar werd verteld. Ik was bij de eerste verhuizing pas zes, maar ik was acht ten tijde van de tweede en ik herinner me dat ik vrouwen hoorde fluisteren dat het land "vervloekt" was, dat we werden gestraft.'

'Waarvoor?' vroeg Rafe met gefronst voorhoofd.

'Ik kan me niets van de eerste verplaatsing herinneren, maar de tweede vond plaats de dag nadat een man ervan werd beschuldigd dat hij van de voedselvoorraden had gestolen. Ik heb geen idee of dat zo was of niet, maar achteraf denk ik dat het waarschijnlijker is dat hij had geprobeerd te ontsnappen. De man die had "gestolen" werd voor de sekteleden geleid, helemaal in elkaar geslagen. Hij kan bewusteloos zijn geweest, maar hij was beslist niet in staat om te praten. Ze maakten zijn "misdaad' bekend en verklaarden dat hij werd verbannen. Ik herinner me de hoorbare afschuw van de volwassenen. Een paar van hen huilden – maar stilletjes. Hij werd door de poort meegesleurd het bos in. Niemand heeft hem ooit nog teruggezien.

Toen we de volgende morgen opstonden, was alles in de gemeenschappelijke moestuin dood. De leiders beweerden dat het de straf was voor de diefstal van de man, maar het kwam waarschijnlijk door een of andere onkruidverdelger.'

'Heeft iemand hen aangesproken op dat gelul?' vroeg Rafe.

Gideon schudde zijn hoofd. 'Je mening verkondigen werd nog zwaarder bestraft dan diefstal en nadat we hadden gezien wat er was gebeurd met de man die zogenaamd had gestolen, was niemand bereid dat risico te nemen. Hoe dan ook, we verhuisden en moesten nieuwe tuinen aanleggen voor de oogst in de herfst, maar het was een schrale winter. Het jaar daarop stal niemand iets – of probeerde te ontsnappen – en we hadden een rijke oogst.'

'Dat klinkt logisch,' zei Cindy peinzend. 'Dat zou een manier zijn om de controle over de gemeenschap te versterken, door angst. En vervolgens met het wegnemen van die angst.'

'Het werkte. Ik kan me niet herinneren dat er voor de avond dat ik er wegkwam nog iemand zo streng ergens voor werd gestraft. Later ben ik teruggegaan naar het laatste gebied dat ik me herinnerde, vond het uitzicht op de berg, maar er was geen spoor van ze te bekennen.'

'Heb je het iemand verteld?' vroeg Erin.

'Ja.' Want hij wilde zijn moeder en Mercy in veiligheid brengen, ook al zou hij in de gevangenis hebben kunnen belanden voor het doden van McPhearson. Toen Mercy er eenmaal weg was en hun moeder er niet meer was, bestond er geen reden meer om de waarheid te vertellen. Alleen maar wraak. Dat was de reden dat hij zijn zoektocht nooit had opgegeven. 'Toen ik net gevonden was, heb ik het een politieman verteld en hij kon ze ook niet vinden. Het is een groot gebied daar. Heel veel plekken waar een kleine gemeenschap zich kan verstoppen.'

Erin dacht hard na. 'Hoeveel mensen waren er? Het lijkt me lastig een gemeenschap te verbergen die groot genoeg is om al die beroepen uit te voeren. Op satellietfoto's moeten hun huizen, zelfs de tuinen toch te zien zijn? Ik bedoel, als we met behulp van Google Earth wietkwekers kunnen opsporen, dan moeten we toch ook in staat zijn een boerengemeenschap te vinden?'

'Er waren een stuk of honderd leden,' zei Gideon. 'Inclusief vrouwen en kinderen. En ik héb luchtfoto's en satellietbeelden bekeken. De FBI geeft me toegang tot satellietbeelden van de overheid. Ik heb politiemensen en winkeleigenaren in het zoekgebied ondervraagd. Waar ze hun voorraden ook halen, dat gebeurt niet in de buurt van Mount Shasta. Ze zitten verstopt en doen hun uiterste beste om dat zo te houden.'

Rafe keek verrast op. 'Heb je ze aangegeven bij de FBI?'

'Natuurlijk heb ik dat.' Gideon wilde snauwen, maar hield zich in. 'Ik wilde dat ze gevonden zouden worden. Ik wil niet dat er nog kinderen moeten ondergaan wat ons is overkomen. Ik wil niet dat er nog vrouwen tot slaaf worden gemaakt zoals mijn moeder. Ik wilde dat die klootzakken zouden boeten. Maar ik wilde het volgens de wét.'

'Maar de FBI kon ze ook niet vinden,' zei Rafe met een verontschuldigende blik.

'Nee.' Gideon slikte. 'Toen verdween de zaak op de plank.' *Tot vanavond. Tot het medaillon.*

'Oké.' Erins uitdrukking was een beetje zachter geworden, alsof ze bedacht dat dit een echt verhaal was over een echt mens en niet alleen maar een zaak. 'Hoelang zat je in de laadbak van die vrachtwagen tot je eruit glipte? En welk busstation was daar in de buurt?'

'Het was het busstation van Redding – en ja, ik heb in de winkels van Redding ook navraag naar ze gedaan. Maar ik weet niet hoelang we hebben gereden,' gaf hij toe.

Opnieuw blonk er begrip in Rafe's ogen. Ze hadden samen onder de douche gestaan op school. Rafe had zijn littekens gezien. En hij had er niet één keer naar gevraagd.

'Waarom kun je je dat niet herinneren?' vroeg Erin.

Gideon slikte moeizaam. 'Ik was het grootste deel van de tocht bewusteloos.'

'Hij was geslagen,' voegde Rafe eraan toe.

Zowel Erin als Cindy snakte even naar adem. 'Ik begrijp het,' mompelde Erin. *Eindelijk.* 'Het spijt me, Gideon.'

'Het geeft niet. Dat is geweest.' En iedereen die hij had willen vinden was weg. *Het spijt me, mama.*

Cindy haalde diep adem, alsof ze haar best deed om niet emotioneel te worden. 'Ik heb zoons in de leeftijd die jij toen had. Het is maar goed dat ik me bij het laboratorium hou. Ik zou waarschijnlijk bij elk slachtoffer staan huilen.'

'Ik heb nog een paar vragen,' zei Erin en ze vertrok verontschuldigend haar gezicht. 'Wat was de naam van die "nieuwe religieuze beweging"?'

'De sekte,' zei Gideon effen, net zoals zij had gedaan. 'De Church of Second Eden. Ze noemden de stad Eden, ook al is die op geen enkele kaart te vinden. De leider werd "Pastor" genoemd. Ik heb nooit geweten hoe hij echt heette.'

Erin knikte. 'Oké. Waarom werd je geslagen?'

'Ik weigerde mijn leerlingschap.' Dat was waar. In zekere zin.

Erin hield nieuwsgierig haar hoofd schuin. 'Waarom?'

'Omdat McPhearson de reputatie had wreed te zijn.' Onder meer.

'Hoe is hij gestorven?'

Voorzichtig. Voorzichtig. 'Hij was geslagen,' antwoordde Gideon. Dat was heel erg waar.

'Waarom?' drong ze aan.

Voorzichtig. Voorzichtig. 'Om wat hij mij had aangedaan.' Waar. Technisch gesproken.

Ze bestudeerde hem zo nauwlettend dat hij zou zijn gaan zweten als hij er niet in was getraind om zijn kalmte te bewaren. Interessant dat hij er sinds Daisy Dawson het vertrek had verlaten niets meer spontaan uit had gegooid. Daar zou hij later nog eens over moeten nadenken.

'De beste aanwijzing die we hebben is die verscheurde foto,' zei Rafe. 'Kun je die weer in elkaar zetten, Cindy?'

Cindy's ogen glansden. 'Verdorie, jazeker. Ik heb een puzzel van duizend stukjes in elkaar gezet die alleen maar geel was. Dit kan ik.'

Rafe keek haar grijnzend aan. 'Geweldig. Wanneer?'

'Dat weet ik niet zeker. We gaan ervan uit dat alle stukjes er nog zijn. Maar als ze op haar twaalfde getrouwd is op de foto die we hebben en dertien op dat verscheurde exemplaar, dan kan ik de eerste gebruiken als voorbeeld. Haar gelaatstrekken zullen niet veel veranderd zijn in een jaar.' Cindy kwam overeind en pakte haar spullen bij elkaar. 'Bel mij niet, ik bel jou.'

Erin ging ook staan. 'Ik zal het verslag schrijven. Laat me weten of ik Daisy-dienst moet doen.'

Daisy-dienst. Gideon zou het niet erg vinden om dat te doen. De vrouw was vriendelijk geweest terwijl ze zelf van haar stuk was nadat ze was aangevallen. Ze had hem gekalmeerd toen het in zijn hoofd kolkte van de dingen die hij zich nooit meer had willen herinneren. Ze had naar hem geglimlacht alsof ze het begreep.

Dat was niet mogelijk, maar hij waardeerde de poging. Sterker nog, hij waardeerde de gelegenheid die ze hem in de schoot had geworpen. Het medaillon dat ze van de hals van haar aanrander had gerukt kon hem op het spoor van Eileen zetten. Op het spoor van Eden. Op het spoor van de man die zijn zus had verkracht en zijn moeder had vermoord.

Toen Erin weg was, draaide Rafe zich met opgetrokken wenkbrauwen naar hem toe. 'Wat nu?'

Gideon fronste zijn voorhoofd. 'Wat bedoel je?'

Rafe sloeg zijn ogen ten hemel. 'Hoe vaak ben je naar Mount Shasta geweest in het jaar dat je terug bent in Sacramento? En vertel me niet dat je dat niet weet. Daar trap ik niet in.'

'Vijftien,' gaf Gideon toe.

'En toen je gestationeerd was in Miami en Philadelphia? Hoe vaak ben je teruggekomen om te zoeken zonder zelfs maar tegen me te zeggen dat je terug was?'

Gideons wangen werden rood bij de mild bestraffende toon van Rafe. 'Zes keer. In totaal.'

'Eenentwintig keer. Jezus, Gid. Waarom heb je me niet gevraagd om mee te gaan? Ik zou zijn meegegaan, al was het maar om je gezelschap te houden. Heb ik je ooit onder druk gezet om informatie te delen terwijl je daar niet aan toe was?'

'Vanavond,' zei Gideon lijzig in een poging de spanning te doorbreken.

Rafe sloeg zijn ogen weer ten hemel. 'Afgezien van vanavond.'

'Nee,' gaf Gideon toe. 'Het spijt me.'

'En terecht.' Rafe keek hem kwaad aan. 'Je bent te slim om zo stom te doen. Nu wil ik de waarheid. Wat ben je van plan nu te doen? Je hebt een kans om de mensen te vinden die je dingen hebben aangedaan. Zowel jou als je zus. De kans om ze op te pakken. Om ze te laten boeten voor wat het ook is dat ze jou en Mercy hebben aangedaan. Denk maar niet dat ik geloof dat je achteroverleunt en niets doet.'

Mij en Mercy en onze moeder. Maar Gideon had Rafe nooit iets verteld over zijn moeders aandeel in de ontsnapping van Mercy en hem. Dat zou hij nog wel doen, maar niet vanavond. Hij voelde zich te rauw, te kwetsbaar. Op dit moment nam hij Rafe ernstig op terwijl hij overwoog wat hij zou antwoorden. Wat kon hij doen? Eerlijk gezegd, niet veel. En dat was waardelozer dan hij kon verdragen.

Hij voelde zich weer machteloos. Dertien jaar oud en machteloos. Hij dacht aan de foto van McPhearson. Niet zo machteloos, hield hij zichzelf voor. McPhearson was dood. Eén sadist minder was nog niet zo slecht.

'Ik kan niet veel doen als we Daisy's aanvaller niet identificeren,' zei Gideon ten slotte. 'Hoe denk je hem te vinden?'

'Ik wilde gaan rondneuzen in de buurt van het gemeenschapscentrum, eens zien wat de beveiligingscamera's opleveren. Die vent had een nylonkous over zijn gezicht toen hij Daisy aanviel, maar dat is misschien niet de hele tijd het geval geweest terwijl hij op straat rondhing. Iemand kan hem gezien hebben. Daisy heeft een goede beschrijving gegeven van zijn kleding, dus misschien vinden we hem op iemands beveiligingscamera. Wat ga jij nu doen? Ga je je baas hierover vertellen?'

'Op dit punt moet ik wel.'

'En als ze niet besluit je aan ons uit te lenen?'

Gideon keek zijn vriend aan. 'Ik heb verlofdagen tegoed. Ik moet dit tot een einde brengen.'

'Dat weet ik,' zei Rafe zacht.

'Zelfs als dat niet in een officiële hoedanigheid is,' voegde Gideon er betekenisvol aan toe.

'Ik zal alles in het werk stellen om ervoor te zorgen dat dat gebeurt.'

5

Granite Bay, Californië, vrijdag 17 februari, 01.45 uur

'Wat ben je aan het doen?' vroeg Sasha. Ze had er koppig op gestaan om in het huis van haar ouders te verblijven om Daisy gezelschap te houden.

Daisy keek op van Sasha's laptop en zag haar vriendin tot haar genoegen tegen de deurpost van de logeerkamer van de Sokolovs geleund staan met een mok in de ene en een theepot in de andere hand. De vrolijke kamer met de grillige muurschilderingen was waar Daisy altijd sliep wanneer ze bleef logeren.

'Wil je je laptop terug?' vroeg Daisy terwijl ze hoopte dat Sasha nee zou zeggen want de zoektocht naar informatie over het medaillon had fascinerend materiaal opgeleverd.

Sasha schudde haar hoofd. 'Nee. Ik kan mijn tablet gebruiken voor mijn e-mail.' Ze hield de theepot omhoog. 'Zal ik bijvullen? Het is die Sleepytime-thee.'

'Ik denk dat ik voorlopig nog niet kan slapen,' mompelde Daisy. 'Waarom lig jij niet in bed? Je bent morgen een wrak.'

'Ik heb gebeld en een bericht achtergelaten dat ik een vrije dag neem.'

Daisy glimlachte en stak toch maar haar mok toe. 'Jij wordt mijn lijfwacht, hè?'

Sasha schonk thee in, zette de pot op het nachtkastje en ging toen in kleermakerszit op bed zitten, naast Brutus, die opgerold was tot een harige bal. Ze liefkoosde afwezig de oren van de hond terwijl ze Daisy's gezicht langdurig bestudeerde. 'Wat heb je ons eerder niet verteld? En geen flauwekul, DD. Daar ben je echt slecht in. Vertel me wat je hebt verzwegen.'

Daisy liet haar blik op het scherm van de laptop vallen. Ze wist precies waarom ze niet alles had gedeeld van wat er die avond was gebeurd. Irina probeerde al maanden om haar aan Gideon te koppelen en zowel zij als Gideon had dat afgeweerd. Daisy had hun niet over Gideon verteld omdat ze simpelweg niet de emotionele energie overhad om Irina's goedbedoelde koppelarij aan te kunnen. Maar ze vertrouwde Sasha. Dat had ze altijd gedaan, zelfs toen ze nog kinderen waren en elkaar geheimen vertelden in een donkere tent in de achtertuin van de Sokolovs met een zaklamp als hun enige verlichting. Ze hadden elkaar spookverhalen verteld, geklaagd over school, en Sasha had haar gewiegd, vlak nadat haar moeder was overleden, terwijl zij huilde van verdriet.

'Ik heb vanavond Gideon Reynolds ontmoet.' Daisy keek op en zag dat Sasha verrast met haar ogen knipperde. 'Op het politiebureau,' verduidelijkte ze.

'Gideon? Wat moest hij daar?'

'Rafe had hem gevraagd om te komen.' Ze klikte in haar e-mail en riep de foto van het medaillon op die Trish bij de steeg had genomen. 'Ik heb dit vanavond van de nek van de man getrokken. De man die me probeerde aan te vallen.'

'Die je hééft aangevallen,' zei Sasha zacht terwijl ze zich op de foto concentreerde. 'Wat is dat?'

'Een medaillon. Hij was gegraveerd. Ik dacht eerst dat Gideon daar was omdat de man het over anderen had gehad en dat Gideon misschien bezig was met een onderzoek naar een serieverkrachter of -moordenaar of zoiets. Maar hij zei dat hij er was vanwege het medaillon. Het... het deed hem pijn. Op de een of andere manier. Ik wil weten waarom.'

Sasha dacht na, maar haar ogen vlogen plotseling wijd open. 'O, mijn god,' fluisterde ze. 'Het kwam door zijn tatoeage. Die herinner ik me.'

Dat was niet wat Daisy had verwacht. 'Had Gideon een tatoeage met dit ontwerp?'

Sasha knikte. 'Ik was jong toen ik hem voor het laatst zag – een jaar of twaalf of zo? – maar ik herinner me hem wel. Ik was destijds gefascineerd door Gideon. Ik liep overal achter hem en Rafe aan.'

Daisy voelde vanbinnen iets vreemds de kop opsteken. Iets niet zo heel fraais. *Zoiets als jaloezie?* vroeg haar kleine stemmetje.

Hou je kop. Ik heb geen recht op hem. Doe niet zo belachelijk. Trouwens, geen schijn van kans dat Sasha gevoelens had voor Gideon Reynolds, nu niet en toen niet.

'Waarom?' vroeg ze behoedzaam.

Sasha lachte. 'Als je nu je gezicht eens kon zien. Ga niet pokeren, DD. Nooit. Je weet toch dat ik gay ben, hè? Dat was ik toen ook al.'

Daisy's wangen werden rood. 'Dat weet ik wel,' zei ze verdedigend. 'Waarom fascineerde hij je?'

'Het was een lichte vorm van heldenverering. Ik bedoel, het enige wat ik kende was ons gezin en we waren... nou, we zijn wij. We zijn luidruchtig en maf en aanwezig.'

'Dat weet ik nog,' zei Daisy met een glimlach. 'Ik wilde altijd dat ik bij jullie kon wonen.' Vooral nadat hun vader hen had meegesleept naar de rimboe. 'Ik had Taylor en ik ben dol op haar, maar in dit huis gebeurde altijd iets leuks en bij ons was het...' Ze haalde haar schouders op.

'Streng,' vulde Sasha in. 'Ik heb me altijd afgevraagd of onze vaders niet zijn verwisseld bij hun geboorte. Je hoort altijd over onverstoorbare Russen, maar jouw vader heeft alle onverstoorbaarheid en die van mij helemaal niets.' Ze zuchtte. 'Het was altijd zo'n kleurrijke chaos. Soms was het allemaal te luid en dan kroop ik op zolder weg in mijn hoekje. Op een dag – ik moet een jaar of negen zijn geweest want Rafe was net op de middelbare school begonnen – neemt hij die knul mee naar huis om aan een natuurkundeproject te werken. Hij was zo'n donkere, mysterieuze vreemdeling.'

'Gideon.'

'Ja. Hij zei geen woord, maar zijn ogen vertelden veel. Het meeste daarvan leek niet goed. Niemand heeft ooit gezégd dat hij beschadigd was, niet waar ik bij was, in ieder geval. Maar het straalde gewoon van hem af. Hij was intens en kwaad. Rafe nam hem steeds mee en mijn moeder bleef de moederkloek over hem spelen, maakte zijn lievelingskostjes klaar en liet hem gewoon zichzelf zijn.'

Dat maakte Daisy aan het glimlachen. Irina was een schat, dat was zeker. 'Je hebt zo veel geluk.'

Sasha glimlachte terug. 'Ik weet het. Ik vroeg haar waarom Gideon niet gewoon bij ons kwam wonen. Ik weet nog dat ik dacht: Hé, we zijn met zijn achten, wat maakt één extra dan nog uit?'

Daisy lachte. 'In aanmerking genomen dat Zoya toen nog een peuter moet zijn geweest, kan ik me niet voorstellen dat dat in goede aarde viel. Wat zei je moeder?'

'Het viel eerlijk gezegd wél in goede aarde. Ze zei dat Gideon een thuis had via pleegzorg, maar dat als hij ooit bij ons wilde intrekken hij van harte welkom zou zijn. Ik denk dat ik zo opkeek tegen Gideon omdat hij zo gesloten was. Hij liep zijn gevoelens niet rond te toeteren. Ik had het gevoel dat ik heel vaak net zo was, alsof ik niet thuishoorde in dit gekkenhuis. Op een dag wilde ik wegkruipen in mijn hoekje op zolder en toen trof ik hem daar. Hij zat gewoon te chillen, weet je wel. Ik kroop naast hem en we bleven een hele tijd zwijgend zitten. Toen gaf hij me een klopje op mijn hoofd en bedankte me dat ik mijn hoekje met hem had gedeeld. Ik zei tegen hem dat hij ernaartoe kon wanneer hij maar wilde en dat ik zijn geheim zou bewaren.' Ze kreeg een verdrietige uitdrukking op haar gezicht. 'Hij kreeg zo'n blik in zijn ogen, alsof ik hem in zijn maag had gestompt. Hij bedankte me nog een keer en ging weg. De volgende keer dat ik naar zolder ging, vond ik een bloem uit mijn moeders tuin in de vensterbank en een briefje waarop stond: "Ik zal jouw geheim ook bewaren." Ik wist dat het van hem kwam. Daarna vond ik soms een bloem daar en dan wist ik dat hij er was geweest. Soms zaten we daar samen.' Eén kant van haar mond ging omhoog. 'Ik kwam bij hem uit de kast, als eerste van allemaal.'

Daisy glimlachte triest, want het was bitterzoet. Ze was blij dat Sasha een vertrouweling had, maar verdrietig dat zij het niet was geweest. Ze had toen al op de boerderij gezeten. 'Echt waar?'

'Ja. Ik was veertien en hij was voor Kerstmis thuis van de universiteit. Ik vertrouwde erop dat hij het niemand zou vertellen. De man is net een kluis.'

'Echt waar?' vroeg Daisy opnieuw, dit keer vol ongeloof. 'Hij liet zich vanavond een paar dingen ontvallen. Ik kreeg de indruk dat het niet zijn bedoeling was geweest om ze te zeggen.'

'Zoals?'

'Zoals dat hij naar het bureau was gekomen vanwege dat medaillon. Ik denk niet dat hij dat had willen zeggen en ik geloof dat Rafe ook verrast was dat hij dat deed.'

'Dus nu doe je zelf onderzoek?'

'Uiteraard,' antwoordde Daisy nuchter.

'Uiteraard,' herhaalde Sasha droog. 'Wat was hij verder niet van plan om te zeggen?'

Daisy had geen enkele bedenking om Sasha hier iets over te vertellen, want haar vriendin was ook net een bankkluis. 'Die vrouw van

Forensische Opsporing vond een trouwfoto in dat medaillon. Het meisje was veel te jong, twaalf of dertien of zo. Gideon had haar gekend. Hij reageerde heftig op de man op de foto. Gooide eruit dat hij dood was. En toen leek hij... ergens heen te gaan. In zijn hoofd.'

'Wauw. Voor Gideon is dat verdomd veel. Hij moet van zijn stuk zijn geweest.' Sasha richtte haar aandacht weer op de foto van het medaillon op het scherm van de laptop. 'Hij had heel lang die tatoeage. Op deze plek.' Ze klopte op de linkerkant van haar torso, vlak boven haar borst. 'De eerste paar jaar wist ik helemaal niet dat hij een tatoeage had, want hij deed nooit zijn shirt uit als wij in de buurt waren. Op een dag gingen we naar de rivier, met autobanden varen, en toen we ons allemaal omkleedden zagen we het. Ik weet nog dat ik er ook een wilde en mijn moeder zei nee. Ik werd niet vaak hysterisch, maar toen wel. Gideon vertelde me later, toen we met z'n tweeën waren, dat ik naar mijn moeder moest luisteren. Dat hij zou willen dat hij die tatoeage niet had. Toen ik Rafe ernaar vroeg, zei hij dat hij hem al had zolang hij hem kende. Dus in ieder geval vanaf zijn veertiende.'

Daisy schudde haar hoofd. 'Wie geeft een veertienjarig jochie nou toestemming voor een tatoeage?'

'Ik weet het. Maar ik kreeg de indruk dat het niet zijn idee was geweest om hem te laten zetten. Hij liet hem wegwerken toen hij achttien was. Er was iets vreselijks gebeurd, want Gideon zat volledig in de knoop, maar ik weet niet wat het was. Rafe weet het wel, maar die wil niets zeggen. Hij zei dat het aan Gideon was om zijn verhaal te vertellen. Maar daarna was de tattoo verdwenen en nu heeft hij een feniks.'

'Oprijzend uit de as,' mompelde Daisy. 'Niet zo'n moeilijke metafoor om te ontleden.'

'Zeker niet.' Sasha gaf de laptop weer aan Daisy. 'Wat ben je te weten gekomen over het ontwerp van het medaillon?'

'Het is beslist religieus van aard. Door die twee kinderen die zitten te bidden kan dat niet missen. De boom is een olijfboom, denk ik. De engel heeft een brandend zwaard.'

'O. Net als buiten de Hof van Eden.' Ze moest grinniken toen ze Daisy's verbaasde blik zag. 'Ik ging elke week naar catechese, zoals alle brave katholieke meisjes. Ik heb zelfs communie gedaan. Nou niet zeggen wat je zit te denken. Ik was een braaf kind. Het werd later pas maf.'

Daisy deed gehoorzaam alsof ze haar mond op slot draaide, maar dat was alleen maar voor de show. De opstandige fase van Sasha was heftig geweest, maar relatief kort. Ze had in ieder geval nooit hoeven afkicken. Niet zoals Daisy.

'Olijfbomen hebben ook een religieuze betekenis,' ging Sasha verder, 'maar ik weet niet precies meer wat.'

'Daar zat ik net over te lezen. De olie wordt gebruikt om priesters te zalven en werd ook gebruikt om de tempel te verlichten. Het hout wordt voor heel veel dingen gebruikt. Maar als je verwijzingen zoekt naar de engel in combinatie met de olijfboom, dan blijkt dat er mensen zijn die denken dat de olijfboom de Levensboom uit de Hof van Eden was. Ik vraag me af of dat medaillon iets kerkelijks is. Ik weet niet, zoiets als een rozenkrans of zo. Het was belangrijk genoeg voor Rafe om Gideon op een doordeweekse avond laat naar het bureau te slepen.'

Sasha nam haar ernstig op. 'Waarom is dit belangrijk voor je? Of hou je jezelf gewoon bezig om niet te hoeven slapen?'

Daisy haalde haar schouders op. 'Het is een mysterie en het enige spoor naar de man die me heeft aangevallen. Die me misschien... Ik weet niet wat. Me wilde verkrachten? Me vermoorden? Dat alleen al is reden genoeg. Die vent vinden zodat hij niemand anders iets aan kan doen. Of terug kan komen om mij iets te doen.'

'Dat is een heel goede reden. Maar geloof je niet dat Rafe en Erin erin zullen slagen om hem te vinden?'

'Jawel, ik denk het wel. Maar ik ben de dochter van mijn vader. Ik geef de touwtjes niet graag uit handen.'

'Nee,' zei Sasha met een stalen gezicht en ze begon te lachen toen Daisy haar middelvinger opstak. 'Maar ik snap het. Het geeft je een schijn van controle terug en je moet het gevoel hebben gehad dat je die kwijtraakte toen je vanavond werd aangevallen.'

'Ja. Maar het is ook nieuwsgierigheid,' gaf ze toe. 'Ik haat het om niet over de informatie te beschikken. Rafe stuurde me weg voor ze iets echt interessants zeiden. Of voor Gideon er per ongeluk nog iets uit gooide.'

'Dát op zich is veelbetekenend. Gideon gooit er nooit iets uit. Nooit.'

'Maar vanavond wel.' Daisy beet op haar onderlip. 'Toen hij op het laatst de kluts kwijtraakte – toen hij zei dat de man dood was – legde ik mijn hand op zijn vuist. Hij balde zijn handen zo hard dat de knokkels spierwit zagen. Toen ik wegging... bedankte hij me. Het betekende iets – begrijp je, voor mij. Ik weet alleen niet wat.'

'Aha. Ik snap het. Iemand als Gideon, die zo beheerst is, bedankt jou. Dat is leuk. Geeft je het gevoel dat je iets hebt verdiend.'

'Ja.' Dat was het. Ze had zich bijzonder gevoeld. 'En, als ik eerlijk ben, het is voor een deel ook omdat ik niet wil gaan slapen. Ik ben bang voor wat ik zal dromen.'

'Wil je dat ik bij je blijf?'

'Dat hoef je niet te doen.' Maar Daisy hoopte dat ze het wel zou doen.

Sasha sloeg haar ogen ten hemel. 'Hoe laat moet je hier weg om op tijd op je werk te komen?'

'Vijf voor halfvijf.' Dat was over minder dan drie uur. 'Het lijkt op dit moment nauwelijks de moeite waard om te proberen te slapen.'

'Rafe is hier,' zei Sasha. 'Hij kwam binnen toen ik thee aan het zetten was. Hij zei dat hij nog een paar uurtjes ging pitten in zijn oude kamer. Als je op wil blijven tot het tijd is om te gaan, dan blijf ik wel bij je. We kunnen gaan kaarten en elkaars haar vlechten. Of het haar van Brutus.'

'Dat zou ze nog goedvinden ook. Een potje kaarten lijkt me wel wat.' Daisy logde uit bij haar e-mail en gaf de laptop terug aan Sasha. 'Bedankt.'

Sasha haalde een pak kaarten uit de zak van haar kamerjas. 'Ik dacht wel dat je ja zou zeggen. Een potje rummy?' Ze schudde de kaarten en deelde. Vervolgens wachtte ze tot Daisy haar kaarten zat te bestuderen voor ze zachtjes zei: 'Dus... Gideon. Hij is niet mijn smaak, maar ik moet toegeven dat hij een lust voor het oog is, of niet soms?'

Daisy dacht aan de sterke kaaklijn van de man, zijn heldergroene ogen en de zilverdraden in zijn zwarte haar. Ze wilde niet eens denken aan wat er onder dat pak zat, dat hij droeg alsof het voor hem was gemaakt. 'Voldoende, denk ik. Zeker.'

Sasha snoof. 'Oké. Hij is héél knap, DD. Je moet toegeven dat mijn moeder gelijk had. Ik beloof je dat ik het niet tegen haar zal zeggen.'

Daisy keek haar over de rand van haar kaarten boos aan. 'Hou. Je. Mond.' Ze liet haar blik naar haar kaarten gaan. 'Oké. Hij is heel, heel knap.'

En hij had er dingen uit gegooid terwijl dat niet zijn gewoonte was. Ze wilde graag geloven dat zij daar iets mee te maken had, maar het lag veel meer voor de hand dat hij door iets anders zo van zijn stuk was.

Ze keek even naar de laptop. Wat had ze gehoopt te zullen vinden? Een spoor naar haar aanvaller of een glimp van de man die haar zo'n beetje de adem had benomen toen hij die kleine verhoorkamer was binnengewandeld? Ze wist het nog steeds niet zeker.

Sasha's mond vertrok in een sneer. 'O, heel, héél? Ik zou zeggen dat dit meisje stapelverliefd is.'

Daisy's ogen spuwden vuur. 'En ík zeg dat als jíj ook maar één woord tegen je moeder zegt, ze je lichaam nóóit zullen vinden.'

'Prima. Omdat je dat hebt gezegd mag ik beginnen.'

Sacramento, vrijdag 17 februari, 04.05 uur

Hij wankelde hijgend achteruit. Zijn rug deed pijn, zijn handen deden pijn, zijn kaken deden pijn. Hij zat onder het bloed en het kon hem geen moer schelen. Hij staarde naar de vrouw op het bed en grijnsde van het pure genot van dat alles. Hij ving in de spiegel aan de muur een glimp op van zichzelf en zijn grijns werd breder terwijl hij zijn eigen spiegelbeeld bewonderde. Een woeste blik, onder het bloed...

Hij zag er krankzinnig uit.

Hij voelde zich opgebeurd.

Hij stak een vuist in de lucht en lachte opgetogen. Dit was het mooiste moment. Wanneer hij net klaar was en de endorfine als vuur door hem heen pompte...

Het was alsof hij kon vliegen, helemaal op eigen kracht.

Hij sloot zijn ogen om nog een paar ogenblikken langer van het gevoel te genieten. Het zou een tijdje duren voor hij het weer voelde. Jazeker, hij zou opnieuw vliegen, maar niet helemaal op eigen kracht. Niet zoals nu.

Zijn ademhaling werd regelmatiger en hij deed zijn ogen open. De vrouw lag naar het plafond te staren. Met glazige ogen. Dood.

Want ze wás dood. Hij vermoedde dat hij zich had laten meeslepen. Hij deed altijd langer met ze. Dagen. Maar nu leken ze het zo snel op te geven. Dat nam een hoop plezier weg, dus moest hij harder zijn best gaan doen. Hij moest op een efficiëntere manier krijgen wat hij nodig had, aangezien de vrouwen elke keer dat hij op jacht ging brozer leken te worden.

Hij rolde met zijn hoofd, ontspande zijn gevoelige spieren en stapte onder de douche om het bloed van zich af te spoelen. Het warme water voelde heerlijk op zijn uitgeputte lichaam. Met dat blondje in de steeg en de vrouw op zijn bed had hij een geweldige work-out gekregen. Hij zou nu wel kunnen slapen.

En nadenken. Hij moest écht nadenken over hoe hij dat verrekte blondje kon vinden. Hij moest nadenken over zijn baan. Wat moest hij nu doen? Hij had het grootste deel van zijn leven gewijd aan één werkgever. Dat had zijn enige baan zullen zijn.

Ik zou tot aan mijn pensioen bij dat klotebedrijf blijven werken.

Vuile klootzak. We houden je in het oog, had zijn ouweheer gezegd. *Nog een beetje meer ervaring. Jij bent als volgende aan de beurt voor promotie. Maak wat extra uren, draai een paar extra diensten. Werk in de vakantieperiode zodat de gezinsmensen dat niet hoeven te doen. Heb geduld. Jouw moment zal binnenkort komen.*

Binnenkort. Binnenkort. Binnenkort.

Eerder nooit, nooit, nooit. Hij vertrok zijn gezicht toen hij besefte dat hij zijn huid kapot had geboend. Hij draaide de kraan dicht en stapte uit de douche. Hij droogde zich af, liep toen naar het bed en bestudeerde de vrouw nog één keer. Ze had zich nauwelijks verzet, ze zei al bij de eerste snee in haar huid dat het haar speet en had meteen om vergeving gesmeekt. Ze was ook aan de magere kant en haar bovenlijf was zo smal dat het hem niet was gelukt om alle letters erin te kerven.

S-Y-D-N strekte zich uit over haar maagstreek. Hij voegde de E toe op de rechterdij en de Y op de linker. Hij zorgde er altijd voor dat hij alle letters gebruikte, in ieder geval bij degenen die hij meenam naar zijn gastenverblijf. Anders voelde het zo... onvolledig.

Deze was al gaan smeken voor hij klaar was met de eerste bocht van de S. Toen hij bij de D was, smeekte ze al om dood te mogen.

Miriam, daarentegen, had het twee volle dagen volgehouden. Ze had een wil om te leven waardoor hij het bijna betreurde dat hij haar moest breken. Bijna. Want dat was een van de mooiste momenten – wanneer ze het eindelijk opgaven en erkenden dat alleen hij hun leven in zijn hand had.

Dat moment van overgave was wat hem dreef, elke keer weer.

Maar deze was op. Hij trok het plastic laken van het bed, rolde de vrouw op als een burrito en gooide haar in de vriezer die tegen de muur stond. Ze zou wel goed blijven tot hij zich van het lichaam kon ontdoen.

Hij doorzocht snel haar bezittingen. Haar kleding en rugzak zouden in de vuilverbrander gaan, net als het grootste deel van de inhoud van de rugzak, met inbegrip van het schort met het logo van een plaatselijke bakkerij.

Hè? Ze had overdag ook een baan. Het was niet voor het eerst dat een prostituee ook een 'gewone' baan had, maar het was niet gebruikelijk. Dat betekende dat iemand naar haar zou gaan zoeken. Daar maakte hij zich niet vreselijk veel zorgen over. Hij had in de beige Chevy gereden, die te herleiden was tot iemand die geen vragen meer zou beantwoorden.

Hij wierp een blik op haar rijbewijs, dat zichtbaar was achter het plastic venstertje in haar portefeuille. Kaley Martell was negenentwintig en woonde in Carmichael.

Dank je, Kaley. Dit had ik vannacht echt even nodig.

Hij begon schoon te maken rond het bed. Hij desinfecteerde de vloer, de muren en zijn gereedschap met bleek. Voor het geval dat. Die verrekte technisch rechercheurs waren tegenwoordig veel te goed. Maar hij bleef ze een stap voor. Hij liet nooit bloed achter. Liet nooit vingerafdrukken achter.

Hij liet nooit huidmonsters achter. *Niet tot vanavond.*

Hij liet nooit een getuige in leven. *Niet tot vanavond.*

Een deel van het euforische gevoel en de bevrediging ging in rook op toen hij aan dat blondje dacht. *Morgen.* Hij zou morgen beginnen naar haar te zoeken, na zijn werk.

Om wat van de bevrediging die hij was kwijtgeraakt terug te krijgen opende hij de kast aan de muur naast zijn bed. Hij liet normaal gesproken zijn gasten de inhoud ervan zien, want dat verminderde hun weerstand, maar bij Kaley had hij zich laten meeslepen.

De kast ging open als een drieluik, met schappen in de achterkant en zijpanelen. Hij had er tien jaar over gedaan om zijn kast met souvenirs te vullen. Het was indrukwekkend, al zei hij het zelf.

Hij stopte Kaley's rijbewijs in het eerstvolgende open vakje en keek toen boos naar het lege haakje onder dat van Eileen. Hij had nu dat verrekte medaillon aan het haakje moeten hangen, maar het was verdwenen. Gestolen door het blondje.

Dankzij Kaley had hij echter een nieuw sieraadje – een kristallen hoefijzer, ironisch genoeg. Haar hals was te dun, zodat hij haar kettinkje niet kon gebruiken, dus gebruikte hij een langere ketting uit zijn voorraad. Hij ging rechtop staan en trok de ketting over zijn hoofd. De talisman bleef hangen ter hoogte van zijn hart. Hij haalde diep adem en voelde zich weer zichzelf toen hij de deuren van de kast sloot.

Hij deed de kelderdeur dicht, wachtte tot hij de klik van het slot hoorde en struikelde toen bijna over Mutt. De hond lag op de vloer bij de deur naar de kelder, zoals gewoonlijk.

Hij boog zich voorover om Mutt achter de oren te krabben. 'Laten we gaan slapen.'

6

Sacramento, vrijdag 17 februari, 08.00 uur

Gideon trok nerveus zijn das recht. *Rustig.* Hij had al honderden keren met zijn chef gesproken en hij was niet één keer zenuwachtig geweest. Maar het was ook nog nooit persoonlijk geweest. *Nu is het dat wel.*

Hij roffelde op de deur en ging naar binnen toen hij een gedempt 'Binnen' hoorde.

Toen hij gehoorzaamde, trof hij leidinggevend speciaal agent Tara Molina achter haar bureau. 'Speciaal agent Reynolds. Goedemorgen.' Ze wees naar een fauteuil en Gideon ging zitten, terwijl hij zijn handen dwong niet te trillen.

'Bedankt dat u me op zo korte termijn wil zien.' Hij keek haar recht in de ogen. Ze was een jaar of vijftig en hoekig. Elke beweging die ze maakte was efficiënt en hij had nog nooit meegemaakt dat ze ergens omheen draaide of iemands tijd verdeed. Dus hij zou haar tijd ook niet verdoen. 'Ik heb een vriend die bij de politie van Sacramento zit. Hij is rechercheur Moordzaken. Hij heeft gisteravond mijn hulp bij een zaak ingeroepen.'

Haar wenkbrauwen gingen omhoog. 'Dat is niet de normale manier waarop het korps om hulp vraagt. Waarom is jouw recherchevriend niet langs de gebruikelijke kanalen gegaan?'

'Omdat hij wist dat ik op een persoonlijk vlak in verband stond met deze zaak. Mijn vriend is Rafe Sokolov. Ik hoor zo'n beetje bij zijn familie. Ze... hebben me geholpen toen ik een tiener was.'

Eén kant van Molina's mond ging omhoog en dat verraste hem. 'De familie die je zelf maakt, zoals men zegt.'

'Ja, mevrouw. Precies.' Ook al had hij al besloten wat hij haar zou vertellen, hij aarzelde toch. 'Hebt u weleens gehoord van de Church of Second Eden?'

'De sekte waarin je bent opgegroeid,' zei Molina en daarmee verraste ze hem opnieuw. 'Ik heb je dossier gelezen, agent Reynolds. Ik heb de dossiers gelezen van iedereen die in mijn bureau werkt. Ik weet dat je daar bent opgegroeid en dat je bent ontsnapt. Ik weet dat je beschuldigingen van mishandeling hebt geuit, die zijn bevestigd door het ziekenhuis. Ik weet dat je aangifte tegen hen hebt gedaan bij de politie van Sacramento, maar ze hebben geen bewijzen gevonden van het bestaan van de sekte. Ik weet dat je opnieuw aangifte hebt gedaan toen je bij de FBI was gekomen, maar de zoektocht heeft niets opgeleverd. Ik weet dat je in de daaropvolgende jaren verschillende keren hebt verzocht om het onderzoek te heropenen, maar er was nooit nieuw bewijs dat heropening rechtvaardigde. Vraag je nu om de zaak opnieuw te openen?'

Hij was onder de indruk. 'Ja. Dat klopt.'

Ze legde haar handen gevouwen op het bureau. 'Ik neem aan dat je dit keer over nieuwe bewijzen beschikt?'

'Ja, inderdaad. Er is gisteravond in J Street een vrouw aangevallen. Terwijl ze zich verzette tegen haar aanrander, trok ze een medaillon van de hals van de man. Het was een medaillon zoals werd gedragen door de vrouwen in de gemeenschap. Ik verzoek zowel om de heropening van het onderzoek naar de gemeenschap als om de opdracht voor de bescherming van mevrouw Dawson, de vrouw die is aangevallen. Als deze man opnieuw achter haar aan gaat, kan zijn aanhouding ons naar de locatie van de gemeenschap leiden.' En als bonus zou hij over Daisy waken. Dat zou een geweldige geruststelling betekenen voor de Sokolovs. *Ja hoor. Tuurlijk. De Sokolovs.* Hij had de neiging om zijn ogen ten hemel te slaan bij zijn eigen flauwekul, maar hij dwong zichzelf zich te concentreren, want Molina zat hem nauwlettend gade te slaan.

'Hoe wist je dat het een medaillon was dat gedragen is door een vrouw van de Church of Second Eden?' vroeg ze.

'Omdat ik de afbeelding herkende die op de voorkant is gegraveerd – twee kinderen die onder een olijfboom zitten te bidden terwijl ze worden beschermd door een engel met een vlammend zwaard.'

Ze sloot even haar ogen en toen ze die weer opendeed, knikte ze. 'Ik herinner me dat uit het dossier. Stond er een naam op de achterkant?'

'Ja. "Miriam".' Hij vond op zijn telefoon de foto die hij van het medaillon had genomen en van de foto die erin zat en gaf zijn mobieltje aan haar door. 'Dat is het medaillon en de foto die erin zat.'

Er blonk medeleven in Molina's ogen. 'Ze is zo jong. Twaalf, hè? De leeftijd waarop meisjes gedwongen waren te trouwen.'

'Ja.'

'Kende je dat meisje?'

Gideon slikte. 'Ja. Haar echte naam was Eileen. "Miriam" werd haar door de gemeenschap opgedrongen.'

'Hoe wist je vriend dat hij je moest bellen?' vroeg ze. 'Had je de Sokolovs over de gemeenschap verteld?'

'Niet echt. Het is... pijnlijk om eraan te denken. Ik praat er niet vaak over.' Hij stak zijn hand in zijn zak en haalde de foto tevoorschijn van Rafe en hem bij de rivier en gaf hem zonder iets te zeggen aan haar.

Molina bestudeerde de foto enkele lange seconden en toen schoot haar blik naar die van Gideon. 'Hebben ze je getatoeëerd?'

'Op mijn dertiende verjaardag.'

'Dat stond niet in het dossier.'

'Ik... denk er niet graag aan.' De tatoeage. De dag dat die bij hem werd gezet. Wat er daarna was gebeurd. *Ik heb een man gedood.* En was zelf bijna vermoord. 'Ik hoopte dat de beschrijving van het medaillon en het misbruik en de gedwongen huwelijken van twaalfjarige meisjes voldoende zou zijn om de FBI erbij te betrekken. Dat was zo, dus heb ik de rest voor mezelf gehouden.'

Ze keek niet weg en hij ook niet, waardoor de twee in een soort impasse belandden tot Molina haar ogen neersloeg naar de foto uit het medaillon op zijn mobieltje. 'Ze zijn niet exact hetzelfde,' mompelde ze. 'Twaalf takken aan de olijfboom op het medaillon, dertien op de tatoeage. Voor de leeftijd van meerderjarigheid?'

'Ja, mevrouw,' wist hij uit te brengen. Zijn keel was dik en slikken deed fysiek pijn.

'Was je dertien toen je ontsnapte?' Toen hij alleen maar knikte, slaakte ze een zucht. 'Volgens de gegevens van het ziekenhuis was je ernstig mishandeld.' Ze nam hem onderzoekend op. 'Je medische dossier was verzegeld, samen met je adoptiegegevens, omdat je nog minderjarig was, maar toen je bij de FBI kwam, heb je ons toestemming gegeven ze in te zien.'

'Ik wilde dat de gemeenschap zou worden gevonden. Wanhopig

graag.' *Voor Mercy. Voor mama. En voor mij.* 'Ik zoek al zeventien jaar naar ze.'

Molina leunde achterover in haar stoel en sloeg haar armen over elkaar. 'Maar je hield ze verzegeld vanaf het moment dat je achttien werd tot je bij de FBI kwam, zes jaar later. Waarom, als je ze zo wanhopig graag wilde vinden? Waarom heb je ze niet eerder aangegeven?'

Die vraag was hem nog nooit gesteld. Hij had moeten weten dat Molina dat kleine – maar cruciale – feit zou opvallen. 'Ik denk dat ik in het begin niet echt dacht dat de politie van Sacramento me zou geloven. Dat ze zouden denken dat ik maar een kind was dat fantastische verhalen verzon. Ik had er nooit aan gedacht om zelf contact op te nemen met de FBI.'

'Maar later? In het verslag van je eerste FBI-gesprek staat dat je altijd speciaal agent wilde worden, dat je taalkunde hebt gekozen nadat je de website van de FBI had geraadpleegd. Dus je had op je achttiende een voldoende hoge dunk van de FBI om erbij te willen, maar je dacht er niet aan om de zaak aan te geven?'

Natuurlijk had hij daar wel aan gedacht. Maar hij had de gemeenschap niet aangegeven vanwege Mercy. Omdat ze hem had gesmeekt dat niet te doen. En omdat hij destijds zo voor haar geestelijke gezondheid had gevreesd dat hij ermee had ingestemd. Hij dacht niet dat Molina zijn redenen zou accepteren. 'Mag ik ervan uitgaan dat dit vertrouwelijk is, mevrouw?'

Ze dacht erover na. 'Tenzij je gedragsregels overtreedt.'

'Dit deel heb ik gisteravond niet eens aan mijn vriend verteld. Ik heb het nooit aan iemand verteld.'

'Ik begrijp het. Je vraagt me om je geheimen te bewaren.'

'Alleen dit geheim, mevrouw, want het is niet mijn eigen geheim. Mijn zus is ook opgegroeid in de sekte. Ze is er niet op hetzelfde moment als ik uit gekomen.'

'Dus toen je aan het zoeken was, was je op zoek naar haar.'

'Ja. Ik heb haar uiteindelijk gevonden.' Maar niet op de plek waar hij had gezocht. Mercy vinden was het werk geweest van Irina Sokolov. Nog iets waar hij dankbaar voor moest zijn. 'Mijn zus was ook ontsnapt, maar ze had niet zo veel geluk als ik. Ik werd in elkaar geslagen. Zij werd...' Hij slikte moeizaam en schraapte zijn keel. 'De woorden zijn gemakkelijker uit te spreken als het om een vreemde gaat.'

'Is ze seksueel misbruikt?' vroeg Molina op vriendelijke toon.

Gideon moest de golf aan emoties onderdrukken die altijd opkwam als hij dacht aan Mercy's beproeving. 'Ja, mevrouw.' *Herhaaldelijk. Jarenlang.* 'Ze wil niet officieel aangifte doen. Dat kan ik u nu al vertellen. Ze heeft het... verwerkt. Min of meer.' *Niet echt.*

'Maar jij wil wraak?' Opnieuw een zorgvuldig geformuleerde vraag.

Verdomme, jazeker. 'Nee, mevrouw. Ik wil gerechtigheid.' Dat was ook waar. 'Ik wil vrijheid voor de anderen die nog steeds tegen hun wil worden vastgehouden. Ik wil niet dat andere kinderen gedwongen worden op te groeien zoals ik.'

Molina wendde haar blik af en bestudeerde het uitzicht buiten haar raam. Op een heldere dag waren de uitlopers van de Sierra Nevada zichtbaar. Vandaag zou het geen heldere dag worden. Wolken pakten zich al samen. Zijn baas keek hoe ze voorbijdreven. Ze had haar armen nog steeds over elkaar geslagen en tikte met een gemanicuurde vingertop op haar bovenarm.

Ten slotte wendde ze zich weer tot Gideon. 'Dit is wat er gaat gebeuren. Ik heropen officieel het onderzoek. Ik zal een van mijn agenten navraag laten doen bij pandjeshuizen in de buurt om vast te stellen of het medaillon door iemand is verkocht of dat iemand die voldoet aan de beschrijving die mevrouw Dawson heeft gegeven hem heeft aangeschaft. In de tussentijd heb je één week om dit spoor naar de Eden-sekte te onderzoeken. Als je iets vindt – bijvoorbeeld een plek waar die gemeenschap mogelijk uithangt – dan kom je onmiddellijk naar mij en dan zullen we naar bevind van zaken handelen. Hoe dan ook, aan het einde van die week meld je je bij mij en vertel je me alles wat je hebt gevonden, ook als je denkt dat het niet relevant is.'

Hij kon zijn oren bijna niet geloven. Ze gaf hem alles waar hij om had gevraagd. 'Ja, mevrouw. En als ik dan nog niet klaar ben?'

'Laten we dat over een week beslissen. Ik begrijp je persoonlijke missie, maar het is gemakkelijk voor iemand – laten we eerlijk zijn, iemand als wíj – om meegesleurd te worden in de zoektocht. Je bent misschien niet de beste persoon om te zoeken. Je kunt er zo dichtbij staan dat je iets belangrijks over het hoofd ziet. Je kunt ook gemakkelijk geobsedeerd raken door je witte walvis. Dat je al zeventien jaar op zoek bent, zegt me dat je niet zult opgeven. Maar pak dit op een intelligente manier aan.'

'Dat klinkt logisch,' gaf hij toe.

Haar mondhoeken trilden. 'Ik ben blij dat je er zo over denkt. Maar om misverstanden te voorkomen: als je op enig moment die gemeenschap lokaliseert, dan vertel je me dat. Als je een specifieke bedreiging gewaarwordt aan het adres van een specifieke persoon of personen, dan vertel je me dat. Dan zullen we onderzoek doen en de kwestie oplossen.'

Eh... nee. Maar hij knikte alleen maar. 'Ja, mevrouw.'

'Ik meen het, Gideon.'

Ze moest het wel menen. Ze had hem nooit eerder Gideon genoemd. 'Ja, mevrouw.'

Ze schudde licht haar hoofd, alsof ze zijn belofte niet geloofde. 'Wat ga je doen met je lopende onderzoeken? Hoe ver sta je met de bewakingsbeelden van Chang?'

'Ik heb alles vertaald van wat er tot nu toe is binnengekomen en het naar u gemaild. Niets opvallends wat betreft de drugshandel, maar er was een vaag gesprek over creditcardfraude waarmee ze gaan beginnen. Ik werk samen met Jim Burns. Hij kan snel volledig op de hoogte worden gebracht. Bel me als er nieuwe gesprekken binnenkomen, dan kan ik eraan werken van waar ik ook zit. Ik ga niet ver weg. In noodgevallen ben ik mobiel bereikbaar.' Tenzij hij in de bergen zat, waar de ontvangst op zijn zachtst gezegd wisselvallig was.

Molina ging staan en stak haar hand uit. 'Wees voorzichtig, Gideon. Ik hoop dat je vindt wat je zoekt. Als ik iemand moet vertellen over wat je aan het doen bent, dan zal ik je zus erbuiten laten.'

Gideon schudde haar stevig de hand. 'Dat waardeer ik zeer, mevrouw.'

Ze gebaarde met haar hoofd in de richting van de deur. 'Ga maar. Je week gaat nu officieel in.'

Vrijdag 17 februari, 08.25 uur

Hij had wel wat geslapen, maar bij lange na niet genoeg, dacht hij, terwijl hij een geeuw onderdrukte. Hij was die ochtend te laat weggegaan. Als hij op tijd vertrok, dan lukte het hem om de spits te ontlopen.

Als hij er niet snel zou zijn, dan miste hij zijn dienst en dan waren de rapen zeker gaar. Dat zou die ouwe geweldig vinden, dacht hij bitter. *Hij is gewoon op zoek naar een excuus om me de zak te geven.* Hij weerstond de aandrang om op zijn claxon te leunen en zette de radio aan.

Hij had de pest aan ochtendradio. Iedereen was altijd zo opgewekt. Of probeerde grappig te zijn of sarcastisch en slaagde daar in beide gevallen niet in. Hij zou willen dat ze gewoon hun kop hielden en muziek draaiden.

Hij was ooit geabonneerd geweest op SiriusXM, maar hij had het abonnement laten verlopen. Hij zat niet vaak genoeg in de auto om geld uit te geven aan satellietradio. Dus zat hij opgescheept met wat Sacramento te bieden had. TNT en Boomer. Hij sloeg zijn ogen ten hemel omdat hij de pest had aan allebei en zette zich schrap voor de onnozelheid.

'En dat was "Hallelujah" van Jeff Buckley,' zei een vrouwenstem en hij knipperde met zijn ogen. 'Ik ben dol op dat nummer,' voegde ze er verlangend aan toe.

Zij was niet een van die chagrijnige oude kerels. Ze klonk jong. Hees. *Sexy.*

'Je gaat toch niet huilen, hè, Poppy?' vroeg een mannenstem sarcastisch. Dat was TNT.

Hou je kop, dacht hij. *Laat die vrouw praten.* Hij vond haar stem aangenaam. Geruststellend en zacht. Hij kon de hele dag wel naar haar luisteren.

'Niet op dit moment, Tad,' antwoordde ze liefjes, 'maar als dat gebeurt, vraag ik wel om je zakdoek om mijn neus te snuiten. Uiteraard zou ik hem daarna voor je wassen. Misschien zelfs strijken. Mijn moeder heeft me manieren bijgebracht.'

Hij snoof en zette de radio een tikje harder. *Goed gedaan, Poppy. Wijs hem maar terecht,* want TNT was meestal een eikel. Ze had hem op zijn plaats gezet, maar zonder grof te worden. Dat was een verdwijnende vorm.

'Ik huil om sommige dingen,' ging ze verder. 'Zoals de dieren die in het asiel zitten te wachten tot ze worden geadopteerd. We hebben op zaterdag altijd een kijkdag bij Barx and Bonz in East Sac. Waarom kom je niet eens langs, Brutus en mij opzoeken? Goed, Brutus?'

Er volgde een kef en hij fronste zijn wenkbrauwen terwijl hij aan dat irritante hondje van de avond ervoor dacht.

'Goed gezegd, Brutus,' zei ze met dat babystemmetje dat mensen voor honden gebruikten. Dat hij misschien zelfs wel gebruikt had bij Mutt. Ooit. Misschien twee keer. 'Kom langs en maak kennis met je nieuwe beste vriend. Adoptiedag wordt gesponsord door KZAU en Barx and Bonz, waar je echt álles vindt voor je huisdier.'

En toen was ze weg. De uitzending ging verder met een reclame over de dierenwinkel.

Hij wenste onmiddellijk dat ze terug zou komen. Maar dat gebeurde niet. TNT had het overgenomen en zat door de muziek heen te praten. *Dat haat ik.* Hij zette de radio uit en constateerde opgelucht dat hij bij zijn afrit was aangekomen. De rest van de weg reed hij te hard, hij zette zijn auto op een parkeerplek en holde het kleine gebouw in dat hun kantoren huisvestte.

'Je bent te laat,' zei Hank. 'Alles in orde?'

'Ja, zeker.' Hij had geen hekel aan Hank, maar de man was onnozel en irritant opgewekt. 'Het verkeer zat vast, dat is alles. Is er nog koffie?'

'Ik heb net een pot gezet. De klanten hebben gebeld dat ze wat later arriveren, dus je kunt even op adem komen voor ze er zijn.'

'Dat is mooi.' Hij schonk koffie in en toen hij zich omdraaide zag hij dat Hank hem met een blik vol medelijden stond op te nemen.

'Weet je zeker dat het wel gaat? Dat was een enorme schok gisteren. Het... duizelt me nog steeds,' bekende Hank. 'En ik vraag me af wat ik in vredesnaam moet doen. Mijn vrouw is weer zwanger. Ik weet niet hoelang we met ons spaargeld toekunnen. Maar het moet voor jou ook zwaar zijn. Ik weet dat je ervan uitging dat –'

'Niets aan de hand,' bracht hij uit voor Hank kon zeggen dat hij ervan uitgegaan was dat hij het bedrijf zou overnemen. 'Maak jij je nou maar druk om jezelf. Jij hebt een gezin. Met mij komt het wel goed.'

Hank nam niet de moeite om de gekwetstheid in zijn ogen om zijn bruuske toon te verbergen. 'Prima.'

Geweldig. Uitvaren tegen Hank was als een jong hondje een schop geven. 'Luister, man. Het spijt me. Ik ben moe en chagrijnig. Ik hoop dat je snel iets vindt. Meer wilde ik niet zeggen.'

'Dank je,' zei Hank zacht. 'Ik heb de controlelijst nagekeken. Je kunt me controleren.'

Dat was de manier waarop ze het gewoonlijk deden en dat was de manier waar hij de voorkeur aan gaf. Op die manier kon hij van alles toevoegen aan hun spullen als Hank klaar was en dan kraaide er geen haan naar. Dat maakte het transporteren van zijn keldergasten zo veel gemakkelijker.

'Enne...' Hij wees naar de wc's. 'Het is weer eens testdag. Je moet in het bekertje piesen.'

'Geweldig,' mopperde hij. 'Ik ben zo terug.' Het was maar goed dat hij de avond ervoor niet stoned was geworden. Die rotzooi bleef een hele tijd in je systeem.

Dat de steekproef vandaag plaatsvond was geen toeval. De oude baas zocht een manier om af te komen van de werknemers die al langdurig in dienst waren. Op die manier hoefde hij geen afvloeiingsregelingen te betalen.

Ik blijf hier zo lang mogelijk, besloot hij. Gewoon om de oude man dwars te zitten. *Laat hem mij maar ontslaan. Ik daag hem uit.*

Maar zelfs terwijl hij die woorden in gedachten snauwde, wist hij dat ze dapperder klonken dan hij zich voelde. Zonder zijn salaris zou hij zijn huis kwijtraken. En zijn kelder.

Hij zou alles in het werk stellen om ervoor te zorgen dat dat niet zou gebeuren en hij zat niet helemaal zonder hulpmiddelen. Hij was op de hoogte van een paar geheimen die de ouwe een tweede keer zouden laten nadenken. Die ouwe zou er alles aan doen om te voorkomen dat ze uitlekten. Gewoon voor het geval dat Sydney loog over haar invloed bij de nieuwe eigenaren. Hij dekte zich aan alle kanten in en nam geen risico.

Geen ontslag voor mij.

Dat was het voordeel van slaap. Nu dacht hij na. Raakte niet in paniek. *De aanval is de beste verdediging.* Hij plaste in het bekertje, waste zijn handen en controleerde of zijn pruik wel goed zat. Dat was uiteraard zo. Het was zijn dagelijkse pruik en die zou zelfs tijdens een orkaan blijven zitten. Nou ja, in ieder geval tijdens een lichte orkaan. Het was maar goed dat ze niet in tornadogebied woonden.

Hoe minder haar hij op zijn lichaam had, hoe beter. Niets wat kon uitvallen, niets wat met de beschuldigende vinger in zijn richting kon wijzen. Hij zette zijn pet zorgvuldig op zijn hoofd en stapte vastberaden en vol zelfvertrouwen de badkamer uit.

Tot zijn blik op de vrouw viel die in de ruimte voor klanten zat te wachten en in een van de fauteuils zat alsof het een troon was, ellebogen op de armleuningen en haar lange benen over elkaar geslagen. Een zelfingenomen glimlach speelde om haar mond.

'Sonny, ik zat op je te wachten,' zei ze met dat accent waardoor ze klonk als Katherine Hepburn en dat op zijn zenuwen werkte. Het accent dat ervoor zorgde dat hij een ijspriem in zijn oren wilde steken. Of in die van haar.

'Wat is er?' vroeg hij en hij moest zijn best doen om zijn toon beleefd te houden.

'Ik denk dat je dat wel weet.' Ze kwam gracieus overeind en wenkte hem met haar vinger. 'We moeten praten.'

Alleen was praten níét wat ze wilde doen. En wat ze wel wilde doen maakte hem misselijk. Elke keer weer.

'Ik heb dienst,' zei hij. 'Ik kan niet.'

Haar geëpileerde wenkbrauwen gingen omhoog. 'Dat zei je gisteren ook, maar ik heb het nagetrokken. Je had geen dienst. Je hebt tegen me gelogen.' Ze liep het vertrek door naar waar hij als verstijfd was blijven staan zodra hij haar in het oog had gekregen. Haar vingers gingen over zijn stropdas, ze trok hem glad en lachte meesmuilend toen hij terugdeinsde. 'Waarom doe je me dat aan?' zei ze spinnend.

Omdat ik je haat en wilde dat je dood was. Hij wilde dat hij haar jaren geleden al had vermoord. Maar dat had hij niet gedaan en nu betaalde hij daar de prijs voor.

'Ik was van streek. Dat heb ik gisteravond al tegen je gezegd. Ik had gehoord dat Paul de zaak verkocht.' Hij zei 'Paul' maar in gedachten zei hij 'die ouwe'. Net doen alsof hij respect had voor zijn vader zou misschien iets van Sydney's toorn afwenden.

'Juist.' Haar vingers wandelden omhoog langs zijn das en toen tikte ze met een gemanicuurde vinger tegen zijn kin. Hij fantaseerde erover om ze af te hakken, een voor een. 'Zoals ik gisteravond al zei, ik kan ervoor zorgen dat dit goed voor je afloopt.'

Ze loog. Ze loog net zo gemakkelijk als ze ademhaalde. Ze zou krijgen wat ze wilde hebben en hem met lege handen achterlaten. Minder dan lege handen. Hij zou misschien zijn baan behouden, maar elke keer dat hij haar gaf wat ze wilde, ging er bij hem weer een stukje vanbinnen dood.

'Kom vanavond naar mij toe,' fluisterde ze. 'Dan kunnen we praten.'

Nee. NEE. 'Oké,' hoorde hij zichzelf zeggen. *Want ik ben een lafaard. Een godvergeten watje.*

'Brave jongen. Kijk goed uit.'

En weg was ze en al zijn vastberadenheid ging met haar mee. Hij deed zijn ogen dicht terwijl hij inwendig kolkte van razernij. Alle rust die hij had gevonden dankzij zijn keldergast van de avond ervoor was verdwenen, opgetrokken als mist.

En hij was nog steeds niet begonnen te zoeken naar het blondje.

Zie gewoon deze dag door te komen. Doe je werk. En ga dan naar huis, neem een heet bad, ga met de hond wandelen en… dan bedenk je wel iets. Je zult het blondje vinden. Je zult je baan behouden. Je stort niet in. Dat gebeurt nooit.

'Hé, man. Gaat het?'

Hij draaide zich om en zag dat Hank hem bezorgd stond op te nemen.

'Ja,' zei hij. 'Het gaat prima.'

Hank leek opnieuw niet erg overtuigd. 'Ik kan Ricardo vragen het van je over te nemen als dat nodig is.'

En die eikel zijn uren gunnen? *Echt niet.* 'Ik zéí toch dat het goed gaat.'

'Oké, oké.' Hank liep achteruit met zijn handen geheven ten teken van overgave. 'De groep van vandaag zal er zo zijn. Ik heb de koeler gevuld. Dit is champagne-en-kaviaarpubliek.'

'Mijn god,' bracht hij uit. 'Schiet mij maar dood.' Maar hij hoopte dat ze alle drank en alle hapjes soldaat zouden maken, want dan zou de koeler leeg zijn. En gezien de stemming waarin hij verkeerde zou hij hem misschien willen volstoppen met iets gewelfds om mee naar huis te nemen. De koeler had de perfecte omvang voor een maatje achtendertig. Niet groter dan een maat veertig. Zacht en buigzaam. Dan waren ze er gemakkelijker in te vouwen.

Hank lachte. 'Ik weet het. Maar ze geven dikke fooien en Barb en ik moeten een nieuwe wieg hebben.'

'Kom op dan.' Hij gebaarde naar de deur. 'Na u, Captain Bain.'

Vrijdag 17 februari, 10.00 uur

Daisy zette haar koptelefoon af en legde die voorzichtig op het controlepaneel van de studio. Ze had haar woede vier uur lang ingehouden, maar nu kookte ze over.

Want Tad Nelson Todd – beter bekend als TNT – was een eersteklas klootzak. Hij was meteen bij het begin van de ochtendshow begonnen met aanvankelijk kleine stekeligheden. Zoals hij zich altijd gedroeg. Stekeligheden die ze kon negeren of weglachen. Maar het was van kwaad tot erger geworden naarmate de ochtend vorderde en Daisy was woedend.

Tad was niet zo zorgvuldig met zijn koptelefoon en gooide hem met een driftig gebaar aan de kant. Daisy hing de tas met Brutus om haar schouder en wachtte tot Tad achter haar aan de studio uit kwam voor ze zich met een woedende blik naar hem omdraaide.

'Wat was dat allemaal, Tad?'

'Wat?' vroeg hij verveeld.

'Jij. Daarbinnen.' Ze wees naar de studiodeur. 'Mij "kleine meid" noemen. Opmerkingen maken over mijn lichaam. Insinueren dat ik een wilde meid ben.'

'Ik vroeg alleen maar wat je in de voorjaarsvakantie ging doen,' zei hij meesmuilend.

'Je vroeg wat de maat van mijn bikini is.' En hij had naar haar maten geraden. Wellustig. Dat had haar werkelijk doen ontploffen. Ze had hem bijna op zijn gezicht geslagen. Gelukkig had hij dat over haar maten – en zijn commentaar over haar seksuele voorkeuren – gedaan tijdens de laatste twee minuten van de uitzending. Ze had zijn boersheid met een lach terzijde geschoven, maar ze wist niet wat ze zou hebben gedaan als ze zich nog veel langer had moeten inhouden. 'Je hebt nog net niet mijn telefoonnummer gegeven. Waar ging dat verdomme over? En waag het niet om te zeggen dat je alleen maar een geintje maakte.' Niet na de nacht die ze had doorgemaakt. Ze was helemaal hyper van gebrek aan slaap, te veel koffie en het gevoel dat iemand haar nog steeds achtervolgde, ook al wist ze dat het haar verbeelding was die overuren maakte.

Zijn mond vertrok in een sneer. 'Als je een probleem met me had op het gebied van seksuele misdragingen, waarom heb je me dat dan niet in mijn gezicht gezegd? Waarom ben je bij de baas gaan klikken? Ze denken erover om me te schorsen. Wist je dat?'

Ze deinsde achteruit en haar mond viel open. 'Wat? Waarom?'

Hij deed een stap naar voren en boog zich naar haar toe. 'Omdat jíj tegen Karl hebt lopen piepen dat ik "e-mails en voicemails met seksuele lading" terzijde heb geschoven.' Hij maakte aanhalingstekens in de lucht, balde toen zijn handen tot vuisten en liet ze langs zijn lichaam vallen. 'Het stelde niets voor. Kinderspel. Beroepsmensen zeiken niet over zulke zooi.'

Daisy schudde haar hoofd om weer helder te kunnen denken. 'Begrijp ik het nou goed? Je hebt vanochtend een berisping gekregen omdat je seksueel ongepast gedrag goedpraat en je hebt te horen gekregen dat je mogelijk wordt geschorst en vervolgens besluit je om mij in de uitzending daadwérkelijk seksueel te intimideren? Omdat dat is wat beróépsmensen doen? Begrijp ik dat goed?'

Zijn ogen stonden een beetje wild. Wanhopig. 'Waarom niet? Als ik toch de schuld krijg, kan ik het net zo goed doen. Misschien is er een toekomst voor me weggelegd als shockjock.'

Ze keek hem met de ogen knipperend aan. 'Je bent een idioot. Wist je dat?'

Zijn woede laaide op en zijn gezicht verstrakte. 'En jij bent een bitch. Wist je dát? Verdomme, misschien was het wel je bedoeling dat ik werd geschorst.'

Ze schoot bijna in de lach. 'Je maakt een geintje, zeker? Waarom zou ik dat willen?'

'Om de show helemaal voor jezelf te krijgen.'

'Wat? Ik wil de show helemaal niet voor mezelf.'

Hij lachte wel, bitter. 'Leugenaar. Je komt zomaar uit de lucht vallen, kruipt tegen Karl aan, en dan valt het ochtendprogramma je zomaar in de schoot. Hocus pocus pas. Alsof dát zo ingewikkeld is.'

Ze staarde hem vol afkeer aan. Het was de manier waarop hij 'kruipt tegen Karl aan' zei, zo smerig en insinuerend. 'Je mag me een bitch noemen als je dat wil. De hemel weet dat ik wel ergere dingen te horen heb gekregen. Maar wáág het niet om te insinueren dat Karl iets anders is geweest dan vriendelijk en goed – voor ons allemaal. Met inbegrip van jou. Wat je ook van me denkt, waag het niet om geruchten over hem te verspreiden. Hij houdt van zijn vrouw en zij van hem.' Ze stopte om adem te halen en hield haar hoofd schuin toen ze zag dat zijn woede begon te zakken. 'Hebben ze tegen je gezegd waarom ik die e-mails en voicemails heb gemeld?'

Wat ze nog niet had gedaan, technisch gesproken in ieder geval. Ze had Karl over het bestaan ervan verteld toen ze die nacht op weg waren naar de Sokolovs en ze was opgelucht geweest dat hij niet verder had gevraagd. *Ik vermoed dat die opluchting voorbarig was.* Karl had duidelijk met Rafe gesproken en daarna met de studiomanager. En dat allemaal nog voor het dag was.

'Nee.' Tad fronste zijn wenkbrauwen. 'Hoezo?'

'Omdat ik gisteravond ben aangevallen.' Ze trok aan haar col en deed die zo ver omlaag dat hij de plekken op haar keel kon zien. Het was dezelfde trui als ze de avond ervoor had gedragen. Ze had geen tijd gehad om naar huis te gaan en andere kleren aan te trekken, aangezien Rafe ongeveer zestien koppen koffie nodig had gehad om zo ver wakker te worden dat hij haar naar de stad kon brengen. 'Een kerel probeerde me te wurgen en mee te sleuren. Ik...' De herinnering kwam hard aan en haar stem begaf het. Ze ging dapper verder. 'Ik ben ontsnapt.'

Zijn blik ging naar haar keel, waar de rode plekken gedurende de nacht overgegaan waren in donkerblauw en paars. 'O, mijn god. Gaat het wel met je?'

Ze trok de kraag weer omhoog. 'Ja. Rafe Sokolov is belast met de zaak. Zijn partner en hij vroegen of ik was bedreigd, dus ja, toen heb ik ze over de e-mails verteld. Toen Rafe vroeg waarom ik dat niet eerder tegen iemand had gezegd, zei ik dat jij me had verzekerd dat het er allemaal bij hoorde. Dat ik me gevleid moest voelen. Want dat heb je ook gezegd en gisteravond was ik bang en geschokt. Maar ik had die mails moeten melden toen ik ze kreeg. Ik wist beter.' Ze stak haar kin naar voren. 'Ik ben verantwoordelijk voor mijn eigen slechte beoordelingsvermogen, niet voor dat van jou. Dat zal ik tegen ze zeggen.'

Tad fronste zijn voorhoofd, ongelovig. 'Doe je dat echt?'

'Ja. Ik ben misschien een bitch, maar wel een eerlijke bitch, en ik neem de verantwoordelijkheid voor mijn eigen keuzes. Maar wat je vandaag daarbinnen hebt gedaan? Daar sta je alleen voor. Ik zal een klacht tegen je indienen.' Ze draaide zich met een ruk om, sloeg de hoek om met de bedoeling een plekje te vinden waar ze tot rust kon komen en haar gedachten op een rijtje kon zetten voor ze op zoek ging naar de studiobaas.

In plaats daarvan werd ze abrupt tegengehouden. Om precies te zijn, stuiterde ze terug toen ze in botsing kwam met een harde borst. Sterke handen pakten haar beet om haar overeind te houden en boze groene ogen keken op haar neer.

'Mevrouw Dawson?'

Gideon Reynolds. Ze staarde een ogenblik omhoog, overvallen en niet voorbereid op zijn gezicht. Of de rest van hem. *Inderdaad heel, heel knap.* Haar ogen werden spleetjes en haar hersenen kwamen weer in actie. 'Waarom ben je hier? En waarom ben je kwaad op me?'

'Dat ben ik niet.' Hij keek veelbetekenend over haar schouder. Tad was achter haar aan gelopen en de aanblik van hem zorgde ervoor dat Gideon zijn kin naar voren stak en brieste als een dolle stier.

Daisy keek van Tad weer naar Gideon en toen naar Rafe en Arnie, de studiobaas, die vlak achter hem aan kwamen. Iedereen keek woedend. Ze nam aan dat ze Tads jongste aantijgingen in de uitzending hadden gehoord. Wat ook gold voor elke luisteraar in Sacramento.

Ze legde haar hand op Gideons borst toen hij dreigde om haar heen te lopen naar Tad, die afdroop in de richting van de studio. 'Wacht,' zei ze zacht. 'Alsjeblieft.' Want hij wekte de indruk dat hij Tad in stukken wilde scheuren. Hoewel een deel van haar dat opwindender vond dan wat dan ook, was het een heel slecht idee.

Bij haar aanraking zoog Gideon plotseling lucht naar binnen en Daisy huiverde. Later, besloot ze. Daar zou ze later over nadenken.

Ze trok haar hand terug, verschoof de tas aan haar schouder en stelde Brutus gerust, die was begonnen zachtjes te janken. 'Ik dien een klacht in, Arnie. Er is niets met me aan de hand. Niemand hoeft zo van streek te raken.'

'Heeft hij je aangeraakt?' vroeg Gideon met een diepe grom die ervoor zorgde dat Daisy met Brutus mee wilde janken, maar om een heel andere reden.

Die bezitterigheid van een holbewoner van hem zou niet zo opwindend moeten zijn. Maar dat is het wel.

'Nee. Hij was gewoon' – *een lul* – 'onprofessioneel in de uitzending. Wat hebben jullie gehoord?'

'Dat hij shockjock wil zijn,' antwoordde Rafe met een opgetrokken wenkbrauw. Hij was nog steeds kwaad, maar ging daar veel beter mee om dan Gideon, de zogeheten bankkluis. 'Ik persoonlijk hoop dat die droom uitkomt. Maar we zullen je met rust laten, Arnie, en jou de zaak laten afhandelen. Is het goed dat we Daisy naar huis brengen? Ze kan haar klacht later toch wel indienen?'

Arnie knikte. 'Niet dat we gebrek aan bewijs hebben. Het is allemaal opgenomen. Was hij gedurende het hele programma zo? Ik heb alleen de laatste paar minuten meegekregen, maar ik hoorde dat hij raadde naar je maten en je...' Hij vertrok zijn gezicht. 'Voorkeuren.'

Hij had haar zitten voeren over of ze van jongens of meisjes hield en over haar favoriete standjes. Pal voordat hij de luisteraars vroeg of ze haar telefoonnummer wilden hebben. De telefooncentrale stond roodgloeiend.

'Hij was niet de hele tijd zo erg,' verzekerde ze hem. 'Gewoon algemene' – *zakkigheid* – 'eh, onprofessionaliteit.'

Rafe snoof. 'Wat zijn we weer diplomatiek.'

'En dat zonder tweeënzestig koppen koffie,' reageerde ze sarcastisch.

Arnie kneep even in haar schouder. 'Zie ik je morgen bij de dierenadoptie?' vroeg hij. Arnie Townsend was een aardige kerel. Hij liep tegen de zestig en was al minsten tien jaar zenderbaas bij KZAU, misschien al wel twintig.

'Absoluut.' Ze keek hem glimlachend aan. 'Ben jij er ook?' Hij was aanwezig bij sommige van de evenementen die door het radiostation werden gesponsord, maar hij was nog nooit naar het asiel gekomen.

Arnie wierp een blik op de twee mannen die als zwijgende schildwachten bij haar stonden. 'Ik denk het wel. Voor het geval dat. Het spijt me wat er gisteravond is gebeurd, schat.'

'Niets aan de hand met me.'

'Als het een van de luisteraars was, dan zal ik alles doen wat in mijn vermogen ligt om die te vinden,' beloofde Arnie. 'Ik laat onze IT-man naar al die dreigmails kijken en we sporen ze zelf op, want de hemel mag weten wanneer de politie eraan toekomt. Niet kwaad bedoeld, Rafe.'

'Ook niet zo opgevat,' antwoordde Rafe. 'We hebben overal achterstand.'

Arnie klopte haar op de schouder. 'Tot die tijd versterken we de bewaking op het parkeerterrein.'

'Ik kom lopend naar mijn werk,' bracht ze hem in herinnering. 'Maar het zal voor iedereen een goede zaak zijn om gedekt te worden.'

'Je gaat niet meer lopend naar je werk,' zei Gideon achter haar.

O, echt? Het was logisch en Daisy zou alle voorzorgsmaatregelen nemen die ze voorstelden, maar ze zou ze niet laten bepalen wat ze wel en niet kon doen. *Dit moet in de kiem worden gesmoord, nu meteen.* Ze keek hem met grote ogen en een bedrieglijk onschuldig gezicht over haar schouder aan. 'O, nee? Wie zegt dat?'

Gideon deed zijn grimmig vertrokken mond open om te antwoorden, maar Rafe kwam tussenbeide. 'Ze zit je te voeren, Gid.' Rafe zette zijn beste jongehondjesgezicht op. 'Ik vraag je o zo nederig om niet lopend naar je werk te gaan, DD. Alsjeblieft. Voor mij en papa en mama en Sasha en –'

Ze lachte. 'Oké, prima.' Ze schudde haar hoofd. 'Als je de hele familie gaat opnoemen, zijn we de hele dag bezig.' Ze onderdrukte een geeuw en drong zich langs hen heen. 'Eerlijk gezegd klinkt naar huis gaan om even te slapen echt geweldig. Laat me even een paar dingen van mijn bureau pakken en mijn computer afsluiten. Ik zie jullie in de hal.' Ze bleef bij de deur van de ruimte met de kantoorhokjes staan toen tot haar doordrong dat Gideon haar oorspronkelijke vraag niet had beantwoord. 'En dan kan speciaal agent Reynolds me vertellen waarom hij hier is.'

Vrijdag 17 februari, 10.10 uur

Gideon keek toe terwijl Daisy wegliep en fronste zijn wenkbrauwen. Ze was... 'Anders,' mompelde hij.

Rafe lachte. 'Dat is ze. Maar dat is ze altijd al geweest. Zelfs toen ze nog maar een kind was deed ze altijd al wat ze zelf wilde.'

Gideon liep achter hem aan naar de hal om daar te wachten. 'Kende je haar al als kind?'

'Ja. Onze vaders zaten samen in het leger en zijn altijd dik bevriend gebleven, dus we brachten de feestdagen samen door, vierden samen verjaardagen, gingen met zijn allen op vakantie, van die dingen. Pa is DD's peetvader.'

Gideon trok zijn wenkbrauwen op. 'Dus dat ze bij jullie logeert is volkomen logisch.'

'Het zou niets hebben uitgemaakt als pa niet haar peetvader was geweest. De meisjes Dawson waren net nichtjes. Pa was er kapot van toen ze verdwenen. Daisy was nog maar elf toen haar vader de hele boel oppakte en naar die boerderij in het noorden verhuisde.'

'Vanwege haar stiefzus?'

'Ja. Taylor. Mama is nooit dol op Donna – de moeder van Taylor – geweest, maar dat was niet meer dan een gevoel.'

'Ze zei gisteravond dat haar stiefmoeder haar had verteld dat de biologische vader van Taylor haar wilde weghalen.'

'Het was nog erger. Donna beweerde dat hij een moordzuchtige krankzinnige was die haar had verkracht en mishandeld en dat ze maar nauwelijks levend was ontkomen. Frederick geloofde haar.'

'Ze moet wel een verdomd overtuigende leugenaar zijn geweest.'

'Dat moet wel, maar Frederick was altijd al het beschermende type. Hij wist altijd op elk moment waar de meiden uithingen.' Rafe grinnikte wrang. 'Mijn vader had altijd medelijden met elke vent die probeerde uit te gaan met een van Fredericks dochters. Sasha was er kapot van toen ze verhuisden. Daisy en zij waren heel dik met elkaar.'

'Ik geloof niet dat ik ze ooit heb ontmoet.'

Rafe krabde afwezig aan de stoppels op zijn kin. 'Dat denk ik ook niet. Jij en ik hebben elkaar leren kennen toen we veertien waren. Dat was ongeveer dezelfde tijd dat Frederick met Donna trouwde. Zijn eerste vrouw was gestorven bij de geboorte van Daisy's jongere zus, Julie. Mijn moeder sprong bij om voor de meisjes te zorgen, maar toen Donna op het toneel verscheen kwam daar verandering in. Donna was nogal territoriaal. Ze was niet gesteld op de bemoeienis van mijn moeder. Toen zagen we ze niet meer zo vaak. Frederick hield zijn kinderen in Oakland tijdens de feestdagen en er kwam een einde aan de gezamenlijke vakanties. Voornamelijk omdat Donna en mijn moeder niet in hetzelfde vertrek konden verblijven zonder dat de nagels werden gescherpt. Toen ze verdwenen werden mijn ouders gek van bezorgdheid.'

Gideon keek bedenkelijk. 'Had hij je vader niet verteld waar ze naartoe gingen?'

'Nee. Kapte alle banden door. We hoorden pas een jaar of zo terug weer van ze.'

'Omdat Frederick erachter was gekomen dat Donna de hele tijd had gelogen?'

'Niet Frederick.' Rafe zuchtte. 'Dat was Taylor. Donna legde een soort biecht af op het sterfbed en Taylor besloot naar Maryland te gaan om haar biologische vader te ontmoeten, om voor zichzelf uit te maken of hij goed of slecht was. Hij bleek een geweldige vent te zijn. Taylor is daarheen verhuisd om bij hem in de buurt te zijn en Frederick verhuisde om in de buurt van Taylor te zijn. Taylor en haar vader hebben zo veel tijd in te halen. Ze was drieëntwintig toen ze elkaar eindelijk ontmoetten.'

'Arme kerel,' mompelde Gideon. 'Taylors biologische vader, bedoel ik. En jouw vader. En belde Frederick op een dag zomaar ineens?'

'Als een donderslag bij heldere hemel,' zei Rafe hoofdschuddend. 'Mijn vader was zo gekwetst. Hij zal het nooit toegeven, maar het doet nog steeds pijn dat Frederick hem niet voldoende vertrouwde om hem de waarheid te vertellen. Frederick is nog steeds niet op bezoek geweest. Alleen telefoontjes en e-mails.'

Gideon dacht aan de ruimhartige Karl. 'Maar heeft je vader het hem vergeven?'

Rafe haalde zijn schouders op. 'Ik vermoed van wel. Frederick heeft naar mijn mening nog wel een paar dingen goed te maken, maar mijn vader begrijpt de behoefte van een vader om zijn kinderen te beschermen.'

Gideon knikte instemmend, want hij had het geluk gehad Karls bescherming te ervaren. En zijn genegenheid. Rafe had het zo getroffen en gelukkig leek hij dat te beseffen.

'Bovendien,' voegde Rafe eraan toe, 'zei mijn vader dat als Taylors biologische vader Frederick kon vergeven, hij dat ook kon.'

'Heeft hij hem vergeven? Echt waar?' zei Gideon. Hij hoorde het geklik van hakken toen Daisy zich bij hen voegde. 'Dat is ongelooflijk.'

'Hebben jullie het over Clay?' vroeg ze. 'Taylors bio-vader?'

Gideon knikte weer. 'Het moet moeilijk zijn geweest voor Taylors vader om de jouwe te vergeven.'

Daisy's gezicht verzachtte door een lieve glimlach. 'Niet echt. Clay vergaf het mijn vader vrijwel meteen. Waar het op neerkwam was dat hij zei dat het leven te kort is om bitter te zijn. Mijn vader en hij zijn dikke vrienden geworden. Het is nogal opmerkelijk om ze samen te zien. Nu we het er toch over hebben, ik moet mijn vader bellen. Dat betekent dat ik naar de telefoonwinkel moet om een nieuw mobieltje te halen. Tenzij je labmannetje er klaar mee is,' voegde ze er hoopvol aan toe met een blik naar Rafe.

Rafe haalde een telefoon tevoorschijn. 'Dat zijn ze nog niet, maar ik heb iets geregeld. Dit is een oude van mij. Ik heb hem leeggehaald en jouw contactenlijst en andere dingen erop overgezet. Je kunt hem gebruiken zolang je wil.'

'Dank je.' Ze nam de telefoon dankbaar aan en liet hem in een van de voorvakken van haar tas glijden voor ze haar hand erin stak en de wolbaal die ze Brutus noemde eruit haalde. Ze drukte de hond tegen de onderkant van haar kin en keek Gideon in de ogen. 'Waarom ben je hier, agent Reynolds?'

'Gideon,' corrigeerde hij zonder dat hij dat van plan was geweest. Hij was van plan geweest het allemaal formeel te houden. In zijn voorhoofd verschenen diepe rimpels.

'Weet je dat zeker?' zei ze lijzig en ze klonk geamuseerd. 'Ik kan je "agent Reynolds" noemen, als je dat liever hebt.'

Zijn frons werd nog dieper. Ze bleef hem in de verdediging drukken en dat stond hem niet aan. 'Dat is niet nodig.'

Ze nam hem kalm op met een mengeling van nieuwsgierigheid en medeleven in haar ogen die hem zowel boeide als nerveus maakte. Alsof ze iets wist wat hij liever voor zichzelf had gehouden. 'Waarom ben je hier, Gídeon?'

'Ik ben je...' Zijn woorden stierven weg toen ze haar blauwe ogen vol ongenoegen samenkneep.

'Mijn lijfwacht?' zei ze kortaf.

'Dat woord is net zo goed als elk ander,' zei hij en hij moest zijn best doen om de neiging ineen te krimpen te onderdrukken. Een kleine vrouw met een belachelijk hondje zou niet zo intimiderend moeten zijn.

Rafe zuchtte. 'Zie het als een wederzijds profijtelijke zakelijke overeenkomst,' zei hij. Daisy deed haar mond dicht en slikte wat ongetwijfeld bezwaren zouden zijn geworden in.

Gideon merkte dat op. Rafe was er goed in Daisy zover krijgen dat ze deed wat hij wilde. Hij had het gevoel dat hijzelf niet dat geluk zou hebben.

'Oké,' zei ze argwanend. Ze wees naar Gideon. 'Leg jij het maar uit. Rafe heeft wat welbespraaktheid betreft een pact met de duivel gesloten. Probeert me altijd af te leiden.'

Gideon lachte snuivend voor hij zich kon inhouden. 'Dat klopt precies,' zei hij en toen ze naar hem teruglachte kalmeerde er iets in hem. 'Het is tamelijk eenvoudig. De vent die je heeft aangevallen heeft iets te maken met het medaillon. Ik wil weten waar dat medaillon precies vandaan komt. Als hij opnieuw achter je aan gaat, kan ik je beschermen en tegelijkertijd dingen te weten komen.'

Ze bestudeerde hem lange tijd. 'Laten we eens zeggen dat ik daarmee instem. Hoelang zal deze wederzijds profijtelijke zakelijke overeenkomst gelden?'

'Voorlopig een week.'

'En als hij niet achter me aan komt? Vooral in aanmerking genomen dat ik een lijfwacht heb?'

Gideon wisselde een blik met Rafe, die een ik-zei-het-toch-glimlach op zijn gezicht had. *De lul.* Maar Rafe hád hem gewaarschuwd dat Daisy niet blij zou zijn met een lijfwacht. Gezien het feit dat haar vader iemand in dienst had genomen om haar door Europa te volgen, kon Gideon haar dat niet kwalijk nemen.

Toch was hij een beetje beledigd. 'Ik ben heel goed in staat je te volgen zonder dat iemand in de gaten heeft dat ik er ben, mevrouw Dawson. Met inbegrip van jouzelf.'

'Waarom vertel je het me dan?' vroeg ze onschuldig.

Rafe maskeerde een lach door te hoesten. Gideon moest zichzelf dwingen neutraal te blijven kijken, ook al stond hij inwendig te knarsetanden. 'Ik dacht dat je wel wilde weten dat je wordt beschermd. Ik probéérde áárdig te zijn.'

Dat maakte haar aan het glimlachen. 'Oké.'

Nu was het zijn beurt om achterdochtig te zijn. 'Oké wat?'

'Oké, je mag mijn lijfwacht zijn,' zei ze gracieus en ze neeg haar hoofd zoals een koningin dat zou doen. 'En je mag Daisy tegen me zeggen. Nou, als we klaar zijn, dan wil ik nu graag naar mijn appartement om te slapen. Is dat acceptabel, Gideon?'

Hij merkte dat hij weer stond te glimlachen. 'Dat is het. Mijn auto staat op de parkeerplaats achter.'

Vrijdag 17 februari, 10.30 uur

Ik heb verdomme een lijfwacht. On-ge-loof-lijk. Daisy zat inwendig nog steeds te koken toen Gideon zijn auto de oprit van Rafe's huis in draaide, waar zij een eenkamerappartement huurde. Maar ze was niet te stom om te leven en dus was ze na de aanval van de avond ervoor blij dat ze niet alleen was. Daarom had ze haar ergernis onderdrukt, lief geglimlacht en geen openlijke weerstand geboden. Dat leek te werken, want Gideon Reynolds begon eindelijk te ontspannen en zijn geheimzinnige, nurkse houding kreeg iets wat leek op grimmige competentie.

Hij leek net zomin blij met de regeling als zij was. Al was hij wél woedend geweest op Tad. Het had erop geleken dat hij die lul in stukken wilde scheuren.

Dat was eerlijk gezegd niet zo verrassend. Irina had het afgelopen halfjaar steeds beweerd dat Gideon een van de 'zeldzame goede kerels' was.

Een goede kerel die blijkbaar de code van Rafe's garagedeur in zijn eigen auto had geprogrammeerd. Gideon drukte op een knop en de garagedeur gleed open.

'Hoe kan het dat jij Rafe's garage kan openen?' vroeg ze hem.

Hij wierp haar een snelle blik toe. 'Ik woonde hier vroeger.'

Ze knipperde met haar ogen. 'Wanneer?'

Hij glimlachte zuur. 'Tot een halfjaar terug,' zei hij. 'Toen Rafe zei dat ik als de sodemieter moest vertrekken omdat hij een nieuwe huurder had.'

Daisy's mond viel open, oprecht verafschuwd. 'Heb ik je uit je appartement gegooid? Maar Karl zei dat het beschikbaar was, dat Rafe de huurinkomsten nodig had. Ik zou nooit –'

'Daisy,' onderbrak Gideon haar met zware... autoritaire stem. *Wat niet zo verleidelijk zou moeten zijn. Want ik heb de pest aan autoriteit. Echt waar.* Maar ze kon niet ontkennen dat de rillingen over haar rug liepen toen ze hem haar naam hoorde zeggen.

Hij zat haar behoedzaam op te nemen. *Want ik klink waarschijnlijk krankzinnig.*

Ze hief haar hoofd en keek hem aan. 'Ja?'

'Ik heb een huis gekocht en dat stond leeg omdat alleen de gedachte aan de verhuizing me al uitputte. Ik liep elke dag volop te vloeken op de rit van Midtown naar het bureau en op het feit dat ik huur én een hypotheek moest betalen. Rafe stond op het punt me te vermoorden.'

Ze glimlachte opgelucht. 'Dus dat ik hier ben ingetrokken heeft voorkomen dat Rafe is aangeklaagd voor moord?'

Hij keek bedenkelijk terwijl hij de garage binnenreed. 'En het heeft voorkomen dat ík ben vermoord.'

Ze grinnikte. 'Oké. Dat is óók goed.'

Hij zette de motor uit en draaide zich toen naar haar toe om haar zijn volle aandacht te geven. Wat een beetje overdonderend was, dacht Daisy en haar hartslag ging omhoog.

Dit kan heel, heel erg goed aflopen of heel, heel erg slecht.

'Ik zal je niet lastigvallen,' zei hij zacht.

'Te laat,' mompelde ze en ze beet op haar lip terwijl haar wangen rood werden. Maar het was waar. Gideon Reynolds zat haar op zo heel veel niveaus dwars. Maar toch, het was onbeleefd en dat was niet goed. 'Sorry. Dat had ik voor mezelf willen houden.'

Eén mondhoek ging omhoog. 'Ik weet dat iemand die over je waakt niet is wat je wil.'

'Maar op dit moment is het wat ik nodig heb. Ik waardeer het echt.' Ze trok een gezicht. 'Een deel van me hoopt dat die vent het nog eens probeert zodat jíj krijgt wat je wil. Hoe maf is dat?'

Zijn glimlach was zo zachtaardig dat het haar de adem benam. 'Ongelooflijk maf. En heel genereus.' Hij schraapte abrupt zijn keel en het moment was voorbij. 'Ik dacht dat we het volgende konden doen: ik slaap op je bank en rij je naar en van je werk.'

'En mijn andere verplichtingen? Ik ga morgen naar de adoptiebijeenkomst voor huisdieren.' Ze wist dat ze een beetje kinderachtig en heel erg verdedigend klonk, maar daar kon ze zich niet druk om maken. 'Ik wil niet dat hij me mijn leven afneemt, Gideon. Dat heb ik al eens meegemaakt. Jarenlang. Het was net een gevangenis. Daar kan ik niet naar terug. Dat ga ik niet doen.'

Er flikkerde begrip in zijn ogen, maar het was meer dan medeleven. Het was veel persoonlijker dan dat. Alsof hij het écht begreep. Ze vroeg zich opnieuw af hoe het zat met het medaillon. 'Dat weet ik,' zei hij voor ze dieper kon graven. 'Dat respecteer ik.'

'Maar?'

'Maar niks. Je leidt je leven gewoon alsof er niets aan de hand is. Ik volg je discreet. Mocht iemand mij zien en vragen stellen, zeg dan dat ik een vriend van de oostkust ben of van de boerderij, zoals die Jacob over wie je het gisteravond had.'

Ze trok een wenkbrauw op, de nadelen van zijn plan waren maar al te duidelijk. 'En als ik gewoon mijn leven leid, dan is het waarschijnlijker dat die vent van gisteravond het nog eens zal proberen.'

Gideon haalde zijn schouders op. 'Het is waarschijnlijker dat hij het zal proberen als je ergens in het openbaar bent dan wanneer je veilig weggeborgen zit. Maak een kopie van je agenda voor me. Ik zal de situatie op voorhand beoordelen om te zien hoe ik het beste uit het zicht kan blijven.'

'En aan het einde van de week ben je weg?'

Zijn linkeroog trilde even. Heel even maar. *Een teken*, dacht ze, en ze borg die ontdekking weg voor later gebruik. 'Waarom bespreken we de afspraken niet opnieuw wanneer het zover is?'

Haar mobieltje begon te zoemen, wat haar redde van een antwoord, welk dan ook. Ze vertrok haar gezicht toen ze het scherm bekeek.

'Wat is het?' vroeg Gideon.

'Een sms van Irina. Ze wil weten of ik mijn vader al heb gebeld.'

'Ah. Ik neem aan dat je dat hebt uitgesteld.'

Daisy lachte ongelukkig. 'O, dat kun je wel zeggen.'

'Ik begrijp zijn bezorgdheid in deze situatie,' zei Gideon behoedzaam. 'Maar ik denk dat ik jouw zorgen ook begrijp. Hij lijkt snel geneigd tot drastische maatregelen.'

Daisy fronste haar wenkbrauwen. 'Ga geen –' *Ga geen kritiek op hem uiten*, had ze op het punt gestaan om te zeggen. Maar Gideon had gelijk.

'Het spijt me,' zei Gideon zacht. 'Die mening had ik voor mezelf moeten houden.'

'Nee. Het geeft niet. Papa neemt snel beslissingen. De meeste daarvan zijn goede beslissingen, want hij is slim en zorgvuldig, maar de beslissingen die dat niet waren? Die waren dat ook écht niet.'

'Zoals jullie allemaal meeslepen naar een boerderij ergens in de rimboe.'

'Ja. Maar...' Ze zuchtte. 'Mijn vader heeft redenen voor zijn achtervolgingswaanzin.' Ze slikte moeizaam en ze kon wel huilen als ze aan die redenen dacht. 'Mijn vader zat in het leger.'

'Met Karl. Dat heeft Rafe me verteld.'

'Ja. Nou ja, ik weet niet of hun ervaringen dezelfde waren. Papa was... veranderd.'

'PTSS?'

'En hoe.' Het PTSS van een krijgsgevangene die het had overleefd. *Het spijt me zo, papa.* 'Dat wist ik niet, tenminste niet tot afgelopen zomer. Ik bedoel, ik wist dat hij in het leger heeft gezeten, maar niet wat hem daar is overkomen. Toen ik daarachter kwam was dat een grote schok.' Ze haalde haar schouders op. 'Hij heeft het me niet eens verteld. Hij vertelde het aan Taylor en ik hoorde het toevallig. En ik heb niet veel vragen gesteld omdat ik nog steeds van streek was omdat hij me had laten volgen. Ik ben nog steeds van streek, maar nu voel ik me schuldig omdat ik dat voel. En dat klinkt belachelijk.'

'Nee, dat doet het niet. Je begrijpt het "waarom", maar dat praat zijn gedrag nog niet goed.'

'Precies.' Ze bestudeerde zijn gezicht, dat gedeeltelijk schuilging in de schaduwen van de garage. Hij leek niet langer grimmig competent. Hij leek... verloren. 'Waarom heb ik het gevoel dat je uit eigen ervaring spreekt?' vroeg ze zacht.

Hij knipperde even met zijn ogen en de bruuske FBI-agent was terug. 'Je moet je vader bellen. Irina zal je op je huid blijven zitten tot je dat hebt gedaan.'

Ze maakte haar gordel los. 'Dat zal ik doen. Laten we naar binnen gaan. Brutus krijgt het koud.'

7

Sacramento, vrijdag 17 februari, 10.40 uur

Gideon bleef stokstijf staan toen hij het woongedeelte van Daisy's studio binnenstapte. Zijn voormalige appartement. Dat er toen normaal had uitgezien. Nu leek het of er een kunstwinkel was ontploft.

Jezus christus, dacht hij terwijl hij langzaam ronddraaide en probeerde alles op zich te laten inwerken. Elk muuroppervlak was bedekt met papier. Felle kleuren waren overal op gekwakt, soms in willekeurige patronen, andere als onderdeel van muurschilderingen, landschappen of portretten van mensen. En honden. Heel veel honden.

Een pottenbakkerswiel nam de hoek in beslag waar zijn televisie ooit had gestaan. Op vier verschillende ezels stonden schilderijen in verschillende stadia van voltooiing. Rollen stof – allemaal felgekleurd en glimmend – stonden tegen de muur geleund in de eethoek, waar een naaimachine de helft van de tafel in beslag nam. Op de andere helft stond een... hij wist niet wat het was, maar er stonden scheve vazen van klei omheen. Geen van alle afgemaakt.

Hij draaide zich nog eens rond in de kamer. Niets was afgemaakt. Niet één enkel ding was voltooid. Hij draaide zich om en zag dat Daisy bezig was stapels papier van de bank te pakken. Met haar armen vol schoof ze met haar heup de deur van de kledingkast open, ze legde de papieren erin en deed de deur weer dicht.

Maar niet voor hij alle sportattributen had gezien die in de kast lagen. Gideon zag een hockeystick, een tennisracket, twee voetballen en een paar schaatsen.

Daisy stond hem nu geamuseerd gade te slaan. 'Toe maar. Je mag het zeggen.'

'Ik... ik weet eerlijk niet waar ik moet beginnen.'

Ze lachte. 'Je zou alle spullen eens moeten zien die ik teruggebracht heb naar de winkel.'

Hij keek haar niet-begrijpend aan. 'Waarom?'

'Waarom ik spullen heb teruggebracht?' Ze haalde haar schouders op toen hij knikte. 'Omdat het niet zo leuk was als ik dacht dat het zou zijn.'

Hij deed zijn mond open, toen weer dicht, en liep de kamer door naar een van de muurschilderingen. Het was een straat, besefte hij. Déze straat. Hij herkende de kleurrijke huizen en de winkels. Kinderen speelden er en mensen liepen met hun hond over straat. Hij kon bijna het lachende geschreeuw en de zachte begroetingen horen van de mensen die elkaar passeerden.

'Wauw,' zei hij zacht. 'Het... leeft.'

'Dank je.' Ze kwam naast hem staan en staarde vol genegenheid naar de schildering. 'Dat is een van mijn favorieten. Die heb ik vlak nadat ik hierheen was verhuisd gemaakt. Ik was zo blij omdat er zo veel van alles was. Kleuren en geuren en activiteit. Een feest voor de zintuigen.'

De vreugde van het schilderen was onmiskenbaar. 'Omdat je uit een isolement kwam.'

'Ja. Nou,' verbeterde ze, 'niet precies. Ik was net terug uit Europa en het was beter dan ik altijd had gehoopt. Ik had nog veel langer kunnen blijven.'

'Als je niet had ontdekt dat je vader je liet volgen.'

'Precies. Toen was de lol eraf. Ik was zo kwaad op hem.'

'Had hij dan in ieder geval spijt?'

'O, natuurlijk. Hij voelde zich echt ellendig. Zoals ik al zei, mijn vader is een goede vent.' Ze zuchtte. 'Die ik moet bellen. Maak het je gemakkelijk. Maar wees gewaarschuwd, als ik in een hoek word gedreven, dan ga ik echt zeggen dat ik een FBI-agent als lijfwacht heb.'

'Dat is prima.' Dat hoopte hij tenminste. Hij hoopte niet dat meneer Dawson hem wilde spreken, want Gideon had afgaande op wat hij tot nu toe had gehoord geen hoge dunk van de man.

Hij hield zich bezig met het controleren van de beveiliging van de ramen en deuren terwijl zij water opzette en haar vader belde.

'Hoi, papa,' zei ze terwijl ze hondenbrokken in het bakje van Brutus deed. De hond liep naar zijn bakje en Daisy aaide hem even over zijn vacht met een hand die beefde.

Gideon deed zijn best om niet mee te luisteren, maar het appartement was maar klein en hij had een goed gehoor. Of misschien wilde hij alleen maar voor haar zorgen. Ze was al genoeg van streek, eerst door de aanval en toen vanwege die eikel met wie ze moest werken.

Haar vader en zij wisselden een paar gemeenplaatsen, die van Daisy stijf en ongemakkelijk, maar ze leek te ontspannen toen ze naar haar zussen vroeg. Julie had blijkbaar een vriendje dat Stan heette. Taylor bereidde een trouwerij in de zomer voor.

Gideon vroeg zich af welke van Taylors vaders haar naar het altaar zou leiden.

De ketel begon te fluiten en Daisy zette twee mokken thee. Ze gaf er een aan hem en vertrok haar gezicht toen ze haar vader naar zijn jongste bezoek aan de cardioloog vroeg.

Haar angst was plotseling een stuk logischer.

'Nou, dat is fijn om te horen,' zei ze. 'Je neemt toch al je medicijnen in, hè?' Ze ging op een van de krukken bij het kookeiland zitten en dook ineen met haar elleboog op tafel en haar voorhoofd in haar hand. 'Luister, papa, ik moet je iets vertellen en het is belangrijk dat je niet door het lint gaat, oké?'

Iets aan de aanblik van haar terwijl ze er zo klein uitzag deed Gideon een kruk bijtrekken. Hij ging naast haar zitten, nam een slok van zijn thee en schoof haar mok een beetje dichter naar haar toe.

Ze keek op met een verraste, waarderende blik in haar ogen. Hij wierp haar een onzekere glimlach toe en een knikje waarvan hij hoopte dat het bemoedigend overkwam.

'In de eerste plaats, alles is in orde met me. Maar...' Ze gaf hem de kale feiten over de aanval en verbloemde de voicemails en e-mails. Ze begon haar slapen te masseren en vertrok pijnlijk haar gezicht bij wat haar vader zei.

Brutus kwam aangetrippeld, krabde aan Daisy's enkel en blafte één keer. Daisy pakte de hond op en zette haar op haar schoot. 'Natuurlijk heb ik het aangegeven. Ik heb de hele avond op het politiebureau gezeten. Rafe doet de zaak.' Haar vingers drukten in haar slaap. 'Nee, je hoeft Jacob niet "aan het werk" te zetten. Ik heb persoonlijke beveiliging.' Haar ogen schoten in paniek naar Gideons gezicht en hij knikte kalm, ook al hoopte hij van harte dat haar vader niet met hem zou willen praten. Daisy was eerder al moe en gestrest geweest, maar nu zag ze er verslagen uit en dat maakte hem kwaad. 'Hij is van de FBI. Speciaal agent Gideon Reynolds.'

Ze vertrok haar gezicht opnieuw en stak hem haar telefoon toe. *Sorry*, zei ze geluidloos.

'Het is oké,' zei hij zacht. Hij rechtte zijn rug en hield haar telefoon tegen zijn oor. 'Meneer Dawson, u spreekt met speciaal agent Reynolds. Wat kan ik voor u doen?'

'Waarom houdt de FBI mijn dochter in de gaten?' wilde Dawson weten, maar zijn stem trilde.

Gideon voelde een begin van medelijden. De extreme controlemaatregelen van de man hadden veel problemen veroorzaakt, maar er bleek overduidelijk liefde voor zijn dochters uit. Het moest voor Dawson moeilijk zijn om te horen wat Daisy de afgelopen vierentwintig uur had doorgemaakt. 'Ik ben hier voor het geval haar aanvaller een tweede poging onderneemt.'

'Waarom denkt u dat hij dat zal doen? Hij was een toevallige aanvaller. Ze heeft hem afgeweerd. Waarom zou hij het nog eens proberen?' Er klonk wanhoop door in de stem van de man, maar ook een scherpte die ervoor zorgde dat Gideon goed oplette. Frederick Dawson was dan misschien dominant en paranoïde, maar hij was ook heel scherp.

'We weten niet wat zijn motief was.'

'Probeer me niet af te poeieren, agent Reynolds. De FBI gebruikt zijn middelen niet om elke willekeurige vrouw die wordt aangevallen te beschermen. Wat vertelt u me niet?'

Gideon zuchtte inwendig. De man had gelijk. *En ik zou het in zijn plaats ook willen weten.* 'Daisy heeft een stuk bewijsmateriaal van haar aanvaller te pakken gekregen. Er zijn redenen om aan te nemen dat het bewijs in verband staat met een eerdere misdaad.'

Daisy had haar hond tegen haar kin gedrukt en staarde hem aan toen hij het indirect over het medaillon had.

Nu ben ik de sigaar. Al was hij al wel bereid geweest haar in ieder geval iets over het medaillon te vertellen. Dat leek alleen maar eerlijk.

'En dat is de reden dat u nu bij haar bent,' zei Dawson. 'Hoelang blijft u?'

'Op zijn minst een week.'

Dawson liet zijn adem ontsnappen. 'Juist.' Hij bleef even stil. 'Ik kan me zo voorstellen dat ik de laatste ben die ze wil zien.'

Gideon keek Daisy recht in de ogen terwijl hij antwoordde. 'Dat zou ik niet kunnen zeggen. Ik denk wel dat uw kalmte in deze situatie heel erg helpt om háár kalm te houden. Dit was een traumatische ervaring en ze kan het er niet bij hebben dat ze zich zorgen moet maken over wat u zult doen of dat u door de stress een hartaanval krijgt.'

Het bleef lange tijd stil. 'Ik wil het nummer van uw penning,' zei Dawson rustig. 'Ik moet weten dat u bent wie u zegt te zijn.'

Gideon ratelde het nummer af. 'Mijn chef is leidinggevend speciaal agent Molina. Ik ken de Sokolovs al zestien jaar. Bel hen alstublieft als u een persoonlijke referentie wil.'

'Dat zal ik doen. Kan ik u mijn mobiele nummer geven en u vragen me te bellen als er iets met Daisy is? Ik zal haar onafhankelijkheid niet aantasten, maar...' Een huiverende zucht. 'Ik blijf haar vader. Ik moet weten dat alles in orde is.'

'Dat beloof ik.' Hij noteerde Dawsons mobiele nummer. 'Ik zal mijn best doen u regelmatig via sms op de hoogte te houden. Hier is mijn nummer voor het geval u me nodig heeft.' Hij gaf het hem. 'Alles is echt in orde met haar, meneer. Ze heeft gisteravond alles goed gedaan. Ze zei dat u haar dat had geleerd. U hebt haar duidelijk goed opgeleid.'

Daisy kreeg een zachte blik in haar ogen. *Dank je*, zei ze geluidloos.

Graag gedaan, antwoordde hij eveneens zonder geluid.

'Dat is... mooi,' zei Dawson met schorre stem.

'Wilt u nu weer met haar praten?' vroeg Gideon en hij deed zijn best om vriendelijk te klinken.

'Nee,' zei Dawson. 'Zeg maar tegen haar dat ze moet uitrusten maar dat ze me later moet bellen, het maakt niet uit hoe laat. Ik heb mijn telefoon naast mijn bed liggen. En zeg tegen haar...' Hij schraapte zijn keel. 'Zeg tegen haar dat ik verrekte trots op haar ben. En dat ik van haar hou.'

'Komt voor elkaar. Is er iemand bij u? Ik denk dat ze zich beter voelt als ze weet dat u niet alleen bent, want dit is een stressvolle situatie. Voor u allebei.'

'Zeg maar dat Sally hier is. Die zorgt ervoor dat alles goed blijft gaan.'

'Prima. Goedenavond, meneer.'

Gideon beëindigde het gesprek en gaf de telefoon weer aan Daisy, die hem met grote ogen zat aan te staren.

'Mag ik zeggen dat ik onder de indruk ben?' zei ze met een glimlach. 'Je hebt hem meteen bij de afgrond weggepraat. Alleen Taylor kan hem zo snel kalmeren. Hij en ik botsen altijd.'

'Hij zei dat ik tegen je moest zeggen dat hij trots op je is.'

Daisy snakte verrast naar adem en ze kreeg tranen in haar ogen. 'Heeft hij dat gezegd?'

'Ja.' Hij onderdrukte de neiging om haar gezicht aan te raken. Om die tranen weg te vegen. 'Hij heeft ook gezegd dat hij van je houdt. En dat Sally bij hem is, wie dat ook mag zijn.'

De tranen stroomden over haar wangen. 'Zijn vriendin. Verdomme, ik ga niet huilen.'

Gideon graaide een servet uit de houder en gaf dat aan haar. 'Ik zie geen tranen. Alleen maar allergieën.'

Ze snoof weinig elegant. 'Prima. Daar kan ik mee leven.' Ze liet zich van de kruk glijden en legde een hand op de zijne. 'Dank je. Dat je hier bent en dat je mijn vader hebt gerustgesteld.'

Gideon staarde naar haar kleine hand die op de zijne lag. Dat voelde fijn. Te fijn. Hij keek op in haar ernstige blauwe ogen, die nog steeds een beetje vochtig waren. Geen van beiden zei iets en het moment rekte, werd dunner tot het knapte en voorbij was.

Gideon slikte. 'Ga slapen.' Hij schraapte zijn keel, want de woorden waren er schor en ruw uit gekomen. 'Maar niet te lang. Ik moet de plek zien waar dat huisdierengedoe morgenochtend wordt gehouden zodat ik kan plannen. We rijden erheen voor het donker wordt.'

Ze knikte kort, haalde haar hand van de zijne, en hij kreeg het koud. 'Oké.'

Hij bleef doodstil zitten terwijl zij de hond naar de andere kant van het kleine appartement droeg, die dienstdeed als slaapkamer. Toen hoorde hij haar zeggen: 'Shazam, Brutus.' Maar hij had maar een paar seconden om zich af te vragen wat dat wilde zeggen voor de douche aanging en hij dingen voor zich zag die absoluut niet hoorden.

Hou op, beval hij zichzelf ruw en hij duwde zich weg bij het aanrecht en begon te ijsberen. Hij was hier voor zijn werk. Om haar te beschermen. Verder mocht er niets gebeuren. Toch haalde hij opgelucht adem toen het water werd uitgezet en het heerlijk stil werd in het appartement.

Eagle, Colorado, vrijdag 17 februari, 11.45 uur

'Is deze kruk bezet?' vroeg hij aan de vrouw die alleen aan de bar zat. Hank had hun gasten begeleid in de shuttle naar Vail en dat was een minuut of veertig rijden. Ze deden deze route zo vaak dat ze de chauffeurs van de limousines en shuttlebussen kenden.

Hank bood altijd aan om mee te gaan met de shuttle hier in Vail. Hij beweerde dat dat was omdat de chauffeur van de shuttle 'te klein' was om al die zware tassen te sjouwen.

Maar dat betwijfelde hij. Hij had gezien hoe Hank naar de vrouw keek. Alsof ze een karbonaadje was en Hank een uitgehongerde man. Hank keek zo naar alle vrouwelijke chauffeurs.

Het kon hem niet schelen of Hank Barb ontrouw was. Het was achterbaks, vooral omdat Barb zwanger was, maar heel veel mannen in hun vak hadden in ieder stadje een ander schatje. Wat het belangrijkste was, was dat hij twee uur voor zichzelf had en hij wist precies wat hij met die tijd ging doen.

De vrouw aan de bar keek vermoeid naar hem op. 'Luister, schat,' zei ze met een stem die droop van de magnolia en *mint juleps*. 'Ik wil niet onbeleefd zijn, maar ik heb een verrekte slechte dag. Mijn exman is een eikel en ik heb bovendien buikkramp. Je mag hier zitten als je wil, maar ik ben geen goed gezelschap en ik wil jouw dag niet ook nog verpesten.'

Hij merkte dat hij haar glimlachend aankeek en dat was een beetje teleurstellend. Ze zou perfect zijn geweest als ze onbeschoft had gedaan. Maar... hij nodigde geen aardige vrouwen in zijn kelder. 'Ik hoop dat het snel beter met je gaat. Ik heb ibuprofen als je wil.'

Mevrouw Mint Julep glimlachte terug. 'Dat is superlief van je, maar ik heb er al een paar ingenomen.' Ze hief haar glas, dat gevuld leek met bourbon met een blaadje munt. Ze dronk inderdaad een *mint julep*. 'Nog een paar van deze en dan kan de kramp me niet meer schelen.' Ze wees naar het andere eind van de bar, waar een jongere vrouw bezig was lippenstift op te doen. 'Misschien past zij beter in je straatje.'

De vrouw in kwestie liet haar lippenstift in haar tasje vallen en keek hen minachtend aan. 'Van mijn leven niet,' snauwde ze en ze sprong van haar kruk. 'Ik moet mijn vliegtuig halen.'

'Wat onbeschoft,' zei mevrouw Mint Julep fronsend.

'Nogal,' mompelde hij. Onbeschoft, derhalve perfect. Ze wiebelde op gevaarlijk hoge hakken. 'Zo te zien heeft ze te veel gedronken. Ik zal ervoor zorgen dat ze veilig bij haar auto komt.'

Mevrouw Mint Julep glimlachte en er verschenen kuiltjes in haar wangen. 'Wat ben jij galant, zeg.'

'Ik doe mijn best, mevrouw.' Hij liep achter mevrouw Onbeschoft aan terwijl hij in zijn zak naar het verdovende middel tastte. Hij was op deze bar gesteld, want ze hadden echt oude camera's. En dat deed er trouwens toch niet toe. Hij had zijn dagelijkse pruik verwisseld voor wat hij zijn 'rockster-uiterlijk' noemde. Met een paar gezichtsprotheses zou zelfs zijn eigen moeder hem niet herkennen.

Mevrouw Onbeschoft wankelde naar haar auto, duidelijk boven haar theewater. Hij zou de wereld een dienst bewijzen door haar van straat te halen. Verdomme, hij kon op dit moment zelfs bezig zijn levens te redden. Daar moest hij om grinniken en hij zette het op een holletje om haar in te halen. 'Mevrouw?'

Ze draaide zich abrupt om op haar hoge hakken en wankelde even. De situatie had niet beter kunnen zijn.

'Ik zei: lazer op,' zei ze en ze slaagde erin om tegelijk woedend en ongelooflijk dronken te zijn. Ze werd met het moment perfecter.

'Nee, je zei: "Van mijn leven niet." En dat je je vliegtuig moest halen.'

Ze knipperde met haar ogen. 'Wat? Laat me met rust.' Ze maakte een gebaar met haar hand, alsof hij een lastige vlieg was.

'Laat me je even helpen.' Hij deed een stap naar voren, haalde de injectiespuit uit zijn zak en ramde de naald in haar hals. Hij had echt de pest aan de winter. Niet veel zichtbare huid, dus hij moest de naald zo goed als hij kon erin steken. Voor elke toeschouwer zou het net lijken alsof hij haar naar zijn auto hielp. Of de auto die hij had 'geleend' van de buschauffeuse. Ze zou hem voorlopig toch niet nodig hebben, omdat ze op dat moment de horizontale tango aan het doen was met Hank.

Hij liet de vrouw op de achterbank van de 4x4 van de chauffeuse zakken en vouwde haar in een grote plunjezak die hij daar speciaal voor dat doel had klaargelegd. De vrouw verzette zich aanvankelijk, maar hij had binnen dertig seconden tape op haar mond geplakt en haar aan handen en voeten gebonden.

Hij werd hier steeds beter in. Jaren geleden had hem dat nog een volle anderhalve minuut gekost. Hij had in de loop der jaren een paar handigheidjes geleerd – zoals de plunjezak klaarleggen en stukken afgeknipte tape op de stoel leggen. Een slachtoffer kiezen dat de juiste lengte had was essentieel. Er een kiezen die dronken was, was goed. Een slachtoffer dat GHB had gebruikt nog beter.

Het enige vereiste dat ze allemaal hadden, was onbeschoftheid. Als ze aardig waren, dan was hij niet geïnteresseerd. Het waren de onbeschoften die eraan moesten. Het was verdomme een service van algemeen nut, net als een dronken automobilist van de weg halen.

Hij had haar een flinke dosis verdovend middel gegeven, want hij wilde niet dat ze bijkwam voor ze terug waren in Sacramento. Ze moest een dikke vijf uur in slaap blijven. Zes zou nog beter zijn. Hij zou haar wegstoppen in de enorme koeler die hij jaren geleden voor het bedrijf had gekocht. Hank had hem voor gek verklaard, maar hij had tegen hem gezegd dat hij graag stukken eland mee naar huis nam als ze een nacht overbleven en hij was wezen jagen.

Hank was overtuigd vegetariër. De gedachte dat er rood vlees in de koeler kon liggen verzekerde hem ervan dat hij nooit zou kijken. *Als hij eens wist.*

Hij ritste de plunjezak dicht, zette zijn pruik recht en zag tevreden hoe laat het was. Hij liep voor op zijn schema. Hij had echt tijd om stuk te slaan. Hij liep de bar weer in, waar mevrouw Mint Julep bezig was nog een bourbon te bestellen. Hij ging naast haar zitten en bestelde een tonic.

'Wat is er van die trut geworden?' vroeg ze genoeglijk.

'Ze ging haar huurauto naar het vliegveld brengen.' Hij sloeg zijn ogen ten hemel. 'Ze had een flinke snee in haar neus, dus heb ik een taxi voor haar gebeld. De autoverhuur kan de auto later wel ophalen.'

Mevrouw Mint Julep hief haar glas. 'Op echte heren.'

Hij keek haar glimlachend aan en deed hetzelfde. 'Op aardige dames.'

Sacramento, vrijdag 17 februari, 14.15 uur

Het geluid van mannenstemmen die op gedempte toon spraken wekte Daisy uit haar dutje. Ze was onder de beste omstandigheden al geen vaste slaper. Daar had opgevoed worden door een vader met achtervolgingswaanzin alles mee te maken. Ze waren altijd waakzaam geweest, altijd klaar om de wapens op te pakken of op de vlucht te slaan.

Dat was afmattend geweest. En een gewoonte die lastig viel af te schudden.

Daisy veegde het haar uit haar gezicht, rolde uit bed en streek de trainingsbroek glad die ze had aangetrokken na de douche die ze had genomen nadat ze haar vader had gebeld.

Na er getuige van te zijn geweest hoe Gideon met haar vader was omgegaan en hem tot kalmte had weten te brengen. *Nondeju.*

Ze wist zeker dat hij niet in de gaten had wat voor een prestatie dat was. Frederick Dawson was altijd ongenaakbaar geweest. Onbreekbaar. Een natuurkracht. Iemand die ze bewonderde en... een beetje vreesde, als ze heel eerlijk was. Hij had een intensiteit over zich die bij tijd en wijle overweldigend was.

Maar hij had altijd van haar gehouden. Daar had ze nooit aan getwijfeld. Hij had van hen gehouden met een felheid die ze had aanvaard, maar nooit helemaal had begrepen. Niet tot onlangs. Misschien kwam het door de tijd, misschien door volwassenheid, misschien zelfs door het feit dat ze een paar uur had geslapen, maar Daisy ontwaakte met een groter gevoel van mededogen met haar vader.

Hoeveel schuldgevoel had hij met zich meegedragen omdat hij hen van tien jaar van hun leven had beroofd? Ze moest hem bellen. Zijn angsten wegnemen. Ze hield van hem, wat er ook gebeurde.

Ze duwde tegen het harmonicascherm dat haar bed scheidde van de rest van de eenkamerflat. De enige binnendeur gaf toegang tot de badkamer, dus één blik was genoeg om te zien dat de mannen die spraken Rafe en Gideon waren.

Maar wel gek. Ze was geen moment bang geweest bij het wakker worden door mannenstemmen. Ze kon voor zichzelf zorgen, zoals ze de avond ervoor had bewezen, maar het was fijn om het niet nodig te hebben. Voor een tijdje in ieder geval. En dat was wat Rafe en Gideon haar hadden gegeven – die bubbel van veiligheid.

Het tweetal zat aan het kaarttafeltje dat Daisy herkende als dat van Rafe. Ze hadden haar bank en stoelen aan de kant gezet zodat er ruimte was voor de tafel, die vol lag met stukjes papier.

Gideon had haar het eerst in de gaten en draaide zich abrupt om om haar over zijn schouder aan te kijken. Hij nam haar van hoofd tot voeten op en knikte toen, blijkbaar tevreden over wat hij zag.

'Je hebt geslapen,' merkte hij op.

Rafe keek naar haar en glimlachte loom. 'Hé, DD. Sorry als we je wakker hebben gemaakt. Ik wilde dit boven doen, waar we stil konden zijn, maar de FBI stond erop dat we een oogje op je hielden.'

Daisy glimlachte terug. 'Ik ben dankbaar voor de FBI. Ik heb een beetje kunnen slapen omdat ik wist dat hij hier was.'

'De FBI zit hier, hoor,' zei Gideon en hij sloeg zijn ogen ten hemel. 'De politie heeft eten meegebracht.'

Rafe maakte een plastic bak open en de geur van vleespastei prikkelde Daisy's neus. 'Pirosjki,' zei hij.

Daisy's maag begon onverwacht te rommelen en ze griste de bak uit zijn handen. Het waren de hapklare vleespasteitjes waar ze als kind zo dol op was geweest. 'Je moeder is druk geweest vanochtend,' zei ze met een warme glimlach.

'Ze wilde dat je je beter zou voelen,' zei Rafe gemelijk. 'Ze voelde zich hulpeloos.'

Daisy staarde een ogenblik naar de pasteitjes terwijl ze terugdacht. 'Ze maakte deze voor me toen mijn moeder was gestorven. Dan zette ze me op schoot en zong voor me. Daarna kreeg ik pirosjki.'

'Dat weet ik,' zei Rafe op vriendelijke toon. 'Ik vroeg me af of je dat nog wist.'

'Ik herinner me alles nog van wat je ouders destijds voor me hebben gedaan.' Ze slikte haar tranen weg, want ze was niet van plan om vandaag weer te gaan huilen waar Gideon bij was. 'Wat was jouw favoriet?' vroeg ze hem. 'Wat maakte Irina voor jou als je verdrietig was?'

Gideon keek verrast. 'Eh...' Toen glimlachte hij. 'Honingcake. Gelukkig heeft ze er altijd eentje klaar.'

'Die is ook lekker. Is er nog nieuws?'

'Alleen dat we je vriend Jacob hebben gevonden. Hij was op zijn boerderij en was daar ook toen je werd aangevallen. Dat is bevestigd door de plaatselijke veearts. Ze waren bezig met de geboorte van een veulen. De hele nacht.'

'Dan hoeft Jacob zich er in ieder geval niet druk over te maken dat hij de politie van Sacramento op zijn nek krijgt.' Ze trok een kruk bij de kaarttafel om te zien waar ze mee bezig waren. Terwijl ze van Irina's offerande zat te genieten bestudeerde ze de honderden snippers papier die de tafel bedekten. Sommige waren min of meer vierkant, de meeste waren ruitig. *Of ruitvormig?* vroeg ze zich af. 'Ruitvormig,' besloot ze hardop. 'Beslist. Waarom zijn jullie –' Ze brak haar eigen vraag af toen het antwoord tot haar doordrong. 'De versnipperde foto van gisteravond. Zijn dit de stukjes?'

Gideon knikte met een blik vol respect in zijn ogen die haar een zelfvoldaan gevoel gaf. 'Ja,' zei hij. 'Cindy Grimes, de forensisch onderzoeker van gisteravond, is bezig de stukken weer in elkaar te puzzelen.'

'Om te proberen vingerafdrukken te vinden,' zei Daisy afwezig. 'Wil je me even een servetje geven, Rafe?'

Rafe boog zich naar opzij. Het appartement was zo klein dat hij van waar hij zat bij het tafeltje in de eethoek kon. 'We hebben er even over gedacht je spullen van de eettafel te halen, maar we wisten niet zeker of je midden in een project zat, dus hebben we de kaarttafel naar beneden gehaald.'

Daisy keek naar de naaimachine en het pottenbakkerswiel dat de hele eethoek in beslag nam. 'Ik zit tussen twee projecten,' zei ze. Toen richtte ze haar aandacht weer op de stukjes papier die verspreid over de kaarttafel lagen. 'Hoelang dacht Cindy nodig te hebben om alles weer in elkaar te passen?'

'Minstens een paar dagen,' antwoordde Rafe, 'want ze moet het onder de microscoop doen. Maar ze heeft er een kopie voor ons van gemaakt. Ze zei dat ze dankbaar zou zijn voor onze hulp.'

Daisy veegde haar vingers af aan het servet dat Rafe haar in de hand had gestopt. 'Dank je,' zei ze tegen hem en vervolgens begon ze de stukjes te herschikken. 'Cindy heeft ze vergroot.'

'Dat klopt,' zei Gideon. 'Wat doe je?'

Daisy keek niet op. 'De puzzel.'

Gideon legde zijn hand op die van haar. 'Hou op. Ik had al die stukjes gesorteerd.'

Ze keek hem knipperend aan, een ogenblik geboeid door de aanblik van zijn gezicht, dat slechts centimeters van het hare was verwijderd. Zijn groene ogen waren donker geworden van irritatie. Hij was heel, héél knap, maar blijkbaar niet erg goed in puzzels. 'Eh. Nee, dat heb je niet.' Hij deed zijn mond open om te protesteren, maar ze propte er een pirosjki in. 'Eet en kijk. Ik lijk dan misschien wel een beetje slordig.' Ze gebaarde naar de chaos in het appartement, waarvan zij vermoedde dat hij die alleen maar zag als een onafgemaakte, ongeregelde bende. Daar zat hij niet helemaal naast, maar hij had het ook niet helemaal bij het juiste eind. 'Ik ben misschien niet goed in pottenbakken en een heleboel andere dingen, maar er zijn een paar dingen waarin ik supergoed ben. Puzzels leggen is er daar een van. Nou stil zijn en laat me werken.'

Rafe nam de bak met vleespasteitjes van haar over, waardoor ze haar handen vrij had om twee keer zo snel te werken. 'Op een van God en alleman verlaten boerderij wonen biedt weinig mogelijkheden tot ontspanning,' mompelde ze voor zich uit, terwijl haar blik geconcentreerd op de honderden stukjes was gericht, zoekend naar kleurvariaties en schaduwen. 'We deden een heleboel puzzels.'

Ze sorteerde en tuurde en sorteerde nog wat meer en vergat de tijd terwijl ze de stukken verschoof tot een deel van de foto duidelijk werd. Het gezicht van de vrouw. 'Miriam,' zei ze zacht.

'Eileen,' corrigeerde Gideon fluisterend.

Ze keek naar hem op. Hij zat haar gade te slaan en dit keer was zijn respect onmiskenbaar. 'Ik dacht dat ze Miriam heette.'

Hij fronste even zijn voorhoofd. 'Natuurlijk. Je was toen al vertrokken.'

'Ik was weggestuurd,' pruilde ze.

Gideons mond vertrok. 'Sorry daarvoor. Haar kerknaam was Miriam, maar haar moeder noemde haar Eileen. Dat was de naam op haar geboorteakte. Ze was niet in de gemeenschap geboren. Ze kreeg een andere naam toen haar familie erbij kwam.'

'Gemeenschap,' herhaalde Daisy. 'Je bedoelt die Edenkerk?'

Gideon snakte even naar adem en hij draaide zijn hoofd met een ruk naar Rafe. 'Heb jij haar dat verteld?'

'Nee,' zei Rafe beslist. 'Hoe wist je dat, Daisy?'

Daisy keek hen fronsend aan, want ze wierpen allebei beschuldigende blikken in haar richting. 'Zo moeilijk was dat niet. Jezus, jullie moeten echt denken dat ik achterlijk ben.' Ze richtte haar blik weer op de tafel en begon met verdubbelde ijver de overige stukjes te sorteren. Tot ze een warme hand op de hare voelde. Ze keek op en zag Gideons blik vol verontschuldiging.

'Het spijt me,' zei hij. 'Het laatste wat ik denk is dat jij achterlijk bent. Hoe wist je het?'

Ze deed er lange tijd het zwijgen toe terwijl de warmte van zijn hand in haar huid drong. Dat voelde zo fijn, want ze had het zo koud. 'Ik heb "engel met een vlammend zwaard" en "olijfboom" gegoogeld. Heel veel Bijbelse verwijzingen. De Hof van Eden kwam heel vaak voor.'

'Eden,' zei Gideon met een vreemd gedempte stem, 'is waar ik ben opgegroeid.'

'En waar Eileen is opgegroeid?' vroeg ze.

'Ja.'

'Waar zij een medaillon kreeg en jij een tatoeage?' drong ze aan toen het erop leek dat hij verder niets wilde zeggen.

Zijn ogen werden zo plotseling groot dat ze zou hebben geglimlacht als dit moment niet zo vreselijk heftig had aangevoeld. Hij keek opnieuw woedend naar Rafe, die opnieuw zijn hoofd schudde.

'Ik heb geen woord gezegd, man.'

Gideon zuchtte. 'Sasha.'

'Ik had niet het idee dat het zo'n vreselijk geheim was,' zei Daisy. 'Zij ook niet. Ze zei dat je er een feniks overheen hebt laten zetten.'

'Toen ik achttien was.'

Ze hield haar hoofd schuin en keek hem onderzoekend aan. 'Waarom?'

Gideon wendde zijn blik af en Rafe's gezicht verstrakte. 'Het is een lang verhaal, DD,' zei Rafe zacht. 'Het is... moeilijk om over te praten. En niet echt ons geheim om te delen. Voor geen van ons beiden.'

'Oké.' Ze hield er niet van om in het ongewisse gehouden te worden, maar ze bewaarde de geheimen die anderen haar toevertrouwden ook. Ze richtte haar aandacht weer op de tafel, sorteerde de stukjes en legde ze naast elkaar tot het gezicht van een man begon te verschijnen. Het bovenste deel in ieder geval. Er waren geen gelaatstrekken zichtbaar. Nog niet.

Het geluid van een mobiele telefoon klonk, maar ze negeerde het. Het was niet haar beltoon. Een van de stoelen werd bij de tafel weggeschoven.

'Ik moet ervandoor,' zei Rafe.

Daisy keek even snel op. 'Nieuwe zaak of de mijne?'

'Een nieuwe. Stuur me de foto zodra je het gezicht af hebt,' zei Rafe gespannen.

'Natuurlijk,' antwoordde ze. 'Wees voorzichtig.'

Rafe knikte haar toe en was verdwenen, haar alleen in de stilte achterlatend met Gideon. Ze ging verder met haar zoektocht naar de rest van het gezicht van de man en raakte verloren in het ritme van 'sorteer, zoek, vergelijk, leg weg.' En soms 'gevonden'. Ze had zich geen betere manier kunnen wensen om de stress van de dag door te komen.

Dat ze elke keer dat ze ademhaalde de geur van Gideons aftershave binnenkreeg? Dat was een bonus.

8

Sacramento, vrijdag 17 februari, 16.35 uur

'Weet je zeker dat je geen hulp nodig hebt met dat ding?' vroeg Hank en hij wees naar de koeler die een zekere mevrouw Onbeschoft bevatte.

Hij schudde zijn hoofd. 'Ik red het wel. Ga jij nou maar naar huis. Barb zit te wachten.' Ze hadden tegenwind gehad en waren een halfuur te laat in Sacramento gearriveerd.

'Bedankt. Ik moet nog langs de winkel om ijs voor haar te kopen. Ze zegt dat ze snakt naar vanille. Wie snakt er nou naar vanille?' Hij haalde zijn schouders op en zijn gemakkelijke glimlach verscheen weer. 'Maar die vraag stel ik maar niet. Ze stelt weinig eisen, dus ik vind het niet erg om haar te verwennen.'

Doe dat maar, dacht hij zuur. *Verwen je zwangere vrouw maar nadat je haar bedrogen hebt met de chauffeur van de shuttle.* Want de geur van parfum op Hanks uniform was onmiskenbaar geweest toen hij eindelijk terugkwam van het begeleiden van de passagiers naar hun skivakantie. En Hank had die ontspannen houding die als een neonreclame zei: *Ik ben van bil geweest.*

En het kan me niet schelen, want ik heb wat ik nodig heb in de koeler. 'Ik zie je zondag.'

Hank fronste zijn wenkbrauwen. 'Prima. Het wordt zondag een lange dag.'

'New York City,' antwoordde hij, in de wetenschap dat Hanks frons niets te maken had met de lengte van de vlucht, maar met het feit dat hij op het vliegveld van New York City niemand van de shuttlechauffeurs kende. Arme Hank. Hij sloeg zijn ogen ten hemel. De man zou zich een paar dagen moeten behelpen met zijn eigen vrouw. *Tragisch.*

Hij keek toe terwijl Hank naar de kleedruimte liep, waar hij zou douchen en zich omkleden in kleding die niet naar een andere vrouw rook. Daarna zou Hank zijn uniform afgeven bij de stomerij en het helemaal ontparfumd weer ophalen en dan wist niemand ergens van.

Behalve ik. Hij zag alle handelingen van de mensen in zijn omgeving en hij wist zeker dat ze de meeste daarvan geheim zouden willen houden. Met inbegrip van de oude baas, die dacht dat hij weg kon komen met het bedrijf verkopen en hen allemaal werkloos en berooid achterlaten. Hij vroeg zich af of die ouwe wel zo snel zijn handtekening op de stippellijn zou willen zetten als zijn zaken in de openbaarheid kwamen. Net als Hank had zijn vader zijn vrouw bedrogen. Eerlijk was eerlijk, Sydney bedroog hem ook, maar daar ging het nu niet om.

Paul Garvey had ook zijn werknemers bedrogen, door uit hun pensioenfonds te stelen. Het was elk jaar maar een klein beetje, maar in de loop der jaren liep dat aardig op. Tot een heleboel.

Hij was bereid geweest zich stil te houden, want er waren hem grote dingen beloofd. Paul had hem de leiding beloofd. Eigendom, zelfs. Maar Paul had gelogen. Nu moest hij alleen nog uitvogelen hoe hij die ouwe het best aan de kaak kon stellen als de leugenachtige bedrieger die hij werkelijk was. *Dan heb ik de leiding.*

Zijn telefoon zoemde omdat er een sms binnenkwam. Hij kreeg maar zelden sms'jes, dus dit kon niet veel goeds betekenen. Ja hoor... Hij knarste met zijn tanden terwijl hij naar het schermpje van zijn mobiel keek. *Sydney.*

IK BEGRIJP DAT JE TERUG BENT. HAAST JE, LIEVE JONGEN. IK WACHT OP JE.

Hij deed zijn ogen dicht. Het was alsof ze het wist. Ze wist het altijd. Net wanneer hij een beetje zelfvertrouwen begon te krijgen, veegde zij het weer weg. *Zeg nee tegen haar. Zeg gewoon nee tegen haar. Zeg dat ze dood kan vallen.*

Maar hij wist dat hij dat niet zou doen en hij haatte zichzelf meer dan hij haar haatte. *Ik ben een lafaard. Een jankende lafaard zelfs.* Zo had ze hem genoemd toen hij nog te jong was om te begrijpen wat ze werkelijk was. Een jankerd. *Klopt. Dat ben ik.*

Hij negeerde het bericht en liep naar zijn Jeep. Een paar minuten later stond hij in de hangar geparkeerd aan de voet van de vliegtuigtrap. Hij stapte aan boord en zijn blik concentreerde zich ogenblikkelijk op de koeler. Hij zou mevrouw Onbeschoft vanavond nodig hebben.

Hij deed het deksel omhoog, dat hij op een kier had laten staan zodat ze niet zou stikken, en zag dat mevrouw Onbeschoft bezig was wakker te worden. Hij moest haar nog een tijdje stilhouden, dus injecteerde hij haar met nog wat verdoving.

Ze keek hem slaperig met de ogen knipperend aan. 'Hou vol,' zei hij tegen haar. 'Het volgende stuk wordt een beetje hobbelig.' Hij trok aan de koeler, sleurde die de trap af en hees hem met een geoefende beweging achter in de wachtende Jeep. Precies om die reden deed hij aan krachttraining.

Mevrouw Onbeschoft woog bijna niks, dus hij was niet eens buiten adem toen hij het vliegtuig weer in ging om schoon te maken. Hij had het grootste deel van de rommel van de Vail-groep opgeruimd terwijl hij wachtte tot Hank terugkwam van zijn middagpleziertje en de weggegooide bekers en lege champagneflessen opgeraapt. Er lag maar heel weinig eten op de vloer. De passagiers hadden betaald voor goede kaviaar en ze hadden niet één eitje verspild. Even snel stofzuigen en hij was klaar om naar huis te gaan. Om daar mevrouw Onbeschoft uit te laden en haar onder te brengen in zijn logeerkamer in de kelder.

Daarna zou hij zijn nachtmerrie onder ogen zien. Hij zou problemen krijgen omdat hij zich niet had gehaast, maar dat kon hem niet schelen. Wanneer ze met hem klaar was, zou hij behoefte hebben aan zijn nieuwe gast.

En hoe zit het met dat blondje? Wanneer ga je met haar afrekenen? Hij vertrok zijn gezicht tot een grimas. Hij moest erachter zien te komen wie ze was en wat ze de politie had kunnen vertellen. Hij had geen flauw idee waar hij moest beginnen. Hij had online de politiemeldingen bekeken voor hij op weg ging naar de bar waar hij mevrouw Onbeschoft had opgepikt. De schermutseling werd wel genoemd, maar de naam van de blondine niet. Net zomin als de naam van de vrouw die haar vergezelde.

Hij stapte in de Jeep en leunde achterover, het doffe kloppen achter in zijn schedel negerend. Hij moest een borrel hebben om zijn zenuwen tot rust te brengen.

O. Het besef drong plotseling tot hem door en hij lachte hardop. *Duh.* Het lag zo voor de hand. Hij wist niet hoe het blondje heette, maar hij wist wél waar hij moest beginnen te zoeken.

Vrijdag 17 februari, 16.55 uur

Daisy Dawson was fascinerend. Het was moeilijk voor Gideon om zich te concentreren op de e-mail die hij probeerde op te stellen, omdat hij zijn blik niet kon losrukken van de vrouw die de stukjes van Eileens medaillonfoto aan elkaar aan het passen was alsof ze een soort computer was.

Daisy's ogen schoten heen en weer tussen de stukjes en het gezicht dat ze in elkaar aan het passen was. Het gezicht van de man was dubbel lastig, omdat het in veel kleinere stukjes was geknipt.

Dat was niet zo heel erg verrassend. Eileen moest heel ongelukkig zijn geweest met haar tweede echtgenoot, want ze was ontsnapt. Dat was altijd een dramatische gebeurtenis. Niemand liep daar ooit zomaar weg. Niemand, behalve de hogere rangen van de gemeenschap.

De sekte.

Hij was van plan geweest Daisy zo veel te vertellen als hij kon terwijl zij de puzzel in elkaar zette. Alles om niet naar haar gezicht te hoeven kijken terwijl hij het verhaal vertelde. Maar dat had hij niet gedaan. Hij had het geprobeerd, maar de woorden wilden niet komen. Hij wilde geen medelijden zien in haar ogen. Nooit.

Hij wilde belangstelling zien. Respect. Dankbaarheid zou niet slecht zijn. Hij had het leuk gevonden om dat te zien nadat hij met haar vader had gesproken. Die hem die middag drie keer een sms had gestuurd en zich elke keer dat hij vroeg of alles in orde was met zijn dochter had verontschuldigd. Gideon vond het niet erg om te antwoorden. Hij kon een buffer zijn voor Daisy, in ieder geval vandaag. Ze had te veel aan haar hoofd om gestrest te raken door haar vader, ook al leek hij echt om haar te geven.

Daisy maakte een verrukt geluidje – hetzelfde geluid dat ze elke keer maakte wanneer een stukje paste. Maar ze stopte niet om het te vieren. Ze bleef doorgaan, vrijwel zonder dat haar blauwe ogen één keer knipperden.

Hij vroeg zich af of ze dat geluid ook op andere momenten maakte. Of ze dat geluid bij hem zou maken. In het bed dat de muur aan de achterkant van het appartement in beslag nam. Hij sloot zijn ogen en beval zijn lichaam zich koest te houden, want dat geluidje werkte op elke zenuw die hij had.

Hij moest ophouden zichzelf te kwellen. Ze was verboden terrein.

Punt. Als de situatie anders was geweest zou hij zichzelf hebben toegestaan haar mee uit te vragen. *Bijvoorbeeld wanneer je op zondag bij Irina was gaan eten en haar daar had ontmoet zoals Irina wilde dat je zou doen.* Maar dat had hij niet gedaan en nu leerde hij haar kennen terwijl ze kwetsbaar was.

Net als ik. Hij zag vreselijk op tegen het moment dat ze het gezicht van de man in elkaar had gezet. Zag op tegen het moment dat hij zou weten wie met Eileen was getrouwd nadat McPhearson was gestorven. Hij hoopte dat het een van de aardiger mannen was, maar zijn gevoel zei hem dat dat niet het geval zou zijn.

Gideon dwong zich zijn blik van haar af te wenden en naar zijn laptop te kijken, waar hij een e-mail aan het opstellen was. Hij vroeg om een wederdienst, zo simpel was het. Als zijn voormalige collega hem niet snel kon helpen, dan zou hij achter aan moeten sluiten in de rij bij de FBI-tekenaar en dat kon een eeuwigheid gaan duren.

Hoi, Tino – ik hoop dat alles goed met je is. Ik wil je een gunst vragen. In de bijlage zit een foto van een meisje van twaalf. Ze is onderdeel van mijn onderzoek en ze kan in gevaar verkeren. Ze is op dit moment dertig jaar. Kun jij je toverkunsten erop loslaten en me een weergave sturen van hoe ze er nu uit moet zien? Ik heb dit uiteraard zsm nodig. Als je het te druk hebt om dit snel te doen, wil je me dat dan laten weten? Dan zoek ik iemand anders, maar jouw werk is het beste wat ik ooit heb gezien.
Bedankt,
Gid

Hij had een scan gemaakt van de foto van Eileen uit de eerste trouwfoto en de man naast haar eruit geknipt. McPhearsons gezicht was niet nodig om Tino zijn verouderingsproces te laten uitvoeren en Gideon wilde niet dat iemand te veel vragen stelde over Eileens eerste echtgenoot.

Want ik heb hem vermoord. En hij had er geen spijt van. Zelfs niet een heel klein beetje.

Vrijdag 17 februari, 17.55 uur

Daisy knipperde tegen het plotselinge licht. Gideon had haar handwerklamp naar de tafel gerold. Een blik over haar schouder leerde haar dat de zon al was ondergegaan.

Ze richtte haar blik op Gideons gezicht. 'O nee. We zouden naar de dierenwinkel zodat je de situatie daar kon bekijken voor het donker werd.'

'Dat geeft niet,' zei hij geruststellend. 'Dit is belangrijker. We kunnen morgenochtend vroeg vertrekken. Wist je dat je maag aan het rommelen is?'

Daisy voelde haar wangen rood worden. 'Sorry. Ik word... altijd meegesleept door dit soort dingen.'

Hij schudde zijn hoofd en liep toen naar de magnetron. Het rook alsof hij pirosjki aan het opwarmen was.

'Waag het niet je te verontschuldigen,' zei hij en hij nam het eten uit de magnetron. 'Jou aan een puzzel zien werken is beter dan achtennegentig procent van de shows op televisie.'

'Welke shows horen bij de twee procent die beter zijn?' vroeg ze plagend.

'*Fixer Upper* en...' Hij draaide zich met de schaal in zijn hand naar haar toe en aarzelde. Zijn gepijnigde trek accentueerde een episch blozen dat veel te aantrekkelijk was. '*Buffy*.'

Ze grijnsde hem toe, want dat hij een fan was van de vampierjager was wel het laatste wat ze had verwacht. 'Nog een blondje dat niet bepaald dom is.'

Zijn uitdrukking werd een beetje beledigd. 'Dat heb ik nooit over jou gezegd.'

Ze verzachtte haar stem zodat hij zou begrijpen dat ze had zitten plagen. 'Nee, dat klopt.' Ze liet zich van haar kruk glijden en rekte zich uit. 'Hoewel op dat krukje zitten nou niet zo heel slim was. Nu verrek ik van de pijn in mijn rug.' Ze verving de kruk door de stoel waar Rafe op had gezeten. Hoelang geleden dat was, wist ze niet precies. Ze liet zich op de stoel zakken en wierp Gideon een dankbare blik toe toen hij haar de schaal met pirosjki en een vork gaf. Hij verplaatste zijn stoel zodat hij naast haar kwam te zitten in plaats van tegenover haar. 'Je schiet al aardig op.'

Ze had het gezicht van de man nog niet af. Ze had zijn wenkbrauwen en voorhoofd, zijn linkerwang en de helft van zijn mond, zijn rechteroog en zijn kin. Maar ze was er bijna.

'Het licht zal het eenvoudiger maken om de rest van zijn gezicht in elkaar te zetten, dus dankjewel,' zei ze en haar blik was weer op de tafel gericht. 'Ik had niet eens in de gaten dat het al donker was. Hoe laat is het, trouwens?'

'Bijna zes uur. Je bent er drieënhalf uur door opgeslokt geweest.'

Ze fronste haar voorhoofd. 'Ik zou al klaar moeten zijn. Ik kan een puzzel van zeshonderd stukjes in twee uur leggen. Maar eerlijk is eerlijk, dit is niet een normale puzzel.' Ze zocht in de overgebleven stukjes die bij het gezicht van de man hoorden. 'Ik hoop alleen dat we geen stukjes missen.'

'We hebben software die we kunnen gebruiken om het te benaderen,' zei Gideon. 'Doe wat je kunt.'

Een zachte stoot tegen haar enkel deed Daisy omlaagkijken naar waar Brutus omhoog zat te staren, een en al vleermuisoor en hoopvolle blik. Ze tilde haar op en knuffelde haar even. 'Voel je je verwaarloosd, meisje?'

Gideon keek verrast. 'Méísje? Is ze een meisje? Waarom heb je een teefje Brutus genoemd?'

'Ik kon geen meisjesnaam bedenken die net zo vals klonk. Ze is klein en lief. Ik wilde dat ze zich vanbinnen groot en stoer zou voelen.'

Gideon leek niet overtuigd. 'Als jij dat zegt.'

'Je mag de hond niet kleineren,' zei ze luchtig. 'Ze heeft me gisteravond geholpen die vent weg te jagen.'

Eén kant van zijn mond boog omhoog. 'Oké.'

Ze wilde dat ze hem echt kon zien glimlachen. Ze zette Brutus op de grond en dwong haar blik weer op de puzzel. 'Ik denk dat we een oog missen.'

Ze voelde Gideons reactie voor ze haar blik op zijn gezicht kon richten, dat plotseling heel erg bleek was geworden.

'Gideon?' Daisy legde haar hand op de naakte huid bij zijn pols. Hij had zijn colbertje uitgedaan, maar zijn overhemd was nog steeds tot bovenaan dichtgeknoopt, net als de manchetten om zijn polsen. Zijn stropdas zat nog aangesnoerd.

Ze overwoog om de das losser te maken als hij niet bij zinnen kwam. 'Gideon?' Ze schudde hard aan zijn arm. 'Agént Reynólds!'

Hij keek haar aan en zijn ogen stonden vreemd... ver weg. 'Zoek naar een ooglapje.'

Het duurde even. 'O, ik zei dat we een oog misten. Ik bedoelde de stukjes.' Ze bestudeerde hem behoedzaam. 'Maar jij niet. Jij bedoelde dat hij werkelijk een oog mist. Want je bent er net achter wie het is.'

Hij slikte moeizaam. 'Kijk of er een ooglapje is. Alsjeblieft.'

Het *Alsjeblieft* had erg beleefd geklonken. Formeel. Het brak Daisy's hart, want Gideon wíst wie de man was en hij was bang. De grote, sterke man die naast haar zat was bang.

Ze concentreerde zich op de overgebleven stukjes en vond het ooglapje al snel nu ze wist waar ze naar moest zoeken. Dat had ze eerder kunnen bedenken, dacht ze terwijl ze zichzelf inwendig bestraffend toesprak. Er liep een donkere streep diagonaal over het voorhoofd van de man. Ze had gedacht dat het een foutje in de foto was, maar nu wist ze dat het het koord was dat het lapje op zijn plaats hield.

'Ja,' zei ze terwijl ze de stukken bij elkaar paste en op hun plek in het gezicht van de man schoof. 'Je weet wie hij is,' herhaalde ze.

Hij deed zijn mond open, maar er kwam geen woord uit. Hij probeerde het nog eens en gaf eindelijk antwoord. 'Zijn naam zegt helemaal niets, want die is niet echt. Maak zijn gezicht af, dan sturen we hem rond.'

Dat deze man Gideon na al die jaren nog steeds doodsangst aanjoeg was veelzeggend. Het was gewoon een trouwfoto. Met het meisje dat hij ooit had gekend. 'Waarom heeft Eileen deze foto verscheurd?' vroeg Daisy terwijl ze naar de neus van de man zocht.

'Waarom denk je?' vroeg Gideon schor.

'Omdat hij haar misbruikte,' zei Daisy en haar woede maakte haar stem toonloos. Ze sorteerde en paste de stukjes sneller in, combineerde de stukjes van wat Gideon ongezegd had gelaten. *Heeft hij jou ook misbruikt, Gideon?*

God, ze hoopte van niet, maar het zou de zieke kleur op zijn gezicht verklaren.

'Hij is niet de man die me gisteravond heeft aangevallen,' zei ze zonder op te kijken. 'Die had allebei zijn ogen.'

Gideon zei niets, dus liet ze hem maar en zette de neus in elkaar en begon toen aan de mond. Het was eerder al belangrijk geweest, maar nu was de noodzaak urgent.

Ze leunde achterover en bekeek het gezicht dat haar nu aanstaarde.

Hij was streng, glimlachte niet, en zijn mond was bijna misprijzend omlaaggebogen. Hij zag er niet erg vriendelijk uit.

'Onder welke naam kende je hem?' vroeg ze Gideon zacht terwijl ze haar telefoon uit de zak van haar trainingsbroek haalde. Ze nam een foto en stuurde die door naar Rafe.

Gideons gezicht was strak en ontoegeeflijk geworden, maar dat was beter dan de verloren uitdrukking vol paniek die hij eerder had gehad. 'Ephraim Burton,' zei hij.

Daisy sms'te dat ook naar Rafe en voegde er toen aan toe: WAARSCHIJNLIJK EEN ALIAS. ONZE VRIEND KENT HEM. Ze gebruikte Gideons naam niet omdat ze niet zeker wist wat hij geheim wilde houden. Hij was zo van streek geweest toen hij dacht dat Rafe haar over Eden had verteld.

Rafe's antwoord kwam onmiddellijk. GAAT HET GOED MET ONZE VRIEND?

Opvallende woordkeuze. Rafe was duidelijk op de hoogte van Gideons verhaal. JA, MAAR VAN STREEK. DIT IS NIET DE MAN DIE IK GISTERAVOND HEB GEZIEN. DIE HAD ALLEBEI ZIJN OGEN.

BEGREPEN. GOED WERK, POPPY. Daar had hij een smiley achter gezet.

Daisy stuurde Rafe een bedankje en richtte toen haar aandacht op Gideon. Hij zag er afgetobd uit. 'Ik zou willen dat ik drank had,' zei ze. 'Dan zou ik je een borrel aanbieden.'

Hij lachte bitter. 'Die zou ik aannemen ook.' Hij ging staan en begon te ijsberen. Hij bleef staan en keek haar met een intense blik aan. Ze dacht dat hij haar zou vertellen wat de man voor hem betekende, maar dat was niet zo. 'Vertel me over je hobby's,' gooide hij eruit.

Daisy begreep de verandering van onderwerp. Dat was een van haar strategieën geweest om van de drank af te blijven. 'Ik heb altijd geschilderd. Ik weet nog dat mijn moeder met me schilderde voor ze stierf.'

'Hoe oud was je toen?'

'Vier, dus mijn herinneringen zijn maar spaarzaam. Ik weet nog dat ik een grote pot paarse verf op de bank omgooide en moest huilen omdat ik dacht dat ik op mijn duvel zou krijgen. Mama gaf me een kwast en hielp me de verf over het kussen te verdelen. Het werd "kunst".' Ze glimlachte vertederd. 'Ze kocht een nieuw kussen en gaf mij het geschilderde exemplaar.'

'Ze moet aardig zijn geweest.'

'Ja.' Ze overwoog even om het ter sprake brengen van haar moeder te gebruiken als een springplank om meer over die van hem te weten te komen, maar zijn reactie was zo stijf geweest dat ze besloot dat niet te doen. 'Mijn vader moedigde me aan om te schilderen nadat mijn moeder was gestorven. Ik heb het altijd als ontsnapping gebruikt.'

'Maar je hebt journalistiek gestudeerd, geen kunst.'

'Ik ben niet goed genoeg om van schilderen te kunnen leven. En ik wilde niet mijn plezier kwijtraken in het enige waar ik dol op was door er mijn werk van te maken.'

Hij gaf even geen antwoord, maar liep in plaats daarvan naar de muur die ze in een enorm doek had veranderd. 'Ik vind je goed genoeg, maar ik snap dat je iets wat je blij maakt voor jezelf wil houden.'

Daisy keek omlaag naar het gezicht van de angstaanjagende man op de foto en wilde zo dolgraag vragen wat hij Gideon had aangedaan. Maar dat deed ze niet. Ze wilde vragen wat hem blij maakte, maar dat deed ze ook niet. Hij had zijn kalmte hervonden en dat wilde ze hem niet ontzeggen.

'Heb jij ooit geprobeerd te schilderen?'

Hij schudde zijn hoofd. 'Ik denk niet dat ik daar goed in zou zijn.'

'Maakt niet uit. Soms is het doen het belangrijkste.'

Hij begon weer te ijsberen en liep om de kleine tafel in de eethoek. 'Waarom pottenbakken?'

Ze grinnikte en er verscheen schaamrood op haar wangen. 'Ik zag de film *Ghost* en ik wilde altijd al pottenbakken proberen. Ik heb een cursus gevolgd in het gemeenschapscentrum.'

Dat maakte hem aan het glimlachen en haar hart kwam tot rust, een beetje. Zijn glimlach werd weemoedig terwijl hij naar de misvormde klomp klei keek die een vaas had moeten worden. 'Moeilijker dan het lijkt, hè?'

Ze lachte. 'Veel moeilijker. De dingen die ik in het centrum maakte waren een stuk beter. Ik heb het wiel alleen maar om thuis de techniek te oefenen. En omdat ik het gevoel van natte klei fijn vind.'

Hij keek op met een vragende blik in zijn ogen. 'Hoezo?'

Ze keek onzeker. 'Dat weet ik niet. Het is gewoon zo. Het maakt me... kalm.'

'Kalm is goed,' mompelde hij en hij streelde de rand van de misvormde vaas, staarde toen naar zijn vinger die onder de klei zat en de verloren blik was weer terug.

Daisy stond op om een doekje uit de keuken te pakken en veegde voorzichtig de klei van zijn vinger. Dat leverde haar een lange, doordringende blik op van die groene ogen. Er lag een vraag in die blik, maar ze wist niet wat hij wilde weten, dus deed ze geen poging om antwoord te geven.

'Ik kan beter naaien,' zei ze, niet zeker van wie ze nu wilde afleiden – hem of zichzelf. 'Ik heb kostuums gemaakt voor de toneelgroep van het gemeenschapscentrum. Ze doen *De kleine zeemeermin*. Ik heb Ursula gedaan en alle meerminstaarten.' Hij zei niets, dus voegde ze er slap aan toe: 'Dat waren heel veel meerminstaarten.'

Een paar heftige kloppen van haar hart bleef hij daar zwijgend naar haar staan staren. Maar toen hij sprak, sloeg haar bonzende hart over.

'Hij sloeg me,' zei hij zacht.

Een ogenblik lang kon ze geen adem krijgen terwijl ze probeerde zijn woorden tot zich te laten doordringen. 'De man op de foto?' vroeg ze, ook al kende ze het antwoord al. Ze wist niet wat ze anders moest zeggen. 'Ephraim Burton?'

Hij knikte, maar dat was genoeg. Hij wendde zich niet van haar af zoals ze had verwacht, maar bleef daar staan, bleef haar aanstaren. Alsof hij iets van haar wilde. Of nodig had.

Ze stak voorzichtig haar hand uit, legde die om zijn kaak en voelde de zachte aanraking van zijn baard tegen haar huid. Hij sloot zijn ogen, slaakte een sidderende zucht en drukte zijn wang tegen haar hand.

Ook zij liet de adem die ze had ingehouden ontsnappen. 'Hoe oud was je?' vroeg ze zo zacht als ze maar kon, want ze was bang dat hij zich zou terugtrekken. Ze had deze aanraking nodig, net zoals hij. *Misschien nog wel meer.*

Hij slikte hoorbaar. 'Dertien.'

Nog meer stilte. Nog meer bonzen van haar hart. Uiteindelijk waagde ze het erop. 'Was het erg?' vroeg ze, ook al wist ze het antwoord op die vraag ook. Het moest wel heftig zijn geweest om zo'n sterke reactie te veroorzaken. Maar aan de andere kant had Gideon Reynolds al uit zijn evenwicht geleken toen hij de avond ervoor de verhoorkamer was binnengekomen.

Hij knikte. 'Ik was bijna dood.'

Zijn reactie op het gezicht van de man was nu veel logischer. 'Is hij gestraft?'

'Nee,' fluisterde hij.

'Dus hij loopt nog steeds ergens rond.'

Opnieuw een knik. Toen legde hij zijn hand op die van haar, drukte haar handpalm tegen zijn gezicht voor hij haar losliet en een stap achteruit deed met een lege uitdrukking op zijn gezicht.

Ze liet haar arm langs haar lichaam vallen en wachtte tot hij iets zou zeggen. Ze gaf hem de gelegenheid om zijn zelfbeheersing terug te vinden. Ze wist hoe het was om zich hulpeloos te voelen, om onderworpen te zijn aan het gezag van anderen.

'Heb je de foto naar Rafe gestuurd?' vroeg hij bruusk.

Ze was niet verrast dat hij het gesprek terugvoerde naar de zaak. 'Ja. Ik heb je naam niet genoemd.'

'Dat waardeer ik.'

'Wat nu?' vroeg ze.

Hij trok aan de manchetten van zijn overhemd en voelde even of zijn stropdas nog steeds goed zat. 'Wat dacht je van Thais?'

Ze keek hem glimlachend aan. 'Heel lekker. Ik ken een goede tent. Laat me even wat anders aantrekken, dan kunnen we gaan.'

9

Sacramento, vrijdag 17 februari, 18.30 uur

Daisy kwam de kamer weer in, gekleed in een versleten spijkerbroek en opnieuw een coltrui. Dat ze genoodzaakt was haar keel te bedekken maakte Gideon opnieuw kwaad, maar hij onderdrukte zijn woede omdat ze een... ongeruste blik in haar ogen had. Dat zou hij niet zo erg hebben gevonden, ware het niet dat die blik op hem gericht was. Hij had bijna zijn zelfbeheersing verloren omdat hij het gezicht van Ephraim voor zich zag.

Uiteraard had die toen hij die klootzak voor het laatst zag, twee functionerende ogen gehad. Het mes was in Ephraims oog geploft nadat die van Gideon waren dichtgeslagen.

Dat hij niet had geprobéérd om Ephraims oog te raken deed er eigenlijk niet toe.

En hij ging nu niet meer aan die hufter denken. Hij stond op het punt om uit te gaan met een vrouw die hem vandaag meer dan eens had laten glimlachen.

Die hem met beide benen op de grond had gezet toen hij dreigde terug te keren in de geest van zijn dertienjarige zelf. Ze had niet aangedrongen. Had geen vragen gesteld die hij niet wilde beantwoorden. Ze was er gewoon geweest en had voor menselijk contact gezorgd toen hij dat het meeste nodig had.

Dus hij zou zijn kop erbij houden, zodat hij kon doen waarvoor hij hierheen was gekomen – haar beschermen. 'Hoe wil je dit aanpakken?' vroeg hij.

Ze keek hem aan met een schittering in haar blauwe ogen. 'Eh, kauwen, slikken en dat herhalen?'

Hij grijnsde. 'Wijsneus. Ik bedoelde, hoe gaan we daarnaartoe?'

Ze pakte haar jas uit de kast waarin alle sportattributen lagen opgeslagen. 'We moeten gaan lopen. Het is maar een paar straten, Gideon. Bovendien is parkeren verrekte lastig op een vrijdagavond.' Ze keek verheugd op. 'Tenzij je bonnen worden kwijtgescholden omdat je van de FBI bent.'

'Geen schijn van kans.' Hij lachte, al had hij zijn penning wel een of twee keer gebruikt om onder een bekeuring voor te hard rijden uit te komen. Niet dat hij dat tegenover haar zou toegeven. 'Ze voorspellen regen. Je hebt een paraplu nodig.'

Ze rommelde tussen de sportspullen. 'Gevonden.'

Het was er uiteraard een van fluorescerend groen met glitterhartjes. Gideon merkte dat dat hem blij maakte zonder dat hij wist waarom. 'Heb je die zelf gemaakt?'

Ze keek vertederd glimlachend naar de paraplu. 'Nee. Het kleine stiefzusje van mijn zus heeft hem voor me gemaakt bij wijze van afscheidscadeau toen ik van Baltimore naar hier verhuisde. Cordelia is de glitterkoningin.'

'Het stiefzusje van je zus?' vroeg hij behoedzaam.

'Ik vermoed dat ze technisch gesproken het stiefzusje van mijn stiefzus is. De biologische vader van Taylor is hertrouwd en Cordelia is zijn stiefdochter.'

'O. Dat klinkt eigenlijk wel logisch.'

'Ik ben blij dat je dat vindt.' Ze wierp hem een vertederde glimlach toe. 'Verder nog vragen?'

Hij keek in de kast. 'Waarom heb je al die sportspullen?'

Haar glimlach veranderde in een beledigde frons. 'Omdat ik aan sport doe.'

Hij stak zijn handen in de lucht. 'Sorry.'

'Het geeft niet. Ik weet dat mensen me niet als een atletisch type zien.'

'Maar dat ben je wel,' zei hij zacht. 'Je hebt die vent gisteravond weten af te weren.'

'Dat klopt. Gewoon... Oordeel niet te snel, oké?' Ze klakte met haar tong voor hij kon antwoorden. 'Brutus!' Het hondje kwam aangerend en ze nam het in haar armen.

'Je kunt hem niet meenemen – ik bedoel, háár niet meenemen naar een restaurant.' Inwendig kromp hij ineen omdat haar frons terug was. 'Of wel?'

'Ze is een hulphond,' zei ze met zachte stem. 'Ik heb haar sinds ik uit de afkickkliniek ben. Ze voelt aan wanneer ik een angstaanval krijg en ze is erop getraind me dan af te leiden, om me uit mijn hoofd te halen. Als dat niet lukt, brengt ze me medicijnen en als ik het nodig vind, belt ze het alarmnummer.' Ze haalde een klein hondenvest tevoorschijn en deed dat over het lijfje van Brutus voor ze de hond voorzichtig in de tas stopte. Op het vest zat een lap met de tekst *Hulphond* en *Sommige handicaps zijn niet zichtbaar*. 'Aan het werk, Brutus,' zei ze. Toen keek ze naar Gideon. 'Het is nooit nodig geweest dat ze belde, maar de medicijnen heb ik wel nodig gehad. Meestal weerhoudt ze me ervan dat ik in een neerwaartse spiraal beland die een bedreiging van mijn nuchterheid vormt.

'O.' Hij zuchtte. 'Het spijt me, Daisy. Ik blijf stomme dingen uitkramen.'

Ze deed het hengsel van de tas om haar schouder goed en klopte hem toen op de arm. 'Het geeft niet. Je hebt een zware middag achter de rug. Dit keer kom je ermee weg. Bovendien had ik haar eerder haar vest niet aangedaan, dus dat is mijn eigen schuld. Bij de radio weten ze dat ze daar mag zijn, dus ik hoef hem haar niet altijd aan te doen.'

'Dus het vest en "Aan het werk" vertelt haar dat ze dienst heeft?'

Daisy knikte. 'En "Shazam" is het woord waarmee ze weer vrij is. Dat vertelt haar dat ze geen dienst meer heeft.'

Hij grinnikte. 'Dat vroeg ik me al af. Ik hoorde je dat eerder tegen haar zeggen.'

'Sommige mensen gebruiken "vrij" als woord, maar de man die haar heeft getraind vond "Shazam" leuk.' Ze deed de deur achter zich dicht en draaide hem op slot. Toen keek ze abrupt op. 'Je hebt geen sleutel meer van mijn appartement, hè?'

'Nee. Alleen de code van de garagedeur.'

'O.' Ze deed de sleutel in haar zak en liep naar de voordeur van het huis. 'Niet dat ik wil suggereren dat je een seriemoordenaar bent, of zo,' voegde ze eraan toe terwijl ze haar gezicht vertrok.

Zijn mondhoeken gingen omhoog. 'Fijn om te weten.'

Ze trok een schuldbewust gezicht. 'Ik denk dat Rafe de sloten sowieso heeft veranderd.'

'Dat zou niets uitmaken. Ik heb niemand mijn sleutel gegeven.'

Ze bleef een eindje voor de deur staan. 'Niemand?' vroeg ze en er klonk onzekerheid in haar stem.

Hij wist wat ze vroeg, dus keek hij haar recht in de ogen terwijl hij antwoord gaf. 'Nee. Niemand. Ik had een vriendin tijdens mijn laatste stationering, maar we zijn een jaar voor ik naar Sacramento werd overgeplaatst uit elkaar gegaan.'

Hij hoopte dat hij zich de tevredenheid op haar gezicht niet verbeeldde. Misschien, wanneer alles weer bij het oude was, zou hij haar mee uit vragen. Voor een echt afspraakje. Niet als lijfwacht.

'Waar zat je voor je hierheen kwam?' vroeg ze. Ze had zich niet van haar plek bij de deur bewogen. Het enige licht kwam van een straatlantaarn, dat door het glas in lood in Rafe's voordeur viel en een intieme bubbel creëerde in het halfduister.

'Philadelphia. Daarvoor zat ik in Miami.'

Ze bleef hem strak aankijken. 'Irina zei dat je linguïst bent en dat je zes talen vloeiend spreekt. Waaronder Russisch. Wat moet iemand met al die talenkennis bij de FBI?'

'Heel veel vertaalwerk. Ik werk op de afdeling die zich bezighoudt met de georganiseerde misdaad.'

Haar ogen werden groot. 'Dat klinkt gevaarlijk. Maar ik denk dat alle banen bij ordehandhaving dat zijn. Welke talen spreek je allemaal?'

'In de eerste plaats Russisch. Verder Chinees, Japans, Spaans en Frans.' Hij keek haar glimlachend aan. 'Verder nog vragen?'

'Heb je erom gevraagd terug te komen naar Sacramento?'

'Ja. Ik miste de familie Sokolov.' Ze vormden de enige familie die hij had, afgezien van Mercy, en hij vreesde dat zijn zus en hij nooit echt familie zouden worden.

'En nu ben ik hier en wil jij op zondag niet meer komen eten,' zei ze zacht op verdrietige toon. 'En nu moet je niet zeggen dat dat niets met mij te maken heeft. Ik weet dat Irina je elke week heeft gevraagd om te komen.'

Hij wilde zeggen dat samen met haar eten op zondag niet langer klonk als een zware opgave, maar zijn stem weigerde samen te werken met zijn hersenen.

'We kunnen een roulatieschema opstellen,' opperde ze opgewekt toen hij daar zwijgend bleef staan. 'Dan gaan we allebei om de week. Op die manier mis je niets.'

'Daisy,' zag hij kans uit te brengen en ze hield abrupt haar mond. 'Jij moet daar op zondag gaan eten. Ze waren al jouw familie voor ze de mijne werden. En ik kom ook als ik kan. Als je dat goedvindt.'

Haar glimlach verlichtte hun kleine bubbel. 'Dat zou prima zijn.'

Ze deed de deur open en stapte in de lichte motregen terwijl ze haar paraplu opendeed en gebaarde dat hij eronder moest komen.

Hij bleef op de veranda staan. 'Ik was eigenlijk van plan je op discrete afstand te volgen.'

'Dan word je nat.'

'Dat overleef ik wel,' zei hij droog.

Ze schudde haar hoofd. 'Kom onder die verrekte paraplu, Gideon. Alsjeblieft.'

Hij gehoorzaamde en moest de neiging onderdrukken om zich voorover te buigen om aan haar haar te ruiken. Ze rook naar amandelkoekjes. Hij nam de paraplu van haar over en hield die een beetje hoger zodat hij eronder paste. 'Wat ga je tegen de mensen zeggen als ze vragen wie ik ben?'

Ze bleef staan en keek naar hem op. 'Wie wil je zijn?'

Een gevaarlijke vraag. 'Ik zou zeggen een vriend van buiten de stad, maar er zullen mensen in het restaurant zijn die me kennen. Ik heb hier negen maanden gewoond voor ik naar Rocklin verhuisde.'

'Is dat waar je woont?'

'Stanford Ranch. Dat is vlak bij het bureau.'

Ze beet op haar lip, waardoor hij de behoefte kreeg om de afdrukken te likken die haar tanden hadden achtergelaten. En dat ging niet gebeuren. *Verman je. En let verdomme een beetje op.*

Wat aan de late kant nam hij de omgeving in zich op. Iedereen had tevoorschijn kunnen springen om haar iets aan te doen en dan zou hij in hogere sferen hebben verkeerd terwijl hij dagdroomde over haar likken. *Mijn god.*

Ze liet langzaam haar adem ontsnappen, zich ogenschijnlijk niet bewust van de geestelijke verwarring waarin hij verkeerde. 'Laten we gewoon zeggen dat we een afspraakje hebben, oké? Dat Irina ons heeft gekoppeld. Dat komt dicht genoeg in de buurt van de waarheid zodat we geen bijzonderheden hoeven te onthouden.'

En welkom terug Geestelijke Verwarring. Zijn hersenen riepen nu allerlei beelden op. En geen daarvan kwam in de buurt van gepast.

'Is... is dat goed?' vroeg ze behoedzaam.

'Ja,' antwoordde hij te snel. 'Prima. Kom mee.' En voor hij zichzelf op andere gedachten kon brengen, nam hij de paraplu in zijn rechterhand en legde zijn linker op haar rug. Gewoon om haar te sturen. Het trottoir werd glad als het nat was.

Je bent zo'n verdomde leugenaar.

Aan de overkant van de straat sloeg een autoportier dicht en Gideon was onmiddellijk op zijn hoede. 'Neem de paraplu van me over,' zei hij terwijl hij hem in haar hand stopte zodat hij gemakkelijker bij zijn pistool kon.

Ze gehoorzaamde terwijl ze op haar hoede naar de jonge man keek die de straat overstak en in hun richting liep. Hij had een grote zwarte tas over zijn schouder. Zijn auto was een blauwe Prius en Gideon prentte het kenteken in zijn geheugen.

'Bent u Eleanor Dawson?' vroeg de man.

'Jezus christus,' mompelde ze. Op normaal volume vroeg ze: 'Wie wil dat weten?'

De glimlach van de man was charmant genoeg. Voor een slang. Gideon slikte wat een oprechte grom zou zijn geworden in.

'Ik ben Elliott Scott. Ik ben van Action News, Channel 7. Ik vroeg me af of ik het met u kan hebben over wat er gisteravond is gebeurd.'

Daisy naast hem verstijfde, maar Gideon was niet heel erg verrast. Het verbaasde hem meer dat het zo lang had geduurd voor de pers haar benaderde. Hij hield zijn linkerhand stevig op haar rug en stak zijn rechter omhoog. 'Dat is ver genoeg, meneer Scott.'

De man trok even aan de capuchon van zijn regenjas om Gideon beter te kunnen zien. 'En u bent?'

'Een vriend,' antwoordde Gideon kortaf. 'U moet blijven staan waar u staat. Nu.'

'Mevrouw Dawson?' drong Elliott aan en ondanks Gideons waarschuwing deed hij een stap naar voren. 'Klopt het dat u gisteravond bent aangevallen op J Street?'

'Geen commentaar,' zei ze. De man aarzelde bij het horen van de kracht in haar stem. Of misschien was het de blik van Gideon. 'Moeten we weer naar binnen gaan?' vroeg ze zacht aan Gideon.

Hij boog zijn hoofd om in haar oor te kunnen fluisteren en deed zijn uiterste best om zich op de huidige situatie te concentreren en zich niet te laten afleiden door hoe warm haar huid was. 'We kunnen eten laten bezorgen, maar dit is waarschijnlijk niet de laatste reporter die je af moet wimpelen.'

Ze ging op haar tenen staan om dichter bij hem te komen. 'Vind je dat ik met hem moet praten?'

'Dat is aan jou. Maar als je het doet, trek je misschien ongewenste aandacht. Aan de andere kant zou je kunnen vragen of iemand van hun kijkers misschien getuige was.'

Haar wenkbrauwen kropen naar elkaar toe. 'Aan jou heb ik niks.'

Hij grinnikte. 'In ieder geval staat hij in de regen terwijl jij een beslissing neemt.'

Ze wierp een blik op Elliott Scott, die geduldig stond te wachten. 'Hij maakt geen intimiderende indruk.'

'Hij is verslaggever. Dat zijn net kameleons. Hij kan zich voordoen als wie hij maar wil.'

'Ik zou op de veranda met hem kunnen praten. Ik laat hem niet binnen.'

Dat zou Gideon niet goed hebben gevonden, ook al had zij het gewild. 'Klinkt als een goed plan. Hou het kort. We hebben gereserveerd.'

Ze keek hem verrast aan. 'Hebben we gereserveerd?'

'Jazeker. Dat heb ik gedaan toen jij je aan het omkleden was.' Hij wendde zich weer tot de verslaggever. 'Ze wil met je praten, maar alleen op de veranda.'

Elliott negeerde hem en richtte zich tot Daisy. 'Dank u, mevrouw Dawson.' Hij liep achter hen aan de veranda op, waar hij een camera uit zijn schoudertas haalde. 'Mag ik u filmen?'

Daisy aarzelde. 'U laat mijn adres toch niet zien, hè?'

'Natuurlijk niet. Ik zal u laten zien wat ik heb opgenomen voor ik hier wegga, als u dat wilt.'

Ze ging rechtop staan. 'Oké. We kunnen dit maar beter achter de rug hebben, meneer Scott. Mijn vriend en ik hebben een restaurant besproken.'

Scott zette de camera op een driepoot en richtte de lens op Daisy terwijl Gideon ver genoeg aan de kant ging om buiten beeld te blijven. 'Mevrouw Dawson, kunt u ons vertellen wat er gisteravond is gebeurd?'

'Ik ben aangevallen door een man die een nylonkous over zijn hoofd had getrokken. Hij volgde me al een tijdje. Toen ik hem confronteerde, greep hij me bij mijn keel en sleurde me een steegje in. Hij had een pistool. Ik heb hem van me afgeschud en een vriendin belde het alarmnummer. Als iemand gisteravond daar in de buurt is geweest, laat de autoriteiten dan alstublieft weten of u mijn aanvaller hebt gezien. De man is ongeveer 1 meter 80, kaal, hij heeft donkere ogen en hij droeg een blauw nylon ski-jack en een spijkerbroek en brogues. O, en hij had een pet van de Giants op.'

'Dat moet angstaanjagend zijn geweest,' zei Scott meelevend. 'Hoe hebt u hem afgeschud? Was u niet bang?'

'Ik stond doodsangsten uit,' gaf ze toe. 'Maar ik ben getraind in zelfverdediging en oosterse vechtsporten. Het lukte me om hem voldoende te verwonden om te kunnen vluchten.'

'Dat was mazzel,' zei Scott en zijn medeleven was nu veranderd in bewondering.

'Nee, meneer, dat was voorbereid zijn,' verbeterde ze hem ernstig. 'Ik wás bang – dat is het punt. Maar ik train al een aantal jaar en mijn spiergeheugen nam het over. Ik moedig vrouwen aan een manier van zelfverdediging te kiezen en daaraan vast te houden. Denk niet dat je na één les zelfverdediging beheerst. Zelfs een doorgewinterde vechtsporter kan als het erop aankomt bang worden. Het is de training die meer telt dan wat dan ook.' Ze keek recht in de camera. 'Als u over informatie beschikt, bel dan alstublieft met rechercheur Rafe Sokolov of rechercheur Erin Rhee van het politiekorps van Sacramento. Dank u.'

Scott zette de camera uit. 'Nou, dat ging gemakkelijk. U hebt mijn montagewerk een stuk eenvoudiger gemaakt. U moet ervaring voor de camera hebben. U bent een natuurtalent.'

'Dank u. U zult mijn adres toch niet noemen, hè?' herhaalde ze.

'Nee, mevrouw,' zei hij op vriendelijke toon. Hij draaide de camera zo dat ze het scherm kon zien en speelde af wat hij had opgenomen zodat ze kon zien dat nergens een straatnaambord of een huisnummer te zien was alvorens hij de camera weer in de tas stopte. 'Dank u dat u met me hebt willen praten. Ik laat u nu naar uw etentje gaan.'

'Wacht,' zei Gideon toen Scott de trap af wilde lopen naar het trottoir. 'Hoe bent u aan de naam van mevrouw Dawson gekomen?'

'Van haar vriendin, Trish Hart.'

Daisy's wenkbrauwen schoten omhoog. 'Hoe komt u aan de naam van Trish?'

'Juiste plek, juiste moment. Ik was in de bar waar ze werkt en hoorde haar een van de andere serveersters vertellen over de aanval. Ik had vanochtend al over het incident gelezen in het dagelijkse politierapport, maar ik wist niet wie het slachtoffer was. Uw vriendin heeft me gewoon tijd bespaard. Ik zal het telefoonnummer van de meldkamer van de politie aan het einde van het item monteren. Hopelijk heeft iemand iets gezien wat u kan helpen.'

'Dank u,' zei Daisy opnieuw. 'Hou het droog.'

'Daar is het te laat voor.' Toen liep hij op een holletje naar zijn auto, stapte in en reed weg.

'Denk je dat hij mijn adres zal vermelden?' vroeg ze ongerust.

'Ik denk niet dat het er iets toe doet. Als iemand je wil vinden, dan lukt dat. Maar je moet tegen je vriendin Trish zeggen dat ze haar mond moet houden.'

'Ik was van plan woorden te gebruiken die een beetje kleurrijker zijn,' zei Daisy grimmig.

Gideon deed de paraplu open en stak zijn arm uit. 'Eten?'

Ze kwam soepel naast hem lopen en legde een moment dat veel te kort duurde haar hoofd tegen zijn schouder. 'Dank je. Ik dreigde daarnet even door te draaien.'

Hij liet zijn arm om haar middel glijden. Want dat voelde goed. 'Daar heb ik niks van gemerkt. Scott had gelijk. Je bent een natuurtalent.'

Ze lachte, hees en diep, en dit keer verzette hij zich niet tegen de rilling die door zijn lijf trok. 'Je wilde hem een oplawaai verkopen,' fluisterde ze luid.

'Op zijn gezicht,' bevestigde hij.

Ze keek op. 'Dank je. Dat je dat wilde. En omdat je het niet hebt gedaan.'

Hij trok haar een beetje steviger tegen zich aan. 'Tot je dienst. Laten we opschieten. Ik ben uitgehongerd.'

Vrijdag 17 februari, 18.45 uur

Hij deed hijgend een stap achteruit. Mevrouw Onbeschoft had net gedaan alsof, had net gedaan of ze nog steeds buiten westen was, terwijl ze zich in werkelijkheid oplaadde voor een gevecht.

Dat had hij haar gegeven. Nu lag ze vastgebonden op het bed in zijn kelder. Ze hijgde net zo hard als hij en door de tranen en het zweet liep haar mascara in strepen langs haar gezicht. 'Je ziet eruit als het overschot van een gothfestival,' zei hij. 'Je krijgt er spijt van dat je me zo hard hebt laten werken.'

Want nu moest hij naar háár toe. Ze had hem al drie keer een sms'je gestuurd. WAAR BEN JE? Toen IK BEGIN BOOS TE WORDEN. En ten slotte ALS JE NOG NIET DOOD BENT, DAN ZOU JE WENSEN DAT JE DAT WAS.

Een dezer dagen zou ze willen dat zíj dood was, gromde hij inwendig. Maar hij zei de woorden niet hardop, want hij was bang dat hij nooit in staat zou zijn om dat ten uitvoer te brengen. Maar het in zijn hoofd horen van de loze bedreigingen gaf hem het gevoel minder een mislukkeling te zijn.

Mevrouw Onbeschoft keek minachtend naar hem op, ook al bleven de tranen over haar wangen stromen. 'Ik krijg helemaal nergens spijt van, klootzak.'

De rug van zijn hand deed pijn toen die in contact kwam met haar kaak, maar haar gil van pijn deed een heleboel om dat ongemak te verminderen. 'Daar moet je je verontschuldigingen voor aanbieden.'

Haar kin kwam naar voren. 'Nee.'

Hij keek glimlachend op haar neer. 'Ik ben blij je dat te horen zeggen,' zei hij zacht. 'Het zal zo leuk zijn om je te breken. Veel beter dan de vorige. Die brak als een goedkope stoel.' Hij zag haar verbleken, boog zich voorover, en zijn glimlach verbreedde. 'Rustig. Je zult je kracht nodig hebben. Ik zal –'

Hij schoot naar achteren toen er speeksel op zijn gezicht belandde. Zijn vuist was al op haar jukbeen terechtgekomen voor hij het doorhad en hij haalde een beetje voldoening uit haar zachte gekreun. Hij veegde zijn gezicht af aan zijn mouw en pakte zijn mes.

Hij moest toch al douchen voor hij naar Sydney ging. Wat maakte een beetje meer lichaamssap dan uit? Het ene functionerende oog van mevrouw Onbeschoft werd groot van angst.

'Nee,' fluisterde ze.

'Zeg alsjeblieft,' reageerde hij luchtig.

'Alsjeblieft,' bracht ze uit.

'Zeg dat het je spijt,' zei hij op zangerige toon.

Haar goede oog ging dicht. Het andere sloot al uit zichzelf. 'Nee.'

Hij knipperde een beetje verrast met zijn ogen. 'Waarom niet?'

Haar oog ging weer open en ze staarde hem recht aan. 'Ik heb voor het laatst "Het spijt me" gezegd. Tegen jou of tegen wie dan ook. Je gaat me toch vermoorden. Doe het nou maar gewoon.'

Hij moest het haar nageven. Ze was goed. Ze had hem bijna zover dat hij terugkrabbelde. 'Je bent iemands chef geweest,' zei hij en hij liet haar de bewondering in zijn stem horen. 'Dat was een heel goede tactiek van machtsverhoudingen omdraaien.'

Hij wreef met zijn hand over haar buik, voelde de huivering en toen het samentrekken. Hij nam het mes en ging met de punt over haar huid, net diep genoeg om een dun streepje bloed te laten ontstaan.

s.

Ze lag te hijgen toen hij overeind kwam en haar goede oog vulde zich met tranen die ze dapper niet probeerde te vergieten. Ze was dapper, dat moest hij toegeven. Hij maakte zijn handen schoon en zocht vervolgens in zijn zak naar haar identiteitsbewijs. Hij had haar tas en telefoon naast de huurauto op het parkeerterrein bij de bar in Eagle laten liggen en alleen haar rijbewijs meegenomen.

'Mevrouw Zandra Jones uit Providence, Rhode Island. Je was vanmiddag ver van huis, Zandra.'

Ze zei niets. Haar adem ging raspend in en uit haar longen.

'Wat ik wilde zeggen toen je me zo onbeleefd onderbrak is dat ik je even alleen moet laten. Maar ik kom terug.' Hij liep naar de deur, maar draaide zich toen om om nog eens naar haar te glimlachen. 'Schreeuw maar zo veel je wil. Niemand kan je horen. Niemand heeft mijn gasten ooit gehoord.'

Hij hoorde net toen hij de deur dichtdeed een snik. Toen begon zijn telefoon te zoemen en zijn humeur kelderde. WAAR BÉN JE? ALS JE ME NIET BINNEN 30 SECONDEN BELT, DAN GA IK TELEFOONTJES PLEGEN DIE JE NIET GEPLEEGD WIL HEBBEN.

Het was alsof er in zijn hersenen een schakelaar werd omgezet en hij werd teruggevoerd naar zijn kwetsbaarste ik. Hij toetste met trillende vingers het nummer in, ook al wist hij – hij wíst het – dat ze haar dreigement niet zou waarmaken.

Maar zijn lichaam was in beweging en negeerde het geschreeuw in zijn hersenen dat hij moest stoppen. Moest nadenken.

'Waar zit je, verdomme?' kefte ze tegen hem zonder de moeite van een begroeting te nemen.

Hij stapte over Mutt heen, waardoor hij opnieuw moest denken aan Pavlov en zijn honden. *Dat is wat ik ben. Als zij zegt: zit, dan ga ik zitten.* Hij keek bijna omlaag om te zien of hij nog wel ballen had, want het voelde beslist aan alsof ze die jaren geleden al had afgesneden.

Niet dat ze nog nooit had gedreigd dat te zullen doen. *Bitch.*

'Ik had autopech,' loog hij.

'Je had moeten bellen.'

Zijn voeten bleven in beweging, met Mutt achter zich aan de trap op. 'Ik weet het. Het spijt me. Ik kom zo snel ik kan.'

'Zorg daar maar voor.' Het gesprek eindigde abrupt en hij zuchtte diep.

Ik moet haar vermoorden. Ik moet haar hierheen sleuren en haar vermoorden.

Maar hij wist dat als puntje bij paaltje kwam hij dat niet zou doen. Hij was in de loop der jaren honderden keren in de gelegenheid geweest. Misschien wel duizenden keren. Elke keer dat ze voldaan in haar bed lag.

Hij overwoog het elke keer wanneer dat het geval was, maar hij had nog nooit een hand tegen haar opgeheven.

Psychologische spelletjes. Hij was boven aan de trap toen zijn telefoon opnieuw begon te zoemen. Hij keek bang voor wat hij te zien zou krijgen naar het scherm. Maar het was geen sms.

Het was een Google Alert over J Street. Die had hij die middag ingesteld nadat hij op het nieuws naar de gebeurtenis had gezocht en niets had gevonden. Maar nu was het er. Hij ging op de rand van zijn bed zitten en klikte op de link naar Action News en de een of andere verslaggever die Elliott Scott heette.

Scott stond bij de ingang van de steeg waar hij dat blondje de avond ervoor in had gesleurd. Hij hield zijn adem in terwijl hij op het laatste nieuws over de zaak wachtte.

Ze heette Eleanor Dawson. Eleanor. Dat was een mooie naam. Ouderwets. Maar de vrouw van de avond ervoor was allesbehalve ouderwets geweest. Ze had gevochten als een tijgerin. Zijn ballen hadden nog uren pijn gedaan.

En daar was ze. Het blondje. Ze droeg een zwarte wollen jas en ze had haar haar over één schouder hangen. Het haar had lekker geroken. Naar amandelen.

Ze stond op de veranda aan de voorkant van een huis. Met twee vingers probeerde hij in te zoomen om het adres te kunnen zien, maar er was geen huisnummer zichtbaar. En toen begon ze te praten met haar hese, een beetje schorre stem en hij had het gevoel dat hij die eerder had gehoord. Hij had haar de avond ervoor niet zo heel goed gehoord. Ze had maar een paar woorden gezegd en die hadden gesmoord geklonken.

Want hij was bezig geweest haar te wurgen.

'De man is ongeveer 1 meter 80, kaal, hij heeft donkere ogen en hij droeg een blauw nylon ski-jack en een spijkerbroek en brogues. O, en hij had een pet van de Giants op,' zei ze duidelijk in de camera, zonder een spoortje nervositeit, alsof ze elke dag voor de camera sprak.

Ze had veel aan hem opgemerkt, dacht hij een beetje gealarmeerd. *Tot en met mijn schoenen.* Hij staarde naar de brogues aan zijn voeten. *Shit.*

Maar ze kon geen beschrijving geven van zijn gezicht, dus de kous was nuttig geweest. Tot dusver alles goed.

En toen had ze het erover dat ze zelfverdediging had getraind tot ze spiergeheugen had ontwikkeld. *Krijg nou de kolere.* Hij sloeg zijn ogen ten hemel. Dat had hij niet verwacht.

Toen de verslaggever klaar was met zijn item opende hij een browser op zijn computer en tikte 'Eleanor Dawson' in. Wauw. Er waren een heleboel Eleanor Dawsons. Hij had geen tijd om alle resultaten na te trekken. Hij moest naar Sydney.

Hij douchte, schoor zich en trok mooie kleren aan. Elke handeling bracht hem dichter bij het moment waar hij elke keer dat hij gedwongen was haar wil te doen vreselijk tegen opzag.

Al zestien jaar lang.

Tegen de tijd dat hij Mutt een klopje op zijn kop gaf, ging zijn maag hevig tekeer. *Ooit*, beloofde hij zichzelf. Ooit zou hij haar vermoorden en Mutt haar botten laten afkluiven.

'Let op het huis, jongen,' zei hij zacht. 'Ik kom terug.'

Vrijdag 17 februari, 18.50 uur

Zandra staarde naar het plafond en probeerde haar paniek te onderdrukken. *Stom, stom, stom. Hoe kon ik zo ontzettend stom doen?* Ze dronk nooit. Niet genoeg om dronken te worden, in ieder geval. Die ene keer...

En dat overkwam haar steeds. Die ene keer dat ze te hard reed, kreeg ze een bon. Die ene keer dat ze haar geld in aandelen belegde, ging dat aandeel onderuit. Die ene keer dat ze haar hart in de waagschaal stelde? Ze dwong de snik om binnen te blijven. *Niet nu. Later.* Wanneer ze vrij was.

Maar ze zag nog steeds het beeld van James en Monica voor zich... Ze zag hen nog steeds kronkelen in bed. *Mijn bed.* Dat van haar en James. Haar verloofde en haar beste vriendin. *Dat is de openingsscène van een romantische komedie*, dacht ze bitter.

En nu ben ik in een horrorfilm beland. De paniek stak de kop weer op en ze slikte moeizaam. *Je zult niet in paniek raken. Je zult ontsnappen. En dan ga je ervoor zorgen dat die psychopathische klootzak voor de rest van zijn leven achter de tralies verdwijnt.*

Na zes jaar proces voeren voor het Openbaar Ministerie wist ze beslist hoe ze de kansen op een langdurige straf voor hem kon vergroten.

Zeg sorry. 'Val dood,' bracht ze uit. Dat waren de woorden die over haar lippen waren gekomen toen ze verstijfd in de deuropening stond van de slaapkamer in het chalet. Toen James het lef had om tegen haar te gillen omdat ze zomaar binnen was gekomen.

Sorry zeggen. Sorry zeggen? Echt waar? Bekijk het. Het was mijn kamer!

Ze trok aan de touwen waarmee ze aan het bed was vastgebonden. De knopen waren vakkundig gelegd en ze voelde zich weer moe worden nu de adrenaline uitgewerkt begon te raken. Er moest een manier zijn om te ontsnappen aan deze... plek. Waar ze ook was. Maar wat ze ook deed, ze ging echt niet sorry tegen hem zeggen. Ze had het gevoel dat dat het startschot was voor de man. Dat als ze dat eenmaal zei, hij geen gebruik meer voor haar had. Dan zou hij haar vermoorden. Want hij had het eerder gedaan. *Niemand heeft mijn gasten ooit gehoord.*

De werkelijkheid drong als een stormram door haar façade van dapperheid, beukte die aan splinters, en ze werd overmand door angst. *God. Ik ga dood. Laat me alstublieft niet doodgaan.*

Vrijdag 17 februari, 19.00 uur

Het restaurant zat stampvol tegen de tijd dat Gideon de deur openhield voor Daisy en hen beiden uit wat inmiddels een gestage regen was geworden verloste. Hij zette de glitterparaplu in een bak bij de deur en wendde zich naar de gastvrouw om hun namen te geven.

'Gideon! Daisy!'

Ze draaiden zich gelijktijdig om en zagen Rafe en Sasha naar hen zitten te zwaaien vanuit een compartiment tegen de muur. Met hun blonde haar, blauwe ogen en identieke ondeugende glimlach was er geen twijfel dat ze broer en zus waren.

En nu hebben ze ons samen gezien met mijn hand op haar rug. Gideon wilde Daisy niet loslaten en hij zette zich schrap voor de ongenadige plagerijen die zouden volgen. Dat was een van de mindere extraatjes die adoptie door de Sokolovs met zich meebracht.

'Wat doen jullie hier?' vroeg hij toen ze bij het tafeltje waren.

Sasha keek veelbetekenend naar haar bord. 'Dat is een nieuwigheid dat ze eten noemen, Gideon.' Ze klopte op de bank naast haar. 'Ga zitten, DD.'

Gideon verborg zijn teleurstelling dat hij Daisy met de Sokolovs moest delen en ging naast Rafe zitten, die zijn telefoon naar hem toe schoof zodat Gideon het scherm kon zien.

Het was het interview met Elliott Scott.

'Wauw, dat heeft hij snel online gezet.' Gideon keek Daisy over de tafel aan. 'Je bent officieel een kleine internetsensatie.'

'Ik dacht al dat het hem niet veel tijd zou kosten,' zei ze filosofisch. 'Hij leek zijn zaakjes goed voor elkaar te hebben. Hij was glad.' Ze leek onaangedaan maar het menu trilde in haar handen toen ze het opensloeg. 'Ik wil de Dronken Mie. Als ik niet dronken mag worden, dan in ieder geval mijn pasta wel.'

'Je klonk goed,' zei Sasha en ze klopte haar op de arm. 'Hopelijk zal dit de rest van de aasgieren weghouden.'

Gideon wisselde een blik met Rafe en zag dat zijn vriend dat net zomin geloofde als hij.

'Heb je die zaak waarvoor je werd weggeroepen afgehandeld?' vroeg Daisy aan Rafe. Ze wilde duidelijk over iets anders praten dan haar interview.

Rafe schudde zijn hoofd. 'Ik heb even pauze om te eten. Ik moet straks weer op pad.'

'Gaat het om moord?' vroeg Sasha meelevend.

'Een vermissing,' zei Rafe kortaf. 'Blijkt dat een alleenstaande moeder bijverdiende als prostituee als aanvulling op haar inkomen van haar werk bij een bakkerij. Haar familie had geen idee. Ze had hun verteld dat ze nachtdienst draaide in een kruidenierszaak. Toen ze niet kwam opdagen om haar kleine meid op te halen zijn de grootouders van het slachtoffer haar vrienden gaan bellen, het ziekenhuis en zelfs het mortuarium. Uiteindelijk kregen ze een vriendin te pakken die wist wat het slachtoffer aan het doen was geweest. Die is gaan zoeken in de wijk waar de vermiste vrouw werkte en vond haar rugzak met haar portemonnee en telefoon er nog in. Zij heeft het gemeld.'

'Arme familie,' zei Sasha zacht. 'Twee keer op één dag een klap te verwerken krijgen – eerst haar verdwijning en dan haar prostitutie. Arme kleine meid.'

Rafe knikte met een grimmig gezicht. 'Ik was kapot van de tranen van het kind. Ze is nog ziek ook. Taaislijmziekte. Ze moet een longtransplantatie ondergaan.'

Sasha maakte een gepijnigd geluid. 'Verdomme. Was dat de reden dat de moeder was gaan tippelen?'

'Waarschijnlijk. Waar het om gaat is dat als het kind er niet was geweest, we dit nooit in beeld hadden gekregen. Dat ze haar kind niet is komen halen was de enige reden dat dit niet werd gezien als een gewoon geval van weglopen of een prostituee die ergens aan de meth zit.' Rafe zat met zijn eten te spelen. Hij had er niet veel van gegeten. 'Ik heb bewakingsbeelden van zaken in de buurt van waar ze is verdwenen, maar ik ben niet erg hoopvol gestemd. De meeste camera's hingen onder een verkeerde hoek en de enige die iets heeft opgepikt is zo oud dat het beeld waardeloos is. Het lab is op dit moment bezig die op te kalefateren. Het is altijd zo moeilijk voor de families. Ze willen antwoorden, maar ik weet niet of ik die wel voor ze heb.'

'Ze wachten af en hopen,' zei Sasha verdrietig. 'Het ziet er niet goed voor haar uit.'

'Nee.' Rafe's stem schuurde bij dat ene woord. 'En meestal als ik wel antwoorden heb, dan is dat wat de familie het meeste vreest.'

Gideon had ook zijn deel van dergelijke zaken gehad. Ze liepen zelden goed af. Hij kneep in Rafe's schouder en merkte toen dat Daisy heel erg stil was geworden en haar mond tot een dunne streep was dichtgeknepen. 'Wat is er aan de hand?'

Sasha's hand vloog naar haar mond en zowel Rafe als zij keek ongemakkelijk. En schuldbewust. 'Het spijt me, DD,' fluisterde Sasha. 'Ik dacht er niet bij na.'

Daisy schudde haar hoofd en forceerde een glimlach. 'Nergens voor nodig.' Ze slaakte een bevende zucht. 'Mijn familie heeft twee maanden op nieuws zitten wachten toen mijn zus Carrie vermist werd. Ze was van huis weggelopen en we wisten niet waarheen.'

'Ze is niet thuisgekomen,' begreep Gideon toen hij zich herinnerde dat ze de avond ervoor de verleden tijd had gebruikt toen ze hem vertelde dat het wachtwoord van haar telefoon de geboortedatum van haar zus was.

'Nee,' antwoordde Daisy met zachte stem. 'Het verscheurde ons gezin. Ik mis haar zo ontzettend.'

'Ik mis haar ook,' zei Sasha en plotseling begon ze zachtjes te grinniken. 'Weet je nog, dat kampeertochtje toen ze met de zaklamp op die hand van Kapitein Haak scheen die we in Disneyland hadden gekregen?'

Daisy's ogen begonnen te twinkelen en er verscheen een ondeugende glimlach om haar lippen. 'Op de tent van de jongens. Ze dachten dat het de haakman van de legende was. Ze kwamen gillend naar buiten, in hun ondergoed.'

Sasha lachte nu uit volle borst. 'En Meg...'

Daisy deed met haar mee en ze lachten tot ze niet meer konden. 'Meg stond klaar met de slang en spoot ze helemaal onder toen ze de tent uit kwamen. Jouw zus heeft die van mij meegesleept, denk ik. Het was Carrie's haakhand.'

Rafe kon er niet om lachen. 'Het was niet grappig. We hadden wel longontsteking kunnen krijgen.'

'Het was augustus,' snoof Sasha. 'O man, Meg kreeg daarvoor zo op haar duvel van mama.'

'En terecht,' zei Rafe, maar zijn lippen trilden nu ook.

'En nu is Meg bij de politie en heeft zelf drie kinderen.' Daisy veegde haar ogen droog.

'Ik hoop dat haar kinderen net zo lastig zijn als zij was,' zei Rafe plechtig.

'Ik denk dat je moet uitkijken dat je wensen niet als een boemerang op je terugkomen,' zei Gideon tegen Rafe, opgelucht dat Daisy's ogen weer blij keken. Of in ieder geval niet meer zo triest. 'Als je ooit kinderen krijgt, dan hebben ze al een strafblad voor ze van de kleuterschool zijn.'

'Ik was een engeltje,' beweerde Rafe. 'De enige die naar een engel is vernoemd, als je het weten wil.'

Sasha snoof. 'Blijf dat maar geloven, maar het universum houdt de score bij, Raphael.'

Hij keek zijn zus grijnzend aan. 'In dat geval ben jíj verdoemd.' Zijn telefoon ging over en hij keek zuchtend op het scherm. 'Het werk roept. Ik moet ervandoor.'

Gideon stond op zodat Rafe uit het compartiment kon glijden. 'Iets over Daisy's zaak?' mompelde hij zo zacht dat zij het niet kon horen.

Rafe schudde zijn hoofd en antwoordde fluisterend: 'We hebben navraag gedaan in dat gebied, maar niemand kan zich een man herinneren die aan Daisy's beschrijving voldoet. Er waren geen bewakingscamera's. Ik weet niet of hij dat op voorhand wist of dat hij gewoon mazzel heeft gehad. Hij moet die kous hebben afgetrokken op het moment dat hij op de vlucht sloeg, maar we hebben hem niet kunnen vinden. Het lab heeft achterstand. Het duurt zeker een week voor de huid van onder haar nagels geanalyseerd kan worden. Tad is ontslagen bij de radio vanwege die ongein in de uitzending van vanochtend, dus dat is vooruitgang.'

'Dat is goed nieuws. Die vent is een eikel.' Gideon aarzelde. 'Ik heb de foto van Eileen naar een vriend die politietekenaar is gestuurd.'

'Verouderingssimulatie? Mooi. Ik heb hetzelfde gedaan, maar ik zal op mijn beurt moeten wachten en het kan dagen duren voor onze tekenaar eraan toekomt. Stuur me door waar jouw mannetje mee komt.'

'Doe ik. Hoe zit het met die man op de foto? Die Daisy in elkaar heeft gezet?'

Rafe keek hem aan. 'Wie was hij?' vroeg hij met gedempte stem. 'En het gaat niet om zijn naam. Die heeft Daisy me al gestuurd. Wat betekende hij voor jóú?'

Gideon keek om zich heen, maar niemand besteedde aandacht aan hen. 'Kun je je de littekens op mijn rug herinneren?' vroeg hij in de wetenschap dat Rafe dat zeker zou doen.

Rafe verstijfde. 'Ik snap het. Ik zal het lab vragen de gezichtsherkenning erop los te laten voor het geval hij ergens is opgedoken, maar nogmaals, ik zal op mijn beurt moeten wachten. Cindy zegt dat het haar een paar dagen kost voor ze zover is dat ze kan proberen er een vingerafdruk op te vinden. Ze doet het voor en na haar normale werk.'

Gideon begreep het heel goed. Zo'n groot deel van zijn werk bestond uit wachten tot andere mensen de informatie hadden verwerkt. Hij haatte wachten. Hij haatte het nu meer dan gewoonlijk, omdat het al snel persoonlijk was geworden. Ook als er geen sprake was geweest van het medaillon, dan nog voelde Gideon de allesoverheersende behoefte om Daisy Dawson te beschermen, de vrouw die hem liet glimlachen.

'Zeg tegen Cindy dat ik het waardeer,' zei hij. Rafe zwaaide ten afscheid en Gideon gleed weer op de bank en wenkte een serveerster.

Toen ze hadden besteld legde Sasha een paar bankbiljetten op tafel. 'Dit dekt het eten van Rafe en mij,' zei ze. 'Als jullie me willen excuseren?' Ze maakte een wegwuivend gebaar naar Daisy.

Daisy staarde haar aan. 'Ga je weg? Waarom?'

Sasha knikte in de richting van Daisy en knipoogde toen naar Gideon. 'Ik heb geen zin om het vijfde wiel aan de wagen te zijn. Bovendien heb ik een afspraakje.'

Daisy liet haar het compartiment uit. 'Met wie?' vroeg ze achterdochtig terwijl ze weer ging zitten.

Sasha wiebelde met haar wenkbrauwen. 'Sexy schoolbibliothecaresse. We gaan de rotswand in de sportschool beklimmen.' Sasha drukte een kus op Daisy's wang en toen een op die van Gideon. 'Veel plezier jullie twee. Doe geen dingen die ik ook niet zou doen.'

'Er is maar heel weinig wat je niet zou doen,' zei Gideon droog.

Sasha knipoogde opnieuw. 'Weet ik.'

Toen ze weg was liet Daisy haar adem ontsnappen. 'Nou. Ik heb het gevoel dat ik net een tornado heb overleefd.'

'Orkaan Sasha,' zei Gideon met een lichte grijns. 'Ze is een bliksemschicht in een flesje.'

'Dat was ze voor we naar de boerderij gingen nog niet.' Daisy keek een beetje verdrietig. 'Ik heb haar ontpoppen gemist.'

Vreemde woordkeuze, dacht Gideon. 'Wat?'

'Uit haar cocon. Ze is nu net een schitterende vlinder, maar destijds was ze stil en teruggetrokken.' Daisy hield haar hoofd schuin. 'Ze vertelde me dat jullie vaak samen in haar hoekje op zolder zaten. En dat ze bij jou voor het eerst uit de kast is gekomen.'

'Dat was...' Een van de meest bijzondere moment van zijn hele leven. Hij voelde zich opgenomen. Lid van de Sokolovclan. Vertrouwd. 'Fijn,' maakte hij af. *Fijn?* Hij rolde inwendig met zijn ogen.

Ze keek hem glimlachend aan, alsof ze de woorden hoorde die hij niet hardop leek te kunnen uitspreken. 'Ze aanbidt je, weet je. Ze beweert dat dat alleen maar was toen ze nog klein was, maar ik weet bijna zeker dat er niets is veranderd. Het is maar dat je het weet. Jij was de broer die ze nodig had.'

Gideon slikte moeizaam. 'Dank je. Dat is...'

Haar glimlach werd breder. 'Fijn? Ja, dat is het.' Haar glimlach vervaagde toen haar telefoon oplichtte omdat er allerlei sms'jes binnenkwamen. 'Mijn wereld heeft het nieuws gezien. Irina, Karl, mijn vader, Taylor. Wauw. Zelfs mijn zus Julie.' Een mondhoek kwam omhoog. 'Ze kan echt steeds beter met haar telefoon overweg.'

'Dat is je zus met spastische verlamming?'

'Ja.' Daisy vond een foto op haar telefoon. 'Dat zijn wij afgelopen zomer.'

Drie vrouwen en een klein meisje stonden te lachen voor de camera. Daisy hield haar arm om een lange brunette die het kleine meisje tegen zich aan gedrukt hield. Het drietal stond om een derde vrouw in een rolstoel gegroepeerd. 'Taylor, Julie en Cordelia?'

'Ja. De verloofde van Taylor heeft de foto genomen.' Haar mobieltje zoemde nog een paar keer en ze zuchtte. 'Nu krijg ik berichten van alle mensen die ik ken van mijn vrijwilligerswerk. En van mijn sponsor. Ze willen allemaal weten hoe het met me gaat.' Ze keek naar hem op met een verwarde blik in haar ogen. 'Maar ik weet niet wat ik tegen ze moet zeggen.'

'Misschien moet je ze voorlopig alleen maar vertellen dat het goed gaat met je en dat je het aan het verwerken bent.'

'Dat is prima. Het gaat goed en ik ben het aan het verwerken.'

Hij keek toe toen ze haar berichten beantwoordde terwijl ze op haar onderlip beet. Ze concentreerde zich, maar niet op dezelfde manier als toen ze de puzzel aan het leggen was. Die uitdrukking was er een van plezier geweest. Deze niet.

'Ik vind het vreselijk dat ze zich zorgen om me maken,' zei ze terwijl ze haar ogen naar hem opsloeg. 'Ze zijn allemaal bang dat ik weer een borrel pak, maar niemand behalve mijn sponsor durft dat te vragen. Ze draaien er maar omheen.'

'Ze houden van je,' zei hij zacht.

'Dat weet ik. En ik weet dat ik geluk heb.'

'Of dat je het verdient.'

'Dat hoop ik. Ik wil dat ze trots op me zijn. Ik wil dat ík trots op mezelf ben.'

Dat was een gevoel dat hij maar al te goed kon begrijpen. Ze richtte haar aandacht weer op haar mobieltje en beantwoordde de overgebleven berichten, door in elk dezelfde boodschap te knippen en te plakken en *Ik hou van je* toe te voegen aan die aan haar vader en zussen. Daarna veegde ze over haar scherm en fronste haar voorhoofd bij wat ze zag.

'Ik hoop niet dat je de commentaren op dat artikel over jou zit te lezen,' zei Gideon. 'Dat is nooit gezond.'

Ze schudde haar hoofd. 'Nee. Ik zocht naar informatie over die zaak waar Rafe over vertelde. Die vermiste vrouw met dat dochtertje. Maar er is niets.' Ze keek op en haar ogen stonden weer vol wanhoop. 'Waarom?'

Hij haalde zijn schouders op. 'Misschien wilden de ouders geen publiciteit. Misschien hebben de verslaggevers het nog niet gehoord.'

'Of misschien omdat ze prostituee was,' zei Daisy effen.

Hij knikte, want dat was waarschijnlijk de beste verklaring. Het publiek was niet geïnteresseerd in verdwenen prostituees, zelfs niet als ze probeerden geld bij elkaar te krijgen voor de gezondheidszorg van hun kind.

De serveerster bracht hun maaltijd en ze aten in stilte. Geen ongemakkelijke stilte. Gewoon... peinzend. Daisy duwde haar bord van zich af toen ze klaar was en legde haar armen over elkaar geslagen op tafel. 'Wat gaan we nu doen, Gideon?'

'Terug naar jouw flat en tv-kijken.'

Ze schudde haar hoofd. 'Dat bedoelde ik niet.'

Dat had hij wel gedacht. 'Wat bedoel je dan, Daisy?'

Ze keek hem recht in de ogen. 'Wat gaan we doen om Eileen te vinden? En Ephraim Burton?'

Hij kromp alleen al bij de gedachte aan de man ineen. Toen ademde hij langzaam uit en bracht zichzelf in herinnering dat hij geen jongen van dertien meer was en doodsbang.

Haar vingers streken even over zijn hand en hij realiseerde zich dat hij die tot een vuist had gebald. En dat hij zijn blik had neergeslagen naar zijn lege bord. *Kut.* Zijn wangen werden rood van vernedering.

Ik ben geen kind. Ik ben niet bang. Ik ga hem zoeken en...

En dan, Gideon? vroeg het stemmetje in zijn hoofd. Niet spottend. Eerder... nieuwsgierig. *Dan zet ik het hem betaald.* Van dat feit was hij honderd procent overtuigd.

Over hóé hij dat moest bewerkstelligen had hij geen flauw idee.

Daisy schoof haar bord aan de kant zodat ze zich voorover kon buigen en beide handen op die van hem kon leggen. Haar huid voelde warm en haar handen waren zo klein. Maar zo vaardig. Dit was geen vrouw die wegliep voor het gevaar of voor het leven zelf. Ze stortte zich er vol overgave in en droeg het hart op de tong, ook als dat pijn deed.

Hij wilde wat van dat hart. Terwijl hij naar haar handen op die van hem staarde, vroeg hij zich af hoe het zou zijn. Om iemand te hebben die hem met beide benen op de grond hield wanneer hij dat het meeste nodig had.

'Gideon,' fluisterde ze.

Hij keek op. Het medelijden waar hij bang voor was geweest was niet te zien. In plaats daarvan was er een vastberadenheid die geen verrassing had moeten zijn. 'Ik weet het niet goed,' fluisterde hij terug. 'Ik weet niet waar ik moet beginnen.' En dat joeg hem de stuipen op het lijf.

Hij wist altijd waar hij moest beginnen. Hij had het gevoel alsof hij in het holst van de nacht zonder kompas midden in een woestijn was gedropt. Zo voelde hij zich anders nooit.

Niet sinds hij zeventien jaar eerder achter een busstation was achtergelaten, gebroken en gewond, zonder familie, zonder identiteitsbewijs, zonder geld. En zich afvragend wat er met hem ging gebeuren.

En plotseling wist hij het antwoord.

'Dat is waar we naartoe gaan,' mompelde hij.

'Waarheen?' vroeg ze op vriendelijke toon.

'Naar het busstation. In Redding.'

Ze knipperde met haar ogen. 'Waarom?'

'Omdat dat de plek is waar ik heen ben gebracht.'

'Gebracht,' herhaalde ze behoedzaam. 'Na wat?'

'Nadat ik aan de sekte was ontsnapt.' Hij sloot zijn ogen. *Verdomme.* Hij was niet van plan geweest om dat te zeggen. Waarom was deze vrouw in staat woorden uit zijn gedachten te trekken?

Hij deed zijn ogen open en zag haar niet verraste blik op de zijne gericht. 'Eden?' vroeg ze.

'Ja. Het was een religieuze gemeenschap.'

'Waar meisjes op hun twaalfde werden uitgehuwelijkt,' zei ze met een strak gezicht, 'en volwassen mannen tieners mochten mishandelen.'

Onder meer. 'Hoe wist je dat ik destijds een tiener was?'

'Omdat je tegen mijn vader hebt gezegd dat je de Sokolovs al zestien jaar kent. Als je ze eerder had leren kennen, zou ik je zelf hebben ontmoet. Sasha zei dat je Rafe op school hebt leren kennen en hij is dertig. Ik kan wel een beetje rekenen.'

Hij moest bijna glimlachen. 'Ik denk dat je wel meer kunt dan een beetje rekenen. Je paste dat allemaal in elkaar alsof je weer een puzzel aan het leggen was.' Ze gaf geen antwoord, hield alleen haar hoofd schuin en wachtte tot hij haar meer zou vertellen. 'Ik ontsnapte toen ik dertien was. Ik belandde in het busstation in Redding voor ik werd... overgebracht naar Sacramento.' Per ambulancehelikopter, maar daar wilde hij het nu niet over hebben. Niet op zo'n openbare plek. Niet wanneer haar vragen meer informatie uit hem zouden trekken die hij voor zichzelf wilde houden.

'Redding wordt het, dus.'

Hij maakte een van haar handen los en wenkte de serveerster. 'Juffrouw? De rekening, alstublieft.'

10

Sacramento, vrijdag 17 februari, 20.00 uur

Daisy keek op naar Gideon terwijl ze onder de paraplu die hun een schijn van privacy gaf naar haar huis wandelden. De manier waarop hij zijn arm om haar heen had geslagen en die haar aanmoedigde op zijn schouder te leunen deed haar wensen dat ze kon vergeten waarom hij er was.

Omdat iemand gisteravond heeft geprobeerd me te vermoorden. En die iemand was op de een of andere manier via het medaillon verbonden met Gideons verleden.

Redding. Eden. De sekte. Ze was niet verrast geweest toen ze hem die woorden hoorde uitspreken. Hij leek eerder verrast dat hij ze had gezegd.

De man was géén kluis. Een klein deel van haar wilde geloven dat hij alleen bij haar zo was, maar dat kon ze zichzelf niet toestaan te geloven. Nu nog niet.

Dit was een kunstmatige situatie. Ze waren bij elkaar gegooid in een periode vol hevige stress en kwetsbaarheid – voor hen allebei. Emotioneel verbonden raken met een man was op dit moment niet zo slim.

Daisy wilde graag geloven dat ze slim was, maar diep vanbinnen wist ze dat de lange blikken die ze hadden gewisseld, de lichte aanrakingen die hun allebei troost leken te brengen, niet zonder betekenis waren. Misschien had Irina het bij het rechte eind. Misschien zouden ze heel goed bij elkaar passen.

Niet dat Daisy van plan was dat toe te geven aan de koppelaarster, hoe lekker haar pirosjki ook waren. *Pirosjki.* 'Shit,' mompelde ze.

Gideon was onmiddellijk alert en zijn hoofd draaide alle kanten op. Niet dat hij eerder niet waakzaam was geweest. Ze was zich ervan bewust geweest dat zijn blik vanaf het moment dat ze haar appartement hadden verlaten alles en iedereen in hun omgeving opnam. Maar nu stopte hij de paraplu in haar hand. 'Hou vast,' zei hij kortaf en hij tastte naar zijn pistool.

Ze gehoorzaamde, maar reageerde meteen. 'Hola, mister G-Man. Er is niets aan de hand. Ik herinnerde me alleen dat ik Irina's pirosjki niet in de koelkast heb gezet en dat is waardeloos, want nu moet ik ze weggooien terwijl ik ze had kunnen opwarmen voor op zijn minst nog één maaltijd. Dus je kunt op de plaats rust of zoiets.'

Hij ontspande een beetje en nam de paraplu weer van haar over. 'Mister G-Man?'

Ze haalde haar schouders op. '"Speciaal agent Reynolds" duurt veel te lang om te zeggen.'

'Dat zal wel. Maar maak je geen zorgen, ik heb het eten in de koelkast gezet zodat je geen *E. coli* oploopt.'

Het woord 'E. coli' werd op zo'n onheilspellende manier uitgesproken dat ze glimlachte. 'Dat was aardig van je. Dank je.'

'Tot je d–' Hij zweeg en zijn gezicht verstrakte. 'Je hebt gezelschap.'

Ze waren net de hoek om geslagen haar straat in en zagen twee busjes van tv-zenders langs de weg tegenover Rafe's huis geparkeerd staan.

'Shit,' mopperde ze opnieuw. 'Ik wil niet met ze praten. Hoe vaker ik dat doe, hoe groter de kans wordt dat ze erachter komen wat mijn dagelijks werk is. Ik hoopte die twee zaken gescheiden te houden.'

'Waarom?'

'Ik rolde zo in mijn baan bij de radio omdat Boomer ziek werd, maar ik vind het echt leuk. Ik wil niet Daisy Dawson het slachtoffer zijn. Ik wil niet dat dat het eerste is waar mensen aan denken. Ik wil dat ze denken: dat is Daisy Dawson en ze is verrekte goed in haar werk.'

Hij knikte met een ernstige blik in zijn ogen. 'Dat snap ik. Wat wil je doen? We kunnen omkeren en ervandoor proberen te gaan of ik kan je door de spitsroeden leiden.'

'Bij het een lijk ik een lafaard en de andere optie is een bevestiging dat ik een lijfwacht nodig heb.'

Hij wachtte geduldig en zei niets terwijl de regen op de paraplu roffelde.

Ze rechtte haar rug. 'Ik zal een keer naar huis moeten.'

Hij verstevigde zijn greep om haar middel en hij gaf haar opnieuw de paraplu in handen. 'Ik zal een weg voor je banen. Ik wil niet dat een van die verslaggevers te dichtbij komt. Zeker niet als ze man zijn en 1 meter 80 lang.'

Ze begreep wat hij bedoelde. Haar aanvaller kon zich in het volle zicht verbergen en ze zou het nooit in de gaten hebben. Dat was de reden dat hij zijn schiethand vrijmaakte. 'Kom op dan.'

Ze diepte de huissleutel op uit haar jaszak terwijl hij haar over het trottoir naar het huis leidde, klaar om ervandoor te gaan mocht dat nodig zijn. Het spervuur aan vragen kwam snel en hevig terwijl twee reporters, een man en een vrouw, vanuit de beschutting van hun busje kwamen aangesneld. De verslaggevers stonden onder een paraplu, maar hun cameramensen waren niet zo gelukkig.

'Ik had gehoopt dat dat eerste interview voldoende zou zijn,' zei ze zacht. 'Hoe stom kun je zijn?'

'Niet stom.' Gideon trok haar nog steviger tegen zich aan, zodat ze van schouder tot dijbeen tegen elkaar aan gedrukt waren. 'Misschien een beetje optimistisch.'

Ze grinnikte, maar werd snel weer ernstig en bleef op de eerste trede naar de veranda staan toen de mannelijke verslaggever riep: 'Poppy Frederick, hoe ben je gisteravond aan je aanvaller ontsnapt?'

Ze stond zichzelf een diepe, stille zucht toe. Ze ging rechtop staan en maakte zichzelf lang. 'Blijf bij me,' zei ze zacht tegen Gideon.

'Reken maar.'

Ze trok even aan zijn arm en hij volgde haar beweging. Ze draaiden zo dat ze de verslaggevers tegenover zich hadden. Hij hield zijn arm om haar middel en zijn schiethand vrij.

'Hallo, allemaal,' zei ze en ze gebaarde de nieuwsploegen een beetje dichterbij te komen. 'Ik ga dit nog één keer vertellen, maar eerst wil ik vragen waarom ik al deze aandacht krijg. Ja, ik ben aangevallen en ik waardeer dat jullie dat nieuws verspreiden zodat iemand zich misschien meldt die wat heeft gezien. Maar ik sta hier. Ik ben oké. Ik ben veilig. Er lopen overal hier in de stad slachtoffers rond die niet deze aandacht van jullie krijgen en die dat heel wat beter zouden kunnen gebruiken. Mensen die verdwijnen en niet thuiskomen. Prostituees en drugsverslaafden raken dagelijks vermist in deze stad – in elke stad – en niemand besteedt daar aandacht aan. Dus ja, ik zal jullie vragen beantwoorden, voornamelijk in de hoop dat jullie me dan met rust laten, maar ik wil dat jullie er een schepje bovenop doen.

Ik wil ook dat jullie kijkers er een schepje bovenop doen en meer van jullie eisen.'

Ze vertelde snel wat er in de steeg was voorgevallen, gaf opnieuw het signalement en de namen van Rafe en Erin, als de rechercheurs die als contactpersoon optraden.

'Werd je bij het radiostation gestalkt?' wilde een van de reporters weten.

Daisy fronste haar voorhoofd en ze vroeg zich af waar die vraag vandaan kwam. Maar toen wist ze het. Tad Nelson Todd, meneer TNT zelf. *Klootzak.* 'Het enige wat ik kan zeggen is dat de politie alle mogelijkheden onderzoekt.'

'Er gaan geruchten dat je dit zelf in elkaar hebt gezet,' riep dezelfde reporter. 'Is dit een of andere publiciteitsstunt om de luistercijfers op te krikken?'

Tad, vuile klootzak.

Gideon naast haar verstarde, maar bleef er het zwijgen toe doen en gaf haar zo de kans om de hoofdrol te blijven spelen. Voorlopig. Ze twijfelde er geen moment aan dat hij er voor ze met hun ogen konden knipperen bovenop zou zitten als een van hen te dichtbij kwam.

De andere verslaggever, een vrouw met vriendelijke ogen, staarde vol verbazing naar de reporter met de grote mond voor ze een stap naar voren deed. 'Mevrouw Frederick, hebt u een advies voor de vrouwen die misschien 's avonds niet meer alleen over straat durven?'

Daisy keek haar glimlachend aan. 'Ik heb jarenlang aan vechtsport gedaan en zelfverdediging, maar dat is voor veel vrouwen in uw kijkerspubliek niet weggelegd. Er zijn grepen die ze kunnen leren, maar de waarheid is dat je bang wordt zodra je in een gevaarlijke situatie belandt. Je vergeet dingen. Een beetje training is beter dan niets en als ze maar één cursus kunnen doen, laat ze dat alsjeblieft doen, maar besef wat de beperkingen zijn. Doe die cursus opnieuw, elk jaar of zo. Hernieuw je vaardigheden.'

'Hebt u aanbevelingen?'

Daisy schudde haar hoofd. 'Ik ben nieuw in de stad. Maar ik zal het uitzoeken en als ik iets vind, dan zal ik dat delen in mijn ochtendprogramma, als het management het daarmee eens is.'

De vrouw nam haar schrander op. 'Weet u van een bepaalde persoon hier in de stad die is verdwenen?'

'Ik weet zeker dat u manieren hebt om die informatie te achterhalen,' zei Daisy tegen haar. 'Nou, als u me niet kwalijk neemt, ik ben heel erg moe.' Ze glimlachte hen beleefd toe. 'En als jullie terugkomen, dan bel ik de politie en geef ik jullie aan omdat jullie op verboden terrein zijn. Een heel fijne avond nog.'

Gideon duwde haar de trap op en wachtte op het trottoir in de regen tot ze haar voordeur had opengedaan. Hij liep achteruit omhoog terwijl hij zijn blik op de groep beneden gericht hield en aarzelde zelfs niet toen de vervelende reporter riep: 'Wie is die spierbal, Poppy? Waarom heb je een lijf–'

'Je hebt dertig seconden,' blafte Gideon tegen de man. 'Ga van het terrein of je wordt gearresteerd.' Tegen de aardiger verslaggeefster zei hij: 'Neem de tijd, mevrouw.'

Hij veegde zijn natte haren uit zijn gezicht toen hij het huis binnenliep. 'Die klootzak met wie je werkte heeft deze geruchten verspreid.'

Daisy begon te beven op het moment dat hij de deur dichtdeed en op slot draaide en hen afsloot van de rest van de wereld. 'Ik weet het,' fluisterde ze.

Gideon pakte de paraplu uit haar hand, vouwde hem dicht en zette hem in de paraplubak bij de deur voor hij zijn jas uittrok en toen die van haar en ze aan de kapstok hing zodat ze konden drogen. 'Wat is er?' vroeg hij zacht. 'Je was geweldig daarbuiten.'

Ze schudde heftig haar hoofd en deed toen een stap naar voren. Hij sloeg zijn armen om haar heen en trok haar tegen zich aan. 'Daisy, schat,' mompelde hij. 'Het is goed. Alles komt goed.'

De tranen begonnen te komen en ze kon ze niet inhouden. Haar tanden klapperden, dus klemde ze ze op elkaar en begroef haar gezicht in zijn borst. 'Het spijt me.'

'Je moet niet zeggen dat het je spijt,' beval hij met zachte stem. 'Dat was moeilijk, maar je was geweldig. Gewoon geweldig.'

'Tad is een klootzak,' fluisterde ze.

'Ik had hem vanochtend op zijn gezicht moeten slaan toen ik de kans had.'

'Ik wou dat ik je dat had laten doen. Verdomme, Gideon, ik weet niet eens hoe die eikel van een verslaggever heet.' Ze was te erg van streek geweest.

'Dat geeft niet. Ik heb de telefoonnummers van de stations die op hun busjes stonden en foto's van alle reporters en hun cameramensen. Rafe heeft ook nog beveiligingscamera's.'

'Dat weet ik. Daarom vroeg ik hun dichterbij te komen. Ze stonden niet binnen het bereik van de camera's.'

Hij grinnikte, zacht en diep vanbinnen, en dat was een geluid dat ze altijd zou willen horen. 'Help me herinneren dat ik het nooit met je aan de stok moet krijgen.'

Ze hield haar hoofd schuin toen op dat moment pas tot haar doordrong wat hij eerder had gezegd. 'Wat bedoelde je met die klootzak met wie ik *werkte*?'

'Rafe zei dat Tad ontslagen is.'

'Móói. Daar ben ik blij om.' Ze drukte zich nog steviger tegen hem aan en sloeg haar armen om zijn middel. 'Dank je dat je me daarnet zo hebt gesteund.'

Zijn armen verstevigden hun greep. 'Dank je dat je mij hebt geholpen toen ik eerder aan het instorten was.' Hij legde zijn wang boven op haar hoofd en ze wilde zuchten omdat dat zo verrekte fijn voelde. 'Wat gaan we nu doen, Daisy?'

Op die vraag was maar één antwoord mogelijk. 'We gaan schilderen.'

'"We" gaan schilderen?'

Ze voelde hoe hij de bovenkant van haar hoofd liefkoosde met zijn wang, waarbij zijn baard aan haar haar bleef hangen. 'Ja, we gaan schilderen. We gaan schilderen en dan vertel jij me over Eden, oké?'

Zijn borst drukte tegen haar aan toen hij diep ademhaalde. 'Oké.'

Vrijdag 17 februari, 22.15 uur

Zijn huid deed pijn. Hij vertrok zijn gezicht terwijl hij zijn overhemd aantrok. Het deed altijd pijn wanneer hij uit Sydney's bed stapte. Zijn rug brandde op de plekken waar haar nagels diepe voren hadden getrokken. Zijn borst en armen waren rauw omdat hij onder de douche een laag lederhuid had weggeboend.

Ze had hem opnieuw getekend. En hij haatte haar. Zo ontzettend.

Waarom zeg je altijd ja? vroeg hij zich voor de tienduizendste keer af. *Zeg gewoon nee.* Maar dat deed hij nooit. En zou hij waarschijnlijk ook nooit doen.

Ik wilde dat ik haar had vermoord toen ik de kans had. Hij staarde naar zijn evenbeeld in de badkamerspiegel en kende het antwoord. Hij had nooit de kans gehad. Niet met haar. Hij was te jong geweest. Zij was... te veel geweest. Te veel van alles.

Maar de waarheid had nooit iets lijken uit te maken. Hij kwam altijd terug. Hij zei altijd ja. En nadien haatte hij zichzelf altijd net zo erg als hij haar haatte.

'Lieve jongen.' Haar stem zweefde door de openstaande deur in zijn richting. Want ze stond hem niet toe die dicht te doen. Dat had ze nooit gedaan.

Het was geen koosnaampje, haar 'lieve jongen'. Het was het bevel om te gehoorzamen. *Want ik ben haar schoothondje.* Toch antwoordde hij mat: 'Ja?'

Het bleef even stil en hij voelde de afkeuring, zelfs vanuit de andere kamer.

'Ja, Sydney?' verbeterde hij.

'Kom hier.'

Hij gehoorzaamde, ondertussen zijn overhemd dichtknopend terwijl hij van de badkamer naar haar slaapkamer liep, waar ze gekleed in een peignoir languit lag, waardoor ze eruitzag als een filmster uit 1940. 'Ja, Sydney?'

Ze stak pruilend haar onderlip uit en strekte haar hand naar hem uit. 'Je hebt een nagel gebroken.'

Nee, dat had ze zelf gedaan terwijl ze groeven in zijn huid trok. Zijn voeten bleven hem naar haar kant van het bed brengen, omdat hij wist wat ze verwachtte.

Hij deed uiteindelijk altijd wat ze van hem verwachtte. *Doe het nou maar, dan kun je weg.* Hij ging op de rand van het bed zitten, ervoor zorgend dat hij haar nergens aanraakte, boog zich toen voorover en drukte een kus op de vinger met de gebroken nagel,

'Sorry, Sydney. Het spijt me,' murmelde hij.

'Je liegt tegen me. Het spijt je helemaal niet.'

Maar het speet hem wel. Het speet hem zo vreselijk. Het speet hem zo dat hij zich niet van haar kon losmaken. Niet in staat was de onzichtbare ketting die hem met haar verbond te verbreken. Het speet hem dat hij niet in staat was een echte man te zijn en haar te wurgen zoals hij graag wilde. Op de manier waarvan hij droomde het te doen.

'Het spijt me,' herhaalde hij nadrukkelijker. Hij slikte en kuste toen opnieuw haar vinger. 'Het spijt me echt heel, heel erg, Sydney.'

Vandaag was het haar vinger. De vorige keer was het haar heup geweest omdat hij haar te stevig had beetgepakt en een blauwe plek had veroorzaakt. De keer dáárvoor had hij haar een wijnglas van haar nachtkastje 'laten' stoten waardoor het tapijt rood was geworden.

Wat wilde hij graag dat het haar bloed was geweest.

Elke keer was er wel iets wat hij had gedaan. Zolang hij zich kon herinneren. Elke keer verontschuldigde hij zich gehoorzaam. In het begin had hij het zelfs gemeend.

In het begin had hij van niets geweten. In het begin had zij alle macht gehad. In het begin had zij de touwtjes in handen gehad.

Er was niet veel veranderd. Ze was nog steeds de bovenliggende partij.

Ze klopte hem op zijn wang. 'Ik vergeef je,' zei ze, zoals ze altijd deed, en ze leunde achterover in de stapel kussens. 'Ik zal het morgen bij de manicure laten repareren. Doe op weg naar buiten alles op slot en schakel het alarm in. Paul komt pas laat thuis.'

En hij kon gaan. Geen 'dank je'. Geen woorden van genegenheid. Die sprak ze nooit uit. Niet dat hij ze zou hebben geloofd, trouwens.

Hij kwam overeind en stopte zijn overhemd in zijn broek, propte zijn das in zijn zak en raapte zijn sokken en schoenen van de vloer terwijl zijn woede begon te borrelen. 'Ja, Sydney.'

Vrijdag 17 februari, 22.20 uur

Daisy leunde tegen Gideons arm om naar zijn schilderij te kijken. 'Je bent nog niet zo slecht voor een G-Man,' plaagde ze. 'Die stropdas afdoen heeft de weg vrijgemaakt voor zuurstof naar het creatieve deel van je hersenen.'

Hij lachte schamper. Na heel veel aanmoediging van haar kant – en een beetje intimidatie – had hij uiteindelijk een penseel gepakt en was begonnen het doek dat ze op een van de ezels voor hem had klaargezet te vullen met vrolijke madeliefjes, wat haar blij maakte.

Hij had een klein meisje toegevoegd aan het schilderij, maar ze was niet blond en ze had geen blauwe ogen. Ze leek heel jong, met donker haar in vlechten. En groene ogen. 'Hou op met gluren,' zei hij, 'anders stop ik met schilderen.'

Ze begreep dat dat een echt dreigement was, ondanks het feit dat hij het op dezelfde plagerige toon had uitgesproken. Ze boog zich weer over haar eigen ezel, die met de achterkant tegen die van hem stond. Ze was begonnen aan een portret. Normaal gesproken schilderde ze geen portretten, maar op dit moment was zijn gezicht het enige wat ze kon zien. Letterlijk. Want hij stond in haar gezichtsveld, hoofd gebogen en zijn knappe gezicht vertrokken in een frons terwijl hij zich concentreerde. Maar wanneer ze haar ogen dichtdeed, was het ook alleen zijn gezicht dat ze zag en dat bracht haar troost. Eerder op de avond was het Carrie's gezicht geweest dat ze zag wanneer ze haar ogen sloot en dat deed pijn. Zo verdomde veel pijn.

Ze had zitten wachten tot hij zijn uitleg over Eden zou beginnen, maar hij was zo stil gebleven dat ze bang was dat hij dat nooit zou doen. 'Dus,' drong ze voorzichtig aan. 'Eden.'

Hij maakte zijn penseel schoon en ging toen met een andere kleur verder. 'Ik praat er niet graag over.'

'Dat had ik begrepen.'

Eén kant van zijn mond kwam omhoog, heel even maar, en toen keek hij weer nors. 'Mijn moeder... Ze dacht dat ze ons op een goede manier grootbracht.' Hij schilderde een volle minuut furieus verder voor hij zijn arm weer liet rusten. 'Ze was een alleenstaande moeder met twee kinderen en geen echtgenoot. Haar familie schaamde zich voor haar en zei dat ze moest vertrekken. Dus dat deed ze.' Hij slikte. 'Ze had geen diploma van de middelbare school en belandde in de prostitutie, maar ze had wel een paar vriendinnen. Andere prostituees die ze had leren kennen. Ze deelden een appartement en pasten op elkaars kinderen wanneer ze werkten.'

Twee kinderen. Gideon had ergens een broer of zus. Ze dacht aan het donkerharige meisje met de groene ogen die hij zo ernstig had geschilderd. Een zusje? 'Gezamenlijke kinderopvang,' zei Daisy zacht.

'Alles werd anders toen een maatschappelijk werkster op een avond op bezoek kwam. Iemand in het gebouw had gebeld dat ze zich zorgen maakten dat we werden verwaarloosd. Maar we waren schoon en goed gevoed. Mijn moeder was niet ver van huis gegaan, maar in dezelfde stad gebleven, dus had ze nog steeds een bibliotheekpas. Ze haalde voor ons allemaal kinderboeken en leerde ons lezen.'

'Ze hield van jullie.'

Zijn slikken was hoorbaar in de stilte van het appartement. 'Ja,' zei hij met schorre stem en hij schraapte zijn keel. 'Mijn moeder had de thuiswacht die dag dat de maatschappelijk werkster kwam. Ze was zo bang dat de vrouw ons mee zou nemen. Het scheelde niet veel. Ze deed het niet, maar ze rapporteerde mijn moeder wel omdat ze zonder vergunning een dagopvang runde. Ze had te veel kinderen. De maatschappelijk werkster dreigde ons weg te halen als mijn moeder geen betere baan vond.'

'Was dat mogelijk?'

'Dat weet ik niet. En mijn moeder ook niet. Maar ze was bang, dus toen de andere moeders de volgende ochtend terugkwamen heeft mijn moeder ons meegenomen en is ervandoor gegaan. Ze had voldoende geld gespaard om twee buskaartjes te kopen, dus heeft ze mijn zus tweeënhalve dag lang bij zich op schoot gehouden.'

Daisy wilde doorvragen over de zus, maar ze hield haar mond en liet hem verder vertellen.

'We begonnen in Houston. We eindigden in San Francisco, omdat ze dacht dat mijn vader daar was, maar hij had haar een vals adres gegeven. Misschien ook wel een valse naam. Dus zat ze op haar negentiende alleen in een stad met twee kleine kinderen en niemand die haar kon helpen. Geen bron van inkomsten.'

'Hoe oud was je?'

'Vijf.'

'Wauw,' fluisterde ze. 'Je moeder was al heel jong moeder.'

'Ze was pas veertien toen ik werd geboren. Ze vertelde me dat mijn vader een handelsreiziger was op doorreis en dat ze tegen hem had gezegd dat ze achttien was.' Hij schudde zijn hoofd. 'Ik heb foto's van haar gezien van toen ze veertien was. Geen man ter wereld zou hebben geloofd dat ze achttien was. De klootzak was een pedofiel, zo simpel was het.' Hij maakte zijn penseel weer schoon en begon aan een nieuwe kleur. 'We woonden bij haar ouders tot ze ze vertelde dat ze weer zwanger was.'

'Van je zus?'

'Ja. Door dezelfde man. Elke keer dat hij in de stad was, ging ze met hem naar bed. Hij nam altijd een goedkoop stuk speelgoed voor me mee en liet wat geld voor haar achter. Ik denk dat ze echt van hem hield. Of dacht dat ze van hem hield. Ik bedoel, ze was nog maar een kind. Mijn grootouders zorgden ervoor dat we te eten hadden en namen me mee naar de kerk. We gingen altijd naar de kerk. Ze hoopten me familiewaarden bij te brengen zodat ik niet "net als zij zou eindigen". Hun woorden, niet de mijne.'

'Ze gooiden hun familiewaarden overboord toen ze hun dochter en haar twee kinderen op straat zetten,' zei Daisy en ze deed haar best om de boosheid uit haar stem te houden.

Gideon keek op en hun blikken ontmoetten elkaar boven hun ezels. 'Mee eens. Maar mijn moeder was een meisje van de kerk en dus zocht ze een kerk waar men kon helpen en een tijdlang was het goed. De mensen waren aardig. Dat weet ik nog wel. Ze gaven ons te eten en kleren om ons warm te houden, want het was San Francisco. Ze had er niet aan gedacht om jassen mee te nemen.'

'Maar de dingen veranderden?'

'Een van de mannen van de kerk gaf mijn moeder een baantje als werkster in zijn huis.'

Daisy wenkbrauwen gingen omhoog. 'Alleen zijn huis?'

Een knik. 'Hij vertelde haar dat hij het huis huurde, maar ik denk dat hij het had gekraakt. Hoe dan ook, hij vertelde haar dat hij een boerderij had met een leuk huis en dat hij haar daar mee naartoe zou nemen en dat ze daar werk kon zoeken. Dat ze daar een leven kon opbouwen.'

'Dat moet hebben geklonken alsof haar gebeden waren verhoord.'

'Zeker. Mijn moeder was slim, maar te goed van vertrouwen. Zo iemand tegen wie je "O, schat" zegt.'

'Was er een boerderij?'

'Ja. De hele gemeenschap was een boerderij. Het was een soort commune. In werkelijkheid was het een sekte, gebouwd rond de persoonlijkheid van Pastor.'

'Pastor wie?'

'Zo heette hij. Zo noemde iedereen hem. Pastor. Daar was mijn moeder aan gewend. Zo noemden alle leden van de kerk van haar ouders hun dominee. De man die ons daar had gebracht was na de eerste nacht weer vertrokken. Hij kwam van tijd tot tijd terug met nieuwe gezinnen. Soms alleenstaande moeders zoals die van mij, soms hele "kern"-gezinnen. Ze kregen onderdak tot ze hun eigen huis konden bouwen. Soms waren het alleen maar jonge vrouwen zonder familie. Nooit een jonge man alleen. Als er een man bij de gemeenschap kwam, dan was hij ouder. Dan had hij een gezin of beheerste een ambacht.'

Hij zette het penseel in de terpentine en deed een stap bij het doek vandaan. Ze keek toe terwijl hij naar de keuken liep, waar hij in een la zocht, en terugkwam met een spel kaarten dat ze daar had aangetroffen toen ze in het appartement trok. Kaarten die hij daar moest hebben achtergelaten.

Hij ging op de bank zitten, schudde de kaarten en begon een spelletje patience. Hij begon gedachteloos te spelen. Ten slotte keerde ze zich van hem af en ging verder met het portret.

Achter haar schudde hij de kaarten opnieuw. 'We waren daar pas één dag toen Pastor ons kwam opzoeken. Hij was... bescheiden. Net een gewoon mens. Hij lachte en maakte grapjes en stuurde me toen naar buiten om te gaan spelen. Ik weet nog dat ik dacht hoe mooi het er was. Je kon in de verte Mount Shasta zien. Er kwam een klein meisje naar me toe en gaf me een koekje.'

Daisy wilde zich omdraaien en naar hem kijken, maar dat durfde ze niet omdat ze bang was dat hij zou ophouden met praten. 'Eileen.'

'Ja. Ze was de eerste persoon van mijn leeftijd die ik daar ontmoette. We werden dikke vrienden. Maar uiteindelijk werd ik weer naar binnen geroepen. Mijn moeder zag bleek. Ze beefde. Ze vertelde me dat ze ging trouwen.'

'Met die man die jullie daar had gebracht?'

'Nee. Met een vreemde. Ze zei dat Pastor haar had verteld dat vrijgezelle vrouwen niet toegestaan waren in Eden. Te veel verleiding voor de mannen.'

Daisy kon het geluid dat aan haar keel ontsnapte niet inhouden. Ze porde een beetje te hard met haar penseel op het doek. 'Sorry. Ga door.'

'Mijn moeder was opgevoed met soortgelijke ideeën. Draag dit niet, doe dat niet, doe niet hoerig, van die dingen. Ze verzette zich er niet tegen. Ze werd aan Amos gegeven.'

Bij die woorden draaide ze zich om. 'Gegeven?'

'Ja.' Hij keek niet op van de kaarten. 'Hij was geen slechte man. Streng, maar niet... kwaadaardig.'

Kwaadaardig. Zoals Ephraim. Die hem had geslagen tot hij bijna dood was. 'Was je gelukkig?'

Hij haalde zijn schouders op. 'Ik was vijf jaar. Ik had een stuk speelgoed, mijn eigen bed, warm eten en een hond.'

'Hoe heette hij? De hond?'

Hij keek op. 'Boy. Ik was niet zo'n origineel kind.'

Ze keek hem glimlachend aan. 'Ik vind het leuk.'

Hij knikte, zonder haar glimlach te beantwoorden. 'Hij was een fijne hond.'

Haar glimlach vervaagde. 'Wat is er met hem gebeurd?'

Zijn blik ging weer naar de kaarten. 'Dat weet ik niet. Hij is... achtergebleven.'

'Toen jij ontsnapte.'

'Ja.' Hij haalde diep adem en liet die in een huiverende zucht weer ontsnappen. 'Ik was dol op die hond. Ik weet niet hoelang hij nog heeft geleefd. Hij was al oud toen ik dertien was. Grijze snuit. Hij was een golden retriever.' Hij zuchtte. 'Mijn moeder kreeg de volgende dag haar medaillon. Dat was haar trouwdag.'

'Is ze twee dagen nadat jullie waren aangekomen al getrouwd?'

Hij haalde zijn brede schouders op. 'Technisch gesproken anderhalve dag. We trokken bij Amos in. Mannen mochten niet trouwen tot ze een huis hadden gebouwd en daarna was het een soort loterij. Ze stopten hun naam in een hoed en Pastor haalde er een uit wanneer er een nieuwe vrouw arriveerde of een meisje oud genoeg werd. Oudere mannen mochten meer papiertjes met hun naam erop in de hoed stoppen dan jongere, dus de jongere mannen waren in het nadeel. Amos wachtte al een tijdje op het moment dat zijn naam uit de hoed zou komen.'

Het was... barbaars. Maar Daisy slikte de woorden in. 'Vertel me over het medaillon.'

'Elke vrouw kreeg er een op de dag dat ze trouwde. Maar de ketting was anders dan die je gisteravond van de hals van je aanvaller hebt gerukt.'

Gisteravond? Was dat nog maar gisteravond gebeurd? Daisy had het gevoel dat ze alweer een eeuwigheid verder was. 'Hoezo anders?' vroeg ze toen hij er niet op doorging.

'Sterker. Je zou zo'n ketting nooit kunnen lostrekken. De Hulk zou het nog niet hebben gekund, niet zonder de vrouw te wurgen. Ze moesten losgesneden worden. Het medaillon zat in het kuiltje van de keel van de drager. De kettingen werden ter plaatse in Eden gesmeed.' Hij grinnikte vreugdeloos. 'Letterlijk en figuurlijk.'

'Dus het was meer een eigendomsmerk.'

'Dat is precies wat het was. Een foto van het gelukkige paar werd erin gestopt.'

'Zoals Eileen. Ook al was ze nog maar een kind.' *Mijn god.*

'Ze was twaalf. Dat was de normale leeftijd om te trouwen.'

Daisy herinnerde zich de details van de gravure op het medaillon. 'Twaalf takken aan de olijfboom.'

Zijn blik schoot omhoog en boorde zich in die van Daisy. 'Hoe wist je dat?'

'Trish heeft gisteravond vlak voor de politie arriveerde een foto van het medaillon gemaakt. Ze heeft ook foto's van mij genomen, van mijn hals, de omgeving, alles.' Ze glimlachte flauw en weemoedig. 'Ze kijkt veel naar politieseries op tv. Hoe dan ook, ik vroeg haar er een naar mij door te sturen. Ik vroeg me af hoe het zat met die twaalf takken. Ik dacht dat het misschien te maken had met de twaalf stammen van Israël.'

'Dat kan een van de betekenissen zijn geweest. Maar het was de leeftijd waarop meisjes vrouw werden.'

Daisy zuchtte. 'Twaalf. Kinderen nog.'

'We werden snel volwassen in Eden.'

'Dat moet haast wel.' Ze liet haar penseel in het bakje met terpentine vallen. Het gezicht van het portret dat ze aan het schilderen was was nog niet herkenbaar en daar was ze dankbaar voor. Ze was er niet zeker van of ze wel wilde dat Gideon wist dat ze hem aan het schilderen was. Nog niet, in ieder geval. Ze wilde hem niet afschrikken door te gretig te lijken. 'Ik ga nu even zitten, maar ik kan de stoel nemen als je ruimte nodig hebt.'

Hij hield haar blik lange tijd gevangen. 'Nee,' zei hij uiteindelijk. 'Kom naast me zitten.'

Ze gehoorzaamde en vouwde haar handen in haar schoot. 'Wat gebeurde er met de jongens wanneer ze twaalf werden?'

'Niets. Je werd pas man op je dertiende.'

'Bar mitswa.'

Hij schudde zijn hoofd. 'Ze hebben een paar elementen van het judaïsme overgenomen, maar ze waren niet joods. Ze noemden het "opkomst".'

'Ik snap het.' Ze keek even steels zijn kant op. 'Sasha zei dat het ontwerp van het medaillon op je borst getatoeëerd was, maar dat je er een feniks overheen hebt laten zetten.'

Hij fronste zijn voorhoofd. 'Sasha was wel heel oplettend voor een meisje dat niet van jongens hield.'

'Ze was dol op jou. Ze ziet je als een broer.'

'Dat zei je tijdens het eten.' Hij zat op de rand van de bank met zijn knieën gespreid en gebogen over de kaarten die hij op de salontafel had uitgelegd. Hij begon aan een nieuw spel en legde kaarten op hun plek; de spieren in zijn rug rolden bij elke beweging.

Ze aarzelde en dacht toen: *Uitpakken of thuisblijven.* Makkelijk gezegd, want ze was al thuis en ze wist dat hij niet weg zou gaan, niet voor er iemand was die zijn plaats kon innemen om ervoor te zorgen dat ze in veiligheid was. *Dus misschien ben ik wel een vreselijk mens dat ik zo aandring, maar...*

Ze wilde hem aanraken. Dus dat deed ze. Ze spreidde haar vingers wijd uit op zijn rug en streelde hem zachtjes. Hij deinsde niet terug. Hij reageerde helemaal niet. Ze nam aan dat hij haar vanuit zijn ooghoek had gadegeslagen en daarom had ze hem niet verrast. Ze hield het bij de lichte aanraking en na een paar gespannen seconden ontspande hij onder haar aanraking en richtte zijn aandacht weer op het spel.

'Vertel eens over die eerste tatoeage,' zei ze zacht.

'Die kreeg ik op mijn dertiende verjaardag. Hoera, hoera,' voegde hij er sarcastisch aan toe.

'Deed het pijn?'

'Dat wil je niet weten. Maar ik woonde al het grootste deel van mijn hele leven in de gemeenschap, dus ik wist wat er met watjes gebeurde. Ik wilde geen watje zijn.'

Zonder haar streling te onderbreken, vroeg ze: 'Je zei dat je dertien was toen je ontsnapte. Hoelang was dat na je verjaardag?'

'De volgende dag.'

Ze vroeg zich af welke van de vragen die door haar hoofd spookten ze als volgende moest stellen. *Hoe? Waarom? Hoe zat het met je zus? Met je moeder? Waarom werd je geslagen? Wat is er gebeurd dat je de tatoeage bedekte met een feniks toen je achttien werd? Waarom is de man die je heeft mishandeld niet gestraft? Waar was die plek?'*

Uiteindelijk zei ze alleen maar: 'Vertel.'

11

Sacramento, vrijdag 17 februari, 22.45 uur

Vertel. Gideons gezicht was naar de kaarten gericht die hij had uitgelegd, maar hij had zijn ogen dicht en concentreerde zich op het gevoel van Daisy's hand op zijn rug. Hij vroeg zich af hoeveel hij deze grootmoedige vrouw die het hart op de tong had zou vertellen. Ze keek naar hem op alsof hij een of andere held was en had erop vertrouwd dat hij haar zou beschermen. Had hem met beide benen op de grond gehouden toen hij dat het meeste nodig had. Wat zou ze doen als ze de waarheid kende?'

Ze zal zeggen dat je dertien was en deed wat je moest doen. Ze zal blij zijn dat je jezelf hebt beschermd. Dat je er levend uit gekomen bent. Ze zal zeggen dat je je niet schuldig moet voelen. En ze zal niet met heel andere ogen naar je kijken.

Dat was waarschijnlijk allemaal waar. Waarschijnlijk. Hij wist alleen niet zeker of hij het risico aandurfde. Het risico dat ze naar hem zou kijken alsof hij een vreselijk monster was. Of erger. Medelijdend.

'Ik ben net een kluis,' zei ze zacht. 'Ik zal je geheimen bewaren.'

Daar twijfelde hij niet aan. Maar zou ze dan nog wel naar hem kijken alsof hij een held was?

Hij wist niet goed wat hij haar ging vertellen wanneer hij zijn mond opendeed. Maar hij moest haar íéts vertellen. Ze was door dat verrekte medaillon en de man die haar had aangevallen met deze ellende verbonden.

'De dertiende verjaardag markeerde de overgang van jongen naar man. We werden aan een ambachtsman in de stad gegeven als leerling. Ik werd aan Edward McPhearson gegeven.'

Haar hand bleef even stil bij het woord 'gegeven', maar toen ging ze verder met strelen.

'Hij was de smid. Hij smeedde de ketting. Maakte de medaillons.

Hij was een van de stichters.' Hij slikte moeizaam. 'Eileen was een jaar eerder als bruid aan hem gegeven.'

'Hij is de man op die eerste foto. De man van wie je zei dat hij dood was.'

'Ja. Eileen was zijn vierde vrouw.'

'Wat is er met zijn andere drie vrouwen gebeurd?'

'Die waren er nog steeds. Het was een polygame gemeenschap.'

Ze liet langzaam haar adem ontsnappen. 'Ik snap het.'

Nee, dat deed ze echt niet. 'Hij had al een tijdje een oogje op Eileen. Ze huilde de nacht voor haar verjaardag. Hij joeg haar angst aan. Hij hield haar als een wolf in de gaten. Ik was oud genoeg om te begrijpen waarom en ik was ook bang, voor haar. We fantaseerden samen, zij en ik, over hoe we konden wegkomen, hoe ik haar zou redden.'

'Maar dat kon je niet,' zei ze zacht.

'Nee, dat kon ik niet. Ze kreeg haar medaillon en trouwde met McPhearson. De volgende dag, na de trouwerij, was mijn vriendin weg. Ze ademde nog en ze bestond ook nog, maar haar ogen waren dood. Ik dacht aan de andere meisjes die ik had gezien na hun huwelijksnacht. Sommigen hadden diezelfde lege blik gehad, terwijl er met anderen niets aan de hand leek. Maar dat gold niet voor Eileen.'

'Hij had haar pijn gedaan.'

'Ze moest naar de dokter van de gemeenschap. Ik hoorde vrouwen over haar praten en ze zeiden dat hij haar had uitgescheurd.' Zijn stem brak.

Daisy legde haar wang tegen zijn bovenarm terwijl ze doorging met zijn rug te strelen. 'Het spijt me, Gideon. Het spijt me zo.'

Hij dwong zich zijn emoties te onderdrukken. 'Daarna werd ze Miriam genoemd. Dat was haar doopnaam. Veel meisjes werden Miriam genoemd. Degenen die niet zo heetten namen vaak die naam aan op hun trouwdag. Ik had me vaak afgevraagd waarom, maar het antwoord daarop kreeg ik toen ik voor het eerst werd rondgeleid in de smidse. Er waren tientallen medaillons waarop "Miriam" stond die wachtten op het moment dat hun dragers twaalf werden. Er waren er maar een paar met andere namen. Rachel, Sarah, Rebekah, Hannah. Voornamelijk namen uit het Oude Testament. Hij had sjablonen, elk met een andere naam. Dat vergemakkelijkte zijn graveerwerk, denk ik.'

'Wilde je smid worden?'

'Nee. Maar ik wist dat als ik in de buurt bleef, ik op Eileen kon passen.' Hij liet zijn hoofd voorovervallen en strekte zijn nek. Hij dacht er pas aan adem te halen toen haar hand over zijn rug omhoogging en zijn nek streelde.

'Maar dat is niet wat er gebeurde.'

'Nee.' Zijn lichaam verstarde, zijn spieren spanden zich pijnlijk terwijl hij zichzelf toestond te herinneren wat er was gebeurd. De hand op zijn rug begon lange strelingen over zijn rug en nek, telkens opnieuw. Ze klemde haar andere hand om zijn biceps en draaide zich zo dat ze haar voorhoofd tegen zijn schouder kon drukken.

'Je hoeft me niet te vertellen wat er is gebeurd,' fluisterde ze.

Haar voorhoofd draaide toen haar kin omhoogkwam en haar lippen zijn arm streelden. Hij kon de lichte beweging door de stof van zijn overhemd voelen en hij wenste plotseling dat het overhemd er niet was zodat hij haar lippen op zijn huid kon voelen.

'McPhearson was een misbruiker die geen onderscheid maakte,' bracht hij uit.

Ze snakte niet naar adem, verstijfde niet, deed niets anders dan verdergaan met zachte kussen op zijn bovenarm. Maar hij hoorde haar slikken, dus wist hij dat ze het had begrepen.

'Jongens begonnen op hun dertiende verjaardag met een speciale training. Ik had altijd gedacht dat dat het begin betekende van hun leerlingschap en het begin van hun kerkopleiding. Dat was misschien waar voor sommige jongens als hun meester niets om jongens gaf. Toen McPhearson me die avond meenam naar zijn huis, was ik niet voorbereid op wat hij probeerde te doen.'

Ze slikte opnieuw. 'Probeerde?'

'Ik... verzette me.' Hij had zich zo hevig verzet dat het McPhearsons dood was geworden. 'Ik wist aan hem te ontsnappen.' En had hem bloedend achtergelaten op de vloer van de smidse met zijn hoofd opengebarsten op het aambeeld.

Het was niet Gideons bedoeling geweest hem te doden. Hij had alleen maar geprobeerd weg te komen.

Maar hij had er geen spijt van gehad. Tot hij het gezicht van Ephraim Burton had gezien op Daisy's kaarttafel. Toen was spijt het enige waartoe hij in staat was geweest. Want toen wist hij met wie Eileen gedwongen was geweest te trouwen. Ze was van een ontaarde pedofiel overgegaan naar een gewelddadige man met heel grote handen waarvan hij wist hoe hij ze moest gebruiken om zo veel mogelijk pijn te veroorzaken.

'Hoe is McPhearson gestorven, Gideon?' vroeg ze, heel zacht. 'Want als je me vertelt dat jij hem niet hebt gedood, zal ik heel teleurgesteld zijn.'

Hij keek verrast op, maakte zich toen van haar los zodat hij haar gezicht omhoog kon duwen. Ze keek hem aan met ogen vol tranen en een uitdagende blik. Ze wendde haar blik niet af en dat lukte hem ook niet.

'Heb je dat gedaan?' fluisterde ze. 'Ik hoop echt dat je dat hebt gedaan.'

Het enige wat hij kon doen was knikken.

'Goed zo,' zei ze heftig en toen ze met haar ogen knipperde liepen de tranen over haar wangen. 'Ik hoop dat die klootzak heeft geleden.'

'Nee,' zei hij en ongelooflijk maar waar, hij moest bijna glimlachen. Die aandrang werd echter snel tenietgedaan en hij trok even aan haar zodat ze haar eerdere positie weer innam, met haar gezicht tegen zijn arm. *Blijf me kussen, alsjeblieft.*

Ze ging nog verder en verschoof de hand op zijn arm zodat ze haar vingers in die van hem kon vlechten. Ze had haar armen nu om hem heen en begon opnieuw zijn schouder te kussen.

'We vochten en ik duwde hem weg. Hij kwam met zijn hoofd op het aambeeld terecht.'

'Dus het was een ongeluk. Jammer.'

Dat Daisy een beetje bloeddorstig was, was geen grote verrassing. De vrouw had een kern van staal. Hij hoopte daar meer van te zien. Meer van haar.

'Wanneer mishandelde Ephraim Burton je?'

Hij rechtte zijn rug. 'Ongeveer vijf minuten nadat ik de smidse uit was gerend. Hij zag me rennen en kwam kijken of alles in orde was met McPhearson. Hij gaf een brul die ik aan de andere kant van het terrein kon horen. Als een beer die gewond was.'

'Waar was je?'

'Ik had me verstopt in de schuur van Amos.'

'De echtgenoot van je moeder.'

'Precies. Ik wist waar hij zijn houtsnijmessen bewaarde. Hij was timmerman. Ik had een van de messen gepakt toen Ephraim de schuur binnenstormde met een paar van de andere mannen in zijn kielzog. Ephraim was de beste vriend van McPhearson. Hij eiste het recht op mij te vonnissen.'

'Hij ging je vermoorden.'

'Ja. Dat is hem bijna gelukt.'

Haar greep op zijn hand verstevigde. 'Vocht je terug?'

'Ja.'

'Maar je hebt hem niet gedood.'

'Nee,' fluisterde hij. 'Maar ik heb het wel geprobeerd.'

Ze schoot overeind toen het langzaam tot haar doordrong. 'Je hebt hem in zijn oog gestoken. Daarom draagt hij een ooglapje.'

Hij kon haar alleen maar verbijsterd aankijken. 'Hoe wist je...'

'Het was de uitdrukking op je gezicht, Gideon, toen je hem met dat lapje zag. Heb jij hem dat aangedaan? Nou, goed zo. Ik wou dat je dat mes in zijn keel had begraven.'

Inderdaad bloeddorstig. Maar Gideon moest zijn hoofd schudden. 'Hij had blijkbaar eerste keus uit McPhearsons vrouwen, want McPhearson had geen mannelijke bloedverwanten, in ieder geval niet binnen de gemeenschap. Ephraim was wat wreedheid betreft tien keer erger dan McPhearson.'

'O,' zei ze ademloos. 'Arme Eileen.'

Hij knikte verdrietig en slikte het zuur weg dat in zijn keel brandde. 'Ik kan niet begrijpen hoe ze die man heeft overleefd. Maar dat moet haar zijn gelukt.'

'Want het medaillon is buiten het terrein gekomen. Wat zou er met het medaillon gebeurd zijn als ze was gestorven?'

'Dan zou het omgesmolten zijn om een nieuwe te maken of aan een andere Miriam zijn gegeven.'

Ze haalde haar hand van zijn rug en legde die om zijn kaak, net als ze eerder die dag had gedaan. Terwijl haar duim over zijn baard ging vroeg ze: 'Hoe ben jij ontsnapt?'

'Mijn moeder,' fluisterde hij. 'Ik heb een vage herinnering aan Amos die de schuur kwam binnengerend nadat de mannen Ephraim naar de genezer hadden gedragen. Ik denk dat Amos werkelijk geloofde in de beginselen van de gemeenschap. Mijn moeder was niet óngelukkig met hem. Ze smeekte hem haar te helpen mij weg te krijgen. De volgende dag was een zaterdag, de dag dat de vrachtwagen voorraden ging halen – de dingen die we niet konden verbouwen of maken. Hij nam groenten en sommige van de producten die we maakten mee. Dingen uit de smidse en spullen die mannen als Amos in de timmerwerkplaats maakten, meubels en zo. De vrouwen maakten quilts en bakten van alles. Van die dingen.'

'Heb je je in de vrachtwagen verstopt?'

'Mijn moeder verstopte me, achterin. Ik heb zo'n vage herinnering, meer een droom eigenlijk, dat ze me onder een deken vasthield en heel zachtjes huilde. Tegen me zei dat ik moest volhouden en dapper moest zijn. Dat ze... ze...' Zijn keel werd dichtgesnoerd en zijn ogen en neus brandden.

Daisy legde haar hoofd op zijn schouder en sloeg haar armen om hem heen terwijl ze achterover tegen de bank leunde. 'Dat ze van je hield,' fluisterde ze en hij knikte, niet in staat om zijn tranen in te houden. Daisy hield hem vast, streelde zijn haar en zei geen woord.

Daisy zei niet tegen hem dat het allemaal goed zou komen. Ze zei niet tegen hem dat hij niet moest huilen. Ze maakte geen troostende geluiden, deed geen beloftes die niets te betekenen hadden. Ze leunde alleen maar achterover tegen de bank en hield hem vast tot hij weer kon ademhalen.

Hij zuchtte, uitgeput. 'Het spijt me.'

'Niet nodig,' fluisterde ze in zijn oor. 'Dat is nergens voor nodig.'

'Rafe weet hier helemaal niets van.'

'Hij zal het nooit van mij horen. Dat beloof ik je.'

'Ik geloof je.' Hij wist niet goed waarom hij dat deed, maar hij wist het zonder ook maar een spoortje twijfel. 'Ik moet mijn gezicht wassen.' Hij wilde echt niet dat ze hem zo zou zien.

Hij zou zich beschaamd moeten voelen dat hij bij haar had gehuild, maar dat deed hij niet. En hij wist niet goed wat hij daarvan moest denken.

'Zo meteen.' Ze streelde nog steeds zijn haar. 'Laten we dit afmaken, dan hoef je er niet meer over te praten. Hoe ben je bij het busstation gekomen? Dat in Redding, toch?'

'Dat is wat ze me vertelden toen ik weer bij bewustzijn kwam. Ik wist niet hoe ik daar was terechtgekomen. Ze zeiden dat een politieagent me op zijn ronde achter het stationsgebouw had gevonden. Mijn zakken waren leeg en mijn schoenen waren verdwenen.'

'Je bent beroofd terwijl je daar lag.'

'Dat dacht de politie ook. Ik werd per helikopter naar het ziekenhuis van UC Davis gebracht. Dat is een level 1-traumacentrum.'

De hand die zijn haar streelde aarzelde en ging vervolgens verder met de troostende bewegingen. 'Omdat je bijna stierf.'

'Ja.'

Ze bleef zo lang stil dat hij overwoog om op te staan. Maar het voelde zo fijn om te worden omarmd. Dat was een heel lange tijd geleden. Hij ontspande een beetje meer en drukte zijn gezicht in de holte tussen haar nek en schouder. Ze rook zo lekker.

'Je zei dat je niet wist hoe je bij het busstation bent gekomen,' zei ze plotseling.

Hij wilde niet bewegen. 'Wat?'

'Je zei dat je niet wist hoe je daar bent terechtgekomen. Betekent dat dat je er later achter bent gekomen?'

Hij bleef doodstil zitten, verbijsterd dat ze dat had opgepikt uit alle dingen die hij had gezegd. Al had hij dat niet moeten zijn. De manier waarop ze systematisch die puzzel in elkaar had gezet gaf aan hoe haar brein werkte.

Het zal je nooit lukken om ergens mee weg te komen.

Zal nooit lukken. Die zin veroorzaakte even kortsluiting in zijn hersenen. Dat was een zin in de toekomende tijd. Dat hem dat niet vreselijke angst aanjoeg was iets waarvan hij niet goed wist wat hij ervan moest denken. Daar zou hij zich later wel druk om maken. Op dit moment wachtte ze op antwoord.

'Daar kwam ik later achter. Mijn... zus Mercy ontsnapte. Zij vertelde het me.' Uiteindelijk. Mercy had hem verder echter niet veel meer verteld.

Bij de diepe teug adem die ze nam tilde hij zijn hoofd op en hij liet het weer zachtjes zakken toen ze in zijn haar uitademde. 'Maar je moeder niet?'

Hij schudde zijn hoofd, niet in staat om het woord 'nee' uit te spreken, maar dat was ook niet nodig, want ze haalde opnieuw diep adem en dat klonk verdacht vochtig.

'Het spijt me, Gideon. Het spijt me zo vreselijk.'

Het spijt mij ook, mama. Zo ontzettend.

Ze dwong zijn hoofd ver genoeg omhoog om een kus op zijn voorhoofd te drukken en hij voelde de nattigheid op haar wang. 'Dank je dat je me dit hebt verteld,' zei ze voor ze hem losliet.

Hij knikte tegen haar aan omdat hij zijn stem niet vertrouwde. Hij lag daar op de bank, half over haar heen. Zijn arm lag rond haar middel, zijn wangen hadden een rustplaats gevonden tussen haar borsten. Hij had zich zelden zo leeg gevoeld. Zo... veilig.

Ze lag nu te neuriën. Iets laags en hees. Sexy. Maar ook lief. Een slaapliedje, besefte hij dromerig. 'Sst, laat alles los, Gideon. Ga slapen. Ik waak over je.'

Ze hield hem tegen zich aan gedrukt en gaf vluchtige kussen op zijn hoofd terwijl haar hand zijn baard liefkoosde. Zijn hersenen begonnen uit te schakelen ook al begon zijn lichaam wakker te worden. Ze was zacht en vol rondingen en ze rook zo verrekte lekker. Hij draaide zijn hoofd en drukte zijn lippen in haar handpalm. Hij wreef zijn neus tegen haar hand. Hij wilde haar, maar zijn seksuele frustratie drong maar heel even tot hem door voor hij in slaap sukkelde.

Vrijdag 17 februari, 23.15 uur

'Hé, Trish, is dat niet die vriendin van je? Die van de radio?'

Hij keek met een ruk op van het scherm van zijn telefoon en zijn blik concentreerde zich op de televisie die boven de bar hing. Zij was het. *Eleanor Dawson.* Het item op het nieuws was hetzelfde als wat hij op zijn telefoon had zitten bekijken, maar de tv boven de bar had ondertiteling, dus kon hij zien wat ze zei. Hij had het op zijn telefoon niet kunnen horen.

Het lawaai in de bar was oorverdovend. Hij kon zichzelf nauwelijks horen denken. En hij moest echt nadenken.

Vooral omdat Eleanor Dawson het had over vermiste prostituees.

Hoe wist ze dat? Wie wisten het nog meer? *Wel gloeiende...* Hij wilde het uitschreeuwen, maar dat deed hij niet. In plaats daarvan draaide hij zich op de barkruk om zodat hij het beeld helemaal kon zien.

Niemand weet ergens van af, hield hij zichzelf voor. *Niemand heeft er ook maar een idee van dat jij dat hoertje hebt opgepikt. Niemand heeft er ook maar een flauw vermoeden van dat je haar hebt opgeborgen in de vriezer in je kelder.* En niemand wist dat hij mevrouw Onbeschoft had ingepikt op het vliegveld van Colorado.

Niemand weet iets. Je bent veilig. Je bent slim geweest.

Niemand weet iets.

'Weet u van een bepaalde persoon hier in de stad die is verdwenen?' vroeg de verslaggeefster en Dawson keek verdrietig.

'Ik weet zeker dat u manieren hebt om alle informatie te achterhalen,' antwoordde ze.

Ze weet het niet. Als dat wel zo was geweest, zou hij op dit moment in een cel zitten.

Dus kalm maar. Geniet van je biertje. Zoek uit wanneer haar vriendin klaar is met werken. Want hij zou de onfortuinlijke serveerster volgen en achterhalen waar Eleanor woonde.

Hij fronste zijn voorhoofd. *Wacht even.* Die van de radio? Hij herstartte de video op zijn telefoon en drukte die tegen zijn oor. *Aha. Dat is waar ik haar stem eerder heb gehoord. Ze is die meid op de radio van* The Big Bang with TNT. Die die ochtend een ongelooflijke eikel was geweest.

Poppy Frederick had de verslaggeefster haar genoemd. *Dat is zij.* Hij ging van opwinding een beetje rechter zitten. Misschien was dat de reden dat hij Eleanors adres niet had kunnen vinden. Misschien noemde ze zichzelf Poppy. Hoewel Eleanor een veel mooiere naam was.

Maakt niet uit. Hij zette zijn telefoon uit, liet die in zijn zak glijden en ging verder met van zijn biertje genieten. Binnenkort zou hij alles weten wat hij moest weten over Eleanor Dawson, alias Poppy Frederick.

Alles zou helemaal goed komen.

12

Sacramento, zaterdag 18 februari, 01.30 uur

De serveerster ging eindelijk naar huis. Hij zat al twee uur in zijn auto aan de overkant van de straat te wachten. Hij zette de capuchon van zijn oliejas op, sloot zijn auto af en volgde haar. Het regende nog steeds pijpenstelen en dat werkte in zijn voordeel, want de serveerster hield de hele weg haar hoofd gebogen. Ze keek niet één keer op en had hem niet in de gaten.

Hij wachtte tot ze het appartementengebouw binnenging en constateerde opgelucht dat er geen slot op de haldeur zat. Er was een spiegelruit naast de ingang en daar bleef hij staan kijken terwijl zij haar brievenbus controleerde voor ze, nog steeds met gebogen hoofd, de trap op liep. Hij glipte de deur door en volgde haar terwijl zij drie trappen op sjokte met een zware rugzak aan één schouder. Hij bleef een trap lager wachten tot ze alle drie de sloten had opengedraaid en de deur openduwde voor hij actie ondernam.

Hij sprintte de resterende treden op met een prop stof in zijn hand, duwde haar naar binnen, stopte in dezelfde beweging de prop in haar mond en sloeg een arm om haar keel. Ze had de tijd niet om te gillen.

Hij bond haar met kabelbinders snel aan handen en voeten en rolde haar op haar rug. Haar ogen waren groot van angst. *Mooi.* Hij wilde dat ze heel erg bang was.

'Dit is wat er gaat gebeuren,' zei hij zacht terwijl hij zich naar haar toe boog. 'Je gaat me vertellen waar je vriendin woont. Je weet wel, dat blondje dat gisteravond bij je was.'

Haar ogen werden nog groter.

'Knik als je me begrijpt,' beval hij en ze knikte snel en kort. 'Trish, toch?'

Opnieuw een knik, terwijl er tranen in haar ogen verschenen.

Dat gebeurde ook bij Sydney. Tranen die niets te betekenen hadden. Tranen waren manipulatief. Hij had geleerd zich niets aan te trekken van vrouwentranen. Ze maakten hem alleen maar kwader. Hij ging op zijn hurken naast haar zitten, klikte zijn stiletto open en drukte de punt tegen haar keel. Hij haalde voorzichtig de prop uit haar mond, klaar om hem er meteen weer in te duwen als ze geluid maakte.

'Waar woont ze?'

'Dat weet ik niet,' bracht Trish met schorre stem uit. 'Ik weet het echt niet.'

'Jullie zijn hartsvriendinnen. Ga je nooit naar haar huis? Echt nooit? Denk je dat ik dat geloof?' Hij duwde de punt van het mes een beetje harder en ze slaakte een kreet. 'Vertel op.'

'Ik weet het niet,' hield ze vol, maar ze loog. Dat zag hij altijd.

Ze logen altijd.

Hij stopte de prop weer in haar mond en gooide de inhoud van haar tas op de vloer naast haar. Hij zocht tussen de spullen tot hij haar mobieltje had gevonden. Dat was niet vergrendeld, dus opende hij haar contactenlijst. Geen Eleanor Dawson. Maar er was wel een Daisy Dawson.

Er stond alleen maar een telefoonnummer bij. Geen adres.

Hij klikte op de gesprekkenlijst. Trish had een paar uur voor de aanval een telefoontje van Daisy gekregen, maar de enige berichten waren van eerder op de dag, toen het tweetal bij het gemeenschapscentrum afsprak voor hun bijeenkomst van de AA.

Hij wierp een blik op de vastgebonden vrouw, die haar ogen dicht had terwijl de tranen in een constante stroom over haar wangen biggelden. Dat was de reden dat zij en het blondje in het gemeenschapscentrum waren geweest. De AA.

Ik wou dat ik het had geweten. Dan had ik drank meegenomen als een kleine verleiding.

Maar misschien had ze ergens een fles verstopt. Dat deden sommige alcoholisten. Hij liet haar liggen waar ze lag, ging de keuken binnen en rommelde in kastjes en de kleine voorraadkast op zoek naar een voorraad voor noodgevallen. Hij bleef staan toen hij langs de koelkast liep, waar een flyer met een magneet was opgehangen. Boven aan het pamflet stond een korrelige foto van een vrouw.

Dat was zij. Poppy Frederick, alias Eleanor, alias Daisy Dawson. Hij boog zich voorover en bekeek de flyer. Die was van een adoptie-evenement bij Barx en Bonz, waar Poppy 'gastvrouw' was. Dat betekende dat ze er in eigen persoon zou zijn. Morgen, van tien tot twee.

Vandaar kan ik verder. Opluchting spoelde als een golf over hem heen. Dat betekende één zorg minder. Nu kon hij afmaken waar hij donderdagmiddag mee was begonnen. Toen hij de bar was binnengevallen, vol woede na het nieuws dat Paul het bedrijf ging verkopen.

Toen hij voor het eerst de serveerster had gezien, die aardiger tegen hem had moeten doen.

Zaterdag 18 februari, 03.05 uur

Hij vertraagde zijn pas en trok aan de riem van Mutt toen de hond verder wilde lopen. Want ze waren er. Een leuk victoriaans huis midden in Midtown.

Trish had Daisy's adres niet prijsgegeven en tot het bittere einde volgehouden dat ze niet wist waar haar vriendin woonde. Hij kon niet anders dan bewondering hebben voor een dergelijke loyaliteit.

Jammer dat ze zo vals tegen hem had gedaan donderdag. Het bittere einde was voor haar inderdaad bitter geweest. En hij voelde zich zo'n stuk beter.

Vrouwe Fortuna had hem toegelachen. Twee keer.

De eerste keer was geweest toen hij even pauzeerde van zijn werk en op haar bank zat te kijken hoe ze lag te kronkelen op de vloer. Om haar de gelegenheid te geven nog eens na te denken over haar leugen dat ze niet wist waar Daisy woonde.

Hij had haar rugzak gepakt, nieuwsgierig als hij was waarom die zo zwaar was. Die had vol gezeten met lesboeken. Ze had zo te zien gestudeerd. Hij had elk boek uit de rugzak gehaald en ze op een stapel op de salontafel gelegd naast een stelletje tijdschriften. Hij had al vrijwel zeker geweten welk souvenir hij zou meenemen om zich haar te herinneren, maar soms vond hij de beste dingen onder in het tasje van een vrouw – of haar rugzak.

Helaas was het enige onder in de rugzak van Trish een stelletje pennen en potloden. Hij had de rugzak aan de kant gegooid – en dat was het moment dat hij het had gezien.

Een tijdschrift op haar salontafel. Maar het was niet het gezicht van de beroemdheid van de dag dat zijn aandacht trok. Het was het adreslabel. *Eleanor Dawson.* Met een adres. En nu stond hij op de stoep voor dit heel aardige victoriaanse huis.

Dat – en dat was het tweede geluk – maar drie straten van zijn eigen huis verwijderd was.

Hij had het tijdschrift meegenomen en het adreslabel eraf gescheurd voor hij het tijdschrift in zijn open haard gooide. Hij had niet gewild dat iemand wist dat hij Daisy's adres had gezien, want dan zouden ze weer op hun hoede zijn.

Hij bestudeerde het victoriaanse huis met drie verdiepingen. Hij had ook zo'n huis gewild, maar ze waren te duur. Maar deze had drie brievenbussen bij de voordeur. Dus het pand was verdeeld in drie appartementen. Dat van Daisy was nummer 1. Zat ze misschien op de begane grond? Dat maakte het eenvoudiger. Hij had er de pest aan om door ramen op de eerste of tweede verdieping te klimmen.

Op dat moment stopte er een auto voor het huis. Hij wendde zich af en deed net of hij Mutt in de gaten hield, maar een blik over zijn schouder onthulde een vrouw die uit de auto stapte en op een holletje naar de voordeur liep. Ze was lang en had een lange blonde paardenstaart. Beslist niet Daisy. Deze vrouw bewoog strijdlustig, ook al was ze duidelijk onder invloed.

Ze zong ook strijdlustig, vond hij, en hij vertrok zijn gezicht bij het horen van haar verminkte lied. Queen. 'Bohemian Rhapsody'. Haar serenade eindigde abrupt toen ze overging op een luid 'Sasha is thuis!' Toen sloeg ze met een klap de voordeur dicht.

Hij kwam in de verleiding om door de benedenramen te gluren om te zien of Daisy in haar appartement was, maar hij was bang dat de dronken zangeres haar wakker had gemaakt. Het laatste wat hij wilde was dat ze bij de politie aangifte zou doen van een gluurder.

Hij trok aan Mutts riem. 'Kom op, Mutt. We gaan naar huis.'

Zaterdag 18 februari, 04.00 uur

Daisy werd langzaam wakker. Haar nek was een beetje stijf omdat ze op de bank in slaap was gevallen, maar dat kon haar niet schelen, omdat haar lichaam gevangenzat onder dat van Gideon, wiens regelmatige ademhaling haar borst verwarmde. Haar armen verstevigden in een reflex hun greep om zijn brede schouders, maar hij reageerde niet. Hij was diep in slaap.

Ze hoefde niet op de klok te kijken om te weten dat het rond vier uur in de ochtend was. Haar lichaam was binnen een week nadat ze met de ochtenduitzending was begonnen gewend geraakt aan om vier uur wakker worden. Tad had er elke dag over geklaagd en hij deed de show al vijf jaar. Ze vroeg zich nu af of hij had geprobeerd haar ook aan het klagen te krijgen, zodat hij dat kon doorbrieven aan de manager.

Hufter. Leugens verspreiden dat ze de aanval had verzonnen voor de luistercijfers. *Klootzak.*

Maar ze ging nu niet denken aan Tad de Klootzak. Niet nu ze haar armen vol slapende Gideon Reynolds had.

Gideon. *God.* De dingen die hij had doorstaan. Haar keel deed pijn bij de herinnering aan hoe zijn stem was gebroken, de manier waarop hij op haar schouder had gehuild. Op zo'n manier bijkomen in een ziekenhuis, dertien jaar oud. Pijn lijdend. En alleen.

Hij moet zo bang zijn geweest. Haar hart deed pijn als ze er alleen nog maar aan dacht.

De pijn in haar borst begon plaats te maken voor een blinde woede toen ze dacht aan de mannen die zijn familie zo wreed hadden gefolterd. Eileen, ook. Ze zou ze graag in handen krijgen. Ze laten voelen wat echte pijn was zodat ze antwoorden kon krijgen voor Gideon.

Waar was Eden? Waar was Ephraim Burton? Hoeveel van de mannen daar hadden toegekeken terwijl Ephraim een dertienjarige jongen bijna doodsloeg? Uiteraard moesten ze eerst Eileen zien te vinden. Zij wist misschien waar Eden was, aangezien ze ook was ontsnapt. *Ik hoop dat ze is ontsnapt. Ik hoop dat ze weg heeft weten te komen. Ik hoop dat ze ergens veilig is.*

En als ze Eileen nooit vonden? Als ze nog leefde, dan had ze het medaillon misschien met opzet verloren, omdat ze zo veel mogelijk afstand van de gemeenschap van Eden wilde nemen. *Ik weet dat ik dat in haar plaats zou hebben gedaan.* Ze was waarschijnlijk ergens ondergedoken.

Gideons zus was daar weggekomen, maar Daisy nam aan dat zij ook niet kon zeggen waar Eden was, anders zou Gideon de gemeenschap allang hebben gevonden en de misbruikers hebben overgeleverd aan de politie. En er was verder niemand om het aan te vragen.

Tenzij... Ze knipperde verrast met haar ogen bij de gedachte. Stel dat er anderen waren die hadden weten te ontsnappen. Anderen van wie Gideon niet op de hoogte was.

Hoe zouden ze elkaar zelfs maar kunnen vinden in de echte wereld?

Ze streelde afwezig zijn haar, dat aan haar vingertoppen aanvoelde als zijde. Een sekte als Eden zou zijn leden niet toestaan erachter te komen dat ontsnapping mogelijk was. Ze vroeg zich af wat de leiders de leden hadden verteld toen Gideon was ontsnapt.

Waarschijnlijk dat hij was gestorven.

Dus wat nou als anderen ook waren ontsnapt? Waar zouden ze naartoe gaan?

Zo ver weg als maar mogelijk was, was haar eerste gedachte. Maar dat had Gideon niet gedaan. In plaats daarvan was hij in Noord-Californië gebleven en had hij om overplaatsing erheen gevraagd toen zijn werk hem er had weggehaald.

Om bij de Sokolovs te zijn, had hij gezegd en Daisy wist zeker dat dat waar was.

Maar ook om naar hen te zoeken, besefte ze. Dat wist ze op de een of andere manier zeker. Een man als Gideon zou niet toelaten dat een dergelijk kwaad bleef voortbestaan. En dat verklaarde weer waarom hij zo geïnteresseerd was in Daisy's aanvaller. Het medaillon was een spoor, misschien wel het eerste dat hij had.

En als dat spoor nergens heen leidde, dan was het zoeken naar anderen een degelijk plan B. Andere medaillons. Andere tatoeages. *Een speurtocht.*

Haar huid tintelde van opwinding terwijl ze haar lichaam van onder het zijne wurmde. Hoe verleidelijk de warmte van zijn lichaam ook was, Daisy was dol op een goede speurtocht.

Hij maakte een schor geluid toen ze probeerde te bewegen en de arm die om haar middel lag verstevigde zijn greep. Maar hij sliep verder. Ze maakte voorzichtig zijn hand los van haar middel en drukte een kus op de knokkels. Toen rolde ze weg en liet zich op de vloer glijden, waarna ze hem terug op de bank duwde. Ze pakte een kussen en een deken van haar bed en zorgde dat hij er iets comfortabeler bij lag.

Hij was mooi, dacht ze terwijl ze met haar vingertoppen over zijn baard ging, die zachter was dan ze had gedacht. Ze boog zich voorover en kuste zijn slaap. Ze wenste dat ze in plaats daarvan zijn mond kon kussen.

Er was iets tussen hen, noem het chemie of wat dan ook. Maar ze kon hem geruststellen. En hij haar. Ze kon voor zichzelf zorgen, maar het was leuk om dat niet te hoeven doen.

Zo fijn om iemand te hebben om mee door de regen te lopen, zelfs toen ze reporters van zich af moesten zien te houden.

Zo fijn om sterke armen om zich heen te voelen wanneer ze van haar stuk was en dat hij haar voldoende vertrouwde om hetzelfde te doen. Dat was het meest indrukwekkende van alles – dat Gideon haar zijn verhaal had toevertrouwd, zijn pijn.

Ze zou alles in het werk stellen om hem te helpen. En misschien een paar van de vaardigheden in onderzoeksjournalistiek uitproberen die ze tijdens haar studie had geleerd. Al leek dat een heel leven geleden.

Ze ging met haar laptop in de leunstoel zitten, opende een browser en typte: 'tatoeages olijfbomen engelen met brandend zwaard'. Ze deed een schietgebedje en drukte op ENTER.

13

Sacramento, zaterdag 18 februari, 06.15 uur

Gideon werd met een schok wakker. Zijn hand ging naar zijn heup en zijn hart sloeg over. *Hij is weg.* Zijn pistool was weg. En het was donker.

En hij had een erectie van hier tot Tokio.

Hij dacht wanhopig na terwijl hij zich probeerde te herinneren waar hij was. Hij lag op een bank met een dunne deken over zich heen en een zacht kussen onder zijn hoofd. Hij schoot overeind en de deken gleed op een hoopje in zijn schoot.

'Hij ligt op het tafeltje.'

De hese stem was als een liefkozing, kalmeerde zijn snel kloppende hart, maar maakte zijn erectie alleen maar erger. *Daisy.* Hij was boven op haar in slaap gevallen met zijn pistool nog steeds in de holster. Dat deed hij anders nooit. Hij stelde zijn wapen altijd veilig wanneer hij ging slapen.

Ik waak over je. Dat had ze vlak voor hij wegdommelde in zijn oor gefluisterd.

Hij was in slaap gevallen. *Boven op haar.* Dat deed hij anders ook nooit. Hij had in zijn hele leven in het gezelschap van maar een handjevol mensen geslapen sinds hij weg was uit Eden. En dat was altijd in een bed voor hem helemaal alleen geweest. Hij had in het andere deel van de lits-jumeaux in Rafe's kamer geslapen, maar het had jaren geduurd voor hij zich voldoende op zijn gemak voelde om dat te doen. Sindsdien alleen maar de kamergenoten die hij in Quantico had gehad en bij het observeren tijdens operaties.

Hij sliep niet bij andere mensen. De vrouwen met wie hij had gedatet werden nooit uitgenodigd om te blijven slapen. Dat wisten ze van tevoren – hij was nooit anders dan genadeloos eerlijk geweest – en hoewel veel van hen meer hadden gewild, waren ze tevreden geweest met wat hij had te geven. En zodra ze niet langer tevreden waren, gingen ze verder. Even goede vrienden. Voor het grootste deel geen gekwetste gevoelens.

Hij kende Daisy Dawson nog geen achtenveertig uur en hij had al bij haar geslapen. *Op haar.* Hij had zijn hart bij haar uitgestort. En op haar schouder uitgehuild.

Hij wist dat hij zich beschaamd zou moeten voelen, maar toch deed hij dat niet. Hij was misschien een beetje... uit zijn evenwicht. Maar niet beschaamd. Met wat naar hij hoopte een heimelijk gebaar was bracht hij zijn zaakje op orde, duwde de deken van zich af en zette zijn in sokken gestoken voeten op de vloer. Zijn schoenen waren onder de salontafel gezet en het pistool lag in zijn holster erbovenop.

Ze zat in een grote leunstoel die er niet was geweest toen hij het appartement nog van Rafe huurde. Ze had haar voeten onder zich opgetrokken en haar mooie gezicht werd verlicht door de gloed van de laptop op haar knieën. Brutus lag zachtjes te snurken op een van de armleuningen.

'Hoe laat is het?' vroeg hij terwijl hij zijn nek masseerde. Het kussen was niet slecht, maar hij had het veel prettiger gevonden toen zijn hoofd haar borsten als kussen gebruikte.

'Kwart over zes.'

'Wauw. Ik heb lang geslapen.'

Haar lippen vormden een glimlach. 'Je was eraan toe.'

Dat vermoedde hij ook. Gisteren, toen hij bij Daisy zijn verleden had opgerakeld, was buitengewoon uitputtend geweest en de nacht ervoor had hij geen oog dichtgedaan na zijn gesprek met Molina. En omdat hij bezorgd was over wat het wilde zeggen dat Daisy hem zover had gekregen dat hij er feiten uit gooide die hij niet had willen delen. 'Heb jij überhaupt geslapen?'

'Jazeker. Ik ben één keer wakker geworden toen Sasha binnenkwam. Ze zong zo hard ze kon "Bohemian Rhapsody".'

Hij grinnikte. 'Ze was dus dronken.'

Hij zag in de gloed van haar laptop dat ze haar ogen ten hemel sloeg. 'Ze kan die hoge noot alleen halen als ze een stuk in haar kraag heeft. Maar ik ben weer in slaap gevallen en pas om vier uur wakker geworden. Mijn lichaam wordt elke ochtend om vier uur wakker, ook in het weekend. Op werkdagen zit ik om vijf uur in de studio, maar ik probeer mijn slaapritme niet aan te passen op mijn vrije dagen.

Het is te lastig om dan op maandag de draad weer op te pakken. Ik zal na de adoptiebijeenkomst wel even een dutje moeten doen.'

Hij dacht even na. 'O ja. Dat is vandaag.'

Haar wenkbrauwen gingen omhoog. 'Klopt, dat is vandaag. waarom kijk je zo?'

'Omdat ik vandaag naar het busstation van Redding moet.'

Haar gezicht betrok. 'Om naar Eileen te zoeken. Natuurlijk. Ik kan Rafe vragen met me mee te gaan. Of zelfs Damien of Meg.'

Rafe's oudere broer Damien was politieman in West-Sacramento en zijn zus Meg was hulpsheriff van de county. Beide Sokolovs waren prima vervangers, maar hij wilde niet dat iemand zijn plaats innam.

Hij wilde degene zijn die haar beschermde. En dat was belachelijk. Maar een feit.

Hij voelde dat zijn mobieltje nog in zijn broekzak zat. Ze was blijkbaar niet dapper genoeg geweest om iets anders uit te trekken dan zijn schoenen en zijn holster. Dat hij daardoorheen had geslapen was een bewijs van hoe uitgeput hij was geweest.

Of misschien van hoezeer je haar al vertrouwt.

Hij bekeek zijn e-mail en vond het antwoord waar hij naar had gezocht. Het was niet wat hij wilde horen. Maar ook weer wel, want hij wilde haar niet verlaten. En dat was ook belachelijk. Hij zuchtte gefrustreerd.

'Wat is er?' vroeg ze.

'Ik heb een mailtje gestuurd aan een vriend in Philadelphia, een politietekenaar. Hij heeft ook bij de FBI gewerkt, waar ik hem heb leren kennen. Ik heb hem de foto van Eileen gestuurd.'

'Zodat ze een verouderingssimulatie kunnen maken. Goed idee. Wat zei hij?'

'Dat hij er niet eerder aan toekomt dan vanmiddag. Ik wil niet in Redding gaan rondvragen zonder een tekening die meer up-to-date is. Voor het geval ze nog maar net is ontsnapt.'

'Ik kan vanmiddag vroeger weggaan bij de dierenkliniek,' bood ze aan. 'Misschien dat we daar kunnen zijn tegen de tijd dat je de tekening krijgt.'

Hij schudde zijn hoofd. 'Dat is niet nodig. Het kaartjesloket van het busstation sluit vanmiddag om één uur en het kost ons tweeëneenhalf uur om daar te komen, dus we kunnen vandaag nooit meer op tijd zijn. We zullen moeten wachten tot ze morgen weer opengaan, wat betekent dat we op elk gewenst moment nadat dat dierengedoe klaar is kunnen vertrekken.'

Haar ogen werden groot en zelfs in het zwakke licht kon hij zien dat ze verrukt was door zijn woorden. 'Ga je me echt meenemen? Ik nam aan dat je zou zeggen' – ze liet haar stem dalen tot een schorre, lage commandotoon – '"Echt niet, jij blijft hier."'

Hij lachte. 'Ik denk dat je daar met mij veiliger bent dan wanneer je hier in je eentje achterblijft.'

Dat de Sokolovs nooit zouden toestaan dat ze alleen bleef, bleef ongezegd.

Haar glimlach verflauwde terwijl ze hem in het halfduister opnam. 'Heb je ooit tegen de politie verteld wat je is overkomen toen je eenmaal weer was bijgekomen in het ziekenhuis?'

Hij bleef roerloos staan terwijl hij vanbinnen verkilde. Dat maakte ook een einde aan zijn erectie. 'Ja. Maar ze konden de gemeenschap niet vinden. Ik wist niet waar ze zaten en de politie ging niet op basis van de verklaring van één in elkaar geslagen tiener een grootscheepse zoekactie vanuit de lucht doen naar een groep waar nog nooit iemand van had gehoord. Ik vertelde hun dat het een stadje was dat Eden heette. Ik wist toen nog niet dat ik het een sekte moest noemen. Ik denk dat de rechercheur me wel geloofde, maar hij zei dat er in de omtrek geen stad was die Eden heette. Hij zei dat ze iemand lieten zoeken, maar...' Hij haalde zijn schouders op.

'Dus ben je zelf naar ze op zoek gegaan.' Ze zei het constaterend, niet vragend.

'Je lijkt er zeker van dat ik dat heb gedaan.'

'Dat ben ik ook. Je zou je moeder en je zus niet hebben laten lijden als je dat had kunnen voorkomen. Ik neem aan dat je hen ook niet hebt kunnen vinden.'

'Nee,' antwoordde hij, verlegen geworden van haar vertrouwen in hem. 'Ik zoek al zeventien jaar. Het enige wat ik over de plek weet is dat je Mount Shasta in de verte kon zien.'

Ze vertrok haar gezicht. 'Dat maakt het niet echt simpeler, hè? Je kunt die berg op een heldere dag van honderdvijftig kilometer ver zien.' Er verschenen rimpels in haar voorhoofd. 'Dat is, wat? Bijna achtenzestigduizend vierkante kilometer om te doorzoeken. Hoe zat het met het zicht op de berg? Aan welke kant kwam de zon op of ging die onder? Dat zou het wat beperken.'

Hij haatte het om dit allemaal opnieuw te moeten doen. Maar voor haar zou hij dat doen. 'Dat veranderde een paar keer. De gemeenschap is voor mijn dertiende een paar keer verhuisd. De berg lag in het westen toen ik er wegging, maar ze kunnen het dorp weer hebben verplaatst voor de politie daar kwam zoeken.'

'Hoe zit het met satellietfoto's?'

Hij schudde zijn hoofd. 'Ik heb ontelbare uren besteed aan het bestuderen ervan, de beelden van seizoen tot seizoen met elkaar vergeleken. Ik heb geen nederzettingen gevonden die niet op bestaande kaarten staan.'

'Dus hebben ze de boel op de een of andere manier gecamoufleerd,' mompelde ze.

'Dat denk ik ook,' zei hij. 'De huizen waren klein, met maar een paar vertrekken. Sommige hadden een vliering waar de kinderen sliepen.'

'Heel erg *Het kleine huis op de prairie*,' constateerde ze spottend. 'Behalve dan uiteraard de slavernij, de polygamie en de wijdverbreide pedofilie.'

Hij moest bijna glimlachen. 'Precies.'

'Kunnen ze huizen van aarde hebben gebouwd?'

'Nu misschien wel. Destijds niet. De huizen waren van houten planken. Betonnen funderingen. Ze braken de huizen gewoon af en namen het hout mee naar de nieuwe plek om te herbouwen.'

'En de funderingen waren eenvoudig genoeg onder aarde te verbergen wanneer ze verder trokken. Hoeveel huizen? En stonden die dicht bij elkaar?'

'Een huis of twintig, vijfentwintig misschien en ja, ze stonden heel dicht bij elkaar. Mijn moeder klaagde altijd dat ze alleen maar haar arm uit het raam hoefde te steken om bij de buurvrouw een kopje suiker te lenen.'

Daisy haalde haar schouders op. 'Het moet niet zo heel moeilijk zijn geweest om dat onder een camouflagenet te verbergen. Het grootste deel van het gebied daar is dicht bebost, voornamelijk met naaldbomen.'

'Ken je het gebied?' vroeg hij verrast.

'Het is niet zo heel ver van waar onze boerderij was. Mag ik later je kaart zien?'

'Mijn kaart?'

'De kaart die je hebt gebruikt om de plekken te markeren waar je hebt gezocht.'

Ze klonk er opnieuw van overtuigd dat hij die had en ze had gelijk. 'Die ligt thuis. We kunnen daar langsgaan om hem op te halen.'

Dat maakte haar aan het glimlachen. 'Krijg ik je huis te zien?'

Hij voelde iets van opwinding bij het vooruitzicht dat hij het haar kon laten zien. Hij was trots op de renovaties die hij tot dusver had gedaan. 'Wil je dat?'

'Ja. Dat wil ik.' Ze hield haar hoofd schuin. 'Kan je zus zich nog bijzonderheden van haar ontsnapping herinneren?'

Zijn maag werd onmiddellijk weer samengeknepen en hij zoog pijnlijk lucht naar binnen. 'Nee.'

Ze werd stil. 'Niet jouw verhaal om te vertellen?'

'Nee. Het spijt me.'

'Het geeft niet, Gideon. Kun je me in ieder geval wel vertellen hoe oud ze was?'

'Dertien.'

'Dan was ze dus al een jaar getrouwd.'

Hij slikte moeizaam. 'Ja.'

'Oké,' zei ze zacht. 'Ik kan de rest zelf wel bedenken.' Ze ging met haar vingers door de vacht van Brutus en liefkoosde de hond zachtjes. Gideon kon zijn ogen er niet van afhouden. Hij wenste dat zij hem ook zo zou strelen. Opnieuw. Want dat had ze de avond ervoor ook gedaan. Ze had zijn haar gestreeld en zijn baard en zijn rug. Zo vreselijk zachtaardig. Niets in zijn leven had ooit zo fijn gevoeld.

'Gideon? Gideon?'

Hij maakte zijn blik los van de hand die Brutus aaide en keek haar aan. 'Wat zei je?'

'Ik vroeg of je andere ontsnapten uit Eden hebt gesproken.'

Zijn mond viel open. 'Wat?'

'Andere ontsnapten. Heb je contact met ze gelegd?'

Het was alsof hij onverhoeds een stoot in zijn maag had gekregen, die hem de adem benam. Hij schudde zijn hoofd. 'Er waren geen anderen. Alleen Mercy, Eileen en ik.'

Ze trok haar benen onder zich vandaan en ging naast hem zitten. Ze zette de laptop op de salontafel. 'Ik heb er twee gevonden, allebei jongens. Nou ja, het zijn nu jonge mannen.'

Hij staarde haar met open mond aan. 'Hoe? Hoe heb je die gevonden?'

Ze keek hem ernstig aan. 'Ik heb journalistiek gestudeerd, Gideon. Ik weet hoe je dingen kunt vinden. Dit was niet eens zo heel ingewikkeld. Het kostte alleen maar tijd.'

'Je bent twee uur wakker.'

Haar blik verzachtte. 'En jij bent een FBI-agent die al zeventien jaar vrij is?'

'Nou... ja.'

'Heb je ooit gezocht naar andere... ontsnapten of overlevenden of hoe je ook wilt noemen wat jij bent?'

'Ja, heel vaak. Ik heb online naar tatoeages als de mijne gezocht en medaillons zoals dat van mijn zus, maar ik heb nooit iemand gevonden.'

'Oké.' Ze legde haar hand op de zijne die op zijn dij lag. 'Ik weet dat je Mercy's verhaal niet kunt vertellen en daar vraag ik ook niet om. Maar heeft ze je verteld hoe ze jouw verdwijning verklaarden?'

'Ja.' Dat was een van de dingen die ze hem wél had verteld. 'Pastor vertelde ze dat ik McPhearson had aangevallen en hem had vermoord en dat ze me bij wijze van straf hadden verbannen.'

'Wat wilde dat precies zeggen?'

'Dat ze me mee hadden genomen de wildernis in, me aan een boom hadden vastgebonden en me daar hadden achtergelaten om te sterven. Ik zou zogenaamd aangevallen, verscheurd en opgegeten zijn door de dieren.'

Daisy snakte naar adem. 'Mijn god.'

Hij haalde zijn schouders op. 'Pedofilie was blijkbaar helemaal in orde. Moord niet.'

'Is...' Ze aarzelde. 'Is je moeder gestraft omdat ze je had helpen ontsnappen?'

Ja. Hij moest zijn hoofd buigen vanwege de plotselinge pijn. *Het spijt me, mama.* 'Hoe heb je die twee die zijn ontsnapt gevonden?' vroeg hij en zijn stem klonk schor en zwaar.

Haar ogen vulden zich met tranen omdat hij haar vraag had beantwoord zonder een woord te zeggen. 'Ik heb in kranten uit Noord-Californië gezocht naar tieners met tatoeages. Ook een algemene zoekactie naar tatoeages met een olijfboom en een kruisverwijzing naar Eden.' Ze vertrok haar gezicht. 'Er zijn heel veel tatoeages met olijfbomen.'

'Dus je hebt handmatig gezocht... met je ogen.' Hij liet zijn adem ontsnappen toen ze hem grijnzend aankeek.

'Met mijn ogen?' vroeg ze grinnikend.

Hij sloeg die van hem ten hemel. 'Ik weet dat ik niet logisch klink. Ik bedoelde, heb je software om fotobestanden te doorzoeken op details?' Want hij hád software gebruikt en toch niets gevonden.

'Nee wat betreft software, ja wat betreft ogen. Ik kan me sneller op bepaalde dingen concentreren dan de meeste mensen.'

'En langer,' mompelde hij terwijl hij dacht aan de puzzel waar ze zich een dag eerder uren in had verloren. Hij ging abrupt rechtop zitten en draaide zich zo dat hij het scherm van de laptop kon zien. 'Laat me die twee zien die je hebt gevonden.'

'Ik heb hun huidige locatie nog niet weten te vinden. Een van hen kan zijn naam inmiddels hebben veranderd. Ik kan je die links mailen.'

'Graag,' zei hij zacht. Hij hoopte uit de grond van zijn hart dat er echt nog anderen waren. Iedere ontsnapte was één mens dat niet meer in die hel vertoefde.

Zaterdag 18 februari, 06.30 uur

Mutt schudde zich even toen ze het huis binnenkwamen, liep rechtstreeks naar zijn mand en rolde zich op met wat een geïrriteerde grom leek. Hij wandelde graag, maar misschien niet zo veel als nu. Ze hadden de weg naar Daisy's huis nog twee keer afgelegd.

Ze was thuis, want alle twee de keren dat hij nog eens was langsgelopen had er licht gebrand in haar appartement. Maar er had ook licht gebrand op de tweede verdieping en daar had hij een man zien lopen. Hij had niet eens geprobéérd het huis te benaderen. Hij was niet van plan om in te breken om Daisy Dawson te pakken, zeker niet als een gil degene die boven woonde zou alarmeren.

Hij was in de verleiding gekomen om zijn auto in de buurt van Daisy's huis te zetten en te wachten tot ze naar buiten zou komen, maar buurtpreventie hield in de gaten of er auto's waren die niet van buurtbewoners waren. Hondenuitlaters waren een algemeen verschijnsel, maar Mutt was moe.

En ik ook. Hij had de dag ervoor gewerkt, Zandra naar huis gebracht en Trish Hart opgeruimd. En dan nog zijn avond met Sydney, bedacht hij huiverend. In ieder geval had het opruimen van Trish zijn hoofd schoongemaakt. Hij kon nu weer helder denken.

En helder nadenkend was hij begonnen aan Operatie Ouweheer Opzijzetten. Terwijl Manilow op de achtergrond croonde, ging hij op het bed zitten en bestudeerde de foto's en documenten die hij tussen zijn wandelingen met Mutt had uitgezocht. Hij was al jaren bezig bewijzen te verzamelen van de affaires van de ouwe. Járen. Maar nog sterker waren de bewijzen van de banden van de oudeheer met de drugkartels. Hij had foto's en brieven en zelfs een paar opnames van gesprekken uit de tijd dat hij Pauls telefoon afluisterde, die allemaal bewezen dat de oude baas gecharterde vliegtuigen gebruikte om drugs te vervoeren. Hij had het volste vertrouwen dat er iets tussen zat wat Paul een tweede keer zou doen nadenken. Iets wat voldoende zou zijn om zijn baan te redden.

Maar wat hij boven alles wilde, was dat Paul zich aan zijn belofte zou houden – dat als hij hard werkte, de tent op een dag van hem zou zijn. *Het bedrijf hoort mij toe.*

Hij had het salaris nodig. Hij had de vlíégtuigen nodig. Hoe kon hij zonder te vliegen zijn ontvoeringen verborgen houden? Hij was niemand opgevallen. Niemand wist dat hij zijn gasten mee naar huis nam. Zijn ontvoeringen, verspreid in tijd en over talloze steden, hadden geen alarmbellen doen rinkelen, maar als hij gedwongen zou worden om in de buurt op jacht te gaan, dan zou hij al snel een patroon ontwikkelen dat justitie kon volgen. En dan zou hij waarschijnlijk worden gepakt.

Hij maakte keurige stapeltjes en stopte elk daarvan in een afsluitbare plastic zak zodat hij alles niet nog eens hoefde uit te zoeken. Vervolgens stopte hij de zakken in een doos en schoof die onder zijn bed. Hij moest erachter zien te komen of de verkoop van het bedrijf al was afgerond en zo niet, wanneer dat zou gebeuren. Dan zou hij weten hoeveel tijd hij had om in te grijpen.

Hij zou een paar uur gaan slapen voor hij weer met Mutt ging wandelen. Als hij haar niet kon pakken wanneer ze naar buiten kwam, dan zou hij haar later bij de dierenkliniek zien. Hij moest haar hoe dan ook het zwijgen opleggen. Ze was het ergste losse eindje dat maar mogelijk was – luid en duidelijk.

Zaterdag 18 februari, 06.30 uur

Gideon legde zijn arm op de rugleuning van de bank en boog zich voorover om naar Daisy's laptop te kunnen kijken. Zijn baard streelde haar wang. Hier zo met haar in de stille duisternis zitten was... intiem. Hij snoof haar geur op en zijn onrust verminderde terwijl zij op een tabblad in haar browser klikte.

Hij tuurde naar het fotootje van een man met ontbloot bovenlijf die zijn nieuwe tatoeages showde. 'Vergroot hem eens.' Ze gehoorzaamde en hij liet langzaam zijn adem ontsnappen. 'O, mijn god. Judah.'

'Ken je hem?'

'Hij was een paar jaar jonger dan ik. Eerder van Mercy's leeftijd.'

'Ik heb deze foto gevonden op het Instagram-account van de tatoeëerder.' Ze wees op de vuurspuwende draak op de rechterborstspier van de jongeman. Die richtte zijn vuur op de tatoeage van Eden. 'We kunnen contact opnemen met de tatoeagestudio. Dit is een vrij bijzondere samenstelling voor een tatoeage en hij is nog maar een paar maanden geleden gezet, dus hij zal zich dat vast nog wel herinneren. We kunnen vragen of hij nog weet wie de klant was.'

Een paar maanden geleden. Hij had al zeker zes maanden niet meer naar dergelijke tatoeages gezocht. 'Als hij bereid is met ons te praten.'

'Daar heb je een punt,' gaf ze toe. 'Hij wil misschien niet met jou praten, maar misschien wel met mij.'

'Waarom wel met jou?' Hij was bang dat hij het antwoord niet wilde horen.

'Je ziet eruit als iemand van de politie en ik niet. En ik heb een onafgemaakte tatoeage waar ik het over kan hebben.'

Zijn wenkbrauwen gingen omhoog, net als iets anders, waarvan hij liever had gehad dat dat niet gebeurde. Maar het idee van een getatoeëerde Daisy was zo geil als wat. 'Wat en waar?'

Er verschenen kuiltjes in haar wangen. 'Brutus en gaat je niet aan. Concentreer je, Gideon.' Ze klikte op de tweede foto. 'Ik ben van deze minder zeker, omdat de tatoeage niet precies hetzelfde is.' Ze vergrootte de foto.

Gideon keek geconcentreerd, maar schudde toen zijn hoofd. 'Hem heb ik nooit eerder gezien. En je hebt gelijk. De tatoeage is anders.'

'Deze foto stond bij een artikel over de zwemploeg van een universiteit in Zuid-Californië. Hij heet Lawton Malloy. Hij is pas negentien, dus als hij inderdaad uit Eden komt, dan was hij nog maar een peuter toen jij er wegging en dan is het logisch dat jij hem niet hebt gekend.' Ze zoomde in op de tatoeage. 'Kijk, de biddende kinderen zien er anders uit en de olijfboom heeft maar tien takken.'

'Een na-aper, dus.' Gideon staarde naar de tatoeage. Van een afstandje leek die heel erg op het origineel. 'Maar als dat zo is, dan moet hij het idee ergens vandaan hebben. Misschien wil hij ons vertellen van wie.'

'Daar zat ik ook aan te denken.'

Hij keek nadenkend. 'Maar... waarom zouden deze jongens hun mond niet hebben opengedaan?'

'Misschien zijn ze bang. Of misschien hebben ze dezelfde akelige ervaring met misbruik als jij en is het gewoon moeilijk voor ze om erover te praten. Het is al moeilijk genoeg voor jou en jij bent opgeleid tot speurder.'

'Misschien heb je gelijk. Ik denk dat we daarachter komen als we met hen praten. Heb je er nog meer gevonden?'

Ze schudde haar hoofd. 'Nog niet. Maar ik blijf zoeken.'

'Doe dat alsjeblieft. Ik geef dit door aan mijn chef.' Hij moest haar toch vertellen over de tweede trouwfoto. 'Dit zal voldoende zijn voor extra mensen. Ze kan een zoekactie opzetten met herkenningssoftware – naar medaillons en tatoeages.'

Ze bleven lange tijd zitten in een stilte die met elke klop van zijn hart nog stiller leek te worden. Haar geur vulde zijn hoofd en zijn lichaam schakelde abrupt over in de hoogste versnelling. Zijn erectie klopte zo erg dat het bijna pijn deed. Hij moest iets doen, anders zou hij ontploffen. Blijven of weggaan? Wegschuiven of dichterbij?

Als ze haar hoofd ook maar een klein beetje draaide, zouden hun lippen elkaar raken, maar ze zat naar haar laptop te turen. Ze zat zo stil dat hij zich afvroeg of ze haar adem inhield. Hij moest weten wat ze dacht. Wat ze wilde.

'Daisy,' fluisterde hij. 'Kijk me aan.'

Toen draaide ze haar hoofd en precies zoals hij had verwacht waren hun monden slechts een ademtocht van elkaar verwijderd. Ze keek naar hem op en hij zag in haar ogen hetzelfde als wat ongetwijfeld in zijn ogen te lezen stond. Begeerte. Lust. En een verlangen naar meer.

Als hij Daisy Dawson kuste, dan was dat in het volle bewustzijn dat het meer zou zijn dan één kus. Het zou meer betekenen dan een vluchtige affaire. Hij wist zonder het te vragen dat zij het langer zou willen laten duren dan één nacht.

Net als hij.

Hij bracht langzaam zijn hoofd naar dat van haar, haar de tijd gunnend om zich terug te trekken. Maar dat deed ze niet. Haar ogen vielen dicht terwijl ze naar hem toe boog en toen was hij haar aan het zoenen, zacht en veel liever dan hij eigenlijk wilde. Wat hij wilde was haar tegen zich aan klemmen, haar op de bank leggen en haar overweldigen. Hij wilde haar zachte huid overal aanraken. Wilde weten of ze overal zo lekker rook. Wilde haar ogen donker zien worden van lust en haar oogleden zwaar zien worden van voldoening. Hij wilde haar merken, zodat eikels zoals die verslaggever begrepen dat ze van hem was.

Maar ze is niet van jou. Nog niet. Dus hield hij zijn aanraking zacht, zijn zoen kuis, ook al trilde zijn lichaam van de inspanning om zich in te houden.

Ze glimlachte tegen zijn lippen. 'Ik ben niet van glas, Gideon,' fluisterde ze en zijn zelfbeheersing versplinterde. Hij stak zijn handen in haar haar en trok haar tegen zich aan. De kus werd onmiddellijk heet, ruw en hard. Haar armen kwamen om zijn nek en ze klampte zich aan hem vast. Ze neuriede zachtjes tegen zijn mond en deed die open toen hij haar lippen likte.

Ja. Dit. Dit was wat hij wilde, waar hij naar had verlangd, waar hij over had gedroomd terwijl hij op haar bank sliep. Haar. Precies zo.

Hij legde zonder te kijken haar laptop op het tafeltje naast zijn pistool en trok haar op schoot zodat ze schrijlings op zijn dijen zat. Hij trok haar met zich mee toen hij zich zonder de kus te verbreken achterover in de kussens liet vallen.

Haar mond was zacht, haar rondingen weelderig onder zijn handen terwijl hij haar langzaam liefkoosde vanaf haar heupen omhoog. Ze jammerde zachtjes en hij moest haar trui met beide handen vastgrijpen, want ergens gedurende de twee uur dat ze wakker was had ze haar bh uitgedaan. Het enige wat zich tussen hem en haar huid bevond was een dun laagje zachte kasjmier.

Ze maakte hijgend haar mond los van de zijne. 'Ja,' fluisterde ze. 'Alsjeblieft.'

Alsjeblieft. Uitgesproken met die hese stem leek het wel een gedrukte uitnodiging voor alles wat hij wilde. Maar hij moest het absoluut zeker weten. Hij wilde geen vergissing begaan. 'Alsjeblieft wat?' vroeg hij schor.

'Raak me aan.' Ze bracht haar handen naar haar rug, maakte zijn handen los van haar trui en bracht ze een voor een naar haar lippen. Ze kuste zijn vingers en maakte zijn vuisten toen open om zijn handpalmen te kunnen kussen. Eerst de ene, toen de andere. Terwijl ze zijn blik gevangenhield legde ze zijn handen op haar borsten. 'Alsjeblieft.'

Zijn hart ging tekeer terwijl hij haar borsten omvatte, hun gewicht voelde en de manier waarop ze zijn handen precies goed vulden. Zelfs met de trui in de weg was ze perfect.

'Je bent perfect.' Het klonk als een grom.

Haar huivering was niet te missen. 'Ik heb naar je zitten kijken toen je sliep,' bekende ze, terwijl ze haar handen plat op zijn borst legde. 'Ik wilde je op deze manier aanraken.'

'Wanneer je maar wilt,' bracht hij uit. Hij verlangde naar haar handen op zijn blote huid, maar hij wilde haar borsten niet lang genoeg loslaten om zijn overhemd uit de doen. Dat regelde zij voor hem. Haar vaardige vingers maakten de knoopjes los en rukten het overhemd uit zijn broek tot ze zijn borst had ontbloot.

Een paar seconden lang keek ze alleen maar terwijl hij wilde schreeuwen dat ze hem moest áánraken, verdomme. Toen waren haar handen terug en gleden over zijn huid, zachtjes, bijna eerbiedig. Het voelde zo goed. Zíj voelde zo goed.

'Gideon,' fluisterde ze. 'Moet je toch zien.'

Hij keek liever naar haar, naar haar gezicht terwijl ze op ontdekking ging op zijn borst. Haar vingers gingen langs de tatoeage van de feniks op zijn borst – de tatoeage die die van Eden bedekte. 'Prachtig.'

Hij slikte moeizaam terwijl hij zijn duimen over haar tepels liet gaan, de zachte wol vervloekend die een barrière vormde tussen zijn vingers en haar huid. Ze snakte even naar adem, haar ogen gleden dicht terwijl haar hoofd achteroverviel en ze haar handen stilhield. Haar heupen begonnen een langzame, subtiele beweging tegen zijn kruis die hem buiten zinnen maakte.

Toen kwamen haar handen weer in beweging, nu het voorbeeld van de zijne volgend, en haar duimen streelden zijn tepels. Hij kreunde en zijn heupen stootten in een reflex omhoog, waardoor haar borsten voor zijn gezicht op en neer deinden.

'Daisy.' Zijn stem klonk schor. Verscheurd.

'Mmm?' Ze deed haar ogen niet open en haar heupen bleven die langzame ronddraaiende beweging maken met af en toe een hupje alsof ze aan het dansen was. Op zijn piemel. *God.*

'Ik wil je aanraken.'

Ze opende haar ogen. 'Ja.' Toen boog ze zich voorover om hem opnieuw te kussen en zijn hersenen explodeerden. Hij boog naar voren, kwam van de bank af en draaide hen tot ze horizontaal lagen en hij rukte de trui omhoog en over haar hoofd. Ze greep zijn schouders toen haar handen vrij waren van de mouwen en toen lag zijn mond op haar borst en zoog een harde tepel naar binnen.

Een zachte kreet ontsnapte aan haar keel en ze spande zich, stak haar handen in zijn haar en trok hem tegen zich aan. 'God... Dat voelt... Niet ophouden, Gideon. Nog niet.'

Ophouden? Hij zou het ogenblikkelijk doen als ze dat vroeg, maar tot het zover was had hij geen enkele intentie om op te houden. *Ooit? Hoe ver wil je dit laten komen?*

Zo ver als zij me toestaat. Ze was lief en heet, haar lichaam golfde tegen hem aan en op dit moment was ze van hem. En hij kon er niet genoeg van krijgen. Zijn heupen stootten tegen haar aan en haar benen gingen uit elkaar zodat hij zich ertussen kon nestelen. Hij liet haar borst los en nam bezit van haar mond voor een nieuwe verzengende kus.

Hij hief zijn hoofd net ver genoeg omhoog om tegen haar lippen uit te kunnen brengen: 'Ik wil je.'

Ze kreunde opnieuw, diep en hees, en hij huiverde van top tot teen. 'Idem,' fluisterde ze. 'Maar ik heb niets.'

Niets? Het woord drong eindelijk door tot zijn seksbeluste brein en bracht een zware hamer van teleurstelling met zich mee. 'Ik ook niet.'

Haar vingers bleven in zijn haar liggen. 'Fuck,' vloekte ze getergd.

Hij verstijfde, maar verborg toen zijn gezicht in haar hals en snoof verrast lachend. 'Vanochtend niet, blijkbaar.'

Ze moest ook lachen. 'Slechte woordkeuze.' Haar borst kwam omhoog en ging weer omlaag toen ze diep zuchtte terwijl ze verderging met zijn haar te spelen. 'Dank je.'

Hij tilde zijn hoofd op en keek met een glimlach op haar neer. 'Waarvoor?'

'Dat je me een goed gevoel geeft.'

'Ik denk dat dat wederzijds is.'

Haar wangen werden rood. 'Ik... ik doe dit niet vaak.'

Hij kuste haar voorhoofd. 'Ik ook niet. Het is al even geleden. Zelfs als ik een condoom bij me had gehad, zou dat waarschijnlijk al over de datum zijn.'

Ze glimlachte. 'Is het akelig van me dat ik dat fijn vind?'

'Helemaal niet.' Hij liet zijn hoofd op haar schouder zakken en kuste haar kin. Hij trok langzame cirkels over haar borst, gewoon omdat dat kon. Hij was nog steeds zo hard als steen, maar dat zou hij wel overleven. Waarschijnlijk. 'Wanneer moeten we weg voor jouw evenement?'

'Ik moet er om negen uur zijn om alles voor te bereiden en jij wilde bijtijds gaan. Om... te verkennen, of zoiets. Het is zeven uur geweest, dus we moeten over een uurtje of zo gaan. Als je me overeind laat komen, dan kan ik ontbijt voor je maken voor ik ga douchen.'

Hij kreunde. 'Zeg dat nou niet.'

'Ontbijt?' vroeg ze ondeugend.

'Wijsneus,' mopperde hij. 'En als ik je nou eens niet overeind wil laten komen?'

'Dan word ik chagrijnig en waarschijnlijk gewelddadig,' zei ze ernstig. 'Dat is niet fraai.'

Hij liefkoosde haar huid met zijn neus. 'Nog vijf minuutjes.'

Ze kuste de bovenkant van zijn hoofd. 'Oké.'

'Daisy?'

'Hmm?'

Hij aarzelde. Want hij was nerveus. Hij had er een hekel aan om zich zenuwachtig te voelen. 'Als iemand vandaag aan je vraagt wat mijn relatie is met jou, wat zeg je dan?'

Haar vingers aarzelden en bleven stil in zijn haar liggen. 'Wat wil je dat ik zeg?'

Hij deed zijn mond open om te antwoorden, maar de woorden bleven in zijn keel steken. *Verdomme.* Hij had hier de pest aan. Hij stond op het punt om *Laat maar* te zeggen, maar ze was ogenblikkelijk verstijfd, alsof ook zij op haar hoede was.

Dat heb je weer mooi verneukt, gromde hij bij zichzelf. Hij had kans gezien om het te verneuken zonder te neuken.

Het zou geen neuken zijn geweest. En verdomme, het stemmetje in zijn hoofd had gelijk. Er zou niets gehaast of snel of... tijdelijk zijn geweest aan seks met Daisy.

Want hij gaf om haar.

'Nou,' zei ze toen hij er het zwijgen toe deed, 'we zouden kunnen zeggen dat je mijn neef bent, maar dat zouden ze doorhebben, want ik zou vergeten om niet naar je te kijken alsof je mijn neef níét bent.'

Hij fronste zijn wenkbrauwen terwijl hij de constructie van die zin probeerde te ontrafelen. 'Je bedoelt dat je naar me zou kijken als naar iets anders dan je neef.'

'Ja,' zei ze en ze klonk opgelucht.

Daar moest hij om glimlachen en hij ontspande. En toen hij dat deed, ontspande zij ook.

'Ik zou kunnen zeggen dat je een oude vriend bent, maar... zelfde verhaal.'

'Dus...' Hij drukte een kus op haar sleutelbeen. 'Dan blijven lijfwacht of vriendje voor je over.'

'Ik wil niet toegeven dat ik een lijfwacht heb.' Haar stem klonk geamuseerd terwijl ze het spelletje voortzette. 'De verslaggevers zouden achter me aan blijven komen.'

'Oké. Dan blijft alleen vriendje over.'

14

Sacramento, zaterdag 18 februari, 13.35 uur

'Deze maand ook weer hier?' Daisy glimlachte naar het stel met het jongetje van vier. Ze zat sinds tien uur die ochtend aanvraagformulieren in te vullen aan de tafel – die Gideon had verplaatst zodat ze met haar rug naar de binnenmuur in de dierenwinkel zat. Dat was één gebied minder voor hem om in de gaten te houden.

'We blijven zoeken naar de juiste match,' zei de man en zijn vrouw sloeg haar ogen ten hemel.

'Hij is nog steeds op zoek naar een hond die niet te veel verhaart,' corrigeerde ze zuur.

'Dat is een belangrijke overweging,' zei Daisy. 'Als verharen van cruciaal belang is, dan moet u zich ervan verzekeren dat het een hond is die daar het minste last van heeft. Anders wordt u kwaad op hem om iets waar hij niets aan kan doen. U zou eens moeten kijken naar de kruising tussen een shih tzu en een poedel. Dat is echt een lieve hond. En al zindelijk.'

Het gezin liep weg om kennis te maken met de hond in kwestie en Gideon ging op de rand van de tafel zitten. Het evenement was bijna afgelopen en tot dusver ging alles goed. Niemand had enige agressie getoond ten opzichte van Daisy. Er was wat aandacht geweest die Gideon als ongewenst had beschouwd, maar dat was omdat een man zijn ogen niet van haar borsten kon afhouden en een andere bleef proberen een gesprek aan te knopen.

'Denk je dat ze die shit-poo zullen adopteren?' vroeg Gideon fluisterend.

Daisy lachte. 'Het heet een shih-poo. Al vind ik die van jou leuker.'

Hij liet zijn blik over de mensen in de winkel gaan, bestudeerde het publiek, dat uit zowel potentiële nieuwe eigenaren bestond als mensen die gewoon aan het winkelen waren. 'Waar is die vent?'

'Welke vent?' vroeg ze, al was ze er vrij zeker van dat ze wist wie hij bedoelde.

'Die vent die probeerde een afspraakje met je te maken.' Hij stak zijn hand op toen ze wilde protesteren. 'Hij heeft gevraagd of je meeging een kop koffie drinken. Twee keer. Hij probeert je te versieren.'

Ze haalde haar schouders op. 'Hij is een leraar dramatische expressie zonder werk die probeert een baantje bij de radio te krijgen, maar dat doet er niet toe. Bovendien heeft hij een heel leuke hond. Hij kan zo slecht niet zijn.'

Gideon snoof. 'Meen dat je dat nou echt?'

'Wat, dat moordenaars niet van honden kunnen houden? Nee, natuurlijk niet. Maar ik denk dat je overdrijft. Aan de andere kant –' Nu was het haar beurt om haar hand op te steken. 'Je bent hier om me te beschermen. Ik zal niet alleen met hem afspreken, als dat al gebeurt, als dat je geruststelt.'

'Dat doet het,' zei hij mopperend en keek kwaad tot ze weer naar hem glimlachte.

'Ik ben niet achterlijk, Gideon. Geloof me. Ik neem je raad ter harte. Voorlopig in ieder geval.'

'Dat is eerlijk gezegd meer dan ik had verwacht.' Hij boog zich voorover om haar een kus op haar voorhoofd te geven. 'Ik ga even naar buiten. Ik ben zo terug.'

Hij was af en toe naar buiten gegaan om te zien of er iemand verdacht rondhing. Tot dusver was de kust veilig gebleken. Daisy dacht niet dat haar aanvaller hen hier zou lastigvallen. Er liepen te veel mensen rond. En er waren geen stille steegjes waar hij haar in kon sleuren. Maar ze had desondanks waardering voor Gideons waakzaamheid.

'We vinden hem geweldig,' zei een man en Daisy maakte haar blik los van Gideons weglopende achterkant – en achterste, want dat zag er héél goed uit – en zag dat het jonge stel met hun zoontje was teruggekeerd. De echtgenoot had de witte, krullerige shih-poo in zijn armen en de vrouw straalde terwijl ze haar uiterste best deed om te voorkomen dat het jochie naar het hondje graaide.

'Hij is perfect,' voegde de vrouw eraan toe.

Daisy boog zich over de tafel om naar de kleine jongen te glimlachen. 'Hoe ga je hem noemen?'

'Spike,' verkondigde de jongen zonder ook maar een spoortje ironie.

Daisy grinnikte, want de hond leek net zomin op een Spike als haar hondje op een Brutus. 'Dat is een heel goede naam.' Ze overhandigde een klembord met formulieren aan de moeder en een lijst van benodigdheden aan de vader. 'Er zijn een paar dingen die u nodig zult hebben. U kunt gaan zitten om die in te vullen, als u wilt,' zei ze tegen de moeder terwijl haar echtgenoot en zoontje de inkopen gingen doen.

'Dank u.' Ze liet zich op een stoel zakken en masseerde haar rug. 'Ik ben blij dat we een kleintje hebben gekozen. Ik zal binnenkort al niet meer in staat zijn om mijn tenen te zien, laat staan een grote hond in toom te houden.'

Daisy keek haar glimlachend aan. 'Gefeliciteerd.'

De vrouw glimlachte terug. 'Ik zou hetzelfde tegen jou kunnen zeggen.' Ze keek in de richting van Gideon, die net binnen de deur tegen de muur geleund stond met zijn armen nonchalant over elkaar geslagen terwijl hij de mensen gadesloeg op een manier alsof hij doelloos in het rond keek.

Hij was... wauw.

'Eh, Poppy?'

Daisy keek naar de vrouw die naast haar zat en haar lippen op elkaar perste om niet in lachen uit te barsten. 'Sorry, wat zei u?'

'Ik zei dat je vriendje heel erg knap is. Maar ik geloof dat je dat al weet.'

Daisy's wangen werden warm, maar ze kon de glimlach die op haar gezicht verscheen niet tegenhouden. 'Dat is zo, hè?'

'Dat is zo. En hij kijkt naar je op een manier zoals een man hoort te kijken.' Ze knikte beslist, vulde het laatste formulier in en liep vervolgens naar de kassa om de adoptiebijdrage te betalen.

Weer een tevreden klant, hoopte Daisy terwijl ze de familie uitzwaaide die hun nieuwe huisdier thuis gingen brengen.

'O, mooi.'

Daisy draaide zich met een ruk om in haar stoel en zag dat de man die bij de radio wilde werken op de stoel naast haar was gaan zitten. Dit zou Gideon helemaal niet aanstaan.

'Mooi wat?' vroeg ze op haar hoede.

Hij glimlachte flirterig terwijl zijn airedale zich zonder dat hem dat was bevolen aan zijn voeten oprolde. 'Ik wilde met je praten zonder je pitbull in de buurt.'

En Gideon had gelijk. De man probeerde haar te versieren. Ze plakte een vriendelijke glimlach op haar gezicht. 'Wat kan ik voor u doen, meneer?'

Zijn gezicht betrok. 'Het spijt me. Het was niet mijn bedoeling om beledigend te doen, maar dat heb ik blijkbaar wel gedaan. Hij lijkt me wel een aardige pitbull,' voegde hij er luchtig aan toe, alsof hij haar probeerde te vermurwen. 'Ik hoopte alleen dat ik je wat vragen kon stellen over je werk. Om erachter te komen hoe ik er ook bij kan komen. Ik weet dat dit niet het juiste moment is omdat je druk bent met adopties en zo, maar ik hoopte dat je me zou willen bellen om iets af te spreken. We kunnen elkaar ontmoeten waar je maar wilt, waar je je het meest op je gemak voelt.' Hij fronste plotseling zijn voorhoofd en alle luchtigheid verdween uit zijn blik. 'Het spijt me dat ik je lastigval, maar ik begin wanhopig te worden. Ik sta op het punt om mijn huis kwijt te raken. Dan zou ik George weg moeten doen.' Hij keek verdrietig naar zijn hond. 'Als ik moet verhuizen, zal ik nooit een plek vinden waar ze een hond zo groot als hij toelaten.'

Daisy's hart vulde zich met medeleven. 'Laat me u mijn e-mailadres bij de radio geven.' Ze schreef het op een van de folders van het adoptie-evenement en gaf dat aan hem. 'Ik zal langs die weg graag al uw vragen beantwoorden. Ik kan u zelfs een sollicitatieformulier toesturen.' Er zou een gat in de bezetting vallen omdat Tad was ontslagen vanwege zijn tirade van een dag eerder, dus misschien zou er een gaatje ontstaan voor deze man wanneer de huidige werknemers op andere posten waren gezet om de gaten te vullen. 'Ik zal een goed woordje voor u doen bij de zendermanager. Hij staat daar bij de katten. Ik zal u voorstellen zodra het evenement is afgelopen en dan kunt u uw radiostem laten horen.'

Zijn blik verzachtte. 'Dat is echt heel aardig van je.'

'Ik zou het vreselijk vinden als George en u uw huis kwijtraken. George is zo'n lieve jongen, of niet?' Ze boog zich voorover om achter de oren van de hond te krabben en ze kreeg een lik over haar hand. 'Je bent braaf.'

'Ik kan niet langer blijven, maar ik zal je zeker een mailtje sturen. Maar ik zou nog steeds graag een keer ergens afspreken voor een kop koffie of thee. George is duidelijk op je gesteld.'

'Stuur me een e-mail en ik zal hem meteen beantwoorden. Als u niet kunt wachten, dan kunt u altijd een sollicitatieformulier downloaden van onze website, maar die is niet zo gebruiksvriendelijk.' Ze stak haar hand in de pot hondenkoekjes en haalde er voor George een grote uit. 'Is het goed als ik hem dit geef?'

Hij knikte met een vage glimlach op zijn gezicht, maar een bezorgde blik in zijn ogen. *Arme kerel.*

Daisy boog zich voorover om het hondenkoekje aan George te geven, die het voorzichtig uit haar handen aanpakte. 'Wat ben jij een beleefde jongen.' Ze keek op en glimlachte de man toe. 'U hebt hem goed opgevoed.'

'Dank je.' Hij kwam overeind en stak zijn hand uit. 'Ik waardeer het dat je tijd voor me hebt gemaakt.'

Ze schudde hem stevig de hand. 'Ik hoop alleen dat we werk voor u hebben. Ik heb een paar vrienden die docent zijn. Ik zal hun ook vragen of er vacatures zijn op hun school.'

'Dat is... heel aardig.' Hij trok aan de riem van de hond. 'Kom mee, George. We moeten gaan.'

Toen hij weg was nam Gideon zijn plaats in op de stoel. 'Ik mag hem niet.'

Ze kuste hem op de wang, pal naast de scherpe lijn van zijn sik. Hij had in haar huis gedoucht en zich geschoren en zijn huid was zacht en glad. 'Ik weet het. Ik heb ook niet aangeboden om met hem af te spreken. Ik heb hem alleen mijn e-mailadres van mijn werk gegeven en dat is toch al te vinden op de website van het radiostation. Maar ik wilde niet onbeleefd zijn. Dat is gewoon niet aardig.'

'Prima.' Gideon keek op zijn horloge. 'Het loopt hier zo te zien op zijn eind.'

'We kunnen beginnen de boel op te ruimen.' Ze keek bezorgd. 'Trish zou vandaag langskomen. Ze dacht erover om een kat te nemen.'

'Misschien had ze andere dingen te doen. Of ze weet dat je een beetje kwaad bent omdat ze die reporter gisteren over je heeft verteld.'

'Ik heb haar helemaal niet gesproken. Ik bel of sms haar nooit als ze aan het werk is. Haar baas vindt dat niet goed. En toen zijn we in slaap gevallen.'

Zijn mond vertrok in een schalkse glimlach. 'En toen werden we wakker.'

Ze kon niet anders dan ook glimlachen. 'Dat deden we zeker.' Ze haalde haar telefoon tevoorschijn. 'Ik zal haar even bellen. Ik had gehoopt dat je haar zou kunnen ontmoeten.' Ze belde en fronste haar voorhoofd toen het gesprek meteen doorschakelde naar de voicemail. 'Dat is niets voor haar. Ik hoop niet dat ze ziek is.' Toen werd ze overvallen door een nog veel afschuwelijker gedachte. 'O god. Ik hoop niet dat ze is gaan drinken. We waren donderdagavond al van streek voor die aanval plaatsvond. Een van de mannen uit ons AA-groepje is gestorven. Hij was bijzonder. Een van onze leiders. Trish kende hem al jaren.'

'We kunnen even bij haar gaan kijken wanneer we hier klaar zijn als je wilt.'

Ze deed haar best om haar paniek te onderdrukken. 'Oké. Heb je al iets van je vriend in Philadelphia gehoord over die tekening?'

'Nog niet. Dus we hebben de tijd aan onszelf.'

'En hoe zit het met die zwemjongen uit Zuid-Californië? Die met die bijna dezelfde tatoeage? Moeten we niet eerst naar San Diego?'

'Nee. Ik denk dat Eileen vinden op dit moment belangrijker is, zowel voor jouw zaak als voor die van mij. Ik moet weten of alles in orde is met haar en of ze ook is aangevallen door die man die jou heeft gepakt of dat ze vrijwillig afstand heeft gedaan van haar medaillon. Als we haar vinden hoop ik ook dat ze weet waar de gemeenschap nu uithangt. Ik heb mijn chef verteld over de foto's van die andere Eden-tatoeages. Ze heeft het FBI-kantoor in San Diego gebeld en die gaan vandaag naar de universiteit om zich ervan te overtuigen dat hij daar nog steeds is zodat ik een gesprek met hem kan regelen. Ik heb nog niets van ze gehoord.'

'En die tatoeageartiest die die draak heeft gemaakt bij je vriend Judah?' vroeg ze, denkend aan de andere Eden-tatoeage die ze had gevonden.

'Die studio is in San Francisco. Ik heb ze gebeld om een afspraak te maken met de artiest, maar ze zeiden dat hij was verhuisd. Ze beweren dat hij geen nieuw adres heeft achtergelaten. Ik zal hem opsporen zodra ik Eileen heb gevonden. Of in ieder geval zodra we zijn nagegaan wie het medaillon allemaal in bezit heeft gehad als ze het heeft verkocht.'

'Oké, dan.' Er zat in ieder geval schot in de zaak. 'We kunnen gaan kijken hoe het met Trish is, dan naar jouw huis voor die kaart en dan naar Redding gaan. Klinkt dat goed?'

Hij pakte haar bij haar kin en zoende haar vol op de mond. 'Klinkt uitstekend.'

Zaterdag 18 februari, 14.00 uur

Hij bleef een paar minuten bewegingloos in de auto zitten nadat hij Mutt in zijn veiligheidstuig had vastgemaakt. Mutt, die zich had overgegeven aan dat mens van Dawson als een kind aan de Kerstman, die uit haar hand had gegeten en haar vingers had gelikt. Alsof ze het mooiste was wat hem ooit was overkomen.

'Verrader,' mopperde hij tegen de hond, die blij zat te hijgen.

En toch... helemaal gelijk, moest hij toegeven. Mutt had helemaal gelijk. Daisy Dawson wás aardig.

Verdomme.

'Waarom moet ze nou zo nodig aardig zijn?' gromde hij. Er was geen spoortje te bekennen geweest van de tijgerin die donderdagavond met hem had gevochten. Geen enkel teken dat ze een kreng was.

Gewoon een aardige vrouw die in haar vrije tijd honden hielp.

En sprak met zogenaamde middelbareschooldocenten zonder werk en probeerde ze een handje te helpen.

Hij had haar langdurig geobserveerd terwijl hij net deed of hij inkopen aan het doen was voor Mutt. Ze was oprecht geweest tegen iedereen die naar de tafel was gekomen, had moeite gedaan om ze het gevoel te geven dat ze welkom waren en ze op hun gemak gesteld bij het uitzoeken van een huisdier. Verschillende onder hen hadden haar Daisy genoemd. Ze had hier blijkbaar vaker vrijwilligerswerk gedaan.

Ze was zo verrekte áárdig.

Eerlijk gezegd had hij geen idee wat hij moest doen en daar had hij de pest aan. Hij haatte besluiteloosheid. Haatte onzekerheid. Dat maakte hem zwak. Hij haatte het om zwak te zijn.

Hij had gehoopt haar uit haar tent te lokken, met haar over radio te praten, en dan had hij haar kunnen vragen naar haar ervaringen op donderdag, naar wat ze had gezien. En of de politie over aanwijzingen beschikte. Hij zou zeggen dat hij het op het nieuws had gezien. Net als half Sacramento, want de beelden van allebei haar interviews waren viraal gegaan. Het radiostation had zich in het koor gevoegd door steun uit te spreken aan 'Poppy Frederick' en aan het doen stoppen van geweld tegen vrouwen.

Dus hij had een heleboel onderwerpen waarmee hij hun gesprek had kunnen beginnen. Maar niet in de dierenwinkel. Niet met haar lijfwacht in de buurt.

Het was duidelijk dat die vent een politieman was. Alsof hij een knipperende neonreclame boven zijn hoofd had. Het was dezelfde vent die de avond ervoor bij haar was geweest toen die verslaggever haar te pakken had gekregen toen ze haar huis binnen wilde gaan. Absoluut een politieman.

Klootzak. Hij was lang, donker, mysterieus, en het werkte. Vrouwen in de hele winkel waren doelbewust keer op keer hetzelfde gangpad in gelopen, alleen maar om hem nog eens goed te kunnen bekijken. Sommige van de mannen ook.

Ik wilde alleen maar dat hij weg zou gaan. Want hij bleef rondhangen bij Daisy of Eleanor of Poppy – of hoe ze ook mocht heten – alsof ze van hem was.

Wat hij werkelijk wilde weten was wat ze allemaal wist van de man die haar donderdagavond had aangevallen. En van dat dode hoertje. Kaley Martell.

De vrouw die verdomme in mijn vriezer ligt.

Daisy was vol zelfvertrouwen geweest toen ze een dag eerder met die vrouwelijke verslaggever sprak. Zo vol zelfvertrouwen dat hij nog steeds van zijn stuk was.

Hij keek kwaad naar Mutt. 'Wat moet ik nou in vredesnaam?'

Hij kon Daisy niet vastbinden aan het bed in zijn kelder en haar vermoorden. Niet nu. In de eerste plaats had hij daar al een vrouw. Maar voornamelijk omdat Daisy het niet verdiende. Dat was een dunne lijn, dat wist hij, maar hij had nog nooit iemand vermoord die het niet verdíénde.

En nu is er ook geen noodzaak. Ze had hem niet herkend van donderdagavond. Dat wist hij absoluut zeker. Als dat wel het geval was geweest, was hij in de boeien geslagen voor hij een woord had kunnen zeggen.

'In ieder geval heeft de neus zijn werk gedaan,' mompelde hij terwijl hij in de spiegel van de zonneklep zijn gezichtsprotheses bekeek. Het enige deel van zijn gezicht dat ze misschien had kunnen herkennen waren zijn ogen en die had hij niet veranderd. Hij ging zich op dit moment niet bezorgd maken om Daisy Dawson.

Hoger op zijn lijst stond erachter komen wat er bekend was over Kaley het hoertje. Hij dacht dat hij die avond voorzichtig was geweest, maar hij was afgeleid, nerveus, en de ruis in zijn hoofd had te luid geklonken. Het was mogelijk dat iemand hem met de prostituee had zien praten en hem met haar naar zijn auto had zien lopen.

Het is mogelijk dat Daisy het over heel iemand anders had tijdens dat interview.

Dat was heel goed mogelijk. Dat moest hij zeker weten.

Hij riep een zoekvenster op op zijn telefoon en tikte: 'prostituee bakker verdwenen in Sacramento'. Toen drukte hij op ENTER.

En... *Shit.* Daar was ze. Hij liet zijn adem ontsnappen toen het gezicht van Kaley Martell hem vanaf het scherm aanstaarde. Ze werd sinds donderdag vermist en was voor het laatst gezien op Stockton Boulevard, luidde het bericht. Haar ouders hielden vol dat ze niet was weggelopen, dat ze een dochtertje van vier had dat ongeneeslijk ziek was.

God. Hij staarde naar de zin tot de woorden in zijn netvlies gebrand leken. *Ongeneeslijk zieke dochter van vier. Ongeneeslijk ziek.*

Goed gedaan, eikel. Een doodziek kind zonder moeder achterlaten.

Dát was de reden dat hij nooit achteromkeek. Dát was de reden dat hij zijn slachtoffers niet wilde kennen. Dát, precies dat.

Hij haalde diep adem en dwong zichzelf verder te lezen. De politie trok 'verschillende aanwijzingen' na. En er was een nummer van de politie van Sacramento dat de mensen die iets hadden gezien konden bellen.

Er waren ook reacties op het artikel. Allemaal vol medeleven voor de alleenstaande moeder die had geprobeerd geld bij elkaar te krijgen voor de medische kosten voor haar dochter.

Mijn god. Wat heb ik gedaan?

Een paar reageerders zeiden dat Kaley haar verdiende loon had gekregen, dat ze de risico's kende toen ze besloot te gaan tippelen, maar die waren in de minderheid. Er was in plaats daarvan een golf aan aansporingen aan het adres van de politie om het monster dat deze smerige misdaad op zijn geweten had hoe dan ook te pakken.

Ik moet iets doen. Maar wat? Hij kon Kaley Martell niet tot leven wekken.

En welke aanwijzingen had de politie? *Ik moet het weten.*

Hij moest een plan bedenken. Hij moest zijn hoofd helder krijgen. Wat hij nodig had was tijd doorbrengen met Zandra, alias Mevrouw Onbeschoft, die zich, gelukkig, nog steeds in zijn kelder bevond en die hij, en dat was nog veel gelukkiger, wél kon vermoorden.

En als zij ook een alleenstaande moeder is?

Dat deed er niet toe. Hij ging dat niet uitzoeken.

Hij keek even naar Mutt terwijl hij de motor startte. 'We gaan naar huis, jongen. Ik heb dingen te doen.' Hij stond op het punt weg te rijden van zijn parkeerplek toen Daisy Dawson met de politieman de winkel uit kwam gelopen.

Hij wist waar ze naartoe gingen. Toen hij de winkel verliet had hij haar horen zeggen dat Trish naar het evenement zou komen om een kat te adopteren. De politieman had haar verzekerd dat ze bij haar vriendin langs zouden gaan zodra ze klaar waren in de dierenwinkel.

Ze zouden in ieder geval al snel weten dat Trish die donderdag het echte doelwit was geweest. *En als ik mazzel heb, zal Daisy denken dat ze niet langer gevaar loopt en dan gaat die klotepolitieman weg.*

Hij zou nu naar huis gaan. Zijn hoofd leegmaken met Zandra. En dan zou hij precies uitzoeken hoeveel problemen hij had vanwege het hoertje.

Zaterdag 18 februari, 14.20 uur

Gideon wierp een bedenkelijke blik op het appartementengebouw, dat in een zeer onaantrekkelijk deel van de stad stond. 'Woont je vriendin hier?'

Daisy keek hem bestraffend aan, inclusief opgetrokken wenkbrauwen. 'Niet iedereen kan zich een huis in Rocklin veroorloven, Gideon. Trish ziet nauwelijks kans om de eindjes aan elkaar te knopen met haar baantje in de bar. Ze volgt een opleiding voor tandartsassistente, maar tot ze haar diploma heeft zit ze slecht bij kas.'

'Ik beweerde niet dat ze geen harde werker is. Ik wilde alleen maar zeggen dat dit niet het veiligste deel van de stad is.' Zijn frons werd dieper toen de deur van het gebouw zonder sleutel openging. 'Is het slot kapot?'

'Dat is al zo zolang ik haar ken.'

Hij keek boos. 'Kom je hier vaak?'

'Nee. Ze komt meestal naar mijn huis. Irina heeft haar ook onder haar vleugels genomen. Ze heeft Trish laten zien hoe je *ptichye moloko* maakt.'

Gideon liep achter haar aan de trap op naar de derde verdieping. Het trappenhuis was donker, omdat drie van de vier lampen kapot waren. 'Dan moet Trish een goede indruk hebben gemaakt. Ik vraag Irina al sinds ik een tiener was om dat recept.'

Daisy klopte op de deur. 'Trish!' riep ze. 'Ik ben het! Doe eens open!' Ze keek achterom naar Gideon. 'Irina zei dat je om het recept had gevraagd. Ze zei dat als je de moeite had genomen om op zondag te komen eten, ze het ook aan jou had laten zien.'

'Dat is gelul,' zei hij op vriendelijke toon. 'Ze is gewoon boos dat ik niet ben gekomen, zodat ze niet kon koppelen.'

Daisy glimlachte en er verschenen kuiltjes in haar wangen. 'Gaan we haar vertellen dat we uit eten zijn geweest?'

Hij glimlachte terug omdat hij niet anders kon. 'Uiteindelijk. Ze zal een hele tijd daarna onuitstaanbaar zijn en ons blijven vertellen dat ze gelijk had.'

Daisy hield haar glimlach nog een paar seconden vol voor die verflauwde en haar mond een bezorgde trek kreeg. 'Trish! Doe open! Ik ben het – Daisy! Is alles in orde?'

'Ze is misschien weg.'

'Misschien. Ik hoop het.' Ze aarzelde en haalde toen een bos sleutels tevoorschijn uit een zijvak van de tas van Brutus. 'Ik ga even kijken.' In de tas begon Brutus zachtjes te janken en Daisy stak haar hand erin om haar gerust te stellen. En zichzelf. 'Het is allemaal in orde. Alsjeblieft,' fluisterde ze, 'laat alles in orde zijn. Laat haar alsjeblieft niet dronken zijn.'

Gideon zette de zaklantaarnfunctie van zijn telefoon aan en gaf die aan haar. 'Schijn maar op de sloten,' zei hij en hij nam de sleutels van haar over toen haar hand te hevig beefde om de sleutel in het slot te krijgen. Hij maakte korte metten met de twee grendels en het cilinderslot in de deurknop. Ongeveer de mate van beveiliging die hij in deze wijk zou eisen, zeker omdat de hoofdingang een kapot slot had.

Daisy keek met onverholen ongerustheid naar hem op en ze klopte nog eens. 'Trish,' riep ze terwijl ze de deur een klein stukje openduwde. 'Ik kom naar binnen.'

Ze duwde de deur open en deed het licht aan. Toen begon Brutus te blaffen. Een fractie van een seconde voor Daisy gilde.

'Néé. Néé. Néé, néé, néé.' Ze rende de kamer in voor Gideon haar kon tegenhouden en liet zich op haar knieën vallen naast een brunette die op de grond lag. Naakt en onder het bloed.

Kut. Twee aanvallen in evenzoveel dagen was geen toeval. 'Daisy,' blafte hij. 'Stop.'

Daisy's hand verstijfde halverwege de beweging. Haar gezicht zag angstaanjagend bleek. Ze liet haar hand langzaam zakken en omklemde de rand van haar tas zo stevig dat haar knokkels wit zagen. 'Is ze dood?' fluisterde ze.

De vrouw was heel zeker dood. Ze was verschillende keren gestoken. Minstens zeven keer, voor zover hij kon zien. Er zouden meer steekwonden onder al dat bloed kunnen zitten. Niettemin haalde Gideon een paar wegwerphandschoenen uit zijn zak en trok ze aan voor hij naast de vrouw op zijn hurken ging zitten. 'Bel het alarmnummer,' zei hij kortaf.

'Is ze dóód?' herhaalde Daisy en haar stem klonk schril.

Hij keek lang genoeg op om in Daisy's doodsbange en geschokte ogen te kijken. 'Ja, schat,' zei hij zo vriendelijk als hij maar kon. 'Ze is dood.'

Het bloed op het lichaam van de vrouw was geronnen en haar huid zag grauw. Haar enkels waren vastgebonden met tape en Gideon nam aan dat dat ook gold voor haar polsen, die uit het zicht op haar rug zaten. Ze lag op haar rug en haar ogen staarden naar het plafond zonder iets te zien en het oogwit was vol rode vlekjes. De blauwe plekken in haar hals waren vertrouwd – het waren dezelfde die Daisy had. Alleen waren die op de keel van Trish breder en gingen vergezeld van kleinere ovale plekken, wat samen met de rode vlekjes wees op verwurging.

Daisy's handen beefden terwijl ze in haar zakken zocht. 'H-h-hoe kom je aan die handschoenen?' bracht ze uit.

'Ik heb altijd een paar in mijn zak,' zei hij kalm tegen Daisy, want ze zat nog steeds koortsachtig op haar zakken te kloppen. 'Haal diep adem, schat.'

'O, mijn god,' zei een vrouw naar adem snakkend achter hen. 'Trish.'

Gideon stak een hand op om te voorkomen dat de vrouw het appartement binnen kwam rennen zoals Daisy had gedaan. 'Blijf staan, mevrouw. U mag niet naar binnen.' Hij haalde zijn penning uit zijn zak. 'Ik ben speciaal agent Reynolds van de FBI. Ga alstublieft achteruit.'

De vrouw knikte en ging duidelijk geschokt achteruit. Gideon richtte zijn aandacht op Daisy terwijl hij met zijn eigen telefoon het alarmnummer belde. Ze zat naar Trish te staren met een lege uitdrukking op haar gezicht. Brutus likte fanatiek aan haar vingers en gaf haar hand kopstootjes, maar het leek haar niet bij zinnen te brengen. Daisy begon in een shock te raken. Gideon ging staan en liep voorzichtig om het lichaam heen terwijl de centralist antwoordde.

'Met speciaal agent Reynolds van de FBI.' Hij gaf het adres door aan de centralist en vroeg haar politie en een ambulance te sturen, zoals het protocol voorschreef. Toen hurkte hij naast Daisy en trok zijn handschoenen uit alvorens haar voorzichtig overeind te trekken. 'Goed zo,' zei hij zacht toen ze hem als een robot in zijn bewegingen volgde. 'Ik heb je vast. Kom mee, schat. Kom met me mee.'

Hij nam haar mee naar de hal en versperde de weg voor de nieuwsgierige huurders die begonnen samen te drommen. Hij trok de deur bijna helemaal dicht en draaide Daisy zo dat ze haar gezicht tegen zijn borst kon verbergen. Hij sms'te Rafe het adres en belde hem vervolgens mobiel. 'Ik heb je net een adres gestuurd. Kom onmiddellijk daarheen.'

'Ik ben al onderweg,' zei Rafe. 'Waarom?'

'De vriendin van Daisy, Trish, is dood.'

Rafe ademde scherp in. 'Wel verdomme, Gid.'

'Ik weet het. Je moet opschieten. Ik heb de alarmcentrale gebeld en de politie zou zo hier moeten zijn.'

'Ik bel naar het bureau om ervoor te zorgen dat ze nergens aankomen tot ik er ben. Hoe gaat het met DD?'

'In shock.' Ze stond zacht snikkend te schudden. Haar tanden klapperden en haar hond jankte. 'Het is...' Gideons stem stierf weg omdat hij de vreselijk nieuwsgierige omstanders niet nog meer wilde geven om over te roddelen.

'Ik snap het,' zei Rafe grimmig. 'Ik ben er binnen een kwartier.'

Gideon liet het mobieltje in zijn zak vallen, sloeg zijn arm om Daisy en trok haar dichter tegen zich aan. 'Achteruit, alstublieft,' zei hij tegen de toekijkende huurders. Ze vulden de kleine overloop en de trap, zowel naar boven als naar beneden. 'De politie moet de ruimte hebben om hun werk te kunnen doen.'

Verrassend genoeg gehoorzaamden ze en dus stond hij daar met Daisy in zijn armen tot ze met een gezicht nat van de tranen naar hem opkeek. 'Haar halsketting is weg.'

'Wat?'

'Haar halsketting,' fluisterde Daisy. 'Een turkooizen kruis. Dat was van haar moeder. Ze deed hem nooit af. Hij zat niet om haar hals.'

Een souvenir. Net als het medaillon dat van Eileen was geweest.

Haar handen klampten zich vast aan zijn jasje. Ze had een wanhopige blik in haar ogen. 'Hij had het die avond niet op mij gemunt, Gideon. Hij zat achter Trish aan.'

Daar was Gideon nog niet zo zeker van, maar hij sprak haar niet tegen. Niet op dit moment. Hij kon haar alleen maar vasthouden terwijl ze in zijn armen aan het instorten was. Want ze hadden het allemaal mis gehad. Ze hadden allemaal de bedreiging verkeerd beoordeeld. Niet alleen Daisy liep gevaar. Nu was haar vriendin dood. En ze waren geen stap dichter bij de identiteit van de moordenaar.

Hij had Daisy's vriendin op gruwelijke wijze omgebracht en hij zou hetzelfde met Daisy hebben gedaan als ze niet had weten te ontsnappen. Dat kon hij nog steeds doen als hij geloofde dat Daisy hem kon identificeren.

En hij had Eileen vermoord.

Eén blik op het lichaam van Trish had alle hoop die Gideon nog had om zijn oude vriendin te vinden aan stukken gereten. *Je zult me om vergiffenis smeken voor ik klaar ben*, had Daisy's belager gezegd. *Dat doen ze allemaal.*

Er waren beslist anderen. Dit veranderde alles. En tegelijk helemaal niets. Het doel was hetzelfde. Ze moesten op de ingeslagen weg voortgaan, ze moesten Eileens gangen nagaan.

Daisy hief haar gezicht naar hem op terwijl ze haar tranen nog steeds de vrije loop liet. Maar haar ogen stonden hard en ze had een vastberaden trek om haar mond. 'We moeten naar Redding,' fluisterde ze.

Hij stond er niet van te kijken dat ze zijn gedachten zo'n beetje had geraden. Hij kon alleen maar antwoorden: 'Ja.'

Zaterdag 18 februari, 14.35 uur

Zandra werd met een schok wakker uit een rusteloze slaap door het geluid van een sleutel die in het slot werd omgedraaid. *Hij is terug. Kut, hij is terug.*

Ze sloot haar ogen, niet bereid zijn spelletje mee te spelen. *Hij gaat me sowieso vermoorden.* Ze zou hem niet de genoegdoening geven haar angst te tonen.

Want ze was bang. Zo vreselijk bang.

'Hallo, Zandra,' zei hij zalvend en hij deed de deur achter zich dicht. 'Heb je al nagedacht over je gedrag?'

Ze wilde haar ogen ten hemel slaan, maar ze hield zich in.

'Nee?' vroeg hij. 'Ik hoopte al dat je dat zou zeggen. Ik bewonder je moed, Zandra. Ik ga er zo veel plezier aan beleven om jou te breken.'

Nee. Nee, dat zul je niet. Ze was niet van plan hem enig genoegen te bezorgen.

Hij boog zich voorover en ging met zijn lippen over haar wang. 'Als ik die prop uit je mond haal, ga je dan zeggen dat het je spijt?'

Ze reageerde niet. Deed haar ogen niet open. Maar haar ooglid trilde toen hij langs haar kaak likte.

Hij lachte verrukt. 'Jij bent precies wat ik nodig heb, Zandra Jones. Ik heb een paar moeilijke dagen achter de rug, maar jij bent een frisse wind, moet ik zeggen.'

Ze hoorde het gerammel van sleutels, gevolgd door het piepen van... scharnieren? Ze deed haar ogen net ver genoeg open om te zien wat hij aan het doen was en constateerde opgelucht dat hij met zijn rug naar haar toe stond.

Hij maakte een kast open. Ze snakte door haar neus naar adem toen de inhoud ervan zichtbaar werd. Rijbewijzen. Tientallen rijbewijzen. En sieraden die aan haakjes hingen.

Hij zette een rijbewijs in wat een groef in de ondiepe plank moest zijn, want het plastic rechthoekje bleef rechtop staan.

'Kijk eens aan, Trish,' mompelde hij, terwijl hij even snel met zijn duim over de bovenrand van het rijbewijs ging. 'Je hebt het goed gedaan. Je hebt je vriendin tot het bittere einde beschermd, ongeacht wat ik je aandeed. En dan nu de wisseling van de wacht.' Met een dramatisch gebaar nam hij de ketting die hij droeg van zijn hals en hing die onder het een-na-laatste rijbewijs. Aan het kettinkje hing een hoefijzer, gemaakt van kristal. Hij gaf er een tik tegen, waardoor het heen en weer zwaaide.

Toen haalde hij een andere hanger uit zijn zak en hield die omhoog, zodat het turkooizen kruis dat aan de ketting hing in de lucht ronddraaide. Hij hing hem om zijn nek en aaide even over het kruis.

'Heb je genoten van mijn showtje, Zandra?' vroeg hij terwijl hij zich meesmuilend naar haar omdraaide. 'Je denkt dat je je voor me kunt verstoppen, maar ik heb heel veel gasten gehad op dat bed. Ik ken alle trucjes. En nu...' Hij trok een la open en toen hij zich weer omdraaide had hij een smal mes in zijn hand. 'Het is tijd om aan het werk te gaan. De s die ik gisteren in je heb gekrast begint al te genezen. Ik zal het opnieuw moeten doen. En dan ben je klaar voor de y.'

Hij haalde de prop uit haar mond en ze hoestte tot haar hoofd bonkte en haar borst pijn deed. 'Hoe hard kun je gillen, Zandra? Ik wed heel erg hard. Ik hoop dat je me niet teleur zult stellen.'

Ik ga niet gillen. Dat doe ik niet.

Maar dat deed ze wel.

Zaterdag 18 februari, 14.45 uur

Daisy weerstond de aandrang om te gaan zitten wiegen alleen maar vanwege de menigte die zich bij de voordeur van de buurvrouw van Trish, mevrouw Owens, had verzameld. Hoewel ze haar ogen stijf had dichtgeknepen, wist Daisy dat ze elke beweging van haar nauwlettend gadesloegen, mobieltjes in de aanslag, klaar voor iets wat nieuwswaardig was.

Want Trish was dood.

Nee. Nee, nee, nee. Daisy wilde het uitschreeuwen, wilde roepen dat het allemaal een vergissing was. Een truc. Een vreselijke grap. Maar het was geen vergissing. Ze had het lichaam gezien. Met haar eigen ogen.

Het lichaam. Het lichaam van Trish. Onder het bloed en –

O, god. Trish.

Daisy hoorde een scherp jankend geluid en voelde vervolgens een warme hand op haar wang.

Gideon. 'Hé,' zei hij zacht. Ze leunde tegen zijn hand, snoof

Gideons geur in haar longen omdat ze de behoefte voelde om haar hoofd ermee te vullen. 'Kijk me aan, schat.'

Ze dwong zich haar ogen te openen en knipperde de tranen weg toen ze zijn gezicht zag, centimeters van het hare. Hij zat op zijn hurken voor haar waar ze op een klapstoel zat op de overloop bij Trish' voordeur. De stoel was gebracht door een van de vriendelijker buren – niet de nieuwsgierige vrouw die alles, samen met het grootste deel van de bewoners van het gebouw, vanuit haar deuropening scherp in de gaten hield.

Gideon trok aan haar hand. 'Geef Brutus de kans om te ademen, schat. Je houdt haar veel te stevig vast.'

Daisy liet geschrokken haar blik naar Brutus gaan, die nu ze weer adem kreeg wanhopige pogingen deed om onder haar kin te komen en haar vingers te likken. 'Het spijt me,' zei ze schor. 'Ik had geen idee.'

'Niets aan de hand,' verzekerde Gideon. 'Ze jankte alleen maar een beetje.' Hij bestudeerde haar gezicht en keek bedenkelijk vanwege wat hij daar zag. 'Rafe heeft Sasha en Damien gewaarschuwd. Ze komen je halen. Oké? Je kent Damien toch, hè?'

'We mochten altijd paardjerijden op zijn rug,' fluisterde ze. 'Sasha en ik. Toen we klein waren.' Nu was de oudste van de kinderen Sokolov een grote, potige politieman die zelf twee dochtertjes had. 'Hij heeft ons een paar keer thuisgebracht na Irina's zondagse etentjes. Trish en mij. Hij maakte zich er druk om dat Trish in een gebouw woonde zonder slot op de voordeur.' Er ontsnapte een snik. 'Ik wou dat ze gewoon bij mij was komen wonen. Dan zou ze er nog zijn.'

Hij kwam overeind en bleef tussen haar en de menigte staan. Hij blokkeerde hun uitzicht, besefte ze. Ze keek verdoofd naar hem op. 'Ik wil steeds maar wakker worden.'

'Ik weet het,' zei hij zacht. Hij hield zijn ene hand op haar wang en pakte met de andere haar vrije hand.

'Hij... heeft haar gestoken,' fluisterde ze. 'Zo veel bloed.'

Hij bracht de hand die hij vasthield naar zijn wang en liefkoosde die zachtjes. Het vage schrapen van zijn stoppels bracht haar tot rust. Het was echt. *Híj* was echt. Niet zoals de nachtmerrie waar ze in beland waren.

Ze snikte verstikt. 'Waarom?'

'Dat weet ik niet. Maar dat zullen we uitzoeken.'

'Hij...' Ze huilde nu. 'Ik zag de plekken,' fluisterde ze, zich er heel erg van bewust dat de menigte achter haar wachtte op elk flintertje informatie waar ze over konden roddelen. 'Op haar hals. Dat klopt toch, hè?'

Hij aarzelde, maar knikte toen. 'Ja.'

Hij had haar gewurgd. *Mijn god.* 'Wanneer?'

Hij zuchtte. 'Dat weet ik pas als de lijkschouwer –'

'Een schatting,' onderbrak ze hem scherp.

Hij schudde zachtjes zijn hoofd. 'Acht uur misschien. Min of meer.'

'Ze zou vannacht om één uur klaar zijn met werk.'

'We zullen haar baas bellen, oké? Dat beloof ik.' Hij kneep in haar hand. 'Heb je foto's van Trish waarop de halsketting met het turkooizen kruis te zien is?'

'In mijn mobieltje.' Hij liet haar hand los zodat ze haar telefoon kon zoeken in een van de zijvakken van de tas van Brutus. Ze friemelde er onhandig mee met één hand. Hij nam hem voorzichtig van haar over en tikte haar pincode in. Ze fronste even haar voorhoofd, maar bedacht toen dat ze hem dat donderdagavond had gegeven. Nog geen achtenveertig uur geleden. Hoe was dat zelfs maar mogelijk?

Hij hield het mobieltje zo dat zij door de foto's kon bladeren tot ze een selfie vond die ze van hen samen had gemaakt op het nieuwjaarsfeestje van het radiostation. Een turkooizen kruis hing tussen Trish' borsten, duidelijk afgetekend tegen de roomwitte trui die ze die avond had gedragen.

'Deze,' fluisterde Daisy. Ze zou Trish nooit meer zo zien glimlachen, nooit meer.

'Ik mail hem alleen aan mezelf en Rafe, oké?' zei Gideon zacht. Hij voegde de daad bij het woord en liet toen Daisy's telefoon weer in het zijvak van Brutus' tas glijden.

Een paar verdiepingen lager sloeg een deur dicht en zware voetstappen echoden in het trappenhuis. Twee agenten in uniform waren ter plaatse.

'Ik ben zo terug,' zei Gideon zachtjes en hij ging met zijn duim over haar wangen om haar tranen weg te vegen. 'Blijf hier.' Hij drukte een kus op haar voorhoofd. 'Ik moet met deze agenten praten. Ik moet ervoor zorgen dat ze nergens aan komen tot Rafe hier is.'

Ze knikte, nog steeds verdoofd. Niet in staat om iets te doen. Alleen zitten. En wachten. En proberen niet te denken aan wat ze had gezien. Aan hoe Trish had geleden. *God.*

De menigte had zich verspreid. Rafe arriveerde, samen met de vrouw die Daisy donderdagavond had ontmoet op het politiebureau. De vrouw van Forensische Opsporing. Cindy Grimes. Cindy gaf haar een meelevend klopje op de schouder en Rafe omhelsde haar even voor ze in het appartement van Trish verdwenen.

Waar Trish op de vloer lag. Dood. Het was... onmogelijk. Maar het was waar.

Trish is dood. Omdat zij al die tijd het doelwit was geweest. *Niet ik.*

Al had Rafe wel gevraagd of Damien met Sasha mee wilde komen... *Zij denken nog steeds dat ik bescherming nodig heb.* En dat was iets wat haar hersenen op dat moment niet konden verwerken.

Hadden we Trish maar beschermd zoals ze mij hebben beschermd.

Het spijt me, Trish. Het spijt me zo verdomde erg.

15

Sacramento, zaterdag 18 februari, 14.50 uur

'Zijn ze weg?' vroeg Erin Rhee toen Gideon zich bij haar en Rafe voegde in het kleine appartement van Trish. Cindy Grimes van Forensische Opsporing was met een strak gezicht bezig foto's te nemen van het lichaam.

'Ja.' Gideon kneep in de brug van zijn neus in een poging een opkomende hoofdpijn te onderdrukken. 'Sasha en Damien hebben haar meegenomen naar het huis van je ouders, Rafe.'

Rafe knikte terwijl hij met een zorgvuldig nietszeggende uitdrukking naar het lichaam van Trish keek. 'Ze is gestoken en gewurgd.'

Erin legde haar hand op Rafe's schouder. 'We kunnen deze doorschuiven,' zei ze zacht.

Rafe schudde zijn hoofd en zijn uitdrukking bleef hetzelfde, afgezien van een spiertrilling in zijn wang. 'Nee. We gaan de klootzak vinden die dit heeft gedaan.'

'Oké,' stemde Erin in. 'Maar je hoeft maar te kikken en we doen een stapje terug.'

'Kende je Trish goed?' vroeg Gideon.

'Ze is al sinds een maand of zes een vaste gast op zondag. Vanaf het moment dat DD hierheen kwam. Mijn moeder was... op haar gesteld.'

'Het spijt me,' zei Gideon zacht, maar Rafe reageerde niet en ging verder Trish' lichaam met boze concentratie te bestuderen. Gideon ging op zijn hurken naast het lichaam zitten, ervoor zorgend dat hij Cindy niet in de weg liep. Niemand had Trish aangeraakt, aangezien de lijkschouwer nog niet ter plaatse was. 'Hij heeft haar gewurgd. Precies zoals hij bij Daisy heeft geprobeerd.'

'En bij de anderen,' zei Erin zacht. '"Dat doen ze allemaal."'

Rafe wees naar een stapeltje kleren naast het lichaam, keurig opgevouwen, al waren er wel gerafelde scheuren zichtbaar. 'Hij heeft ze van haar weggesneden. Dat is haar werkkleding. Ik hoop dat hij bij het schoonmaken niet zo zorgvuldig is geweest als hij met haar kleren was.'

'Ik denk dat hij dat wel was,' zei Erin. 'Ik heb de keuken gecontroleerd. Die is heel schoon, behalve één slagersmes, afgewassen en neergezet in het droogrek. Ik rook er bleekmiddel. Ik heb nergens in de keuken iets van bleek kunnen vinden. Zelfs geen spuitbus met iets wat op bleekmiddel lijkt. Ook geen lege flessen. Hij had het misschien bij zich toen hij kwam of hij heeft de fles meegenomen toen hij wegging als hij die van Trish heeft gebruikt. Maar ik wed dat hij het bij zich had. Dit was voorbereid.'

'Mee eens,' zei Gideon. Het was onmogelijk om vast te stellen of het mes was gebruikt om de wonden toe te brengen, maar dat lag wel voor de hand. Hij hoopte dat de lijkschouwer er iets verstandigs over kon zeggen. Hij draaide zich in een cirkel rond en nam het appartement in zich op. Toen viel zijn blik op de salontafel.

Hij kwam overeind. 'Kijk eens naar de stapel tijdschriften.' De bloedspetter op het bovenste tijdschrift hield abrupt op en had een rechte lijn achtergelaten.

'Hij heeft het bovenste tijdschrift meegenomen,' zei Rafe. 'Waarom?'

'Souvenir?' Erin gebaarde Cindy dat ze moest komen. 'Wil je dit uit alle hoeken fotograferen, Cindy?'

Gideon deed een stap achteruit om Cindy in staat te stellen de foto's te maken. 'Waarschijnlijk een souvenir,' zei hij. 'Daisy denkt dat hij de halsketting van Trish heeft meegenomen. Een turkooizen kruis.' Hij vond de foto die hij naar zichzelf had gestuurd. 'Ik heb hem naar je e-mail gestuurd, Rafe. Ik had jouw mailadres niet, Erin.' Hij gaf zijn telefoon aan Erin zodat Rafe en zij de halsketting konden bekijken. 'Volgens Daisy had Trish hem altijd om.'

Erin bestudeerde de foto. 'Hij heeft het kettinkje meegenomen, net zoals hij het medaillon van Eileen heeft gepakt.'

'We hadden ze alle twee moeten bewaken,' zei Rafe somber. 'Dit heeft misschien helemaal niets te maken met Daisy persoonlijk. Niets te maken met haar e-mails of haar voicemails. Hij heeft ze donderdagavond misschien gewoon gevolgd vanaf het gemeenschapscentrum, maar Daisy heeft hem verrast door de confrontatie aan te gaan.'

Daar was Gideon het mee eens. 'Dat betekent dat hij ook achter haar aan kan gaan. Zeker als hij bang is dat ze hem kan identificeren.'

'We kunnen haar onderbrengen op een schuiladres,' stelde Erin voor.

Rafe lachte grimmig. 'We kunnen het proberen. Maar na zich twaalf jaar verborgen te hebben gehouden is het niet waarschijnlijk dat ze ermee instemt om zich opnieuw te verstoppen.'

'Dan verliezen we haar geen moment uit het oog,' zei Gideon. *Oftewel, ik verlies haar geen moment uit het oog*. Dus eigenlijk was er niets veranderd aan haar bescherming.

Zaterdag 18 februari, 16.45 uur

'Neem me niet kwalijk, mevrouw. Het spijt me dat ik u op zo'n moment moet lastigvallen.' Hij glimlachte meelevend naar de vrouw die de deur van Kaley Martells huis had opengedaan. Dit moest de moeder zijn en haar ogen waren roodomrand en gezwollen van het huilen. *Arme vrouw*.

Het was werkelijk niets persoonlijks geweest ten opzichte van deze trieste oude vrouw. Haar dochter was op het verkeerde moment op de verkeerde plek geweest en was onvergeeflijk onbeschoft geweest door te weigeren in zijn auto te stappen toen hij haar dat zo vriendelijk vroeg. Iets over haar 'regels'. Ze had geprobeerd hem zover te krijgen dat hij uit zijn auto kwam.

Hij zou misschien Kaley ongemoeid hebben gelaten en naar een ander hoertje zijn gestapt als hij had geweten dat ze een alleenstaande moeder was met een ziek kind, maar hij had die avond zelf in een crisis verkeerd.

'Ik heb niets meer te zeggen tegen jullie journalisten,' zei de vrouw op vermoeide toon. 'Ga alstublieft weg.'

Hij was blij dat hij een alternatief plan had bedacht. 'Nee, mevrouw, ik ben geen verslaggever. Mijn naam is Johnny Steves en ik woon een eindje verderop. Ik zag het verhaal over Kaley op het nieuws. Ze... Ik ben een klant. Bij de bakker. Ze had altijd een glimlach voor me over.' Een terugkerend onderwerp bij de mensen die de verslaggever had geïnterviewd. Kaley glimlachte altijd. 'We waren... nou, we zijn bevriend.'

De uitdrukking op het gezicht van mevrouw Martell verzachtte, maar werd ook gekwelder. 'Kende u mijn Kaley?'

'Ja, mevrouw. We praten. Elke dag. Ik... wilde iets doen om te helpen. Ze houdt zo veel van Amelia.' Amelia was niet in het artikel ter sprake gekomen, maar wel in de reacties op de Facebook-pagina van de familie. Mensen zouden echt beter moeten nadenken over de informatie die ze prijsgaven.

Hij slikte moeizaam, legde het er dik bovenop. 'Ik vind het vreselijk dat haar kleine meid haar misschien nooit zal kennen.' Hij stak de boodschappentas naar voren die hij volgestopt had. 'Ik heb wat spullen. Voor Amelia. Wat speelgoed. Knuffels en krijtjes, van die dingen.'

De ogen van mevrouw Martell vulden zich met tranen en haar greep op de voordeur verslapte. 'Wat ontzettend aardig van u. Dank u. Wil...' Ze hield de deur verder open. 'Wilt u binnenkomen en het speelgoed zelf aan Amelia geven?'

Hij glimlachte. 'Dat zou fijn zijn.'

Granite Bay, zaterdag 18 februari, 17.45 uur

'Alsjeblieft, schat.' Sasha zette een kop thee op de keukentafel van de Sokolovs naast Daisy's laptop en ging met een ongeruste uitdrukking naast haar zitten. Geschokt en vol verdriet.

Irina was aan het bakken. Theekoekjes. De lievelingskoekjes van Trish.

De sfeer in de keuken was gedrukt. Elk van hen was bezig de gebeurtenissen te verwerken.

Trish was dood. Dóód.

Sasha had haar naar de enige logische plek gebracht om op dat moment te zijn. Irina's keuken. Daar was liefde. En bescherming. En, op dat moment, een enorm verdriet.

Daisy kon nog steeds niet geloven dat haar vriendin er niet meer was. 'Ik weet dat het niet mijn schuld is,' mompelde ze voor zich uit terwijl ze naar de beelden op haar scherm staarde zonder ze echt te zien. Ze had haar laptop geopend omdat ze íéts moest doen. Maar toen tot haar doordrong dat ze naar de tatoeages uit haar Eden-zoekactie zat te kijken bleef ze voor zich uit staren.

Want het enige wat ze kon zien was het lichaam van Trish. Bebloed en gebroken.

'Natuurlijk is het jouw schuld niet,' zei Sasha. Daisy keek op naar het betraande gezicht van haar vriendin. De Sokolovs hadden Trish omarmd als een van hen. Dat was voor het eerst dat Trish weer een familie had sinds haar moeder was gestorven, toen Trish zeventien was. Ze waren ook dol op haar geweest. 'Maar?' voegde Sasha er met zachte stem aan toe, omdat ze Daisy heel goed kende.

'Maar als zij bewaakt was in plaats van ik, zou ze nu nog in leven zijn.' Niet dood. Niet bebloed en verminkt en... dood.

'Misschien,' zei Irina terwijl ze een schaal koekjes op tafel zette en aan de andere kant van Daisy ging zitten. 'Maar dat weet je niet zeker. Misschien ging hij achter haar aan omdat jij bewaakt werd. Misschien dat als Gideon niet bij jou was geweest, die man...' Ze slikte moeizaam. 'Dan had hij jou ook kunnen pakken.'

Daisy zuchtte. Haar hoofd deed pijn en haar ogen brandden. 'Misschien.'

Irina klopte haar op de hand. 'Drink je thee, Daisy, die wordt koud.' Ze keek over Daisy's schouder naar haar laptop en fronste haar voorhoofd. 'Waarom zit je naar tatoeages te kijken? Je denkt er toch níét over er een te nemen, hè?'

Daisy besefte dat de beelden op haar scherm meer vragen zouden oproepen dan ze kon beantwoorden. Ze had Gideon beloofd haar mond te houden. 'Ik heb er al een,' zei ze en ze sloot terloops het zoekvenster af. 'Die moet ik laten afmaken. Als dit achter de rug is, misschien.'

'Wanneer heb je die laten zetten?' vroeg Sasha.

'In Parijs. Ik ben naar huis gekomen voor hij af was.' Omdat haar vader hun vroegere boerderijknecht in dienst had genomen om haar te volgen.

Sasha keek haar grijnzend aan. Het was een beetje een namaakgrijns, want ze was in de verste verte niet blij, maar ze deed haar uiterste best het te zijn. 'Ik laat je de mijne zien als ik die van jou mag zien.'

Irina maakte een afkeurend geluidje. 'Ik weet al van die van jou.'

Sasha's mond viel open. 'Maar...'

'Maar hij zit op je kont? Pff.' Irina wuifde snuivend met haar hand.

'Ik zie en weet alles, meid. Vergeet dat niet, ook al denk je dat je volwassen bent.'

Daisy grinnikte, blij met de afleiding. 'Wie heeft er gekletst?'

Irina keek haar triest glimlachend aan. 'Trish. Hoe denk je anders dat ze me heeft weten om te kopen om het recept van mijn *ptichye moloko* te krijgen?'

Daisy's glimlach verflauwde en ze keek naar Sasha, die haar ogen had gesloten. Nieuwe tranen sijpelden onder haar oogleden vandaan. 'O, meisje,' zei Daisy zacht en ze sloeg haar armen om haar vriendin. 'Dat wist ik niet.' Ze had geweten dat Trish bi was. Maar ze had nooit geweten dat Trish en Sasha... 'Ik vind het zo erg. Hier zit ik, te huilen alsof ik de enige ben die pijn voelt.'

'We hebben maar een paar afspraakjes gehad,' fluisterde Sasha. 'Het zou nooit iets permanents zijn geworden. We zijn voor Kerstmis al uit elkaar gegaan. Maar... verdomme, DD. Ik mocht haar. We waren nog steeds bevriend.'

'Ik weet het schat.' Daisy's keel werd dik terwijl nieuwe tranen zich een weg naar buiten baanden. 'Ik kan het gewoon niet geloven. Ik heb haar met eigen ogen gezien en ik kan het nog steeds niet geloven.'

'Neem een koekje,' beval Irina en ze schoof de schaal naar Daisy.

'Oké,' mompelde Daisy, dankbaar voor de afleiding, die voorkwam dat ze in een nieuwe huilbui zou uitbarsten. Maar haar dankbaarheid was van korte duur toen Irina gebruikmaakte van het feit dat ze haar handen vol had. Ze boog zich voorover en nam bezit van de laptop. Met een veeg en een klik riep ze het tabblad op dat Daisy had gesloten en het scherm vulde zich opnieuw met tatoeages. 'Irina! Wel verdomme!'

'Mam!' viel Sasha haar met open mond bij. 'Je kunt niet zomaar –'

'Stil,' snauwde Irina. 'Ik zal later wel mijn excuses aanbieden. Misschien. Maar eerst mag Daisy uitleggen waarom ze tatoeages zoekt zoals mijn Gideon die jaren geleden had. Die tatoeage was... verkeerd. Ik was blij toen hij er iets overheen liet zetten. Hij werd er verdrietig van.'

Daisy zuchtte en sloot voorzichtig het venster weer. 'Irina.'

Irina's wenkbrauwen gingen omhoog tot aan haar haarlijn. 'Eleanor.'

'Ik kan het je niet vertellen,' maakte Daisy haar ernstig duidelijk. 'Het is niet mijn verhaal om te vertellen. Ik... heb het beloofd, Irina. Ik kan die belofte niet verbreken.'

'Aan Gideon,' zei Irina zacht.

Daisy hield haar blik gevangen, zonder dat te bevestigen of te ontkennen. Maar haar geen-antwoord was voldoende voor Irina. 'Het spijt me, Daisy. Ik had niet in je computer mogen kijken.'

'Het geeft niet,' zei Daisy. 'Je houdt van hem.'

'Dat is zo. Ik beschouw die jongen als mijn zoon.' Irina hield haar hoofd schuin. 'Heeft hij jou dingen toevertrouwd die hij mij nooit heeft verteld?'

'Mam,' zei Sasha waarschuwend.

Irina negeerde haar. 'Het klopt. Dat heeft hij gedaan. Dat is goed.' Ze kreeg een sluwe blik in haar ogen. 'Ik had gelijk, hè? Hij is perfect voor je.'

Daisy voelde haar wangen rood worden, maar probeerde met haar ogen te rollen. 'Irina, hou op.'

Irina knipoogde naar Sasha. 'Ze heeft het niet ontkend.'

Sasha lachte door haar tranen heen. 'Nee, dat klopt. Bovendien hadden ze gisteravond een afspraakje.'

'Sásha.' Daisy keek haar aan. 'Meen je dat nou?'

Irina propte een koekje in haar mond en deed geen enkele poging haar vreugde te verbergen. 'Vertel op.'

'Nou, Rafe en ik zaten ergens te eten en toen zag ik ze de straat in komen voor ze bij het restaurant waren. Ik wist eerst niet dat zij het waren. Ze liepen onder een paraplu en ik dacht nog: Wauw, dat is zo lief zoals hij haar vasthoudt, en toen hij de paraplu dichtvouwde, besefte ik dat zij het waren.' Ze fladderde met haar wimpers en zuchtte.

'Sasha had een afspraak met een bibliothecaresse,' flapte Daisy eruit voor Sasha nog meer kon zeggen.

Irina verplaatste haar ondervraging naar haar dochter, die Daisy een vuile blik toewierp. 'Een bibliothecaresse? Dat is mooi. Dus ze is slim?'

Sasha's boze blik werd een fractie minder boos. 'Heel slim, mam. Nu weer terug naar Daisy en Gideon –'

'Of niet,' onderbrak Daisy haar. Tot haar opluchting ging op dat moment haar telefoon over. Tot ze zag wie er belde. Beide Sokolovs staakten hun gekwetter.

'Neem op, schat,' zei Irina. De korte onderbreking van hun verdriet was voorbij.

Daisy nam op. Haar hand trilde plotseling. 'Papa?'

'Daisy.' Haar vader klonk... bang. 'Ik...' Hij liet huiverend zijn adem ontsnappen. 'Er is een lichaam gevonden in Sacramento. Een jonge vrouw. Ik...' Opnieuw een huiverende zucht. 'Ik dacht dat jij het was.'

'O, papa, het spijt me.' Daisy's ogen prikten. 'Ik wist niet dat het zo snel rond zou gaan. Ik was van plan je te bellen. Ik verkeerde in shock.'

Hij bleef even stil. 'Kende je haar dan?'

'Ja. Het gaat om mijn vriendin. Trish.'

'O nee. Je vriendin van de AA?'

Daisy knikte, maar bedacht toen dat ze moest praten. 'Ja,' fluisterde ze schor.

'Het spijt me zo, schat. Op het nieuws zeiden ze... Ze zeiden dat er een moord was gepleegd en ze speculeerden dat het verband hield met de aanval op jou donderdagavond.'

'Ik had moeten bedenken dat ze dat verband zouden leggen,' mompelde Daisy. 'Er waren genoeg mensen in het appartementengebouw van Trish die me daar vanavond hebben gezien en ze wisten dat Trish er donderdag bij was. Ik had je meteen moeten bellen. Het spijt me, papa.'

'Hou op met je te verontschuldigen,' zei hij nors. 'Was je daar?'

Daisy haalde diep adem en liet die weer ontsnappen toen Irina's arm om haar heen gleed en haar tegen zich aan trok. 'Ik heb haar gevonden. Gideon en ik.'

'Gideon? Die FBI-agent die ik heb gesproken?'

'Ja. Hij heeft me tot nu toe geen moment alleen gelaten. Hij is nu bij Rafe. Ik ben bij Irina en Sasha. Karl is hier ook ergens.'

'En mijn Damien ook, Frederick,' zei Irina luid. 'Je Daisy wordt beschermd.'

Haar vader grinnikte. 'Ik heb haar gehoord. Bedank haar van me.'

'Zal ik doen. Ik wilde alleen dat we Trish ook had beschermd. Dan zou ze niet helemaal alleen in haar appartement zijn geweest.'

Haar vader bleef zo lang stil dat Daisy bijna kon horen hoe zijn hersenen de details verwerkten. 'Hoe wist hij waar ze woonde?'

Dat was een heel goede vraag. 'Dat weet ik niet. Ze werkte gisteravond en moet daarna meteen naar huis zijn gekomen. Ze zou vandaag met me naar het adoptieproject van de dierenwinkel zijn gegaan.' Daisy masseerde haar pijnlijke hoofd. 'Ik vermoed dat hij haar van haar werk naar huis heeft gevolgd.'

'Wie wisten waar ze werkte?'

Daisy wilde er niet over denken, maar haar vader was een slimme vent en dacht alle dingen die ze zelf zou hebben moeten denken. 'Al haar vrienden. Haar collega's uiteraard. Alle leden van onze AA-groep. Ze werkte in een bar. Het was zwaar voor haar om niet te drinken. Ze was op zoek naar ander werk.'

'Heeft een van de verslaggevers vermeld waar ze werkte?'

'Dat weet ik niet. Wacht even.' Ze wendde zich tot Sasha. 'Heeft een van de verslaggevers gezegd waar Trish werkte of waar ze woonde?'

Sasha schudde haar hoofd. 'Ik geloof van niet. Zet je vader eens op de luidspreker, DD.'

Daisy gehoorzaamde en haar vader begroette de Sokolovs. 'We denken niet dat ze hebben gemeld waar ze werkte, papa,' zei Daisy, 'maar de eerste verslaggever die me had gevonden zei dat hij had gehoord dat Trish iemand op haar werk vertelde over de aanval. Dus de verslaggever wist waar ze werkte.'

'Hij heeft haar niet genoemd in het nieuwsartikel dat hij gisteravond op internet heeft gezet,' zei Sasha zacht.

Daisy kneep in haar hand. Toen dwong ze zichzelf om na te denken. 'We waren donderdagavond net bij het gemeenschapscentrum vertrokken toen ik merkte dat we werden gevolgd. We waren naar de AA geweest. Rafe vroeg zich af of hij ons daarvandaan had gevolgd of dat hij ons had opgewacht – mij had opgewacht. Ik heb ze verteld dat het mogelijk was dat hij me vanaf de studio had gevolgd. Maar Trish kwam ook rechtstreeks van haar werk. Misschien heeft hij haar beide keren van haar werk gevolgd – donderdag en gisteravond.'

Wat Daisy's oorspronkelijke gevoel nog eens onderstreepte dat Trish het doelwit van de man was geweest.

'Misschien wel,' zei hij. 'Misschien zou je die FBI-man eens naar de bewakingsbeelden van de bar moeten laten kijken.'

Daisy's mondhoeken krulden, een beetje maar. 'Zal ik doen. Dank je, papa.'

'Graag gedaan,' zei hij nors. 'Luister, schat. Als je iets nodig hebt, laat me dat dan weten. Ik kom met het volgende vliegtuig.'

Daisy's eerste reactie was om nee te zeggen, maar ze weerhield zichzelf ervan. Haar vader hield van haar. Dat wist ze. *En ik hou van hem.* Dat wist ze ook. Haar keel werd dichtgesnoerd en ze moest hem schrapen. 'Ze had helemaal geen familie.' Geen vader die van haar hield, ook al ging hij soms veel te ver. Geen moeder die haar in slaap wiegde en haar de bank liet verven. De moeder van Trish was ook alcoholist geweest. 'Ik zal… haar moeten begraven.' Die gedachte maakte de snik los en ze sloeg haar hand voor haar mond in een poging hem te onderdrukken. 'Ik kan dit niet.'

'Wil je dat ik kom?' vroeg hij en hij klonk zo hoopvol dat ze nog harder wilde huilen.

'Alsjeblieft,' fluisterde ze. 'Kom alsjeblieft.'

'Ik zal je mijn reisgegevens sturen. Blijf de hele tijd bij iemand, Daisy. Alsjeblieft. Ik weet dat ik overdreven beschermend ben. Maar… doe me gewoon een lol,' voegde hij er met een onecht lachje aan toe.

Daisy veegde haar ogen droog. 'Beloofd.'

'We blijven bij haar tot Gideon haar komt halen, Frederick.'

'Dank je, Irina.' Fredericks stem was zacht geworden. 'Jij en Karl bedankt voor alles.'

'Je bent familie, Frederick,' was het enige wat Irina zei.

'Dag. Ik hou van je.' Daisy maakte een einde aan het gesprek en koos toen onmiddellijk het nummer van Gideon, dit keer niet op de luidspreker.

Hij nam meteen op. 'Alles goed met je?'

'Alles goed. Ik ben nog steeds bij Sasha en Irina. Ik heb net mijn vader gesproken.'

Zijn stem klonk achterdochtig. 'En?'

'En het was goed. We hebben even over Trish gepraat en hij raadde aan om de bewakingsbeelden in de bar van zowel donderdag als gisteravond te bekijken. Ik denk dat hij gelijk heeft.'

'Denk je dat haar moordenaar haar donderdag van haar werk naar het gemeenschapscentrum heeft gevolgd?'

'Ja. Ze zei dat ze een aanvaring had gehad met een klant. Ze bagatelliseerde het, maar dat ze het noemde was op zich al ongebruikelijk.' Nu Daisy erover nadacht, kwamen er meer bijzonderheden naar boven. 'Ze was onbeschofte kerels wel gewend. Ze kreeg voortdurend oneerbare voorstellen. Maar deze vent… Hij was agressief. Bleef haar voeren tot ze haar geduld verloor. Ze noemde hem een blaaskaak. Ze moest het melden bij de manager en die gooide die vent eruit.'

'Ik zal het tegen Rafe zeggen. Ik ga naar hem toe in –' Gideon onderbrak zichzelf. 'In het kader van het onderzoek.'

Maar ze dacht dat ze zijn zelfcorrectie wel begreep. 'In het mortuarium?'

'Ja,' gaf hij toe. 'Ik ben er bijna.'

'Oké.' Ze ging niet aan het mortuarium denken. Aan die arme Trish op een koude tafel. 'Heb... heb je al iets gehoord uit Philadelphia?' Ze was zo voorzichtig als ze maar kon, zich er heel erg van bewust dat Irina en Sasha aan haar lippen hingen.

'Nog niet. Maar hij zei dat hij bijna klaar is. Heb je al een tas ingepakt? Als we een aanwijzing vinden moeten we misschien de nacht in Redding doorbrengen.'

'Ga ik nog steeds mee?' Daardoor voelde ze zich op de een of andere manier wat beter.

'Ja, natuurlijk.' Een lichte aarzeling. 'Ik moet zeker weten dat alles goed is met je. Ik wil je niet alleen laten. Zelfs niet bij de Sokolovs, ook al weet ik dat je daar veilig bent. Ik kom zo snel mogelijk naar je toe.'

'Ik wacht op je.'

Zaterdag 18 februari, 17.55 uur

Hij trok zijn das tegen zijn keel terwijl zijn tred honderd keer lichter was geworden. De politie had helemaal niets over de verdwijning van Kaley Martell. Geen aanwijzingen. Niets wat hen kon helpen haar te vinden – of degene die haar had ontvoerd. Dat had hij rechtstreeks uit de mond van Marlena Martell vernomen terwijl ze hem slappe thee en oudbakken koekjes serveerde en bad om de veilige terugkeer van haar dochter.

Ik heb helemaal niets om me zorgen over te maken.

Maar hij had een geweldige vermomming die hij niet graag onbenut wilde laten en hij zat ook nog met een paar onbeantwoorde vragen over Daisy Dawson. De menigte bij het appartement van Trish was uitgedund, maar er hingen nog steeds verslaggevers en een paar ramptoeristen rond.

De journalisten hadden zich verzameld rond een oudere dame die zo te zien audiëntie hield. Iemand had een klapstoel voor haar gehaald en ze zat daar vragen te beantwoorden.

Dus luisterde hij.

Ze heette mevrouw Owens, begreep hij, en ze had de vriendin van Trish, Daisy, en 'die FBI-agent' gezien terwijl ze gehurkt bij het lichaam zaten. Oké, dus hij was van de FBI, niet van de politie. Dat was naar zijn mening muggenzifterij. Hij moest een glimlach onderdrukken terwijl de vrouw haar dramatische verhaal deed en het liet klinken alsof Daisy en de FBI-agent Trish hadden vermoord.

Nou, dat is niet correct. Ze moet de eer laten aan degene die dat toekomt.

Daisy was 'radeloos van verdriet' geweest en had gehuild in de armen van de FBI-agent.

Dat deed hem de wenkbrauwen fronsen. *In zijn armen?* Nee. Hij was alleen maar haar lijfwacht.

Het doet er niet toe. Daisy Dawson betekende niets voor hem. Ze vormde geen bedreiging. Hij zou met een grote boog om Daisy-Poppy-Eleanor-Dawson en haar FBI-man heen lopen.

Maar ze was zo aardig. Hij zou bijna willen dat hij werkelijk een docent dramatische expressie zonder werk was die een baantje wilde bij haar radiostation. Het zou leuk zijn om elke dag met haar te werken. Ze leek net zomin op Sydney als dag verschilde van nacht. Alleen de gedachte aan Sydney al maakte hem misselijk. Maar Daisy? Het zou fijn zijn om een vrouw als zij te hebben om elke dag naar terug te keren.

Echt heel erg aardig. Zijn maag speelde weer op, maar dit keer niet van afkeer. Dit keer was het... wat? Verlangen? Was dat wat het was? Hij had het nog nooit eerder gevoeld. Echt nooit.

Zeker niet bij Sydney, en het enige wat hij voor zijn gasten voelde was woede. Geen verlangen.

Hij stelde het zich voor – Daisy Dawson in zijn bed. Niet het bed in de kelder, maar dat in zijn slaapkamer. Het bed dat Sydney nooit had bezoedeld. Niemand had dat gedaan. Ze zou in zijn bed liggen en naar hem glimlachen zoals ze in de dierenwinkel had gedaan.

Ze zou haar kleren voor hem uittrekken. Zonder daartoe te worden gedwongen. En ze zou naar hem glimlachen. En hij zou nooit tegen haar hoeven te zeggen dat hij spijt had van iets. Nooit. Het beeld van

Daisy naakt in zijn bed was meer dan leuk. Het zorgde ervoor dat zijn piemel interesse toonde. Helemaal vanzelf.

Zonder pillen. Zonder Sydney.

Dit was... enorm. Extatisch, zelfs. Dat hij iets gewoons kon hebben, net als andere mensen? Dat was bijna te veel om te bevatten.

Hij had gedacht dat Sydney zijn kans op een normale relatie kapot had gemaakt. Hij had echt gedacht dat er niemand voor hem was. Maar toen kwam Daisy die naar hem glimlachte en zo verrekte aardig deed.

Het werd tijd dat hij iets heel, heel aardigs kreeg. Toch?

Ja. Hij verdiende iets aardigs. Hij verdiende een vrouw in zijn bed, net als iedereen. Hij verdiende Daisy Dawson.

Dat was beslist iets om over na te denken. En nu was dat het énige waar hij nog aan kon denken.

En haar lijfwacht? Degene die haar in zijn armen had gehouden terwijl ze huilde? De FBI-agent.

Die moet weg. Zo simpel was het. Als hij uit beeld was, zou ze iemand anders nodig hebben om haar vast te houden wanneer ze huilde. *En dat ben ik dan.*

'Hoe heette die agent?' riep een van de verslaggevers, waardoor zijn aandacht met een ruk weer op de oude vrouw die audiëntie gaf werd gevestigd.

Ja. Dat zou ik heel graag willen weten.

'Speciaal agent Reynolds,' zei mevrouw Owens nadrukkelijk knikkend. 'Hij heeft me zijn penning laten zien.'

'Waar is Daisy, mevrouw?' riep een andere verslaggever.

Dat is ook een heel goede vraag.

'Haar vriendin is haar komen halen, degene die met hen allebei bevriend was. Sasha nog iets. Ik heb haar achternaam niet verstaan, maar ik had haar al eerder gezien. Ze zei tegen de FBI-agent dat ze Daisy meenam naar "papa en mama".' Ze maakte met haar vingers aanhalingstekens in de lucht.

'Weet u waar dat is?' vroeg dezelfde man.

'Nee,' antwoordde mevrouw Owens, duidelijk spijtig dat ze niet over die informatie beschikte.

'Kunt u het lichaam beschrijven, mevrouw?' vroeg een derde verslaggever.

De vrouw huiverde. 'Ik wil er niet aan denken, maar...' Ze boog zich met een gretige uitdrukking op haar gezicht naar voren. 'Het was afschuwelijk. De vrouw was minstens twintig keer gestoken. Misschien wel dertig! En haar hoofd...' Ze slikte moeizaam. 'Hij heeft haar keel doorgesneden. Haar bijna onthoofd...'

Nou, dat is gewoon niet waar. Hij had Trish gewurgd. Zijn mes was nooit boven haar sleutelbeen geweest. Hij wurgde ze altijd. Als ze aan hun verwondingen stierven, dan gaf dat... een leeg gevoel.

Maar de hoorbare verschrikking in het groepje leek de vrouw tevreden te stellen, die achterover in haar stoel leunde. 'Ze was losgeslagen, dat meisje.'

'Mevrouw,' riep een vrouwelijke verslaggever. 'Wilt u zeggen dat het slachtoffer dit over zichzelf heeft afgeroepen?'

De oude vrouw haalde haar schouders op. 'Hij heeft in ieder geval niet haar deur opengebroken. Hoe kan hij anders zijn binnengekomen als ze hem niet vrijwillig heeft binnengelaten?'

Hij begon medelijden te krijgen met Trish. Jammer dat die ouwe taart niet zijn type was. Hij zou gewoon voor de lol graag met haar afrekenen.

De lippen van de vrouwelijke verslaggever vormden een dunne streep. 'Dank u, mevrouw.' Ze liep weg en hij volgde haar in de hoop dat de vrouw hem nog meer informatie kon geven. Zoals waar die FBI-figuur nu uithing. Het lag voor de hand dat waar de FBI-agent was, Daisy zich ook zou bevinden.

'Neem me niet kwalijk,' zei hij zacht en hij legde een uitdrukking van geschoktheid en verdriet op zijn gezicht.

De verslaggeefster draaide zich om en nam hem even snel op. 'Kan ik u helpen?'

'Dat hoop ik. Ik... heb net over Trish gehoord. We...' Hij deed zijn ogen dicht. 'Mijn god. We hadden verkering.' Hij liet een snik ontsnappen.

De verslaggeefster deed een paar stappen naar voren en klopte hem op de arm. 'Hoelang hadden jullie verkering?' vroeg ze op meelevende toon, maar hij liet zich niet misleiden. Er schitterde iets in haar ogen wat duidelijk maakte dat ze op zoek was naar een nieuwe invalshoek.

Hij zou haar een verhaal geven. Hij moest er alleen voor zorgen dat er geen foto van hem werd genomen. Hij kon het niet gebruiken dat zijn gezicht in de krant verscheen. Mevrouw Martell zou hem kunnen herkennen als haar dochters 'vriend'.

'Nog niet zo lang,' vertelde hij de journaliste. 'Een maand ongeveer.'

'En hoe heet u, meneer?'

'John,' mompelde hij afwezig. 'John Senegal. Ik moet die FBI-agent spreken die met Daisy was, de vriendin van Trish. Wat die vrouw zei over wat haar is aangedaan...'

'Ik geloof niet dat die vrouw de waarheid vertelde,' zei de vrouw vriendelijk. 'Ik geloof niet dat het zo... extreem was.'

Jawel, dat was het wel. Het was absoluut extreem. Ik heb alleen haar kop er niet af gehakt.

'Ik moet de agent spreken die met de zaak belast is,' herhaalde hij krachtiger. 'Die oude vrouw zei dat de zaak in handen was van de FBI.'

'Nou, een FBI-agent heeft het lichaam toevallig aangetroffen, maar een paar rechercheurs Moordzaken onderzoeken de zaak. Sokolov en Rhee.'

'Sokolov en Rhee,' herhaalde hij terwijl hij net deed of hij aanstalten maakte om weg te gaan. 'Ik ga meteen naar het politiebureau. Dank u.'

'Ze gingen niet naar het bureau,' zei ze toen hij zich omdraaide om naar zijn auto te lopen.

Hij draaide zich met een ruk weer om en keek haar aan. 'Waar zijn ze naartoe?'

De uitdrukking op haar gezicht werd er een vol medeleven. 'Naar het mortuarium.'

Hij snakte even naar adem. 'O. Dank u.' Hij maakte een schouwspel van het rechten van zijn rug. 'Allemaal? De FBI-agent ook?'

'Ja, hij was bij hen. Als u opschiet kunt u ze nog inhalen. Ze zijn nog maar net weg. Gecondoleerd,' voegde ze er op zachte toon aan toe en ze gaf hem haar visitekaartje. 'Hier staan mijn mobiele nummer en mijn e-mailadres op. Laat het me alstublieft weten als u nieuwe informatie te horen krijgt. Ik zal ervoor zorgen dat uw verhaal waardig wordt verteld.'

Ja, dat zal wel, dacht hij cynisch, maar hij nam het kaartje van haar aan. 'Dank u,' zei hij zacht en hij haastte zich naar zijn auto. Hij wachtte tot hij achter het stuur zat voor hij zijn hoofd boog en een brede grijns op zijn gezicht liet verschijnen.

Geweldig. Hij opende Maps, vond het mortuarium en ging op weg.

Een kwartier later minderde hij vaart bij het mortuarium – precies op tijd om de FBI-agent zijn auto tussen een blauwe Range Rover en een rode Subaru te zien parkeren en zich naar binnen te haasten.

Daisy had in de armen van die man gelegen. Dat stond hem echt niet aan.

Onderweg naar het mortuarium had hij er nog eens goed over nagedacht en hij was tot de conclusie gekomen dat geen van de vrouwen die hij ooit had ontmoet – en dat was met inbegrip van zijn gasten, passagiers, iedereen – hem ooit het gevoel had gegeven dat Daisy hem vandaag had bezorgd.

Niet één had ervoor gezorgd dat hij haar begeerde. Zoals een normale man een normale vrouw begeerde. Niet als Sydney, dat was een ding dat zeker was. Niet één, tot Daisy Dawson. Hij zou dat gevoel misschien nooit meer krijgen, dus hij zou ervoor zorgen dat hij haar niet verloor.

Hij moest erachter komen of dit echt was of iets wat hij zich maar inbeeldde. Natuurlijk wist hij dat ze aantrekkelijk was. Hij had haar vandaag gezien. Hij wist dat ze aardig was. Hij had gezien dat ze vriendelijk was tegen iedereen die ze die dag was tegengekomen, met inbegrip van hemzelf. Hij wist dat ze gul was met haar tijd en vrijwilligerswerk deed bij de dierenopvang.

Ze was het soort vrouw dat een man mee naar huis nam om aan zijn moeder voor te stellen. *Tenzij de moeder van de man dood is en hij een akelige stiefmoeder heeft die de stiefmoeder van Assepoester op Moeder Teresa doet lijken. Dan... niet.*

Als ze alleen maar 'aardig' was geweest, had hij verder kunnen gaan. Dan had hij haar kunnen negeren. Maar het was zijn lichamelijke reactie die hem knock-out had geslagen en dat was wat hij moest onderzoeken. Ze zorgde ervoor dat hij zich seksueel voelde.

Dat was het. *Seksueel.* Voor de eerste keer óóit.

Dat gaf voor hem de doorslag. Hij zou een manier vinden om Daisy mee naar huis te nemen, zodat hij de tijd kon nemen om erachter te komen of zijn gevoel echt was. Als het dat niet was, dan zou hij haar snel en pijnloos doden.

Want hij zou haar moeten houden. Als hij haar eenmaal mee naar huis had genomen, dan kon hij haar nooit meer laten gaan. Hij zou zijn deuren en ramen moeten versterken, haar waarschijnlijk in zijn kelder moeten opsluiten zodat ze niet kon ontsnappen wanneer hij naar zijn werk was.

Maar hij zou haar gelukkig maken. En zij op haar beurt zou hem heel gelukkig maken. Hij was in staat om een vrouw in leven te houden. Dat had hij eerder gedaan. Hij vermoordde niet ál zijn gasten meteen. Hij had Susan bijna een jaar gehouden. Hij zou haar langer hebben gehouden als ze verdomme geen longontsteking had gekregen. Als hij Daisy zou houden, dan moest hij iets doen aan de vochtigheid in zijn kelderlogeerkamer.

Hij zou ook van die FBI-man af moeten raken die om haar heen hing alsof ze van hem was. Daarna zou hij bedenken wat hij met haar ging doen. Als ze een probleem bleek te zijn, dan zou hij haar moeten vermoorden, hoe aardig ze ook was.

Hij parkeerde een eind verderop en stopte geld in de parkeermeter. Voor het geval dat. Hij wilde niet worden opgehouden door een overijverige parkeerwacht.

Hij zou de FBI-agent volgen zodra hij het mortuarium verliet. Want als de man Daisy werkelijk in zijn armen had gehouden, dan zou hij vroeg of laat naar haar toe gaan.

Ik moet gewoon geduld hebben.

Zaterdag 18 februari, 18.10 uur

Gideon trof Rafe en Erin bij de deur naar de autopsieruimte, waar ze op hem stonden te wachten. 'Hoe gaat het met Daisy?' vroeg Erin.

'Het gaat,' antwoordde Gideon. Hij vertelde hun wat ze had gezegd over de klant die Trish donderdag had lastiggevallen.

'Shit,' zei Erin zacht. 'Dat had ik haar moeten vragen. Ik heb haar donderdag van de spoedeisende hulp naar huis gebracht. Ik had het moeten vragen.'

Gideon zuchtte. 'Dat kon je niet weten, Erin. We dachten allemaal dat hij het op Daisy had gemunt.'

'Hij heeft háár vastgegrepen en geprobeerd te ontvoeren,' zei Rafe.

Erin schudde haar hoofd. 'Maar pas nadat ze hem had geconfronteerd omdat ze dacht dat het haar vriend Jacob was. Hij moet hebben gedacht dat het niet uitmaakte wie van hen hij pakte. Behalve dan dat hij Trish naar haar huis heeft gevolgd. Als hij ook achter Daisy aan gaat, dan moeten we er klaar voor zijn. We mogen onze waakzaamheid niet laten verslappen.'

Daar had Gideon al aan gedacht – verschillende keren. Zijn maag werd daardoor nog steeds pijnlijk samengeknepen. 'Dat zal niet gebeuren. Wat heeft de lijkschouwer te vertellen?'

'Weet ik niet,' zei Rafe. 'Laten we maar eens gaan horen.'

Gideon liep achter Rafe en Erin aan naar de autopsieruimte, net op het moment dat een man gehuld in beschermende kleding en een veiligheidsbril uit een van de kantoren kwam. Hij knikte toen hij hen zag.

'Dr. Sifuentes,' zei Rafe, 'dit is speciaal agent Reynolds. Hij werkt met ons samen aan dit onderzoek.'

'Aangenaam,' zei Sifuentes en zijn diepe stem echode tegen de witte tegels.

'Insgelijks.' Gideon keek naar het lichaam dat schuilging onder een laken. 'Is dit het slachtoffer?'

'Ja. Ik ben nog niet begonnen met het onderzoek. Ik kom pas morgenmiddag laat aan haar toe, maar ik dacht dat u wel wilde zien wat we hebben aangetroffen toen we haar klaarmaakten.' Hij tilde het laken van haar gezicht en vouwde dat terug tot haar onderlichaam.

Nu het bloed van het lichaam was gewassen, waren er meer steekwonden zichtbaar.

'O, god,' mompelde Rafe. 'Trish.'

Gideon was bijna vergeten dat de Sokolovs bevriend waren met de vrouw. Maar hij had abrupt nergens anders aandacht voor dan voor de steekwonden op het onderste deel van haar romp. 'Hij heeft haar gemerkt,' zei hij en hij boog zich voorover om het beter te kunnen zien.

De steekwonden in haar bovenlichaam waren willekeurige sneden, maar die in haar onderlichaam waren in de vorm van de letters S en Y.

Erin had zich ook voorovergebogen en keek nu met een vragende blik op. 'S, Y? Wat betekent dat?'

'Geen idee,' zei Gideon. 'Maar ik wed dat hij dit eerder heeft gedaan.'

'Heel nauwkeurige inkervingen,' stemde Sifuentes in. 'Geen enkele aarzeling bij de sneden in het onderste deel van de romp.'

De steken en sneden die de letters vormden waren eerder prikwonden, gestyleerd met krullende uiteinden en sneetjes die eruitzagen als sterretjes tussenin en eromheen.

'Dat geldt voor allemaal,' zei Rafe zacht en hij bleef toen zwijgend staan kijken naar de letters waar zo te zien onmogelijk veel tijd in had gezeten.

'Ik kan een zoekactie doen in de databank van de FBI,' zei Gideon, 'om te zien of er andere slachtoffers zijn gevonden met deze letters in hun lichaam gekerfd.'

'Dat zullen wij ook doen,' zei Erin. 'Is er verder nog iets, dokter Sifuentes?'

'Niet zichtbaar,' zei hij op trieste toon. 'Ze zal ons meer bijzonderheden moeten vertellen tijdens het onderzoek.'

'We hebben een slagersmes gevonden in het droogrek in haar keuken,' zei Erin tegen Sifuentes. 'Kan dat gebruikt zijn om beide soorten steekwonden toe te brengen?'

'Het is beslist mogelijk dat een slagersmes de steekwonden in het onderlichaam heeft veroorzaakt,' zei Sifuentes. 'Maar ik ga ervan uit dat hij een kleiner mes nodig had voor de letters. Het zou lastig zijn geweest om een slagersmes op die manier te gebruiken. Maar ik kan het niet met zekerheid zeggen.'

'Er stond nog een kleiner mes in het messenblok,' zei Erin, 'maar dat zag er ongebruikt uit. Misschien had hij een smaller mes bij zich, samen met het bleekmiddel.'

Het voorhoofd van Sifuentes rimpelde boven zijn veiligheidsbril. 'Het spijt me. Ik zou willen dat ik u het antwoord kan geven dat u zoekt.'

'We krijgen liever het juiste antwoord,' zei Erin tegen hem met een weemoedige glimlach.

'Bedankt dat u ons gewaarschuwd hebt,' zei Rafe en hij keek nog een laatste keer naar het lichaam van Trish voor Sifuentes het laken omhoogtrok. 'Laten we buiten verder praten.'

Gideon kon het daarmee eens zijn. De autopsieruimte maakte hem altijd een beetje misselijk. Hij kon zich niet voorstellen wat Rafe, die Trish had gekend, op dat moment moest denken.

Gideon wist heel goed wat hij voelde bij de gedachte dat het lichaam van Daisy daar zou hebben gelegen met al die steekwonden. Als ze niet had weten weg te komen...

Hou op. Je mag niet zo denken, want daar help je haar en de anderen niet mee.

Was het maar zo eenvoudig.

Ze liepen gedrieën het mortuarium uit en elk van hen snoof diep de frisse buitenlucht op. 'Gaat het?' vroeg Rafe hem. 'Je ziet een beetje groen.'

'Het gaat prima,' loog Gideon. 'Ik kom niet elke dag in het mortuarium,' voegde hij daar naar waarheid aan toe. 'Ik ben taalkundige.'

'En je hoeft je ook niet elke dag die verwondingen voor te stellen bij een speciaal iemand,' zei Rafe zacht, zijn afleiding negerend. 'Ik snap het, Gid.'

'We moeten terug naar de plaats delict,' zei Erin. 'Ik wil de ondervraging van alle buren afronden om erachter te komen of iemand gisteravond iets gezien heeft. We laten vingerafdrukken nemen. Wat het mes betreft, dat was afgewassen en met bleek bewerkt, maar ik hoop dat we er iets op vinden wat we kunnen gebruiken. Een spleetje of een gaatje dat hij heeft gemist, ervan uitgaande dat dat het moordwapen is.'

'Het kan heel goed het moordwapen zijn,' merkte Gideon op, 'maar ik durf te wedden dat hij nog een ander mes heeft dat hij voor de letters heeft gebruikt, eentje dat hij bij zich had en weer heeft meegenomen. Hij heeft die letters vaker gezet. Hij vertoonde geen enkele aarzeling. Hij vertrouwde op zijn gereedschap.'

'Mee eens,' stemde Rafe in. 'Dus we gaan op zoek naar soortgelijke zaken.'

'Afgesproken,' zei Erin. 'Waar ga jij naartoe, Gideon?'

'Terug naar de Sokolovs om Daisy op te pikken en daarna gaan we naar Redding om, hopelijk, Eileen op te sporen. Het spoor van Eileen terug volgen na haar ontsnapping wordt de sleutel om Eden te vinden.'

Rafe knikte. 'Omdat jij in Redding bent achtergelaten. Goed bedacht.'

'Dat hoop ik. Ik moet mijn chef bellen om haar bij te praten. Ik zal ook vragen om in de databank te zoeken naar soortgelijke werkwijzen.'

Hij begon hieraan met de aanname dat ze iets zouden vinden, want de klootzak was aanmatigend genoeg geweest om een aanwijzing voor ze achter te laten. Hij moest hebben gedacht dat hij niet ontdekt kon worden.

Hij zal erachter komen dat hij verkeerd heeft gedacht.

Granite Bay, zaterdag 18 februari, 20.10 uur

Hij was behoorlijk trots op zichzelf. Het was niet eenvoudig geweest, maar hij had het klaargespeeld. Hij had de zwarte Toyota van agent Reynolds de hele weg terug gevolgd van het mortuarium naar Granite Bay – met een omweg naar zowel een huis als een drogisterij in Rocklin – zonder een moment de aandacht van de agent te trekken.

En de bonus was dat hij nu ook wist waar Reynolds woonde.

Reynolds had geparkeerd op de inrit van een van die enorme huizen die gemeengoed waren in Granite Bay. Maar deze wekte de indruk dat erin geleefd werd. Er hing een basketbalhoepel boven de garagedeur en er waren merkwaardige tuinkabouters verstopt in de tuin. Een vlag met valentijnshartjes wapperde aan een vlaggenstok die was vastgemaakt aan een pilaar van de veranda.

Reynolds was er naar binnen gewandeld alsof hij er woonde.

En voor wat degenen die hier wérkelijk woonden betrof was een snelle zoekactie naar het adres voldoende om te weten dat dit het huis was van de familie Sokolov. De voornamen bestonden allemaal uit een enkele initiaal, gevolgd door een rijtje sterretjes – meer in het bijzonder K***** en I*****, die beiden in de vijftig waren en een Z***** die nog maar zeventien was. Maar voornamen deden er niet toe, want een zoekactie naar 'Sokolov' leverde onmiddellijk hun connectie met Daisy Dawson op.

Karl Sokolov was de eigenaar van KZAU, het radiostation waar Daisy werkte. En nu wees alles erop dat Daisy zich in het huis bevond.

Hij maakte het zich gemakkelijk op zijn stoel. De FBI-agent zou vroeg of laat weer naar buiten komen.

16

Cottonwood, Californië, zaterdag 18 februari, 22.55 uur

Gideon wierp een blik in de achteruitkijkspiegel. De auto was er nog steeds. Het was zo te zien een Chevrolet sedan, afgaande op de positie van de koplampen. Hij was er nog steeds niet in geslaagd om achter de auto te komen, want elke keer dat hij vaart minderde, ging de auto ook langzamer rijden.

Het kon gewoon een voorzichtige automobilist zijn. Of een automobilist die gebruikmaakte van andere om zijn snelheid vast te houden. Langzamer rijden dan de leider van de autokudde was een manier die sommigen gebruikten om bekeuringen te voorkomen.

'Ik moet morgenavond om zeven uur thuis zijn,' zei Daisy zacht vanaf de passagiersstoel.

Gideon wierp een blik in haar richting, verrast dat ze nog wakker was. Ze had geen woord gezegd sinds hij haar bij het huis van Karl en Irina had opgehaald, behalve om te zeggen dat ze nog steeds met hem naar Redding wilde gaan. Aanvankelijk had ze daar stilletjes gezeten en die arme Brutus bijna kaal geaaid. En toen dacht hij dat ze in slaap was gevallen omdat ze met haar hoofd tegen het portierraampje leunde, maar nu drong tot hem door dat ze naar buiten had zitten staren.

Hij had haar bij de Sokolovs kunnen laten. Hij wist dat ze haar net zo goed zouden beschermen als hij dat kon. Maar hij had haar bij zich willen hebben, want hij dacht dat het beter was als ze de stad uit ging. Weg van de verslaggevers en het verhaal van de moord op Trish, dat nu het belangrijkste nieuwsitem was van alle media in de stad.

Maar hij wilde haar voornamelijk bij zich hebben omdat hij haar nodig had. Hij had behoefte aan haar hese stemgeluid en de geur van haar haar om kalm te blijven. Om te voorkomen dat zijn hersenen de film van het lichaam van Trish afspeelden, maar dan met Daisy die daar lag. Dood.

Daisy leeft. Hij bleef zichzelf dat maar voorhouden. Bleef haar geur zijn hoofd laten vullen.

'Waarom morgenavond zeven uur?' vroeg hij.

'Mijn vader komt.' Haar mobieltje gloeide in de duisternis toen ze het aanzette om te kijken of er nieuwe berichten waren. 'Hij heeft een sms'je gestuurd om te zeggen dat hij morgenavond om halfzeven aankomt. Karl heeft beloofd hem van het vliegveld te halen, maar ik wil papa niet laten wachten, omdat hij hier is voor mij.'

O. Oké. 'Zie je het zitten dat hij komt?'

Vanuit zijn ooghoek zag hij dat ze langzaam knikte, alsof ze op een lagere snelheid functioneerde dan normaal. 'Ik heb gevraagd of hij wilde komen.' Ze bleef lange tijd stil. 'Ik moet de begrafenis van Trish regelen en zoiets heb ik nog nooit gedaan.'

'Ik begrijp het,' zei hij zacht.

Ze haalde haar schouders op. 'Ik weet dat Irina en Karl me hadden kunnen helpen.'

Dat was wat hij dacht. 'Of ik.'

Ze slikte moeizaam. 'Ik heb je nog steeds nodig,' fluisterde ze.

Zijn hart zwol bij die woorden en ze keek hem aan met een warme blik in haar ogen. 'Mooi.'

'Mijn vader... hij neemt het over. Maar hij houdt van me. En dat heeft Trish nooit gehad. Ik... had hem gewoon nodig,' maakte ze de zin af en ze klonk bijna verontschuldigend.

'Je hoeft je nergens voor te verontschuldigen, Daisy.' Hij zocht haar hand, bracht die naar zijn lippen voor een kus voor hij hem op de middenconsole legde. Hij was opgelucht toen hij voelde dat haar huid warm was, niet klam. Ze had Brutus bijna maniakaal zitten aaien tot het moment dat hij arriveerde. Dat wetenswaardigheidje had hij van Irina, die hem een ik-zei-het-toch-blik toewierp nadat ze hem had verteld dat Daisy elke keer dat hij had gebeld zichtbaar kalmer was geworden.

Gideon vond de zelfingenomenheid van Irina helemaal niet vervelend.

Maar Daisy was nu niet kalm en Brutus jankte zachtjes, tot ze het hondje met haar ene hand onder de kin kriebelde terwijl ze met haar andere die van Gideon vasthield.

'Ik...' Daisy slikte hoorbaar en ze verstevigde haar greep op zijn hand. 'Ik had tot vandaag nooit eerder een lichaam zo gezien. Zo... bloederig.' Ze staarde opnieuw uit het raam. 'Trish verliezen. Het is bijna net alsof ik Carrie opnieuw verlies.'

De oudere zus die was weggelopen. 'Carrie kon niet wennen aan het militaire leven dat je vader jullie oplegde in de kazerne?'

'Aan het leven op de boerderij in het algemeen. Ze háátte het daar. Ze was ouder dan Taylor en ik en had heel wat meer van haar leven achtergelaten in Oakland. Ze smeekte papa om terug te gaan en hij weigerde. Ze... hadden ruzie. Vreselijk ruzie.' Ze aarzelde. Hij zei niets, wachtte op wat er komen zou. 'Volgens Sasha ben je net een kluis. Geldt dat ook voor mij?'

'Ja,' zei hij alleen maar.

'Ik wil niet dat de Sokolovs hier iets van afweten.'

'Rafe zei dat je vader verdween zonder Karl te vertellen waar hij naartoe ging. Dat dat Karl heel erg heeft gekwetst.'

'Dat is de reden dat ik niet wil dat ze het weten.' Ze haalde even haar schouders op. 'Mijn vader komt morgen en ik hoop dat het helpt om hun relatie te herstellen. Ik weet dat ze dat proberen sinds we weer tevoorschijn zijn gekomen, maar ik weet dat het moeilijk is. Ik bedoel, om papa weer te vertrouwen. Maar het heeft hem ook pijn gedaan om Karl en Irina achter te laten. Dat heeft ons allemaal pijn gedaan.'

'Ik zal het ze niet vertellen,' beloofde Gideon.

'Dank je,' fluisterde ze. 'Papa weet niet dat ik ze ruzie heb horen maken.'

Dit klonk helemaal niet goed. 'Je vader en Carrie?'

'Ja. Mijn stiefmoeder was erbij, dus die heeft het ook gehoord, en Carrie uiteraard, dus papa denkt dat zijn woorden met hen zijn verdwenen.'

'Maar jij hebt het gehoord.'

'Ja. Ze waren in de keuken en ik stond in de gang, uit het zicht.' Ze draaide zich om op haar stoel en keek hem strak aan. 'Mijn vader is een góéd mens,' verklaarde ze heftig. 'Hij heeft nóóit een hand tegen ons opgeheven. Nóóit.'

Gideon was een beetje opgelucht. 'Daar ben ik blij om. Wat heeft hij gezegd, Daisy?'

Ze moest haar keel schrapen en een blik in haar richting leerde dat ze haar ogen stijf dichtgeknepen had. 'Carrie beschuldigde papa ervan dat hij meer hield van Taylor dan van de rest van ons. Hij zei... dat hij zich voor haar schaamde. Dat ze niet genoeg om Taylor gaf om een "offer" te brengen. Dat familie loyaliteit betekende en dat loyaliteit opoffering betekende.' Ze haalde diep adem en liet die weer ontsnappen toen Gideon net voldoende in haar hand kneep om zijn steun te laten merken. Hij voelde dat Daisy dit al heel lang had opgekropt, omdat ze niemand had met wie ze haar last kon delen. 'Hij zei dat hij altijd trots was geweest op al zijn dochters, maar dat hij niet langer trots op haar kon zijn. Ze verstijfde gewoon, Gideon. Ze keek alsof hij haar had geslagen.'

'Ze voelde zich verraden.'

'Ik denk van wel. Ik was te geschokt om me te verroeren. Carrie rende de achterdeur uit. Ze sloeg die zo hard dicht dat het huis ervan trilde. Mijn vader... Zodra de woorden zijn mond uit waren verafschuwde hij wat hij had gezegd. Hij fluisterde alleen maar: "Wat heb ik gedaan?" en hij wilde achter haar aan gaan, maar Donna hield hem tegen. Ze zei dat hij Carrie moest laten kalmeren. Dat ze niet weg mocht komen met dergelijke woedeaanvallen. Ik vluchtte naar mijn kamer en huilde. Het was allemaal zo gespannen de hele tijd.'

'En toen?' vroeg hij.

'Toen... was Carrie gewoon weg.'

'Ze was weggelopen? Diezelfde avond?'

'Ja. Na een tijdje stuurde ze een kaart naar mijn vaders postbus in McKinleyville. Daar ging hij elke twee weken zijn post ophalen als Jacob en hij voorraden gingen inslaan. Ze vertelde hem dat ze naar Oakland was gegaan.'

'Dat is waar jullie vandaan kwamen.'

'Ja.' Ze zuchtte. 'In het begin logeerde ze bij vrienden, maar dat veranderde op een bepaald moment. Ze ging met de verkeerde mensen om. Ze ging samenwonen met een vent die ouder was dan zij en verslaafd. Ze ging met hem mee naar L.A. en...' Ze werd zo stil dat hij haar ademhaling niet meer kon horen.

Gideon kneep stevig in haar hand. 'Haal adem, Daisy.'

Daisy zoog haar longen vol lucht en liet die huiverend weer ontsnappen. 'En toen ging ze dood,' maakte ze af. 'Ze was pas zestien. Mijn vader moet leven met het feit dat het laatste wat hij tegen haar heeft gezegd was dat hij zich voor haar schaamde.'

'Shit,' zei hij zacht. 'Hoe is ze gestorven?'

'Overdosis. Voor we dat hoorden, ging hij naar Oakland in een poging haar te vinden. Hij zocht en hij zocht, maar hij vond haar niet. Hij wist niet dat ze naar L.A. was vertrokken.' Ze werd weer veel te stil en de volgende woorden kwamen er in nauwelijks meer dan een fluistering uit. 'Hij heeft haar niet als vermist opgegeven bij de politie.'

Gideon fronste zijn voorhoofd, maar toen begreep hij het. 'Als hij dat wel had gedaan, had hij uit zijn schuilplaats moeten komen om aangifte te doen.'

'Precies. Hij stuurde wel foto's van haar naar opvangcentra met daarop het nummer van een wegwerptelefoon voor het geval iemand haar zag. Maar er heeft nooit iemand gebeld. Hij is naar alle plekken geweest waar zich dakloze jongeren ophielden. Toen hij eindelijk een telefoontje kreeg, was dat omdat hij haar as kon komen halen.'

Gideon kon zich een dergelijke pijn niet indenken. 'Als jullie je allemaal verborgen hielden, hoe wist hij dan dat ze dood was?'

'Hij was begonnen ziekenhuizen en mortuaria te bellen nadat hij die kaart had gekregen. Hij zei dat hij een gevoel had. Mijn stiefmoeder zei tegen hem dat hij zich liet meeslepen in Carrie's drama. Dat als hij haar ging zoeken, ze zou weten dat ze hem kon manipuleren. Dat hij haar met rust moest laten en dat ze met de staart tussen de benen terug naar huis zou komen.'

Hij bleef even stil terwijl hij daarover nadacht. 'En al die tijd wist je stiefmoeder dat ze loog, dat er geen enkele reden was om zich te verstoppen omdat Taylors biologische vader niet het roofdier was dat zij van hem had gemaakt.'

Daisy's lach klonk bitter. 'Ja. Donna was een akelig stuk vreten.'

'Dat moet haar verraad zo veel erger hebben gemaakt toen je vader er eindelijk achter kwam.'

'Dat is ook zo,' zei ze en hij deed er opnieuw het zwijgen toe, langer, dit keer. Er brandde een vraag op het puntje van zijn tong, maar hij durfde hem niet te stellen.

Daisy keek hem onderzoekend aan. 'Ik vóél dat je aarzelt. Stel gewoon je vraag, Gideon.'

'Wanneer ben je begonnen te drinken?'

Ze knikte, alsof ze verwacht had dat hij dat zou vragen. 'Meteen nadat Carrie was gestorven.'

'Hoe oud was je toen?'

'Veertien.'

Hij snakte verrast naar adem. 'Daisy.'

'Ja. Het was alsof we allemaal op onze tenen liepen door de stress, als een elastiek dat uitgerekt werd, en toen het eindelijk knapte sloeg het terug en raakte ons vol in het gezicht. Mijn vader trok zich terug. Ik begon te drinken. En Taylor werd Superwoman, deed haar werk plus dat van mijn vader en mij.'

'Je zus moet zich vreselijk hebben gevoeld omdat jullie waren verhuisd om haar te beschermen.'

'Dat klopt. Ik weet niet of ze de ruzie tussen Carrie en papa heeft gehoord, maar ze wist wel dat Carrie haar de schuld gaf. Het was afschuwelijk. Het was alsof we in zo'n kleine vissenkom zaten die was gevuld met zuur. We konden elkaar niet uit de weg gaan en we desintegreerden gewoon. Taylor was degene die mijn problemen zag, waarschijnlijk omdat zij de enige was die weleens even weg was. Dan ging ze naar buiten, de omheining controleren of buitendingen doen. Ik... niet. Ik was te dronken, of had een kater, of was gewoon te kwaad. Niet op haar. Nooit op haar.'

Er was nog iets wat ze wilde zeggen. Hij voelde dat ze met zichzelf vocht. 'Maar?' zei hij zacht.

Ze haalde hulpeloos haar schouders op. 'Ik dacht het ook. Ik dacht dat papa meer van Taylor hield en ik had de pest aan haar. Maar ik was niet kwaad op haar. En dat slaat helemaal nergens op.'

'Jawel, dat doet het wel.' Hij dacht aan Mercy en hoe ze nog steeds een hekel aan hem had. Ze haatte hem niet en ze was niet kwaad op hem, maar ze verachtte hem en hij wist niet wat hij daaraan kon doen.

'Ik was gewoon... kwaad op alles en iedereen. En op niets en helemaal niemand.'

'Je had verdriet en iedereen rouwt op zijn eigen manier.'

'Ik weet het. Daar ben ik in de afkickkliniek achter gekomen.'

'Wanneer ben je gegaan?'

'Acht jaar geleden, toen ik zeventien was. Taylor was de eerste die zag dat ik dronk. Aanvankelijk wist ik niet hoe het kwam dat papa het niet zag, want ik maakte zijn drank op, maar toen zag ik dat Donna zijn flessen bijvulde. Hij heeft nooit geweten dat ik het achteroversloeg.'

'Wacht.' Gideon schudde zijn hoofd. 'Je stiefmoeder hield je alcoholisme geheim? Waarom?'

'Dat weet ik niet. Ik bedoel, ik ging er niets van zeggen, want het gaf mij de vrijheid om te drinken zo veel ik wilde. Het was Taylor die begon bij te houden wanneer ik een kater had en wanneer ik laveloos was. Ik vermoed dat ze dacht dat papa zo teruggetrokken was dat het hem niet opviel.'

'Heb je haar ooit verteld dat je stiefmoeder de flessen bijvulde?'

Daisy knikte bedachtzaam. 'De periode tussen Parijs en het moment dat ik hierheen verhuisde, heb ik met Taylor en haar nieuwe bio-familie doorgebracht. Dat gaf me ook de kans om Julie te zien. Mijn vader niet. Ik was nog steeds kwaad op hem omdat hij me door heel Europa had laten volgen.'

'Wat zei Taylor toen je haar vertelde over haar moeder en de drank?'

'Ze geloofde me en ze was geschokt. Ik bedoel, toen Taylor erachter kwam dat haar moeder had gelogen over haar biologische vader, veranderde dat alles. Mijn zus is een slimmerik. En belachelijk praktisch.' Ze vertrok haar gezicht. 'Zo helemaal het tegenovergestelde van mij.'

Gideon keek bedenkelijk. 'Heeft je vader dat tegen je gezegd? Dat je niet praktisch bent?'

'Dat was niet echt nodig. Taylor vond paardrijden leuk en lassoën en ze was helemaal thuis op de boerderij. Ze is hippotherapeute – ze gebruikt paarden om kinderen te helpen die emotionele trauma's hebben opgelopen.'

'Ze is zo te horen heel bijzonder.'

'Dat is ze.'

'Maar doet zij overal vrijwilligerswerk en schildert ze en kan ze puzzels leggen als een computerbrein? Kan ze zichzelf verdedigen tegen een man die bijna twee keer zo groot is als zij zoals jij donderdag hebt gedaan?'

Daisy hield haar hoofd schuin en wekte de indruk dat ze werkelijk nadacht over de vraag. 'Nee?' Toen glimlachte ze oogverblindend en zijn hart maakte een sprongetje. 'Nou ja, die zelfverdediging kan ze wel, maar ze is minstens vijftien centimeter langer dan ik, dus ik begrijp wat je bedoelt en bedankt daarvoor.' Ze bracht zijn hand naar haar lippen en kuste zijn knokkels. 'Dank je, Gideon.'

'Graag gedaan,' zei hij nors. 'Maar Taylor en jij zijn dik met elkaar, hè?'

'Ja. Op de boerderij hadden we alleen elkaar. Ze is een zonnetje, weet je. Ze was altijd net een moedertje voor Julie en mij. Ik ben uiteraard ook dol op Julie. Ze is maar een paar jaar jonger en haar handicap heeft die kloof alleen maar groter gemaakt. Ze heeft spastische verlamming en heeft al die jaren therapie nodig gehad – fysieke en bezigheidstherapie. Papa nam een tijdje een inwonende therapeut in dienst, maar Jules kreeg destijds nooit wat ze nodig had.'

'Krijgt ze dat nu wel?'

Ze glimlachte vertederd. 'Ja. Ze gaat naar een speciaal centrum en ze heeft zelfs een vriendje. Papa kreeg bijna een hartaanval toen hij daarachter kwam.' Ze grinnikte en zuchtte toen weemoedig. 'Papa heeft ook eindelijk iemand gevonden. Ze heet Sally en ze is verpleegkundige. Ik mag haar. Ze lijkt in niets op Donna! Ze doet me eerder denken aan mijn eigen moeder. Ze is goed voor hem en nu heeft Julie een echte moeder.'

'Zorgde Donna niet voor Julie?'

'Ze deed niet akelig tegen haar, maar... als ik denk aan alle ellende die we hebben doorgemaakt vanwege haar leugens. Julie had hulp nodig die ze niet kreeg.'

'En geef je je vader daar de schuld van?' Hij keek even in haar richting en zag de gekwelde uitdrukking op haar gezicht. 'Ik kan het begrijpen als je dat doet. Ik denk dat ik dat wel zou doen.'

'Ja. Ik geef hem de schuld. Maar hijzelf ook, dus op dat punt heeft kwaad zijn op hem weinig zin. Hij verwijt het zichzelf meer dan wij. Ik zou alleen willen dat hij zich niet zo veel zorgen maakte. Maar ik begrijp wel waarom hij dat doet.'

'Je zei dat hij aan PTSS lijdt. Uit het leger?'

'Ja. Maar het is niet aan mij om dat verhaal te vertellen. O. Nu we het er toch over hebben,' zei ze en het was duidelijk dat ze van onderwerp veranderde, maar dat gaf niet, 'ik had mijn laptop open om research te doen naar die tatoeages en Irina zag de pagina.'

Gideon zuchtte. 'Shit.'

Ze vertrok haar gezicht. 'Het spijt me. Ze wilde weten waarom ik naar tatoeages keek zoals jij die vroeger had. Ik zei dat het niet aan mij was om dat te vertellen.'

'Accepteerde ze dat?' vroeg hij. Dat vond hij moeilijk te geloven.

'Nou, in zekere zin. Ze was blij dat je ervoor gekozen had mij dingen toe te vertrouwen die je haar niet had toevertrouwd. Ze werd weer helemaal ik-zei-het-toch tegen me. En toen begon Sasha te vertellen dat jij en ik gisteravond een afspraakje hadden.'

'Wat heb je toen gedaan?'

'Het enige wat ik kon doen,' antwoordde ze zonder aarzelen. 'Ik vertelde haar dat Sasha verkering had met een bibliothecaresse.'

Hij lachte. 'Je bent slecht.'

'Ik weet het.' Ze kneep in zijn hand en bleef een paar ogenblikken stil. 'Heb je die verouderingssimulatie nog gekregen van je vriend in Philadelphia?' vroeg ze uiteindelijk.

'Ja.' Tino was op de proppen gekomen met een tekening waarin hij precies de verdrietige ogen had gevangen van het meisje dat Gideon ooit had gekend. 'Ik heb thuis twintig prints gemaakt toen ik mijn spullen ging inpakken en mijn kaart ophaalde.' Hij was van plan geweest haar mee te nemen, maar toen hij Irina belde nadat hij het mortuarium had verlaten, vertelde ze hem dat Daisy in slaap was gevallen. Hij zou haar mee naar huis nemen wanneer ze terugkwamen.

'Wat ga je doen als niemand in het busstation zich haar kan herinneren?'

'Rondvragen in plaatsen in de buurt van Redding. Redding was de dichtstbijzijnde grote stad, maar er is nog een stel kleinere plaatsen binnen of net buiten de cirkel die ik om Mount Shasta heb getrokken. Iemand in een kleinere plaats zal zich haar misschien eerder herinneren. Ik ben op de meeste plekken al eens geweest om naar Eden in het algemeen te vragen en specifiek naar de man die voorraden haalde, maar ik nam aan dat die man waarschijnlijk naar Redding ging, want niemand wist iets. Maar ik had toen geen foto van Eileen, dus het is de moeite van het proberen waard.'

'Of ze herinneren zich misschien een van de andere mannen met de Eden-tatoeage.'

'Daar heb ik ook aan gedacht. Ik heb ook kopieën van de tatoeagefoto's.' Hij zag het bord naar Redding en zette zijn richtingaanwijzer aan. Een blik in de achteruitkijkspiegel liet zien dat de Chevy ook de afslag nam. Behalve dat toen hij aan het einde van de afrit rechts afsloeg, de sedan linksaf ging. *Mooi.* 'Als niemand in het busstation zich haar kan herinneren, dan ga ik bij de pandjeshuizen langs om te zien of het medaillon verpand of gekocht is.'

'Als ze het verpand heeft, dan leeft ze misschien nog,' mompelde Daisy. 'God. Ik hoop het.'

Gideon voelde pijn, want ook al hoopte hij dat ook, hij dacht niet dat die kans erg groot was. 'Als die pandjeshuizen niets opleveren, beginnen we aan de andere plaatsen.'

Redding, zaterdag 18 februari, 23.20 uur

Het was een risico geweest om aan het einde van de afrit naar Redding links af te slaan. De FBI-man had een paar keer geprobeerd achter hem te komen om zijn kenteken te kunnen zien, maar hij had dat weten te voorkomen. Het zou niet hebben uitgemaakt als hij er wel in was geslaagd. De nummerplaten waren nooit aangegeven als gestolen. Daar had hij voor gezorgd.

Het kenteken – en de auto – was van een van de gasten van vorig jaar geweest, een vrouw uit een klein stadje in het zuidoosten van Californië die hij in een casino in Vegas had ontmoet. Ze had op de fruitautomaten zitten spelen, iets waarvan ze toegaf dat ze dat altijd al had gewild. Ze was op haar bucketlist-reis. Ze had net ontslag genomen als professor en was begonnen aan wat een twee jaar durende wereldreis had moeten worden. Helemaal alleen. Ze verlangde naar privacy en de mogelijkheid om aan niemand verantwoording te hoeven afleggen. Ze was de perfecte gast geweest. Niemand was naar haar komen zoeken. Niemand zou dat ooit doen.

Dus bleef hij de betalingen voor haar autopapieren doen en voilà, hij had de perfecte auto om te gebruiken wanneer hij iemand anders wilde zijn. Zoals vandaag.

Hij maakte een snelle U-bocht en ging op zoek naar de zwarte Toyota Camry. Ze waren drie uur onderweg geweest en het begon laat te worden. Hij hoopte dat de eerste stop van de FBI-agent een van de vele tankstations of fastfoodrestaurants zou zijn.

Of hotels. Want daar was hij. Hij kwam net tot stilstand onder de luifel van een redelijk geprijsd hotel. De agent stapte uit en liep om de auto heen om de vrouw die hij herkende als Daisy te helpen uitstappen. Hij hield haar hand vast terwijl ze uit de auto kwam. En bleef haar hand vasthouden toen ze naar binnen liepen.

Hij schoof zijn ergernis aan de kant want hij was er zeker van dat de twee niet naar Redding waren gekomen om gewoon een nummertje te maken. De FBI-man had een huis. In Rocklin. Dus als ze gewoon alleen wilden zijn, dan hadden ze de twintig minuten van het huis van Sokolov in Granite Bay kunnen rijden, veel minder dan drie uur naar Redding.

Er was iets aan de hand. Iets belangrijks.

Hij wachtte ongeduldig, want ze hadden de auto onder de luifel laten staan. Na tien ergerniswekkende minuten kwam Reynolds alleen naar buiten en zette de auto weg.

Hij overwoog even om het wapen te gebruiken dat hij onder zijn stoel had liggen om ter plaatse met de man af te rekenen, maar hij aarzelde te lang. Reynolds ging door een zijdeur naar binnen, die hij met zijn sleutelkaart had geopend.

Ze trokken zich blijkbaar terug voor de nacht. Samen. Met z'n tweeën.

Ze konden hier zijn om familie van Trish op te zoeken, gaf hij toe. Dat zou logisch lijken. Behalve dat Trish in haar contactenlijst geen familieleden had staan.

Zijn gevoel zei hem dat dit tochtje belangrijk was.

Zijn gevoel had hem uiteraard ook gezegd Sydney te vermoorden, maar daar had hij duidelijk niet naar geluisterd.

En zie eens wat er van je geworden is. Je danst als haar marionet wanneer zij aan de touwtjes trekt. En je bent helemaal hierheen gekomen, had de FBI-agent in je vizier, maar je was te schijterig. Slappe zak. Nu slaapt Daisy bij hem in bed. Of misschien slaapt ze niet.

Hij slaakte een boze zucht, woedend op zichzelf. Hij zou tot de ochtend wachten om te zien waar ze hiervandaan naartoe gingen. En als hij de agent weer op de korrel kon nemen, dan zou hij schieten. Dan zou Daisy weer alleen zijn. Dan zou ze met hem over radio praten en hem misschien een baantje bezorgen.

En dat was belachelijk. Hij wilde helemaal geen baantje bij de radio. Hij moest de baan houden die hij had.

O. Shit. Hij moest de volgende dag met Hank naar New York City vliegen.

Paniek maakte hem nog misselijker dan hij al was en hij moest zichzelf tot kalmte dwingen. Hij zou… zich ziek melden. Dat was wat hij zou doen. Hank deed dat soms ook.

Niet wanneer hij bang is dat hij ontslagen wordt.

Nee, nee, nee. Hij wist dingen van de ouwe, bracht hij zichzelf in herinnering. Al die foto's van hem, zowel van hem met zijn vrouwen als met zijn drugs smokkelende klanten. Foto's die zouden voorkomen dat hij de zak kreeg. Niet dat hij zijn toevlucht zou moeten hoeven nemen tot dergelijke uitzonderlijke maatregelen. Het bedrijf was hem beloofd. Zo vaak.

Hij had het bedrijf nodig. Hij had de vliegtuigen nodig. Vliegen was de reden dat hij nooit was gepakt. De reden dat hij nooit een stipje op de radar van justitie was geworden. Waar dan ook.

Maar hij had de foto's. Hij had het bewijs. Hij zou zijn baan niet kwijtraken. Hij kon een baaldag opnemen. Hij was nooit eerder ziek geweest. Hij had er recht op.

Hij keek op de brandstofmeter. De tank was bijna leeg. Aangezien het erop leek dat de FBI-agent en Daisy onder de wol gingen, kon hij tanken, ergens koffie en snacks halen en dan hier terugkomen en wachten.

Zaterdag 18 februari, 23.35 uur

Daisy kwam de badkamer van hun hotelkamer uit, haar rug stijf van onzekerheid. Ze had op een bepaalde manier wel geweten dat naar Redding gaan betekende dat ze er de nacht moesten doorbrengen. Ze had zelfs geweten, op diezelfde bepaalde manier, dat dat overnachten in een hotelkamer betekende en dat Gideon haar niet uit het oog zou verliezen.

Ze had voorbij dat punt niet verder nagedacht over de logistiek en dat had ze wel moeten doen. Zeker gezien wat er die ochtend was gebeurd op haar bank, al leek dat nu wel een leven lang geleden.

Ze was in shock door het vinden van Trish. Door het verliézen van Trish. Dat snapte ze. Maar toch... Ze keek omlaag naar het eenvoudige camisolesetje dat Sasha voor haar had ingepakt. De kleren waren van Zoya, de jongste Sokolov, maar het paste aardig goed, aangezien Zoya en zij ongeveer dezelfde maat hadden.

Het zou leuk zijn geweest om iets mooiers te dragen voor Gideon. Niet dat er vanavond iets zou gaan gebeuren. Het was aanmatigend van haar om dat te verwachten. Zeker gezien het feit dat ze geen voorbehoedsmiddel had geregeld. Aan de andere kant, de kamer was een kleine suite, met een slaapkamer en een aparte zitkamer en kitchenette. Maar slechts één bed.

Haar hart begon sneller te kloppen toen ze de hoek om kwam en het bed zag. Het enige bed. Het leek enorm en overweldigend en de enige gebruiker een snurkende Brutus.

Maar toen ze hem zag sloeg haar bonzende hart even over.

Gideon stond met zijn armen over elkaar geslagen met zijn voorhoofd tegen het raam geleund. Hij had zich omgekleed in een zwarte trainingsbroek en een grijs T-shirt dat strak om zijn brede schouders zat, die er verkrampt uitzagen, maar die hij tegelijkertijd liet hangen. Hij zag er net zo uitgeput uit als zij zich voelde.

Zonder er al te lang over na te denken liep ze naar hem toe en sloeg haar armen om zijn middel. Ze drukte haar wang tegen zijn rug en voelde zijn spieren zachtjes bewegen toen hij zijn armen losmaakte en die over de hare legde.

'Is er weer iets anders mis?' vroeg ze met zachte stem.

'Nee.' Hij vlocht hun vingers samen op zijn harde buik. 'Ik stond net te denken aan je zus. En daardoor dacht ik aan die van mij.'

'Mercy,' mompelde ze. 'Wil je me over haar vertellen?'

Hij zuchtte. 'Ze... haat me niet.'

Dat was een merkwaardige manier om te beginnen en ze wachtte tot hij meer zou zeggen. 'Maar?' spoorde ze hem aan toen hij bleef zwijgen.

'Maar ze verfoeit me.'

'Zoals Carrie en ik Taylor verfoeiden?'

'Iets dergelijks. Ze wil het niet. Ze probeerde het niet te doen. Maar ze kan er niets aan doen. Dus is ze weggegaan.'

Hij klonk zo leeg, zo ontzettend hopeloos. Ze omklemde zijn middel steviger. 'Waar is ze naartoe gegaan?'

'Heel veel plaatsen. Maar ze is uiteindelijk in New Orleans beland.'

'Zie je haar weleens?'

'De laatste keer was twee jaar geleden. Ik... nou, ik heb gelogen. Ik zei tegen haar dat ik daar dingen te doen had, maar in werkelijkheid was ik er alleen maar om haar op te zoeken. Ze zag er... beter uit.' De laatste woorden waren een schor gefluister dat haar hart in stukken brak.

'Beter dan hoe?' fluisterde Daisy terug.

'Ze kon pas uit de gemeenschap ontsnappen toen ze dertien was.'

Een indirect antwoord op de vraag, maar ze begreep het. 'Dat heb je me verteld. Dat betekent dat ze een heel jaar lang getrouwd was. Heeft haar echtgenoot haar mishandeld?'

'Ja.' Opnieuw een schor gefluister. 'Heel erg. Ze is bijna gestorven.'

Daisy slikte moeizaam. 'Je hoeft het me niet te vertellen als je dat niet wil. Je bent me niets verschuldigd, Gideon.'

Hij huiverde. 'Ik wil het je niet vertellen.' Hij ging rechtop staan en ging bij het raam vandaan. 'Maar ik moet. Niet alles. Sommige dingen... kan ik niet vertellen.'

Ze deed een stap achteruit en liet hem los zodat ze op de rand van het bed kon gaan zitten. 'Vertel me wat je kunt,' zei ze en ze pakte Brutus van het bed en zette de hond op haar schoot.

Hij liet zich onverhoeds op de grond zakken met zijn rug tegen het bed, zijn schouder tegen haar dij. Ze hield Brutus in één hand en speelde met de andere zachtjes met Gideons haar. Ze keek vol bewondering naar hoe het licht speelde met de zilverdraden tussen het inktzwart.

'Mijn moeder liet me achter bij het busstation,' zei hij plotseling.

'Want Mercy was nog maar negen jaar en had haar nodig.' Daisy hield haar stem zacht. 'Niet omdat ze niet van je hield.'

'Dat wéét ik,' snauwde hij en zijn heftigheid was verbijsterend.

Oké. Dat was een grote miskleun. Ik hou nu mijn mond. 'Sorry,' zei ze zacht.

'Nee.' Hij zuchtte. 'Ik word altijd gespannen als ik hieraan denk en wanneer ik over Mercy praat. Weet je, mijn moeder ging terug voor Mercy, maar ik weet niet of ze besefte hoe het leven eruit zou zien – voor haar of voor Mercy – wanneer ze terugkeerde. Of misschien wel, ik weet het niet.'

'Ze werd gestraft.'

'Ja.' Er lag een eeuwigheid aan ellende in dat ene woord. 'Pastor wist dat ze me had meegesmokkeld, maar voor hij haar kon straffen, bezorgde haar echtgenoot haar een alibi.'

'Hij beschermde haar.'

Gideons lach klonk bitter. 'Niet precies. Hij werd gedwongen Ephraim Burton compensatie te betalen omdat ik hem in zijn oog had gestoken. Mijn moeder was de compensatie.'

Daisy's ogen vulden zich met hete tranen. 'O, Gideon.'

'De echtgenoot van mijn moeder nam een andere vrouw en mijn moeder werd doorgegeven aan Burton.'

Daisy ging door zijn haar te strelen, niet wetend wat ze moest zeggen. De schuld die hij met zich meedroeg was op dat moment zo duidelijk.

'De man die de vrachtwagen bestuurde... die ontving zijn betaling ook. Een paar keer op weg naar Redding en, neem ik aan, op de terugweg.'

Daisy kon een verraste kreet niet onderdrukken. 'Waar jij bij was?'

Zijn schouders bewogen in een trieste parodie van een schouderophalen. 'Ik was bijna dood. Ik denk dat hij vond dat het er niet toe deed.'

'Was hij niet... nou, was hij niet bang dat hij in de problemen zou raken omdat hij jou naar buiten had gesmokkeld?'

'Ik heb nooit begrepen hoe het zat met die vent. Hij ging elke week op pad, dus hij had kunnen vluchten, maar dat deed hij niet. En hij deed zo'n beetje wat en wanneer hij maar wilde. Ik heb me altijd afgevraagd wat hij van de leiders wist.'

'Denk je dat hij belastende informatie over hen had?'

'Ja. Iets wat sterk genoeg was om hem het luizenbaantje te bezorgen en elke week te gaan en staan waar hij wilde om voorraden in te slaan. Wat het ook was, hij is niet gestraft omdat hij mij had meegesmokkeld. Dat heeft Mercy me verteld. En ze zei dat verder niemand is weggekomen tussen mijn ontsnapping en die van haar. Ik heb altijd gehoopt dat anderen ook in staat waren geweest om weg te komen. Ik heb zelfs naar medaillons en gelijksoortige tatoeages gezocht, maar ik heb niets gevonden. Niet tot jij het medaillon van Eileen vond.'

'Hoe is Mercy ontsnapt?'

'Mijn moeder heeft haar eruit gekregen. Ik weet niet wat ze heeft gebruikt om die chauffeur weer om te kopen, maar Mercy en zij bereikten het busstation, net als ik had gedaan. Mercy was er slecht aan toe en onze moeder wilde haar niet alleen laten. Ze stond erop te worden achtergelaten. Ze begon te gillen en herrie te schoppen. Ik denk dat ze hoopte dat iemand haar zou helpen.'

'Maar dat deed niemand.'

'Nee. De vrachtwagenchauffeur schoot haar neer.'

Daisy kon een kreet van afschuw niet inhouden. 'Nee. Voor de ogen van Mercy?'

Gideon staarde recht voor zich uit naar de beige muur. 'Hij schoot Mercy ook neer.'

Daisy kon geen woord uitbrengen. Ze streelde alleen maar zijn haar met haar ene hand en veegde de tranen uit haar ogen met de andere.

'Hij nam het lichaam van mijn moeder mee terug,' ging hij als versteend verder. 'Hij liet Mercy achter. Ze bloedde bijna dood. Ze hebben haar met een helikopter naar UC Davis gebracht, net als ze met mij hadden gedaan. Een verpleegkundige zag de medaillons en herinnerde zich mijn tatoeage.'

'Wacht even. Medaillons?'

'Mercy had op de een of andere manier mijn moeders medaillon ook te pakken weten te krijgen. Ze werd aangetroffen met haar eigen medaillon en dat van mijn moeder verborgen in haar kleren. Ik heb haar gevraagd hoe de kettingen waren doorgesneden, maar ze schudt altijd alleen maar haar hoofd en weigert antwoord te geven.'

'Haar trauma zit diep,' zei Daisy zacht, maar ze leidde het gesprek in een andere richting toen hij huiverde. 'Was Irina de verpleegkundige die haar medaillons zag?'

'Nee, maar de verpleegster was een vriendin van haar. Tegen de tijd dat het nieuws Irina bereikte, zat Mercy in een pleeggezin. Ik ging naar haar toe zodra ik kon. Ze was stom geworden, wilde met niemand praten. Maar de pleegmoeder vertelde me dat Mercy was gevonden in het busstation van Redding. Ik smeekte Mercy om me te vertellen waar onze moeder was, maar ze staarde me alleen maar aan met een vreselijk lege blik in haar ogen. En toen wist ik het. Ik vroeg of mama dood was en toen knikte ze.'

'Wat deed je toen?'

'Rafe heeft me meegetroond. Ik zat... helemaal stuk. Hij had me erheen gereden. Ik heb hem laten beloven dat hij het niemand zou vertellen. Mercy had al genoeg meegemaakt. Ik wilde niet dat verder iemand wist wat haar was aangedaan. Ik wilde niet dat iemand wist dat ze zo geleden had vanwege mij.'

'Dacht je dat Irina en Karl dan niet meer van je zouden houden?'

Hij ademde scherp in. 'Rafe beloofde het me en hij heeft mijn geheim tot de dag van vandaag bewaard. Irina weet dat ik Mercy heb gevonden, maar ze denkt dat het pleeggezin haar heeft geadopteerd en is verhuisd.'

Hij had haar vraag over de liefde voor hem van de Sokolovs niet beantwoord en dat was op zich antwoord genoeg. Een antwoord dat

Daisy's hart brak. Ze wilde dat ze woorden van troost voor hem had, maar ze had er geen die niet verkeerd of neerbuigend zouden klinken. 'Je zei dat ze in New Orleans is beland. Wat is er met haar gebeurd in de tijd tussen dat je haar aantrof in een pleeggezin en nu?'

'Ze is onder de hoede van jeugdzorg gebleven tot ze achttien werd, maar ze heeft het maar een paar keer goedgevonden dat ik haar kwam opzoeken. Toen ze eenmaal vanwege haar leeftijd uit het systeem was, is ze naar Houston vertrokken.'

'Want daar kwam je moeder vandaan.'

'Ik vermoed dat ze antwoorden zocht. Ik weet dat ze onze grootouders heeft ontmoet, maar ik weet niet wat ze tegen hen heeft gezegd, als ze al iets heeft gezegd. Ik was er niet in geïnteresseerd hen nog eens te zien. Maar tussen Houston en New Orleans zat nog een hele rij steden. Ik kreeg zo nu en dan een ansichtkaart uit weer een andere plek om te laten weten dat ze nog leefde. Geen telefoontjes, geen sms'jes of e-mails. Alleen de ansichtkaart. Ik heb haar mobiele nummer nooit geweten. Ik probeerde haar elke keer dat er een kaart kwam op te sporen in de plaats van het poststempel, maar ik liep haar altijd mis. Toen ik de kaart uit New Orleans kreeg, vond ik haar meteen. Ik bleef bij het adres dat ik had gevonden rondhangen tot ze thuiskwam. Ze was niet blij om me te zien. Ze stemde erin toe om met me af te spreken om ergens te gaan eten en gaf me eindelijk haar mobiele nummer, onder voorwaarde dat ik het alleen in geval van nood zou gebruiken. Afgezien daarvan hebben we geen contact.'

'Waarom verfoeit Mercy je zo?'

'Ik denk dat dat is omdat onze moeder geleden heeft vanwege het feit dat ze me heeft helpen ontsnappen. En Mercy heeft ook geleden. Ze is vreselijk behandeld door wie het ook was aan wie ze was uitgehuwelijkt.'

'Weet je dat niet?'

'Ze wilde het me niet vertellen. Tot op de dag van vandaag. Ze weigert erover te praten.'

'Wat is er met Mercy's medaillon gebeurd?'

'Ze zei dat ze dat in een bankkluis heeft gestopt. Samen met dat van onze moeder. Ik heb geen idee hoe ze aan het medaillon van mama is gekomen. Dat heeft ze me nooit verteld. Ik heb geen van die medaillons met eigen ogen gezien.'

Omdat Mercy hem verfoeide. *O, Gideon.* Daisy liet zich van het bed glijden, ging vervolgens schrijlings op hem zitten en sloeg haar armen om zijn nek. 'Het spijt me.'

Hij pakte haar vast met een heftigheid die haar de adem benam en begroef zijn gezicht in de holte van haar hals. 'Ik wou dat ik terug kon en alles kon veranderen. Ik zou willen dat ik terug kon gaan en Ephraim Burton niet in zijn oog steken.'

Haar hart ging naar hem uit. 'Hij zou je hebben vermoord, Gideon.'

Hij bleef heel stil zitten. 'Er zijn momenten geweest dat ik wilde dat hij dat had gedaan.'

Nee. Nee, nee, nee. Ze omhelsde hem nog steviger. 'Onlangs?'

Hij liefkoosde haar zachtjes. 'Nee.'

Ze liet haar adem ontsnappen. Ze wilde tegen hem zeggen dat het niet zijn schuld was, dat hij nog maar een kind was geweest dat voor zijn leven vocht. Vocht om niet te worden verkracht. *Net zoals ik donderdagavond heb gevochten.*

Ze wilde tegen hem zeggen dat als iemand al 'schuld' had, het om te beginnen zijn moeder was omdat ze had toegestaan dat ze werden meegenomen naar een sekte. Maar zijn moeder was zelf nog niet veel meer dan een kind geweest.

Daisy wilde tekeergaan tegen zijn grootouders omdat ze zijn moeder op straat hadden gezet en daarmee de spiraal in gang hadden gezet van dakloosheid, prostitutie en wanhoop.

Maar ze zei niets van dat alles, omdat ze niet dacht dat hij daar vanavond behoefte aan had. Ze maakte haar armen ver genoeg los om hem een kus op zijn wang te geven. 'Kom met me mee naar bed, Gideon. Laat me je daar vasthouden.'

Sacramento, zaterdag 18 februari, 23.40 uur

Zandra Jones onderdrukte een snik. *Niet huilen. Je mag niet huilen.* Haar neus zou verstopt raken en dan zou ze stikken.

Hij had haar gebonden en gekneveld achtergelaten en hoe hard ze ook trok, ze kwam niet los. Elke ruk maakte haar boeien alleen maar strakker. Haar polsen bloedden inmiddels en ze brandden als de hel.

Ze dacht niet aan de verwondingen. De manier waarop hij letters in haar lichaam had gekerfd. Het deed pijn, maar het was meer een dof kloppen. Die sneden werden niet haar dood. Dat wist ze nu.

Hij had haar wonden verzorgd. Hij had er zelfs een paar gehecht die dieper waren geworden dan zijn bedoeling was geweest. De benodigdheden om te hechten bewaarde hij in een van zijn laden en zijn handen waren vast en afschuwelijk bedreven terwijl hij de ergste wonden hechtte die waren gemaakt met zijn precisiemes.

Hij had dit eerder gedaan. Heel vaak. Een van zijn slachtoffers was nog steeds hier. In de vriezer achter haar. Hij had een foto gemaakt van het lichaam van de vrouw en die aan haar laten zien om haar angst aan te jagen. Dat was gelukt. Het lichaam was van top tot teen in lakens gewikkeld. Het gezicht van de vrouw was niet zichtbaar op de foto, maar Zandra had haar haar gezien. Donker en lang. Hij had haar gewurgd, de dode vrouw in de vriezer.

Hij zal mij ook wurgen. Dat had hij al een paar keer gedaan, maar telkens wanneer ze dreigde flauw te vallen, liet hij los en kon ze lucht naar binnen zuigen, wat had aangevoeld alsof er messen langs de binnenkant van haar longen en keel schraapten. Binnenkort zou er een dag komen dat hij niet zou loslaten.

En dan ben ik dood.

Ik zou hier vandaag helemaal niet moeten zijn. Ze was de tijd kwijt, maar hij had gezegd dat het zaterdag was. *Ik zou vandaag gaan trouwen. Met James. In Vail.* Maar ze was zo abrupt gevlucht dat niemand wist waar ze naartoe was. Als James haar spoor naar het vliegveld volgde, dan zou het enige wat hij te weten zou komen zijn dat ze naar een bar in de buurt was gegaan en te zwaar onder invloed was vertrokken om nog te kunnen rijden. Ze had tegen zowel James als Monica gezegd dat ze naar de verdommenis konden lopen toen ze hen samen in bed had aangetroffen, dat ze ervandoor ging en nooit meer terug zou komen. Dat ze haar niet hoefden te gaan zoeken, want ze wilde geen woord horen van wat ze te zeggen hadden.

Dat alles terwijl ze daar lagen en haar met grote ogen aanstaarden. Een vreselijk geval van coitus interruptus.

Stomme James. Stomme Monica. Allerstomste ik. Ze had die stomme lul vertrouwd, en hij was het bed ingedoken met haar 'beste vriendin'.

Ze kunnen allebei naar de hel lopen. Zoals het er nu voor stond zou ze hen daar snel genoeg tegenkomen. *Want niemand zoekt naar me.* Iedereen op haar werk zou denken dat ze op huwelijksreis was. Iedereen bij de bruiloft zou denken dat ze was gevlucht om haar wonden te likken.

Niemand zou haar missen. Er prikten opnieuw tranen in haar ogen en ze slikte ze onverbiddelijk in. *Ik ga niet huilen.*

In plaats daarvan richtte ze haar aandacht op de binnenkant van de kast die hij open had laten staan. Hij probeert me over mijn toeren te jagen. En het werkte.

Nadat ze urenlang de inhoud had liggen bestuderen, wist ze nu dat er allerlei snuisterijen en sieraden aan haakjes hingen – een aantal halskettingen, een paar armbanden, een oud konijnenpootje, wat munten en iets wat op een hondenpenning leek. Alles was klein genoeg om in een zakje te passen. Elk daarvan was onder een rijbewijs bevestigd. Er moesten er wel dertig van zijn. Misschien wel meer. Elk was van een vrouw. Een persoon.

Een dode persoon.

Ik niet. Ik ga niet dood.

Maar ze wist niet goed hoe ze dat moest laten gebeuren. Ze was advocaat, geen boeienkoning of goochelaar. Haar enige superkracht bestond uit haar vermogen om zich overal uit te kletsen.

Behalve nu. Tenzij er iets radicaal veranderde, zou ze niet in staat zijn zich hieruit te praten. Ze had zijn gezicht gezien. Hij zou haar nooit laten gaan.

Er moet iets zijn wat ik kan doen. Dat moet. Ik ben nog niet klaar om te sterven.

17

Redding, Californië, zondag 19 februari, 00.05 uur

Kom met me mee naar bed, Gideon. Laat me je daar vasthouden. Hij had gehoorzaamd en ze had haar belofte gehouden en hem net zo vastgehouden als de avond ervoor, zijn hoofd tussen haar borsten, haar vingers die zachtjes door zijn haar gingen, één arm beschermend om zijn schouder geslagen. Ze had hem troost geboden terwijl zij degene was die het verlies had geleden.

Ze had een ruim hart en hij wilde het. Hij wilde haar gulheid en zachtaardigheid voor zichzelf. *Die heb je*, hield hij zichzelf voor. *In ieder geval vannacht.* Maar hij wist zonder enige twijfel dat één nacht niet genoeg zou zijn.

Ze bedaarde hem op de een of andere manier. Kalmeerde zijn geest. Vulde ruimtes waarvan hij niet had geweten dat ze leeg waren. Ze begreep hem zoals niemand ooit had gedaan.

Om eerlijk te zijn heb je verder ook niemand de kans gegeven. Hij had dingen met haar gedeeld die hij nooit met Rafe had gedeeld. Nooit met Karl of Irina, en zij kwamen voor hem het dichtst bij familie.

Maar hij had bij Daisy binnen slechts enkele dagen zijn hart uitgestort en hij wist niet goed waarom. Misschien kwam het doordat ze hem zich... normaal deed voelen wanneer hij bij haar was. Ze waren allebei in zekere zin opgegroeid als gevangenen. Misschien was dat het. Maar wat het ook was, hij wist dat hij meer wilde.

Hij wist dat hij haar wilde. Zo erg dat hij zijn lichaam van haar had afgedraaid zodat ze niet zou voelen hoe hard hij was. Ze had vanavond geen behoefte aan eisen. Ze had behoefte aan troost.

Hij drukte een kus in het kuiltje bij haar keel en tilde zijn hoofd op. Hij steunde op een elleboog en hun gezichten waren maar een paar centimeter van elkaar verwijderd. 'Het spijt me,' zei hij zacht. 'Ik doe egoïstisch.'

In het halfduister kon hij haar ogen groot zien worden. 'Wat?'

'Jij hebt een vriendin verloren, maar ik laat het allemaal over mij gaan.'

Eén kant van haar mooie mond kwam omhoog. 'Maar het gáát om jou. Dat is de reden dat je hier bent, Gideon. Degene die míjn vriendin heeft vermoord heeft te maken met degene die jóúw vriendin heeft vermoord.' Ze legde haar handen om zijn kin en streelde met haar duimen zijn baard. 'Je moet je niet verontschuldigen. Bovendien vind ik het fijn om je te troosten.' Ze haalde haar schouders op. 'Dat geeft me het gevoel dat ik nuttig ben.'

'Dat je iets doet,' zei hij zacht. 'Hulpeloos zijn is waardeloos. Ik snap het.'

Haar flauwe glimlach vervaagde terwijl ze zijn blik gevangenhield. 'Ik dacht wel dat je het zou begrijpen.'

'Wat kan ik voor jou doen?' fluisterde hij.

Haar blik dwaalde even af en ze beet op haar lip. 'Niets. Met mij... met mij is alles in orde.'

Hij legde zijn wijsvinger op haar kin en draaide haar hoofd zodat ze hem weer aankeek. 'Zeg het me, Daisy.' Hij trok een wenkbrauw op. 'Anders voel ik me ook hulpeloos.'

Ze slikte en liet toen haar handen in zijn haar glijden. En trok hem omlaag en nam zijn mond in een aarzelende zoen, niet meer dan een lichte aanraking van haar lippen, waardoor zijn hart ogenblikkelijk op hol sloeg. Ze maakte er veel te snel een einde aan en haalde haar handen uit zijn haar. Maar hij trok zich niet terug.

'Is dit wat je wil, Daisy?' zei hij zacht tegen haar mond. 'Dat ik je kus?'

Ze knikte ademloos en ernstig.

'Zoals jij mij kuste? Of meer?'

Ze sloot haar ogen. 'Meer,' antwoordde ze, maar het was nauwelijks meer dan een fluistering. Ze zag er... beschaamd uit en dat deed zijn hart pijn, ook al dacht hij dat hij begreep waarom.

'Daisy, kijk me aan.' Hij wachtte tot ze haar ogen open had gedaan. 'Voel je je schuldig omdat Trish er niet meer is?'

Ze knikte opnieuw. 'Het lijkt zo verkeerd om me... fijn te willen voelen, denk ik, al zou Trish de eerste zijn om tegen me te zeggen dat dat stom is. Ik...' Ze knipperde met haar ogen en de tranen stroomden langs haar wangen in haar haar.

Ze bleef zo lang stil dat hij zich gedwongen zag te helpen. 'Wil je gewoon even een tijdje alles vergeten?' Dat gaf hem nog meer het gevoel egoïstisch bezig te zijn, alsof hij probeerde haar over te halen te doen wat hij wilde terwijl ze zo kwetsbaar was. Maar tot zijn verrassing schudde ze heftig haar hoofd.

'Ik zal dat niet vergeten. Elke keer dat ik mijn ogen sluit zie ik haar... daar liggen.' Ze huiverde en hij verstevigde zijn greep om haar middel, trok haar nog meer tegen zich aan.

Hij kuste haar slaap. 'Wat is het dan?'

'Het had mij kunnen overkomen,' zei ze en hij snakte naar adem.

'Néé.' De ontkenning was eruit voor hij die kon tegenhouden.

'Já, Gideon. Die man probeerde me donderdag mee te sleuren. Het zou met mij net zo zijn afgelopen als nu met Trish.' Haar handen lagen weer om zijn gezicht, streelden zijn huid, zijn baard, alsof ze haar woorden wilde verzachten. 'Het had míj kunnen overkomen.'

Hij liet zijn hoofd zakken tot hun voorhoofden elkaar raakten. 'Zeg me alsjeblieft dat je niet denkt dat je het had móéten zijn.'

Ze deinsde achteruit met haar hoofd in het kussen en staarde hem met wijd open ogen aan. 'Nee! Natuurlijk niet. Het zou niemand moeten zijn, Gideon. Maar het gebeurde wel. En ik denk dat ik... ik denk dat na alles wat er is gebeurd, ik me... een tijdje niet bang wil voelen. Je weet wel, me fijn wil voelen. Jij geeft me een fijn gevoel. Maar het voelt egoïstisch om je dat te vragen. Alsof ik... je gebruik.'

Nu was het zijn beurt om met de ogen te knipperen. 'O. Nou.' Dat was echt niet wat hij had verwacht. Hij had gedacht dat ze zou zeggen dat het was omdat ze moest wachten tot de rouwperiode voorbij was. Of erger, dat ze bang was dat zij de volgende zou zijn en niet wilde sterven zonder nog een laatste uitspatting. Dat ze hem zou gebruiken? Wauw.

Een deel van hem wilde tegen haar zeggen dat hij op elk moment graag door haar gebruikt zou willen worden, maar dat was niet waar. Wat hij voelde was meer dan een jeukend plekje dat gekrabd moest worden. Hij had in het verleden wel plekjes gekrabd en dat was prima geweest. Maar dit was anders. Zíj was anders.

'Vertel me eens,' zei hij, want ze keek nog steeds bezorgd. 'Als iemand anders je zou bewaken, zou je dan nog steeds... je weet wel.'

Ze dacht even na en schudde toen haar hoofd. 'Nee.' Ze ging met haar vingertop over zijn lippen. 'Het is omdat jij het bent. Ik mag je.

Ik hoef bij jou niet op mijn hoede te zijn. Ik... vertrouw je.' Ze wendde heel even haar blik af, maar keek hem toen weer vastberaden aan. 'En ik wil je. Meer dan welke man ik ook ooit heb ontmoet.'

Zijn hartslag ging in overdrive, ook al vroeg hij zich af hoeveel mannen dat waren geweest. Hij duwde die gedachte abrupt aan de kant. Het deed er niet toe. Vannacht was ze met hem.

'Ja?' vroeg hij. Hij was bijna verlegen, verdorie. Als een godvergeten tiener. Wat hij nooit had mogen zijn.

Haar lippen krulden terwijl ze met een teder gebaar een lok van zijn voorhoofd veegde, ook al was de blik in haar ogen uitnodigend. 'Ja. Dus als je me weer wil kussen, dan zal ik heel dankbaar zijn.'

'Dat lukt me wel.' Hij nam bezit van haar lippen in wat begon als een simpele zoen, maar al snel verhit werd toen ze haar mond opende. Hij proefde haar, een beetje muntachtig, een beetje zoet, en zo heet. Hij lag nog steeds op zijn zij, met zijn erectie op veilige afstand. In ieder geval tot hij wist hoe ver ze hiermee wilde gaan.

Een ogenblik later – of misschien minuten, dat wist hij niet zeker – kreeg hij zijn antwoord toen een van haar kleine handen omhoogkwam en in zijn nek werd gelegd terwijl de andere zijn shirt beetgreep. Ze trok en hij deed zijn best zijn teleurstelling niet te laten blijken terwijl hij zwaar ademend zijn hoofd hief.

Haar mond was rood en nat, haar blik glazig, en de borsten die zijn hoofd hadden gekoesterd gingen door haar hijgende ademhaling op en neer. Ze zag er een beetje verdwaasd uit. En zo mooi dat hij zichzelf moest dwingen afstand te bewaren.

Hij onderdrukte een huivering, drukte zijn lippen tegen haar slaap en ging kussend omlaag naar haar oor. 'Te veel?'

Ze trok weer aan zijn shirt. 'Niet genoeg. Je bent te ver weg, Gideon.'

Hij huiverde opnieuw, een rilling door zijn hele lichaam die hij niet kon verbergen. Hij begroef zijn gezicht in de holte van haar schouder. 'Ik dacht dat je wilde ophouden.'

'Nee,' fluisterde ze. De hand in zijn nek gleed omhoog naar zijn haar en de hand die zijn shirt vasthad gleed omlaag en pakte de band van zijn trainingsbroek. 'Niet ophouden.' Ze trok opnieuw. 'Alsjeblieft.'

Hij verschoof en nestelde zich tussen haar benen, die ze verwelkomend spreidde. Zijn piemel vond haar zachtheid en hij kon niet voorkomen dat zijn heupen tegen haar aan begonnen te rijden. Ze kromde neuriënd haar rug, drukte haar hoofd achterover in het kussen, waardoor de lijn van haar hals ontbloot werd. Hij legde zijn onderarmen aan weerszijden van haar hoofd en kuste zich een weg omhoog langs haar hals naar haar kaak.

'Vind je dit lekker?' vroeg hij.

'Heel lekker.' Haar stem klonk heser dan normaal en de rillingen liepen hem over de rug. Ze sloot met een hese zucht haar ogen. 'Je voelt zo fijn.'

Hij drukte zachte kussen op haar lippen en werd beloond met haar poging hem te volgen toen hij zijn hoofd opnieuw oprichtte. 'Wat wil je, Daisy?'

Ze vertrok haar mond in een wrange grijns. 'Meer dan ik zal krijgen. Ik heb niet de kans gehad om bij de drogisterij langs te gaan. Maar dit is ook lekker.'

Lekker was niet het gevoel dat hij haar wilde geven. Overdonderd en buiten zinnen van genot was wat hij wilde dat ze voelde. 'Ik wel,' bekende hij. 'Ik ben wel bij de drogist langs geweest.'

Haar ogen schoten open. 'Echt waar? Wann–' Ze onderbrak zichzelf. Het besef blonk in haar ogen en ze haalde even diep adem, want het enige moment dat ze niet bij elkaar waren geweest, was toen hij naar het mortuarium was gegaan. Ze knikte, een grimmige bevestiging. Ze sloot haar ogen weer. 'Dank je.'

'We hoeven niets te doen,' fluisterde hij. 'Ik ging nergens van uit. Ik dacht alleen... Nou, ik hoopte dat we ze vroeg of laat nodig zouden hebben.'

'Vannacht.' Ze opende haar ogen en hij zag wanhoop vermengd met puur verlangen. 'Tenzij jij dat niet wil.'

Hij blafte een lach. 'Nee, dat is geen probleem.' Hij bewoog zijn heupen weer en haar adem stokte even. 'Voor het geval je dat nog niet had gemerkt.'

Ze drukte zich weer tegen hem aan en haar ogen vielen dicht. 'Ik heb het gemerkt.' Ze neuriede weer. 'Ik heb het absoluut gemerkt en ik wil het. Ik wil jou. In me. Is dat duidelijk genoeg?'

Zijn heupen schokten en er klonk een grommende kreun. 'God. Ja. Dat is heel duidelijk.' Hij drukte een harde zoen op haar nu glimlachende mond. 'Ga niet weg. Ik ben zo terug.' Hij knielde tussen haar benen. Hij wilde zijn ogen niet afwenden van de aanblik van haar lichaam dat voor hem klaarlag. Haar tepels waren hard geworden en waren nu duidelijk afgetekend in het hemdje dat anders volkomen zedig zou zijn geweest. Haar heupen golfden en kwamen omhoog naar waar hij een paar seconden daarvoor nog was geweest. Waar hij popelde naar terug te gaan.

Hij dwong zichzelf van het bed te stappen en zocht in zijn tas tot hij de doos met condooms had gevonden. Met trillende vingers scheurde hij het plastic open en toen het deksel van de doos, zodat de strips condooms alle kanten op vlogen.

Achter hem lachte ze, een geluid van puur plezier dat hij bij lange na niet genoeg had gehoord. 'Ik weet niet of dat nou optimistisch is of ambitieus, Gideon.'

Hij keek naar de strip met drie condooms in zijn hand en grijnsde. 'Een beetje van allebei?' Hij gooide ze op het nachtkastje en begon zijn shirt uit te trekken, maar ze kwam snel op haar knieën naar de rand van het bed en hield hem tegen.

'Wacht even. Ik wil het doen.' Toen verraste ze hem door het licht aan te doen. 'Ik wil je zien.'

God. Hij balde zijn vuisten langs zijn lichaam om te voorkomen dat hij haar zou opjagen. 'Oké.'

Ze ging op haar knieën rechtop zitten en beet op haar onderlip terwijl ze zijn shirt over zijn hoofd trok en dat op de vloer liet vallen. Ze maakte een waarderend geluid terwijl ze hem gedurende lange seconden bekeek. Dat maakte hem alleen maar harder.

'Raak me aan,' bracht hij uit met een schorre stem die hij niet herkende als de zijne. Hij huiverde toen haar handen over zijn huid gingen, hem liefkoosden met langzame, eerbiedige strelingen die zijn zelfbeheersing op de proef stelden. Ze ging met haar vingers door het haar op zijn borst, ging langs de contouren van zijn fenikstatoeage voor ze de streep haar volgde die naar de band van zijn trainingsbroek liep.

Hij snakte naar adem toen haar zoekende vinger in de trainingsbroek en de onderbroek die hij eronder droeg verdween. 'Daisy,' hijgde hij.

Ze keek hem aan. 'Je bent mooi.'

Hij kon zich niet langer inhouden. Hij stak zijn hand in haar haar en trok haar naar zich toe en nam bezit van haar mond tot ze gedwongen waren zich los te maken om adem te halen. Hij liet zijn handen weer langs zijn lichaam vallen. 'Doe je hemd uit,' bracht hij uit.

Ze gehoorzaamde terwijl ze zijn blik gevangenhield en hij kreunde toen haar borsten tevoorschijn kwamen. 'Jij bent degene die mooi is.' Hij nam ze voorzichtig in zijn handen en beroerde met zijn duimen zachtjes haar tepels; hij kon niet wachten ze te proeven.

Haar hoofd boog achterover, haar mond viel open bij weer zo'n hese zucht waardoor hij in haar wilde stoten. Maar hij bewaarde zijn zelfbeheersing. Dit moest fantastisch voor haar worden. Voor hen allebei. Hij zou de tijd nemen. Hij zou –

'Fuck, Daisy, fuck,' gromde hij toen ze in zijn onderbroek groef en haar vingers zich om hem sloten. Hij trok haar opnieuw tegen zich aan, dit keer voor een zoen met open mond, een oerzoen, rauw, terwijl ze pompte en kneep. En toen was haar hand verdwenen, maar voor hij kon protesteren schoof ze zijn trainingsbroek over zijn heupen en wriemelde zich los uit zijn greep. Hij wilde haar terug sleuren, wilde haar op het bed smijten en aan haar borsten zuigen.

Maar al die gedachten werden uit zijn koortsachtige brein gewist toen ze hem in haar mond nam en het enige wat hij nog kon doen was blijven staan op trillende benen terwijl hij werd omgeven door een hete, natte... hemel. Hij keek toe terwijl haar blonde hoofd op en neer ging, de aanblik het meest erotische wat hij ooit had gezien, tot het genot te veel werd en zijn hoofd achterover ging.

Hij was dichtbij. Te dichtbij. Hij greep haar schouders, trok haar van zich af en schopte zijn trainingsbroek en ondergoed uit. Hij duwde haar hoofd voorzichtig op het kussen en trok haar korte broek en slip omlaag.

En hij bleef staan en keek naar hartenlust. Hij wenste dat hij een beter woord wist dan 'mooi'. Hij zette zich met één knie schrap op het bed naast haar heup en trok met zijn vinger een lijn van het kuiltje bij haar keel tussen haar borsten door naar haar buik en voelde die trillen. Hij zag overal kippenvel verschijnen. Hij zag haar haar rug verwachtingsvol krommen toen hij stopte.

'Gideon.' Zijn naam op haar lippen was zowel een smeekbede als een bevel. Haar knie boog opzij en viel op het bed, zodat ze openlag voor zijn hongerige blik. 'Doe het. Raak me aan.'

Hij ging verder omlaag met zijn vinger, doopte het topje in glinsterende... perfectie. Ze slaakte een kreet en haar rug en heupen kwamen omhoog van het bed alsof hij haar een elektrische schok had gegeven.

Hij had wel geweten dat ze zo zou reageren. Op de een of andere manier had hij dat geweten.

Hij ging langzaam en doelbewust op onderzoek uit, wat hem nieuwe vloeken en smeekbedes opleverde. Toen hij een vinger in haar liet glijden, kronkelde ze hulpeloos. 'Alsjeblieft, alsjeblieft, alsjeblieft,' zong ze fluisterend. Haar arm schoot ongeduldig uit naar het nachtkastje voor de condooms. Toen ze die in haar hand had, propte ze ze in de zijne. 'Ik wil je. Nu.'

Hij wilde niet ophouden haar aan te raken. Hij was gefascineerd door de manier waarop haar lichaam bewoog, hij trok zijn vinger terug en voegde er een tweede aan toe.

Met een grom rukte ze de condooms uit zijn hand en scheurde er zelf een af. Ze friemelde aan het pakje, opnieuw vloekend. Ze kreeg het eindelijk open, en met een blik omhoog die wraak beloofde, steunde ze op een elleboog en zag kans het condoom over zijn erectie te schuiven terwijl ze hem tegelijkertijd streelde zoals ze eerder had gedaan.

Hij sloot zijn ogen en gaf zich over aan de sensatie. Het was zo lang geleden dat iemand hem op deze manier had aangeraakt. *Op deze manier?* Misschien wel nooit.

'Alsjeblieft,' zei ze, zo zacht dat hij het bijna had gemist. Toen hij zijn ogen opende, zag hij dat ze op haar rug lag met haar armen gespreid. 'Nu, Gideon.'

Hij trok zijn vingers uit haar en bracht ze naar zijn mond. Zijn tong verzamelde de smaak die helemaal zij was. 'De volgende keer wil ik je proeven.'

'De volgende keer kun je doen wat je wil. Dit keer heb ik je hierbeneden nodig.'

Hij schoof tussen haar dijen, gleed zo ver omlaag dat hij aan haar mooie borsten kon zuigen. Haar vingers zaten weer in zijn haar, haar hoofd hing achterover, haar heupen persten tegen zijn borst in een ritme dat hem langzaam gek maakte.

Hij likte even aan beide tepels voor hij zijn handen naast haar hoofd zette en zijn lichaam zo positioneerde dat hij voor haar ingang was. 'Kijk naar me,' beval hij.

Haar ogen gingen open en zijn borst werd zo erg samengeknepen dat het bijna pijn deed. Er lag honger in haar blik, maar ook vertrouwen. Die vermengden zich met het verlangen dat er eerder ook was geweest en hij wist dat wat er ook zou gebeuren tussen hen, hij nooit zou vergeten hoe ze op dat moment naar hem keek.

'Zeg me dat dit is wat je wil,' bracht hij uit. Hij moest haar dat nog een keer horen zeggen.

Haar handen gleden over zijn rug en pakten zijn billen. 'Ik wil dit. Ik wil jou.'

Hij liet zijn beheersing varen en gleed bij haar binnen. Hij kreunde bij het heerlijke gevoel van de manier waarop ze hem omklemde. Strakke, natte hitte. Huiverend liet hij zijn hoofd op haar schouder vallen. 'God.'

'Ja,' fluisterde ze. 'Zo lekker. Ik kan je voelen... kloppen in me.'

Haar woorden waren net een elektrische schok. 'Fuck,' gromde hij, de rest van zijn woorden was nergens te vinden. Hij begon te bewegen en hees zich omhoog zodat hij haar gezicht kon zien.

Haar ogen waren nog steeds geopend, haar blik nog steeds hongerig. Ze keek naar hem. Ze likte haar lippen en begroef haar nagels in zijn bilspieren en beantwoordde elk van zijn stoten terwijl hun blikken elkaar gevangenhielden op een manier die meer was dan alleen maar seks.

Hij had geweten dat ze perfect zou zijn. Maar ze was beter dan in zijn stoutste dromen. Strakker, heter. Alsof ze voor hem gemaakt was. *Voor mij. Voor niemand anders.*

Van mij. Ze is van mij. Het was misschien een dwaze gedachte, maar hij verwierp die niet, want dit was het beste wat hij ooit had gevoeld. Ooit.

Dit was puur genot. Maar het was ook troost en bevestiging. Dat dit tussen hen heel, heel goed was.

Ze sloeg haar benen om hem heen, hield hem tegen zich aan gedrukt, trok hem onmogelijk veel dieper, en zijn gedachten ontspoorden volledig. Hij begon harder te stoten. Sneller. Hij haakte zijn handen onder haar en om haar schouders in een poging haar nog dichter tegen zich aan te trekken. En nog steeds keek ze naar hem, liet haar blik niet afdwalen, en haar haar lag uitgespreid op het kussen, blinkend goud in het zachte licht van de schemerlamp.

'Meer,' zei ze geluidloos en hij raakte het laatste restje van zijn zelfbeheersing kwijt.

Hij beukte in haar, zijn geest leeg, behalve van het gevoel dat zij hem gaf. Ze maakte dat hij vóélde. Ze gaf hem het gevoel dat hij leefde. 'Kom,' siste hij. 'Kom klaar voor me. Nu.'

Ze gooide haar hoofd met een verscheurde kreet achterover en sloot haar ogen terwijl ze zich overgaf. Haar vochtige hitte trok rond hem samen en sleurde hem mee.

Hij begroef zijn gezicht in haar haar en volgde haar in de krachtigste ontlading die hij ooit had ervaren. De schreeuw in zijn keel bleef helemaal zonder geluid.

Hij liet zich slap in elkaar zakken, zijn longen niet in staat voldoende lucht binnen te krijgen. Na verloop van tijd werd hij zich bewust van de geur van amandelkoekjes. Haar haar. En zachte vingers die op en neer over zijn rug gingen. Hij hees zich op zijn ellebogen en zag haar gezicht zo ontspannen als hij het nog niet eerder had gezien. Ogen gesloten. Lippen die een glimlach vormden. Ze zag er... sereen uit. Gelukzalig. Goed bemind.

Hij kuste haar voorhoofd terwijl hij probeerde iets te bedenken om te zeggen, maar de woorden kwamen niet. Haar ogen gingen open en hij kon zijn blik er niet van afhouden.

'Ga nog niet,' fluisterde ze.

'Oké.'

Haar handen gingen door met zijn rug te strelen en hij wenste dat ze zo voor eeuwig konden blijven liggen. Maar hij moest het condoom regelen, dus trok hij zich met tegenzin uit haar terug. Hij kuste haar zacht op de mond. 'Ik ben zo terug.'

Toen hij de hoek om kwam nadat hij de badkamer had verlaten, lag ze nog precies zoals hij haar had achtergelaten. Ze lag hem aan te kijken met een glimlach die alle stukken van zijn hart weer samenbracht.

Hij gleed onder de lakens en stak zijn arm uit. Ze rolde zich om en legde haar hoofd op zijn borst en haar hand op de tatoeage.

En hij besefte dat hij nog steeds haar tatoeage niet had gezien. Hij kromde zijn arm om haar heen en trok haar nog dichter tegen zich aan. 'Je hebt me nog helemaal je tatoeage niet laten zien.'

Ze lachte. 'Morgen, oké?'

'Oké.' Hij rekte zich uit, tastte naar het lichtknopje en hulde de kamer in duisternis.

Ze zuchtte, een lief geluid. 'Dank je, Gideon.'

Hij kuste de bovenkant van haar hoofd. 'Het genoegen was geheel aan mijn kant. Echt.'

Ze lachte opnieuw, slaperig. 'Mooi. Ga nu maar slapen. Ik heb de wekker gezet om naar het busstation te gaan.'

Het busstation. *Juist.* De reden waarom ze hier waren. Hij drukte haar een beetje steviger tegen zich aan en hoopte dat de ochtend hun een paar antwoorden zou brengen.

Zondag 19 februari, 02.30 uur

Hij draaide met ingehouden adem het parkeerterrein van het hotel op en liet die in een diepe zucht ontsnappen toen hij de zwarte Toyota van de FBI-agent op precies dezelfde plek zag staan als eerst. Hij zette zijn auto in het vak ernaast en stapte uit. Hij constateerde tot zijn opluchting dat de motorkap van de Toyota koud aanvoelde en de voorruit al onder de rijp zat. De auto was niet van zijn plaats geweest. Zowel de FBI-man als Daisy was nog steeds in het hotel en het licht in hun kamer op de eerste verdieping was nog steeds uit.

Wat ze op dat moment aan het doen waren... daar wilde hij niet aan denken.

Eerder had hij de FBI-agent voor het raam zien staan met zijn voorhoofd tegen de ruit terwijl hij naar buiten staarde. Aanvankelijk was hij bang geweest en had hij zich zorgen gemaakt dat de man hem had gezien. Hij had zijn wapen in zijn hand gehad en op de man voor het venster gemikt, maar toen had hij Daisy achter hem zien opdoemen en haar armen om zijn middel zien slaan. Ze waren zo een tijdje blijven staan en toen verdwenen ze allebei van het raam. Ze hadden hem geen van tweeën gezien.

Dus had hij zijn pistool weggeborgen met een onrustig gevoel en boos omdat de relatie tussen de twee duidelijk meer was dan die van lijfwacht en slachtoffer.

Maar hij had ook honger gehad. En hij had het koud. En hij moest ergens een wc zien te vinden. Dus was hij voor een korte periode weggereden bij het hotel. Lang genoeg om iets te eten te halen bij de drive-through van een vierentwintiguurs-McDonald's en bij Walmart naar binnen te schieten voor een deken, thermische sokken en een paar snacks.

En een zendertje. Het had hem verbaasd dat ze die verkochten, maar hij had het meteen in zijn karretje gegooid. Hij maakte zichzelf echt niet wijs dat het zendertje topkwaliteit was, maar het zou aan zijn doel beantwoorden. Hij wilde niet in slaap vallen en de FBI-agent en Daisy missen terwijl ze op pad gingen naar datgene wat hen naar Redding had gebracht.

Hij liep tussen zijn auto en die van de FBI-agent, bukte zich en verborg met een beetje bezorgde blik het zendertje in de wielkast van de Toyota. Hij betwijfelde of de plakstrip die het zendertje aan het metaal bevestigde het lang zou uithouden, maar dat hoefde wat hem betrof ook niet. Het hoefde alleen maar te blijven zitten tot het ochtend werd.

Hij stapte weer in zijn auto en reed naar de andere kant van het parkeerterrein, vanwaar hij de Toyota nog steeds kon zien, maar waar hij zelf niet zou opvallen. Hij downloadde de app van het zendertje in zijn telefoon. Hij vertrok even zijn gezicht omdat hij waarschijnlijk over de limiet van zijn databundel ging, maar daar kon hij zich nu niet druk over maken. Hij constateerde tevreden dat het knipperende puntje op de kaart van de app precies was waar het moest zijn – exact op de plek waar de Toyota stond. Toen haalde hij de deken uit de verpakking, zette zijn stoel achterover en viel in slaap.

18

Redding, Californië, zondag 19 februari, 07.30 uur

Daisy werd langzaam wakker en stak haar hand uit naar Gideon, maar het bed was leeg en de lakens voelden koud aan. De eerste keer dat ze wakker was geworden was op het gebruikelijke tijdstip van vier uur geweest en toen merkte ze dat ze in hun slaap van positie waren veranderd. Ze lag niet langer met haar hoofd op zijn borst, maar ze hadden op hun zij gelegen, hij als een lepeltje achter haar met zijn arm om haar heen. Haar zelfs in zijn slaap beschermend.

Of haar opeisend. Beide mogelijkheden waren volledig acceptabel, dacht ze, en ze rekte haar heel goed gebruikte spieren uit. Ze dacht aan de manier waarop hij haar had vastgehouden, de manier waarop ze samen waren klaargekomen.

Daisy was niet onervaren, maar ze was niet met heel veel mannen geweest. Een paar op de universiteit wanneer ze kans zag een college te missen en ergens in de buurt af te spreken. Jacob was destijds haar lijfwacht geweest, die van haar en van Taylor, en was altijd met hen meegegaan naar de colleges. Maar hij zat altijd bij Taylor en dat gaf Daisy een paar vrije uurtjes in de week.

Daar had ze goed gebruik van gemaakt.

Er waren een paar mannen voorbijgekomen in Europa, maar ze was kieskeurig geweest. En altijd veilig. Ze was dankbaar voor elk van die povere ervaringen, want die hadden haar in staat gesteld Gideon de avond ervoor te bevredigen. En ze hád hem bevredigd. Ze kon nog steeds de pijntjes voelen die daar het gevolg van waren en ze was dankbaar voor elk daarvan.

Hij was hier. Ze kon het zachte gebrom van zijn stem in de zithoek horen en dat stelde haar gerust, diep vanbinnen waar ze alle chaos wegstopte. Op dit moment was er heel veel chaos.

Trish was dood en haar moordenaar had misschien nog anderen omgebracht. *Hij zou mij ook vermoord hebben.* Haar maag draaide telkens even om wanneer die gedachte de kop opstak. Ze had alleen maar kunnen ontsnappen omdat haar vader een soldaat van haar had gemaakt. De vaardigheden die ze met zo veel tegenzin had moeten leren, hadden haar het leven gered.

Dank je, papa.

Ze pakte haar telefoon om te zien hoe laat het was. Halfacht. Minder dan twaalf uur voor haar vader in Californië aankwam. *Omdat ik zei dat ik hem nodig had.* Dat Frederick Dawson van haar hield stond buiten kijf. Ze moest de zaken met hem rechtzetten. Alleen wist ze niet goed waar ze moest beginnen. *Dat zoek ik wel uit wanneer we klaar zijn bij het busstation.*

De zon was op en haar maag rommelde. Ze moest beslist koffie hebben. Op dit moment van de ochtend was ze normaal gesproken aan haar vierde kop toe.

Ze zwaaide haar benen op de grond en keek of ze nog berichten had. Ze knipperde met haar ogen. Er waren heel veel berichten. De meeste om te vragen hoe het met haar ging. Sommige waren van wederzijdse vrienden van Trish en haar om te vragen of het waar was. Of Trish echt dood was.

Daisy duwde de herinnering aan het mishandelde en bloederige lichaam van Trish aan de kant. Haar ogen die zonder iets te zien naar het plafond staarden. De kneuzingen rond haar hals.

Ja. Trish was echt dood. Maar Daisy beantwoordde die berichten niet. Haar hoofd stond nog niet naar contact met hun vrienden. Er was een bericht van haar vader waarin hij meldde dat alle vluchten op tijd leken. En zei dat hij van haar hield.

Daar moest ze even van slikken en ze aarzelde geen moment om te antwoorden. *Ik ook van jou.* Want dat was zo. Daar was niets aan veranderd. Niets kon daar iets aan veranderen.

Het laatste bericht kwam van Sasha en was nog maar een paar minuten geleden binnengekomen. Dat was waarschijnlijk het gezoem dat haar had gewekt. EVEN CHECKEN. ALLES OKÉ?

NIET ECHT. MAAR DAT KOMT WEL, TOCH? HOE GAAT HET MET JOU?

Sasha's antwoord kwam onmiddellijk. KON NIET SLAPEN. BEN NAAR

KANTOOR OM ADMINISTRATIE TE DOEN. MOEST IETS TE DOEN HEBBEN.

Daisy zuchtte. Arme Sasha. Ze rouwde op een heel andere manier om Trish. DAT SNAP IK.

Het wolkje met de drie puntjes verscheen en bleef daar ten teken dat Sasha bezig was een lang antwoord te formuleren, maar toen het verscheen was het verrassend kort: GA AAN DE SLAG MET G. Het werd gevolgd door een GIF van een man die overdreven knipoogde.

Daisy vroeg zich af wat Sasha werkelijk had getypt en vervolgens weer gewist, maar ze liet het maar zo. JA, MEVROUW, stuurde ze terug en ze glimlachte toen het antwoord van Sasha bestond uit een stuk of vijftig vraagtekens. Dat zou Sasha in ieder geval iets te roddelen geven wanneer ze weer bij Irina en Karl was.

Ze stapte uit bed, poetste haar tanden en ging op zoek naar Gideon, maar toen ze bij de deur naar het zitgedeelte kwam hoorde ze twee stemmen – die van Gideon en de stem van een vrouw. Daisy nam aan dat hij aan de telefoon zat, maar zette de deur op een kier om er zeker van te zijn voor ze spiernaakt naar binnen stormde.

Hij zat inderdaad op de bank met zijn rug naar haar toe gebogen over zijn laptop, die op de salontafel stond. Zijn telefoon lag ernaast en stond op de luidspreker.

'– busstation in Redding,' hoorde ze Gideon zeggen. 'Maar ik betwijfel of u belde voor een update van mijn plannen voor vanochtend. Vooral omdat ik daar al een e-mail over heb gestuurd.'

'Nee,' gaf de vrouw toe. Gideons chef, nam Daisy aan, en ze probeerde zich te herinneren of Gideon haar naam ooit had genoemd. 'We hebben een aantal treffers gekregen toen we de zoekactie deden waar je om hebt verzocht.'

Wat voor zoekactie?

Gideons rug verstijfde. 'Hoeveel?'

'Tot dusver drie,' klonk de stem van de vrouw. 'Er loopt in deze drie gevallen een onderzoek. Die staan onder leiding van het FBI-bureau in Seattle.'

Gideon liet zijn schouders hangen. 'Drie,' zei hij en hij klonk verslagen. 'Met inbegrip van Trish Hart?'

Daisy deed de deur een stukje verder open. Ze zou moeten laten weten dat ze er was, maar dit had met Trish te maken en ze moest het weten.

'Nee,' zei de vrouw zacht. 'Drie anderen. Ze zijn allemaal gewurgd, in twee gevallen is een met bleekmiddel schoongemaakt vleesmes in het afdruiprek aangetroffen. Er waren bij allemaal letters in de huid gekerfd. Een van hen had EY, een had een N en een andere een D.'

'Net als Trish Hart,' zei Gideon grimmig.

Daisy snakte naar adem. Letters? In haar huid gekerfd? Er waren létters in het líchaam van Trish gekerfd? Ze dacht aan al het bloed, hoe de buik van Trish ermee bedekt was geweest. Dat betekende dat ze gesneden was terwijl ze nog leefde, besefte ze.

Gideon draaide zich om en zijn ogen werden groot van ontzetting toen hij haar daar zag staan. 'Shit,' bracht hij uit. 'Ik moet ophangen,' zei hij tegen de vrouw aan de telefoon. 'Ik bel zodra ik klaar ben op het busstation.'

Hij beëindigde het gesprek, kwam overeind en liep om de bank heen om haar handen in de zijne te nemen. 'Het spijt me,' zei hij. 'Het spijt me dat je dat hebt gehoord. Het spijt me zo, Daisy.'

Zijn gezicht was onscherp toen ze naar hem opkeek en werd helder toen ze met haar ogen knipperde, maar vervaagde onmiddellijk weer. 'Heeft hij haar gesneden?' vroeg ze en haar stem brak.

Gideon sloot zijn ogen. 'Ja.' Hij trok haar tegen zich aan en sloeg zijn armen om haar heen. Toen drong tot haar door dat ze stond te rillen.

'Toen ze nog leefde?' vroeg ze met een klein stemmetje.

'Ja,' zei hij opnieuw. 'Het spijt me zo, Daisy. Ik had me ervan moeten vergewissen dat je nog sliep.'

Ze wilde dat hij dat had gedaan, maar ook weer niet. 'Ik moest het weten.'

'Nee, schat. Dat hoefde je niet.' Hij liet haar lang genoeg los om haar telefoon op te rapen van het tapijt. Ze kon zich niet herinneren dat ze die had laten vallen. Toen dirigeerde hij haar terug naar de slaapkamer. Hij ging op het bed zitten met zijn rug tegen het hoofdeinde, trok haar op schoot en hield haar vast terwijl de tranen opnieuw begonnen te stromen.

'Heeft hij...' Ze klampte zich vast aan zijn T-shirt, nauwelijks in staat om te ademen, en vroeg zich af waarom ze er de avond daarvoor niet aan had gedacht om de vraag te stellen. *Je verkeerde in shock.* Ze had het gevoel dat dat weer het geval was. 'Heeft hij haar ook verkracht?'

'Dat weten we niet. De lijkschouwer begint vanmiddag aan de autopsie.'

God. Trish. Ze klemde haar kaken op elkaar toen een golf van woede de shock verdrong. 'Ik wil hem vermoorden, Gideon,' siste ze heftig.

'Ik weet het, schat. Ik weet het. Dat wilde ik al omdat hij met zijn tengels aan jou heeft gezeten. Maar nu...'

'Hij heeft vier vrouwen vermoord. Misschien vijf, als hij Eileen ook te pakken heeft gekregen. Tot nu toe.'

'Ja.' Want zijn gevoel zei hem dat Eileen dood was. Hij drukte een kus op Daisy's voorhoofd. 'Ik weet dat het moeilijk is, maar probeer om niet voor je te zien wat er is gebeurd.'

Ze snoof bitter, want ze wist niet hoe ze dat níét voor zich kon zien. 'Ik doe mijn best. Maar...' Ze deed haar ogen dicht. 'Ze is helemaal alleen gestorven. Bang en pijn lijdend en helemaal alleen.'

'Ik weet het.' Hij trok haar dichter tegen zich aan. 'Probeer je hem achter de tralies voor te stellen. Bang en alleen.'

Ze drukte een oor tegen zijn borst, hoorde het regelmatige kloppen van zijn hart. Probeerde zich erdoor te laten kalmeren. Maar haar woede was een levend iets. Ze was niet gewend daarmee om te gaan. Haar huid tintelde ervan. 'En pijn lijdend?'

'Jazeker. Als dat is wat je nodig hebt. Op die manier heb ik het overleefd toen ik Mercy had gevonden. Ik stelde me de man voor die haar zo veel pijn had bezorgd terwijl hij vreselijke pijnen leed.'

Ze veegde haar ogen droog, die pijn deden van het huilen. 'Was jij degene die die pijn toebracht?'

'O, ja,' zei hij, heel zacht. Heel oprecht.

Toen knikte ze en zag precies dat voor zich. Het hielp een beetje, maar het deed nog steeds pijn. *Zo veel, Trish.* Maar ze was ook heel erg kwaad. *Gebruik dat. Kanaliseer dat. En als je hem vindt, maak hem dan af.*

Hem voor zich zien achter de tralies? *Vergeet het maar.* Als ze de kans kreeg, dan zou ze die klootzak vermoorden. Ze haalde diep adem en vond een zekere rust in haar voornemen. 'Oké, laten we gaan ontbijten en dan naar het busstation.'

Hij deed zijn hoofd naar achteren en bestudeerde haar gezicht. Hij veegde met een teder gebaar haar tranen weg. Zijn gezicht stond bezorgd. 'Daisy?'

Ze keek hem recht in de ogen en stak haar kin naar voren. 'Ja?'

'Ik wil je niet kwijtraken. Doe niets waardoor hij je in het vizier krijgt. Alsjeblieft.'

'Hij heeft me al in zijn vizier. Luister, ik zal geen onnodige risico's nemen. Wat dacht je daarvan?'

Hij zuchtte vermoeid. 'Daar zal ik het zeker mee moeten doen?'

'Yep.' Ze keek hem met samengeknepen ogen aan. 'Tenzij je besluit me op te sluiten voor mijn eigen veiligheid.'

Zijn verbazing was oprecht. Net als de pijn in zijn ogen dat ze zoiets zou veronderstellen. 'Dat zou ik je nooit aandoen. We weten allebei wat het voor jou betekent om in je vrijheid beperkt te worden.'

Ze was gerustgesteld, een beetje. Net genoeg om adem te kunnen halen. 'Dank je.'

Hij legde zijn wang op haar hoofd. 'Ik had andere plannen voor vanochtend, maar het wordt laat. Het busstation gaat om negen uur open.'

Zondag 19 februari, 09.00 uur

Daisy pakte Gideons hand toen hij aarzelde bij de ingang van het busstation van Greyhound in Redding. 'Kom mee,' spoorde ze hem voorzichtig aan. 'Je moet het weten.'

'Dat weet ik. Maar ik blijf maar denken, stel dat ze haar nooit hebben gezien.'

Zijn spanning was zo tastbaar dat Brutus in haar tas zachtjes jankte. Daisy aaide haar even met één hand terwijl ze met de andere haar greep op Gideon verstevigde. 'Dan proberen we steden binnen een straal van honderdvijftig kilometer van Mount Shasta. Maar eerst zullen we ze de foto's van de andere ontsnapten laten zien. Mercy en jij zijn misschien de enigen die dit busstation hebben weten te bereiken, Gideon. Maar er zijn andere stations en andere wegen die het gebied uit leiden. De FBI zal blijven zoeken. Jij moet blijven zoeken. *Wij* zullen blijven zoeken. Dat beloof ik je.'

'Ik weet het. Maar dank je.' Hij kneep in haar hand. 'Echt.'

Ze keek glimlachend naar hem op, bemoedigend, hoopte ze. 'Graag gedaan.'

Hij liet haar hand los, sloeg zijn arm om haar middel en trok haar tegen zich aan. 'Kom op dan.'

Een oudere man zat achter het plexiglas van het loket een pocket te lezen. Hij keek op toen ze naderbij kwamen en rechtte zijn rug terwijl zijn blik scherper werd.

Want door zijn manier van lopen was Gideon herkenbaar als politieman. Het maakte niet echt uit wat voor penning hij had. 'Neem me niet kwalijk, meneer. We zouden u graag een paar vragen willen stellen.'

We. Dat klonk... fijn.

De man duwde zijn bril hoger op zijn neus. 'Vragen staat vrij.' Zijn toon maakte duidelijk dat hij er misschien voor zou kiezen geen antwoord te geven.

'Ik ben speciaal agent Gideon Reynolds,' zei Gideon en hij haalde zijn penning tevoorschijn.

'Van de FBI,' zei de man goedmoedig. 'Stel uw vragen, speciaal agent Reynolds.'

Gideon schoof een kopie van de ouder gemaakte foto van Eileen door de gleuf onder het plexiglas. 'Ik ben op zoek naar deze vrouw. Ze wordt vermist.'

De man hield zijn hoofd schuin en tuurde naar de foto terwijl Daisy haar adem inhield.

Na wat een eeuwigheid leek knikte de man bedachtzaam. 'Ja. Ik geloof van wel. Ze zag er niet precies uit zoals hier, maar... de ogen. Dezelfde ogen.' Hij schoof de foto terug naar Gideon. 'Ik zou haar eerder hebben herkend als u een paar blauwe plekken aan haar gezicht had toegevoegd. En een blauw oog.' Hij tikte bij zijn rechteroog. 'Dit oog.'

Gideon deinsde achteruit. 'Zat ze onder de blauwe plekken?' vroeg hij, zijn stem schril en gekwetst.

De man knikte, opnieuw bedachtzaam. 'U zou ook de halsketting kunnen toevoegen die ze droeg.'

'Wat voor halsketting?' vroeg Daisy.

De man nam haar langdurig op, bijna alsof hij wilde bepalen hoe betrouwbaar ze was. 'Een medaillon,' zei hij ten slotte.

Daisy liet de adem ontsnappen die ze had ingehouden. 'Is de ketting u opgevallen?'

'Moeilijk te missen. Die was dik. Zoals die rappers hebben.'

'Zwaar, zoals een veiligheidsketting? Aan een deur?' vroeg Daisy.

'Ja. Zoiets.'

Gideon naast haar verstrakte. 'Weet u nog waar ze naartoe ging?'

De man nam Gideon op met dezelfde schattende blik op. 'Waarom wilt u dat weten?'

Gideon slikte. 'Omdat ze wordt vermist en ik bang ben dat haar iets is overkomen. U kunt een kopie maken van mijn penning als u dat wil. Mijn baas zal bevestigen dat ik ben wie ik zeg dat ik ben.'

'Ik denk dat ik dat maar doe.'

'Vraag naar de leidinggevende agent, Tara Molina. Ik weet dat ze op het bureau is, want ik heb haar vanochtend nog gesproken.'

Ze bleven wachten terwijl de man achter het plexiglas zijn telefoontje pleegde en bij zijn baas naar Gideon vroeg. Zijn hoofd ging af en toe op en neer terwijl hij sprak. Uiteindelijk hing hij op en boog zijn hoofd in de richting van Gideon.

'Ze spreekt lovend over u. Ze zegt dat ik erop kan vertrouwen dat u alles wat ik u vertel met "integriteit en discretie" zult behandelen.' Hij vouwde zijn handen samen. 'Ze heeft een kaartje naar Portland gekocht. Enkele reis. Dat was een maand of drie geleden.'

'O.' Gideon pakte Daisy's hand. 'Portland.'

'Was ze alleen, meneer?' vroeg Daisy.

'Nee. Ze was met een man uit...' Hij krabde op zijn hoofd. 'Hebt u een paar minuten?'

Ze wachtten opnieuw terwijl de man in zijn computer zocht. Het kostte hem tien minuten om te vinden wat hij zocht, voornamelijk omdat hij dit twee keer moest onderbreken om echte kaartjes aan echte klanten te verkopen.

'Gevonden,' kondigde hij aan. Hij printte iets en schoof het onder het plexiglas door naar Gideon. 'Dit is de man die haar kaartje heeft betaald. Zijn creditcard, in ieder geval.'

'Gale Danton,' las Gideon. 'Hoe komt het dat u zich hem zo duidelijk kunt herinneren?'

Eén mondhoek van de man kwam omhoog. 'De creditcard is van een man die in de buurt van Macdoel woont, wat nauwelijks een stipje op de kaart is.'

Daisy vond Macdoel in haar kaartenapp. 'Ten noordwesten hiervandaan, aan Highway 97.' Ze keek even naar Gideon. 'Met zicht op Mount Shasta.'

Gideons borst ging op en neer, het enige teken dat hij de betekenis van haar woorden voelde. 'En waarom herinnert u zich deze man?'

'Omdat hij haar kaartje betaalde met zijn creditcard en zij met hem ruziede. Ze zei dat hij al veel te aardig was geweest door haar een lift te geven. Dat ze hem geen geld schuldig wilde zijn.'

Gideon knikte, alsof dat volkomen logisch was. 'Ze zou van niemand geld willen lenen. Waarom deed hij dat? Haar een lift geven en een kaartje voor haar kopen?'

'Ik geloof dat hij oprecht aardig was,' zei de oude man. 'Hij maakte zich zorgen om haar. Gaf haar zijn telefoonnummer en een beetje geld. Hij zei dat ze geen haast hoefde te maken met hem terugbetalen. En als ze gedwongen was om iets te doen wat ze niet wilde, dan moest ze hem bellen en dan zou hij haar helpen.'

Gideon fronste zijn voorhoofd. 'Hoe oud was hij?'

'Mijn leeftijd.' Hij zuchtte. 'Ik was ook bezorgd. Ik was bang dat hij misschien aan het regelen was dat ze haar pooier zou ontmoeten of zoiets. Ik sloot mijn kassa af en nam even pauze. Ik zat toevallig vlak achter ze, dus ik kon horen wat ze zeiden. De man vertelde dat zijn dochter ooit was weggelopen en dat een vreemdeling haar had geholpen naar huis terug te keren. Hij zei dat hij dat nu voor haar wilde doen.'

Gideon hield het papier met de creditcardgegevens van de man in zijn stijf samengeknepen hand. 'Is ze inderdaad op de bus naar Portland gestapt?'

'Jazeker. Ze was bijna naar Sacramento gegaan, maar ze had kop.'

Gideon was heel stil geworden, dus Daisy vroeg: 'Bij munt zou het Sacramento zijn geworden?'

'Precies. Ik heb háár nooit meer teruggezien.'

Zijn nadruk op 'haar' ontging hun niet. 'Is die aardige meneer teruggekomen? Meneer Danton?'

'Nee. Hij niet.'

Daisy kreeg een akelig voorgevoel. 'Was het een man met een ooglapje?'

'Ja,' zei de oude man. 'Eén keer maar.'

Daisy voelde Gideon naast zich opnieuw verstijven. Ze sloeg een arm om zijn middel en leunde tegen hem aan, maar meer om hem overeind te houden. 'Hebt u hem verteld waar ze naartoe was gegaan?'

'Nee. Ik kreeg een slecht gevoel bij hem. Hij was... bedreigend. Ik dacht aan de blauwe plekken van het meisje en dacht dat hij misschien degene was die ze had veroorzaakt.'

'Dat was ook zo,' bevestigde Gideon grimmig. 'U hebt juist gehandeld. Dank u.'

'Ontzettend bedankt,' echode Daisy.

'Ik hoop dat u haar vindt,' zei de man.

'Wij ook,' zei Daisy, maar ze had niet veel hoop. Gideon al evenmin, niet nadat hij had gezien wat de moordenaar van Trish haar had aangedaan.

Ze wachtte tot ze terug waren bij Gideons auto voor ze zich naar hem toe draaide. 'Waarheen nu? Als ze het medaillon nog steeds had toen ze die ochtend hier aankwam, dan ligt het voor de hand dat ze hem nog steeds had toen ze op de bus stapte. Ze heeft hem zeer waarschijnlijk niet hier in Redding verpand.'

'Waarschijnlijk niet.' Hij startte de auto. 'We gaan een bezoekje brengen aan meneer Gale Danton.'

'Dat dacht ik al. Hij kan ons misschien vertellen waar ze vandaan kwam. Of in ieder geval waar hij haar heeft gevonden. Dat zou een enorme beperking betekenen van het zoekgebied naar Eden.'

'Allemaal waar. Maar hij zal ook weten waar ze is gaan wonen nadat ze in Portland was gearriveerd.'

'Hoe weet je dat?'

'Omdat Eileen geld van hem heeft geleend. Ze zal niet hebben kunnen rusten voor ze hem had terugbetaald. Hij moet op de een of andere manier bericht van haar hebben gekregen, al was het maar een cheque of geld dat was overgemaakt.'

Daisy wilde er niet op wijzen dat hij Eileen in geen zeventien jaar had gezien en dat mensen inderdaad veranderden. Maar met deze man praten was de moeite waard en daar was ze het helemaal mee eens. 'Cheques of overgemaakt geld kunnen we natrekken. Geweldig. Wie bel je?' voegde ze eraan toe toen hij een schermpje op zijn telefoon aantikte.

'Mijn baas.' Hij hield de telefoon tegen zijn oor en wachtte. Hij wilde duidelijk niet dat zij het hele gesprek kon volgen.

Dat kon Daisy hem niet kwalijk nemen als je bedacht hoe van streek ze was geweest toen ze zijn laatste gesprek met de vrouw had gehoord. *O, Trish. Het spijt me zo. Zo gemerkt. Zo gemarteld.* Ze pakte Brutus uit haar tas en kriebelde haar onder haar kin. Ze draaide zich om en keek uit het raam terwijl ze haar best deed om niet opnieuw in huilen uit te barsten. In plaats daarvan concentreerde ze zich op een man die naar een beige auto liep die aan het andere einde van het parkeerterrein stond.

Hij was een van de mensen geweest die een buskaartje hadden gekocht terwijl zij wachtten tot de man achter het glas de gegevens van Eileens kaartaankoop had gevonden. Ze vroeg zich vaag af waarom hij weer wegging. *Misschien is hij iets in zijn auto vergeten.*

'Met Reynolds.'

Gideons stem bracht haar terug en ze draaide zich naar hem om en bestudeerde zijn profiel. Dit was voor hem ook verschrikkelijk geweest. De aanblik van Trish. Zich moeten afvragen of zijn vriendin hetzelfde lot had ondergaan. Erachter komen dat ze mishandeld en bont en blauw was geweest toen ze bij het busstation aankwam.

'Ja,' zei hij in de telefoon. 'Bedankt dat u voor me instond. Hij heeft ons bruikbare informatie gegeven.' Hij vertelde zijn baas wat ze te weten waren gekomen. 'Kunt u ene Gale Danton uit Macdoel voor me natrekken?' Hij luisterde een paar seconden. 'Dank u.'

Hij beëindigde het gesprek en leunde zijn hoofd tegen de hoofdsteun. 'Macdoel had bij de laatste volkstelling een bevolking van honderddrieëndertig zielen.'

'Dat weet ik. Ik heb het ook opgezocht. Gaat je baas een achtergrondcheck doen?'

Hij knikte. 'Ik heb geen zin om in een hinderlaag te lopen. Zeker niet als jij bij me bent.'

Daisy zocht zijn hand die om de handrem geklemd lag alsof het een reddingslijn was. 'Gideon.' Ze kuste zijn knokkels. 'Ik zal niet vragen of het wel met je gaat, want dat is duidelijk niet het geval. Maar wat kan ik doen om je te helpen?'

'Dat doe je al.' Hij bracht haar hand naar zijn wang en hield hem daar. 'Bedankt voor daarnet, bij het loket. Ik hoop dat ik je vingers niet heb gebroken.'

'Ik ben taaier dan ik eruitzie.'

Hij keek even naar haar terwijl ze het parkeerterrein af reden. 'Dat weet ik.'

En dat was een van de aardigste complimenten die ze ooit had gekregen.

Zondag 19 februari, 09.40 uur

Wel godver. Hij wist nu in ieder geval waarom ze naar Redding waren gekomen. Op zoek naar de kleine Miriam, die bleef volhouden dat ze Eileen heette.

Ik wist dat dat medaillon belangrijk was. Verdomme.

Hij had zolang hij durfde achter ze gestaan in de rij voor het loket en had een kaartje naar de volgende halte gekocht toen de man achter het plexiglas vroeg of hij hem van dienst kon zijn. Hij had geen achterdocht willen wekken.

Het was geen vreselijk dure rit geweest en zeker de prijs waard om te kunnen horen wat Reynolds in zijn schild voerde. De FBI-agent zat achter dat verrekte medaillon aan.

Achter mij aan.

Reynolds moest worden tegengehouden. En als dat betekende dat Daisy tegelijk met hem stierf, dan moest hij daarmee maar in het reine zien te komen. Maar hij zou dat vermijden als het enigszins mogelijk was.

Hij vond het plaatsje Macdoel op zijn telefoon. *Uitstekend.* Er was heel veel open terrein tussen hier en daar – en maar één weg om er te komen. En zelfs áls er een fatsoenlijk telefoonsignaal was, dan zou het nog een eeuwigheid duren voor er hulp ter plaatse kon zijn. Als de man het overleefde.

En zo niet, dan was er ongelooflijk veel land om het lichaam te verbergen. Of twee, als dat moest. Hij had het eerder gedaan.

En geen omstanders die getuige konden zijn en daardoor losse eindjes betekenden, behalve Daisy dan. Het was perfect.

Grass Lake, Californië, zondag 19 februari, 11.25 uur

Als het muntje de andere kant op was gevallen, was Eileen naar Sacramento gekomen. De woorden bleven door Gideons hoofd spoken. Had ze naar hem gezocht? Had ze gehoopt dat hij haar zou helpen?

Was ze aan de nachtmerrie van Eden ontsnapt om in een andere te belanden? *God. Laat haar alstublieft ergens in leven zijn. Alstublieft.*

'Gideon?' Daisy's stem doorbrak de maalstroom van zijn gedachten.

Hij wendde zijn blik af van de weg en zag tot zijn verrassing dat ze een laptop op schoot had. Hij had niet eens gemerkt dat ze die uit haar tas had gehaald. De aanblik van Brutus die in de open kraag van haar jas lag opgerold was uiteraard geen verrassing.

'Ja? Wat is er mis?'

'Je telefoon gaat.'

Dat had hij ook niet gemerkt. Hij moest zijn hoofd er weer bij zien te krijgen. Hij pakte de telefoon van waar hij lag op te laden en nam niet de tijd om te zien wie er belde. 'Reynolds.'

'Met Molina.' De stem van zijn baas klonk aan de oppervlakte kalm, maar er klonk een ondertoon van urgentie in door die onmiddellijk Gideons concentratie scherpstelde. 'Ik heb jouw meneer Gale Danton uit Macdoel nagetrokken.'

'En?' drong hij aan toen ze het antwoord liet bungelen.

'Hij heeft geen strafblad. Hij lijkt precies zoals hij zichzelf heeft beschreven – een man wiens dochter ooit is weggelopen en is teruggebracht door vreemden. Hij heeft negen jaar geleden aangifte gedaan van de vermissing van zijn zestienjarige dochter. Ze is ongeveer drie weken later met de bus teruggekomen. Ze was ongedeerd, maar was geholpen door "aardige onbekenden". Meer staat er niet in het proces-verbaal.'

'Fijn om te horen. Dank u, mevrouw.' Hij stond op het punt een einde te maken aan het gesprek, toen ze haar keel schraapte. 'Is er nog meer?'

'Ja. Ik heb agent Schumacher laten zoeken naar plaatsen delict waar een mes was gevonden met bleek. Tot nu toe heeft ze nog drie slachtoffers gevonden, wat het totaal op zes brengt – zeven als mevrouw Hart wordt meegerekend. De drie die zij heeft gevonden hadden echter geen letters in hun lichaam gekerfd. Tot dusver zijn zij de vroegste slachtoffers, dus misschien was hij toen nog niet begonnen met kerven.'

'Juist.' Gideon keek even naar Daisy, die hem behoedzaam zat gade te slaan. Ze was bijna ingestort toen hij haar vertelde over de letters in de huid van Trish. Hij wilde haar niet nog meer pijn doen. 'Ik zit op dit moment achter het stuur. Is het mogelijk om me die informatie te mailen?'

'Heb ik al gedaan. Ik nam aan dat je onderweg was. Ik wilde je alleen laten weten dat deze slachtoffers ook vrouwen van tussen de twintig en vijfendertig waren.'

'Net als Trish,' zei hij zacht. 'En Eileen.' *En Daisy als ze niet had weten weg te komen.*

'En mevrouw Dawson, als ze niet was ontsnapt,' zei ze, zijn gedachten vertolkend. 'Tot nu toe weten we van zeven slachtoffers, de vriendin van mevrouw Dawson, mevrouw Hart, inbegrepen. Er kunnen er nog meer zijn die nooit zijn gevonden, zoals Eileen. Deze drie nieuwe gevallen zijn toegevoegd aan het lopende onderzoek. We hebben tot nu toe niets gehoord over vrouwen die zijn ontsnapt, afgezien van mevrouw Dawson. Ze komen uit verschillende plaatsen en zijn van verschillende plekken verdwenen – werk, huis, bars. Eentje is het laatst gezien terwijl ze haar hond uitliet in het park. Ze zijn allemaal in hun huis gevonden met een met bleekmiddel schoongemaakt mes in het afdruiprek. Ze woonden allemaal alleen. De helft had letters in hun romp gekerfd en allemaal hadden ze een mes met bleekmiddel op de plaats delict, maar verder zijn er geen opvallende overeenkomsten tussen de slachtoffers.'

'Welke steden?'

'Tot nu toe hebben we Seattle, Chicago, Miami en nog een paar kleinere plaatsen als Niagara Falls in de staat New York, Carlisle in Pennsylvania en Ellicott City in Maryland.'

'Over welke periode hebben we het?'

'Vijf jaar voor zover we nu weten. Ze verschillen van lichaamsbouw, van haarkleur, etniciteit. Het mes met bleekmiddel in het afdruiprek is de enige overeenkomst tussen de zeven.'

'SY, EY, N en D,' somde Gideon mompelend op.

Daisy naast hem knipperde heftig met haar ogen. '"Sydney"?'

'Ja,' zei Molina. 'Dat is wat wij ook dachten.'

Gideon deed de telefoon opzij en toen hij naar Daisy keek zag hij dat ze een vastberaden, grimmige uitdrukking op haar gezicht had. 'Ken je iemand die Sydney heet, Daisy?'

Ze schudde haar hoofd. 'Sorry.'

'Dat geeft niet,' verzekerde hij haar en hij richtte zijn aandacht weer op zijn baas. 'We kunnen niets met Sydney.'

'Dat was ook te veel om te verwachten, vermoed ik.' Molina zuchtte. 'We hebben te maken met een seriemoordenaar in verschillende staten. Ik voeg ons bureau bij dat van Seattle in het lopende onderzoek. Ik wil je graag bij het team. Wanneer kun je terugkomen?'

Gideon fronste verscheurd zijn voorhoofd. Hij wilde Daisy niet onbeschermd laten. 'Daisy heeft nog steeds beveiliging nodig. Ze is pas veilig wanneer de man die al zeven vrouwen heeft vermoord wordt gepakt. Maar ik weet zeker dat de Sokolovs de bescherming voorlopig op zich zullen nemen.' Bovendien was haar vader onderweg. Gideon was ervan overtuigd dat Dawson Daisy niet uit het oog zou verliezen. 'Ik kom morgenochtend vroeg meteen naar het bureau. Ik moet nu zo snel mogelijk naar Portland. Eileen is nog steeds ons beste spoor en Portland was haar laatst bekende verblijfplaats.'

'Ik zal mijn secretaresse vragen een vlucht voor je te boeken. Agent Schumacher gaat met je mee. Morgenmiddag?'

Hij had in het verleden met Joslyn Schumacher samengewerkt. Ze was een gedegen agent. 'Dank u. Morgen is prima.'

'Dit speelt nu in meerdere staten, dus de FBI neemt de leiding van het onderzoek. Maar je werkt samen met de rechercheurs Rhee en Sokolov.'

'Ja, mevrouw. Ik ben morgenochtend vroeg in uw kantoor. Ik kom vanavond terug naar de stad, dus ik kan eerder komen als u –' Hij onderdrukte een geschrokken kreet toen de auto ijs op de weg tegenkwam en in een slip dreigde te raken.

'Agent Reynolds?' vroeg Molina scherp. 'Gideon?'

Hij kreeg de auto weer onder controle, maar zijn hart ging als een bezetene tekeer. 'Sorry. Het is hier glad. Ik dacht dat de auto het wel aankon zonder sneeuwkettingen, maar ik had ze erom moeten leggen.' Ze hadden eerlijk gezegd geluk dat de weg nog steeds toegankelijk was aangezien ze al zo ver de bergen in waren. Verdorie, hij had al geluk dat hij überhaupt ontvangst had. 'Ik moet hier beide handen gebruiken.'

'Hang dan maar op, maar bel me zodra je klaar bent met meneer Danton.'

'Komt voor elkaar.' Hij beëindigde het gesprek en stak met een zucht zijn telefoon in zijn zak. 'Verdomme.'

'Moet je terug?' vroeg Daisy.

'Morgen. Ze hebben nog meer slachtoffers gevonden.'

Ze bleef heel lang stil. 'Ik dacht al dat dat zou gebeuren.'

'Ik zal zorgen dat je beschermd bent.'

Ze wreef over zijn knie. 'Daar ging ik van uit.'

Hij legde zijn hand op de hare. Haar huid voelde koud aan. 'We zullen hem vinden.'

Ze knikte alleen maar. 'Hoeveel meer, Gideon?'

Hij deed niet net alsof hij haar verkeerd begreep. 'Nog drie, afgezien van de drie waar we vanochtend al van afwisten door het lopende onderzoek. Als je Trish en Eileen daarbij optelt komen we op acht in totaal.'

Ze slaakte een huiverende zucht. 'Waar zijn ze gevonden?'

'Hoezo?'

'Omdat ik er intussen ook nog drie heb gevonden.'

'Via krantenartikelen?'

'Via een misdaadforum, eerlijk gezegd. Complotdenkers likken hun vingers af. Ik hoop dat ze bij die acht horen.'

Hij noemde de namen van de steden en plaatsen die Molina had genoemd. 'Zijn dat degenen die jij hebt gevonden?'

'Ja, godzijdank. De slachtoffers in de artikelen zijn aangetroffen in Niagara Falls, Carlisle in Pennsylvania en in Miami. Het slaat nergens op. Grote steden en kleine plaatsen, verspreid over het land. Zo te zien is er geen sprake van een patroon.'

Hij keek bedenkelijk. 'Er ís een patroon. Dat moet wel. We hebben het alleen nog niet gevonden.'

'We zullen het vinden,' zei ze zacht. 'Dat moet.'

Hij ging in gedachten alle gegevens na. 'Dit is duidelijk iemand die in de gelegenheid is om te reizen. Of het is zijn werk.'

'Een vrachtwagenchauffeur misschien?'

'Dat lijkt logisch.'

Ze klapte haar laptop dicht en draaide zich op haar stoel terwijl ze met één hand Brutus ondersteunde. 'Die man Danton. Is hij volgens je baas koosjer?'

'Ze kan niets vinden wat niet deugt. Dat wil niet noodzakelijkerwijs zeggen dat hij goed is. Je blijft gewoon bij mij en als ik zeg wegwezen, dan pak je de auto en gaat ervandoor.'

'Oké.'

Hij keek even in haar richting en verwachtte een koppige uitdrukking op haar gezicht te zien die het tegendeel zei. Maar ze zat daar alleen maar haar hond te aaien. 'Doe je dat?'

'Je zult jezelf beter kunnen beschermen als je je geen zorgen om mij hoeft te maken.'

'Dat is waar. We zijn er bijna.' Hij slikte en voelde de kriebels in zijn buik. Stel dat de man niets wist. Of erger, dat hij werkelijk een of andere ontaarde figuur was die misbruik had gemaakt van Eileen.

Haar hand sloot zich om zijn arm. 'Als hij niet weet waar Eileen naartoe is gegaan nadat ze in Portland uit de bus is gestapt, dan vind je wel een andere manier om haar gangen na te gaan, oké?'

'Oké.'

Macdoel, Californië, zondag 19 februari, 11.45 uur

Gale Dantons huis was een doorsnee bungalow met een veel te grote bank tegenover een panoramaraam dat uitzicht bood op de bergen in de verte. Dat was de plek waar hij de FBI-agent en Daisy liet zitten.

Dat kwam heel mooi uit, want het betekende dat hun auto onbeheerd was.

Hij sjouwde de twee grote flessen bleekmiddel naar de auto van de FBI-man en maakte de tankdop open. Hij had ervaring met die handeling, want hij had verschillende van zijn gasten op die manier aan de kant van de weg tot stoppen gebracht. Bovendien was bleekmiddel overal verkrijgbaar.

Je wist maar nooit wanneer je de plaats van een akelige confrontatie moest schoonmaken. Daar had hij ook ervaring mee.

Hij dacht aan die keer dat hij gestoord werd door het woedende vriendje van een gast, net op het moment dat hij de vrouw in de kofferbak van zijn auto stopte. Hij had de man ter plekke moeten neerschieten op het verlaten parkeerterrein achter het restaurant waar de vrouw werkte. Er was sprake geweest van heel veel bloed dat hij moest opruimen nadat hij zich had ontdaan van het lichaam van de man.

En die vent was zwaar geweest! Dat was geen gemakkelijk avondje geworden. Hij moest als een haas naar de nachtwinkel om bleekmiddel te kopen waarmee hij de plek kon schoonmaken. Sindsdien had hij altijd bleekmiddel bij zich, waar hij ook naartoe ging. Altijd in een wasmand, samen met een pak wasverzachter, gewoon voor het geval iemand ernaar vroeg.

Het kostte hem maar een paar seconden om het bleekmiddel in de tank van Reynolds te gieten, eerst de ene fles, daarna de andere, want hij had de flessen voorzien van een wervelkamer. Geen draaikolk, geen wachttijd. Dat was een truc die hij had opgepikt van de pitcrew tijdens autoraces.

Hij sloop terug over de oprit naar zijn auto en reed een kwartier door voor hij stilhield. Hij zou hier wachten. De Toyota zou niet langer dan vijftien tot twintig minuten kunnen rijden voor de motor ermee ophield.

En als dat eenmaal gebeurde, kon hij nergens meer heen. Dan was hij een schietschijf.

Hij controleerde zijn wapen en overtuigde zich ervan dat er een kogel in de kamer zat.

Hij hoefde nu alleen nog maar te wachten.

Zondag 19 februari, 11.45 uur

'U hebt een mooi uitzicht,' zei Daisy zacht terwijl ze naar buiten naar de bergen in de verte keek.

'Dank u.' Hij gaf haar een mok dampende koffie. 'Hier zult u wel warm van worden.'

Daisy wikkelde haar handen om de mok en moest bijna zuchten vanwege de warmte die in haar handpalmen trok. Het kwam niet door het weer dat haar handen zo koud waren, ook al was de temperatuur gezakt terwijl ze door de bergen onderweg waren naar het noorden. Het kwam door de angst, zo simpel was het. Ze was doodsbang dat Gideon teleurgesteld zou worden.

En dat ze het spoor zouden kwijtraken dat een verband vormde met de moordenaar van Eileen.

En van Trish. Maar ze kon zichzelf nu niet toestaan daarover na te denken. Ze kon later wel instorten. Op dit moment moest ze zich concentreren op Gideon, die met kaarsrechte rug naast haar op de bank zat. Ze leunde tegen hem aan, net genoeg om hem te laten merken dat hij niet alleen was.

'Nou.' Danton zat in een stoel die haaks stond ten opzichte van de bank. Hij was een lange, magere man met een glimlach die over zijn hele gezicht leek te liggen. Hij had haar de hand geschud en meteen opgemerkt dat die wel een ijsklomp leek, waarna hij in de gastheerstand was geschoten en hen alleen had gelaten in zijn woonkamer.

Hij had niet om een identiteitsbewijs gevraagd. Hij had alleen maar gevraagd of ze koffie wilden. Hij hield zijn grijze hoofd schuin en keek Gideon onderzoekend aan. 'Waar kan ik u mee helpen, agent Reynolds?'

O, ik hoop dat u kunt helpen, dacht Daisy.

'Dank u dat u ons verwelkomt in uw huis,' zei Gideon een beetje stijf. Want hij was nerveus. Want dit was belangrijk. 'Ik ben hier omdat ik een vriend ben van Eileen.'

Als Daisy had gedacht dat Danton verrast zou zijn, dan kwam ze bedrogen uit.

'Dus u bent díé Gideon,' zei hij met een verdrietige glimlach.

Gideon staarde hem aan. 'Heeft ze het over me gehad?'

'O, zeker. Ze hoopte u te vinden. Ooit, in ieder geval. Ze noemde u alleen bij een andere achternaam.'

'Terrill,' zei Gideon zacht. 'Dat was de achternaam van de echtgenoot van mijn moeder.'

'Ja, dat was het. Ze was zich ervan bewust dat u uw naam mogelijk had veranderd. Ze hoopte dat ze u toch kon vinden. Ik neem aan dat dat niet is gebeurd.'

Gideon schudde zijn hoofd en slikte hoorbaar. 'Ze wordt vermist.'

Danton keek niet-begrijpend. 'Hoe bedoelt u, vermist?'

'Ze...' Gideon kneep zijn lippen samen en begon opnieuw. 'Haar medaillon is een paar dagen geleden gevonden. Door mevrouw Dawson hier.'

Daisy keek naar hem op en hij knikte licht. Ze wendde zich tot Danton. 'Ik ben donderdagavond aangevallen.'

'O jee!' Danton boog zich voorover. 'Gaat het met u?'

'Ja, dank u. Het lukte me om te ontsnappen, maar ik greep naar de keel van de man. Ik realiseerde me pas dat ik een medaillon in mijn hand had toen ik in veiligheid was.'

Danton fronste opnieuw zijn voorhoofd. 'Het medaillon van Eileen? Dat kan niet. Die ketting zou nooit breken.' Zijn uitdrukking werd pijnlijk. 'Die was om haar hals gelast. Ze had een brandplek in haar nek.'

'Ze heeft op een bepaald moment de ketting vervangen,' zei Daisy. 'Of iemand heeft dat voor haar gedaan.'

Danton verbleekte. 'Vermoedt u een misdrijf?'

'Het is mogelijk,' antwoordde Daisy. 'De nacht nadat ik was aangevallen, heeft de man een vriendin van me aangevallen.' Ze deed even haar ogen dicht.

'De vriendin van Daisy is vrijdagavond vermoord,' ging Gideon met zachte stem verder om te voorkomen dat zij het hardop moest zeggen.

Ze deed haar ogen open toen Danton een verstikt geluidje maakte. Hij had tranen in zijn ogen. 'O, mevrouw Dawson. Wat is dat vreselijk. Denkt u dat dezelfde persoon Eileen iets heeft aangedaan?'

'Dat is mogelijk,' zei Daisy. 'We hopen dat ze nog in leven is.'

'Maar u denkt van niet,' zei Danton zacht.

'Nee, meneer,' maakte Gideon hem duidelijk. 'We denken van niet. Ik wist niet dat Eileen weg was uit onze gemeenschap. Ik probeer die al zeventien jaar te vinden.'

'Sinds u bent ontsnapt.' Hij veegde zonder enige gêne zijn tranen weg. 'Ze wist niet zeker of u het had overleefd. Het gerucht ging dat u was omgekomen. Of dat u was verbannen naar de wildernis, wat op hetzelfde neerkomt.'

'Weet u waar de gemeenschap is?' vroeg Gideon en hij bleef zo stil zitten dat Daisy begreep dat hij zijn adem inhield.

'Nee, dat weet ik echt niet. Ik heb het gevraagd, maar ze wilde het me niet vertellen. Ze was doodsbang dat ik haar zou dwingen terug te gaan.'

Gideons schouders zakten, een beetje maar. Alleen zichtbaar voor iemand die erop lette. En Daisy lette erop.

'Kunt u ons vertellen hoe u Eileen hebt ontmoet?' vroeg ze. 'Het enige wat we weten is dat u in Redding een buskaartje naar Portland voor haar hebt gekocht.'

'Ik ontmoette haar begin november. Ze liep wankelend aan de kant van de weg. We hadden al een beetje sneeuw gehad en ik kon nauwelijks haar hoofd zien toen ik langsreed. Ze hoorde me aankomen en probeerde zich te verstoppen. Ik zag haar alleen maar omdat ik langzaam reed omdat ik op zoek was naar een losgebroken koe. Een van mijn zwangere dames. Ik stopte en Eileen was... zo bang. En halfdood.'

Daisy hield Gideons hand vast. 'De man op het busstation zei dat ze bont en blauw was,' zei ze. 'Had ze nog andere verwondingen?'

Danton slikte. 'Ze bloedde.'

'Ze had... vrouwenverwondingen,' probeerde Daisy zacht.

'Ja. Dat. Ik wilde haar naar het ziekenhuis brengen. Ik wilde dat ze zo'n test zouden doen. U weet wel,' zei hij hulpeloos.

Daisy hield haar toon zachtaardig, zowel voor Gideon als voor Danton. 'Een verkrachtingstest?'

Danton knikte ellendig. 'Ja. Die.' Hij keek Gideon aan, die gekweld zat te kijken. 'Het spijt me. Ik weet dat u dit niet wilt horen.'

'Maar ik moet het weten,' zei Gideon, bijna geluidloos. 'Het spijt me dat ik u vraag dit te vertellen. Maar wat deed u?'

'Mijn dochter kwam hierheen. Zij heeft voor haar gezorgd. Ze is dierenarts.' Hij wreef over zijn nek. 'Ze zei tegen Eileen dat ze naar de spoedeisende hulp moest. De dichtstbijzijnde post is in Yreka en dat is bij goed weer dik een uur rijden. Eileen weigerde te gaan. Ze was bang dat ze haar echtgenoot zouden bellen. We probeerden haar duidelijk te maken dat er geen schijn van kans was dat ze dat zouden doen als ze zagen wat haar was aangedaan, maar ze werd hysterisch, dus...' Hij haalde zijn schouders op. 'Mijn Sammie heeft haar zo goed ze kon gehecht. Tegen de tijd dat de man van het busstation haar zag, was Eileen al twee weken bij ons. Ze was nog steeds zo gewond.' Zijn zucht klonk nat, alsof hij meer tranen binnenhield. 'Sammie is die twee weken hier bij ons gebleven zodat Eileen zich niet zo alleen zou voelen. Of bang. Ze was aanvankelijk ook bang voor mij.' Hij keek een beetje beschaamd bij die bekentenis.

'Ik hoop dat u begrijpt dat dat niet persoonlijk was,' hield Daisy hem voor. 'Niet echt.'

'Ik weet het. Maar ik vond het vreselijk dat ze bang voor me was.' Hij veegde zijn ogen af aan zijn hemdsmouw. 'Hoelang wordt ze al vermist?'

'Dat weten we niet,' zei Gideon. 'We hoopten dat u nog contact met haar hebt gehad nadat ze in Portland was aangekomen.'

'Dat klopt. Maar na een maand stopte ze met bellen en kreeg ik geen brieven meer.'

'Maar u hebt wel haar stem gehoord? U weet zeker dat zij dat was?' vroeg Daisy.

'Jazeker. Ze belde me om te vertellen dat ze een baan had gevonden en een kamer. Het was niet geweldig, maar het was er schoon en ze voelde zich er veilig. Ze huurde een kamer in een pension en werkte in de bediening. Alles contant. Sammie is haar daar een keer gaan opzoeken, in Portland. Ze viel gewoon binnen en verraste haar.'

'Hoe reageerde Eileen?'

'Sammie zei dat ze eerst van haar stuk was. Ze was bang dat Sammie haar had gevolgd, maar mijn meisje is slim. Sammie zei tegen Eileen dat ze moest kalmeren en dat ze de hechtingen kwam controleren die ze had aangebracht omdat ze zeker wilde weten dat Eileen geen infecties zou krijgen. Toen ze thuiskwam zei ze dat Eileen "oké" leek. Wat dat ook mag betekenen.'

'Dus uw dochter weet waar ze woont? En werkt?' vroeg Gideon met een sprankje hoop in zijn stem.

'Dat klopt.' Danton kneep zijn ogen samen. 'Ze zal met u meegaan.'

'Ik ga Eileen niets aandoen,' protesteerde Gideon.

'Dat weet ik. Ik zou het niet hebben verteld als ik had gedacht dat u zo'n type was. Maar u bent ook een wetsdienaar en ik wil niet dat Eileen problemen krijgt voor iets wat ze alleen maar heeft gedaan om te overleven. Dus Sammie zal u erheen brengen.'

'Ik vlieg morgen van Sacramento naar Portland,' maakte Gideon duidelijk. 'Ik moet Daisy vanavond naar huis brengen.'

'Geen probleem. Sammie kan u ophalen van het vliegveld.'

'Laat haar dat doen,' zei Daisy zacht. 'Jij zou in zijn plaats hetzelfde willen.'

Gideon ontspande. 'Je hebt gelijk. Dat is zo. Dank u, meneer Danton. En ik zal uw dochter bedanken zodra ik haar ontmoet. Ik ben blij dat Eileen iemand als u had om haar te helpen.'

'Het was aardig van u om haar in huis te nemen,' voegde Daisy er met zachte stem aan toe.

Opnieuw een schouderophalen. 'Ik denk dat de man van het busstation u wel heeft verteld wat ik tegen Eileen heb gezegd toen ik haar afzette. Dat ik haar wilde helpen omdat iemand mijn Sammie heeft geholpen toen ze een weggelopen, eenzame tiener was. Ik weet dat hij achter me zat. Ik nam aan dat hij wilde checken of er niet met Eileen gerommeld werd. U weet wel.'

'Ik begrijp het,' zei Daisy, 'en dat is precies wat hij heeft gezegd. Maar het was toch aardig van u. Hoe heeft Eileen u gebeld? Had ze een telefoon?'

'We hebben er een voor haar gekocht, Sammie en ik. Een van de prepaid dingen van Walmart. Zij en ik zijn even bij de vestiging in Redding gestopt voor ik haar naar het station bracht. Ze heeft er een paar benodigdheden opgepikt.'

Daisy slikte moeizaam. 'U bent heel aardig, meneer Danton. Dat waarderen we. Gideon waardeert het.'

Gideon schraapte zijn keel. 'Dat doe ik. Dat doe ik echt. Is... iemand naar haar komen zoeken? Buiten ons?'

Danton schudde achterdochtig zijn hoofd. 'Zoals?'

Gideon liet hem de foto van Ephraim Burton zien. 'Hij. Hij is nu wat ouder.'

Danton bestudeerde de foto aandachtig. 'Dit ziet eruit alsof hij ooit in stukjes is gescheurd en weer in elkaar is gezet.'

'Dat klopt,' zei Gideon. 'Hij zat in het medaillon van Eileen, verscheurd.'

'Haar echtgenoot,' zei Danton dof en zijn woede dreigde aan de oppervlakte te komen. 'Is dit de man die haar heeft mishandeld?'

'Waarschijnlijk. Hij is gevaarlijk.' Gideon stak zijn hand op toen Danton hem de foto wilde teruggeven. 'Ik heb nog meer kopieën. Hou hem maar. Voor het geval hij langskomt. Vertel hem niets en wees voorzichtig. Hij is naar het busstation gegaan om naar Eileen te vragen, maar de man daar heeft hem niets verteld. De man is gewelddadig.'

'Dat zal ik doen. Ik zal Sammie ook waarschuwen. Dank je, Gideon.' Hij haalde een blocnote en een pen uit een la en schreef drie telefoonnummers op. 'De bovenste is het mobiele nummer van mijn Sammie. Ik zal tegen haar zeggen dat ze een telefoontje van je kan verwachten. Dan kan ze iets met je afspreken om haar te ontmoeten. Het middelste nummer is van mijn mobiel. Ik heb hier maar gebrekkig ontvangst, maar het onderste nummer is van de vaste telefoon. Ik ben hier overdag niet veel, maar dan kun je een boodschap achterlaten.'

'Dank u,' zei Gideon. Hij ging staan en trok Daisy overeind. 'We laten u nu met rust. En bedankt voor de koffie.'

'Graag gedaan,' zei Danton en hij liep met hen mee naar de deur. 'Als jullie precies weten wat er is gebeurd, willen jullie me dan vertellen wat er met Eileen is gebeurd? We hebben haar niet zo heel lang in huis gehad, maar we zijn erg op haar gesteld geraakt.'

'Dat zal ik doen,' beloofde Gideon en hij haalde diep adem. 'Hoe dan ook.'

19

Macdoel, zondag 19 februari, 12.40 uur

'Hoe zijn de mannen daar terechtgekomen?' vroeg Daisy, waarmee ze de stilte in de auto verbrak. Geen van beiden had iets gezegd sinds ze een kwartier eerder het huis van Danton hadden verlaten.

'Wat bedoel je?'

'De mannen van Eden. Ik snap waarom je moeder daar is beland. Ze was alleen, probeerde twee kinderen groot te brengen, en iemand beloofde haar een beter leven. Maar de mannen... zijn ze daar opgegroeid? En zo niet, wat heeft ze daarheen gelokt? Het was een zwaar leven. Veel lichamelijk werk. Geen elektriciteit. Geen sport op tv. Was het gewoon de seks met meerdere vrouwen wanneer ze maar zin hadden?'

'Voor sommigen was dat voldoende,' zei Gideon ernstig, want het was een heel serieuze vraag. 'Sommigen werden aangetrokken door het hele concept van terug naar de natuur.'

Ze staarde nadenkend uit het raam. 'Dit gebied is niet zo heel anders dan waar ik op de boerderij opgroeide met mijn vader en zussen. Afgelegen. Ruig terrein. Dat betekent een zwaar leven.'

'Waar was jullie boerderij?'

'Ten westen van Weaverville.'

Ze bleef toen stil. Het duurde zo lang dat hij even naar haar keek en zag dat ze op haar lip zat te bijten. 'Wat?' vroeg hij. 'Waar zit je aan te denken?'

'Dat we zijn verhuisd naar een van God en alleman verlaten plek om ons te verstoppen. Ik vraag me af of er mensen uit jullie gemeenschap zijn die hetzelfde hebben gedaan.' Ze verschoof in haar stoel zodat ze hem kon aankijken. 'En als dat zo is, waarvoor – of voor wie – verborgen ze zich dan?'

'Dat is een verrekt goede vraag. Daar heb ik over nagedacht, maar –' Een luid geratel in de motor onderbrak wat hij wilde gaan zeggen, ongeveer op hetzelfde moment dat hij iets rook.

'Is dat bleekmiddel?' vroeg Daisy met gefronst voorhoofd.

'Ja,' zei Gideon grimmig, want het geratel in de motor werd erger. En nu kwamen er rookpluimen van onder de randen van de motorkap. 'Shit.'

Ze waren nog maar twintig minuten bij Gale Dantons huis vandaan. Maar ze hadden net zo goed op de maan kunnen zitten, want de auto was gesaboteerd, waardoor ze kwetsbaar waren. Verdomde kwetsbaar.

Gideon maakte een U-bocht en zette de auto in de smalle berm met de neus weer in de richting van Macdoel. Op die manier kon hij onder de motorkap kijken en zou Daisy enigszins beschermd zijn tegen degene die hen hier wilde laten stoppen. Het talud naast de weg was steil, maar het had erger kunnen zijn.

'Als de kogels in het rond beginnen te vliegen, dan glij je naar beneden en hou je je gedekt.'

Daisy was bezig de tas met Brutus om haar schouder te hangen. 'En jij dan?'

'Dóé het gewoon,' snauwde hij. Voor het eerst in heel lange tijd voelde hij echte angst. Als hem iets overkwam, dan zou Daisy... dood zijn. Net als Trish. Net als Eileen. En nog zes vrouwen.

Hij haalde zijn pistool uit zijn holster terwijl hij uitstapte en maakte de motorkap open. Rook wolkte omhoog van het motorblok en de stank van verbrand rubber en bleekmiddel was genoeg om hem tranen in zijn ogen te bezorgen. Iemand had dat bleekmiddel in zijn benzinetank gedaan terwijl ze bij Danton binnen waren. Iemand die wilde dat ze híér zouden stoppen.

En als het Danton zelf was geweest? Nee, de man kon het niet hebben gedaan. Hij was bij hen in het huis geweest, in het zicht, afgezien van de momenten dat hij koffie ging halen. *Niet lang genoeg om iets in mijn benzinetank te gieten.*

Dat wil nog niet zeggen dat hij iemand anders het niet heeft laten doen.

Gideon liep naar de kofferbak om zijn geweer te pakken. Hij moest klaarstaan. Voor het geval dat.

Het drong pas tot hem door dat er werd geschoten toen een brandende pijn door zijn rechterarm naar zijn schouder trok. 'Kut,' bracht hij uit. Hij greep het geweer, liet zich vallen en rolde zich van de weg. Hij gleed omlaag, waar Daisy ongerust op hem wachtte.

Het talud was besneeuwd. Dus nu bloedde hij en was nat bovendien. *Geweldig.*

'Je bent geraakt,' zei ze.

'Niet ernstig.' Dat was niet helemaal een leugen. Het deed verrekte veel pijn, maar hij had wel erger meegemaakt. Hij bracht zijn geweer in positie, maar het was onhandig om zijn linkerhand te gebruiken. De vingers van zijn rechterhand waren glibberig van het bloed en... bewogen niet. *Dat is niet goed. Dat is helemaal niet goed.*

Op dat moment besefte hij dat het pistool uit zijn vingers was geglipt. Hij was zijn dienstwapen kwijt. *Verdomme.* Hij verschoof het geweer naar zijn linkerschouder en gebruikte de rand van de helling om de loop te ondersteunen. Maar de hoek was helemaal verkeerd.

'Geef hier,' beval Daisy en ze rukte het geweer uit zijn handen. Voor hij met zijn ogen kon knipperen was ze bezig op haar buik door de sneeuw als een commando omhoog te tijgeren, de tas met Brutus op haar rug.

'Daisy!' Hij kroop achter haar aan en greep haar bij een been. 'Doe dit niet.'

'Je bent geraakt,' zei ze kalm. 'Ik niet. Laat mijn been los, Gideon. Ik kan goed schieten.'

Hij dacht aan wat ze had gezegd over haar vaders schiettraining. Hij wist niet hoe ver de schutter bij hen vandaan was, maar nog minder hoe goed ze werkelijk was.

Er stoof een auto voorbij en er volgde een spervuur aan kogels door het geopende raam aan de passagierskant.

Gideon greep haar been steviger beet en trok haar de helling af. Ze schopte hem en hij was zo overdonderd dat ze zichzelf los kon rukken. Hij greep haar opnieuw, ze schopte nog eens, harder dit keer, en hij gleed een eindje de helling af, haar met zich meesleurend.

'Ik ga verdomme niet op straat staan dansen, Gideon. In hemelsnaam, laat me los.'

Er ging opnieuw een kogel over hun hoofden, dit keer van uiterst rechts. De schutter was omgedraaid en kwam terug voor een nieuwe aanval.

Gideon liet Daisy los, veegde de sneeuw van de rotsblokken zodat hij grip had en begon de tamelijk uitdagende taak van zich met één hand omhoog te hijsen. Hij had dit tijdens zijn training gedaan, maar toen had hij geen kogelwond gehad. Hij probeerde zijn rechterhand tot een vuist te ballen, maar zijn vingers bleven slap lang zijn lichaam hangen. *Shit.*

Hij zag hoe ze haar positie boven aan het talud weer innam, zich schrap zette tegen een klein stuk uitstekende rots zodat ze net over de rand kon kijken met het geweer aan haar schouder. 'Hij rijdt in een beige auto. Die heb ik op het parkeerterrein van het busstation gezien,' zei ze.

Shit. Kut kut kut. 'Ik heb gisteravond gezien dat hij ons volgde, maar hij ging de andere kant op toen we de afslag naar Redding namen.'

'Nou, hij heeft ons op de een of andere manier weten te vinden,' zei ze grimmig met het geweer nog steeds in de aanslag.

Gideon kroop omhoog tot hij eindelijk iets kon zien. De beige auto kwam dichterbij, reed met een slakkengang terwijl hij gevaarlijk over de weg slingerde. De bestuurder zou hen vanuit die hoek niet kunnen zien omdat ze werden afgeschermd door Gideons auto.

Hij kon net het pistool zien dat uit het geopende raampje aan de bestuurderskant stak, maar de bestuurder zelf was omlaaggedoken – vandaar het gevaarlijke slingeren. 'Wacht je op iets speciaals voor je hem neerschiet?' vroeg hij overdreven geduldig. 'Of wacht je misschien tot hij van de weg af rijdt en de helling met hem afrekent? Geef me verdomme dat geweer.'

Ze keurde hem geen blik waardig. 'Ik wil zijn wapen uit zijn hand. Stil. Je leidt me af.'

'Het pistool,' mopperde hij. 'Uit zijn hand. Je weet toch wel dat dat alleen in films gebeurt?'

'Ik zei: stil,' siste ze.

Hij wendde zijn blik af van het naderende voertuig om naar Daisy's profiel te kijken. Ze was werkelijk prachtig, één brok woestheid en concentratie. Ze had het geweer vast alsof het een verlengstuk van haar arm was.

Hij overwoog om het geweer te pakken, maar geen schijn van kans dat hij iets anders dan onhandig zou zijn met zijn nutteloze rechterarm en zijn voeten die weggleden in de sneeuw, terwijl zij koel en kalm was. Klaar was.

Dus beet hij op zijn tong en maakte geen geluid. Maar hij bleef niet stil. Hij trok zijn knie omhoog en haalde zijn reservewapen uit zijn enkelholster. Niet zo krachtig als zijn dienstwapen, maar het zou voldoende zijn. Hoopte hij.

'Kun je met links schieten?' vroeg ze, nog steeds kalm.

'Niet zo goed als met rechts, maar goed genoeg.' Hij richtte zijn wapen op het raampje van de schutter terwijl de beige auto dichterbij kwam. Hij hoopte dat hij het hoofd of het bovenlichaam van de man in het vizier zou krijgen. Maar de man bleef uit het zicht, op de een of andere manier zijn auto zo navigerend dat die van hem niet in het voorbijgaan werd geraakt.

Gideon verschoof en bracht zijn lichaam in positie om zicht te krijgen op de bestuurderskant zodra de beige auto voorbij zijn Camry was, maar het was Daisy die als eerste de trekker overhaalde.

Hij hield zijn adem in. En zijn mond viel open. Tot zijn stomme verbazing lag het pistool op het asfalt en droop er bloed langs de zijkant van de auto, die een scherpe bocht had gemaakt.

Ze haalde opnieuw de trekker over en de voorruit werd een ondoorzichtig netwerk van splinters. Ze had door het geopende raampje geschoten en de voorruit van binnenuit geraakt. Het uitzicht was volkomen geblokkeerd. Met haar derde schot versplinterde ze de achterruit terwijl Gideon naar de auto staarde en wachtte tot de schutter zou proberen te ontsnappen, maar de man bleef ineengedoken zitten.

Ze richtte het geweer op de banden en hij deed hetzelfde. Ze schoten tegelijk en elk van hen richtte op de banden aan de bestuurderskant, zowel voor als achter. Beiden raakten de banden, alle vier schoten waren raak.

'FBI,' brulde Gideon. Hij kon zijn eigen stem nauwelijks horen boven het gepiep in zijn oren. Het was al even geleden dat hij een wapen had afgevuurd zonder gehoorbescherming. 'Kom uit de auto.'

Hij greep een band van zijn eigen auto beet en hees zich de helling op en naar de rand van de weg met de bedoeling naar de schutter in diens auto te gaan en hem eruit te sleuren. In plaats daarvan moest hij op zijn tanden bijten vanwege een felle pijnscheut en hij voelde zijn lichaam wankelen.

Sta op. Verdomme. Hij hees zich overeind terwijl zijn knieën serieus knikten. Maar het deed er niet toe, want zijn bevel werd beantwoord met het gepiep van banden toen de beige auto ervandoor ging in de richting van Redding.

Daisy zwaaide zich op de weg en toen ze overeind was gekrabbeld schoot ze nog een paar keer op de verdwijnende auto. 'Verdomme!' Ze draaide zich naar hem toe met een gezicht waaruit pure frustratie sprak. 'Ik heb die banden geraakt. Dat weet ik zeker.'

Hij ademde diep in om de pijn in zijn arm te verdringen. 'Runflats,' bracht hij uit. 'Dat zijn –'

'Ik weet wat dat zijn,' snauwde ze. 'Banden met versterkte zijwanden. Hij zal nog zo'n vijfenzeventig kilometer door kunnen rijden op die dingen. In ieder geval zal hij niet kunnen zien waar hij rijdt.' Toen werden haar ogen groot terwijl ze hem onderzoekend opnam. 'O, shit. Gideon. Je zei dat het niet ernstig was.'

Hij probeerde te glimlachen, maar kwam niet verder dan een grimas. 'Ik heb wel erger meegemaakt.'

Ze keek hem boos aan, maar haar aanraking was zacht terwijl ze hem om de auto leidde en het achterportier aan de bestuurderskant opende. 'Ga zitten voor je omvalt.'

Hij gehoorzaamde zonder iets te zeggen. Zijn hoofd tolde. Hij hoefde niet naar zijn arm te kijken om te weten dat hij bloedde. 'Mijn pistool. Ik heb hem op de weg laten vallen. In de buurt van de kofferbak.'

'Ik zal hem zo pakken.' Ze legde het geweer op de vloer van zijn auto, haalde haar telefoon uit haar zak en drukte een paar toetsen in. Daarna zette ze hem op de luidspreker.

'Dit is de alarmcentrale. Wat is de aard van uw noodgeval?'

'We hebben een slachtoffer met een schotwond op California 97, ongeveer dertig kilometer zuidwest van Macdoel. Hoe snel kunnen we medische hulp verwachten?'

'Ik zal het melden,' zei de centralist maar ze klonk twijfelachtig. 'Ik zal zien wie er beschikbaar is.'

Daisy gaf hem de telefoon. 'Wil jij met ze praten, agent Reynolds?'

Hij schudde zijn hoofd. 'Doe jij het maar,' zei hij zacht, want nu het gevaar voorbij was begon zijn adrenaline snel uitgewerkt te raken en hij begon zich licht in het hoofd te voelen.

'Agent Reynolds?' vroeg de centralist. 'Wie is dat en wat is er aan de hand?'

'Het slachtoffer is speciaal agent Gideon Reynolds. De schutter rijdt in een beschadigde beige sedan – ik weet niet goed wat voor merk –'

'Chevy,' kwam Gideon tussenbeide. 'Chevy Malibu, 2010.'

'Ik heb het,' zei de centralist. 'Hebt u een kenteken?'

'Nee,' zei Gideon zacht. God, hij had het koud. Echt koud. *Dit is ernstig.*

Hij was niet verbaasd toen Daisy het nummer afratelde. 'De auto heeft een kapotgeschoten achterruit, een volledig ondoorzichtige voorruit en minstens twee kapotgeschoten banden. Het zijn run-flats, dus hij kan nog een aardig eind doorrijden, maar ik zie niet hoe hij dat zonder voorruit kan. Bovendien is hij gewond. Ik heb zijn hand geraakt.'

'Begrepen,' zei de centralist. 'Ik heb contact opgenomen met de sheriff in de volgende plaats. Ze zijn onderweg.'

'Dat is een halfuur hiervandaan,' bracht hij uit. 'Twintig minuten als ze doorrijden.'

'Ik weet het,' zei Daisy kalm, maar ze was bleek geworden terwijl ze naar de steeds groter wordende donkere vlek op zijn jas staarde. 'Agent Reynolds bloedt hevig,' zei ze tegen de centralist. 'Ik kan iemand bellen die dichterbij is die misschien kan helpen. Dat ga ik nu doen. Ik zal de telefoon van agent Reynolds gebruiken. Ik laat u voorlopig op de luidspreker staan, oké?'

Ze legde de telefoon naast het geweer op de vloer en draaide zich naar hem toe. 'Waar is dat papier dat meneer Danton je heeft gegeven?'

'In de zak van mijn jasje. Onder mijn overjas. Maar eerst moeten we het bloeden zien te stelpen. Help me uit mijn jas.'

'Waar ben je geraakt?' vroeg ze.

'Arm. Moet een slagader hebben geraakt. Niet goed.'

'Dat had ik ook al gezien.' Ze trok voorzichtig zijn jas uit en gooide hem over de rugleuning van de bestuurdersstoel. Ze vertrok haar gezicht toen ze zijn colbertje zag. 'Je hebt veel te veel kleren aan, Gideon.'

'Zeg dat later nog maar eens,' zei hij ademloos.

Ze keek hem met tranen in de ogen boos aan. 'Hou je mond,' fluisterde ze. 'Ik ga je niet dood laten gaan.'

'Dat was ik ook niet van plan. Trek dat jasje uit.'

Ze gehoorzaamde en deed zijn colbertje sneller uit dan zijn overjas.

Ze jammerde zachtjes toen hij kreunde van pijn. 'Het spijt me. Het spijt me zo,' zei ze zacht.

'Neem mijn riem. Die kunnen we gebruiken als tourniquet.'

'Oké. Ik kan dit,' zei ze vastberaden. 'Ik kan dit echt.'

'Dat weet ik.'

'Ik niet,' snauwde ze terug. Ze maakte met trillende vingers zijn riem los, trok hem uit zijn broek en wikkelde hem boven de kogelwond om zijn arm. 'Hoe strak moet ik hem aantrekken?'

'Strak,' zei hij met een van pijn vertrokken gezicht. Vervolgens kreunde hij toen ze opnieuw gehoorzaamde. Zwarte vlekjes dansten voor zijn ogen van de pijn. 'Zo is het goed. Voorlopig niet verder. Doe het einde door de gesp en stop dat dan onder de riem zodat hij blijft zitten.'

Ze volgde met trillende vingers zijn instructies op, zocht vervolgens in zijn jaszak naar het papier met Dantons telefoonnummers en toen in zijn overjas naar zijn mobieltje. 'Code,' wilde ze weten en ze ontgrendelde de telefoon toen hij haar die gaf. Ze belde naar de man wiens huis ze net hadden verlaten. 'Hallo, met Daisy. We zijn zojuist beschoten. Gideon heeft hulp nodig.' Ze legde uit waar zijn verwonding uit bestond, luisterde nog even en knikte toen alsof Danton haar kon zien. 'We hebben al een tourniquet aangebracht. Zorg alstublieft dat ze hier zo snel mogelijk naartoe komt. We zijn maar twintig minuten van uw huis. Bedankt.' Ze sloot het gesprek af en stak zijn telefoon in haar zak.

'Ze?' vroeg hij, te uitgeput om het mobieltje terug te vragen.

'Sammie, zijn dochter. De dierenarts.'

Ze wikkelde zijn jas om hem heen. 'Je rilt.'

Hij was tot op het bot verkleumd. 'Hou je me warm?'

Ze pakte het geweer in één hand, sloeg haar ogen ten hemel terwijl ze voorzichtig zijn jasje en overjas om zijn schouders trok, drukte zich toen tegen zijn linkerkant en sloeg haar arm om hem heen. 'Werkt dat zinnetje echt voor je, agent Reynolds?'

'Je zit tegen me aan gedrukt, dus ik zou zeggen van wel.'

Ze slaakte en huiverende zucht. 'Dat was eng,' fluisterde ze.

'En je was een echte prof.' Hij negeerde de kloppende pijn in zijn arm en drukte een kus op haar hoofd. 'Ik kan nog steeds niet geloven dat je het pistool uit zijn hand hebt geschoten.'

Ze grinnikte zwak. 'Mijn vader zal trots zijn.'

'Dat ben ik ook.'

Ze rekte zich uit om hem een kus op zijn wang te geven. 'Dat is belangrijker.'

Grass Lake, Californië, zondag 19 februari, 13.00 uur

Ze had verdomme het pistool uit zijn hand geschoten. Hij staarde ongelovig naar zijn vingers. Ze zaten er allemaal nog, maar hij kon zijn duim niet meer bewegen. De kogel had een hap genomen uit het vlees tussen zijn duim en wijsvinger. Het bloed spoot eruit.

Terwijl hij in shock in zijn auto zat had hij zijn das om de wond gewikkeld. Het was maar goed dat hij zijn hoofd had moeten buigen om dat te doen, want het volgende schot ging door de voorruit en de kogel daarna door de achterruit. Hij had gedacht dat de FBI-agent de schutter was. Hij had die verrekte FBI-man zitten vervloeken.

Tot Daisy verscheen met een geweer in haar hand.

Had zíj hem beschoten?

Hij was nog steeds verbijsterd terwijl hij op twee goede banden en twee lekke over de weg raasde. Hij was nooit eerder zo blij geweest dat hij geld had gestoken in de run-flats. Anders zou hij zijn gestrand.

Ze probeerde me uit de auto te krijgen. Ze probeerde me te doden.

Dat was niet aardig.

Dat was onbeschoft. Zo onbeschoft als maar mogelijk was.

Hij lachte, nog steeds in shock. *Ja. Zo onbeschoft als maar kan.*

Daisy moest eraan geloven.

Hij lachte opnieuw, dit keer schamper. 'Maar niet vandaag,' zei hij zacht. Ze was hem beslist de baas geweest. Hij had rekening moeten houden met een geweer.

Maar niemand had kunnen verwachten dat die vrouw zo kon schieten. Elke kogel was terechtgekomen waar ze hem hebben wilde.

Ze heeft verdomme mijn pistool uit mijn hand geschoten.

Ja. Ga nu maar rechtop zitten en bedenk wat je in vrédesnaam gaat doen.

Hij ging zo rechtop zitten als hij kon, in aanmerking genomen dat hij zijn hoofd uit het raam moest steken om iets te kunnen zien. Er was hier mobiele ontvangst. Vroeg of laat zou de politie komen opdagen, want Daisy en de FBI-man zouden inmiddels, uiteráárd, wel hulp hebben ingeroepen.

Geen schijn van kans dat de politie zijn auto nog over het hoofd zou zien. Niet met de voor- en achterruit aan diggelen geschoten. *Kutwijf van een Daisy Dawson.* Het eerste wat hij moest doen was deze auto dumpen en een andere zoeken.

Je had gisteravond naar huis moeten gaan. Je had op een comfortabele vlucht naar New York City kunnen zitten. Maar nee. Hij móést per se zien wat ze van plan waren.

Ik ben er bijna. Op de heenweg had hij de recreatieplek al gezien, maar hij had de FBI-man en Daisy niet uit het oog willen verliezen. Nu vormde het zijn enige hoop om als vrij man uit deze puinhoop te komen.

Hij minderde vaart en reed de auto naar de andere kant van de weg en verstopte hem achter een groepje bomen. Met een beetje geluk zou niemand hem zien voor hij een andere op de kop had getikt.

Maar zijn vingerafdrukken zaten overal. En zijn bloed.

Geen probleem. Je afdrukken zitten in niet in het systeem bij de politie. Maar zijn DNA wel. Hij was ervan overtuigd dat ze donderdagavond onder Daisy's vingernagels hadden geschraapt. *Ze hebben huid van me.* Vingerafdrukken noch DNA zouden ertoe doen – tenzij hij werd gepakt. Dan zouden die er heel veel toe doen.

De auto moest ook verdwijnen. *Shit.* Daar had hij geen tijd voor.

Maak dan tijd, eikel. Anders zul je als je in de bak zit wensen dat je dat had gedaan.

Denk na. Hij had geen benzine in zijn kofferbak. Geen sterkedrank. Niets wat zou branden.

Niets, behalve de benzine in de tank zelf. Hij had een aansteker, maar geen lucifers. En een brandende lucifer in de tank gooien was sowieso een krankzinnig idee. Hij wilde ontsnappen, niet zichzelf slachtofferen.

Ik moet een lont hebben. Hij nam in gedachten snel alle dingen door die hij in de auto had, maar dat stelde niet veel voor. Alleen de inmiddels lege flessen waar het bleekmiddel in had gezeten en de wasmanden... *En de droogtrommeldoekjes.*

Hij haalde de doos met doekjes uit de auto, spreidde er een paar uit op de bodem van de kofferbak en stak ze in brand met zijn aansteker. Toen propte hij de rest in zijn benzinetank en stak het stuk dat hij eruit had laten hangen aan.

Hij deed een stapje achteruit en keek toe terwijl het vuur de doekjes verteerde, maar kwam toen abrupt in actie. *Schiet op, sukkel.* Zijn linkerhand bloedde nog steeds. Het drupte omlaag in de sneeuw. Hij wikkelde snel de das van zijn hand en deed die er opnieuw omheen, strakker dit keer, en verborg de bloedvlekken zo goed hij kon, voor hij de sneeuw over de bloedspetters schopte. Toen vond hij een flinke steen en woog die in zijn rechterhand. Daarmee zou het lukken. Hoopte hij.

Hij stak de weg over en liep naar de rustplaats, waar hij in de schaduw ging staan wachten. Er stonden maar twee auto's, een vierdeurs Honda sedan en een Ford Mustang. Ze waren allebei leeg. Zo te zien waren de inzittenden van een van de auto's foto's aan het nemen van Mount Shasta. Het was een heel mooi panorama. Hij hoopte dat dat hen nog even bezig zou houden.

Want op dat moment kwam een oudere vrouw met een wandelstok de damestoiletten uit. Ze zou een gemakkelijk slachtoffer moeten zijn. Aan de andere kant, dat had ook voor Daisy gegolden.

Hij wachtte tot ze bij de Honda was en haar sleutels uit een enorme tas haalde. Hij sloop achter haar en liet de steen op haar hoofd neerkomen, de kreet van pijn toen ze op het wegdek viel negerend. Hij greep de sleutels en haar tas en stapte in.

Hij reed de parkeerplaats af, trapte het gaspedaal in en racete terug naar de weg – net op het moment dat een explosie de stilte verscheurde. Zijn auto was nu niet meer dan een herinnering. Hij zou blijven branden tot iemand kwam blussen en tegen die tijd zouden er geen vingerafdrukken meer van hem bestaan.

'Yes,' siste hij triomfantelijk. 'Het is gelukt.'

Bovendien was een brand een leuke manier om de politie bezig te houden. *En dan zoeken ze niet naar mij.*

Een kilometer of vijf verder kwam hij opnieuw door een groepje bomen. Hij ging langzamer rijden en gooide de tas van de vrouw in de bosjes. Hij had haar telefoon of haar identiteitsbewijs niet bij haar willen achterlaten. Dan zou haar auto te snel geïdentificeerd kunnen worden en hij moest een voorsprong hebben tot hij een plek vond waar hij zich van de auto kon ontdoen en een andere kon regelen.

En tegelijkertijd wilde hij ook niet dat iemand haar telefoon kon volgen. Dus had hij nu beide problemen opgelost.

Hij keek in zijn achteruitkijkspiegel, opgelucht dat er niemand achter hem reed. Niemand volgde hem. Behalve...

Zijn hart stond stil. Stond gewoon... stil.

'Wel gloeiende godver. Shit.'

Macdoel, zondag 19 februari, 13.15 uur

'Hebt ú dat wapen uit zijn hand geschoten?'

Daisy begon het beu te raken om die vraag te beantwoorden. Danton had hem gesteld. Zijn dochter had hem gesteld. De neef van de man van zijn dochter – een parkwachter met EHBO-diploma – had het gevraagd. Dit keer was het de sheriff van de eerstvolgende plaats.

'Ja, meneer, dat klopt,' zei ze zonder haar blik af te wenden van Gideon, die op een brancard werd gelegd door de parkwachter/ambulancebroeder. Vanuit haar ooghoek zag ze dat de hulpsheriff aanstalten maakte om het wapen op te rapen dat nog steeds midden op de weg lag. 'Afblijven!' schreeuwde ze terwijl ze eindelijk haar blik afwendde van Gideon, die haar zelfs meesmuilend zat aan te kijken.

De hulpsheriff rechtte zijn rug en keek haar woedend aan. 'Wie ben jij om me te zeggen hoe ik met een plaats delict moet omgaan?'

'Ik ben niemand. Maar híj is speciaal agent Reynolds van de FBI en dat pistool kan gebruikt zijn bij andere misdaden.'

'Ze heeft gelijk,' riep Gideon.

Ze wierp hem een geërgerde blik toe ook al veegde ze tegelijkertijd met een zacht gebaar het haar uit zijn ogen. 'Je moet je rustig houden. Bovendien help je niet erg.'

Hoewel hij er een stuk beter uitzag. Sammie Danton had goed werk geleverd door het bloeden te stoppen en een verband aan te leggen. Daisy dacht in ieder geval dat het goed werk was.

Maar je hebt hem laten ontsnappen.

Lazer op.

'Daisy?' Gideon trok aan haar mouw.

Ze keek hem met de ogen knipperend aan. 'Sorry. Wat?'

'Bel Molina nog eens,' stelde hij voor. 'Hopelijk neemt ze dit keer wel op.'

Daisy deed wat haar werd gevraagd en belde zijn baas met zijn telefoon.

'Wat is er, agent Reynolds?' zei een vrouw kortaf.

Daisy had haar stem eerder gehoord, die ochtend toen ze hoorde hoe Gideon en de vrouw wat er was gebeurd met Trish bespraken op zo'n... praktische manier.

Dat stelt ze in staat daarmee om te gaan, bracht ze zichzelf in herinnering.

'U spreekt niet met agent Reynolds,' gooide Daisy eruit. 'U spreekt met Daisy Dawson. Gideon is neergeschoten, maar hij zal genezen. Hij vroeg me om u te bellen.'

'Is hij bij bewustzijn?' vroeg Molina scherp.

'Ja. We staan op de helikopter te wachten.' De neef van Sammie's echtgenoot – de man van de noodhulp – had er onmiddellijk een opgeroepen.

'Waar brengen ze hem heen?' wilde Molina weten.

'Naar UC Davis.'

'Laat me met Reynolds praten. Alsjeblieft,' voegde ze er op een geforceerd beleefde toon aan toe.

Daisy hield de telefoon tegen Gideons oor. Hij was stevig ingepakt in dekens, maar hij lag nog steeds te rillen. 'Ze wil je spreken.'

Gideon rolde zijn hoofd naar de telefoon. 'Ik voel me... niet helemaal lekker op dit moment.' Er gingen een paar seconden voorbij waarin hij alleen maar luisterde, toen gaf hij zijn baas een korte samenvatting van wat er was gebeurd. 'Zeg alstublieft tegen de sheriff dat uw team komt om de plaats delict af te handelen.' Hij rolde weg van de telefoon. 'Geef de telefoon aan de sheriff.'

Daisy gehoorzaamde en knikte beleefd toen de sheriff haar even met een verontschuldigende blik aankeek.

'Ja,' zei de sheriff in de telefoon, 'we zullen zorgen dat de plaats delict onaangeroerd blijft, vooropgesteld dat iemand hier snel kan komen. Er is hier in deze tijd van het jaar niet veel verkeer, maar het is de enige weg en die houden we nu versperd.' Hij gaf het mobieltje weer aan Daisy. 'Ze wil u spreken.'

'Ja?' vroeg Daisy.

'Je gaat met hem mee in de helikopter.'

'Ja. Dat was ik al van plan.'

'Dat gebeurt ook. Bel me zodra jullie in het ziekenhuis zijn.'

'Jawel, mevrouw. Ik zal u bellen.' Ze hoorde het geluid van een helikopter die dichterbij kwam. 'Zijn vervoer staat op het punt te landen. Ik moet gaan.'

'Mevrouw Dawson,' zei Molina en ze klonk nog steeds kortaf.

'Dank je voor je ingrijpen en dat je Gideon hebt beschermd.'

'Ja, mevrouw.' Ze beëindigde het gesprek en riep een groet naar de Dantons, die buiten het landingsgebied van de heli stonden te wachten. 'Ik weet niet wat er morgen gaat gebeuren,' zei ze tegen hen. 'Als een van de andere agenten naar Portland wordt gestuurd, wil je die dan helpen?' vroeg ze Sammie.

'Als jullie voor ze instaan, natuurlijk. Ik ga sowieso. Ik moet proberen Eileen te vinden. Als haar iets is overkomen... Ik moet gewoon zeker weten dat alles in orde is. Mijn man heeft al gezegd dat hij mee zal gaan, zodat papa zich geen zorgen hoeft te maken.'

Daisy gaf meneer Danton abrupt een knuffel. 'Dank u. Voor alles.'

'We hebben niets gedaan wat een ander niet ook zou doen,' zei hij zacht terwijl hij haar op de rug klopte. 'Bel ons. Laat ons weten of alles goed is. Ga nu maar. Ze staan klaar om je in te laden.'

'Doe ik.' Ze draaide zich om naar de helikopter toen de sheriff zijn hulpsheriff kortaf beval de plaats delict te bewaken, in zijn politieauto stapte en wegreed in de richting die zij ook zouden nemen.

Ze keek naar de hulpverlener die haar achter in het toestel hielp instappen. 'Maakt hij de weg voor ons vrij?'

De man schudde zijn hoofd. 'Nee, hij is net gewaarschuwd door de meldkamer. Een vent heeft op de recreatieplek een oude dame neergeslagen en is er met haar auto vandoor gegaan.'

'Meneer Beige Chevy?' vroeg ze, hoewel ze het antwoord eigenlijk al wist.

'Daar lijkt het wel op. Er staat een auto aan de andere kant van de weg bij de rustplaats geparkeerd die vaag aan die beschrijving voldoet. Maar hij heeft dezelfde kentekenplaten, dus waarschijnlijk wel.'

'Waarschijnlijk? Het is een beige Chevy met kapotgeschoten voor- en achterruit. Hoe moeilijk kan het zijn?'

'Hij staat in brand. De benzinetank is geëxplodeerd. Hij is ervandoor in de gestolen auto.'

'Dan kunnen ze hem pakken,' zei ze opgelucht. 'Hopelijk kunnen ze beter schieten dan ik heb gedaan en zien ze kans om zijn banden lek te krijgen.'

'Geen schijn van kans dat ze beter kunnen schieten dan jij,' zei Gideon met een trots die haar deed glimlachen.

Tot de hulpverlener zijn mond weer opendeed. 'Ik denk niet dat iemand op die auto gaat schieten, mevrouw. Er zit een kind op de achterbank.'

Het beetje kleur dat Gideon nog had trok uit zijn gezicht. 'O, mijn god,' fluisterde hij.

Daisy's maag draaide om. 'O, nee.'

Ze hadden gezien wat dat monster met Trish had gedaan. Wat zou hij met een onschuldig kind doen?

Grass Lake, zondag 19 februari, 13.15 uur

Hij trapte op de rem en toen hij zich omdraaide zag hij grote bruine ogen naar hem staren vanuit het kinderzitje achter hem.

Zijn hart stond stil. 'Wel gloeiende godver. Shit,' herhaalde hij. 'Een kind.'

Een peuter, om precies te zijn. Met roze kleren. *Dus waarschijnlijk een meisje.*

Wat moest hij nu in vredesnaam?

Verder rijden. Gewoon verder rijden. Dump de auto zo snel je kunt.

Maar het wordt koud vannacht. Ik kan haar niet zomaar achterlaten. Alleen. Stel dat een of andere engerd haar meeneemt.

Stomme eikel. Jíj hebt haar meegenomen.

Niet expres! En ík zal haar niets aandoen.

Idioot. Gewoon. Rijden.

Hij drukte het gaspedaal helemaal in en scheurde met piepende banden weg. 'Wat nu, verdomme?'

Maar het kind gaf geen antwoord.

Sacramento, zondag 19 februari, 13.15 uur

Bellamy, Anna. Pennsylvania. Zandra Jones tuurde naar het rijbewijs dat aan de binnenkant van de kastdeur was bevestigd, nauwelijks dichtbij genoeg voor haar om te kunnen zien. *Fiddler, Janice, Washington.*

Ze herhaalde de namen van de vrouwen telkens in haar hoofd, steeds weer van voren af aan.

Want ik kom hieruit. Ik ga iemand vertellen wie ze waren. Dat ze dood zijn. Want ik kom hieruit.

Ze had geen idee hoe ze dat moest bewerkstelligen. Maar ze zou het doen. Ze was niet van plan om te eindigen als een nieuwe toevoeging aan zijn collectie snuisterijen. En rijbewijzen.

Ze zou ontsnappen en dan zou ze ervoor zorgen dat dit monster voor zijn misdaden zou boeten. En ze zou ervoor zorgen dat de families van al die vrouwen die hij had vermoord het konden afsluiten. Zodat ze konden rouwen.

Orlov, Nadia. Illinois. Stevenson, Rayanna. Texas. DeVeen, Rosamond. Minnesota. Borge, Delfina. Californië. Oliver, Makayla. New York. Danton, Eileen, Oregon.

Haar blik viel op het volgende rijbewijs en ging vervolgens naar de vriezer tegen de muur. Er dreigde een snik en Zandra vocht ertegen. Ze mocht niet huilen, want dan zou ze stikken en dat zou hem de moeite besparen om haar te wurgen. Maar die klootzak had dat arme kind niet eens begraven. Hij had haar gewoon in een vriezer gepropt. *En dat zal hij ook met mij doen als ik hier niet wegkom.*

Zandra richtte haar aandacht vastberaden weer op de collectie rijbewijzen. *Martell, Kaley. Californië.* Met het kristallen hoefijzer aan het haakje eronder.

En de laatste. *Hart, Trisha. Californië.*

Toen begon ze opnieuw. En nog een keer en nog een keer tot alle namen in haar geheugen gegrift stonden. Want dit waren er minder dan een derde van alle namen in de kast. Ze prentte elke naam die ze kon in haar geheugen. *Bellamy, Anna. Pennsylvania. Fiddler, Janice, Washington.*

Orlov, Nadia. Illinois. Stevenson, Rayanna. Texas. DeVeen, Rosamond. Minnesota. Borge, Delfina. Californië. Oliver, Makayla. New York. Danton, Eileen. Oregon.

Martell, Kaley. Californië. Hart, Trisha. Californië

En opnieuw en opnieuw.

En als hij terugkwam en haar nog meer rijbewijzen in de kast liet zien?

Dan leer ik die ook uit mijn hoofd.

Weed, Californië, zondag 19 februari, 13.20 uur

'Daar,' mompelde hij en hij minderde vaart om rechts af te slaan. Het was een afgelegen parkeerplaats – een uitzichtpunt op Mount Shasta – en er stond maar één voertuig geparkeerd. Een Ford F-150. Dat was een auto die hij goed kende. Er stond een oud exemplaar op het vliegveld, eigendom van de ouwe. Bijna twintig jaar oud met meer dan driehonderdduizend kilometer op de teller, maar hij liep als een zonnetje.

Hij had al geleerd de auto zonder sleutel te starten voor hij oud genoeg was om te rijden.

Eindelijk zat het hem eens mee. Hij reed langzaam het terrein op, op zoek naar de bestuurder. *Ha, daar is hij.* Een man van middelbare leeftijd met een camera om zijn nek stond aan de rand van het parkeerterrein in de richting van de berg te kijken.

Hij heeft waarschijnlijk ook een mobieltje in zijn zak. Hij zou binnen een mum van tijd de politie bellen om te zeggen dat zijn pick-up was gestolen. *En ik zit zonder keien.*

Maar hij had wel een auto. In uiterste nood was dat een heel goed wapen.

Maar de man had niets gedaan. Niet zoals de gasten die hij mee naar huis nam.

Hij heeft een auto die je nodig hebt.

Maar... dat is... verkeerd.

Daar moest hij om lachen. Letterlijk. *Verkeerd?* Verdomme, ja. Dit was allemaal verkeerd. 'Ik heb verdomme een baby op de achterbank.' Dat was zo veel meer dan verkeerd.

Hij keek in de achteruitkijkspiegel. Het kind was zo stil, het was gewoon eng. Ze staarde hem alleen maar aan met grote bruine ogen. Toen stopte ze haar duim in haar mond en deed haar ogen dicht.

En viel in slaap.

'Dat meen je toch niet?' mompelde hij.

Nou, in ieder geval was ze stil. Ze had ook zo hard kunnen gillen dat zijn trommelvliezen ervan scheurden.

De man ging een metertje naar voren, klom op het lage stenen muurtje dat het parkeerterrein omgrensde. Hij bracht de camera naar zijn gezicht en stelde scherp. Toen stapte hij van het muurtje, draaide zich om en keek omlaag terwijl hij de lensdop er weer op deed. Toen liep hij in de richting van zijn auto.

Als je het wil doen, dan moet je het nu doen.

God.

Hij stuurde de auto in de richting van de man en ramde zijn voet op het gaspedaal. Hij kneep zijn ogen zo ver tot spleetjes dat ze bijna dicht waren. Want hij wilde niet zien –

Een bonk deed hem naar adem snakken. Hij had het gedaan. Hij had de man uitgeschakeld.

Hij reed voorzichtig achteruit tot hij de man op de grond kon zien liggen. De man rolde om, een arm uitgestrekt boven zijn hoofd en een hand die het asfalt probeerde te pakken.

Niet genoeg. Hij moest de man bewusteloos hebben. Niet dood. Alleen bewusteloos.

Dus reed hij achteruit, sloot zijn ogen en trapte het gaspedaal nog eens in. Hij kromp ineen toen de auto contact maakte. Opnieuw reed hij achteruit tot hij de man kon zien. Die niet langer bewoog.

O god. Hij haalde diep adem en liet die huiverend weer ontsnappen. Hij keek om zich heen om zich ervan te verzekeren dat niemand iets had gezien. Er was niemand.

Er waren misschien wel beveiligingscamera's, maar dat deed er niet toe. Hij had die ochtend zijn hele uiterlijk veranderd terwijl hij zat te wachten tot de FBI-agent en Daisy uit het hotel zouden komen. Bovendien zou de pet die hij droeg zijn gezicht verbergen.

Hij stapte op zijn hoede uit de Honda van de oude vrouw en liep naar de man, die roerloos op de grond lag. Hij ademde, dus dat was goed. Hij ging op zijn hurken naast hem zitten en rolde hem om zodat hij zijn portefeuille uit zijn broek kon pakken en haalde toen de autosleutels en een mobiele telefoon tevoorschijn.

Schiet op. Voor het nieuws de ronde deed en de politie wegversperringen oprichtte. Hoewel hij hoopte dat alle hulpverleners druk zouden zijn met zijn brandende auto.

Hij stapte weer in de auto en zette die over het bewegingloze – maar nog steeds ademende – lichaam. Dat zou hem aan het zicht onttrekken en hem zelfs bescherming bieden tegen de wind. Voor het geval hij het lang genoeg overleefde om gered te worden.

Oké dan. Hij deed de Honda van de oude dame op slot en begon in de richting van de pick-up van de man te lopen. Toen... bleef hij staan. En draaide zich om naar het achterraampje. Waar de peuter zat, diep in slaap.

Hoe had dat kind door alles heen kunnen slapen? Zou ze zelfs ook maar gaan huilen om iemand duidelijk te maken dat ze in de auto zat als er hulp arriveerde?

Stel dat ze dood zou vriezen. Stel dat er dieren kwamen die haar aanvielen.

Ze was net zoals Mutt was geweest. Hulpeloos. Onschuldig.

'Kut,' mopperde hij. Hij ging terug naar de auto, deed het achterportier open en gespte de veiligheidsgordel los die het zitje op zijn plaats hield. Hij rukte het zitje er met kind en al uit.

'Potverdomme, meid. Je weegt als dieplood.' Hij deed de truck van de man van het slot met zijn ouderwetse sleutel. Geen sleutel met afstandsbediening voor deze man en dat kwam goed uit. De politie kon sleutels met afstandsbediening opsporen. Dat had hij gelezen in de forensische vakbladen die hij elke maand op zijn e-reader kreeg.

Het was altijd goed om de ontwikkelingen bij te houden die hem in de gevangenis konden doen belanden.

Hij deed het portier van de achterbank aan de bestuurderskant open, schoof het kind met zitje en al op de vloer en zette het klem tussen de bestuurdersstoel en de achterbank.

Het kind werd heel even wakker, staarde hem aan en maakte toen een snuffend geluid alsof ze op het punt stond te gaan huilen.

'Eh, nee. Gewoon... nee.' Hij rende terug naar de Honda om te zien of er een luiertas was, en jawel hoor, er lag een leuke roze tas met afbeeldingen van beertjes. Hij pakte hem, deed de auto op slot en rende terug naar de pick-up terwijl hij wanhopig op zoek ging naar iets om het kind stil te houden.

'O, mooi.' Hij haalde een speen tevoorschijn en dat was precies wat het kind wilde. Ze begon er tevreden op te zuigen en hij slaakte een zucht van verlichting.

Hij zou bij zijn volgende stop bedenken waar hij haar kon achterlaten.

Weed, Californië, was de volgende plaats. Daar was een winkelcentrum waar hij een andere auto kon vinden om te stelen en een plek waar hij het kind kon achterlaten. Dat zou het beste zijn.

Je had haar in de Honda moeten laten zitten. De gedachte bleef door zijn hoofd spelen terwijl hij wegreed in de pick-up van de man.

Nee. Dat kon niet. Ze verdient het niet om in de steek gelaten te worden.

Het stemmetje in zijn hoofd werd sluw. *Zoals je mammie met jou heeft gedaan?*

Hij tandenknarste. 'Ze heeft me niet in de steek gelaten,' zei hij hardop. 'Ze is gestorven.'

Maar het effect was hetzelfde geweest. Ze was er niet meer en toen...

Was Sydney gekomen.

Sydney was gekomen en had alle goede dingen in zijn leven gestolen.

Sydney had alles verpest.

Net zoals ze mij heeft verpest.

20

Sacramento, Californië, zondag 19 februari, 17.30 uur

'Karl, hou op met ijsberen.' Irina keek hem vanaf de andere kant van de wachtkamer boos aan. 'Je maakt Daisy helemaal gek.'

'Niets aan de hand,' protesteerde Daisy. Brutus was bijna kaal van al het geaai, maar de vacht van een hond groeide wel weer aan. Daar was ze vrijwel zeker van. *God, ik hoop het. Arme Brutus.* Maar het zou met Gideon ook allemaal weer goed komen. Het was geen ernstige wond. Ze moesten hem alleen even dichtnaaien.

'Geef DD maar weer de schuld, ma,' zei Sasha, die haar arm beschermend om Daisy had geslagen. 'Hou op met je gevoelens op haar te projecteren.'

'Oké. Prima,' gaf Irina toe. 'Je maakt je vrouw gek, Karl. Ga alsjeblieft zitten.'

Karl ging met een schaapachtige uitdrukking op zijn gezicht naast Irina zitten. 'Het spijt me. Ik kan er niets aan doen.'

'Het komt allemaal goed met onze Gideon,' verzekerde Irina.

Of ze nu Karl geruststelde of zichzelf was niet helemaal duidelijk, dacht Daisy met een glimlach vol genegenheid voor de vrouw die als een moeder was geweest voor Gideon. Irina was ook een moeder voor haar geweest. Ze stak haar arm voor Sasha langs om Irina even op haar arm te kloppen. 'Natuurlijk komt het goed. Hij wordt behandeld door de beste vaatchirurg die ze hier hebben.'

Dat had Molina haar verteld en Daisy waagde het niet om aan haar woorden te twijfelen. Maar ze nam het Karl niet kwalijk dat hij liep te ijsberen. Ze hadden allemaal hun toevlucht genomen tot een of andere vorm van stressbeheersing. Sasha's keuze was chocola en Daisy had maar al te graag de zak M&M's met haar gedeeld. Ze zou om meer willen vragen, maar ze werd een beetje misselijk van alle suiker. Dat kon ook van de stress zijn, want ook al hield ze zichzelf voor dat het goed zou komen met Gideon, hij lag nu al bijna twee uur op de operatietafel en het had een snelle reparatie van maximaal een uur moeten zijn.

'Als het zo verrekte goed met hem gaat,' gromde Rafe, 'waarom duurt het dan zo lang? De kogel is er dwars doorheen gegaan.'

'Hij had veel bloed verloren,' zei Daisy met zachte stem en ze zag nog voor zich hoe het aan haar handen en op haar kleren had gezeten. Een vriendelijke verpleegster had haar een setje operatiekleding aangeboden toen ze aankwamen. Gideons bloed van haar handen wassen had de eerste huilbui losgemaakt. De aanblik van zijn bloed dat vermengd met water kolkend in de afvoer verdween was... alsof ze een stukje van hem kwijtraakte.

Dat was belachelijk. Het zou allemaal goed met hem komen.

Of hij ooit nog in staat zou zijn om als wetsdienaar te werken was een ander verhaal. De kogel was er dwars doorheen gegaan, hield ze zichzelf voor de duizendste keer voor. Er zou hopelijk geen sprake zijn van schade aan de zenuwen. Het had haar na de schietpartij bijna twee uur gekost om hem hier te krijgen en dat zou drie keer zo lang hebben geduurd als de hulppost in Yreka niet om een helikopter had gevraagd om hen naar UC Davis te brengen.

En de hele vlucht had hij daar gelegen en haar hand zo stevig vastgehouden onder de verwarmingsdeken dat ze het gevoel had dat hij voor de tweede keer die dag haar vingers had gebroken.

Eén dag. Het was nauwelijks te geloven dat het nog maar een dag geleden was dat ze Trish had aangetroffen. Nog minder sinds ze in Gideons armen had gelegen en zich zo vredig had gevoeld nadat hij haar naar de maan en terug had gevoerd. Het leek wel een jaar.

'Mevrouw Dawson?'

Daisy draaide zich in haar stoel om en zag Gideons baas door de deur komen. Ze sprong overeind. 'Agent Molina. Hebt u iets gehoord?'

'Nog niet,' antwoordde ze niet onvriendelijk. 'Ik begrijp dat je de laptop en mobiele telefoon van agent Reynolds hebt.'

Daisy's hand schoot naar haar zak en sloot zich om zijn mobieltje alsof het een deel van hem was. Brutus jankte zachtjes en ze besefte dat ze haar ook veel te hard vasthield. Ze maakte haar greep op Brutus losser, maar ze bleef de telefoon vastklampen.

Nee, ik heb ze geen van tweeën, wilde ze zeggen. Maar ze wist dat

dat niet goed zou zijn. 'Waarom wilt u ze hebben?' vroeg ze in plaats daarvan.

'De e-mails van zijn werk staan erop. Er staan geheime zaken in.' Molina stak haar hand uit. 'Mag ik ze hebben, alsjeblieft?'

Alsof ik een keuze heb. Daisy overhandigde Gideons laptoptas, die ze uit de auto had gepakt terwijl ze op de helikopter wachtten.

Molina trok haar wenkbrauwen op. 'En zijn telefoon?'

Daisy haalde hem uit haar zak, maar ze aarzelde toen een gedachte haar zo hard trof dat het pijn deed. 'Mag ik eerst één telefoontje plegen? U kunt kijken en luisteren als u wilt. Daarna kan ik hem u geven.'

'Laten we naar mijn consultatiekamer gaan.'

Haar consultatiekamer. Het was in werkelijkheid een van de kleine vertrekken die de artsen gebruikten om met familie van patiënten te praten. Daisy wilde haar ogen ten hemel slaan, maar ze hield zich in. De vrouw straalde tenslotte macht uit. *Ze zou me als een mug plat kunnen slaan.*

Maar dat deed Molina niet. Ze hield alleen de deur open zodat Daisy naar binnen kon.

'Pleeg dat telefoontje, mevrouw Dawson.'

Daisy toetste onhandig de code in en dacht aan hoe haar vingers onder het bloed hadden gezeten toen ze die aan de kant van de weg intikte. Ze verdrong de gedachte en concentreerde zich op de namen in zijn lijst met contacten. Ze scrolde naar de M's.

Mercy Callahan. Daisy vroeg zich af hoe Gideons zus aan haar achternaam was gekomen. Wat dat aanging, ze vroeg zich ook af waar Gideon de naam Reynolds vandaan had. Terrill was de naam geweest die hij had gevoerd toen hij in de gemeenschap zat.

Ze tikte op Mercy's naam, niet zeker van wat ze kon verwachten.

Ze haat me niet, had Gideon gezegd. Dat was nou niet bepaald geweldig bemoedigend. Het was heel goed mogelijk dat Mercy zou zeggen dat ze naar de hel kon lopen.

'Hallo, Gideon.' De woorden werden uitgesproken met nauwelijks verholen ongeduld.

'Hallo,' zei Daisy. 'Niet ophangen, alsjeblieft.'

'Met wie spreek ik?' vroeg Mercy scherp.

'Mijn naam is Daisy Dawson. Ik ben een vriendin van je broer. Hij is gewond. Hij wordt geopereerd. Ik dacht dat je dat misschien wel wilde weten.'

Er viel een ogenblik van doodse stilte. Toen: 'Overleeft hij het?'

'Ja,' zei Daisy heel beslist. 'Als je hem wilt opzoeken, hij ligt in UC Davis. Ik weet dat hij je heeft gebeld over het medaillon. De schietpartij hield daar verband mee.'

'O god,' zei Mercy zacht en ze schraapte haar keel. 'Bedankt dat je me dit hebt verteld. Zeg tegen hem... zeg dat ik hoop dat hij niet doodgaat.'

Gideons zus maakte een einde aan het gesprek en Daisy staarde naar het scherm. *Dat ze hoopt dat hij niet doodgaat?* Wat voor een boodschap was dat nou?

'Ze komt niet, hè?' vroeg Molina. 'Gideons zus, bedoel ik.'

Daisy schudde haar hoofd. 'Zo te horen niet.' Ze zette Mercy's nummer snel in haar eigen contactenlijst, voor het geval dat, zette toen de telefoon uit en gaf die aan Molina. Als ze niet over de code beschikte, dan zou Daisy hem haar niet geven.

'Dank je,' zei Molina met een scheve glimlach. 'Ik ben niet van plan zijn telefoon te gebruiken, maar ik waardeer je trouw. En je schietkunst.'

'U bent de enige die niet zegt: "Heb jij het pistool uit zijn hand geschoten?" Dank daarvoor.'

'Ik heb je nagetrokken. Ik heb je hele familie nagetrokken, om eerlijk te zijn. De schietvaardigheid van je zus en jou is indrukwekkend. En je hebt een hooggeplaatste FBI-agent in Boston die persoonlijk voor jullie allemaal instaat.'

Daar moest Daisy om glimlachen. Speciaal agent Joseph Carter was een vriend geworden van zowel Daisy's vader als Taylors biologische vader. 'Agent Carter is een fijne man. Het was aardig van hem om zo over me te praten.' Op dat moment drong tot haar door hoe laat het was. Het vliegtuig van haar vader uit Baltimore zou binnenkort landen. Karl zou hem gaan ophalen.

Ze liet Brutus in haar tas glijden en stak haar hand uit naar Molina. 'Ik moet ervandoor. Mijn vader vliegt vanavond hierheen.' Ze moest diep ademhalen om de spanning op haar borst kwijt te raken toen ze bedacht waarom hij kwam. 'Hij komt me helpen de begrafenis van mijn vriendin te regelen.'

Molina schudde haar de hand. 'Gecondoleerd,' zei ze en het klonk...

gemeend, maar toen was ze weer een en al zakelijkheid.

'Dank u. Ik kom zo snel mogelijk terug.' Daisy aarzelde toen ze bij de deur was. 'Het vermiste kind. Is er iets bekend?'

Molina schudde opnieuw haar hoofd. 'Nog niet. Er zijn verschillende instanties naar op zoek. Als ik iets te melden heb, laat ik het je weten.'

Daisy stapte uit Molina's provisorische kantoortje en werd geconfronteerd met een bekende mannelijke gestalte die bij de deur naar de wachtkamer rondhing. Lang, de brede schouders een beetje hangend in zijn favoriete jasje met de leren elleboogstukken. Frederick Dawson.

'Papa?' Haar vader draaide zich om en Daisy vloog hem om de nek. 'Je bent er.' En voor de tweede keer sinds ze in het ziekenhuis was aangekomen barstte ze in huilen uit.

Haar vaders armen sloten zich om haar heen en hij hield haar zo stevig vast dat ze bijna geen adem kon krijgen. 'Daisy, schat. Ben jij ook gewond?'

'Nee, ik niet.' Ze kon nog steeds niet ophouden met huilen. 'Alleen Gideon.'

'Schat, ik vind het zo erg. Komt het goed met hem?'

'Ja,' zei ze, nog steeds overtuigd, al werd ze steeds minder zeker naarmate de minuten verstreken.

'Mooi zo.' Hij week achteruit om haar gezicht te kunnen bestuderen en het zijne betrok toen hij haar keel zag. 'Wie heeft dat gedaan?'

Daisy was vergeten dat ze geen coltrui meer droeg. 'Dezelfde man die Gideon vanmiddag heeft neergeschoten. Ik heb zijn hand geraakt. Hij moest zijn pistool laten vallen, maar hij is ontsnapt.'

Haar vader knikte grimmig. 'Maar hij heeft nu een FBI-agent neergeschoten. De FBI zal nu op de zaak zitten als een bok op de haverkist.'

'Ik denk dat ze al achter hem aan zaten voor hij Gideon neerschoot. Ze denken dat hij een heleboel vrouwen heeft vermoord, papa.' Ze slikte moeizaam. 'Hij heeft Trish vermoord.'

'Je vriendin. Schat. Dat vind ik zo erg.'

'Ik ook. Ze was zo'n fijn mens. Het is nog niet helemaal doorgedrongen, weet je.'

'Ik begrijp het,' zei hij zacht.

Ze veegde de tranen van haar gezicht. Want hij begreep het echt.

Ze had een vage herinnering aan haar vaders verdriet nadat haar moeder was gestorven. Hij was wekenlang ontroostbaar geweest. Tot hij op een dag uit bed was gekomen en ontbijt voor hen had klaargemaakt net zoals hun moeder altijd had gedaan. Hij hield van ze en beschermde hen zo goed hij kon.

Ze vroeg zich af wat voor vader hij zou zijn geweest als hij nooit in het leger had gezeten. Als hij nooit krijgsgevangene was geweest.

Maar dat kon ze niet hardop uitspreken. Niet tegen hem. Ze wilde hem niet kwetsen.. Dus in plaats daarvan zei ze: 'Je bent vroeg.'

'Ik kon een eerdere vlucht nemen, maar de verbinding was onzeker. Ik dacht: Ik zie wel wanneer ik er ben.'

'Hoe wist je dat je naar het ziekenhuis moest komen?' vroeg ze.

'Ik ben eerst naar Karl en Irina gegaan, rechtstreeks vanaf het vliegveld. Maar alleen Zoya en Damian waren thuis.'

'Zoya wilde meekomen naar het ziekenhuis, maar ze heeft morgen een belangrijk scheikunde-examen. Damien blijft bij haar tot dit gedoe allemaal voorbij is.'

Frederick glimlachte, maar een beetje triest. 'Damien was zo'n mager jochie, maar dat is hij nu niet meer. Nu is hij zo'n enorme beer van een politieman. Ik heb medelijden met de misdadigers die hem kwaad maken. En Zoya? Die is zo groot geworden. Ze zat nog maar net op de kleuterschool toen wij vertrokken. Ik heb zo veel gemist...' Hij schudde even zijn hoofd. 'Hoe dan ook, Zoya vertelde me dat er was geschoten, dat jij hier was, dat je "oké" was, maar Gideon niet. Ik heb na "geschoten" nauwelijks nog iets gehoord. Het lijkt erop dat ik jullie meiden alleen maar aantref nadat jullie je vaardigheden hebben laten zien.'

'Nou, ik ben oké.' Ze aarzelde. 'Maar ik heb zitten denken.'

Hij fronste achterdochtig zijn wenkbrauwen. Bijna angstig. 'Waarover?'

Hij was bang. Haar onbevreesde, dominante vader was bang. *Voor mij?*

Nee. Maar voor mijn mening over hem. Ze schoof het onderwerp van zijn PTSS-gedrag voorlopig even terzijde en keek hem glimlachend aan. 'Dat ik zo blij ben dat je hier bent. Ik heb je zo gemist.'

Zijn opluchting was tastbaar. 'Ik zal er altijd zijn als je me nodig hebt.'

Ze haakte haar arm in de zijne. 'Dat weet ik. Kom mee naar Karl en Irina. Die hebben je ook gemist.'

Hij aarzelde. 'Ik... ik heb een hotelkamer geboekt. Ik ga even inchecken en daarna kom ik terug.'

Ze keek opnieuw naar hem op en verzachtte haar woorden met een glimlach. 'We hebben nog steeds een paar dingen uit te praten, jij en ik. Maar er is één ding dat ik altijd in je heb bewonderd en dat is je integriteit. En je moed.'

Zijn gezicht werd rood van gêne. 'Dat zijn twee dingen.'

Ze klopte hem hoofdschuddend op zijn arm. 'Als je een fout begaat, dan geef je dat toe en vraag je om vergeving. Zelfs aan ons als kind.'

Hij sloot zijn ogen. 'Ik heb hem gekwetst. Karl. Hij was mijn beste vriend en ik ben gewoon weggelopen. Ik vertrouwde hem niet.'

Ze pakte zijn hand en bracht die naar haar wang. 'Papa, weet Karl wat je is overkomen in Midden-Amerika? Dat je gevangen bent genomen? En al het andere?'

Zijn gezicht werd opnieuw rood, dit keer van schaamte. 'Hij was degene die me eruit heeft gekregen,' fluisterde hij.

Daisy voelde dat haar borst zich samenkneep. *Dank je, Karl. Duizendmaal dank.* 'Dus, aan de ene kant, je zou hebben moeten weten dat je hem kon vertrouwen. Dat je dat niet hebt gedaan was niet goed. Aan de andere kant...' Haar stem stierf weg en ze zakte even door haar knieën zodat ze in zijn neergeslagen ogen kon kijken. 'Uitgerekend hij zou begrijpen waarom je de beslissingen hebt genomen die je hebt genomen. Je voelde je in de hoek gedreven en je was bang.'

Haar vader slikte moeizaam. 'Je bent echt slim geworden,' zei hij met schorre stem.

'Ja, nou ja.' Ze kneep in zijn handen. 'Ga naar binnen, papa. Zeg tegen Karl dat het je spijt. Hij zal het je vergeven. Dat weet ik.'

Frederick haalde diep adem. 'Ik weet het ook.'

'Frederick?' vroeg een man.

Ze draaiden zich samen om – en verstijfden. Want Karl stond hen in de deuropening van de wachtkamer gade te slaan met een onkarakteristiek ondoorgrondelijke uitdrukking op zijn gezicht.

Frederick stak aarzelend een hand uit. 'Karl,' fluisterde hij. 'Het is fijn...' Hij schraapte zijn keel. 'Het is fijn je weer te zien.'

Toen overbrugde Karl de afstand tussen hen beiden, sloeg zijn armen om hem heen en drukte hem stevig tegen zich aan. 'Frederick. Welkom terug.'

Zijn vader liet zijn adem ontsnappen en Karl keek haar over Fredericks schouder aan. 'Geef ons even een paar minuten, Daisy. Rafe heeft goed nieuws van Gideons dokter.'

Daisy klopte haar vader zacht op de rug, maar moest zich ervan weerhouden om de wachtkamer binnen te rennen. Rafe en Sasha kwamen overeind toen ze zich naar binnen haastte.

'Gideon is uit de operatie,' zei Rafe. 'Hij is nu in de verkoever.'

Daisy liet opgelucht haar schouders zakken. 'O, de hemel zij dank. En zijn hand? Zal hij die weer kunnen gebruiken?'

'Daar heeft de dokter niets over gezegd,' antwoordde Sasha terwijl ze haar arm in die van Daisy haakte. 'Maar we kunnen hem over een paar minuten zien. Alles is in orde.'

Daisy legde haar hoofd op Sasha's schouder. 'Dank je.'

Sacramento, zondag 19 februari, 17.45 uur

Zandra schrok. Ze had een lichte trilling door het huis voelen trekken. De voordeur. Hij was thuis.

Nee. Alstublieft niet. Het geluid van haar eigen gejammer deed haar ogen prikken.

Ze klemde haar kaken op elkaar. *Nee*, herhaalde ze in gedachten een stuk fermer. Ze verzamelde haar krachten en zette zich schrap.

Bellamy, Anna. Pennsylvania. Fiddler, Janice. Washington. Orlov, Nadia. Illinois. Stevenson, Rayanna. Texas.

Er klonk het geluid van een sleutel in het slot. *DeVeen, Rosamond. Minnesota. Borge, Delfina. Californië. Oliver, Makayla. New York. Danton, Eileen. Oregon.*

Zandra sloot haar ogen. *Martell, Kaley. Californië. Hart, Trisha. Californië.*

Ze bereidde zich voor op de eerste klap, maar die kwam niet. In plaats daarvan hoorde ze een zacht gepiep. Ze deed haar ogen net ver genoeg open om iets te kunnen zien en zag dat hij een kluis opendeed.

En er een pistool uit haalde. En een geluiddemper.

Nee, nee, nee. Nog niet.

Het zal in ieder geval snel zijn. Alstublieft, God, laat het snel zijn.

Maar hij schoot haar niet dood. Hij controleerde alleen maar het magazijn en knikte een keer voor hij het wapen in zijn zak liet glijden.

Ze zag de das om zijn hand pas toen hij hem begon af te wikkelen.

Bloed. Hij zat onder het geronnen bloed.

O. Wauw. Zijn hand. Het zag eruit alsof... alsof hij verscheurd was door een dier.

Dat moest pijn doen.

Dat gaf haar een triomfantelijk gevoel en maakte haar belachelijk blij.

Hij gooide de bebloede das in de vuilnisbak, rommelde in een la en haalde er gaasverband en medische tape uit. Hetzelfde wat hij bij haar had gebruikt.

Want hij had niet gewild dat ze te veel zou bloeden. Hij wilde dat ze in leven zou blijven. Wilde haar bij bewustzijn.

Zeg dat het je spijt, had hij steeds maar herhaald. *Zeg dat het je spijt.*

Val dood, had ze in gedachten gesnauwd.

Hij bleef in de la zoeken en haalde er een pakje hechtnaalden uit. Grote. En nog meer van het hechtdraad dat hij had gebruikt om haar wonden dicht te maken. De wonden die hij in haar lichaam had gekerfd.

Ze keek toe terwijl hij probeerde zijn linkerhand te verbinden met zijn duidelijk niet zo handige rechter. Hij gebruikte uiteindelijk te veel tape om een van de gaasverbanden vast te maken, waardoor zijn duim er als een zooitje uitzag.

Toen wikkelde hij tape om zijn vingertoppen en het topje van zijn duim. *Hij verbergt zijn vingerafdrukken.* Hij maakte het geheel af door zijn ongedeerde hand in een zwarte handschoen te steken, waarbij hij zijn tanden gebruikte om hem aan te trekken. Een laatste zoektocht in de la leverde een hoed op waar al een pruik aan vastzat. Hij zette de hoed op, deed met behulp van een kleine spiegel het haar goed en zette een bril met getinte glazen en een metalen montuur op.

Hij ziet er heel anders uit. Daarom was hij nog nooit gepakt. *Nog niet, in ieder geval.*

'Leuk dat je er ook bij bent,' zei hij zacht.

Ze besefte te laat dat ze haar ogen helemaal had geopend.

Hij keek haar meesmuilend aan. 'Maak je geen zorgen. Zandra. Ik ben je niet vergeten. Ik kom straks terug en dan gaan we nog een beetje plezier maken.'

Toen pakte hij het hechtmateriaal en verliet het kleine vertrek. Ze hoorde de sleutel omdraaien in het slot. Een minuut later voelde ze de lichte trilling opnieuw.

Hij was weg.

Maar hij zou terugkomen.

Bellamy, Anna. Pennsylvania. Fiddler, Janice. Washington.

Zondag 19 februari, 18.25 uur

Hij reed het parkeerterrein op van een van de ziekenhuizen in het uiterste oosten van de buitenwijken van Sacramento. Hij zette de auto naast de personeelsuitgang en liet de motor van zijn MPV stationair draaien. Hij had de pick-up omgeruild voor de MPV bij een supermarkt even ten zuiden van Chico, ongeveer anderhalf uur rijden naar het noorden. Hij had op het parkeerterrein staan wachten tot een medewerker zijn auto wegzette en de winkel binnenging om aan zijn dienst te beginnen. Hij hoopte dat dat hem in ieder geval een paar uur zou geven voor iemand besefte dat het voertuig weg was.

Maar er was niemand op het parkeerterrein geweest die voor een baby kon zorgen, dus had hij het zitje overgebracht naar de MPV en was verder gereden over secundaire wegen om de snelweg te vermijden en niemand had naar hem omgekeken.

Gewoon een vader die met de gezinsauto onderweg was.

Nu was hij klaar voor de laatste fase van zijn ontsnappingsplan nadat hij zich tijdens een snel bezoekje aan huis had bewapend en vermomd. Zijn wond was nog open en bloedde. Hij moest worden gehecht, maar had geen vertrouwen in de vaardigheid van zijn rechterhand.

Hij wachtte en keek uit naar iemand in ziekenhuiskleding die de personeelsuitgang uit zou komen. Velen van hen zouden in de kleedruimte van het ziekenhuis al hun dagelijkse kleding hebben aangetrokken, maar hij hoopte dat in ieder geval één verpleegkundige nog steeds een ok-pak zou dragen. Hij wilde niet per ongeluk een administratieve kracht te pakken nemen.

Hij gaf de voorkeur aan een arts, of een arts-assistent, maar hij zou zó een verpleegkundige pakken. Hij was niet kieskeurig. Hij wilde alleen dat zijn hand werd gehecht.

Uitstekend. Hij zag de vrouw met gebogen hoofd het ziekenhuis uit komen en zijn kant op lopen. Ze zocht iets in haar handtas. Misschien haar sleutels. Het deed er niet toe. Zolang ze niet naar een pistool zocht, kon het hem niets schelen.

Hij liet de motor draaien, stapte uit de MPV en schoof de zijdeur open, waardoor het kind zichtbaar werd, dat nog steeds lag te slapen. Het was eigenlijk ongelooflijk hoe goed het kind zich onderweg gedroeg. Hij boog zich over het kinderzitje en mompelde: 'Sorry meid,' voor hij voorzichtig de speen uit haar mond trok.

Ze trok al slapend een pruillip, maar werd niet wakker.

Hij begon eerlijk gezegd te denken dat er iets mis met haar was. Kinderen hoorden niet zo veel te slapen. Ze was niet eens lang genoeg wakker geworden om te huilen van de honger.

Maakte niet uit.

Dit kind was een hulpmiddel. Meer niet.

De vrouw was bijna bij zijn auto, dus kwam hij in actie. Hij trok de pet die hij droeg omlaag voor het geval er camera's in de buurt waren, wankelde van de MPV in haar pad en trok een paniekerig gezicht.

'Neem me niet kwalijk! Neem me niet kwalijk!' Hij hield zijn hoofd gebogen en dat werkte goed omdat ze klein was. Nog geen 1 meter 50, als ze dat al haalde. 'Bent u arts? Ik heb een dokter nodig.'

Ze ging rechtop staan. 'Ik ben verpleegkundige. Ik kan een dokter voor u roepen.'

'Nee! Nee, alstublieft,' smeekte hij. 'Daar is geen tijd voor. Mijn kind ademt niet meer. Alstublieft. Kunt u me alstublieft helpen?'

Ze kwam meteen in actie. 'Waar is uw kind?'

'Hier.' Hij leidde haar naar de auto, waarvan zowel het portier aan de bestuurderskant als de schuifdeur erachter nog steeds openstond. 'Help me alstublieft. Ze begon van die rare stikgeluiden te maken en –' Hij onderbrak zichzelf, haalde het pistool uit zijn zak en drukte de loop in haar zij. 'Niet gillen, dan doe ik je niets.'

Ze snakte naar adem en verstijfde. 'Wat doe –'

Hij porde met het pistool in haar zij. 'Ga achter het stuur zitten. Geen plotselinge bewegingen. Dóé het.'

Ze beefde. 'Niet schieten. Alsjeblieft, niet schieten.'

'Doe ik niet. Stap in. Maar als je probeert te vluchten, vermoord ik je.'

Ze gleed achter het stuur en hij kroop op de achterbank naast het kind en dook ineen achter de bestuurdersstoel.

'Prima,' zei hij. 'Trek nu de deur dicht.'

Ze gehoorzaamde. 'Ik heb geen geld. Ik geef je al mijn creditcards.'

'Ik heb je geld niet nodig. Ik heb je hulp nodig. Als je me helpt, dan breng ik je weer terug,' loog hij gladjes. 'Kijk niet naar mijn gezicht, dan hoef ik je niet te vermoorden.' Hij trok de schuifdeur dicht. 'Geef me je tas.'

Ze gehoorzaamde met bevende handen. Hij groef in haar tas en vond onder kilo's rommel haar telefoon. Hij hield hem in zijn gehandschoende hand en zei: 'Doe je gordel om. Ik wil niet dat de politie ons aanhoudt. Brave meid. Rij nu langzaam weg en sla links af.'

'W-waar breng je me naartoe?'

'Rij nou maar. Sla links af op Auburn en rij naar het westen. We gaan niet over de I-80.'

Ze reed weg en ging het parkeerterrein af. Haar gezicht zag doodsbleek. 'Is je baby echt ziek, of was dat een leugen?'

'Rij gewoon,' snauwde hij. Toen ze op Auburn Boulevard waren deed hij het raampje open en gooide haar mobieltje naar buiten. Nu kon niemand haar opsporen.

Zondag 19 februari, 18.30 uur

Gideon staarde met rode ogen naar de vingers van zijn rechterhand. 'Beweeg,' zei hij binnensmonds. 'Beweeg, verdomme.' Maar zijn arm lag stil naast zijn lichaam. Nutteloos.

'Geef het even de tijd.'

Zijn hoofd schoot omhoog en hij keek met zijn ogen knipperend naar de deuropening, waar Daisy stond te wachten. Haar blonde haar weerkaatste het verblindende tl-licht. Zoals ze daar stond zag ze er een beetje uit als een engel.

Een scherpschietende engel die hem met haar eigen leven had beschermd.

'Hoi,' zei hij en hij probeerde zijn ogen ten hemel te slaan vanwege zijn eigen gebrek aan welbespraaktheid. Maar zijn hoofd deed pijn en ogen ten hemel slaan stond vandaag niet op het programma.

Ze glimlachte naar hem terwijl ze de kamer door liep en naast zijn bed ging staan. 'Ik krijg twee minuten alleen met jou voor Rafe binnenkomt.' Ze veegde met tedere vingers het haar van zijn voorhoofd en hij sloot zijn ogen terwijl hij terugdacht aan hoe ze dat in de helikopter ook had gedaan. En in bed de nacht ervoor.

Toen voelde hij alleen maar warmte, omdat ze over de bedrand boog en een kus op zijn lippen drukte. Heel lief. Heel kuis.

En heel erg niet genoeg. Hij legde zijn linkerhand op de achterkant van haar hoofd en trok haar, de steek van de naald van het infuus negerend, naar zich toe voor een echte zoen. Ze deed haar lippen voor hem van elkaar en hij proefde haar – chocolade en Daisy. Ze neuriede zachtjes en legde haar hand op zijn wang.

Tot een luid gepiep haar met een schuldig gebaar achteruit deed deinzen.

Hij was buiten adem van de zoen. Zo erg dat het blijkbaar de hartmonitor liet afgaan. Hij probeerde op de monitoren achter het bed te kijken, maar zag Daisy haar gezicht vertrekken terwijl ze iets uit haar haar haalde.

'Je monitor.' Ze liet hem de klem zien die om zijn vinger had gezeten. 'Die is losgekomen en is in mijn haar blijven hangen. Ik zal hem snel terugdoen, voor de verpleegster komt en me eruit smijt.'

Ze klemde hem weer om zijn vingertop en het alarm zweeg. Toen kuste ze hem nog eens licht op zijn mond. 'Hoi.' Ze week ver genoeg achteruit om zijn ogen te kunnen zien. En hij die van haar. Hij had zich in de helikopter vastgeklampt aan haar heldere hemelsblauwe ogen terwijl zij zijn hand vasthield onder de dekens waarin de hulpverleners hem hadden gewikkeld. 'We waren zo bezorgd.'

'Alles is goed met me,' zei hij zacht en het klonk als een belofte.

'Ik weet het. Ik wist dat het goed zou komen, maar toch...' Ze legde haar voorhoofd tegen het zijne. 'Ik ben zo blij dat dit voorbij is.'

Hij keek even naar zijn hand. 'Het is nog niet voorbij.'

Ze schoot weer achteruit en haar grote ogen vulden zich met een vreselijk schuldgevoel. 'Het spijt me. Dat was heel ongevoelig van me. Ik bedoelde alleen...' Ze zuchtte en liet zich in de stoel naast het bed zakken en legde haar handen op de reling. 'Wat heeft de dokter gezegd over je hand?'

'Dat weet ik eerlijk gezegd niet goed.' Hij stak zijn hand uit naar de hare, voorzichtig, opdat hij de vingermonitor niet opnieuw zou losmaken. 'Ik was nogal ver weg toen hij met me kwam praten.'

'Ik laat Rafe dat wel uitzoeken,' beloofde ze. 'Hij is de enige met wie ze willen praten, omdat hij te boek staat als je naaste familie.'

Hij werd overspoeld door een golf van uitgeputte triestheid. 'Omdat ik dacht dat Mercy niet zou komen als ze haar zouden bellen.' Daisy vertrok haar gezicht en sloeg haar ogen neer naar hun handen. 'Heb je haar gebeld? Mijn zus?'

Ze leek zich schrap te zetten voor ze hem weer aankeek. 'Ja. Ze... wenst je het beste.'

Hij zuchtte diep. Hij was hier veel te moe voor. 'Ik denk dat ze pijnstillers in dat infuus hebben gestopt en ik begin weg te zakken. Vertel me nou maar wat ze echt heeft gezegd.'

'Ze zei dat ik tegen je moest zeggen dat ze hoopt dat je niet doodgaat.'

Daar moest hij om lachen, een grimmige geamuseerdheid, vermengd met trieste uitputting. 'Dat zei ze de laatste keer dat ik haar in het pleeghuis zag ook. Ze was dertien en...' Hij schudde zijn hoofd en vertrok zijn gezicht toen dat pijn deed. 'Shit.'

'En wat?' vroeg Daisy zacht.

'En kwaad. Verbitterd. Voornamelijk in de rouw en in shock.'

'Vanwege jullie moeder.'

Hij wilde knikken, maar bedacht zich en hield zijn hoofd stil op het kussen zodat hij in Daisy's lieve gezicht kon kijken. 'Ja. Ik zocht haar op in het pleeghuis waar ze was ondergebracht. In het begin praatte ze niet, maar ik bleef op bezoek komen. Ze gaf me eenlettergrepige antwoorden. Maar die keer was ik er om tegen haar te zeggen dat het een tijd kon duren voor ik weer kwam. Ik begon aan mijn studie en wist niet wanneer ik tijd zou hebben om de rit naar waar ze woonde te maken. Ik probeerde haar te omhelzen, maar ze wilde niet aangeraakt worden. Ze wilde niet met me praten. Ze wilde niets met me te maken hebben.'

Ze veegde het haar van zijn voorhoofd. 'Dat moet pijn hebben gedaan.'

Hij was er bijna aan onderdoor gegaan. 'Ja,' zei hij alleen maar. 'Ik was pas zeventien. Ik wist niet wat ik moest doen. Ik weet niet of ik geweten zou hebben wat ik moest doen als het vandaag was gebeurd.'

'Wat heb je gedaan?'

'Ik heb tegen haar gezegd dat het me speet. Dat ik van haar hield. Dat ik haar miste, zo vreselijk miste. Dat ik had geprobeerd haar te vinden. En onze moeder. Alle dingen die ik al eerder tegen haar had gezegd.' Hij slikte. 'Ik zei dat ik er altijd voor haar zou zijn als ze van gedachten mocht veranderen. En toen wenste ik haar een echt goed leven en maakte aanstalten om te vertrekken. Ze hield me bij de deur tegen. Riep mijn naam.' Zijn ogen prikten bij de herinnering aan Mercy's gezicht, aan de pijn in haar ogen. 'Ze zei dat ze al die tijd had gedacht dat ik dood was. Ze staarde me alleen maar aan en toen zei ze dat ik alsjeblieft niet dood moest gaan. Toen keerde ze me de rug toe en liep weg.'

'En toen?'

Hij haalde zijn ongedeerde schouder op. 'De afgelopen dertien jaar heb ik haar steeds op haar verjaardag gebeld, met Kerstmis, Pasen en op de verjaardag van onze moeder. Ik heb haar maar één keer persoonlijk ontmoet, toen ik haar had opgespoord in New Orleans.'

'Praat ze met je aan de telefoon wanneer je belt?'

'Niet echt.' En nu was de pijn in zijn borst bijna net zo erg als de pijn in zijn arm. Hij bracht haar hand naar zijn lippen en kuste haar vingers. 'Ander onderwerp. Hebben ze hem al?'

'Nee. Ik heb je baas gesproken en ze zei dat het kind ook nog niet is gevonden.'

Hij deed zijn ogen dicht. 'Verdomme.'

'Hé. Mag ik binnenkomen?'

Gideon opende zijn ogen en zag Rafe in de deuropening staan. 'Natuurlijk. Wat heeft de dokter over mijn arm gezegd?'

Rafe trok een stoel bij. 'Een heleboel woorden die ik me niet kan herinneren, maar het komt erop neer dat het niet ongewoon is dat je je vingers niet kunt bewegen en dat het tijdelijk lijkt te zijn omdat je zenuwen zijn "geperst".' Hij maakte aanhalingstekens in de lucht.

Gideon fronste zijn voorhoofd. 'Geperst? Hoe dat zo?'

'Hij zei dat de energiegolf van de kogel het weefsel in je hand heeft "verstoord", wat zo'n beetje wil zeggen dat het weefstel is samengedrukt en je zenuwen heeft samengeperst. Zodra het weefsel tot rust is gekomen zouden de mobiliteit en controle terug moeten komen. Ze kunnen pas over een paar dagen zeggen of je het volledige gebruik van je hand terugkrijgt of alleen gedeeltelijk. Maar hij was optimistisch dat het vrijwel helemaal goed zou komen.'

Gideon voelde zich opnieuw licht in het hoofd, dit keer van opluchting. Daisy kneep in de hand die ze losjes vasthield en hij kuste opnieuw haar vingers. 'Dank je,' zei hij schor.

'Het is niets.' Rafe legde zijn armen op de reling van het bed en slaakte een zucht. 'Ik ga je vertellen wat ik weet, oké? Daarna moet je rusten.'

'Wanneer mag ik weg?'

'Waarschijnlijk morgen,' antwoordde Rafe. 'Ze houden je vannacht hier ter observatie.'

'Ik moet morgen naar Portland.'

'Eh, nee,' zei Daisy beslist. 'Dat gaat niet gebeuren.'

Gideon deed zijn mond open om tegenwerpingen te maken, maar Rafe was hem voor.

'Ze heeft gelijk,' zei Rafe. 'Ik ga.'

'Echt waar?' vroeg Daisy, terwijl Gideon hem alleen maar lag aan te staren.

'Echt waar.' Rafe kreeg een harde blik in zijn ogen. 'Rhee en ik gaan er samen met agent Schumacher naartoe.'

'Schumacher is goed,' gaf Gideon met tegenzin toe. 'Waar gaan jullie zoeken?'

'Ik heb je baas verteld over meneer Danton en Sammie,' zei Daisy. 'Ik heb haar hun contactgegevens gegeven. Sammie zei dat ze zou samenwerken met iedereen die mijn zegen had. Ik ben blij dat ik jou mijn zegen kan geven, Rafe.'

Rafe's gezicht lichtte op bij zijn glimlach. 'Ik ook.' Toen werd hij weer ernstig. 'Luister, Gid, voor je het van iemand anders te horen krijgt, er zijn nog een paar slachtoffers. Het kind in de auto? Ze was bij haar grootouders, die waren gestopt bij een recreatieplek een paar kilometer ten westen van waar jij bent neergeschoten.'

Gideon keek bedenkelijk. 'Waarom hebben ze verdomme een baby in de auto achtergelaten?'

Rafe zuchtte. 'Oma was uitgestapt om te gaan plassen en opa bleef bij het kind. Maar oma nam nogal de tijd en opa dacht dat ze zo terug zou komen en hij moest ook heel nodig. Hij dacht dat de baby niet lang alleen zou zijn.'

Daisy maakte een verstikt geluid. 'Hij moet zichzelf hier ook de schuld van geven.'

Ook? Gideons blik schoot naar haar gezicht. Ze leek te gepijnigd voor alleen maar medeleven. 'Je geeft jezelf toch niet de schuld, hè, Daisy?'

Daisy schudde haar hoofd, maar zonder al te veel overtuiging. 'Nee. Niet echt. Het is zo'n nachtmerrie van oorzaak en gevolg. Ik heb zijn auto kapotgeschoten, dus was hij gedwongen een andere te stelen.' Ze liet haar stem dalen tot een nauwelijks hoorbaar gefluister. 'Ik had beter mijn best moeten doen om hem dood te schieten.'

'Néé,' gromde Rafe. 'Dit is niet jouw schuld. Je hebt alles goed gedaan. Het was zijn keuze om op Gideon te schieten en op jou. Het was zijn keuze om de auto van die vrouw te stelen. En om haar met een kei op haar hoofd te slaan.'

Daisy keek geschrokken op. 'Heeft hij haar gedood?' vroeg ze, nog steeds fluisterend.

Rafe schudde zijn hoofd. 'Nee. Maar ze is even buiten bewustzijn geweest. Haar echtgenoot kwam de toiletten uit en zag haar liggen. Hij heeft meteen de alarmcentrale gebeld.'

'De sheriff is halsoverkop bij ons weggegaan naar die recreatieplek,' zei Daisy.

'Ze moeten meteen een opsporingsbericht hebben laten uitgaan,' voegde Gideon eraan toe. 'Hebben ze de auto gevonden?'

'Ja.' Rafe aarzelde. 'Hij heeft hem gebruikt om over de eigenaar van een pick-up heen te rijden. Die is aan zijn verwondingen bezweken.'

Daisy sloeg haar hand voor haar mond. 'O, god.'

Rafe knikte. 'Zeg dat wel. Het heeft even geduurd voor ze hem konden identificeren. Zijn naam is Ryder Young. Hij was op weg naar het noorden en maakte een omweg om foto's van Mount Shasta te nemen. Gelukkig had hij tegen iemand gezegd waar hij zou zijn en toen hij niet kwam opdagen bij zijn volgende stop, hebben ze de staatspolitie gebeld. Hij had geen identiteitsbewijs.'

'De schutter heeft dat meegenomen om tijd te winnen,' begreep Gideon. 'En het kind zat niet in de gestolen auto?'

'Nee. We kunnen alleen maar aannemen dat de schutter het kind heeft meegenomen. De pick-up van Ryder Young is nog niet gevonden. Die is te oud om gps te hebben, dus het is niet mogelijk om hem fysiek op te sporen. De staatspolitie is op zoek. Iedereen is op zoek. Foto's van de kleine meid verschijnen overal op internet. Amber Alert. Alles. Op dit moment is onze beste kans om de schutter op te sporen via Eileen.'

'Ik heb je telefoon aan je baas gegeven,' zei Daisy tegen Gideon. 'Ze zei dat je e-mail erop stond en dat die geheim was. Ik heb er niet aan gedacht om te kijken of er iets was van je collega's in San Diego.'

Gideon keek niet-begrijpend en probeerde het detail te plaatsen. Het zat ergens in zijn hersenen.

'De zwemmer van de universiteit met de bijna-Eden-tatoeage,' hielp ze.

'O, o ja.' Hij wierp haar een dankbare blik toe. 'Misschien dat hij weet waar de gemeenschap zit.'

Ze bleef zijn haar strelen en dat voelde zo fijn aan. 'Of iemand kent die het weet.'

Rafe moest verward hebben gekeken, want Daisy vertelde hem over de tatoeages die ze online had gevonden.

Rafe maakte een gefrustreerd geluid. 'Gezien wat ze Eileen, Mercy en Gideon hebben aangedaan, mogen we veilig aannemen dat ze te bang waren om aangifte te doen tegen de sekte,' zei hij. 'Hopelijk willen ze wel met ons praten.'

Rafe's woorden riepen bij Gideon beelden op van Eileens bont en blauw geslagen gezicht en de overige verwondingen die Sammie Danton had behandeld.

En uiteraard, Mercy. *Ik had harder moeten zoeken. Ik had ze inmiddels al moeten vinden. Mercy zou gerechtigheid vinden en Eileen zou nog in leven kunnen zijn.*

'Wat je ook denkt op dit moment,' waarschuwde Rafe, 'doe dat níét. Je ging zojuist naar een heel slechte plek.'

Gideon ademde uit. Het was waar. 'Ik zal mijn best doen.'

Rafe ging staan. 'Ik ga ervandoor. Ik moet nog voorbereidingen treffen voor morgen. Gid, doe alsjeblieft wat de dokter zegt. Wees niet jezelf.'

Gideon merkte dat hij nog kon lachen. 'Oké. Is je moeder hier?'

Rafe sloeg zijn ogen ten hemel. 'Natuurlijk. Maar laat haar haar ding doen. Dat heeft ze nodig.'

'Rafe,' riep Gideon toen zijn vriend zich omdraaide om weg te gaan. 'Vertel je me wat je te weten komt? Ook als het slecht is?'

'Oké.'

Toen hij weg was keek Gideon naar Daisy. 'Jij gaat naar de Sokolovs, oké? Geen tegenwerpingen, alsjeblieft. Ik moet zeker weten dat je veilig bent en ook je rust neemt.'

'Ik ga zodra de verpleegsters me eruit knikkeren,' beloofde ze. 'En ik zal waarschijnlijk wel bij Karl en Irina belanden. Mijn vader ook.'

'O, juist. Hij is hier.' Gideon wist niet of dat goed of slecht was tot ze glimlachte.

'Ja. Karl en hij zijn het aan het goedmaken. Als ik bij hen ga logeren geeft dat papa en Karl meer tijd samen, want papa zal een tijdlang niet van mijn zijde wijken.'

'Dat kan ik hem niet kwalijk nemen.'

Ze streelde zijn wang. 'Ik ook niet. Het was heftig vandaag.'

Hij trok een mondhoek op, de pijnstillers kregen de overhand. 'Je hebt mijn leven gered. Je was helemaal Rambo bij die vent.'

Ze liefkoosde zijn lippen met haar duim. 'Geen Rambo. Wat dacht je van Lara Croft? Ik heb haar altijd al willen zijn.'

Hij grijnsde, maar slaperig. 'Ik heb liever jou.'

Ze snoof. 'Ga slapen, Gideon.'

'Blijf je?' mompelde hij.

Ze drukte een zachte kus op zijn slaap. 'Ik zal er morgenochtend zijn wanneer je wakker wordt.'

21

Sacramento, Californië, zondag 19 februari, 19.25 uur

'Daar.' Hij wees naar hun kantoor naast de hangar met alle vliegtuigen van de ouwe. Het vliegveld was verlaten, zoals hij had geweten. De enige vlucht van die dag was een charter naar New York City en Hank en degene die ze hadden gevonden om zijn plaats in te nemen zouden daar de nacht doorbrengen en de volgende ochtend terugvliegen. 'Zet hem in het eerste parkeervak. Blijf van de draden af.' Toen hij de MPV in Chico stal had hij die zonder sleutel gestart. Dat was een vreselijk lastig karwei geweest, aangezien zijn duim en de eerste twee vingers van zijn linkerhand in feite nutteloos waren. Dat wilde hij niet nog een keer hoeven doen.

De verpleegkundige, Amber Shelton, gehoorzaamde. Hij was ingenomen met haar volgzaamheid. Als ze hem snel hechtte, zou hij haar dezelfde dienst bewijzen.

Hij schoof de zijdeur open, klom naar buiten en opende het portier aan de bestuurderskant. 'Eruit.'

'Wat ga je met me doen?' vroeg de verpleegkundige met trillende stem.

'Zoals ik al eerder heb gezegd, als je doet wat ik vraag, zal ik je geen pijn doen.' Hij deed het portier en de schuifdeur dicht, waardoor het kind aan het zicht werd onttrokken. Het was hier zo'n twaalf graden warmer dan in de bergen. Bovendien zou hij de motor laten draaien. De tank was nog voor een kwart vol, voldoende om naar de plek te gaan waar hij zich van de verpleegster zou ontdoen en het kind kon afzetten.

Hij drukte de loop van zijn pistool in haar rug, dwong haar het kantoor binnen te gaan en deed de deur achter hen dicht. Hij zette zijn rugzak op de balie. 'Pak de hechtspullen eruit.'

Haar ogen werden groot. 'Wat?'

'Pak de spullen om te hechten eruit,' herhaalde hij langzaam. 'Je moet de wond in mijn hand schoonmaken, desinfecteren en hechten. Als je me met opzet pijn doet, maak ik je af. Als je probeert te ontsnappen, maak ik je af. Als je doet wat ik je vraag, breng ik je terug naar het ziekenhuis.'

Ze keek naar hem op en haar ongeloof was duidelijk. Maar ze had niet veel keuze, of wel soms? Nee, ze had geen keuze. Ze moest tot dezelfde conclusie zijn gekomen, want ze zocht in de rugzak en legde alles klaar wat ze nodig had om zijn hand te verzorgen.

Ze wikkelde het verband af. 'Dit ziet er al ontstoken uit. Je moet antibiotica hebben.'

'Ik weet het,' zei hij zacht, blij dat ze zo zachtaardig was.

Hij zou bijna willen dat ze een trut was. Maar dat was ze niet. Ze maakte de wond schoon en naaide die vakkundig en snel dicht. Toen deed ze er nieuw verband om.

Ze deed een stap achteruit en vermeed hem aan te kijken. Hij pakte de overgebleven hechtmaterialen en stopte die terug in de rugzak. Hij deed de bebloede gaasverbanden in het voorvak. Die zou hij niet achterlaten.

'Dank je,' zei hij. 'Kom, we gaan.'

Hij gebaarde dat ze weer achter het stuur moest gaan zitten en nam zelf zijn plaats achter haar stoel weer in. Nadat de portieren waren gesloten, dirigeerde hij haar in noordelijke richting, voorbij het Sacramento International Airport. 'Blijf deze weg volgen.'

Ze deed wat haar werd gezegd en sloeg af wanneer hij dat zei. Ze beefde van angst naarmate ze dichter bij de rivier kwamen. Ze bracht de MPV abrupt tot stilstand op de tweebaans afrit.

'Nee,' zei ze beslist. 'Ik ga het je niet gemakkelijker maken. Je wil me vermoorden en me in de rivier gooien. Je mag me het hele eind slepen. Ik rij niet naar de oever.'

Hij kon niet anders dan respect hebben voor haar moed. Maar dat veranderde niets aan wat hij te doen had. 'Oké,' zei hij. 'Wat jij wil.' Hij boog zich voorover, maakte haar veiligheidsgordel los, en met de onderarm van zijn gewonde hand achter haar hoofd duwde hij haar snel uit evenwicht en over de middenconsole.

Hij zette zijn pistool tegen haar hoofd en haalde de trekker over. Hij was blij met de geluiddemper; een zachte plop later viel ze over de middenconsole op de passagiersstoel.

Hij reed naar de oever van de rivier en vond een stuk weg zonder iets in de buurt. Niemand die kwam of ging. Niemand die kon zien wat hij aan het doen was. Hij deed het portier aan de passagierskant open, trok het lichaam van de vrouw naar buiten en schopte haar toen de rivier in.

Ze zou uiteindelijk ergens aanspoelen, maar hopelijk niet voor de ochtend.

Toen stapte hij weer in en reed terug naar de stad.

Zondag 19 februari, 19.45 uur

Daisy trof haar vader en Karl aan in de wachtruimte. Ze waren aan het praten. En aan het glimlachen. De ogen van beide mannen zagen rood en Daisy vond dat veelbelovend. Ze gingen allebei staan toen ze binnenkwam. 'Ben je eruit geschopt?' vroeg Karl.

Ze omhelsde hen en ging op de lege stoel tussen hen in zitten. 'Dat klopt,' zei ze toen ze waren gaan zitten. 'Irina zei dat ik iemand anders nu eens de kans moest geven. Daar bedoelde ze zichzelf mee.' Ze pakte haar vaders hand. 'Hebben jullie het afgezoend en goedgemaakt?'

Karl grinnikte. 'Jazeker.'

'Behalve dat Irina het zoenen voor haar rekening heeft genomen,' voegde Frederick eraan toe. 'Hoe gaat het met agent Reynolds?'

'Pissig dat hij morgen niet weer aan het werk kan,' zei ze schouderophalend. Ze legde haar hoofd tegen haar vaders schouder en deed met een zucht haar ogen dicht. 'Ik ben moe.'

'Dat is volkomen logisch,' zei Frederick zacht en hij drukte een kus op haar voorhoofd. 'Het zijn een paar drukke dagen geweest.'

Nu ze wist dat alles goed was met Gideon, was haar hoofd wakker, en ook al was haar lichaam doodmoe, haar hersenen werkten op volle toeren. 'Dat kun je wel zeggen.'

'Ik breng je naar Karls huis,' zei Frederick. 'Je moet slapen.'

Daisy schudde haar hoofd. 'Ik blijf.' Ze stak haar hand op voor haar vader zijn afkeuring kon laten blijken. 'Hij heeft gevraagd of ik wilde blijven. Ik heb beloofd dat ik er zal zijn wanneer hij wakker wordt.'

Frederick zuchtte. 'Oké dan. Dan moet je blijven.'

Nu ze wist dat alles goed was met Gideon, kon ze alleen nog maar het lichaam van Trish voor zich zien, onder het bloed op de vloer van haar woonkamer. 'Trish is nu al bijna achtenveertig uur dood. Ze ligt al vierentwintig uur in het mortuarium. Hoelang duurt het nog voor ze haar lichaam vrijgeven?'

Frederick sloeg een arm om haar schouder. 'Ik weet het niet.'

'Rafe weet het wel,' zei Karl. 'Ik vind het zo erg, schat. Het was zo'n lieve meid.'

'Ja, dat was ze,' stemde Daisy verdrietig in. Ze voelde zich plotseling beklemd en benauwd. 'Ze hebben mij genoteerd als haar naaste familie. Ze had geen familie. Ik moet bepalen hoe... wat er met haar moet gebeuren.'

Karl stak zijn hand naar haar uit en tilde haar kin omhoog tot ze hem aankeek. 'Ze had familie, Daisy. Ze had ons. We zullen je helpen met de voorbereidingen. Maak je geen zorgen. Als Rafe niet weet wanneer haar lichaam wordt vrijgegeven, dan bel ik het mortuarium. Irina en ik hebben vrienden in de uitvaartbranche. We zullen iemand vinden die voor Trish kan zorgen, oké?'

Daisy voelde haar ogen prikken. 'Dank je. Ik heb nog nooit eerder een begrafenis geregeld.'

'Is dat wat je wil?' vroeg Karl. 'Een traditionele begrafenis?'

'Ik denk dat zij dat zou willen,' mompelde Daisy.

'Nou,' zei Frederick met een zucht, 'zij zal het niet weten. Jij wel. Uitvaarten zijn er voor de levenden, schat. Het is een gelegenheid voor haar vrienden om samen te komen en haar leven te vieren.'

'Dan is dat wat we zullen doen,' fluisterde ze. 'Trish heeft een heleboel vrienden.' Ze vertrok haar gezicht. 'Hád een heleboel vrienden. Ze is hier in de omgeving opgegroeid, dus ze had een heleboel vrienden buiten het werk en school en de AA. Mensen die ik nooit heb ontmoet. We zullen het nieuws bekendmaken en een feest geven in het gemeenschapscentrum. Dat is wat ze zou hebben gewild. Ik zal Rosemary vragen me te helpen een ruimte te reserveren. Ze is mijn sponsor en regelt de ruimte voor de AA. Zij zal weten wie ze moet vragen om een vertrek dat groot genoeg is voor alle vrienden van Trish.'

Beide mannen deden er het zwijgen toe. 'Wat?' vroeg ze terwijl ze van de een naar de ander keek.

'We moeten voor beveiliging zorgen,' zei Frederick. 'Voor het geval hij een nieuwe poging onderneemt om je te pakken te krijgen.'

Want die klootzak liep nog steeds vrij rond. Wel met een stuk uit zijn hand. 'Ik ben het ermee eens dat we voor beveiliging moeten zorgen, maar niet omdat hij achter mij aan zit. Hij heeft op Gideon geschoten.'

'En als hij hem had gedood?' vroeg Frederick op kalme toon. 'Dan zou hij jou als volgende hebben doodgeschoten.'

Opnieuw schoot het beeld van het verminkte lichaam van Trish door haar hoofd. 'Je hebt gelijk,' gaf ze toe. *Dat had ik kunnen zijn. Dat had hij mij aan kunnen doen.* 'We zullen de FBI en de politie vragen om de boel in de gaten te houden, voor het geval hij binnendringt bij de bijeenkomst voor Trish.'

'Hoe herkennen we hem?' vroeg Karl. 'Afgezien van een algemene beschrijving weet niemand hoe hij eruitziet. En als je er een open uitnodiging van maakt, dan weet je niet wie er hoort te zijn of wie uit sensatie is gekomen of om een verhaal te maken of... jou te pakken te nemen.'

'Hij heeft om te beginnen een gewonde hand.' Daisy dacht aan de naakte huid onder de holte van Trish' keel. 'En hij draagt waarschijnlijk haar halsketting.'

Zondag 19 februari, 20.40 uur

Hij zette de MPV op de parkeerplaats van het ziekenhuis dat het dichtst bij zijn huis was. Er was geen speciale kinderafdeling, maar er was een algemene afdeling spoedeisende hulp en dat zou moeten volstaan. Zijn hand klopte, hij had hoofdpijn en hij was volkomen uitgeput. Hij had de nacht ervoor slecht geslapen in zijn auto terwijl hij stond te wachten tot agent Reynolds en Daisy uit hun hotel zouden komen, daarna die vreselijke klerezooi op de berg en toen de rit naar huis.

Tel daar nog het vermoorden van de verpleegkundige bij op en hij had een verdomd drukke dag gehad.

Bijna klaar. Bijna thuis. Hij stapte uit en keek om zich heen of iemand hem had gezien. Hij zag niemand, schakelde de motor uit, en het enige wat er overbleef was een weldadige stilte. Hij deed de portieren van het slot en stapte opnieuw uit. Hij schoof de zijdeur open.

Het kind staarde naar hem op, een en al knipperende bruine ogen. 'Tot kijk, meid. Het spijt me allemaal.' Toen vergewiste hij zich ervan dat zijn hoofddeksel goed zat en dat zijn gezicht verborgen werd door de pruik.

Hij begon in de richting van zijn eigen huis te lopen. Het enige wat hij wilde was een douche en zijn eigen bed. En na een nacht lekker slapen wilde hij Zandra. Gelukkig had hij haar nog steeds bij de hand, want hij zou tegen de ochtend stijf staan van de stress.

Hij was vijf straten verder toen hij een telefooncel zag. Hij trok de pet over zijn ogen om zijn gezicht te verbergen, nam de hoorn van de haak en belde de alarmcentrale.

'Wat is de aard van uw noodgeval?'

'Ik heb een achtergelaten baby gezien in een auto op het parkeerterrein van het ziekenhuis.'

'Welk ziekenhuis, meneer?'

'Dat op de hoek van Joanne en 41st.' Hij hing op voor de centralist verder kon vragen.

Hij had nog anderhalve kilometer te gaan voor hij thuis was. Hij had dit stuk al wel honderd keer gelopen op zijn ochtendrondje hardlopen, maar toen was hij niet doodmoe geweest en had hij geen kapotgeschoten hand gehad.

Hij was eerder ook niet één stap verwijderd geweest van een leven in de gevangenis. Het reële gevaar dat hij werd gepakt gaf hem die extra stoot energie die hij nodig had om de rest van de afstand af te leggen.

Hij liet zichzelf binnen en liet vervolgens Mutt binnen vanuit de achtertuin. 'Sorry dat ik je buiten heb gelaten. Ik wed dat je honger hebt.' Hij gaf de hond te eten en sleepte zich toen naar de douche.

Hij slaakte een zucht van verlichting. Hij had het geflikt. Hij had zijn huis bereikt, waar de politie hem nooit zou vinden. Hij had de baby afgehandeld. Morgen zou hij de FBI-man en Daisy afhandelen. Maar nu... slaap. Dat was alles wat hij wilde.

Maandag 20 februari, 02.10 uur

De kloppende pijn in zijn arm wekte Gideon uit een onrustige slaap, maar het was het gesnik dat hem helemaal wakker maakte. Hij draaide zich om en zag Daisy in de stoel naast hem zitten met haar hoofd gebogen en haar armen stijf over elkaar geslagen.

Haar schouders schokten van de snikken die ze wanhopig probeerde in te houden.

Zijn hart brak bij de aanblik van haar. Ze had de afgelopen dagen zo veel doorgemaakt, maar toch had ze voortdurend haar zelfbeheersing weten te bewaren. 'Hé,' zei hij en zijn stem klonk schor.

Ze keek door haar haar naar hem op met één hand voor haar mond, terwijl ze met de andere haar tranen wegveegde. Ze draaide haar hoofd weg zodat hij haar gezicht niet kon zien en slaakte een sidderende zucht. 'Sorry. Het was niet mijn bedoeling je wakker te maken.'

'Dat heb je ook niet gedaan. Dat heeft mijn arm gedaan. Waarom zit je in een stoel te slapen? Je zou bij Karl en Irina moeten zijn, in een echt bed.'

'Je vroeg me te blijven.'

Hij fronste zijn wenkbrauwen. 'Echt waar?'

'Echt waar.' Ze pinkte nog een paar tranen weg. 'Je had denk ik goede pillen gekregen. Je was bezig in slaap te vallen.'

'Dat was nogal egoïstisch van me om te vragen,' zei hij. 'Maar ik vind het moeilijk om spijt te hebben van mijn acties.' Hij zou er wel aan kunnen wennen om naast haar knappe gezicht wakker te worden. 'Kom hier.' Hij klopte op de rand van het bed. 'Doe dat hek omlaag en kom erbij liggen.'

Ze keek achterom. 'Ik denk dat de verpleegsters dan gaan gillen.' Maar ze stond op en boog zich over de reling om een kus op zijn voorhoofd te drukken. 'Je moet weer gaan slapen.'

'Dat kan ik niet.' Hij klopte opnieuw op het bed. 'Ik wil geen pijnstillers meer, dus kom hier en laat me aan andere dingen denken.' Hij knipperde met wat naar hij hoopte smekende puppyogen waren. 'Je zou een humanitaire daad stellen.'

Haar mond vertrok even. 'Humanitair, hè?'

Hij knikte ernstig. 'Kom even bij me liggen. Als de verpleegsters moeilijk doen, zullen we ons diep verontschuldigen.'

Ze liet de reling zakken. 'Ik wil je geen pijn doen.'

'Dat gebeurt niet,' zei hij vastberaden.

Ze keek twijfelachtig, maar klom voorzichtig op het bed en nestelde zich zo dat haar hoofd op zijn linkerschouder lag. Ze ging dicht tegen hem aan liggen en legde haar hand op zijn hart.

'Is dit goed?' vroeg ze zacht.

Hij zuchtte tevreden. 'Perfect.' Hij kuste haar op het hoofd. 'Waar is Brutus?'

'Die ligt op de vloer te slapen. Ik denk dat ze even vrijaf moest hebben. Ik heb haar vandaag nogal vaak geaaid.'

Want het was een tamelijk akelige dag geweest. Maar toch, hij hield Daisy tegen zich aan en dat was zo fijn. 'Ze moet zo langzamerhand wel honger hebben.'

'Sasha heeft eten voor haar meegenomen. Maak je geen zorgen.' Ze klopte op zijn borst. 'Ga slapen.'

Hij dacht niet dat dat zou lukken. 'Gaat het nu wel?' fluisterde hij en hij hoopte dat hij haar dezelfde troost bood die ze hem gaf.

'Natuurlijk.'

Stomme vraag, Gideon. Natuurlijk gaat het niet. Ze huilde net nog tranen met tuiten. Hij maakte een geluidje diep in zijn keel. 'Oké, ik probeer het nog een keer. Gaat het nu wel?'

Ze hief haar hoofd om hem boos aan te kijken. 'Als je mijn antwoord niet wil, dan had je de vraag niet moeten stellen.'

'Oké,' zei hij. Ze legde haar hoofd weer op zijn schouder en hij ging met zijn gezicht over haar haar. Hij genoot van het gevoel wanneer het in de stoppels op zijn kaken haakte. 'Waarom huilde je?'

Ze deed er lange tijd het zwijgen toe. 'Trish,' zei ze ten slotte. 'Ik kende haar pas een halfjaar, maar zij en ik... we pasten bij elkaar. Sasha en ik zijn al een eeuwigheid bevriend en ik hou van haar als van een zus, maar Trish was de eerste met wie ik zelf bevriend raakte sinds we ons schuil hadden gehouden.' Haar stem daalde tot een gekweld gefluister. 'Ik kan niet geloven dat ze er niet meer is. Ik wil er niet aan denken hoe erg ze heeft geleden, maar dat is het enige waar ik aan kán denken.'

Hij wilde tegen haar zeggen dat alles goed zou komen, wilde beloven dat ze de man die haar vriendin had vermoord te pakken zouden krijgen, maar ze had het lichaam zelf gezien. Simpelweg tegen haar zeggen dat ze er niet aan moest denken was eerlijk noch redelijk. Maar hij kon wel proberen haar af te leiden. Helaas niet op de manier waarop hij haar de avond ervoor had afgeleid. Maar hopelijk zou dit net zo goed werken.

'Vertel me eens over haar. Hoe je haar hebt ontmoet. Vertel me over de dingen die jullie samen deden.'

'We hebben elkaar bij de AA ontmoet,' begon ze, 'en het klikte meteen.' Ze bleef praten en begon toen te huilen en doorweekte zijn ziekenhuishemd met haar tranen. Na een tijdje kwamen haar woorden trager en werden ze onduidelijker. Toen viel ze in slaap op zijn borst, net als ze de avond ervoor had gedaan.

Hij wist niet goed hoeveel tijd er was verstreken toen de verpleegkundige binnenkwam om te controleren hoe het met hem ging, want hij was ook in slaap gevallen.

'Agent Reynolds,' zei de verpleegkundige zacht en hij werd met een schok wakker.

Hij keek smekend naar de vrouw op. Hij was erachter gekomen dat ze nogal meegaand was en een zoon had die bij de politie zat. 'Laat haar slapen,' mompelde hij. 'Alsjeblieft.'

'Ik wou dat ik dat kon doen, maar ik moet uw vitale functies controleren en ze ligt in de weg.'

Daisy verstijfde, hapte verward even naar adem en hij begreep dat ze wakker was. Ze hief haar hoofd en kneep haar ogen samen voor ze ze bijna komisch opensperde. 'O. O, sorry.'

'Blijf liggen,' zei hij streng, maar ze schudde haar hoofd.

'Het geeft niet,' zei ze en ze verzachtte haar woorden met een glimlach. 'Ik heb gekregen wat ik nodig had, dus dankjewel. De zuster moet haar werk doen en ik moet Brutus uitlaten.' Ze liet zich van het bed glijden en pakte de wolbaal op die zich op haar grote tas had opgerold.

Zijn hartslag schoot als een raket omhoog. Brutus uitlaten? Buiten? Geen schijn van kans. 'Dáísy!' Haar ogen schoten weer naar hem, groot en geschrokken.

'Wat?'

'Agent Reynolds,' waarschuwde de verpleegkundige. 'Een beetje minder, alstublieft.'

Hij haalde diep adem. 'Je kunt niet naar buiten, Daisy. Vraag iemand anders om haar uit te laten. Alsjeblieft.'

Er verscheen een begripvolle blik in haar ogen. 'O, natuurlijk.' Ze lachte bitter. 'Ik was het bijna vergeten. Hoe maf is dat?'

Hij dwong zijn spieren zich te ontspannen. 'Je had andere dingen aan je hoofd.'

Ze snoof gefrustreerd. 'Sorry. Het was niet mijn bedoeling dat te laten gebeuren.' Ze wees naar de monitor waarop te zien was dat zijn hartslag langzaam lager werd. 'Ik zal voorzichtig zijn. Dat beloof ik. Ik ga niet naar buiten. Ik kom gauw terug.'

De verpleegkundige slaakte een zucht en voerde de noodzakelijke controles uit. 'Arme meid,' zei ze bemoederend toen Daisy weg was. 'Ze is de afgelopen dagen door de mangel gehaald. Ik vond het vreselijk om haar wakker te moeten maken. Maakt u zich geen zorgen. Er is meer dan genoeg extra beveiliging vanavond.'

'Vanwege ons?'

Ze schudde haar hoofd. 'Nou, niet alleen vanwege jullie. Dat kleine meisje dat is ontvoerd nadat u was neergeschoten? Ze is bij Mercy gevonden.'

Gideon schoot overeind, waardoor een nieuwe pijnscheut door zijn arm trok. 'Mercy? Waar?'

De zuster deed een halve stap achteruit. 'Het Mercy Hospital is hier maar tien minuten rijden vandaan.'

'O.' Zijn longen stootten in één keer alle lucht naar buiten. 'Het spijt me. Mijn zus heet Mercy en ik –' Hij hield op om te voorkomen dat hij begon te wauwelen. 'Ik wilde u niet laten schrikken.' Hij raapte zijn gedachten weer bij elkaar. 'Was alles in orde? Met het meisje?'

'Niets aan de hand. Een beetje uitgedroogd, misschien. Dat is wat ik uit de geruchten heb begrepen. De politie heeft nog geen verklaring laten uitgaan.'

'Hoe hebben ze haar gevonden?'

'Een telefoontje naar de alarmcentrale. Nogmaals, dat is wat ik heb gehoord.'

Telefoontje naar de alarmcentrale? Krijg nou wat. 'Vertellen de geruchten ook wie het telefoontje heeft gepleegd?'

Ze schudde haar hoofd. 'Voor zover ik weet niet. Als ik meer informatie te horen krijg, dan laat ik het u weten. Hoe dan ook, ze hebben bij alle ziekenhuizen in de omtrek de beveiliging opgeschroefd voor het geval hij in de buurt is. We breken onze nek over de agenten. Uw vriendin zal niets overkomen.'

Ja, dat was zo. Want hij zou hier weggaan. Zo snel als enigszins mogelijk was.

'U bent weer toe aan pijnstillers,' zei de verpleegkundige. 'Laat me maar weten wanneer u ze wil hebben.'

Dat zou nooit zijn. Hij kon niet weer wegzakken. 'Het gaat prima zonder.'

'Ik vermoedde al dat u dat zou zeggen. Jullie politiemensen zijn allemaal hetzelfde. U weet hoe u me kunt bereiken als u me nodig hebt.'

'Ik moet even bellen,' zei hij.

Ze wees naar de afstandsbediening van de tv. 'Aan de andere kant zit een telefoon.'

Toen ze weg was klapte hij de telefoon open en belde zijn baas. 'Met Gideon,' zei hij toen hij werd doorgeschakeld naar haar voicemail. 'Mijn laptop zat in mijn auto in Macdoel. Ik neem aan dat iemand van het bureau hem heeft opgehaald. Kunt u hem naar het ziekenhuis laten brengen?' Hij gaf haar zijn kamernummer. 'Ik moet ook mijn telefoon hebben. bedankt.'

Hij had werk te doen.

22

Sacramento, maandag 20 februari, 06.15 uur

'Goedemorgen, a–' Zijn baas onderbrak haar begroeting toen Gideon een vinger tegen zijn lippen hield en vervolgens naar Daisy wees die in de stoel naast zijn bed zat te slapen. 'Agent Reynolds,' ging Molina op fluistertoon verder.

Gideon wees naar de lege stoel aan de andere kant van zijn bed. 'Goedemorgen,' zei hij zacht. Hij knikte in de richting van de laptoptas die aan Molina's schouder hing. 'De mijne?'

'Ja. Met je mobieltje.' Ze legde ze voorzichtig naast hem op het bed. 'Je wordt niet geacht te werken. Je bent officieel met ziekteverlof tot je genezen bent verklaard en weer mag gaan werken.'

Gideon wierp haar zijn beste onschuldige blik toe. 'Dat zal ik niet doen. Beloofd.'

Ze snoof. 'Ja hoor.' Ze ging op de stoel zitten en wierp een blik in de richting van Daisy. 'Ze moet naar huis om uit te rusten.'

Hij zuchtte. 'Toen ik gisteravond onder de pijnstillers zat heb ik haar blijkbaar gevraagd te blijven.'

'Ik denk dat ze ook niet zou zijn gegaan als je het niet had gevraagd. Ze is trouw. En slim. Ze heeft me gisteravond gebeld.'

Gideon keek haar met de ogen knipperend aan. 'Echt waar?'

'Echt waar. Ze heeft gevraagd of we bewakingscamera's willen plaatsen bij het ontmoetingscentrum waar ze de rouwbijeenkomst voor mevrouw Hart houden. Ze zei dat we moesten uitkijken naar een man met een gewonde hand die mogelijk de ketting van haar vriendin om heeft. Dat zullen we uiteraard doen.'

'Mooi,' mompelde Gideon.

Molina keek Gideon even meelevend aan. 'Ik geloof niet dat het al is doorgedrongen. Dat haar vriendin er niet meer is, bedoel ik. Ze leek zo... rationeel.'

'Ze is rationeel.' En loyaal en slim. En onverschrokken. De herinnering aan hoe ze die helling op geklauterd was met zijn geweer, hoe ze te voet achter die auto aan was gegaan... daar kreeg hij nog steeds een wee gevoel van in de buik. 'En de dood van haar vriendin begint door te dringen.'

Zijn ziekenhuishemd was nog steeds een beetje vochtig van waar ze op hem had liggen huilen. En toen had ze hem haar in zijn armen laten houden. Hij was degene geweest die haar troost bood. Dat voelde veel te goed.

Wat er ook voor nodig mocht zijn, hij zou dat gevoel vasthouden.

'Ik heb gehoord dat dat meisje is gevonden,' zei hij tegen zijn baas. 'Dat zei mijn nachtzuster.'

'Het is overal op het nieuws, dus dat verbaast me niets.'

'Gaat het nog steeds goed met haar?'

'Uh-uh. Haar grootouders hebben toegegeven dat ze haar een flinke dosis slaapmiddel hadden gegeven. Ze maakten een lange rit en wilden haar rustig houden.'

'Heerlijk,' zei hij sarcastisch.

'Ja, nou ja.' Ze haalde haar schouders op. 'Ik weet niet of er een aanklacht tegen ze wordt ingediend of niet. Dat het kind zo stil was heeft haar misschien wel gered. Als ze had gegild, had hij haar misschien ook vermoord.'

'Ook?' vroeg Gideon met zachte stem. 'U bedoelt afgezien van de man bij dat uitzichtpunt?'

'Ik hoop dat hij de enige is. Hij heeft een verpleegkundige ontvoerd van het parkeerterrein van een ander ziekenhuis. Ze is sindsdien niet meer gezien.' Ze vertrok haar gezicht. 'Het interieur van de MPV waarin dat kind is gevonden zat onder het bloed.' Ze zuchtte. 'En stukjes hersenen.'

God. 'Hij heeft de verpleegkundige doodgeschoten.'

'Daar lijkt het wel op.'

'Hij had medische verzorging nodig,' merkte Gideon grimmig op. 'Daisy heeft hem in ieder geval goed geraakt. Hopelijk zal dit hem een beetje afremmen. Wat nu?'

'Agent Schumacher en rechercheurs Sokolov en Rhee gaan naar Portland.'

Dat detail herinnerde hij zich nog vaag van de avond ervoor. 'Is er iets naar boven gekomen over het kenteken van die beige auto?' Want

Daisy had dat doorgegeven toen ze naar het alarmnummer belde. Dat herinnerde hij zich ook nog vaag.

'Dat staat op naam van Delfina Borge. Volgens het bureau rijvaardigheidsbewijzen van Californië woont ze in Blythe. Dat is vlak bij de grens met Arizona. Ze is nooit als vermist opgegeven. We nemen contact op met haar werkgever zodra hun kantoor opengaat. Ze was professor op een kleine universiteit. Haar laatste post op sociale media was dat ze ontslag had genomen en op het punt stond om aan een wereldreis van twee jaar te beginnen. Dat was meer dan een jaar geleden.'

'Hoe zit het met de overige slachtoffers? Wat hebben we ondernomen om een verband tussen hen te leggen?'

Er flakkerde iets van ergernis in haar blik, maar Gideon dacht niet dat die aan hem gericht was. 'Het team is ermee bezig,' zei ze. 'Tot dusver hebben ze geen dingen gevonden die ze gemeen hadden. Zelfs als de laatste gangen van een slachtoffer konden worden nagegaan is er geen sprake van een patroon. Een paar waren voor het laatst in een bar gezien. Eén in de bioscoop. Ze had net een horrorfilm gezien. Eén bij een concert.'

'Wie trad er op?' vroeg Gideon.

Molina schudde verward haar hoofd. 'Barry Manilow, nota bene. De beveiliging daar was heel meegaand. Ze sturen ons vandaag videobanden.'

Banden. Gideon bleef stil liggen terwijl zijn hersenen met een bijna hoorbare klik in werking traden. De dierenwinkel van zaterdag. De beveiliging van het winkelcentrum had ook meegewerkt. Ze hadden hem een digitale file gegeven van de bewakingsbeelden van de parkeerplaats buiten bij de dierenwinkel tijdens de adoptiesessie.

De beige auto had hen gevolgd toen ze naar Redding gingen. Stel dat hij hen al langer had gevolgd.

'Daisy heeft zaterdag vrijwilligerswerk gedaan bij een dierenwinkel,' zei hij. 'Die fungeerde als gastheer voor een adoptie-evenement van een dierenopvang.'

'Je denkt dat hij jullie daarvandaan heeft gevolgd?'

'Het is een mogelijkheid.'

'Ik vraag de beelden van het winkelcentrum op,' zei ze. 'Dank je.'

'Tot uw dienst.' Hij bood haar niet zijn kopie van de beelden aan. Het bureau zou sowieso zijn eigen exemplaar moeten hebben, redeneerde hij. Keten van bewijs en zo. Vooral nu hij erbij betrokken was als slachtoffer. *Klootzak van een schutter. Mij tot slachtoffer maken.*

Maar als ik hem als eerste zie kan ik ze vertellen waar ze op de beelden naar moeten zoeken. Hij was er vrijwel van overtuigd dat hij de beige auto te zien zou krijgen. Zien wie er achter het stuur zat zou de kers op de taart zijn.

Molina stond op en bestudeerde zijn gezicht aandachtig. 'Je moet rusten, agent Reynolds.'

Hij knikte ernstig. 'Ja, mevrouw.'

Ze sloeg haar ogen ten hemel. 'Je lult maar wat, Gideon.'

Daarmee ontlokte ze hem een verraste lach. 'Ik kan van hieruit niet veel anders dan rusten,' zei hij.

'Uh-uh. Je bent met ziekteverlof tot de dokter zegt dat je weer aan de slag mag.'

'Dat weet ik.'

Ze zuchtte. 'Ik meen het. Maak het niet nog erger dan het al is, oké?'

'Hé, ik maakte gewoon een ritje met een knappe meid,' zei hij luchtig. 'Het is niet mijn schuld dat een of andere hufter op me heeft geschoten.'

Vanuit de stoel waar Daisy lag te slapen klonk een licht geluid. Iets tussen een hoest en een lach. Oké, dus ze sliep niet echt. 'Daisy?'

Ze ging rechtop zitten en wreef in haar ogen. 'Sorry. Ik sliep echt tot je begon te lachen, Gideon. Ik heb het grootste deel van "niet mijn schuld" opgevangen.'

En het stukje over 'knappe meid', dacht hij. Haar wangen waren charmant roze.

Daisy ging staan. 'Ik wacht buiten wel als jullie je vergadering willen afmaken.'

'Nee,' zei Gideon.

'Niet nodig,' zei Molina op hetzelfde moment. 'Ik stond op het punt te gaan.' In de deuropening draaide ze zich om en richtte een vinger op Gideon. 'Ik meen het,' zei ze, heel ernstig. 'Je hebt verlof. Er wordt een agent belast met je beveiliging.'

Dat was goed. Dat zou Daisy beschermen. 'Dank u.'

Molina kneep haar ogen tot spleetjes, alsof ze zijn gemakkelijke acceptatie van een lijfwacht niet vertrouwde. 'Je gaat geen onderzoek doen in deze zaak. Is dat duidelijk?'

'Ja, mevrouw. Volkomen.'

Ze rolde opnieuw met haar ogen. 'Anders krijg je te maken met disciplinaire maatregelen.'

'Ik begrijp het.'

'O, jezus christus,' mompelde Molina terwijl ze de deur achter zich dichtdeed.

Daisy knipperde met haar ogen en rolde haar hoofd van links naar rechts. 'Wat was dat?'

Hij keek haar glimlachend aan. 'Niets waar je je zorgen om hoeft te maken.'

Ze stond op en hing de tas met Brutus om haar schouder. 'Ik ga koffie halen. Wil je ook?'

'Ja, graag.' Hij aarzelde. 'En bedankt dat je bent gebleven. Ik had niet beseft hoe hard ik het nodig had om je te zien wanneer ik wakker werd tot ik wakker werd en je daar zag zitten.'

Haar glimlach deed haar ogen oplichten. 'Ik wilde blijven.' Ze legde een hand om zijn kaak en haar duim ging door de stoppels terwijl ze hem streelde. 'Ik had het nodig. Ik moest jou ook zien wanneer ik wakker werd.' Ze kuste hem vluchtig op de lippen. 'Ga nu de dingen maar doen die je van plan was terwijl je de hele tijd "Ja, mevrouw" tegen je baas zei.

Hij snoof. 'Ja, mevrouw.'

Maandag 20 februari, 07.25 uur

Hij knipperde tegen het licht dat zijn slaapkamer binnenstroomde. Hij had de avond ervoor vergeten de gordijnen dicht te doen en dat verrekte raam lag op het oosten. Hij draaide zich om en trok het kussen over zijn hoofd, maar gluurde eronderuit toen hij gejank hoorde.

Mutt krabde aan zijn matras, een duidelijk teken dat de hond naar buiten moest.

Dat was het ergste aan een hond hebben. Maar als hij Mutt niet uitliet, zou hij straks een berg stront moeten ruimen.

Hij kreunde en zwaaide zijn benen over de rand van het bed. Hij moest de stijfheid uit zijn gewrichten werken. Hij had de dag ervoor te veel in de auto gezeten. En zijn hand klopte.

Hij hoefde in ieder geval die ochtend niet naar zijn werk. Hank en de invalpiloot zouden vandaag terug komen vliegen vanuit New York City.

Hij raadpleegde op zijn telefoon zijn agenda voor zijn volgende dienst. Woensdag, heen en weer naar Salt Lake City. Zijn hand zou woensdag nog niet beter zijn. Hij had minstens een week nodig voor hij veilig kon vliegen.

Hij zou zich ziek moeten melden. Hij zou die tijd besteden aan het vervolmaken van een schitterende collectie foto's voor de ouweheer. Veel foto's van hem met heel slechte mensen. En een paar heel mooie mensen. De slechte mensen – bekende drugshandelaren die hem charterden om hun waren in zijn vliegtuigen te vervoeren – zouden hem problemen met justitie bezorgen. De mooie mensen zouden hem problemen met Sydney bezorgen.

En dat brengt míj weer in de problemen met Sydney.

Je hebt al problemen met Sydney. Ze heeft je al sinds je twaalfde in haar zak. Je had haar toen moeten vermoorden.

Want Sydney had op haar beurt compromitterende foto's van hem. Van hen samen. En ook al was het nooit zijn keuze geweest, op de foto's leek dat wel zo. Als zijn vader ze zag, dan ging alle hoop dat hij zijn ouweheer kon dwingen in rook op. *Ik zou van geluk mogen spreken als de ouwe me niet van kant laat maken omdat ik zijn vrouw heb geneukt.*

Het enige goede aan de foto's die Sydney had genomen was dat ze hem op het idee hadden gebracht om zijn eigen chantagemateriaal te gaan verzamelen. Dus het zou op zijn minst voor hen allemaal een patstelling betekenen.

Als hij mazzel had, dan was de verkoop nog niet afgerond en kon de collectie die hij had aangelegd een einde maken aan de onderhandelingen.

Hij wilde de luchtvaartmaatschappij. Hij had er recht op. Hij had het verdíénd. Elke keer dat hij zijn ouweheer over zich heen liet lopen. Elke keer dat hij toeliet dat Sydney...

Me kapotmaakte. Me gek maakte. Ik heb het verdíénd. Telkens en telkens opnieuw.

Hij sloeg zich tegen zijn slapen. Hard. 'Daar gaan we het vandaag niet over hebben.' Hij zou met Sydney afrekenen op het moment van zijn keuze.

Hij graaide de afstandsbediening van het nachtkastje, zette de tv op zijn dressoir aan en stemde af op CNN. Hij was benieuwd naar wat de media te melden hadden over de gebeurtenissen van de dag ervoor. En, als hij heel eerlijk was, of het het landelijke nieuws had gehaald.

Hij trok zijn trainingsbroek aan en zocht naar zijn schoenen terwijl hij luisterde naar de presentatrice die de kijker welkom heette bij het nieuws van halfacht en babbelde over het jongste schandaal in het Congres en de oorlog in het Midden-Oosten.

'En dan nu het laatste nieuws uit Sacramento,' zei de vrouw op het scherm ernstig. 'De man die ervan wordt verdacht de zesentwintig-jarige Trisha Hart uit Sacramento te hebben vermoord wordt volgens onze bronnen in verband gebracht met de dood van ten minste zes andere vrouwen en is onderwerp van een lopend FBI-onderzoek. Bij een deel van de slachtoffers zijn letters in het lichaam gekerfd. Bij alle slachtoffers is ter plaatse een mes aangetroffen – afgewassen, met bleekwater bewerkt en achtergelaten om te drogen. De slachtoffers zijn in de loop van de afgelopen tien jaar aangetroffen in zeven verschillende staten. Volgens onze bron bij de politie van Sacramento, die anoniem moet blijven omdat hij niet bevoegd is om commentaar over de zaak te geven, is dit het werk van een seriemoordenaar.'

Hij staakte zijn zoektocht naar zijn schoenen en liet zich voorzichtig op het bed zakken. 'Kut,' mompelde hij in de richting van de tv, waar nu de ontvoering van het kind met de grote bruine ogen werd besproken – en werd toegeschreven aan dezelfde man, die een 'spoor van dood en verderf' had achtergelaten.

Ze hadden het verband gelegd, dacht hij grimmig. Hij had niet verwacht dat ze dat zouden doen. *Het komt door de letters. Daar had ik nooit mee moeten beginnen.*

Maar gedane zaken namen geen keer. *Ze kunnen de slachtoffers in ieder geval niet naar mij herleiden.* Zijn vingerafdrukken waren nog nooit genomen en zijn DNA was nooit ergens geanalyseerd, dus de huidmonsters die de politie van onder Daisy's nagels had geschraapt konden hem niet deren. Net zomin als vingerafdrukken die hij misschien op de beige Chevy had achtergelaten, als er al iets was aan de auto wat na de brand nog gered kon worden.

Hij vond zijn schoenen, schoof een voet in één ervan en boog zich toen voorover om de veters te strikken. Maar hij stopte opnieuw toen er een nieuwe foto op het scherm verscheen. En hij hoorde zichzelf grommen.

'Speciaal agent Gideon Reynolds,' zei de presentatrice, 'een van de leidende figuren in het onderzoek naar deze seriemoorden, is gisteren beschoten en is in het ziekenhuis beland. Er wordt aangenomen dat de schutter, de seriemoordenaar en de ontvoerder een en dezelfde persoon zijn. Speciaal agent Reynolds wordt later vandaag uit het ziekenhuis ontslagen en zal naar verwachting volledig herstellen. De FBI en de politie van Sacramento geven later vanochtend gezamenlijk een persconferentie. Dit verhaal is nog niet ten einde, dus blijf bij ons voor nieuwe ontwikkelingen.' Ze draaide zich naar links. 'En dan nu, het weer.'

De FBI-agent zal niet volledig herstellen, dacht hij. *Want ik ga hem vermoorden. Maar in ieder geval kan hij zich zolang hij in het ziekenhuis ligt niet met Daisy bemoeien.* Hij keek dreigend naar zijn hand. *Die me beschoten heeft, de trut.*

Het was bizar hoe hij nog geen vierentwintig uur eerder gefantaseerd had over hoe het zou zijn om Daisy voor zichzelf te houden. Nu was het enige waar hij aan kon denken hoe hij haar kon laten boeten omdat ze in zijn hand had geschoten en zijn auto had vernield.

Hij vroeg zich af waar Daisy op dat moment was. Het was maandagochtend. Hij zette de tv uit, deed de radio op zijn nachtkastje aan. Hij stemde af op *The Big Bang with TNT and Poppy* – alias Eleanor, alias Daisy. Hij kon er zo in ieder geval achter komen of ze op haar werk was of thuiszat. Op die manier kon hij te weten komen waar hij naartoe moest om haar verdomme dood te schieten.

Het radiostation liet voor de verandering eens muziek horen in plaats van kletsen, kletsen, kletsen. Hij bracht een snor aan en wenkbrauwen en streek de pruik glad over zijn kale hoofd en was klaar toen het nummer was afgelopen en die arme Mutt kringetjes draaide bij zijn slaapkamerdeur. Hij bleef met de riem in zijn hand staan toen de dj door de muziek heen begon te praten.

'En dat was een gouwe ouwe,' zei de man. 'Kansas met "Dust in the Wind". Mijn naam is Alfred en ik val in voor TNT en Poppy. TNT is met vakantie en Poppy zit ziek thuis, dus laten we haar allemaal positieve gedachten sturen, oké?'

Hij zette de radio uit en liet zijn pistool en de stiletto in zijn jaszak glijden. Niet in de studio? Hij zou uitzoeken of ze thuis was en zo ja, dan zou hij rumoer veroorzaken zodat ze naar buiten zou komen.

Hij kon haar dwingen weer naar binnen te gaan, haar de keel doorsnijden en er binnen een minuut weer vandoor zijn.

Met één hand?

Oké, dan schiet ik haar dood. Zijn pistool had een geluiddemper. Zelfs als haar bovenburen thuis waren zouden ze niets horen. Hij zou haar het liefste mee naar huis nemen en haar in zijn kelder laten logeren, maar als dat niet mogelijk was zou hij zich tevredenstellen met haar snelle dood.

'Op naar haar huis, Mutt.' Mutt hijgde instemmend.

En als ze niet thuis was, dan was ze waarschijnlijk bij Reynolds in het ziekenhuis. Als dat zo was, dan zou hij zich buiten schuilhouden en haar neerschieten zodra ze in het zicht kwam.

En wanneer Reynolds uit het ziekenhuis werd ontslagen, zou hij hetzelfde met hem doen.

Maandag 20 februari, 07.25 uur

Het kostte Gideon niet veel tijd om de beige auto te ontdekken op de bewakingsbeelden van het winkelcentrum. Die had al op het parkeerterrein gestaan toen Daisy en hij arriveerden.

Er liep een koude rilling over Gideons rug. *Hij had haar staan opwachten.*

Hij spoelde stukjes vooruit tot de auto was verdwenen en spoelde toen weer terug tot hij hem opnieuw zag. Toen wachtte hij.

En klemde zijn kiezen zo hard op elkaar dat het pijn deed. Er kwam een man aan. Met een hond.

Gideon herkende de man. Het was de werkloze leraar dramatische expressie die Daisy had proberen te versieren. De man tegen wie Daisy zo vriendelijk was geweest.

'Smerige, vuile, godvergeten klóótzak,' gromde hij.

En de hartslagmonitor begon te piepen, precies op het moment dat Daisy binnenkwam met twee bekers koffie en een snel vervagende glimlach. 'Wat is er gebeurd?' Ze ging in de stoel zitten die het verst verwijderd was van de monitor en zette de koffie op de tafel naast zijn bed, maar buiten zijn bereik. 'De verpleegster kan elk ogenbl–'

'Agent Reynolds,' zei de verpleegkundige bestraffend. 'Wat bent u aan het dóén?' Ze trok resoluut de laptop uit zijn handen, sloeg hem dicht en gaf hem aan Daisy. 'U moet rústen. Niet werken.'

Gideon sloot zijn ogen en probeerde te ontspannen, maar het enige wat hij voor zich zag was die man, op minder dan een armlengte van Daisy. Hij had haar toen iets kunnen aandoen. Had haar kunnen neerschieten. Had haar kunnen aanraken.

Maar dat had hij niet gedaan. Hij had gewacht. Hij had hen gevolgd, helemaal naar Redding en toen naar Macdoel. *Hij schoot op mij. Niet op Daisy.*

Want hij wilde mij uit de weg hebben. Hij wilde haar. En dan? Gideon had niet veel fantasie nodig om zich voor te stellen wat die hufter met Daisy zou hebben gedaan als het hem was gelukt om Gideon neer te schieten.

Hij had het al bij Trish Hart gedaan.

Maar het was hem niet gelukt. *Want Daisy kan zichzelf beschermen.*

Gideon was eindelijk weer in staat om diep adem te halen. En nog een keer. De herinnering aan Daisy's gezicht toen ze op de schiethand van die klootzak mikte... Ze was sterk geweest. Intens. Geconcentreerd. Vol zelfvertrouwen over haar vaardigheden.

En hoe sexy dat ook was, op dit moment was het eerder geruststellend. Hij zag kans zichzelf beetje bij beetje te kalmeren en bracht zijn op hol geslagen hartslag terug naar normaal tot de verpleegkundige een goedkeurend geluid maakte.

Hij deed zijn ogen open en zag dat Daisy hem zat gade te slaan met haar beker koffie in de ene hand en Brutus in de andere. Ze hield Brutus tegen haar gezicht en liefkoosde de vacht van het hondje met haar wang. Toen hij glimlachte leek ze ook weer adem te halen.

'Het gaat goed,' verzekerde hij haar. Hij keek naar de verpleegkundige. 'Echt.'

'Dat is omdat u nu niet aan het werk bent,' zei ze een beetje zuur.

Hij grinnikte. 'Ja, mevrouw.'

De verpleegkundige schudde haar hoofd. 'Daar trap ik niet in, niet meer, in ieder geval. Uw "Ja, mevrouw" om te zorgen dat mensen u met rust laten.'

Daisy proestte boven haar koffiebeker.

Hij trok een wenkbrauw op in haar richting. 'Je hoort aan mijn kant te staan.'

'Dat sta ik ook,' zei ze. 'Dat is de reden dat ik het met haar eens ben.'

Hij zuchtte. 'Het spijt me.'

De verpleegkundige wierp hem een strenge blik toe terwijl ze achteruit naar de deur liep. 'Ik hou u in de gaten.'

Daisy proestte opnieuw toen de vrouw weg was. 'Jij bent me er een, agent Reynolds.'

'Maar je vindt me leuk,' zei hij zelfvoldaan.

Haar grijns ging langzaam over in een allerliefste glimlach. 'Dat doe ik zeker. Vertel me eens wat je zo kwaad maakte.'

Hij slikte moeizaam. 'Hoe heette die werkloze toneelleraar die je zaterdag sprak? Bij dat adoptie-evenement?'

Ze fronste haar wenkbrauwen. 'Meen je dat, Gideon? Je maakt je toch niet nog steeds druk om –' Ze verbleekte plotseling en zette met trillende handen haar koffie op het tafeltje. 'Was hij dat?'

Hij knikte. 'Hij ging de winkel uit en stapte in de beige auto. De camera's van het winkelcentrum hebben een gedeelte van zijn kenteken. Dat komt overeen met het kenteken dat je gisteren hebt gezien.'

Ze zat die arme Brutus weer te knuffelen, maar de hond protesteerde niet. 'Ik geloof niet dat hij zijn naam heeft genoemd. Zijn hond heette George, dat is het enige wat ik me herinner.' Ze ademde snel en hijgend. 'Gideon, hij zat pal naast me.'

'Ik weet het,' zei Gideon grimmig. 'Arrogante lul.'

Ze sloeg haar hand voor haar mond en begon zachtjes te wiegen. 'O, mijn god.'

Hij klopte op het bed. 'Kom hier.'

Hij hoefde het geen tweede keer te vragen. Ze klom op het bed en legde haar hoofd op zijn gezonde schouder, net als ze in de kleine uurtjes van de ochtend had gedaan, behalve dat ze dit keer Brutus ook bij zich had. Hij kuste de bovenkant van haar hoofd en streelde haar rug zo goed hij kon met zijn andere hand, voorzichtig, vanwege het infuus.

'Hij probeerde jou iets aan te doen,' fluisterde ze. 'Hij zou je hebben vermoord.'

Hij knipperde met zijn ogen. 'Hij wilde jou te pakken krijgen, schat.'

'Dat weet ik. Maar hij zou jou hebben gedood om dat te bereiken.'

Om de een of andere reden moest hij daarom glimlachen. 'Gelukkig had ik jou om me te beschermen.'

Ze hief haar hoofd op om hem boos aan te kijken. 'Ik maak geen grapje.'

Hij kuste het puntje van haar neus. 'Ik ook niet.'

'O. Oké dan.' Ze vlijde haar hoofd weer neer, legde Brutus op zijn borst en haar hand op zijn hart. Ze bleef zo lang stil dat hij dacht dat ze in slaap was gevallen, maar toen fluisterde ze: 'Wat moeten we doen, Gideon?'

Hij zuchtte. 'We gaan hem opsporen en dan bergen we hem op.'

'Hij had een hond. Hij leek er goed voor te zijn. De hond leek helemaal niet bang voor hem.'

'Misschien is het goed lokaas. Het zorgt er misschien voor dat zijn slachtoffers minder op hun hoede zijn. Een man die zijn hond uitlaat kan niet gevaarlijk zijn, toch?'

'Ja,' zei ze verdrietig. 'Je hebt waarschijnlijk gelijk. Alleen... als ik denk aan wat hij Trish heeft aangedaan en dan aan hoe hij zijn hond behandelde...' Ze verstijfde. 'Die avond in de steeg, toen aarzelde hij. Hij stond op het punt op Brutus te schieten omdat ze maar bleef blaffen. Maar hij aarzelde. Dat moment gebruikte ik om hem een knietje te geven en te ontsnappen.'

'Hij heeft de baby ook niet zomaar ergens achtergelaten. Hij heeft het kind met zich meegenomen. Hij is onderweg minstens twee keer van auto gewisseld. Toen liet hij haar achter bij het ziekenhuis.'

'Hij heeft... principes? Hoe rijmen we een man die aardig is voor honden en baby's met een monster dat Trish zoiets aan kon doen? Het is zo heel anders. Hoe kan hij zo verschillend zijn?'

'Ik weet het niet,' antwoordde hij eerlijk. 'Ik weet alleen dat hij jou nooit in zijn vingers krijgt.'

Ze huiverde. 'Of jou.'

Hij kuste haar op het hoofd. 'Of mij.'

'Je moet het agent Molina vertellen.'

'Ik weet het,' zei hij somber. 'Ze zal pissig zijn.'

Gideon keek naar de deur toen hij het schrapen van een keel hoorde en zag Rafe grijnzend naar hen staan kijken. Daisy verschoof alsof ze zich van het bed wilde laten glijden, maar Gideon drukte zijn hand in haar rug, de scherpe pijn van de naald in zijn hand negerend. 'Het is Rafe maar,' zei hij zacht. 'Blijf liggen. Alsjeblieft.'

Ze ontspande weer, wat haar opnieuw een kus op haar hoofd opleverde. Het kon hem niets schelen of Rafe het zag of niet.

'Waarom wordt je baas pissig op je?' vroeg Rafe terwijl hij in twee stappen de kamer doorkruiste. Hij nam de stoel waarin Daisy had geslapen en ging zitten. 'Wat heb je nu weer uitgespookt?'

Gideon vertelde hem over de man in de dierenwinkel en Rafe kwam onmiddellijk overeind, klapte de voetsteun van de stoel in en boog zich voorover. 'Dat meen je niet.'

'Was het maar waar,' zei Gideon zacht. 'Nu moet ik het mijn baas vertellen.'

'Hij zou eigenlijk niet aan de zaak werken,' verduidelijkte Daisy. 'Hij heeft een direct bevel genegeerd.'

'En dat zou ik zo weer doen,' merkte Gideon op.

Daisy tilde haar hoofd op en praatte tegen Rafe, ook al bleef haar blik op Gideon gericht. 'Maar nu is hij bang voor de gevolgen.'

'Ja,' moest Gideon toegeven. 'Dat klopt.'

'Vertel het haar dan niet,' zei Rafe. 'Ik zal het agent Schumacher vertellen als ik haar op het vliegveld zie voor onze vlucht naar Portland. Dan kan zij tegen je baas zeggen dat zij het heeft gevonden.'

'Zou ze dat doen?' vroeg Daisy.

'Waarom niet?' zei Rafe schouderophalend. 'Ik heb de indruk dat ze Gideon graag mag en dat ze ambitieus genoeg is om die informatie in haar eigen voordeel te gebruiken.'

Daisy verstijfde in Gideons omhelzing. 'Ze mag hem graag? Hoe precies?'

Rafe lachte. 'Trek je nagels maar weer in, DD. Ze is getrouwd.'

'Dat houdt sommige mensen niet tegen,' zei Daisy onheilspellend.

Gideon moest zijn uiterste best doen om een stupide grijns van zijn gezicht te houden. 'Daar zijn er twee voor nodig, Daisy. Ik zou versierd moeten willen worden voor ze een kans op succes kan hebben. En dat wil ik niet. Ik heb bij een paar zaken met haar samengewerkt. Ze is goed in haar werk en ze is dol op haar echtgenoot, dus rustig maar.' Hij keek Rafe recht in de ogen. 'Ik heb over de verpleegster gehoord.'

Omdat Daisy niet reageerde, vroeg Gideon zich af hoelang ze precies wakker was geweest toen zijn baas en hij aan het praten waren.

Rafe zuchtte. 'Ja. Haar lichaam is nog niet gevonden. We weten nu dat hij in de pick-up die hij bij dat uitkijkpunt in de buurt van Macdoel had gepikt naar Chico is gereden en daarna een MPV heeft gestolen van een medewerker van een supermarkt daar. De vrouw was net aan haar dienst begonnen, dus ze wist niet eens dat haar auto was verdwenen.'

'Hij is slim,' mompelde Gideon. 'Hij heeft precies om die reden op haar zitten wachten.'

'Mee eens.'

'Praat met artsen in de buurt,' zei Daisy plotseling. 'Dierenartsen, bedoel ik.' Ze kwam overeind en ging in kleermakerszit naast Gideons knieën zitten. 'Hij had zaterdag een hond bij zich. De hond had een paar penningen. Ik heb ze niet goed bekeken, maar ik weet nog dat ik ze hoorde rinkelen toen ik hem aaide. Misschien dat iemand de hond herkent van toen hij zijn injecties kreeg.'

'En zijn eigenaar,' zei Gideon. 'Goed gedaan.'

Ze glimlachte. 'Dank je.'

Er kriebelde iets aan het randje van zijn herinnering. Dat deed het al, besefte hij nu, sinds Daisy een paar minuten eerder over de hond was begonnen. Hij fronste zijn voorhoofd en dacht diep na. Toen probeerde hij met zijn vingers te knippen, maar hij vertrok zijn gezicht toen de naald van het infuus hem herinnerde aan de constante aanwezigheid ervan. 'De hond. Laat Schumacher een van de slachtoffers natrekken. Ze liet haar hond uit in het park. Hij misschien ook.'

Daisy's ogen werden groot. 'Of misschien is het háár hond. Hij verzamelt souvenirs, Gideon.'

'Shit.' Dat, dacht Gideon, was kil. En heel erg in de aard van deze moordenaar. 'Misschien wel.'

'Komt voor elkaar,' beloofde Rafe. Toen keek hij op zijn horloge. 'Moet ervandoor. Ik moet zo op het vliegveld zijn. Als je nog iets bedenkt terwijl je niet aan het werk bent, brul dan even. Blijf veilig, hoor je?'

'Komt voor elkaar,' beloofde Daisy op haar beurt en ze klauterde van het bed om Rafe stevig te omhelzen. 'Jij ook.'

Toen Rafe de deur achter zich had dichtgedaan ging ze weer in de stoel bij het bed zitten. 'En nu?'

Hij wees naar Brutus, die op zijn borst zachtjes lag te snurken. 'Nu wil ik dat je je hond pakt en me mijn laptop teruggeeft.'

Ze gehoorzaamde met een blik in de richting van de deur. 'Als ik op mijn duvel krijg van de verpleegster, zeg ik dat je me hebt gedwongen.'

'Als ze binnenkomt lig ik patience te spelen,' beloofde hij. Hij klikte op zijn e-mail en knikte toen hij het mailtje zag waar hij op had gewacht. 'Dabney heeft gereageerd. Mijn collega in San Diego,' voegde hij eraan toe toen ze hem vol verwarring aankeek.

'O, ja. Heeft hij de zwemmer met de bijna-Eden-tatoeage gevonden?'

Hij liet zijn blik over het mailtje gaan en slaakte een opgeluchte zucht. 'Ja.'

'Wat ga je doen?'

'Een ontmoeting regelen.' Hij begon een antwoord te formuleren en neuriede terwijl hij met één vinger tikte.

Daisy tilde met een zucht de laptop van zijn schoot. 'Laat mij maar typen. Jou kost het met die ene vinger een hele dag.'

De aanraking van haar hand tegen zijn buik toen ze de computer pakte maakte zijn lichaam wakker. Hij haalde diep adem, de geur van haar shampoo was bijna verdwenen, maar er was nog genoeg om hem te herinneren aan de douche die ze zaterdag hadden genomen na de beste seks die hij ooit had gehad.

'Ik kan een heleboel met één vinger,' fluisterde hij.

Ze verstijfde en haar gezicht kleurde. Hij wist dat zij er ook aan dacht. 'O,' zei ze ademloos. 'Ja. Ja, dat is waar.'

'Wanneer ik hier weg mag,' beloofde hij. 'Zodra je me mee naar huis neemt.'

Ze haalde diep adem. 'Je bent een gevaarlijk man, Gideon Reynolds.'

Hij keek haar grijnzend aan. 'Dat is geen nee.'

Ze lachte hees. 'Beslist geen nee. Maar daar gaan we het nu niet over hebben, want het is bijna bezoekuur en Irina heeft beloofd dat ze zou komen.' Ze keek even naar zijn schoot, waar het laken beslist een tent had gevormd. 'Dus denk maar onsexy dingen.' Ze ging in de stoel zitten met zijn computer op schoot. 'Zoals hoe je wil dat ik je vriend antwoord over een ontmoeting met de zwemmer.'

Dat deed het hem. Zijn erectie verdween abrupt en hij nestelde zich in de kussens en sloot zijn ogen. '"Dabney, bedankt voor je snelle reactie."' Hij wachtte even om Daisy de kans te geven de woorden in te tikken. '"Ik ben gisteren neergeschoten en lig nog in het ziekenhuis, maar als het goed is word ik later vandaag ontslagen. Ik kan morgen of de dag erna een vlucht nemen om je te ontmoeten. Laat maar weten." Onderteken met "G. Reynolds".'

Ze las het voor hem voor en hij hoorde dat ze 'morgen' eruit had gelaten en dat had vervangen door 'woensdag of later in de week'. Dat was waarschijnlijk beter. Hij werd overvallen door een vreselijke moeheid. 'Verstuur het maar,' zei hij, waarna hij zich liet wegzakken.

Maandag 20 februari, 07.40 uur

'Goedemorgen.'

Hij knikte naar de vrouw die een corgi aan het uitlaten was en dwong zijn lippen tot een glimlach. 'Môgge.'

Het was best een fijne ochtend, al was het een beetje te fris naar zijn smaak. Zo te zien waren de mensen uit de buurt het daar niet mee eens, want hij kwam minstens tien mensen tegen die met hun hond aan het wandelen waren. Hij liep in ieder geval niet het risico dat hij zou gaan zweten onder zijn gezichtsprotheses. En de kou gaf hem een excuus om een dikke jas te dragen die zijn gestalte verborg.

Hij naderde Daisy's huis en vertraagde zijn pas zodat hij kon zien of ze thuis was. Hij bleef een huis eerder staan en liet Mutt het gras besnuffelen. Hij bestudeerde heimelijk de ramen van haar appartement. Het was overal donker.

Het zou kunnen dat ze nog sliep.

Of misschien was ze ergens anders heen. Naar het huis in Granite Bay bijvoorbeeld, waar ze zaterdag naartoe was gegaan nadat ze het lichaam van haar vriendin had gevonden. Daar zou hij later wel heen rijden.

Hij fronste zijn voorhoofd. Hij moest een andere auto hebben. In dit stadium nam hij niet zijn eigen auto. Hij wilde niet dat eventuele activiteiten tot hem herleid konden worden. De Chevy was een uitgebrand wrak vol kogelgaten en stond nu waarschijnlijk in een of andere politiegarage, waar de technische recherche hem onder handen nam.

Hij schrok op toen de garagedeur openging, maar zuchtte teleurgesteld toen hij zag dat het de lange blondine was die vrijdagavond laat thuis was gekomen terwijl ze dronken zo hard ze kon Queen had gezongen.

Hij manoeuvreerde Mutt een beetje dichter naar de oprijlaan terwijl de blondine de vuilnisbakken van de garage naar de weg sleepte. Ze liep iets te mopperen over luie broers en nog luiere huisbazen.

Het huis was eigendom van Raphael Sokolov, dezelfde rechercheur die belast was met de zaak, dus dit was waarschijnlijk zijn zus, Sasha. Een eenvoudige zoekactie op Google had informatie opgeleverd over alle Sokolovs. Als dit Sasha was, dan was ze maatschappelijk werkster. Ze had haar haar opgebonden in een losse knot, ze droeg een eenvoudige lange broek en aan haar voeten had ze comfortabel uitziende platte schoenen. Comfortabel genoeg om met atletische elegantie op een holletje terug te gaan naar de garage.

Zij zou er fraai uitzien op het bed in mijn logeerkamer.

'Woef,' zei hij zacht tegen Mutt, die de hint begreep en een blije blaf liet horen.

De vrouw draaide zich om naar het geluid en hij probeerde Mutt omstandig tot stilte te manen. 'Rustig, jongen. Ze heeft geen tijd om te spelen.'

'Ah.' De vrouw bleef staan en liet zich op een knie zakken om Mutts kop te aaien. Mutt wilde haar een pootje geven en ze lachte, duidelijk gecharmeerd.

'Je bent een flirt, hè? Een knappe jongen, dat is zeker. Hoe heet je?'

'Rolf,' loog hij.

Ze keek met twinkelende ogen op. 'Zoals in *The Muppet Show*?' Ze krabde Mutt achter zijn oren. 'De pianospelende hond heette Rolf.'

De pianospelende hond heette in feite Rowlf. Rolf was de Oostenrijkse jongen die de familie Von Trapp aan het einde van *The Sound of Music* verried. Hij had Rolf altijd gemogen.

Maar Sasha's vergissing was begrijpelijk, dus keek hij haar glimlachend aan. 'Precies.'

Ze klopte Mutt nog een laatste keer op zijn kop. 'Tot ziens, brave jongen. Ik zou het liefst de hele dag met je spelen, maar ik moet naar mijn werk.'

Nee! wilde hij roepen. Hij moest informatie hebben, dus bleef hij kalm en nonchalant. 'Rolf hoopte eigenlijk dat hij zijn vriendje zou zien. Die kleine poederdons.'

Ze glimlachte. 'Brutus. Ze is op dit moment niet thuis. Maar misschien komt ze later vandaag nog naar buiten.' Ze wuifde ten afscheid, ging op een holletje naar haar auto, stapte in en reed achteruit de garage uit. Ze drukte in haar auto op een knop om de garagedeur te laten zakken, zwaaide nog een keer naar Mutt en reed weg.

Ze was aardig. Hoe goed ze er ook uit zou zien als ze vastgebonden op zijn bed lag, hij zou haar met rust laten.

Maar Daisy was een heel ander verhaal. 'Oké, Mutt. Het ziet ernaar uit dat je later vandaag nog een keer wordt uitgelaten.' Hij gaf een rukje aan de riem en ging op weg naar huis.

En als Daisy thuis is? Wat ga je dan met haar doen? Een snelle dood zou het slimste zijn. Hopelijk had hij de FBI-agent zo ernstig verwond dat hij het niet had overleefd. En als dat wel zo was, dan zou hij een tijdje in het ziekenhuis moeten verblijven. En Daisy helemaal alleen achterlaten.

Hij had er op zijn wandeling hierheen over nagedacht. Het beste scenario was als hij Daisy trof terwijl ze haar hond uitliet. Hij kon net doen of hij verrast was dat ze buren bleken en hij zou haar eraan herinneren dat hij de werkloze docent van de dierenwinkel was. Haar hondje kon even met Mutt spelen. Dan zou ze niet op haar hoede zijn. Het had zijn voorkeur om haar mee naar huis te nemen, waar hij haar een tijdje kon houden – maar niet omdat ze zo aardig was. Ze zou er heel erg spijt van krijgen dat ze op hem had geschoten, reken maar. Als het moest, dan zou hij haar ter plekke neerschieten, maar als er ook maar een kleine kans was om haar mee te nemen naar huis, dan zou hij dat doen.

Als hij haar maar alleen kon treffen... *De rest kan ik aan. In beide gevallen.*

Hij besteedde de wandeling naar huis aan het bedenken van alle dingen die hij met haar zou doen als het hem zou lukken haar thuis te krijgen. Hij zou haar beslist een tijdje houden. Dat betekende dat hij eerder vroeg dan laat klaar moest zijn met Zandra Jones. Hij had de ruimte nodig voor Daisy.

Hij kwam thuis en was in de keuken Mutt eten aan het geven toen zijn telefoon zoemde ten teken dat er een sms'je binnenkwam. Zijn goede humeur verdween als sneeuw voor de zon.

Sydney. *Kutwijf Sydney.*

IK HEB NAAR KANTOOR GEBELD OM TE HOREN WANNEER JE TERUG ZOU KOMEN UIT NYC. ZE ZEIDEN DAT JE JE ZIEK HAD GEMELD. WAT IS ER AAN DE HAND?

Shit. Shit, shit, shit. Hij zette de bak eten op de grond, floot Mutt en ging toen aan tafel zitten. Met zijn verkeerde hand tikken was lastig, maar niet onmogelijk. Hij koos een excuus dat haar zeer waarschijnlijk ver, ver bij hem vandaan zou houden.

IK HEB GRIEP. WAARSCHIJNLIJK BESMETTELIJK. KOORTS EN RILLINGEN.

ARME JONGEN. IK KAN KIPPENSOEP LATEN BRENGEN.

Hij snoof sarcastisch lachend. 'Omdat je liever doodvalt dan iemand verzorgt?' zei hij hardop, maar zoals altijd hoorde niemand het. Hij kon zich heel goed die keer herinneren toen hij tien was en ze hem zijn eigen kots had laten opruimen nadat hij had overgegeven. Hij had huilend om hulp gesmeekt, maar toen werd hij ook niet gehoord.

Hij was ervan overtuigd dat piranha's over meer moederlijke gevoelens beschikten dan Sydney.

Aan de andere kant, ze was precies wie ze voorgaf te zijn – een trofeevrouwtje. Haar taak was slank te blijven en haar make-up vlekkeloos en het huis klaar voor een feest te houden.

O, en haar rijke man te neuken.

En zijn jonge zoontje.

Zijn mobieltje zoemde opnieuw. SONNY? MOET IK BIJ JE LANGSKOMEN?

Hij háátte het als ze hem Sonny noemde. Haatte het wanneer ze dreigde 'langs te komen'. Dit was zijn ruimte, verdomme. Van hem. Ze was hier niet welkom. Het was al erg genoeg wat ze in haar bed deden. In het bed van zijn ouweheer.

Maar niet in míjn bed.

Adem in, vasthouden, adem uit. Zijn hartslag begon omlaag te gaan, waardoor zijn hoofd niet meer aanvoelde alsof het zou ontploffen.

IK WAS AAN HET OVERGEVEN.

Dat legde haar een paar minuten het zwijgen op, waarin hij verderging met yoga-ademhaling.

SORRY. Een groen ziende emoji. GA SLAPEN. IK NEEM LATER NOG CONTACT OP. MISSCHIEN KOM IK WEL LANGS OM VOOR JE TE ZORGEN.

Zijn maag draaide nu werkelijk om en hij voelde zich plotseling misselijk. 'Voor hem zorgen' betekende voor Sydney iets totaal anders dan voor de rest van de wereld. Woede borrelde in hem op, vermengd met vrees.

Néé. Ze kon hier niet komen. Ze ging hem niet vernederen in zijn eigen huis. Zijn handen beefden van woede toen hij zijn antwoord intikte.

GEEN GOED PLAN. IK WIL JE NIET AANSTEKEN. HET IS ELLENDIG.

Hij verstuurde het, maar hij was nog zo verschrikkelijke kwáád. Hij stopte zijn mobieltje in zijn zak, voor hij het door de kamer kon smijten.

Hij zette zich af tegen de tafel. Als hij ruimte voor Daisy wilde maken, dan kon hij daar beter nu mee beginnen. Zandra lag te wachten. Hij zou haar vandaag breken en dan een eind aan haar leven maken.

23

Sacramento, maandag 20 februari, 09.30 uur

'Dank je, Rosemary,' zei Daisy in de telefoon terwijl ze in de wachtruimte in de gang bij Gideons kamer liep te ijsberen. 'Trish had geen kerk en ze bracht zo veel tijd door in het gemeenschapscentrum.'

Ze was een ogenblik alleen en ze wenste dat ze Brutus in haar handen had. Maar een van de verpleegkundigen was haar aan het uitlaten. Waar ze heel erg dankbaar voor was, maar... ze was ook verontrust. Meer dan verontrust. Ze balanceerde op de rand van een paniekaanval.

Jezus, ik moet een borrel. Ze bleef stokstijf staan. *Nee. Nee, geen drank. Je hebt geen borrel nodig.* Misschien was het maar goed dat ze met haar sponsor sprak. Ze schraapte haar keel. 'Ik waardeer de hulp. Echt. De Sokolovs en mijn vader regelen alles met de uitvaartondernemer en een dominee, maar ik heb beloofd dat ik een locatie zou vinden.'

'Ik ben...' Rosemary zuchtte. 'Ik weet het goede woord niet voor wat ik ben. Ik denk dat ik vereerd ben om het te mogen doen. Trish was bijzonder. Iedereen in het centrum kende haar. Als we haar vrienden en vriendinnen van haar werk en school meerekenen, dan hebben we de grootste ruimte nodig voor een herdenkingsdienst. Heb je al een datum?'

'Nog niet. De lijkschouwer heeft...' Daisy haalde even diep adem. Liet die weer ontsnappen. Vocht tegen de tranen die haar dreigden te verstikken. 'De lijkschouwer heeft het lichaam nog niet vrijgegeven. Ik weet niet wanneer dat gebeurt.'

Rosemary zei lange tijd niets. 'Daisy, gaat het wel?'

Daisy liet zich op een van de stoelen zakken. Met haar rechterhand omklemde ze de stoelleuning, terwijl ze met de andere haar telefoon zo stevig vasthield dat ze ervan stond te kijken dat hij niet versplinterde. 'Nee,' fluisterde ze. 'Het gaat niet goed. Het gaat helemaal niet goed.'

'Waar ben je, schat?'

'In het ziekenhuis. In een wachtruimte. Ik kan hier niet weg. Ik kan geen luchtje gaan scheppen. Ik mag niet eens Brutus uitlaten. Dat is op dit moment iemand voor me aan het doen.'

'Waarom ben je in het ziekenhuis?'

'O.' Ze had Rosemary niet meer gesproken sinds ze haar zaterdagavond moest vertellen dat Trish dood was. Ze was ook de sponsor van Trish geweest. 'Ik geloof dat ik je nog een paar dingen moet vertellen.'

'Dat geloof ik ook. Ik heb mijn koffie hier en een sigaret. Begin maar te vertellen, schat.'

Dus dat deed Daisy. Ze vertelde haar over haar tocht naar Redding met Gideon – liet het stuk over de nacht die ze samen hadden doorgebracht en de ware reden voor de tocht achterwege – en de schietpartij bij Macdoel, de helikoptervlucht terug en de wetenschap dat er nog twee mensen dood waren omdat ze er niet in was geslaagd de schutter tegen te houden.

'Je hebt agent Reynolds het leven gered,' zei Rosemary en ze klonk onder de indruk.

'Maar niet die man bij dat uitkijkpunt of die verpleegster.'

'Je bent niet verantwoordelijk voor hun dood, Daisy. Dat weet je toch?'

'Ik weet het,' fluisterde ze. 'In mijn hoofd weet ik het.'

'Maar het hart verdraait dingen soms. Vooral wanneer we onder spanning staan. Je hebt deze week onder hoogspanning gestaan, Daisy. Ik dacht dat het ergste wat je me zou gaan vertellen was dat je ontslag had genomen.'

Daisy knipperde met haar ogen. 'Waarom zou ik je zoiets vertellen?'

'Ik heb vanochtend naar je programma geluisterd. Een of andere vent presenteerde het. Hij zei dat TNT met vakantie was en dat jij ziek was. Ik nam aan dat TNT was geschorst vanwege zijn opmerkingen tijdens de uitzending vrijdag.'

Daisy liet haar adem ontsnappen. 'Dat was ik helemaal vergeten. Tad was een lul en hij had na de vrijdagshow een grote bek tegen de studiomanager en toen is hij ontslagen. Ik heb helemaal niet meer aan de show gedacht. Ik heb niet om vervanging gevraagd of om verlof of zo.'

'Daisy,' zei Rosemary licht bestraffend. 'Je werkt voor Karl Sokolov. Hij is je peetvader, verdorie. En hij weet beslist wat er allemaal aan de hand is. Ik vermoed dat hij en/of zijn vrouw bij jou in het ziekenhuis waren. Denk je nou echt dat je hem om verlof zou moeten vragen?'

Daisy lachte even. 'Ik denk dat je gelijk hebt. Het leek vrijdag allemaal zo belangrijk. En toen gebeurden al die andere dingen.'

'Zoals agent Reynolds?'

Daisy voelde haar wangen warm worden. 'Ja. Ik vind hem echt leuk. Heel leuk.'

'Daar was ik zelf ook al achter,' zei Rosemary droog. 'Hoelang moet hij nog in het ziekenhuis blijven?'

'Ze zouden hem vanmiddag moeten ontslaan. Hij is in slaap gevallen, daarom ben ik naar de wachtruimte gegaan om jou te bellen. Ik wil een locatie hebben voor de dienst voor Trish voor er weer iets ergs gebeurt.'

'Normaal gesproken zou ik zeggen dat je niet zo pessimistisch moet zijn, maar je hebt best wel een goede reden. Nou... terug naar het onderwerp van agent Reynolds. Geloof maar niet dat ik je lovenswaardige poging om van onderwerp te veranderen niet doorhad.'

Daisy lachte, een echte lach dit keer. 'Je bent veel te slim voor me, Rosemary.'

'Vertel me alles over hem,' zei Rosemary met een glimlach in haar stem.

Dus dat deed Daisy – met uitzondering van Gideons geheimen, uiteraard. En ze bedacht opnieuw waarom ze meteen toen ze aan elkaar werden voorgesteld had geweten dat Rosemary de juiste sponsor voor haar was. Rosemary had het vermogen zich ogenblikkelijk met mensen te verbinden en de juiste vragen te stellen.

'Weet hij van je drankprobleem?'

'Ja. Hij wist het meteen toen we elkaar hadden ontmoet.'

'En dat is... drie dagen geleden?'

Daisy fronste haar voorhoofd. 'Drieënhalf,' zei ze verdedigend.

Rosemary grinnikte. 'Oké. En die drieënhalve dag zijn buitengewoon chaotisch geweest. Ik zeg niet dat hij verkeerd is voor je of slecht. Hij klinkt tamelijk fantastisch. Maar wees voorzichtig, schat. Ik heb dit te vaak zien gebeuren, twee mensen die veel te snel bij elkaar komen.'

Daisy hoorde liefde in de stem van de vrouw. 'Ik zal voorzichtig zijn. En ik zal hem aan je voorstellen zo gauw ik kan. Wat dacht je daarvan?'

'Een goed begin. Hoe voel je je nu?'

'Beter.' En dat was waar. De deur van de wachtruimte ging open en een glimlachende verpleegster kwam binnen terwijl ze Brutus knuffelde. Ze grijnsde toen het hondje haar een lik gaf.

'Ze is uitgelaten,' zei de verpleegster met een laatste knuffel. 'Maar ze mist mama.'

'Dank je,' zei Daisy nadrukkelijk en ze stak haar hand uit naar haar reddingslijn. Brutus kroop meteen tegen haar kin, zoals ze altijd deed wanneer ze Daisy's nood voelde. 'Heel erg bedankt.'

'Graag gedaan. Ik moest met de anderen vechten om haar te mogen uitlaten.' Ze zwaaide even ten afscheid en liet Daisy alleen.

'Ik heb Brutus terug,' zei ze tegen Rosemary. 'Het gaat beter nu.'

'Mooi. Je weet wat ik nu ga zeggen, hè?'

'Ga naar een bijeenkomst en ga naar een therapeut.'

'Precies. Je zou een sponsor kunnen zijn, Daisy.'

'Ik niet. Nog niet.' Ze huiverde bij de gedachte een dergelijke verantwoordelijkheid op haar schouders te nemen. 'Ik kan pas naar een bijeenkomst als dit allemaal achter de rug is. Ik zou iedereen in gevaar brengen. En dat brengt me weer terug bij de dienst voor Trish. Er komt beveiliging. En camera's.'

'Waarom?' wilde Rosemary, die duidelijk geïrriteerd was, weten.

'Omdat ik er zal zijn. En Gideon. En omdat de man die haar heeft vermoord misschien komt opdagen.'

Rosemary zuchtte. 'Dat zal een aantal mensen ervan weerhouden om te komen. Vooral onze AA-groep. Ze zullen niet willen dat het verband wordt gelegd als iemand vraagt hoe ze haar kenden.'

'Ik weet het. Als ze hem pakken voor de dienst plaatsvindt, dan zal het allemaal niet nodig zijn. Zo niet, dan kun je misschien een aparte bijeenkomst houden, speciaal voor de AA-groep.'

'Oké, het staat me niet aan, maar ik begrijp het. Zodra je weet wanneer we het kunnen houden moet je maar tegen de FBI of wie dan ook zeggen dat ze contact met me moeten opnemen. Dan zorg ik dat alles in orde komt.'

'Dank je,' zei Daisy opnieuw. 'Heel erg bedankt.'

Ze beëindigde het gesprek en ging naar Gideons kamer. Ze was niet verbaasd toen ze hem aantrof t met zijn laptop. 'Jij krijgt problemen.'

Hij keek op en glimlachte. Zijn haar was een zooitje en hij moest zich nodig scheren en zijn sik trimmen, maar hij zag er nog steeds uit als een filmster. 'Ik dacht dat je naar huis was.'

'Nee. Ik moest alleen een paar telefoontjes plegen.' Ze ging naast zijn bed zitten, met Brutus nog steeds onder haar kin. Ze kon haar smalle borstje voelen uitzetten en invallen bij elke ademhaling die ze deed en die regelmatige cadans kalmeerde haar. 'Wat ben je aan het doen?'

'Heb je gegeten?'

'Ja, de verpleegster heeft me jouw ontbijt gegeven toen je te diep in slaap was om het op te eten. Ze zal je een nieuw ontbijt brengen. De eieren hoefde ik niet. Het worstje was niet slecht. Wat. Ben. Je. Aan. Het. Doen?

Hij hield zijn hoofd schuin en staarde naar het scherm van zijn laptop. 'Ik had een bijna-droom.'

'Een bijna-droom? Wat is dat?'

'Ik denk dat het echt is gebeurd, maar het zit in dat schemergebied in mijn hersenen. Het is allemaal erg vaag.'

'Dat komt door de narcose. Wat herinner je je?'

Hij keek in haar bezorgde ogen. 'Heb jij de suggestie gedaan dat de mannen van Eden daar waren omdat ze iets te verbergen hadden?'

Ze keek hem vragend aan. 'Dat weet ik werkelijk niet. Wanneer zou ik dat hebben gezegd?'

'Gisteren, vlak voor de auto er de brui aan gaf.'

Ze dacht diep na. Ze wreef met haar wang tegen de vleermuisoren van Brutus terwijl ze in haar geheugen groef en knikte toen ze het had gevonden. 'Ja. Ik zei dat mijn familie naar de boerderij was verhuisd om zich te verstoppen. Ik vroeg me af waarom de volwassenen in Eden ervoor kozen om in zulke primitieve omstandigheden te leven terwijl dat niet nodig was. De redenen van je moeder kon ik begrijpen. Ik denk dat ik mijn bedenkingen had over de mannen die de leiding hadden. Je zei dat je daarover had nagedacht. En dat was het moment dat de motor begon te sputteren.' Ze zweeg en keek hem onderzoekend aan. 'Hoezo?'

'Toen ik wakker werd dacht ik daar weer aan. Misschien omdat dat het laatste was waar ik aan dacht voor ik in de overlevingsstand ging.'

'En?'

'Ik vroeg me af of ze zich schuilhielden. Mannen als Edward McPhearson en Ephraim Burton.'

De man die geprobeerd had hem te misbruiken, die stierf toen ze vochten. En de man die hem later had geprobeerd te doden. Die nu een oog miste dankzij de vaardigheden van de dertienjarige Gideon met een mes.

'Waar zouden ze zich voor moeten verbergen?'

'Dat is een heel goede vraag. Ik heb hun namen door de computer gehaald, maar er kwam niets naar boven, maar dat verbaasde me niet. Het ligt voor de hand dat ze een andere naam hebben aangenomen toen ze bij de gemeenschap kwamen.'

'En toen?' drong ze aan.

'Nou, we hebben nu foto's. Die had ik eerder niet. Ik heb hun foto's – de twee trouwfoto's uit het medaillon van Eileen – naar mijn vriend in Philadelphia gestuurd.'

'Degene die Eileen ouder heeft gemaakt op de foto. Je wil dat hij die twee mannen jonger maakt.'

'Ik dacht wel dat je het zou begrijpen.'

Ze keek hem glimlachend aan, blij met het compliment. 'En?'

'Nou, hij moet de foto van Ephraim Burton fotoshoppen om hem een oog terug te geven. Hij zei dat hij ze zo snel mogelijk naar me terugstuurt,' voegde hij eraan toe. 'Hij weet dat dit nu een zaak voor de FBI is, dus hij kan het voorrang geven.'

'Hoeveel jonger wil je ze maken?'

'Minstens tien jaar. Ik zat acht jaar in de gemeenschap en zij waren er al toen ik kwam. Ze zaten er al een tijdje. Daarna zal ik vragen of de foto's met gebruikmaking van software voor gezichtsherkenning vergeleken kunnen worden met foto's in de databank en dan zien we wel wat er opduikt.'

'Goed werk, Gideon.'

Hij keek haar grijnzend aan. 'Dank je. Wat voor telefoontjes was je aan het plegen?'

Haar glimlach verdween. 'Ik probeerde een locatie te vinden voor de herdenkingsdienst van Trish. De Sokolovs en mijn vader doen de rest.'

Hij werd onmiddellijk ernstig. 'Het spijt me, schat.'

Het koosnaampje troostte haar hart, net voldoende. 'Dank je. Rosemary zal het meeste regelen bij het gemeenschapscentrum, omdat ik niet naar buiten kan om iets te doen.'

'Wie is Rosemary?'

'Mijn sponsor. Ook die van Trish.'

Hij knikte bedachtzaam. 'Verlang je naar een borrel, Daisy?'

Ze sloot haar ogen. 'Ja. Heel erg. Rosemary heeft goed geholpen, maar... God.' Ze slikte. 'Ik moet iets omhanden hebben. Iets om mijn gedachten af te leiden van... dát. En zeg niet dat ik weg moet gaan. Ik wil niet weg. Ik moet hier zijn. Bij jou. Maar... God, Gideon. Ik moet gewoon... Ik moet afleiding hebben. Ik wil Karl en Irina niet bellen om me te komen halen. In de eerste plaats omdat ik niet wil dat ze gevaar lopen. Maar voornamelijk omdat mijn vader me dan zal zien en zal denken dat ik ben bezweken. Dat is niet zo. Het komt niet eens in de buurt, maar...' Haar stem stierf weg toen haar woorden op waren.

Hij klopte naast zich op het bed. 'Kom hier. Neem Brutus mee. Ze vindt me nu aardig.'

'Ze vond je eerder ook al aardig,' zei Daisy. Ze klom voorzichtig op het bed, kroop tegen hem aan, legde haar hoofd op zijn schouder en greep de laptop toen die van zijn schoot dreigde te glijden. 'Ik doe je toch geen pijn, hè?'

'Absoluut niet. Sluit dat e-mailvenster,' gaf hij aan met een knikje in de richting van het scherm. 'Mijn armen zijn bezet.'

De ene zat in een mitella en de andere rustte licht op haar rug. Ze deed wat haar werd gevraagd. En grijnsde toen op het scherm de titelrol zichtbaar werd van een televisieshow. 'Lag je *Buffy* te kijken?'

'Ik had het klaargezet voor het geval ik me zou gaan vervelen. Of betrapt zou worden terwijl ik weer aan het werk was. Druk op PLAY, dan kunnen we ons samen laten afleiden tot ze me uit deze tent ontslaan.'

Ze lachte zachtjes. 'Dank je.' Ze boog zich een beetje achterover en kuste hem op zijn kaak. 'Echt.'

'Graag gedaan. Start hem nou maar, dan kunnen we de eerste aflevering van het eerste seizoen bekijken. Als je gaat comakijken, dan kun je dat maar het beste vanaf het begin doen.'

'We zouden vooruit kunnen spoelen tot waar ze Angel ontmoet.'

'Nee. En vertel me alsjeblieft níét dat je Team Angel bent.'

'Vertel jíj me nou niet dat je Team Spike bent,' antwoordde ze op dramatische toon.

'Stel me geen vragen, dan vertel ik geen leugens,' zei hij luchtig.
Ze drukte op PLAY. 'Deal.'

Maandag 20 februari, 10.15 uur

Het was een worsteling om de rubberhandschoen over zijn gewonde hand te krijgen, maar er was geen enkele reden om het verband onder het bloed te krijgen als dat niet strikt noodzakelijk was. Eindelijk zat hij goed. 'Daar gaan we.'

Zandra keek hem woedend en uitdagend aan. Ze zei niets, omdat ze gekneveld was. Hij haalde voorzichtig de prop uit haar mond en trok schielijk zijn vingers weg bij haar mond toen haar tanden hard toesloegen.

'Ik had je vermoord als je me had gebeten.'

'Je bent –' Ze hoestte en hoestte. Hij liet haar naar adem snakken en druppelde toen een beetje water in haar keel. Ze dronk gretig het vingerhoedje water en volgde de fles toen hij die wegtrok. 'Meer,' bracht ze uit.

'Zeg dat het je spijt. Zeg sorry,' zei hij met een glimlach.

'Val dood,' grauwde ze. Ze had misschien willen proberen weer naar hem te spugen, maar ze had geen speeksel in haar mond.

'Vandaag niet,' zei hij glimlachend. 'Jij, daarentegen...' Hij keek haar ernstig aan. 'Heb je iets bijzonders nodig om te voldoen aan de voorschriften van je religie? Laatste sacramenten, van die dingen?'

Ze bleef koppig zwijgen, maar er blonk angst in haar ogen. Hij wilde haar angst horen. Hij wilde haar respect horen.

'Zeg dat het je spijt, Zandra. Zeg sorry.'

Ze sloot haar ogen en wendde haar gezicht af.

Hij verloor zijn geduld, wikkelde haar haar om de ringvinger en pink van zijn linkerhand, rukte haar hoofd omhoog en gaf haar met zijn rechter een klap in het gezicht die hard genoeg was om haar kaak uit de kom te laten schieten. Hij duwde hem weer op zijn plek, wat hem een zacht gekreun opleverde.

'Zeg dat het je spijt, Zandra,' siste hij.

Ze haalde diep adem, liet die snikkend ontsnappen. En zei niets, haar ogen nog steeds gesloten.

Hij smeet haar hoofd weer op het bed, wat opnieuw werd beloond met een zachte kreun. Maar dat was niet genoeg.

'Doe je ogen open.' Hij greep haar kin beet en perste zijn vingers in haar huid. 'Doe. Je. Ogen. Open.'

Ze gaf geen antwoord. Ze deed ook haar ogen niet open.

Hij pakte gefrustreerd een rol plakband uit een la. Hij knipte onhandig twee stukken plakband af en maakte die vast aan haar oogleden, dwong haar ogen open en plakte ze vast.

'Jij wilde zo nodig moeilijk doen.' Hij stond al te hijgen. Zowel opgeladen door haar als woedend op haar. Maar niet opgewonden. Nooit opgewonden.

Dat gebeurde alleen bij Daisy. De aardige Daisy van de dierenwinkel. Niet de trut Daisy die zijn hand kapotgeschoten had. Niet die hoer Daisy die de FBI-man beschermde. Die met hem naar bed was geweest.

Hij wilde de aardige Daisy. Had de aardige Daisy nódig. Hij bekeek het bed, de boeien. Het bloed dat Zandra had vergoten. Misschien dat Daisy als ze een negatieve aansporing had gekregen wat meer geneigd zou zijn om aardig te doen.

Hij zou haar ook dwingen om sorry te zeggen. De gedachte alleen al aan Daisy die excuses maakte – op haar knieën – was voldoende om zijn bloed op gang te brengen. Hem hard te maken. Hem te doen verlángen, waar dat bij de anderen nooit was gebeurd.

Hij zou haar hierheen halen, beloofde hij zichzelf. Hij zou haar heel lang hier houden.

Maar eerst moest hij Zandra breken. Hij betastte zichzelf even stevig en voelde zich als hernieuwd. Hij zou dit keer misschien niet eens zijn blauwe pillen nodig hebben.

'Laten we het nog eens proberen, Zandra.' Hij boog zich voorover tot ze hem recht in de ogen keek. 'Zeg sorry.'

Ze rukte haar kin opzij en staarde naar de kast met al zijn souvenirs en sieraden. Ze lag te beven en dat was precies hoe hij het graag had.

'Je wil het echt graag op de moeilijke manier, hè?' Hij trok de la met messen open en schikte die op het tafeltje naast het bed. 'Tot nu toe heb je een S, een Y en een D. Ik ben aardig voor je geweest. Ik heb je tijd gegeven om te herstellen. Vandaag niet. Ik hoef nergens naartoe en ik heb niets anders te doen dan dit. Je bent het onderwerp van mijn onverdeelde aandacht.'

Hij pakte het eerste mes, maar fronste zijn voorhoofd omdat het verkeerd aanvoelde in zijn rechterhand. 'Je herkent deze nog wel van de vorige keer, hè?'

Tranen rolden uit haar open ogen. Ze zei niets.

'Zeg sorry, Zandra.'

Ze slikte, alsof ze iets wilde zeggen. 'Fuck you,' fluisterde ze.

'O, dat komt nog wel,' beloofde hij. 'Maak je geen zorgen.'

Maandag 20 februari, 13.55 uur

'Reynolds,' zei Gideon zacht toen zijn telefoon overging, bang dat hij Daisy wakker zou maken, die tijdens de vijfde aflevering van *Buffy* in slaap was gevallen en tegen hem aan gekropen lag. Zijn arm deed te veel pijn om te kunnen slapen, maar zijn hoofd was zonder de pijnstillers een stuk helderder, en dat was hem veel waard.

De verpleegkundige had een uur eerder het infuus uit zijn arm gehaald. Ze was erin geslaagd dat te doen zonder Daisy te wekken en daar was hij haar heel dankbaar voor. Hij moest zijn hoofd van het kussen tillen om de telefoon tegen zijn oor te kunnen houden, maar dat had hij er wel voor over als dat betekende dat hij de vrouw kon blijven omarmen op wie hij in een vreselijk korte tijd was gaan vertrouwen.

'Met Molina. Ik heb voor je bescherming gezorgd. Agent Hunter zal je de komende dagen overal naartoe begeleiden. Aan het eind van de week kijken we opnieuw, of wanneer we de verdachte pakken, wat er ook als eerste gebeurt.'

'Ik ken hem niet,' zei Gideon met een lichte frons op zijn voorhoofd.

'Hij is nieuw. Dit is zijn eerste stationering, maar hij wordt zeer aanbevolen door zijn meerderen in Quantico. Doe niet moeilijk tegen hem.'

Dat verraste Gideon. 'Dat was ik ook niet van plan.'

'Jij bent gewoon het type om hem af te schudden en je eigen gang te gaan.'

Gideon keek naar de slapende vrouw in zijn armen. 'Dat zal ik niet doen. Dat beloof ik. Per slot van rekening beschermt hij Daisy ook.'

Het bleef even stil. 'Oké,' zei ze en haar toon werd zachter. 'Schumacher heeft me gebeld. Ze heeft de beige auto gevonden op de bewakingsbeelden van de dierenwinkel.'

Gideon hoopte dat hij verrast klonk. 'Echt waar? Waar?'

'Pff. Jullie jonge gasten denken allemaal dat je zo briljant bent. Ik weet dat jij hem het eerst hebt gevonden, maar ik gun haar de eer.'

'Ik vind het prima. Ik wil dat hij wordt gepakt. Het kan me niet schelen door wie.'

'Hm. Dat geloof ik echt.' Ze slaakte een zucht. 'Het lichaam van de verpleegkundige is aangespoeld. We bekijken nu de stroommodellen om erachter te komen waar ze in de rivier is gegooid.'

Gideon zuchtte. 'Het spijt me dat te horen.' En het speet hem dat Daisy zich schuldig zou voelen. 'Wat heeft Schumacher verder nog gezegd? Hebben ze sporen gevonden die naar Eileen kunnen leiden?'

'Ze hebben een ontmoeting gehad met die mevrouw Danton, degene die Eileen heeft geholpen.'

'En mij.'

'En jou. En daar zijn we allemaal vreselijk dankbaar voor.'

Hij moest bijna lachen om haar onbeholpen dankbaarheid, maar besefte toen dat onbeholpen haar normale manier van spreken was wanneer ze zich betrokken voelde. 'En Eileen?'

'Ik vertel je dit alleen maar omdat rechercheur Sokolov dat anders waarschijnlijk wel zal doen. Ze hebben het restaurant gevonden waar ze werkte. De eigenaar had bewakingsbeelden, maar die zijn korrelig. Hij herinnert zich dat er een man was die moeilijk tegen haar deed. Hij gooide die vent er bijna uit. Dat was twee maanden geleden. Toen Schumacher en de rechercheurs de juiste dag op de band hadden gevonden, zagen ze een man die leek op de man op de beelden uit de dierenwinkel.'

Twee maanden. Eileen is al twee maanden dood. Gideons hart sloeg over en hij concentreerde zich op het bewaren van zijn kalmte zodat de verpleegkundige niet zou binnenkomen om hen uit te foeteren. 'Dus we hebben een gezicht?'

'Niet geweldig, maar beter dan we eerst hadden. We hebben een opsporingsbericht laten uitgaan. Meer heb ik niet, agent Reynolds. Ik laat je nu weer "niet aan het werk".'

Ze zei het luchtig en probeerde hem aan het glimlachen te krijgen, maar hij had geen glimlach meer. *Eileen is al twee maanden dood.* Ze had een maand van haar vrijheid genoten tussen de ontsnapping aan de monsters van Eden en het moment dat ze in handen viel van een psychopaat. 'Ja, mevrouw.'

Hij maakte een einde aan het gesprek en liet zijn hoofd op het kussen vallen. Brutus ging zitten en staarde hem aan, het kopje een beetje schuin en de vleermuisoren zo ver uitgestoken dat het komisch was. Ze leek op een kruising tussen Yoda en Gizmo uit *Gremlins.*

Dát maakte hem aan het glimlachen. Een beetje. En hij was plotseling zo moe dat hij zijn ogen niet kon openhouden.

Hij werd abrupt wakker toen hij voelde dat er iemand bij zijn bed stond. Hij ontspande toen hij Irina en Karl aan één kant van zijn bed zag staan.

'Hoi,' fluisterde hij. 'Maak haar niet wakker. Ze is de hele nacht op geweest.' Huilend, maar dat hield hij voor zich.

Irina wees met een absurde grijns naar de andere kant van zijn bed en Gideon draaide langzaam zijn hoofd om. Hij werd ogenblikkelijk vervuld van afgrijzen. *Shit.* De lange man leek niet echt op de vrouw die hem als menselijk kussen gebruikte. Maar ze hadden wel een bepaalde trek om hun mond gemeen wanneer ze geërgerd waren.

En dat leek haar vader op dat moment te zijn terwijl hij op hen beiden neerkeek.

'Meneer Dawson.' Gideon zag op de een of andere manier kans zijn stem kalm en min of meer waardig te laten klinken.

'Agent Reynolds,' zei Dawson met een knik van zijn hoofd. Hij keek veelbetekenend naar zijn dochter.

'Ze heeft de hele nacht gehuild,' zei Gideon zacht. 'Dit is heel zwaar voor haar geweest. Dus als we dat gedoe met de machohanddruk gaan doen en de toespraak van blijf-met-je-tengels-van-mijn-dochter, wacht dan alstublieft tot ze wakker is.'

De man staarde lange tijd naar hem. Toen begonnen zijn lippen te trillen. 'Het is leuk u te ontmoeten, agent Reynolds,' zei hij en zijn stem klonk net zo zacht als die van Gideon.

'Gideon. Insgelijks.'

Hij keek even naar Irina, wier glimlach bijzonder zelfingenomen was. 'Je kunt maar beter gaan zitten.'

Ze gehoorzaamde en zeeg neer op de stoel als een koningin op haar troon. Frederick nam de andere stoel en Karl restte alleen de armleuning van Irina's zitplaats. 'We hebben de dokter gesproken,' fluisterde Irina. 'Hij zal je over een uur of zo ontslaan. Je zult wel fysiotherapie nodig hebben. Cash zei dat we moesten zeggen dat hij dat zal doen.'

'Cash' was Cassian Sokolov, de tweelingbroer van Sasha. Hij was een van de fysiotherapeuten in dienst van het basketbalteam van Sacramento en reisde met het team mee. 'Daar heeft hij helemaal geen tijd voor.'

'Hij zegt dat hij tijd zal vrijmaken,' zei Karl. 'En ik krijg het gevoel dat we in een bibliotheek zitten met al dat gefluister.'

Daar moest Gideon om glimlachen. Hij draaide zich om en zag dat Fredericks blik aan zijn dochter was vastgeklonken. De zorgen van de man waren overduidelijk. 'Ze heeft vanochtend met haar sponsor gesproken,' maakte Gideon hem duidelijk. 'Het gaat goed met haar.'

'Ze slaapt nooit zo,' zei Frederick zacht. 'Normaal gesproken slaapt ze als een nerveuze kat.'

'Misschien voelt ze zich bij Gideon veilig,' zei Irina begrijpend.

Gideon sloeg zijn ogen ten hemel en was opgelucht toen die beweging geen pijnscheut in zijn hoofd veroorzaakte. 'Je Gideon ligt hier, hoor.' Hij trok een wenkbrauw op. 'Heb je eten voor me meegebracht?' Hij had niets geroken, maar er kon van alles aan lekkernijen in de enorme tas van Irina zitten.

'Ik heb nog meer pirosjki meegenomen.' Ze klopte op haar tas. 'Maar je zult haar los moeten laten om ze te kunnen eten.'

Nou, daar hoefde hij niet lang over na te denken. 'Dan wacht ik wel.'

Irina's glimlach was zo stralend dat Gideon bang was dat hij zijn ogen moest bedekken. Maar toen hij naar Dawson keek zag hij dat diens gezicht nog steeds bezorgd stond.

'Wat is er allemaal gedaan om de man te vinden die hier verantwoordelijk voor is?' vroeg hij.

Gideon vertelde hun wat er gaande was, maar vermeldde niet dat de man op zeer korte afstand van Dawsons dochter was geweest. 'Op dit moment zijn we informatie aan het verzamelen.'

'Terwijl hij daarbuiten rondloopt en zijn volgende aanval voorbereidt,' gromde Dawson.

'Ik krijg bescherming van de FBI,' zei Gideon en in gedachten bedankte hij Molina opnieuw. 'Dat betekent dat Daisy die ook krijgt.'

Frederick leek maar een beetje tevredengesteld. 'Ik heb wel door wat je doet. Je speelt in op mijn behoefte te weten dat ze veilig is en gebruikt dat als een manier om haar bij je in de buurt te houden.'

Maar hij leek niet boos. Alleen maar doodsbang. *Wie van ons niet?*

'Schuldig,' zei Gideon luchtig. Hij werd gered van verdere conversatie door een klop op de deur. Dokter Grisham, zijn chirurg. *Gered door de dokter.*

'Meneer Reynolds?' vroeg Grisham. 'Ik moet u nog even onderzoeken voor ik u kan ontslaan. Zou iedereen even de kamer uit willen gaan? Dat geldt ook voor de jonge dame.'

Gideon bewoog zijn schouder om Daisy te schudden. 'Wakker worden.'

Ze kreunde zachtjes. 'Ik wil niet,' zei ze slaperig.

Gideon duwde nog een keer. 'Eleanor,' zei hij scherp.

Daisy werd met een schok wakker, schoot rechtovereind, en haar gezicht werd onmiddellijk rood toen ze zag dat ze niet langer alleen waren. 'Ik ben zeker in slaap gevallen.'

Gideon grinnikte. 'Als een blok. Maar de dokter is er, dus je moet er even uit.'

Daisy wreef met haar handen over haar gezicht. 'Oké, vermoed ik.'

'Kom mee, Daisy.' Dawson hielp zijn dochter van het bed en pakte de geeuwende Brutus op. Brutus ging zonder protest in de tas. 'We gaan koffie halen. Daar word je wel wakker van.'

Irina boog zich voorover en drukte een kus op Gideons voorhoofd. 'Kom met ons mee naar huis. Laat ons voor je zorgen.'

Toen iedereen behalve hij, de dokter en een grijnzende verpleegkundige het vertrek had verlaten, glimlachte de dokter. 'U hebt een leuke familie.'

'Zeker.' Hij hield veel te veel geheim voor ze. Hij schoof het schuldgevoel voorlopig even aan de kant en concentreerde zich op zijn vingers. 'Ze bewegen nog steeds niet. Mijn vingers, bedoel ik.'

'Jawel, dat doen ze wel. Ik zag het vanuit de deuropening toen ik stond te kijken. U trommelde met uw vingers toen de man in die stoel uw vriendin van het bed hielp.'

Gideon staarde naar zijn vingers. 'Echt waar? Hè? Hij is haar vader en dit was de eerste keer dat we elkaar ontmoetten. Ik vermoed dat ik een beetje afgeleid was.'

De dokter grinnikte. 'Lekkere eerste ontmoeting.' Hij controleerde de hechtingen. 'Dat ziet er goed uit. Geen ontsteking, geen scheurtjes.

De verpleegster zal een nieuw verband aanleggen en u een lijst met instructies en een recept voor een pijnstiller geven.'

'Geen verdovende middelen. Die maken een zooitje van mijn hoofd.'

De dokter keek geërgerd. 'Jullie politiemensen. De zaken staan er zo voor, agent Reynolds – u moet slapen. Als u pijn hebt, kunt u niet slapen. Als u niet slaapt, geneest u niet. Als u niet geneest, kunt u niet weer aan het werk en de vrouw beschermen die u nog geen vijf minuten geleden weigerde te laten gaan.'

Gideon knipperde met zijn ogen. 'U speelt vals, dokter.'

'U bent niet mijn eerste opstandige patiënt. Ik heb dit circus vaker meegemaakt. Neem die verrekte pillen. En rust. En doe geen fysieke inspanning.'

Wacht. Dat klonk niet goed. 'En als iemand anders iets fysieks met mij doet?'

De lippen van de dokter trilden en de verpleegkundige hoestte om haar lachen te verbergen.

'Nou, als dat het geval is, geniet ervan. Beweeg alleen niet uw arm.' De dokter tekende met een zwierig gebaar de benodigde papieren. 'U en uw gezelschap mogen naar huis.'

Hij vertrok en de grijnzende verpleegkundige kwam naast hem staan. 'Uw moeder vertelde iedereen wat een held u bent.'

Gideon voelde even een steek. In zijn hart. 'Ze is eerlijk gezegd niet mijn moeder.' Ja, dag. Irina Sokolov had over hem gemoederd vanaf het moment dat ze hem in het oog kreeg.

De verpleegkundige keek verrast. 'Ze praat anders wel alsof ze dat is.' Ze klopte op zijn goede arm. 'Hoe dan ook, u hebt een geweldige groep die voor u zorgt. Blijf nu even stil liggen. Ik ga u opnieuw verbinden.'

24

Sacramento, maandag 20 februari, 15.15 uur

'Dank u wel, agent Hunter,' zei Daisy tegen de speciaal agent die Gideons baas had gestuurd om hen van het ziekenhuis naar huis te begeleiden. 'Ik waardeer het dat u hier wilde stoppen.'

'Geen probleem, mevrouw,' zei hij. 'Laat me eerst even gaan kijken of binnen alles veilig is.'

Ze deed de deur van haar appartement van het slot en liet hem voorgaan. Ze kwam achter hem aan toen hij het sein veilig gaf. Gideon, haar vader, Karl en Irina volgden haar op de voet. Karl en Irina hadden hun eigen auto, maar ze waren achter hen aan gereden. Karls defensieve instincten hadden het ondanks de aanwezigheid van agent Hunter overgenomen.

'Daisy!' riep haar vader vol afschuw uit toen hij zich 360 graden in het rond draaide en de rommel in haar appartement in ogenschouw nam. 'Wat heb je in vredesnaam uitgespookt?'

Daisy stond midden in haar woonkamer, niet in staat een woord uit te brengen. Ze was plotseling weer kind, niet zeker van wat ze nu moest zeggen. Een sarcastisch antwoord had haar soms een lach opgeleverd. Andere keren werd ze daarvoor naar haar kamer gestuurd en kreeg ze voor straf extra karweitjes te doen.

Alleen Taylor was in staat geweest de dunne scheidslijn van haar vaders stemmingen te bewandelen. Daisy wenste plotseling dat haar zus bij haar was.

Gelukkig had Gideon daar allemaal geen last van. 'Ze heeft het zich eigen gemaakt,' zei hij tegen haar vader. 'Ik vind de muurschilderingen geweldig, vooral die van de straat buiten. Ze heeft het leven van de buurt weten te vangen, vindt u niet?'

Frederick deed zijn mond open en weer dicht en kuchte toen. 'Ja. Natuurlijk. Je schilderijen zijn heel goed, Daisy.'

Daisy wilde haar ogen ten hemel slaan. Haar vader deed echt zijn best. Maar slaagde niet. Zelfs wanneer hij probeerde positief te zijn, kwam het er neerbuigend en stijf uit.

'Ze zíjn heel erg goed,' zei Karl waarderend. 'Ik heb bij tentoonstellingen muurschilderingen gezien die niet half zo goed waren. Je hebt me nooit verteld dat je zo goed kon schilderen, Daisy. We moeten het er eens over hebben hoe we dat talent van je kunnen gebruiken. Misschien voor benefietdingen. Ik sprak de kunstcommissie –'

'Ze geeft les in het gemeenschapscentrum,' zei Gideon met trots in zijn stem.

Daisy's wangen werden rood. 'Het stelt niet veel voor.'

'Het is belangrijk voor de gemeenschap,' stelde Gideon. 'En die stof daar? Ze heeft de kostuums gemaakt voor de toneelgroep in hetzelfde centrum. Ze voerden *De Kleine Zeemeermin* op en ze heeft alle meerminstaarten gemaakt. En het kostuum van Ursula.'

'Met die productie is geld ingezameld voor de LHTBQ-jongerenopvang,' zei Irina. 'Sasha en ik zijn naar een van de voorstellingen geweest. Het was geweldig.'

Frederick sloot zijn ogen. 'Ik heb het weer verknald, hè?'

Daisy ging op haar tenen staan en kuste hem op de wang. 'Ja, maar ik ben nog steeds blij dat je er bent.'

'Het spijt me, schat.' Frederick trok een afkeurend gezicht bij het zien van de rommel. 'Dit zijn wel heel veel spullen.'

Ze keek hem glimlachend aan. 'Ik weet het. Je zou eens moeten zien wat ik allemaal heb teruggestuurd.'

Gideon proestte. 'Dat zei ze ook tegen mij. Ik was ook nogal overdonderd.'

Ze keek over haar schouder naar Gideon en hij gaf haar een knipoog. Hij wist om te gaan met haar vader en dat gaf haar zo'n goed gevoel. 'Ga je kleren pakken, Daisy. Ik wil hier weg en naar het grote huis. Ik heb behoefte aan een plak honingcake van Irina.'

'Ik heb er vanochtend een gemaakt,' vertrouwde ze hem toe. 'Speciaal voor jou.'

Daisy haastte zich naar de hoek die dienstdeed als haar slaapkamer, dankbaar voor het scherm dat het gebied afschermde en haar een beetje privacy gaf. Ze was al een beetje uit haar doen vanaf het moment dat ze een paar uur eerder in Gideons ziekenhuisbed wakker was geworden.

Gideon en zij hadden vier afleveringen van *Buffy* bekeken en het volgende wat ze wist was dat Gideon haar uit een diepe slaap wekte.

En vervolgens kon ze wel door de grond zakken toen ze haar vader, Karl en Irina om Gideons bed zag staan. Ze had dwars door hun gesprek heen geslapen. Ze zou nog lang niet wakker zijn geworden als Gideon haar niet had gepord omdat de dokter was gekomen om hem uit het ziekenhuis te ontslaan.

Karl had schone kleren meegenomen voor Gideon zodat hij zich kon opknappen voor hij het ziekenhuis verliet en nu zat hij aan haar kleine eettafel, fris gedoucht en geschoren en met zijn arm in een mitella. Door zijn spijkerbroek en zijn UC Davis-sweater zag hij er een stuk jonger uit, ondanks de zilveren draden in het dikke, donkere haar.

Ze wist nu hoe het aanvoelde om met haar vingers door zijn haar te gaan. Dat wilde ze weer doen. Ze wilde meer van wat ze zaterdagnacht hadden gedaan. Veel meer.

Maar dat zou moeten wachten tot ze echt alleen waren, als dat er ooit nog van zou komen.

Ze schudde haar hoofd om haar eigen dramatische gedachten. Rosemary had gelijk. Het was nog maar drieënhalve dag. Ze moest een beetje kalm aan doen. Ze moest het goed aanpakken.

Bovendien zou een van hen naar de drogist moeten om condooms te halen. Ze wist niet wat er gebeurd was met de inhoud van zijn auto. Ze had de laptops van hen allebei meegenomen, maar Gideons pistool, zijn geweer en hun weekendtassen waren nog steeds verdwenen.

Waarschijnlijk ergens in een bewijsopslag.

Dus, geen condooms. Dus, geen lol. Nou ja, misschien konden ze op een andere manier lol maken.

'Daisy!' riep Irina. 'Heb je hulp nodig, schat?'

'Nee, dank je.' Ze gooide voldoende kleren voor een paar dagen in de tas, pakte toen haar toilettas in en ritste de koffer dicht.

'Die neem ik wel,' zei Frederick. 'Karl heeft voer voor Brutus. Zijn alle stekkers eruit?'

Daisy knikte terwijl ze om zich heen keek om zich ervan te vergewissen dat ze niet per ongeluk ergens een stekker in een stopcontact had laten zitten of een apparaat had ingeschakeld. Haar vader controleerde vroeger altijd elk stopcontact drie keer voor ze het huis uit gingen en dat was nog voor ze onderdoken.

Alle tekenen van een stoornis waren er geweest. Waarom had niemand hem geholpen?

Dat, besloot ze, was een vraagstuk voor een andere keer. Want ook al vertoonde hij tekenen van verbetering, hij was nog steeds niet genezen. En dat deed Daisy meer pijn dan zijn afkeuring ooit had gedaan.

'Ik ben zover, agent Hunter,' zei ze terwijl ze een andere jas uit de kast pakte. De jas die ze had gedragen zat de laatste keer dat ze hem had gezien onder het bloed van Gideon. Ze dacht niet dat ze hem ooit nog zou kunnen dragen, zelfs niet als de stomerij in staat was wonderen te verrichten.

Hunter leidde Daisy, Gideon en Frederick naar de SUV, die hij in Rafe's garage had gezet en vergewiste zich ervan dat ze allemaal hun gordel om hadden voor hij de garagedeur omhoogdeed. Daisy en Gideon zaten op de middelste rij stoelen, terwijl haar vader op de passagiersstoel voorin zat.

De Sokolovs waren met Karls Tesla, die ook in de garage stond.

Beide voertuigen begonnen achteruit te rijden zodra de garagedeur omhoogging, toen Daisy vanuit haar ooghoeken een vrouw naar hen toe zag komen rennen. 'Neem me niet kwalijk!' riep de vrouw en ze zwaaide met haar armen.

'Bukken!' blafte Gideon terwijl hij zijn eigen veiligheidsgordel en die van Daisy losklikte. Op het moment dat ze vrij waren pakte hij haar bij haar jas en trok haar mee omlaag.

'Ik geloof dat het maar een vrouw alleen is, Gideon,' zei Daisy zacht.

'Ze kan gewapend zijn,' zei hij kortaf en zijn gezicht was bleek geworden. Hij had zijn arm vreselijk snel bewogen. Hij had vermoedelijk pijn. 'Hou je gedekt.'

'Hij heeft gelijk,' zei Frederick en zijn stem had een staalharde klank gekregen. 'Wij rekenen wel met die vrouw af.'

Daisy had medelijden met iedereen die zich aan de verkeerde kant van die stem bevond. 'Oké. Ik zeg het maar.' Ze raakte even Gideons gezicht aan. 'Heb je je arm pijn gedaan?'

'Ja,' gaf hij nors toe. 'Dus zorg dat ik hem niet voor niets pijn heb gedaan. Blijf omlaag.'

Daisy trok een wenkbrauw op. 'Werk je vaak op iemands gemoed?'

Gideons lippen vormden heel even een glimlach. 'Werkt het?'

'Waarschijnlijk,' mopperde ze.

Ze hoorde gekuch – haar vader die een lach maskeerde. 'Goed gedaan, Gideon.'

Agent Hunter deed zijn raampje omlaag. 'Blijf staan, mevrouw. En hou uw handen waar ik ze kan zien.'

'Eh...' stamelde de vrouw. 'U hebt een pistool. En richt op mij.'

'Ja, mevrouw. Ik ben speciaal agent Hunter. Wie bent u?'

'Ik heet Nina Barnes.'

'Zij is van het nieuws op tv,' zei Daisy. 'Ze heeft me vrijdag geïnterviewd.'

'Vraag om een identiteitsbewijs,' beval Gideon. 'Als dat klopt, dan is ze echt.'

'Het klopt,' meldde Hunter. 'Het is aan u, mevrouw Dawson.'

Daisy ging langzaam rechtop zitten en masseerde haar nek. Nina Barnes stond met grote ogen naar het pistool van agent Hunter te staren. 'Mag ik het raampje omlaagdoen zodat ik zelf met haar kan praten?'

'Nee,' blaften Gideon en haar vader tegelijk.

O. Oké dan. 'Ik mag het raampje niet opendoen. Sorry, u zult hard moeten praten.'

'Wat is er gisteren in Macdoel gebeurd?' vroeg Nina door Hunters raampje.

Daisy zuchtte. 'Luister, mevrouw Barnes, we zijn doodmoe en we hebben rust nodig. Als u me uw kaartje geeft, dan zal ik u bellen en u een telefonisch interview geven. Wat dacht u daarvan?'

De vrouw hield een beetje achterdochtig haar hoofd schuin. 'Exclusief?'

'Voorlopig wel, ja.'

Ze gaf haar kaartje aan Hunter. Hij gaf het door naar achteren en Daisy snaaide het uit zijn hand voor haar vader of Gideon dat kon doen. 'Dank u. Ik bel u binnen een paar uur.'

'Dank u. Luister, afgezien van het interview, mijn medeleven met het verlies van uw vriendin. Uit wat ik heb begrepen was mevrouw Hart een heel aardig mens.'

Daisy slikte. 'Ja, ze was heel aardig. Dank u.'

'Hoe gaat het met meneer Senegal?' vroeg Nina.

Daisy keek haar niet-begrijpend aan. 'Wie?'

Nina keek op haar beurt niet-begrijpend. 'De vriend van mevrouw Hart. Hij kwam opdagen bij de plaats delict op zoek naar de politie. Ik heb tegen hem gezegd dat hij contact moest opnemen met Sokolov of Rhee.'

Daisy's adem stokte. 'Trish had geen vriendje, Gideon.'

Gideon boog zich tussen de twee voorstoelen. Hij hield zijn lichaam zo dat hij de arm in de mitella niet stootte. 'Vertel ons alstublieft over de vriend. Hoe zag hij eruit?'

'Ongeveer 1 meter 80, rood haar, grijze ogen. Snor. Hij was heel erg van streek. Hij zei dat hij moest weten wat er was gebeurd. Zoals ik al zei, ik zei tegen hem dat hij Sokolov of Rhee moest hebben, omdat zij de leiding hadden over het onderzoek.'

'Hebt u gezien in wat voor auto hij reed?' vroeg Gideon met zachte stem.

'Ja. Een beige Chevy.' Ze kreeg een berekenende blik in haar ogen. 'Dit is belangrijk.'

'Zou kunnen,' antwoordde Gideon neutraal.

'Zeg dat ze hem uit de weg moet gaan,' fluisterde Daisy. 'Zeg tegen haar dat hij gevaarlijk is. Anders doe ik het.'

'Hebt u hem uw kaartje gegeven, mevrouw Barnes?'

'Jazeker. Hoezo?'

'Heeft hij al contact met u opgenomen?'

'Nog niet.'

'Als hij dat doet, waarschuw dan meteen Sokolov of Rhee. Probeer hem niet zelf te benaderen.'

Haar ogen werden zo groot als schoteltjes. 'Dat was híj?'

'Dat weten we niet. Maar hij kan gevaarlijk zijn. Ga alstublieft niet zelf achter hem aan.'

Nina knikte bedachtzaam. 'Begrepen. U geeft mij dat interview? Echt?'

'Echt,' zei Daisy. 'Exclusief.'

'We zullen u allebei bellen,' beloofde Gideon. 'Dank u.'

Nina stapte achteruit. 'U bedankt. Wees voorzichtig.'

'U ook,' riep Daisy terwijl agent Hunter wegreed met Karl en Irina vlak achter hen aan de hele weg tot aan het huis van de Sokolovs in Granite Bay.

Maandag 20 februari, 17.15 uur

Zijn hete, stinkende adem walmde in Zandra's gezicht en het kon haar niets schelen. Niet meer. Haar ogen konden in ieder geval weer dicht. Het plakband was er al een hele tijd geleden af gevallen. Toen het eenmaal onder het bloed zat, plakte het niet meer.

Bellamy, Anna. Pennsylvania. Fiddler, Janice. Washington. Orlov, Nadia. Illinois. Stevenson, Rayanna. Texas.

'Zeg dat het je spijt, zeg sorry,' grauwde hij, de woede voorbij.

Ze had hem gesmeekt op te houden, hem gesmeekt haar geen pijn te doen. Maar 'het spijt me' waren drie woorden die ze niet zou zeggen. Zodra ze dat deed, was ze dood. Dat wist ze. Ze wist niet hoe ze dat wist en het hoe of waarom kon haar ook niet meer schelen.

DeVeen, Rosamond. Minnesota. Borge, Delfina. Californië. Oliver, Makayla. New York. Danton, Eileen. Oregon.

'Zeg. Het.' Zijn stem klonk grommend. Als van een dier. 'Zeg dat het je spijt.'

Martell, Kaley. Californië. Hart, Trisha. Californië.

Hij legde zijn handen om haar keel en begon te knijpen. Ze kon geen adem meer halen, maar ze kon ook niet vechten. Niet meer.

'Zég het. Zég het, verdomme.' Hij klemde zijn hand om haar strottenhoofd en schudde haar door elkaar. 'Zég het, Sydney,' gilde hij. 'Zeg dat het je spijt. Zég het.'

Speeksel vloog in het rond terwijl hij tegen haar schreeuwde en sproeide in haar gezicht. En het kon haar niets meer schelen. Ze zweefde. Hij was haar aan het vermoorden. *Ik ga dood. Nu, op dit moment.*

En toen klikte het ergens ver weg in haar achterhoofd. *Zeg het, Sydney.*

Hij had haar Sydney genoemd. Hij had de meeste van die letters in haar lichaam gekerfd. Hij had ze allemaal gedaan, behalve de laatste Y. Ze deed haar mond open en probeerde iets te zeggen.

Hij liet haar keel los en leunde triomfantelijk kraaiend achterover. 'Zeg dat het je spijt. Zeg sorry. Zeg het en ik kan er een einde aan maken. Dan is het klaar voor je. Geen pijn meer.'

'Ik...' Ze kokhalsde, haar keel was zo droog als de woestijn en zo gezwollen dat hij bijna dichtzat. Ze deed haar ogen open. 'Ik...'

Hij boog zich glimlachend voorover. 'Ja?'

'Ik ben Sydney niet.'

Zijn gezicht vertrok van ongebreidelde woede. Hij greep het grootste mes en bracht dat in een vloeiende beweging boven haar lichaam.

Maar hij stopte midden in de beweging en liet het mes tussen de andere op de tafel vallen. 'Nee,' zei hij vastbesloten met een stem die schor was van het schreeuwen. 'Je zult sorry tegen me zeggen.'

'Waarvoor?' vroeg ze voor de honderdste keer. Haar stem was nu meelijwekkend zwak.

'Doet er niet toe,' gilde hij in haar gezicht. 'Zeg het gewoon!'

'Nee.' *Bellamy, Anna. Pennsylvania. Fiddler, Janice, Washington. Orlov, Nadia. Illinois. Stevenson, Rayanna, Texas. DeVeen, Rosamond. Minnesota. Borge, Delfina. Californië. Oliver, Makayla. New York. Danton, Eileen. Oregon. Martell, Kaley. Californië. Hart, Trisha. Californië.*

Van top tot teen bevend deed hij nog een stap achteruit, toen nog een, tot hij de deur van het kleine vertrek door was.

Ze hoorde dat hij de deur achter zich op slot draaide.

Alstublieft, God, bad ze. *Help me alstublieft. Ik hou het niet veel langer meer vol.*

Ze begon de namen opnieuw op te zeggen, want dat was het enige wat ze kon doen. Ze was de tel kwijtgeraakt van hoe vaak ze dat had gedaan toen de deur weer openging.

Hij was er weer.

'Hallo, Zandra,' zei hij kalm, bijna lief, en dat joeg haar meer angst aan dan hem helemaal losgeslagen te zien. Hij had gedoucht en andere kleren aangetrokken en had nu een kom water in zijn handen. Hij zette de kom op het tafeltje naast het bed, pakte een washandje en begon haar lichaam schoon te maken.

Het water was warm, zijn bewegingen zachtaardig. Ze kreunde zachtjes. Het voelde zo fijn. Zo fijn. Hij waste haar van top tot teen, ging een paar keer weg om het bloederige water weg te gooien en kwam dan terug met vers water. Steeds warm. Steeds zachtaardig.

Toen ze schoon was bestudeerde hij haar buik en haar borst en schudde verdrietig zijn hoofd. 'Ik kan je vanwege mijn hand niet hechten,' zei hij, 'maar ik zal de boel ontsmetten en je verbinden.'

Het ontsmettingsmiddel was koud en brandde als de hel. Ze kreunde opnieuw, dit keer van pijn, en de hele tijd troostte hij haar. 'Je hebt dit aan jezelf te wijten, Zandra,' zei hij vriendelijk. 'Als je alleen maar sorry zou zeggen, dan was dit allemaal te vermijden geweest.'

Hij probeert in mijn hoofd te kruipen. Ze sloot zich af voor zijn stem en luisterde in plaats daarvan naar de stem in haar gedachten. *Bellamy, Anna. Pennsylvania. Fiddler, Janice. Washington. Orlov, Nadia. Illinois.*

Hij sneed de touwen door waarmee ze aan het bed vastzat en masseerde haar geschaafde polsen. Warm water, troostende strelingen. Toen het brandende ontsmettingsmiddel. En nog meer verdrietig klinkende vermaningen.

Stevenson, Rayanna. Texas, dacht ze wanhopig. *DeVeen, Rosamond. Minnesota. Borge, Delfina. Californië.*

Hij sneed de touwen om haar enkels los en herhaalde de handelingen. Wreef kort over haar benen.

Oliver, Makayla. New York. Danton, Eileen. Oregon.

Hij tilde haar voorzichtig van het bed en legde haar op de vloer, waarna hij de lakens verwisselde. Toen legde hij haar weer terug.

Bind me alsjeblieft niet vast. Alsjeblieft.

'Ik moet je vastbinden,' zei hij en ze vroeg zich af of ze de woorden hardop had gezegd. 'Maar ik zal zachter materiaal gebruiken,' beloofde hij. 'Dit is zijde.' Hij ging ermee over haar huid. 'Dat voelt lekker aan, hè? Ik heb een heleboel zijde.'

Hij trok haar overeind en toen haalde hij iets van zijde over haar hoofd. Het was een nachthemd. Hij legde haar op het bed en trok het hemd omlaag tot halverwege haar dijen. Toen bond hij haar polsen en enkels weer vast.

Martell, Kaley. Californië. Hart, Trisha. Californië.

Hij probeert me erin te luizen. Ze had over dergelijke tactieken gelezen. Hij was bezig haar te laten denken aan hoe luxe voelde, alleen maar om het weer af te pakken. Wat hij later ook van plan mocht zijn zou duizend keer erger aanvoelen, omdat ze zich nu zou herinneren hoe comfort aanvoelde. Hoe hoop voelde. *Ik laat hem niet met mijn hoofd rotzooien. Ik ga ontsnappen. Ik ga niet sterven. Niet zoals de anderen.*

'Nu moet ik even weg. Maar ik kom terug en dan babbelen we verder.' Hij pakte een deken van velours uit een kast en legde die over haar heen. 'Blijf tot die tijd warm en probeer een beetje uit te rusten.'

Toen maakte hij zijn messen schoon en borg ze achter slot en grendel. Hij deed ook zijn sieradenkast dicht en draaide die op slot, zodat ze de rijbewijzen en souvenirs niet langer kon zien. Hij drukte een kus op haar voorhoofd en ging weg. Hij deed de deur achter zich op slot.

Bellamy, Anna. Pennsylvania. Fiddler, Janice. Washington. Orlov, Nadia. Illinois. Stevenson, Rayanna. Texas. DeVeen, Rosamond. Minnesota. Borge, Delfina. Californië. Oliver, Makayla. New York. Danton, Eileen. Oregon. Martell, Kaley. Californië. Hart, Trisha. Californië.

Maandag 20 februari, 17.35 uur

Gideon voelde trots toen Daisy haar gesprek met de verslaggeefster beëindigde, de speaker uitzette en de draadloze telefoon van de Sokolovs voorzichtig op tafel legde. Ze was net zo welbespraakt en geloofwaardig geweest als tijdens het interview dat ze vrijdag voor de camera had gegeven. Ze had het gesprek ook heel handig beperkt weten te houden tot feiten die gemakkelijk te verifiëren waren via openbaar toegankelijke bronnen.

De arme Brutus was bijna bezweken onder haar geaai.

Ze had met geen woord gerept over Eden of het medaillon. Ze was er op de een of andere manier steeds in geslaagd de vragen te ontwijken wanneer het over Eileen ging of waarom ze naar Redding waren gegaan om haar te zoeken. Ze had niet één keer iets gezegd over hoe Gideon verband hield met de zaak. Ze had het woord 'sekte' niet in de mond genomen.

Ze was eerlijk geweest over hoe ze Trish had leren kennen, dat ze allebei naar de AA gingen. Het verdriet over het verlies van haar vriendin was oprecht en overduidelijk geweest en rond de keukentafel van de Sokolovs had niemand het drooggehouden. Iedereen was daar bijeengekomen terwijl Daisy de vragen van de verslaggeefster beantwoordde.

Karl en Irina zaten op hun gebruikelijke plekken aan het hoofd van de tafel. Gideon zat het dichtst bij Irina, die haar handen gevouwen voor zich op tafel had gelegd. Maar haar knokkels zagen wit.

Frederick zat recht tegenover Daisy, die tussen Gideon en Sasha zat. Sasha had hen staan opwachten toen ze aankwamen. Daisy had de hele tijd Gideons hand vastgehouden, maar had hem losgelaten toen ze vertelde over het vinden van het lichaam van Trish zodat ze haar arm om Sasha kon slaan.

Want Sasha zat geluidloos te huilen. Ze had haar gezicht tegen Daisy's borst verborgen terwijl Daisy haar haar streelde.

Pas toen de verslaggeefster had gevraagd waarom Gideon en zij in Macdoel waren, werd ze werkelijk ontwijkend en antwoordde dat ze jaren in het gebied had gewoond en het nog eens wilde terugzien.

Afgaande op hoe Daisy over de boerderij dacht, was zeggen dat ze het wilde terugzien waarschijnlijk een leugen. Ze maakte daarna een einde aan het gesprek door te zeggen dat ze moe was van alle beproevingen en wilde rusten. Dat was geen leugen. Hoewel ze de hele dag dutjes had gedaan, zag ze wit en was ze duidelijk uitgeput.

'Nou,' zei ze zacht. 'Dat is gebeurd.' Ze trok een paar tissues uit de doos en gaf ze aan Sasha, die met een dramatische zucht haar gezicht afveegde.

'Daar ben ik zo blij om,' fluisterde Sasha. 'Ik snap niet dat je niet bent ingestort.'

Daisy's blik schoot even naar Gideon voor ze zich weer tot Sasha richtte. 'Dat heb ik al gedaan. Dat zal waarschijnlijk nog wel een keer gebeuren.' Ze drukte een kus op Sasha's slaap. 'Ga je gezicht wassen.'

'Nog niet, Sasha,' zei Irina op scherpe toon. Ze veegde ook haar ogen droog en toen pas zag Gideon dat die tot spleetjes waren geknepen.

Naar mij. Hij liet zijn blik rond de tafel gaan en zag dat Karl met een bezorgde blik naar Irina keek en dat Frederick ronduit afkeurend naar zijn dochter zat te kijken.

Daisy pakte Brutus op en ging met haar wang over de bizarre vleermuisoren van de hond.

'Je loog,' zei Frederick zacht.

Daisy keek haar vader aan en stak uitdagend haar kin naar voren. 'Nee, ik heb gewoon de waarheid een beetje ruim genomen en Nina Barnes kan geloven wat ze wil geloven.' Ze haalde haar schouders op. 'Net zoiets als jij deed toen je tegen de boerderijknechten zei dat je de ratrace in de stad beu was toen ze vroegen waarom je naar een afgelegen boerderij was gekomen. Niet helemaal een leugen.'

'Ik beschermde mijn gezin,' zei Frederick gespannen. 'Dat dacht ik, in ieder geval.'

Daisy bleef Frederick aankijken zonder met haar ogen te knipperen. Haar vingers waren begraven in Brutus' vacht tot haar vader achteroverleunde en naar Gideon keek. 'O,' zei hij zacht.

'O, wat?' Karl keek van de vader naar de dochter. 'Hoezo heeft Daisy gelogen?'

'De waarheid ruim genomen,' corrigeerde Daisy en Gideon glimlachte even ondanks het feit dat Irina hem dodelijke blikken toewierp.

'Maakt niet uit,' zei Karl gefrustreerd. 'Wat is hier aan de hand?'

'Onze boerderij lag ten westen van Weaverville,' zei Frederick, 'en dat is drié uur rijden van Macdoel. Jullie waren niet eens in de buurt van onze boerderij, die Daisy altijd "de oksel van Californië" noemde.'

Daisy vertrok haar gezicht. 'Toen ik nog een tiener was.'

'Sorry,' zei Frederick sarcastisch. 'Toen je eenentwintig was noemde je het een "etterende puist op de reet van Californië".' Hij keek Karl aan. 'Daar wil ik maar mee zeggen dat ze daar nooit zoete herinneringen zou gaan ophalen. Waarom zijn jullie überhaupt naar Redding gegaan? En waarom Macdoel? Waarom waren jullie überhaupt op die weg?' Hij wees naar Gideon. 'Vertel jij het maar. Zij is veel te goed in "de waarheid een beetje ruim nemen".'

Karls wenkbrauwen kropen naar elkaar. 'Gideon? Wat is er aan de hand, jongen?'

'Ze beschermt Gideon,' zei Irina ronduit.

Sasha liet haar adem ontsnappen. 'Ik heb geen woord gezegd, DD. Ik zweer het.'

Daisy klopte haar op de hand. 'Ik weet het. Je mama is slim. Verdorie,' voegde ze er luchtig aan toe.

Irina glimlachte niet. 'Dit heeft te maken met die tatoeage die je had toen je net bij ons kwam, Gideon. Nee, ik was niet vergeten dat je zaterdag naar tatoeages zocht, Daisy. Dat is nog maar twee dagen geleden. Vertel op. Nú.'

Gideon wreef over zijn gezicht. 'Ik wil niet,' mompelde hij en hij klonk zelfs in zijn eigen oren kinderachtig.

'Dat zie ik ook wel,' zei Irina met trillende stem.

Hij waagde een blik in haar richting en zijn hart brak een beetje. Haar ogen stonden vol tranen. Ze was gekwetst. Onmiskenbaar. 'Niet huilen. Alsjeblieft. Ik wilde het jullie niet vertellen omdat ik niet wilde dat jullie je zorgen zouden maken.' Hij zuchtte. 'En omdat er dingen zijn waarvan ik niet wilde dat jullie ze weten.'

Hij had Rafe een paar dingen verteld. Hij had Rafe, diens partner en die forensisch onderzoeker nog meer dingen verteld. Hij had Daisy alles verteld. Hij had alléén Daisy alles verteld.

Maar hij was Irina en Karl de waarheid verschuldigd. Ze waren zijn familie. Ze hadden van hem gehouden vanaf het moment dat hij een voet over de drempel had gezet. Hij kon ermee leven dit niet allemaal met de FBI te delen. Maar hij kon er niet mee leven dit voor zijn familie te verzwijgen. 'Waar is Zoya?' vroeg hij.

'Ze werkt bij een vriendin aan een schoolproject,' antwoordde Irina. 'Hoezo?'

'Omdat ik haar hoofd niet vol wil stoppen met dingen die ze niet hoeft te weten.' Gideon aarzelde. 'En omdat ik haar er niet mee wil belasten dat ze een geheim moet bewaren waar ze te jong voor is.'

Daisy drukte Brutus met haar ene hand onder haar kin en klampte zich met de andere vast aan Gideons hand. Ze kneep hard in zijn vingers. *Je kunt dit*, zei ze geluidloos.

God, dat hoopte hij. Hij haalde diep adem en liet die weer ontsnappen. 'Mijn moeder was prostituee in San Francisco tot ze een man ontmoette die haar vertelde over een plek die Eden heette.'

Hij vertelde hun alles en negeerde de ontzetting toen hij vertelde dat hij op zijn dertiende was getatoeëerd en dat de meisjes op hun twaalfde een medaillon kregen en werden uitgehuwelijkt. Maar zijn spraak liet hem in de steek toen hij bij zijn confrontatie met Edward McPhearson kwam op de avond van zijn dertiende verjaardag, want Irina begon te snikken, luidruchtige, hikkende snikken die ze niet kon inhouden.

'Mama.' Sasha stond op en liep om de tafel heen, sloeg haar armen van achteren om haar moeder heen en begon te wiegen. Sasha was ook aan het huilen, zonder geluid, maar constant.

Karl zat wit weggetrokken met zijn ogen gesloten.

En Fredericks ogen waren omfloerst geworden van medeleven.

Daisy gaf hem een zachte por met haar schouder. 'Je moet het verhaal afmaken, Gideon,' zei ze zacht. 'Ze denkt dat McPhearson... succesvol was. Dat hij je heeft verkracht. Hé. Kijk naar me.'

Hij deed zijn ogen open en had zich niet gerealiseerd dat hij ze had gesloten. Haar blauwe ogen stonden helder en vol begrip. 'Ze houden van je. Ze zullen het begrijpen. Je moet ze vertrouwen.' Ze kuste hem even vluchtig op zijn mond. 'Laat Irina niet zo in het ongewisse. Dat is wreed.'

Gideon greep haar hand toen ze die wilde wegtrekken en drukte hem even tegen zijn mond. Net lang genoeg om zijn moed bijeen te rapen.

Toen wendde hij zich tot Irina, die haar handen voor haar gezicht had geslagen en zat te snikken alsof haar hart brak. Want dat was zo. Hij pakte haar zachtjes bij de polsen, trok haar handen weg en hield die stevig vast. 'Irina. Luister naar me. Alsjeblieft.'

Ze haalde huiverend adem. 'Het spijt me. Het spijt me zo vreselijk. Ik zou sterk moeten zijn voor jou en ik zit hier te huilen als een kind.'

'Nee,' zei hij zacht. 'Als een moederbeer wier jong gewond is geraakt. Maar hij heeft me niets gedaan, Irina. Hij niet.'

Ze klampte zich aan zijn handen vast en haar ademhaling ging hard en snel. 'Nee?'

'Nee. Ik heb met hem gevochten. Hard gevochten.' Hij slikte, maar zijn keel zat dicht en hij had het gevoel dat hij moest overgeven. Hij had het Daisy weten te vertellen. Maar dit... het Irina vertellen... hij ging er bijna aan onderdoor. 'Ik duwde hem en hij viel.' Hij sloot zijn ogen. 'Hij kwam met zijn hoofd ergens tegenaan. En stierf.'

Er heerste absolute stilte in Irina's keuken. Toen schoof een stoel met een schrapend geluid achteruit en een sterke arm omhelsde hem aan zijn ongedeerde kant. Karl. 'Goed zo,' zei Karl schor. 'Want ik zou hem zelf hebben vermoord.'

Gideon deed zijn ogen open en keek naar de man die zijn vader was geweest vanaf het moment dat Rafe hem mee naar huis had genomen, zestien jaar geleden. 'Wat?'

'Hij zat aan je,' gromde Karl. 'Hij zou je hebben verkracht. Wat dacht je dat we zouden zeggen, jongen? Dacht je dat we jou de schúld zouden geven? Je zouden aangeven? Je wegsturen?'

Ja. Dat was precies wat hij had gedacht. En hij schaamde zich voor die bekentenis. De Sokolovs hadden hem nooit iets anders dan liefde en acceptatie gegeven.

De greep om zijn handen verdween toen Irina haar handen hief en die om zijn gezicht legde. 'Je bent van óns,' zei ze vastberaden, weer helemaal zichzelf. 'Niets van wat je hebt gedaan om te overleven, niets van wat je ooit nog zal doen zal daar verandering in brengen. Je hoort bij ons. Bij deze familie. Bij mij. Begrijp je me, *sinok*?'

Zoon. Hij probeerde zijn tranen binnen te houden, maar ze vielen toch. 'Ja,' zei hij schor. 'Ik begrijp het.'

Hij begreep dat hij de gelukkigste eikel ter wereld was.

Een blik naar links toonde een glimlachende Daisy. 'Ik zei het toch?' fluisterde ze.

Hij keek op naar Sasha, die nog steeds haar armen om haar moeder geslagen hield. 'Je bent een idioot, Gideon,' zei ze, maar ze glimlachte ook. 'Je bent altijd al hun favoriete kind geweest.'

Irina snoof. 'Hij was altijd de enige die zonder tegensputteren deed wat ik zei.'

Sasha kuste Irina boven op haar hoofd. 'Daar heb je gelijk in.'

Karl omhelsde hem stevig en deed toen een stap achteruit. 'Er is meer.' Dat was geen vraag.

'Ja.' Gideon zuchtte. 'Het wordt vanaf nu alleen maar erger.'

Irina zette zich schrap. 'Oké. Ik ben er klaar voor.'

Daar moest hij om grinniken. 'Ik niet.' Hij zuchtte opnieuw en vertelde hun toen van de achtervolging en het gevecht met Ephraim Burton. Het pak slaag dat hij van de oudere man had gekregen en het mes dat hij in Ephraims oog had geplant.

De rit midden in de nacht vanuit Eden, de gefluisterde woorden van zijn moeder. En toen het bijkomen in het ziekenhuis.

Karl leek in verwarring. 'Liet ze je daar achter? Alleen?'

'Ze moest terug naar haar dochter,' zei Irina zacht. 'Wat een vreselijke "Sophie's Choice".'

Gideon knikte. 'Ja.'

'Maar je zus is ontsnapt, toch?' vroeg Irina. 'Je bent met haar herenigd.'

'Hoe?' wilde Frederick weten. 'Hoe is ze ontsnapt? Hoe heeft ze jou gevonden?'

'Mijn moeder heeft haar ook naar buiten gesmokkeld.' Hij zou niets zeggen over het misbruik dat Mercy te verduren had gekregen. Dat was aan Mercy om te vertellen. 'Maar toen mijn moeder probeerde uit de vrachtwagen weg te komen, schoot de chauffeur haar neer.'

'O, Gideon,' zei Irina zacht.

Daisy vlocht haar vingers in de zijne. 'Haal adem, Gideon.'

Hij zoog lucht naar binnen en besefte toen dat hij dat een tijdje niet had gedaan. 'Dank je.'

Ze legde haar hoofd op zijn arm. 'Je bent er bijna.'

Nog een klein stukje. Dat kon hij. 'Mijn moeder stierf. Mercy was er getuige van.'

'O.' Irina sloeg haar hand voor haar mond. 'Ze was in shock toen ze patiënt bij ons was. Ze zat zich de hele dag maar te wiegen. Ze wilde met niemand praten.'

'Zijn zus is bij jou in het ziekenhuis beland,' begreep Frederick.

'We zijn kilometers in de omtrek het enige ziekenhuis met een trauma-afdeling. Ze was niet mijn patiënt. Ik heb haar zelfs nooit ontmoet. Ik hoorde alleen maar over haar medaillon. En ik had hetzelfde ontwerp bij Gideon gezien. Zijn tatoeage.' Irina sloot haar ogen. 'Die je hebt bedekt. Ik had moeten weten dat het symbool stond voor iets pijnlijks.'

'Hoe had je dat kunnen weten?' vroeg Gideon verdrietig. 'Ik heb het je nooit verteld.'

Ze schudde haar hoofd. 'Ik had het moeten weten.'

Frederick draaide zich om naar Gideon. Zijn blik was kalm en vriendelijk en ook al waren ze bruin in plaats van blauw zoals die van Daisy, Gideon zag de gelijkenis tussen hen. Het was die blik. Die kalmte die Daisy leek op te roepen wanneer Gideon die het hardst nodig had. Maar niet wanneer ze die voor zichzelf nodig had.

Het was moeilijk de man die tegenover hem zat te verenigen met de man die zijn gezin de hele staat door had gesleept naar totale afzondering. Maar op dat moment was het heel gemakkelijk om te zien waarom Daisy van hem hield.

'Hoe heb je je zus gevonden?' vroeg Frederick.

'Irina vertelde me dat ze over een meisje had gehoord dat een medaillon droeg dat overeenkwam met mijn tatoeage. Ik heb het ziekenhuis gebeld, gezegd dat ik familie was, en ze hebben me in contact gebracht met een maatschappelijk werkster. Het heeft een eeuwigheid geduurd, maar uiteindelijk kreeg ik Mercy te zien.'

Hij kon zichzelf niet toestaan te denken aan hoe ze er die dag had uitgezien.

Alsof ik dat ooit zou kunnen vergeten. Haar blik was leeg en opgejaagd geweest en ze had zich zitten wiegen, de hele tijd door. Pas toen Gideon haar de tatoeage liet zien had ze hem herkend. En toen had ze haar gezicht afgewend en naar de muur zitten staren. Ze knikte alleen toen hij haar vroeg of hun moeder er niet meer was.

'Ze...' Gideon schudde zijn hoofd. 'Ze verkeerde nog steeds in shock toen ik haar vond. We hebben geen sterke band. Ik ben...' Hij zuchtte. 'Ik roep herinneringen bij haar op.'

'Het spijt me,' zei Frederick zacht.

'Dank je.'

Karl had een niet-begrijpende frons op zijn voorhoofd. 'Hoe wist je dat je naar Redding moest gaan?'

'Dat is het punt waar Gideon en ik elkaars pad kruisten,' zei Daisy. 'Toen ik vorige week werd aangevallen, heb ik zonder dat het de bedoeling was een ketting van de nek van de man getrokken. Het was een medaillon, precies zo een als Gideons zus heeft. Er zat een trouwfoto in en de restanten van een andere foto die in snippers was geknipt. Op de intacte trouwfoto stond een jong meisje dat Eileen heette. Ze was een vriendin van Gideon.'

'Zij is ook ontsnapt,' mompelde Karl. 'En jij was bij het busstation van Redding aangetroffen, Gideon. Nam je aan dat zij daar ook naartoe zou zijn gegaan?'

'Het leek de beste gok,' zei Gideon, 'of in ieder geval een plek om te beginnen. Ik weet dat de gemeenschap zich binnen een straal van honderdvijftig kilometer van Mount Shasta bevindt.'

'Redding is de dichtstbijzijnde grote stad.' Karl knikte. 'Goed gedacht. En toen?'

'De kaartjesverkoper herinnerde zich haar,' zei Daisy. 'Gideon had de foto van Eileen laten verouderen. Ze was naar het busstation gekomen met een man die een kaartje voor haar kocht. Hij woont in Macdoel. Hij was een barmhartige samaritaan. Hij betaalde haar kaartje naar Portland.'

'O,' zei Sasha begrijpend. 'Portland. Daar zijn Rafe en Rhee vandaag naartoe.'

'Omdat Eileen met het medaillon te maken heeft, en dat houdt weer verband met de man die Daisy heeft aangevallen.'

'Die vervolgens Trish heeft omgebracht,' zei Daisy onvast. 'En op Gideon heeft geschoten.'

'En een man in de buurt van Macdoel heeft gedood voor zijn pickup,' vulde Gideon aan. 'En de baby heeft ontvoerd en de verpleegkundige van wie het lichaam vanochtend is gevonden. En misschien verspreid door het land nog zes vrouwen heeft vermoord. Voor zover we weten.'

Er viel opnieuw een stilte.

'Jezus christus,' zei Sasha zacht. 'Daisy, hij zou jou ook hebben vermoord.'

Frederick was heel stil geworden. 'Wat hebben deze slachtoffers met elkaar gemeen?' vroeg hij, zo zacht dat Gideon de vraag bijna miste. De blik in de ogen van de man was van vriendelijk omgeslagen in doodsbang.

Gideon aarzelde. 'Er zitten een paar vaste onderdelen in zijn manier van werken. Maar er zijn er meer die volkomen willekeurig lijken.'

'Hij heeft een hond,' bracht Daisy naar voren en haar toon was een mengeling van sarcasme en hopeloosheid.

Het deed Gideon pijn. Hij hief haar kin. 'We zullen hem vinden, Daisy.'

'Dat hoop ik. Ik zou graag mijn leven terug willen hebben.'

'Hoe weet je dat hij een hond heeft?' vroeg Karl.

Daisy zuchtte. 'Hij kwam zaterdag naar dat adoptie-evenement. Gideon zag zijn auto op de beveiligingsbeelden van de parkeerplaats – dezelfde auto als die waarin hij reed toen hij Gideon neerschoot.'

Frederick had nu het laatste restje kleur uit zijn gezicht verloren. Hij zag er wasachtig uit. En ziek.

'Papa?' zei Daisy scherp. Ze drukte haar vingers op zijn pols.

Frederick trok hoofdschuddend zijn arm weg. 'Ik heb geen hartaanval, Daisy. Ik heb een paniekaanval. Een of andere zieke klootzak probeert mijn dóchter te vermoorden.'

Ze opende haar hand met de handpalm naar boven gekeerd en hij legde zijn hand erin. 'Het komt goed, papa. Ik neem geen risico. Agent Hunter is buiten en hij gaat waar Gideon en ik gaan. Ik zal me gedragen. Ik zal meewerken.' Ze kneep in zijn hand. 'Ik zal niet naar een borrel grijpen, dat beloof ik.'

'Dat kun je niet beloven,' zei Frederick. 'Maar ik accepteer wel je belofte van goed gedrag en meewerken. En dat je alles in het werk stelt om van de drank af te blijven.'

'Ik heb vanochtend mijn sponsor gesproken. Dat hielp. Heel erg.'

Hij knikte zwakjes. 'Mooi. Dat is mooi.'

'En het goede gedrag en meewerken geldt alleen zolang deze situatie nog niet is opgelost. Daarna word ik weer mijn echte ik.'

Fredericks lippen vormden een glimlach. 'Ik hou van de echte jij, Eleanor.'

Ze beantwoordde zijn glimlach en schudde haar hoofd. 'Je kunt het niet weerstaan, hè, papa? Je hebt mazzel dat ik ook van jou hou, zelfs wanneer je me Eleanor noemt.'

Frederick kwam overeind, boog zich voorover en kuste haar op het voorhoofd. 'Ik heb mazzel.' Hij sloot zijn ogen. 'Ik wil dat je veilig bent, schat,' fluisterde hij schor.

'Dat weet ik, papa,' fluisterde Daisy terug. 'Ik begrijp het.'

'Dank je.'

Frederick was de eerste die losliet en toen hij om zich heen keek werden zijn wangen rood. Hij leek zich op dat moment pas te realiseren dat zijn dochter en hij niet alleen waren geweest tijdens dat gesprekje.

Gideon bedacht dat Frederick tegen hem vriendelijk en kalm had gedaan, dus dat kon hij op zijn beurt ook doen. 'Waarom wordt ze eigenlijk Daisy genoemd?'

Fredericks glimlach trok over zijn hele gezicht. 'Dat is een interessant verhaal.'

Daisy dook met haar gezicht in de vacht van Brutus. 'Papa,' kreunde ze.

Irina schoof weg bij de tafel. 'Ik heb eten in de oven staan. Sasha, wil jij de tafel dekken? Jij hebt het Daisy-verhaal al gehoord.'

Daisy keek heimelijk naar Gideon toen de sombere stemming leek te verdwijnen. *Dank je*, zei ze geluidloos.

Gideon wierp haar een knipoog toe en wendde zich toen tot haar vader. 'Nou? Daisy?'

25

Sacramento, maandag 20 februari, 17.55 uur

Hij zou haar breken. Absoluut. Geen enkele vrouw zou het van hem winnen.

Gelul.

Hou je kop.

Je draaide net beneden bijna door. Je zou Zandra hebben doodgestoken. En dat zonder ook maar de geringste bevrediging.

Dat was waar. Maar hij had zichzelf tegengehouden. Ze had hem niet verslagen. Hij moest alleen even frisse lucht hebben. Een blokje om.

Hij graaide de riem van Mutt van het haakje aan de muur, deed de achterdeur open en riep hem. Mutt kwam aangerend en hij klikte de riem aan zijn halsband, deed de deur achter zich op slot en snoof de frisse lucht op. Het was daar in de kelder ronduit dampend heet geworden. Zweet en bloed en inspanning.

Van hem.

En van Zandra. Als hij van plan was geweest haar voor de afzienbare toekomst te houden, dan zou ze perfect zijn geweest. Hij zou haar er uiteindelijk onder krijgen, maar hij zou misschien maanden nodig hebben om dat voor elkaar te krijgen. Maar hij had geen maanden de tijd. Hij had hooguit dagen. Het kon nu elke dag gebeuren dat hij Daisy meenam naar huis.

Hij begon in de richting van Daisy's huis te lopen, met Mutt gretig voorop. Hij was behoorlijk slim. Voor een vuilnisbakje.

Waarschijnlijk omdat die vrouw hem die ochtend had aangehaald, Sasha Sokolov.

Mutt was altijd dol op iedereen die hem aanhaalde. Maar hij wilde niet op Daisy's huis af stormen, dus trok hij aan de riem om Mutt een beetje in te tomen. Tegen de tijd dat ze bij het huis kwamen, liep Mutt met zijn neus op de grond in het gras te snuffelen.

Hij bleef abrupt staan. Er stonden busjes van tv-stations voor de deur. Alweer.

Hij had die dag het nieuws gevolgd. Er was heel veel aandacht geweest voor het kind dat op de parkeerplaats van het Mercy Hospital was gevonden. En voor de vermiste verpleegster. En voor de schietpartij in het noorden. En dat er een seriemoordenaar rondliep.

'Belachelijk, hè?' vroeg een man die hem achterop kwam. De man liet een op Lassie lijkende hond uit, een en al lang, golvend haar. Keurige hond, waarschijnlijk.

De collie en Mutt begonnen elkaars achterste te besnuffelen, dus richtte hij zijn aandacht op de eigenaar van de collie. Midden veertig, normaal postuur, een beetje een bierbuik, zware middagstoppels.

'Wat is er aan de hand?' vroeg hij terwijl hij deed alsof hij van niets wist.

'De vrouw die daar woont was betrokken bij een schietpartij. Een FBI-agent is neergeschoten. Dat was vanmorgen op het nieuws.'

'Hoe gaat het met de FBI-agent?' vroeg hij, volhardend in zijn onwetendheid.

'Goed. Ik zag hem een paar uur geleden, toen ze thuiskwamen. Twee auto's. Eén was een SUV, zwart met getinte ramen. Je weet wel, zoals je op tv ziet, de andere was een echte Tesla. Prachtige auto. Hoe dan ook, ze zijn even gebleven en gingen toen weer weg. Beide auto's tegelijk. Er was toen maar één reporter hier. Ik denk dat het verhaal dat vanmiddag werd uitgezonden dat van haar is.'

Hij had de Tesla zaterdag gezien toen die voor het huis van de Sokolovs in Granite Bay geparkeerd stond. Hij wist nu in ieder geval waar hij straks naartoe moest. Maar deze man had misschien nog meer nuttige informatie en hij leek een praatgraag type, dus bleef hij doen alsof hij van niets wist.

Hij keek de man met de ogen knipperend aan. 'Wauw. Hoe weet u dat allemaal?'

'Ik woon in het huis ernaast. Het huis waar die vrouw woont is normaal gesproken heel rustig. Het is eigendom van een politieman, dus ik dacht: Wat krijgen we nou? In ieder geval zal een van mijn buren geen feestjes geven.'

'Doen ze dat? Feestjes houden, bedoel ik.'

'Niet echt. Ze zijn een grote familie. Ik zag ze afgelopen zomer aan het barbecueën. Ze vroegen of ik erbij kwam, maar ik was op weg ergens naartoe. Ze lijken best aardig. Het is zonde dat de vrouw hierbij betrokken is geraakt. Zij is dezelfde die vorige week is aangevallen.'

Hij zette grote ogen op. 'Daar heb ik niks van gehoord,' loog hij.

De man lachte. 'Heb je onder een steen geleefd of zo? Het was groot nieuws.'

'Ik ben de stad uit geweest.'

'O, aha. Het was niet zo groot als de zaak van de Golden State Killer, maar de pers heeft er desondanks veel aandacht aan besteed.'

'Die zaak kreeg ontzettend veel aandacht,' zei hij op genoeglijke toon. 'Maar die moordenaar was vreselijk. Hij vermoordde een stuk of twaalf mensen.' Hij verborg een zelfgenoegzaam lachje. *Ik heb er twee keer zo veel vermoord en ik word niet eens verdacht. Het heeft de FBI jaren gekost om een verband te leggen tussen mijn moorden.*

De Golden State Killer was uiteindelijk gepakt omdat hij overal DNA-sporen had achtergelaten. *En ik ben supervoorzichtig om dat te voorkomen.* Maar eerlijk was eerlijk, de Golden State Killer had zijn moorden veertig jaar eerder gepleegd, vóór iemand kon voorspellen welke rol DNA en forensische sporen zouden gaan spelen.

Dat verrekte forensisch onderzoek.

Want hij had dit keer wél DNA achtergelaten. Ze hadden niets om het mee te vergelijken, maar als hij zou worden gepakt? Dan verdween hij voor de rest van zijn leven achter de tralies. Die gedachte deed hem naar adem snakken.

Hij zwaaide naar Lassie-man omdat hij niet wilde gaan hyperventileren waar een vreemde bij was. 'Nou, nog een prettige avond. Ik hoop dat die verslaggevers niet op uw terrein komen.'

'Dat hoop ik ook,' zei Lassie-man somber. 'Kom mee, jongen. We gaan naar huis.'

Mutt probeerde achter haar aan te gaan, maar hij trok hem terug. 'Nee, jongen. Wij gaan ook naar huis.' Hij trok aan de riem en Mutt en hij liepen naar huis. Hij ging naar Granite Bay.

Maar eerst had hij nieuw vervoer nodig. De MPV stelen van de parkeerplaats van de supermarkt in Chico van een eigenaar die net was gearriveerd voor haar dienst had heel goed uitgepakt.

Hij moest zich ontdoen van de FBI-man. Daarna zou hij beslissen wat hij met Daisy ging doen.

Granite Bay, maandag 20 februari, 19.30 uur

Gideon liet zich bemoederen door Irina, die hem instopte in een van de twee bedden in Rafe's oude kamer. Hij had liever gehad dat Daisy hem uit zijn overhemd had geholpen, maar Irina had er zo gebroken uitgezien na zijn onthullingen. Hij had zich niet verzet toen ze hem naar boven was gevolgd nadat hij bijna aan tafel in slaap was gevallen met zijn gezicht in een bord eten.

'Hier is iets voor je arm,' zei ze terwijl ze een paar pijnstillers in haar handpalm schudde. 'Ze zijn gewoon van de drogist, dus geen tegenspraak alsjeblieft.'

'Ik zou jou nooit tegenspreken,' zei hij ernstig.

Haar glimlach was triest. 'Nee, dat heb je nooit gedaan. Bij jou was het altijd "Ja, mevrouw" en "Nee, mevrouw" en "alstublieft" en "dank u wel". Alsof je bang was dat we je op straat zouden zetten als je iets verkeerds zei. Ik denk dat ik nu begrijp waarom.'

Hij haatte het om hun over Eden te moeten vertellen. Haatte het om de verbijsterde gezichten te zien. Haatte de pijn in hun ogen. *Voor mij. Ze lijden omdat ik heb geleden. Mercy en ik. En mama.* Hij haatte het dat hij hen van streek had gemaakt, maar tegelijkertijd merkte hij dat hij behoefte had gehad aan de liefde en steun die ze hem gaven.

Dat ze tijdens het eten hadden aangeboden hem te helpen bij zijn zoektocht naar Eden was geen verrassing, maar dat kon hij niet toestaan. Hij wilde niet dat iemand van wie hij hield in de buurt van die plek zou komen. Maar dat zou hij de volgende dag afhandelen. Wanneer hij had geslapen.

Irina schudde haar hoofd, heftig en snel. Gideon wist niet goed of ze probeerde haar verdriet af te schudden of de beelden probeerde te vergeten die nu door haar hoofd spookten. Ze vouwde het overhemd dat hij had gedragen en legde dat op het dressoir, kwam toen bij hem terug om met haar vaardige verpleegstershanden te helpen de mitella weer om te doen.

'Weet je zeker dat het warm genoeg voor je is? Ik kan een van Rafe's oude sweatshirts opscharrelen,' zei ze.

Hij wilde niet tegen haar zeggen dat hij normaal gesproken in zijn nakie sliep. Het was al zenuwslopend geweest om zijn spijkerbroek en boxershort uit te doen terwijl zij druk bezig was met het bed op te maken. Hij had zijn trainingsbroek aangetrokken en kans gezien die op te hijsen. Toen had hij echt gebloosd, omdat ze het touwtje pakte en er een keurige strik in legde. De trainingsbroek was alles wat hij op zijn huid zou kunnen verdragen terwijl hij sliep en hij had hem alleen maar aangetrokken voor het geval hij midden in de nacht naar de wc moest. Per slot van rekening woonde Zoya hier ook en hij moest de badkamer met haar delen. En met Daisy, die de extra logeerkamer toebedeeld had gekregen.

Bij de gedachte aan Daisy haastte hij zich om in bed te stappen en de deken omhoog te trekken voorbij zijn snel groeiende erectie. Niet iets wat hij wilde dat Irina zag, en de broek verborg niets.

Wat het koud hebben betrof, hij hoopte dat Daisy snel bij hem zou komen om hem warm te houden.

'Het is prima, Irina. Echt.'

'Oké.' Ze trok de deken op tot aan zijn kin en gaf hem een zacht klopje op zijn wang. 'Ik ben blij dat je hier bent, Gideon.'

'Ik ook.' Hij keek glimlachend naar haar op terwijl ze het kussen opschudde. 'Dat deed je ook altijd toen ik nog een kind was. Als ik ziek was. Ik deed altijd alsof ik te oud was om te worden bemoederd, maar ik vond het heerlijk.'

Ze ging op de rand van het bed zitten. 'Ik weet dat je eigenlijk wilde dat ik dat deed. maar je was veertien en dat is zo'n lastige leeftijd. En je was er slecht aan toe, toen.' Ze bestudeerde zijn gezicht. 'Ik maakte me destijds zo veel zorgen om je, Gideon. Nog steeds.'

'Het gaat goed met me,' verzekerde hij haar. 'Ik ben alleen een beetje vleugellam. Ik ben genezen voor je het weet.'

Irina schudde haar hoofd. 'Niet dat. Ik weet dat je weer beter wordt. Rafe en jij hebben zo vaak iets gehad, maar het kwam altijd goed. Aan de buitenkant. Ik maak me zorgen om je binnenkant.' Ze tikte op zijn borst. 'Je hart.'

'Daar is ook niks mis mee,' zei hij, haar met opzet verkeerd begrijpend. 'Het blijft kloppen.'

Ze keek hem berustend aan. 'Gideon. Ik meen het. We moeten praten.'

'Ik meen het ook, Irina. Ik voel me prima. Echt waar.' Hij fronste zijn voorhoofd toen vanuit het niets bezorgdheid de overhand kreeg. 'Wacht. Wáár moeten we het over hebben? Ben je van streek omdat ik iets met Daisy heb?' Want dat zou beslist niet goed zijn.

Ze deinsde met een geschokte uitdrukking op haar gezicht achteruit. 'Nee. Natuurlijk niet. Ik was degene die jullie probeerde te koppelen, weet je nog. Máándenlang.'

'O,' zei hij schaapachtig. 'Natuurlijk. Het spijt me.'

'Terecht. *Durasjka.*' Ze schudde het hoofd en keek hem duidelijk geërgerd aan. 'Domme jongen. Ik denk dat ze goed voor je zal zijn. Je een beetje laat ontspannen. Jij zal voor haar ook goed zijn. Toen je daar in haar appartement voor haar opkwam? Ze keek naar je alsof je het achtste wereldwonder was. En toen je ons vertelde over Eden was ze net een soldaat, klaar om je te verdedigen als wij onze bedenkingen zouden hebben. Ik vraag je alleen om het rustig aan te doen. Hechte relaties vergen tijd.'

'Maar waarom maak je je zorgen om me? Waarom "moeten we praten"?'

'Waarom ik me zorgen om je maak? Buiten dat je ons net hebt verteld dat je bent opgegroeid in een sekte en bijna bent vermoord door leden ervan?'

'Nou, ja,' mompelde hij. 'Dat is allemaal achter de rug.'

'Ik geloof niet dat dat helemaal waar is, maar daar komen we later nog wel op terug.' Irina aarzelde en zuchtte toen. 'Je zus is niet gekomen.'

Nu was het zijn beurt om achteruit te deinzen. Want ook al had hij niet verwacht dat Mercy zou komen, wenste hij wel dat ze dat had gedaan. 'Nee. Dat klopt. Maar het is pri–'

'Ik zweer je, Gideon, als je zegt "prima", dan ga ik...' Ze sputterde. 'Ik weet niet wat, maar je zult het niet leuk vinden. Je houdt van haar. Ik zag dat haar afwijzing je pijn heeft gedaan.'

Hij deed zijn mond open, maar deed hem toen weer dicht, niet blij met het feit dat hij dat had laten merken. 'Ja,' fluisterde hij. 'Het doet pijn.'

'Het spijt me zo, *dorogoy moy.*'

Liefje. Hij moest ondanks de pijn bijna glimlachen. 'Mij ook. Voor een deel omdat ik dolgraag een zus zou willen hebben. Ik bedoel, Sasha en Meg en Zoya zijn net zussen voor me, maar Mercy ís mijn zus. Ik... mis haar.'

'Natuurlijk mis je haar. Dat kan niet anders.'

En dat was misschien wel de kern van de zaak, dacht hij, toen hij die gedachte in zijn hoofd van alle kanten bekeek terwijl Irina geduldig zat te wachten. 'Dat is het punt,' zei hij uiteindelijk zacht. 'Ik mis haar, maar ze mist mij niet. Ze heeft me uit haar leven gebannen en kijkt niet om. Ik begrijp het. Ik begrijp dat mij zien genoeg is om een hele stapel akelige herinneringen op te roepen, maar...'

'Maar wat?'

Hij zuchtte. 'Dat is een nog belangrijker punt. Als ze zich van me had afgekeerd voor een andere familie, ja, dat zou pijn doen, maar dan zou ze gelukkig zijn. Maar ze heeft geen andere familie gevonden. Ze is zo alléén.' Hij pakte de hand die ze op zijn hart had gedrukt en kneep. 'Ik niet. Ik heb jullie. Jullie hebben me altijd gesteund. Als ze hier kwam, dan zouden jullie ook van haar houden. Dan zou ze ook familie hebben.'

Irina's ogen begonnen te schitteren en ze bette ze met een elegant gebaar. 'We zouden van haar houden. Ik ben blij dat je weet dat we van je houden, Gideon.'

Hij drukte een kus op haar hand. 'Dat heb ik altijd geweten. Karl en jij zijn vanaf de dag dat Rafe me mee hierheen nam mijn ouders geweest. Jij bent de moeder geweest die mijn eigen moeder niet heeft mogen zijn.'

Irina probeerde opnieuw haar ogen te betten maar gaf het op, knipperde de tranen uit haar ogen en veegde haar wangen droog met de rug van haar hand. 'Je moeder heeft je weg weten te krijgen uit die vreselijke plek. Daar ben ik haar dankbaar voor. Ze heeft je zus er ook uit weten te krijgen. Fysiek.'

'Ja.' Want Mercy was nog steeds, na al die jaren, zo vreselijk beschadigd. Zat nog steeds in een soort gevangenis. 'Ik blijf aan haar werken.' Omdat hij er behoefte aan had de stemming te veranderen, glimlachte hij haar sluw toe. 'Misschien laat ze zich verleiden met een honingcake.'

Irina grinnikte waterig. 'Als je ooit wil dat ik er een voor je maak, dan hoef je dat alleen maar te vragen, *sinosjka*.' Ze boog zich voorover om hem een kus op zijn voorhoofd te geven. 'Ga slapen. Morgenochtend zijn we er weer voor je.'

'Dank je,' zei hij schor. 'Voor alles.'

Ze wierp hem een kushand toe, deed het licht uit, sloot de deur en liet hem alleen.

Eenmaal alleen lag hij naar het plafond te staren en zich af te vragen waar Daisy was. Het waren nog maar drie nachten, maar hij was er al aan gewend geraakt dat ze in zijn armen lag te slapen.

Hij luisterde. De televisie beneden stond aan. Het klonk als *Monday Night Football*, waar Karl verslaafd aan was. Hopelijk zou dat Frederick ook bezighouden, want Gideon was van plan om Daisy op te zoeken en haar te vragen bij hem te blijven. Alleen maar tot hij in slaap viel.

Hij sloeg de dekens terug en zwaaide zijn benen over de rand van het bed, toen de deur langzaam openging. Daisy glipte naar binnen en deed de deur zachtjes dicht, draaide hem op slot en bleef staan luisteren, vermoedelijk om te horen of er iemand was die haar misschien had gezien.

Haar vader bijvoorbeeld. Die haar had geleerd te schieten en te vechten als een soldaat. Bij Gideon kwam steeds maar de gedachte op dat Daisy's vader hem veel meer angst zou moeten inboezemen dan hij deed. Al was Frederick niet al te veel van zijn stuk was geweest omdat Daisy in zijn ziekenhuisbed lag te slapen.

Een echt bed was waarschijnlijk heel iets anders.

Ze draaide zich om en liet een geschrokken *iep* horen toen ze hem zag en sloeg haar hand voor haar mond toen het al te laat was. 'Je bent wakker.'

'Daar lijkt het wel op,' zei hij droog. 'Ik denk dat je net alle voordeel van je stiekeme gedoe teniet hebt gedaan.'

Ze grinnikte terwijl ze door de kamer liep. 'Ze zitten beneden naar de televisie te schreeuwen. Ik betwijfel of ze één klein piepje hebben gehoord. En als dat wel zo is...' Ze haalde haar schouders op en ging op het bed zitten. 'Irina huilde toen ze uit je kamer kwam. Wat is er gebeurd?'

'Ik heb tegen haar gezegd dat Karl en zij mijn familie zijn.'

Daisy glimlachte zachtaardig. 'Dat doet het wel.' Ze streelde zijn wang met de achterkant van haar vingers. 'Ik blijf niet lang. Ik wilde alleen even weten hoe het met je ging. Het zal niet gemakkelijk zijn geweest om hun over Eden te vertellen.'

'Het was niet zo erg,' zei hij en het verbaasde hem dat dat waar was. 'Ik denk dat het elke keer dat ik erover vertel gemakkelijker wordt. Het moeilijkste was dat ze er van streek van raakten.' Hij legde haar hand plat tegen zijn wang en liefkoosde hem. 'Kun je even blijven?'

'Ik hoopte al dat je dat wilde.' Ze zette de tas van Brutus op de vloer naast het bed, zette de hond erbovenop, zei 'Shazam' tegen haar en kroop naast Gideon. 'Ik mis de hekjes van ziekenhuisbedden een beetje,' grinnikte ze. 'Dit is een klein bed. Ik zou er zomaar vanaf kunnen vallen.'

Hij verschoof voorzichtig vanwege zijn mitella zodat zijn rug tegen de muur leunde en trok haar tegen zich aan. Nu hij zich niet druk hoefde te maken om de naald van het infuus, was het zo'n stuk gemakkelijker om haar vast te houden. Aan de andere kant, haar tegen zich aan drukken maakte het lastiger om te verbergen dat hij heel snel heel erg hard werd. 'Beter?'

'Ja. Stukken beter. Doet je arm erg veel pijn?'

'Een beetje,' gaf hij toe.

'Met andere woorden: het doet verrekte veel pijn, maar je weigert om nog meer pijnstillers te nemen.'

'Daar komt het op neer. Ik heb wel aspirines genomen die Irina voor me had meegenomen.'

'Gideon,' zei ze met een zucht.

'Daisy,' bauwde hij na. Toen drukte hij een kus op haar hoofd. 'Ik was van plan je te gaan zoeken. Ik kan niet slapen zonder jou.'

Ze aaide hem zachtjes over zijn borst. 'Dat vind ik fijn.'

'Dat dacht ik wel,' mompelde hij.

Haar hand ging verder op zijn weg omlaag en streelde de plooi tussen zijn dij en zijn lies. Hij snakte even naar adem en zijn piemel begon te kloppen. Haar vingers waren zo dichtbij, maar bij lange na niet dichtbij genoeg.

Ze neuriede zachtjes diep in haar keel en hij hield zijn adem in. Hij liet die kreunend weer ontsnappen toen haar vingers eindelijk licht over zijn piemel streken.

'Ik vind dit ook fijn,' fluisterde ze.

Hij proestte een lach die overging in een nieuwe kreun toen haar vingers hem door zijn broek beetpakten. 'Daisy. Alsjeblieft.'

Ze hief haar hoofd van zijn schouder, liet haar vrije hand achter zijn hoofd glijden en boog zich naar hem toe om met haar lippen over die van hem te gaan. 'Wat wil je, Gideon?' vroeg ze. Haar hese stem en vaardige vingers deden de rillingen over zijn rug lopen.

De mitella vervloekend die zijn rechterarm belemmerde, duwde hij zijn heupen naar boven omdat hij meer wrijving wilde. 'Alles.' Het woord kwam er wanhopig uit. Want plotseling was hij ook wanhopig. Hij greep een handvol van haar haar, voorzichtig, om haar geen pijn te doen, maar hij moest iets hebben om zich aan vast te klampen. 'Kus me, Daisy Dawson.'

En dat deed ze. Ze kuste hem langzaam en diep, tot hij dacht dat zijn schedeldak eraf zou vliegen. Het was geen ruwe zoen, of rauw. Maar hij was ook niet zachtaardig. Toen ze eindelijk haar hoofd ophief lagen ze allebei te hijgen en zijn heupen bewogen omdat zijn lul haar aanraking nodig had.

Ze hield zijn blik gevangen terwijl ze aan het touwtje van zijn broek trok en haar hand onder de broeksband liet glijden. Zijn lichaam, als een boog gespannen en verlangend, viel weer op het bed terwijl hij een grom liet horen.

'Alsjeblieft,' fluisterde hij.

Ze pakte hem stevig beet en kuste hem, dit keer zonder enige zachtheid. Het was hard en ruw en hij vond het heerlijk.

Veel te snel maakte ze haar lippen los, die van haar gezwollen en rood en verrukkelijk. 'Geen geluid,' hijgde ze. Vervolgens liet ze zich langs zijn lichaam omlaagglijden, kuste zijn borst, zijn buikspieren, en verdween toen onder de deken. Hij kneep zijn ogen stijf dicht, wachtte... wachtte...

Haar mond sloot zich om hem heen, heet en nat en fantastisch. 'O, god,' kreunde hij. Ze wisselde een langzame beweging omlaag af met een strakke zuiging op de weg omhoog. Het was genot, zo intens dat zijn hersenen gewoon... oplosten. 'Dáísy.'

De warmte en het zuigen hielden abrupt op. Haar hoofd kwam van onder de dekens vandaan. 'Ik zei: geen geluid. Begrepen?'

Hij knikte, waarschijnlijk te gretig, want ze grijnsde hem toe voor ze weer onder de deken verdween. En... Hij ademde opgelucht uit toen ze hem weer in haar mond nam. Hij vlocht zijn vingers in haar haar en klampte zich vast terwijl ze hem helemaal gek maakte.

Zijn orgasme van zaterdag was als een ontploffing geweest en was zonder enige waarschuwing gekomen. Deze bouwde zich langzaam op, begon ergens onder aan zijn ruggengraat, en een elektrische lading verspreidde zich alle kanten op, tot elke vierkante centimeter van zijn huid tintelde en pijn deed.

'Daisy,' bracht hij uit. Hij liet haar haar los om de deken aan de kant te kunnen trekken. 'Ik ben er bijna.'

Ze keek hem door haar wimpers aan, knipoogde een keer – en nam hem toen nog dieper in haar mond.

'Shit,' kreunde hij, niet in staat om stil te blijven. Wat een gestage opbouw was geweest kwam plotseling tot uitbarsting en terwijl hij klaarkwam kromde zijn lichaam zich en kwam als vanzelf omhoog terwijl zijn buikspieren samentrokken. En het bleef maar gaan en gaan.

Tot hij eindelijk neerviel, totaal en compleet uitgeput. Hij staarde naar het plafond en knipperde met zijn ogen terwijl zijn brein langzaam weer online kwam. Toen lachte hij.

Ze kroop omhoog en ging met haar elleboog naast zijn oor op haar zij liggen. Ze keek glimlachend op hem neer. Haar gezwollen lippen waren rood en nat en... zo verrekte sexy.

Ze ging met een vinger langs de contouren van zijn sik. 'Was dat een o-wat-ben-ik-blij-lach? Ik laat je nu alvast weten dat het goede antwoord "ja" is.'

Hij ving haar vinger tussen zijn lippen en zoog er even op voor hij hem weer liet gaan. 'Nou, hallo. Ja. Maar het was ook omdat ik dacht dat ik me helemaal leeg voelde. En toen zei de puber die nog steeds ergens in mijn hoofd zit, ha-ha, ik bén leeg.'

Ze grinnikte. 'Je zou die puber vaker buiten moeten laten spelen. Hij is grappig.'

Hij sloot zijn ogen. 'Ik denk dat je een paar belangrijke zekeringen hebt laten doorbranden.'

'Mooi.' Ze klonk geamuseerd en... tevreden.

Hij deed zijn ogen weer open om haar gezicht te kunnen bestuderen. 'Dank je.'

'Graag gedaan.' Haar ogen glansden. 'Dat was echt opmerkelijk, Gideon.'

'Ja. Dat was het zeker. Ik had hier niet op gerekend.' Hij aarzelde. 'Ik ben schoon. Dat had je moeten vragen.'

'Je komt net uit het ziekenhuis. Ik weet zeker dat ze je van alle kanten hebben onderzocht, vooral omdat ik onder jouw bloed zat.'

'Maar toch. Je zou niet zo –' Hij onderbrak zichzelf toen haar wenkbrauw omhoogging, een zeker teken van ergernis.

'Sletterig?' vroeg ze zacht.

'Nee,' barstte hij uit. 'Ik wilde zeggen: zo vol vertrouwen. Sommige mannen zullen tegen je liegen.'

'Ik ben niet met "sommige mannen",' zei ze, veel te kalm. 'Ik ben met jou.'

Hij had haar boos gemaakt en hij kon zich wel voor zijn kop slaan. 'Ik bedoel er helemaal niets negatiefs mee. Het spijt me. Ik ben niet... Ik ben soms een beetje sociaal onhandig.'

Haar frons verzachtte. 'Ja, dat klopt. Ik vertrouw niet zo veel mensen, Gideon, maar ik ga niet door het leven met iedereen te wantrouwen. Dat doet mijn vader wel... Ik bedoel, ik hou van hem, maar...' Ze zuchtte. 'Het heeft ons gezin pijn gedaan.'

Hij legde zijn goede arm over zijn ogen. 'Het spijt me, Daisy. Ik kreeg zojuist een fantastisch cadeau en heb het meteen kapotgesmeten.'

'Neuh. Je hebt er alleen een krasje op gemaakt. Dat kan worden weggepoetst.'

Hij gluurde naar haar van onder zijn arm. 'O ja?'

'Ja.' Ze ging met haar vingers over zijn fenikstatoeage. 'Ik ben geen blozende maagd, Gideon. Ik heb voor ik jou leerde kennen al van seks genoten.'

Hij snakte even naar adem bij haar lichte aanraking en woog zijn woorden. 'Daar ben ik blij om.'

Opnieuw ging er een wenkbrauw omhoog, maar dit keer eerder uit nieuwsgierigheid dan uit boosheid. 'Echt waar?'

'Ja. Je bent in staat geweest om contact te krijgen met mensen op een manier die je nodig had voor ik er was.'

Ze glimlachte. 'En nu jij er bent?'

Hij keek haar aan en hoopte dat ze niet zou beginnen te steigeren. 'Ik wil je niet delen.'

'Dat vind ik prima. Hetzelfde geldt voor mij. We zijn alleen voor elkaar, tot we anders beslissen, oké?'

'Absoluut oké.' Hij ging langs de rand van haar V-hals en stak zijn vinger onder haar trui tot hij het kant van haar bh had gevonden. 'Irina vindt dat we te snel gaan.'

Daisy trok een gezicht. 'Ik weet het. Ze heeft tegen mij hetzelfde gezegd. Maar toen herinnerde Karl haar eraan dat hij na hun eerste afspraakje had gezegd dat ze met hem zou trouwen. Ze geloofde hem toen ook niet.' Ze lachte. 'Ze zei dat ze nog steeds niet wist of het wel goed zou uitpakken.'

Gideon grinnikte. 'Ik ben echt dol op die mensen.'

'Ik ook.' Ze kuste hem zacht en hij kon zichzelf proeven op haar lippen. En verdomd als hij niet weer een stijve kreeg.

'Wat kan ik voor jou doen?'

'Op dit moment? Herstellen van die schotwond. Achteraf gezien had ik misschien niet moeten doen wat ik heb gedaan. Maar ik hoop dat je nu kunt slapen.'

'Als een roos,' voorspelde hij. 'Maar blijf je?'

'Ja.' Ze nestelde zich tegen zijn schouder. 'Heb ik je arm pijn gedaan?'

'Welke arm?' vroeg hij en hij voelde dat ze glimlachte.

'Ga slapen, Gideon.'

Zijn oogleden begonnen al zwaar te worden. 'Oké.'

Maandag 20 februari, 21.30 uur

Hij zat blijkbaar weer de kat uit de boom te kijken. Hij zat in zijn gestolen MPV een eindje van het huis van de Sokolovs. Te kijken.

Hij was niet de enige. Er stond een zwarte SUV op de oprit en de chauffeur was net uitgestapt om een rondje te doen. Met een geweer in zijn hand. Met een telescoopvizier.

De FBI nam de zaken zo te zien serieus.

Je zou hier niet moeten zijn. Het is het niet waard. Als hij het kenteken natrekt ben je de klos.

Dat was een goed punt. Vooral omdat de MPV die hij had gestolen duidelijk niet in deze buurt thuishoorde. Hij had wel een nieuwer model kunnen stelen, maar die hadden allemaal gps. Hij vormde gewoon een knipperende neonreclame met DOORZOEK MIJ.

Je hebt tijd. Ze weten niet wie je bent. Je hebt geen fysieke bewijzen achtergelaten. Nou ja, afgezien van de huidschilfers onder de nagels. De auto die hij in Macdoel had achtergelaten was totaal verbrand. Zelfs als ze bloed zouden hebben gevonden, dan nog was dat onbruikbaar geworden.

Maar...

Maar wat? Maar je hebt Daisy Dawson nog niet te pakken? Dat komt wel. Wees gewoon geduldig. Wacht tot ze niet meer op haar hoede is. Ze kan zich niet eeuwig verstoppen. Je weet waar ze woont.

En ze wisten niet waar hij woonde. Hij was overduidelijk in het voordeel hier.

Hier in een gestolen MPV zitten terwijl GI Joe rondjes om het huis van de Sokolovs liep was een risico dat hij niet hoefde te nemen. Zeker nu alle lichten in het huis een voor een uitgingen. De familie maakte zich klaar om te gaan slapen.

Hij trok de handschoen van zijn rechterhand en de want van zijn linker en pakte toen de draad van de ontsteking in de werkende vingers van zijn gewonde hand. Met zijn minder vaardige rechterhand hield hij de twee draden onhandig tegen elkaar en de motor kwam brullend tot leven. Hij trok de handschoen en de want weer aan.

Hij was niet van plan forensisch bewijsmateriaal in dit voertuig achter te laten, net zoals hij de dag ervoor niets van zichzelf had achtergelaten in de pick-up of de MPV uit Chico. Verrekte forensische opsporing.

Hij keerde de MPV en reed terug in de richting van de stad. Hij zou hem ergens in de buurt van de supermarkt waar hij hem had gestolen achterlaten en een paar lege bierflesjes op de vloer leggen. De politie zou aannemen dat de auto gestolen was door een stelletje tieners.

Hij kon naar huis gaan, een beker chocolademelk nemen en naar de platen van zijn moeder luisteren. En dan kon hij nog eens een poging wagen bij Zandra. Hij hoopte eigenlijk dat ze het nog wat langer zou volhouden. Ze bleek een heel bevredigende gast.

Maandag 20 februari, 21.55 uur

Het geluid van een telefoon die overging haalde Daisy uit een diepe slaap. Ze knipperde met haar ogen en draaide zich om om hem te pakken en –

'Shit.' Ze kwam hard op de vloer terecht. 'Dat deed pijn.'

'Wa–?' Gideon zat stijf rechtop in zijn bed. Het heel kleine bed in Rafe's oude kamer.

Daisy krabbelde overeind en zat op haar knieën. Ze pakte de nog steeds overgaande telefoon van het nachtkastje en gaf hem aan Gideon. 'Het is de jouwe.'

'O, god. Hoe laat is het?' Hij tikte op het scherm. 'Hallo?' Een seconde later was hij klaarwakker. 'Tino, hoi.'

Tino was zijn vriend in Philadelphia. Hopelijk betekende dit dat er verjongde foto's waren die ze konden gebruiken in hun zoektocht naar de twee mannen die Gideon in de gemeenschap hadden mishandeld.

'Nee, maak je geen zorgen. Zo laat is het hier nog niet,' zei Gideon. 'Ik ben een beetje in aanvaring gekomen met een verdachte en ik ben nog herstellende. Wat heb je voor me?' Hij luisterde enkele ogenblikken, zei toen: 'Blijf aan de lijn,' en opende zijn e-mail. Hij staarde lange tijd naar zijn telefoon voor hij hem weer tegen zijn oor hield. 'Wauw. Dank je, Tino. Dit is meer dan ik had durven hopen. Ik zal je zeker laten weten wat we ontdekken. Nogmaals bedankt.'

Hij beëindigde het gesprek en gaf de telefoon aan haar. De foto's op het scherm deden haar even naar adem snakken. Twee mannen, ongeveer zo oud als Gideon nu was. Beiden fors en ruig. Ze hadden wreedheid in hun blik, een trek die zei dat ze pakten wat ze hebben wilden zonder zich druk te maken over de gevolgen.

Als je had geweten waar je op moest letten, was dat al te zien geweest op die trouwfoto's. Maar nu was het het eerste wat opviel.

'Wauw,' zei ze zacht.

'Ik weet het,' antwoordde Gideon net zo zacht.

'Heb je hem verteld wie het zijn en wat ze hebben gedaan?'

Hij schudde zijn hoofd. 'Nee. Tino lijkt het gewoon te weten. Ogen zijn zijn specialiteit.'

Ze sprongen allebei op toen er zachtjes op de deur werd geklopt. Gideon vertrok zijn gezicht. 'Betrapt,' fluisterde hij. 'Ja?' riep hij.

'Ik hoorde een bonk,' zei Irina. 'Alles in orde, Gideon?'

'Niets aan de hand,' zei hij.

'Is met Daisy ook alles in orde?' vroeg ze en ze klonk geamuseerd.

Daisy sloeg haar ogen ten hemel. 'Alles in orde, Irina.'

'Fijn om te horen, schat. Ik nam aan dat je hier was toen je niet in je eigen bed lag toen ik welterusten kwam zeggen.'

'Niet dat we volwassen zijn of zo,' mopperde Daisy.

'Wat zei je, schat?' Irina's vraag werd gevolgd door een lach, diep en rommelend. Karl.

'Karl,' zeiden Gideon en zij tegelijk.

'Welterusten, Irina,' zei Daisy beslist. 'Welterusten, Karl.' Ze gaf hun even de tijd om te verdwijnen en keek toen op naar Gideon. 'Dat scheelde niet veel.'

'Karl en Irina?' Hij haalde zijn gezonde schouder op. 'Ik nam aan dat ze wel wisten dat je hier was.'

'Nee.' Ze stak haar arm achter zich naar Brutus. 'Ik had haar bijna verpletterd.'

'Arme meid.' Hij boog zich omlaag om het hondje achter de oren te krabben.

Daisy gaf Brutus een kus op haar kop. 'Morgen nemen we Sasha's oude kamer in beslag en dan kan zij hier slapen. Ze heeft een tweepersoonsbed.'

'Als we hier dan nog zijn. We hoeven niet terug naar jouw appartement. Mijn huis heeft een uitstekend alarmsysteem.'

'Dat idee staat me nog beter aan.'

Hij klopte op het bed. 'Zet Brutus op het andere bed en kom hier.' Hij tilde de deken op zodat ze eronder kon kruipen. 'Ik moet deze foto's doorsturen naar Molina.'

'Geef me je telefoon. Dan typ ik het bericht wel en kun je weer gaan slapen.'

'Misschien,' zei hij terwijl hij nog steeds met gefronste wenkbrauwen naar het scherm van zijn telefoon keek.

De foto's waren buitengewoon goed gedaan. Gideons vriend had een gave. De foto's vertegenwoordigden ook de ergste momenten uit Gideons leven, momenten die hij die avond aan de eettafel gedwongen was geweest te herleven.

Ze pakte de telefoon uit zijn hand en kuste hem op zijn kaak. 'Laat mij dat mailtje naar agent Molina versturen en dan zal ik daarna eens proberen of ik je kan helpen in slaap te vallen.'

Een donkere wenkbrauw ging omhoog, waardoor hij er in het vage licht van de maan dat door het raam naar binnen viel verdorven uitzag. 'Dat is een interessant aanbod.'

'Ik dacht wel dat je dat zou vinden. Wat moet hierin staan?'

Hij keek opnieuw nadenkend. 'Misschien kan ik haar beter bellen voor ik de foto's stuur. Het zal aan de telefoon eenvoudiger zijn om uit te leggen. Wil je de wekker op kwart voor zes zetten? Ze is meestal om zes uur op kantoor. Als ik haar te pakken krijg voor iemand anders dat doet, is ze waarschijnlijk in een beter humeur.'

'Aangezien ze tegen je gezegd heeft dat je niet mocht werken, is dat geen slecht plan.' Daisy zette de wekker, legde de telefoon op het nachtkastje en kroop zo dicht tegen hem aan dat hun lippen maar een paar millimeter van elkaar verwijderd waren. 'Nou, laten we het eens over slaapmiddelen hebben.'

Zijn mondhoeken krulden. 'Is dat hoe we het noemen?'

'Een Daisy met een andere naam?'

Hij lachte. 'Ik kan nog steeds niet uit over dat verhaal dat je vader aan tafel vertelde, over waarom je Daisy wordt genoemd. Dat je een prinsessenkroontje maakte van madeliefjes van de prijswinnende orchideeën in het arboretum.'

Ze rolde met haar ogen. 'Het waren bloemen, verdorie. Mam nam ons altijd mee naar het park en dan maakten we kroontjes van madeliefjes en dan deden we net alsof we prinsessen waren. Hoe kon ik nou weten dat orchideeën een paar honderd dollar waard waren? Geen enkele bloem zou een paar honderd dollar waard mogen zijn.' Toen kuste ze hem zacht. 'Mijn vader vindt het een beetje te leuk om dat verhaal te vertellen. Maar het maakte hem aan het lachen, dus dank je.'

'Hij heeft me een foto gestuurd van je zus en jou met die orchideeënkroontjes. Ik maak er de achtergrond van op mijn telefoon.'

'We zagen er heel lief uit,' gaf Daisy toe.

'Nu weet ik waarom je Daisy wordt genoemd, maar waarom heb je zo'n hekel aan "Eleanor"? Het is een mooie naam.'

'Ik ben vernoemd naar mijn overgrootmoeder en er hing een foto van haar in het huis van mijn oma waar ik toen ik klein was vreselijk bang voor was, nog voor mijn moeder overleed. De oude Eleanor zat in een schommelstoel en omklemde de armleuningen, weet je wel? En haar vingers zagen eruit als de klauwen van een heks. Ik was zo bang voor haar.' Ze huiverde en hij moest lachen.

'Wat?' vroeg Gideon. 'Het is schattig.'

'Jaja, schattige ik,' mopperde ze.

'Wil je niet schattig zijn?'

'Nee. Ik wil stoer zijn.'

Ze zag zijn ogen donker worden. De blik intens. 'Ik zou zeggen dat er een gezochte moordenaar rondloopt die wel denkt dat je dat bent. En ik ben het ermee eens. Ik vind het vreselijk dat je jezelf moet beschermen, maar ik ben verrekte blij dat je dat kunt. Je bent heel erg stoer, mevrouw Dawson.'

Ze wilde niet denken aan de man die haar tot twee keer toe had aangevallen, die centimeters bij haar vandaan had gezeten en over werken bij de radio en over zijn hond had gepraat. Die Trish had vermoord. *En anderen.* Ze slikte moeizaam en het kon haar niets schelen dat ze heel opvallend van onderwerp veranderde. 'En sexy. Ik wil sexy zijn. Voor jou.'

Er vormde zich het begin van een glimlach om zijn mond en zijn toon werd een stuk luchtiger. 'O, dat ben je beslist.' Hij liet zijn hand onder de rand van haar sweater glijden. 'Is die trui niet oncomfortabel?'

'O, heel erg,' zei ze met spottende ernst.

Zijn vingers maakten langzame kringen op haar rug en ze rilde. 'Ik zou het vreselijk vinden als je je oncomfortabel voelde.'

'Je bent een echte heer.'

Hij lachte zachtjes. 'Ik kan dit niet met een stalen gezicht. Doe hem uit, Daisy.' Hij werd weer ernstig en staarde zo lang naar haar dat ze zich werkelijk oncomfortabel voelde. 'Alsjeblieft,' fluisterde hij. 'Ik wil je huid voelen.'

Ze ging op haar knieën zitten en pakte de zoom van haar sweater beet om hem uit te trekken... toen zijn mobieltje weer overging.

Hij liet zijn hoofd terugvallen op het kussen. 'Fuck.'

'Of niet,' zei ze ongelukkig. Ze stak haar hand uit naar zijn telefoon en keek bedenkelijk. 'Het is Rafe. Misschien heeft hij iets gevonden over Eileen.'

'Wil je hem op de luidspreker zetten?' Hij wachtte tot ze dat had gedaan. 'Hoi. Ik heb Daisy hier bij me. Wat ben je vandaag te weten gekomen?'

'Dat vertel ik zo,' zei Rafe en zijn stem klonk gespannen. 'Waar ben je?'

'Bij je ouders thuis.'

'Sasha?' vroeg Rafe.

'Die is ook hier,' zei Gideon. 'Moeten we haar halen?'

'Nee. Ze nam alleen niet op. Ik wil graag dat je zo snel als je kunt naar mijn huis gaat.'

'Waarom?' vroeg Gideon, maar hij was al bezig om haar heen te kruipen om uit bed te stappen.

'Ik ben nog in Portland. Mijn vlucht had vertraging, maar we zijn nu ingestapt. Luister, ik kreeg net een berichtje van mijn buurman, Ned Eldridge. Hij zei dat er een auto voor mijn deur staat. Hij besteedde er eerst geen aandacht aan omdat er zo veel verslaggevers bivakkeren. Maar hij staat er nu al twee uur. Hij heeft een foto van de bestuurder.'

'Is hij het?' vroeg Gideon opgewonden. Hij vond een gevouwen overhemd op het dressoir en hield dat op voor Daisy terwijl hij haar om hulp vragend aankeek. 'Onze verdachte?'

'Nee,' antwoordde Rafe. 'Gideon, ik geloof dat het Mercy is.'

Het overhemd dwarrelde op de vloer. Gideon draaide zich om en zocht steun bij het dressoir, zijn gezicht uitdrukkingloos door de schok. 'Wat?'

'Ik denk dat het Mercy is. Ik heb tegen Ned gezegd dat hij haar niet moet benaderen. Ik wil haar niet wegjagen.'

Gideon zei geen woord. Hij staarde alleen maar met open mond naar de telefoon.

'Gid?' vroeg Rafe. 'Ben je er nog?'

Daisy sprong van het bed, raapte het overhemd van de vloer en begon Gideons mitella af te doen. 'Rafe, hij gaat op weg zodra ik hem heb aangekleed.'

'Ooo. Oké. Ik... Daar bemoei ik me niet mee. Wat wil je dat Ned doet als ze aanstalten maakt om weg te rijden?'

'Haar tegenhouden,' gooide hij eruit. 'Bedankt, Rafe.'

'Komt voor elkaar. Rij voorzichtig, oké?'

'Doen we.' Daisy beëindigde het gesprek en deed de slaapkamerdeur open. 'Irina, Karl! Willen jullie even komen, alsjeblieft?' Ze had de mitella af tegen de tijd dat het hele huishouden in de deuropening stond. 'Willen jullie tegen agent Hunter zeggen dat we nu meteen naar mijn appartement moeten?'

Gideon pakte haar pols en hield haar tegen terwijl ze zijn gewonde arm in een mouw manoeuvreerde. 'Niet wíj. Alleen ík.'

'Ja? Nee.' Ze keek naar hen en concentreerde zich op haar vader, die zijn mond had opengedaan om te protesteren. 'Mercy is bij mijn huis. Gideon gaat niet alleen.'

Irina knikte. 'Nee, niet alleen. Zul je luisteren als de agent zegt wat je moet doen?'

'Absoluut,' beloofde Daisy terwijl ze Gideons andere arm in de mouw stak. *Tenzij hij zegt dat ik niet mag gaan.* Want Gideon zou zijn zus níét alleen onder ogen komen.

Gideon lachte snuivend. 'Daisy, ik denk zomaar dat je als kind nogal een lastpak was.'

'Je hebt geen flauw idee,' zei Frederick droog. 'Daisy, pak Brutus en wacht beneden. Ik help hem wel met zijn kleren.' Hij wierp een blik naar Gideon. 'Ik ga ook mee.'

Daisy stond op het punt om te zeggen dat er geen schijn van kans was dat dat zou gebeuren toen Gideon zei: 'Dat waardeer ik, Frederick. Dank je.'

Daisy stond nog steeds met open mond te staren toen Irina haar de kamer uit trok. 'Doe wat je vader zegt, Daisy.'

Daisy liet haar adem luidruchtig ontsnappen. 'Prima.' Ze liep langs Sasha's kamer, waar haar vriendin in de deuropening stond en niet eens probeerde haar grijns te verbergen. 'Waag het niet.'

'O, ik zou niet durven,' grinnikte Sasha. 'Ik heb het veel te druk met me kapot te lachen terwijl jij zo helemaal gehoorzaam en zo loopt te doen.'

'Ik ben gehoorzaam,' mopperde Daisy. 'Wanneer ik dat wil.'

'Sasha,' zei Irina bestraffend. 'Laat haar met rust. Karl, ga weer slapen.'

'We sliepen niet,' zei Karl en hij wiebelde met zijn wenkbrauwen.

Sasha kreunde. 'Hou op. Ik kan dit niet aan.' Ze deed met een klap haar deur dicht.

Irina leidde Daisy naar de trap. 'Mijn kinderen blijven volhouden dat de ooievaar ze heeft gebracht. Kom, Daisy. Ik zal koffie voor jullie zetten om mee te nemen.' Ze bleef een paar treden van onderen staan en haar ogen verrieden plotseling haar werkelijke gevoelens – ongerustheid en onzekerheid. 'Je belt toch, hè?' fluisterde ze. 'Om me te laten weten wat zijn zus zegt?'

Daisy kuste haar op de wang. 'Natuurlijk.'

26

Sacramento, maandag 20 februari, 22.10 uur

Bellamy, Anna. Pennsylvania. Fiddler, Janice. Washington. Zandra staarde naar het plafond en deed wanhopig haar best vol te houden. Niet de hoop te verliezen. Niet in te storten.

Zich niet te comfortabel te voelen tussen de schone lakens, in het zijden nachthemd en met de zachte boeien waarmee haar enkels en polsen waren vastgebonden. Niet dankbaar te zijn voor de 'vriendelijkheid', want het had helemaal niets te maken met vriendelijkheid.

Hij wil me breken. Ik zal niet breken.

Maar ze was zo verdomde moe.

Orlov, Nadia. Illinois. Stevenson, Rayanna. Texas. DeVeen, Rosamond. Minnesota. Borge, Delfina. Californië. Oliver, Makayla. New York. Danton, Eileen. Oregon.

Namen op stukjes plastic die in de kast van een sadist hingen in een koude, stille kelder. Waar een dode vrouw in de vriezer lag die tegen de muur stond. *Martell, Kaley. Californië.*

Hart, Trisha. Californië. Zijn recentste slachtoffer. Zandra wist nog dat hij haar het rijbewijs had laten zien toen hij het in de kast stopte. Toen hij Kaley's talisman, een hoefijzertje, had afgedaan en in een soort macaber ritueel had vervangen door het turkooizen kruis van Trisha.

Welke dag was dat geweest?

Ze wist het niet. Ze wist niet welke dag het nu was. *Ik ga hier sterven. En hij zal mijn rijbewijs in de kast stoppen en niemand zal ooit weten wat er met me is gebeurd.*

Haar ogen vulden zich met tranen en ze knipperde ze met opeengeklemde tanden weg. *Nee. Hij zal me niet breken. Ik ga hieruit ontsnappen.*

De deurknop rammelde en Zandra's lichaam zette zich angstig schrap.

Maar de deur ging niet open en het rammelen ging door, gevolgd door gebonk.

Ze snakte even naar adem, te bang om te durven hopen. Er was daar iemand. Iemand die niet hij was.

Maar toen hield het bonzen op en Zandra zakte de moed in de schoenen. Hij of zij ging weg.

'H–' Haar keel was te droog. 'Help.' Ze wilde het schreeuwen, maar het kwam eruit als iets wat nog niet eens een fluistering was. 'Alsjeblieft.' Een snik snoerde haar borst samen en ze vocht ertegen. 'Niet weggaan.'

Maar ze fluisterde. Niemand zou haar horen.

Niemand zou komen help–

De deur vloog open en in de deuropening stond een vrouw. 'Smérige slet.'

Zandra draaide haar hoofd in de richting van de deur. De vrouw was niet jong. Maar ze was ook niet oud. Het was moeilijk te zeggen, in ieder geval door het van woede vertrokken gezicht. Een van woede vertrokken gezicht en een witte zijden peignoir. En naaldhakken.

Zandra begon haar om hulp te vragen, maar de vrouw kwam de kamer binnengestormd.

En sloeg haar.

Zandra keek naar haar op en er vormden zich tranen in haar ogen. *Hij heeft dit gedaan. Hij heeft me erin laten lopen. Hij wilde dat ik zou hopen. Wilde dat ik dacht dat ze me zou helpen.*

Het was te wreed. En te veel. Zandra was niet langer in staat haar tranen in te houden en begon te huilen. Grote, enorme snikken die haar lichaam lieten schokken.

Het is hem gelukt. *Hij heeft me gebroken.*

De vrouw boog zich voorover, haar gezicht centimeters van dat van Zandra. 'Geloof maar niet dat die tranen van je indruk maken,' snauwde ze. 'Je bent een manipulatieve slet, net als al die anderen.'

Zandra schudde haar hoofd, woorden wilden niet komen. De tranen vloeiden.

'Zeg niet dat het niet waar is. Je bent een van zijn hoertjes. Dacht je nou echt dat ik niet van je afwist? Dacht je nou echt dat je hem van me mag hebben?'

Ze was dronken, besefte Zandra. En misschien stoned. De blik van de vrouw was glazig, krankzinnig. Beslist krankzinnig.

'Water,' zag Zandra kans met schorre stem uit te brengen. 'Alsjeblieft.'

'Je krijgt niets van me behalve het gat van de deur.'

Tot Zandra's verbijstering begon de vrouw aan de boeien te rukken waarmee ze aan het bed vastgebonden was. Ze maakte de knopen los.

'Je bent niks. Je komt hier en speelt je zielige seksspelletjes. Een beetje sm, een beetje bdsm.' Ze snoof minachtend en rukte de eerste van Zandra's polsen los. De vrouw stortte zich onmiddellijk op de tweede en klauwde aan de knopen met haar lange, keurig gemanicuurde nagels. 'Ik heb hem gevormd. Hij is van mij. Ik heb de beste jaren van mijn leven aan hem gegeven en jij dacht dat je even langs kon komen en hem van me afpakken?'

Haar tweede pols kwam vrij en de vrouw ging naar de derde boei, waarbij ze de deken omhoog langs Zandra's benen schoof. Ze wierp Zandra een woedende blik toe. 'Wat heeft hij je beloofd? Geld?' Ze snoof. 'Dat heeft hij niet. Hij komt naar mij toe als hij geld wil.' Ze wees naar haar eigen borst. 'Naar míj. Ik ben de baas over zijn geld. Ik ben de baas over hém. Hij denkt dat dit zijn huis is. Hij denkt dat hij geheimen heeft. Ik ken al zijn geheimen. Ik weet al jaren van zijn kleine afwijking. Jij bent niet de eerste vrouw die hij hierheen heeft gebracht.'

Ze maakte de knoop om Zandra's linkerenkel los, maar deed dat niet bepaald voorzichtig en haar nagels groeven in de toch al geschaafde huid. Zandra onderdrukte een kreun.

De vrouw grinnikte. 'Vind je dat lekker? Je bent een pijnslet. Hij moet wel een goede meester zijn.' Ze klonk... trots? 'Ik heb hem alles geleerd wat hij weet.' Ze was toe aan de laatste knoop. 'Wil je hem hebben? Vette pech. Zoek er zelf maar een. Begin als ze nog jong zijn.' Ze keek op van de knoop die ze aan het losmaken was en glimlachte. Het bloed stolde Zandra in de aderen. 'Tien is het beste. Twaalf op zijn hoogst. Dan eten ze uit je hand. Letterlijk.'

Zandra staarde vol afschuw naar de vrouw, niet in staat om te bewegen, ook niet toen de laatste band van haar huid werd gerukt. En toen begreep ze het. 'Sydney,' fluisterde ze schor.

Sydney, de naam die hij uitriep tijdens zijn woedeaanvallen.

Zeg dat het je spijt.

De vrouw kwam overeind met een zelfingenomen uitdrukking op haar gezicht. 'Heeft hij je over me verteld?'

Zandra kon niets uitbrengen. Geen woord.

'Sta op,' snauwde Sydney.

Zandra knipperde snel met haar ogen in een poging voldoende controle over haar lichaam te krijgen om te gaan staan. Maar ze had te lang vastgebonden gelegen, haar lichaam was te uitgeput. Haar benen weigerden dienst.

'Ik zei, sta óp!' Sydney greep haar arm beet en sleurde haar met deken en al van het bed op de grond.

Zandra worstelde om te gaan staan. Haar benen leken wel van rubber.

'Schiet op.' Sydney sleepte haar het vertrek uit, en ze struikelde bijna over een hond.

Een hond? Zandra tuurde omlaag, niet zeker of ze het wel goed had gezien. Maar het was een hond. Zijn tong hing uit zijn bek en zijn staart ging heen en weer.

Sydney gaf de hond een schop. 'Uit de weg,' beval ze en ze trok Zandra mee een trap op. Zandra was verstrikt in de deken. Ze struikelde en viel op haar knieën, nauwelijks in staat om adem te halen.

Beweeg, gilde ze in zichzelf. *Vlucht. Ren hiervandaan nu het kan.*

Haar ledematen bewogen echter niet. Alles gebeurde in een waas en de kamer draaide om haar heen. Ze kokhalsde, maar er was niets om over te geven.

Sydney gromde. 'Ik zei, schiet óp.' Ze verstevigde haar greep op Zandra's arm en sleepte haar tot ze boven aan de trap waren en een kleine, keurige woonkamer overstaken. Sydney haalde zwaar adem terwijl ze Zandra door de voordeur naar buiten duwde.

Zandra zakte op de stoep in elkaar en kwam met haar hoofd onzacht in aanraking met het beton. Een paar seconden later ging de deur opnieuw open en de hond werd naast haar op de stoep gekwakt.

'Neem je zielige scharminkel van een hond ook maar mee.'

De deur viel met een harde klap dicht.

Zandra lag daar alleen maar te hijgen.

Ga hier weg. Ga hier weg.

En toen voelde ze iets ruws op haar wang. Ruw en nat. Ze hoorde zacht gejank. Voelde een duw tegen haar schouder. Ze hees zich verdwaasd op haar knieën. De hond sprong van de veranda, draaide drie keer in de rondte en blafte toen kort.

Ze zag kans te gaan staan en nieuwe tranen rolden over haar wangen. Het deed pijn. Haar voeten. Haar hoofd. Overal.

De hond blafte nog een keer, liep een paar meter weg en draaide zich toen verwachtingsvol om.

Lopen, Zandra. Een paar meter maar. Ze dwong haar voeten in beweging te komen en ze schuifelde over de veranda, waarbij ze steun zocht bij een van de pilaren.

Bellamy, Anna. Pennsylvania. Fiddler, Janice. Washington.

De hond rende opnieuw een paar meter vooruit en keek weer om. Zandra dwong haar voeten verder te schuifelen. *Orlov, Nadia. Illinois. Stevenson, Rayanna. Texas. DeVeen, Rosamond. Minnesota.*

Ze wist de straat te bereiken en ze keek beide kanten op. Huizen. Een heleboel huizen.

Er stopte een auto op de inrit een paar huizen verder. *Schiet op. Zoek hulp.* Ze wankelde en struikelde opnieuw over de deken.

Een vrouw was bezig boodschappen uit te laden. Ze keek vol afschuw en angst naar Zandra. Haastig pakte ze de zakken en rende haar tuinpad op. 'Ga weg,' riep ze achterom. 'Anders bel ik de politie. Ga ergens ontnuchteren.'

'Alstublieft,' huilde Zandra. Of dat probeerde ze althans. De vrouw sloeg de voordeur met een klap dicht.

Zandra hees zich weer op haar knieën. En kwam oog in oog te staan met de hond. Hij likte haar neus, kefte en rende vervolgens drie meter weg alvorens zich om te draaien en naar haar te kijken.

Ze zette haar tanden op elkaar en gebruikte een lantaarnpaal om zichzelf overeind te hijsen. Ze dwong zichzelf in beweging te komen en schuifelde door de straat, ondertussen uitkijkend naar iemand die haar kon helpen. Wie dan ook. Het enige wat ze nodig had was een telefoon. Ze kon het alarmnummer bellen. Hulp zoeken.

Ga naar het volgende huis. Smeek als dat moet. Ze liep de volgende tuin in, waar achter de ramen licht scheen. Ze deed een stap. *Borge, Delfina. Californië.* Nog een stap. *Oliver, Makayla. New York.* Weer een stap. Ze negeerde het brandende gevoel in haar voeten door het koude beton. *Danton, Eileen. Oregon.*

Ze bereikte de deur en klopte. En wachtte. Ze kon binnen mensen horen, maar er kwam niemand naar de deur. 'Help,' fluisterde ze. 'Alstublieft.'

Maar niemand deed open en ze wendde zich af van de deur, klaar om het op te geven, toen ze iets langs haar hand voelde strijken. De hond was terug.

Te moe om nog te kunnen nadenken liep ze verdwaasd achter hem aan, de ene voet voor de andere. *Martell, Kaley. Californië. Hart, Trisha. Californië.*

Maandag 20 februari, 22.35 uur

Zijn goede humeur verdween als sneeuw voor de zon toen hij zijn oprit in reed. Hij had de hele weg van Granite Bay naar de parkeerplaats bij de supermarkt waar hij de MPV dumpte plannen zitten maken voor Zandra. Hij was fluitend in zijn Jeep gestapt, die voor een koffiebar stond geparkeerd. Hij had zelfs een fooi in de pot op de toonbank gedaan toen hij een *caramel macchiato* voor onderweg had gekocht.

Maar nu... Afschuw vermengde zich met woede terwijl hij langs de maar al te bekende Mercedes reed die op de oprit stond. Hij deed de garagedeur open en reed naar binnen terwijl hij iets probeerde te bedenken wat zijn afwezigheid zou verklaren terwijl hij beweerde dat hij ziek was en koorts had.

En, belangrijker nog, hoe hij van Sydney af kon komen.

Hij bleef even zitten en dacht aan wat hij haar al had verteld zodat hij geen leugens zou vertellen die het allemaal nog erger maakten. Na een minuutje knikte hij, zijn verhaal zat in zijn hoofd.

Hij liet de garagedeur zakken, ging het huis binnen en bleef stokstijf staan. Er stond een soepterrine op de eettafel. Die was van Sydney's servies.

Ze had hem dus toch die godvergeten soep gebracht.

Hij haalde diep adem en onderdrukte de blinde woede die dreigde over te koken. Ze probeerde aardig te doen. Hij wilde niets te maken hebben met haar 'aardig'. Hij wilde niets met haar te maken hebben.

Hij slikte en dwong zichzelf met schorre, hoestende stem haar naam te roepen. 'Sydney? Ben je hier?'

Natuurlijk was ze hier. De keuken? Nee. Badkamer? Leeg. Hij zette zich schrap terwijl hij de deur van de slaapkamer opendeed. *Laat haar alsjeblieft niet in mijn bed liggen. Alsjeblieft.*

Maar de slaapkamer was ook leeg. Het bed was niet zoals hij het had achtergelaten – keurig opgemaakt – maar was in plaats daarvan opengeslagen, en over de kussens waren rozenblaadjes gestrooid. Bij de aanblik brandde het zuur in zijn keel.

Hij wilde overgeven.

Maar hij slikte het weg. Zoals hij altijd deed. Zoals hij had gedaan vanaf het moment dat hij twaalf was. Vanaf het moment dat ze hem midden in de nacht voor het eerst was komen opzoeken in zijn kamer.

Haal adem, hield hij zichzelf voor. *Haal gewoon adem, verdomme.* Want hij was licht in het hoofd geworden. Duizelig. Hij klampte zich met zijn goede hand vast aan de deurpost alsof het een reddingsboei was. Ademde in en uit. Probeerde de paniek niet de overhand te laten krijgen.

Ga rechtop staan. Wees een man, verdomme. Zoek haar. Zorg dat je van haar afkomt.

Laat daarna Zandra zien wat een echte man doet met egoïstische hoeren.

Hij liep terug door het huis terwijl hij Sydney's naam riep. Op onderdanige toon, precies de toon waar ze op gesteld was. Maar ze gaf geen antwoord. Het huis was stil. Te stil. Iets was anders. Verkeerd.

Waar was Mutt? 'Mutt?' riep hij. 'Kom hier!'

En toen zag hij de deur naar de kelder.

Die stond open.

Hij liet die deur nooit open. Daar was hij heel zorgvuldig in, hij deed die deur áltijd op slot, net als die onder aan de keldertrap. De deur naar zijn...

Hij snakte naar adem. *O, god. O nee. Niet de logeerkamer.* Dat was niet mogelijk.

Hij strompelde de trap af en zijn hart ging zo tekeer dat dat het enige was wat hij kon horen.

De deur naar het gastenverblijf stond open.

Open. Open. Open. Het woord echode in zijn hoofd op het ritme van zijn op hol geslagen hart.

Hij stapte naar binnen en zag haar. Sydney. Ze lag op haar zij op het logeerbed, steunend op haar elleboog, haar nachtjapon zorgvuldig geschikt, en ze keek hem met een pruilmondje aan.

En Zandra... was verdwenen.

'Waar is ze?' barstte hij schreeuwend uit.

Sydney's pruilen ging over in een woedende blik. 'Sonny,' waarschuwde ze.

Hij deed aarzelend een stap vooruit. Toen nog een, en hij balde beide handen tot een vuist. De pijn in zijn gewonde hand maakte hem nog kwader. 'Ik zei: waar ís ze?'

Sydney keek hem snerend aan. 'Je hoertje? Die heb ik eruit geflikkerd.'

Hij begon te hijgen en de paniek kreeg de overhand boven zijn woede. 'Eruit? Eruit waarheen?'

Sydney maakte een wegwuivend gebaar. 'Naar buiten. Waar hoeren ook naartoe gaan.'

O god. O god. O god. Hij zoog lucht in zijn longen, maar het was niet genoeg. 'Wanneer?' fluisterde hij.

Ze ging zitten en sloeg haar armen over elkaar. Haar uitdrukking werd hooghartig en afkeurend. 'Je toon staat me helemaal niet aan, Sonny.'

Dat kon hem niet schelen. 'Waarom doe je zoiets?' vroeg hij en zijn stem trilde.

'Omdat je van mij bent,' zei ze, alsof dat volkomen logisch was. En in Sydney's wereld was dat waarschijnlijk ook zo.

Hij had het gevoel dat hij zou flauwvallen. 'Hoe ben je hier binnengekomen?'

Ze snoof minachtend. 'Ik heb jaren geleden de sleutels van je huis al laten bijmaken. Meteen toen je uit huis was gegaan.'

Omdat hij bij haar weg wilde komen. Ver weg. Maar ze had hem niet laten gaan.

'Hoe?' wist hij uit te brengen.

Ze haalde een schouder op. 'Ik heb je verdoofd en ze gepakt. Ik zei toch dat je me niet kon verlaten, Sonny. Ik weet al jaren van je kamertje hier. Ik heb alleen nog nooit eerder een vrouw hier aangetroffen. Ik heb je verzameling speelgoed gevonden. En je blauwe pilletjes.' Ze snoof. 'Ik vraag me af waarom je die dingen nodig hebt. Heb je moeite om hem overeind te krijgen bij je hoertjes?'

Hij stond te hyperventileren en ze lachte hem uit. 'Hou je kop,' huilde hij. 'Hou gewoon je kop.'

'Let op je woorden,' snauwde ze. Toen dwong ze zichzelf zichtbaar tot kalmte en kwam overeind, een en al elegantie en gratie. En verrotte, stinkende vuiligheid. 'Ik heb tegen je gezegd dat er niemand anders dan ik zou zijn. Ik heb je gewaarschuwd, Sonny. Ik denk dat je me nu wel een excuus verschuldigd bent. Zeg dat het je spijt, Sonny.'

Zeg dat het je spijt. Het bloed gonsde in zijn oren. Zandra had die woorden nooit gezegd. Nu was ze weg.

Weg.

Naar de politie.

O, mijn god. Ze zullen me komen halen. Hij keek naar de elegante vrouw die hem met duidelijke minachting en groeiend ongeduld stond op te nemen. Haar gezicht werd hard en hij wilde overgeven.

'Zeg dat het je spijt, Sonny. Zeg sorry,' eiste ze kil. 'Nu meteen.'

Zeg dat het je spijt. Sorry? *Zij zou spijt moeten hebben, niet ik. Ze heeft alles kapotgemaakt. Ze maakt altijd alles kapot. Ik wordt straks gepakt. Ik zal alles kwijtraken.*

Zijn woede begon toe te nemen, overschaduwde zijn angst, de paniek. 'Zeg het zelf,' snauwde hij.

Ze verbleekte en deed een stap achteruit. 'Sonny,' zei ze kortaf. 'Let op wat je zegt.' Ze verzachtte haar toon, maar hij kon haar angst erdoorheen horen. 'Bied gewoon je excuses aan en dan is alles in orde.'

'Néé.' Hij schudde zijn hoofd, liep naar haar toe, stap voor stap, en zag in haar ogen begrip dagen. Zag haar terugdeinzen toen zijn goede hand naar voren schoot om haar achteruit te duwen. Ze struikelde en viel op het bed toen de achterkant van haar knieën de rand van het bed raakte.

En toen zat hij op haar, hield haar omlaaggedrukt met zijn linkerelleboog en een knie terwijl hij met zijn rechtervuist op haar gezicht beukte. Ze gilde, lang en hard, en hij gaf haar met vlakke hand een klap.

Ze viel achterover en haar mond stond open van schrik. 'Sonny,' fluisterde ze. 'Wat doe je?'

Wat ik zestien jaar geleden had moeten doen, dacht hij, maar hij zei niets, want hij knarste met zijn tanden terwijl zijn hand strak om haar keel klemde. Hij zag haar ogen groot worden, toen uitpuilen. Zag haar mond openvallen terwijl ze lucht naar binnen probeerde te zuigen.

Zag haar sterven. Eindelijk.

Maandag 20 februari, 22.50 uur

Wat als ze weggaat? Stel dat ze er niet meer is wanneer ik daar aankom. Gideon onderdrukte een grauw om agent Hunter aan te sporen sneller te rijden. De man reed al veel harder dan toegestaan en het laatste wat ze nu konden gebruiken was een auto-ongeluk.

Agent Hunter had, alles in aanmerking genomen, behoorlijk goed meegewerkt. Hij had even geprotesteerd tegen het feit dat Frederick, die naast hem voorin zat, gewapend was, ondanks het feit dat hij nog steeds een geldige vergunning had om in Californië een verborgen wapen te dragen – tot Frederick hem had laten bellen naar een van zijn vrienden bij de FBI in Baltimore. Speciaal agent Joseph Carter had persoonlijk ingestaan voor Fredericks karakter en schietvaardigheid. Dat was nadat Carter had gemopperd omdat hij om kwart over één 's nachts wakker was gebeld.

Dat had allemaal kostbare tijd gekost die ze hadden kunnen gebruiken om naar Rafe's huis te rijden, waar Mercy hopelijk nog steeds wachtte, maar Frederick had zijn aanwezigheid als voorwaarde gesteld voor die van Daisy. *En ik moet haar hier bij me hebben.*

Gideons eerste reactie was geweest dat ze absoluut niet meeging, maar hij was dankbaar dat ze niet naar hem had geluisterd. Ze zat nu stilletjes naast hem en hield zijn hand vast.

Niemand had veel gezegd terwijl ze over de autoweg raasden en nu ze Rafe's straat in draaiden was het enige wat Gideon kon denken dat Mercy gekomen was.

Ze is hier. Ze is gekomen. Ze is echt gekomen.

Hunter minderde vaart toen ze Rafe's oude victoriaanse huis naderden en Gideon fronste zijn voorhoofd. Er stond een blauwe personenauto langs de stoep, maar het portier aan de bestuurderskant stond open. Hunter zette de SUV op de oprit van Rafe en Gideon was al uit de auto voor die goed en wel tot stilstand was gekomen.

Mercy was er. Ze was er nog steeds. Ze zat... geknield op de grond vlak bij de stoeprand pal voor de blauwe personenauto. Een hond zat naast haar op het trottoir.

Achter hem gingen de portieren van de SUV open en Frederick blafte tegen Daisy dat ze voorzichtig moest zijn.

'O, mijn god,' fluisterde Daisy achter hem. 'Is dat...? Ja, het is hem. Dat is George, de hond van zaterdag. Zijn hond, Gideon.'

Zowel Gideon als Frederick greep haar bij een arm om te voorkomen dat ze naar de hond toe zou lopen. De hond toonde helemaal geen angst, maar sprong op en kwam kwispelend op Daisy af gerend.

Mercy keek met een ruk om. Ze was aan de telefoon en was bezig iemand een adres door te geven. Haar ogen gingen naar die van Gideon en het was alsof hij in een spiegel keek.

Alsof hij dertien jaar terugkeek, toen hij haar had gevonden in een pleeghuis. Ze was niet erg veranderd. Haar gezicht was wat voller, haar haar langer. Maar ze was het. Hier. *Voor mij.*

'Ik heb de alarmcentrale gebeld,' zei ze zonder enige begroeting, helemaal Mercy.

Gideon liet Daisy's arm los en ging naast Mercy staan, waar een vrouw op de grond lag, opgerold in foetushouding. 'Wie is ze?' vroeg Gideon.

'Dat weet ik niet. Ik zat hier op jou te wachten toen ze over het trottoir kwam gewankeld. Ik dacht dat ze dronken was, of dakloos of allebei. De hond rende steeds een paar meter voor haar uit en dan weer terug, de hele straat lang. En toen bleef de hond voor jouw huis zitten. Ze haalde hem in en toen hij niet verder liep deed zij dat ook niet. Ik geloof dat ze probeerde om hulp te vragen. Ze leeft, maar ze praat wartaal.'

Gideon knielde naast de vrouw, wier gezicht bont en blauw zag. Haar lip was gespleten. Ze was ergens in de twintig, met donkerblond haar. Ze beefde onbeheerst en mompelde binnensmonds.

'Ze heeft geen schoenen aan, Gideon,' zei Mercy zacht.

Mercy had gelijk. De voeten van de vrouw waren gewond en bloedden. Het was niet zo koud dat haar ledematen konden bevriezen, maar het was niet warm genoeg om blootsvoets rond te lopen.

Hunter kwam aanlopen met een deken en legde die voorzichtig over de vrouw. 'Waarom heeft zij de hond van de verdachte?' vroeg hij.

'Dat is een verrekt goede vraag,' zei Gideon. Hij voelde dat Daisy achter hem stond en keek achterom. Frederick stond achter haar, schermde haar af terwijl zijn blik voortdurend rondging op zoek naar mogelijk gevaar. 'Weet je zeker dat dit dezelfde hond is als in de dierenwinkel, Daisy?'

Ze kwam naast Gideon staan, met haar been tegen zijn gezonde schouder gedrukt. 'Nou, tamelijk zeker. Hij lijkt me te herkennen.'

Mercy keek op naar Daisy. 'Jij bent degene die me heeft gebeld.'
'Ja.' Toen keek ze Mercy glimlachend aan. 'En je bent gekomen.'

Mercy knikte en liet haar blik toen weer naar de mompelende vrouw gaan. 'Ik kan maar niet verstaan wat ze zegt. Het klinkt als namen en plaatsen, maar het slaat nergens op.'

Gideon boog zijn hoofd en bracht zijn oor dichterbij in een poging te horen wat de vrouw zei.

'DeVeen, Rosamond,' zei de vrouw binnensmonds. 'Minnesota.'

Gideon snakte even naar adem toen hij de naam ogenblikkelijk herkende. 'O, mijn god,' zei hij zacht.

Daisy liet zich op haar knieën vallen. 'Wat?'

'Luister naar wat ze zegt,' zei hij en zijn hart begon sneller te kloppen. 'Het zijn namen, Daisy.'

'Borge, Delfina. Californië,' ging de vrouw verder. 'Oliver, Makayla, New York.'

Daisy's blik schoot naar de zijne. 'Makayla Oliver is een van de vrouwen bij wie letters in het lichaam waren gekerfd. Ze woonde in Niagara Falls.'

Gideons gezicht stond grimmig. 'Delfina Borge was de eigenaresse van de beige auto. Haar lichaam is nooit gevonden.'

Ze bogen zich diep voorover om meer te horen terwijl de vrouw doorging met mompelen. 'Danton, Eileen. Oregon. Martell, Kaley. Californië. Hart, Trisha. Californië.'

'O.' Daisy had haar hand voor haar mond geslagen. 'Trish. En Eileen. Gideon, ik vind het zo erg.'

Hij voelde zich alsof hij een stomp in zijn maag had gekregen. Hij wist dat de kans had bestaan dat Eileen dood was, maar... hij had toch gehoopt.

Daisy keek nadenkend. 'Wacht. Kaley Martell. Dat is die prostituee die sinds donderdag wordt vermist. Die zaak van Rafe, weet je nog? Nadat ik vrijdag met Nina Barnes had gesproken heb ik het verslag gelezen dat ze over haar heeft gemaakt.'

'Degene met het zieke dochtertje,' fluisterde Gideon. 'Jezus christus.'

'Gideon?' vroeg Mercy aarzelend. 'Wat is er met Eileen? Wat is er aan de hand?'

Toen Gideon zich omdraaide zag hij een achterdochtige blik in de ogen van zijn zus. 'Er valt zo heel veel uit te leggen, Mercy, maar... ik ben er vrijwel zeker van dat ze dood is.'

'Sst.' Agent Hunter hield zijn mobiele telefoon naast het gezicht van de vrouw. 'Hou deze vast. Ze praat weer.'

Daisy deed wat haar werd gevraagd terwijl Hunter overeind kwam, op en top waakzaam. Frederick, dat moest gezegd, hoefde niet te worden bijgepraat. 'De namen zijn zijn slachtoffers?' vroeg hij zacht.

Gideon knikte. Hij ging staan toen hij sirenes hoorde. Hij stak zijn hand uit naar Mercy, die ernaar keek alsof ze bang was dat hij zou bijten. Uiteindelijk pakte ze zijn hand en liet hem haar overeind helpen. Hij liep met haar het trottoir op zodat Daisy de woorden van de vrouw kon opnemen zonder door hen gestoord te worden.

'Ik heb je een heleboel te vertellen,' zei hij zacht. 'Maar...' Hij slikte moeizaam. 'Ik ben zo verrekte blij dat je bent gekomen.'

Ze sloeg haar ogen neer. 'Ik had al veel eerder moeten komen.'

'Maak jezelf alsjeblieft geen verwijten, oké?' Hij raakte even haar wang aan. 'Blijf je een tijdje? Ik moet proberen met deze vrouw te praten.'

Ze knikte en ze keek maar heel even op voor ze verderging met het bestuderen van haar schoenen. 'Ja.'

Hij kneep onhandig in haar hand. 'Ik ben zo terug. Niet weggaan, oké?'

'Zal ik niet doen.' Een mondhoek ging omhoog. 'Beloofd.'

'Oké.' Hij liep terug naar waar Daisy de telefoon teruggaf aan agent Hunter.

'Ze noemde alleen maar steeds dezelfde namen,' verklaarde Daisy. 'Ik herkende er een paar van. Gideon, waar komt ze vandaan?'

'Dat wil ik ook graag weten.' Hij boog zich verder voorover. 'Mevrouw, hoe heet u?'

Ze keek hem met een lege blik en met de ogen knipperend aan. 'Bellamy, Anna. Pennsylvania. Fiddler, Janice. Washington.'

Daisy raakte door de deken zachtjes de schouder van de vrouw aan. 'Hé,' zei ze zacht en haar hese stem was als een streling. 'Je bent in veiligheid. We doen je niets. Deze mannen zijn van de FBI. We zorgen dat je veilig blijft en er is een ambulance onderweg. Wil je ons jóúw naam vertellen?'

De ogen van de vrouw vulden zich met tranen en ze liet een huiverende snik horen. 'Zandra. Zandra Jones.'

De ziekenwagen stopte naast het trottoir. Daisy streelde de ronding van een oor van de vrouw – een van de weinige plekken die niet bont en blauw zagen. 'Zandra, ik ben Daisy. Kun je ons vertellen waar je vandaan kwam?'

Ze schudde langzaam het hoofd. 'Ik heb gelopen en gelopen.'

'Oké,' zei Daisy terwijl de ambulanceverpleegkundigen een brancard in hun richting rolden. 'Je gaat nu naar het ziekenhuis, maar ik zie je daar, oké?'

'Ik kan ze niet vergeten.'

'Wie, schat?' vroeg Daisy op geruststellende toon.

'De anderen.'

Gideon voelde een koude rilling over zijn rug lopen bij het horen van die twee simpele woorden. *De anderen.* Sommige van de namen die Zandra had opgedreund had hij niet herkend. Of Zandra had het verkeerd begrepen of die klootzak had meer vrouwen vermoord dan ze hadden gedacht.

'U moet aan de kant, meneer,' zei de ambulancebroeder kortaf.

Gideon kwam overeind en trok Daisy mee omhoog. 'Waar brengen jullie haar naartoe?'

'UC Davis.'

Maandag 20 februari, 22.50 uur

Hij liet zijn knie van Sydney's borst glijden zodat hij schrijlings op haar zat en ging toen langzaam rechtop zitten.

Ze was dood.

En het was zo gemakkelijk geweest.

Al die jaren verspild. *Ik had dit al lang geleden moeten doen.* Hij haalde diep adem en voelde zich merkwaardig... vrij.

Tot hij weer kon nadenken en zich herinnerde waarom hij in die explosieve woede was uitgebarsten.

Zandra was weg. Sydney had haar bevrijd. Had haar eruit gegooid.

Om rechtstreeks naar de politie te kunnen lopen.

Kut.

Hij sloot zijn ogen en dwong zijn hartslag terug naar normaal. *Wat nu? Wat als de politie komt?*

En als ze kwamen? Ze hadden niets wat hem kon belasten. Hij had nooit tastbaar bewijsmateriaal bij zijn slachtoffers achtergelaten. *Be-*

halve bij Daisy. Maar zijn DNA stond nog nergens geregistreerd, dus konden ze het nergens mee vergelijken.

Dus stel dat Zandra zou vertellen dat ze hier was vastgehouden. Dan was het zijn woord tegen dat van haar en ze was er behoorlijk slecht aan toe.

De politie zou vermoedelijk niet genoeg hebben voor een huiszoekingsbevel. Vermoedelijk. Maar hij was te voorzichtig om te vertrouwen op 'vermoedelijk'. Als ze binnenkwamen, dan moest hij ervoor zorgen dat er geen bewijs was dat Zandra hier ooit was geweest.

Maar om te beginnen moest hij zich ontdoen van Sydney's lichaam. En dan had je Kaley Martell nog, die in de vriezer lag.

Het was natuurlijk ook mogelijk dat Zandra nog steeds ergens buiten in de wijk rondliep. Als Sydney haar er zonder meer uit had gezet, dan kon het zijn dat ze nog steeds dicht in de buurt was.

Hij slaakte een zucht, gefrustreerd over zichzelf. Hij had kostbare tijd verspild met het vermoorden van Sydney terwijl hij op zoek had kunnen gaan naar Zandra. Hij zou eerst proberen haar te vinden.

Als hij haar niet kon vinden, dan zou hij terugkomen en zijn huis politiebestendig maken.

Hij liep op een holletje de trap op, door het huis en naar zijn Jeep. Hij had in een situatie als deze geen andere keuze dan zijn eigen auto te gebruiken. Hij had een deken achterin liggen die hij kon gebruiken om haar wanneer hij haar vond te bedekken tot hij haar kon terugbrengen.

Dan zou hij die trut gewoon vermoorden.

Daarna zou hij alle drie de lichamen naar zijn stortplaats brengen. En dan was het gedaan. Van nu af aan zou hij zijn prooien in hun natuurlijke leefomgeving vermoorden. Gedaan met ze mee naar huis nemen.

Hij reed zijn oprit af, langs de Mercedes van Sydney. Daar zou hij zich ook van moeten ontdoen. Vroeg of laat zou iemand naar haar op zoek gaan.

Hij reed langzaam zijn straat uit, uitkijkend naar het witte nachthemd dat hij Zandra eerder had aangetrokken voor hij was weggegaan. Uitkijkend naar alles wat enigszins leek op een kruipende, struikelende vrouw.

Hij was al twee straten verder toen tot hem doordrong dat hij automatisch de route naar Daisy's huis had genomen. Hij draaide een oprit in om te keren, toen een ambulance met zwaailichten en loeiende sirenes langskwam.

Nee, dacht hij, *dat kan Zandra niet zijn. Hopelijk een of andere bejaarde met een hartaanval.*

Maar iets zei hem de ambulance te volgen, dus dat deed hij.

En zijn maag keerde zich binnenstebuiten. De ambulance hield voor Daisy's huis stil, waar een groepje mensen zich had verzameld. Hij herkende Daisy's blonde haar en de FBI-agent die hij had neergeschoten en die nu een mitella droeg. Ze hadden zich verzameld rond iets wat op de grond lag.

Nee, niet iets. *Iemand.*

'Zandra,' fluisterde hij. Maar hoe? Hoe had ze geweten dat ze hier moest komen?

En toen zag hij Mutt.

Hij slikte moeizaam. Die verrekte hond. Mutt had haar hierheen gebracht. *Hier.* De enige plek waar Zandra absoluut niet zou moeten zijn.

Hij keerde voorzichtig zijn auto en reed naar huis. Hij was niet dichtbij genoeg gekomen om argwaan te wekken, maar toen hij Daisy's straat uit was trapte hij het gaspedaal in. Hij moest alle bewijzen vernietigen en dan... *Vluchten. Ik moet ervandoor.*

27

Sacramento, maandag 20 februari, 23.00 uur

Daisy liep met Zandra mee en hield haar hand vast terwijl de hulpverleners de vrouw in de ambulance schoven. 'We zien je daar,' beloofde ze, maar ze schudde haar hoofd terwijl ze bij de ambulance vandaan stapte. 'Ik geloof niet dat ze me heeft gehoord,' zei ze tegen de anderen toen de ziekenwagen vertrokken was.

'Ze lijkt me uitgedroogd,' verklaarde Frederick. Toen wendde hij zich tot Mercy. 'Hallo. Ik ben de vader van Daisy, Frederick Dawson. Jij moet Mercy Reynolds zijn.'

Mercy's ineenkrimpen was nauwelijks waarneembaar, maar Gideon zag het omdat hij stond te kijken. 'Mercy Callahan,' corrigeerde ze. 'Leuk je te ontmoeten, Frederick.'

'En die man daar aan de telefoon is speciaal agent Hunter. Hij werkt met mij bij de FBI,' zei Gideon tegen haar. Hunter was even weggelopen om agent Molina bij te praten.

'Is hij je lijfwacht?' vroeg Mercy.

'Min of meer.' Gideon keek omlaag naar de hond. 'Hoe wist deze hond dat hij hier moest komen?'

Daisy keek naar het huis naast dat van haar en zwaaide naar een man die van achter een raam op de bovenverdieping stond toe te kijken. Ze gebaarde dat hij naar buiten moest komen. 'Dat is Ned Eldridge, de man die Rafe een bericht heeft gestuurd dat Mercy hier was. Misschien dat hij iets heeft gezien. Hij is van buurtpreventie.'

'Hij heeft me twee uur in de gaten gehouden,' bevestigde Mercy.

'Waarom heb je me niet gebeld?' vroeg Gideon haar. 'Ik ben zes maanden geleden verhuisd. Ik heb mijn nieuwe adres in december in mijn kerstkaart gezet.'

Mercy keek weer omlaag naar haar schoenen. 'Ik... ik heb het niet gezien.'

Ze had de kaart niet opengemaakt, vermoedde Gideon, maar dat was een onderwerp voor een ander moment. De hond en zijn eigenaar hadden nu de hoogste prioriteit. 'Het geeft niet,' zei hij zacht, want ze zag eruit alsof ze ervandoor wilde gaan. 'Blijf je bij mij in mijn nieuwe huis logeren? Ik heb ruimte genoeg.'

Ze knikte, maar zei niets. Ze had die overdonderde blik vol paniek in haar ogen die hij ook had gezien toen hij haar in het pleeghuis had gevonden.

De deur van het huis van Eldridge ging open en de man haastte zich op pantoffels naar buiten. 'Daisy,' zei hij en hij pakte haar hand. 'Ik maakte me zorgen om je.'

'Alles is in orde met me,' zei Daisy. Toen stelde ze de anderen aan hem voor. 'Heb je de vrouw met de deken gezien?'

'Jazeker. Ze kwam van die kant.' Hij wees achter zich. 'Ik stond op het punt om naar buiten te gaan toen mevrouw Callahan uit haar auto stapte. Ik heb het alarmnummer gebeld.' Hij keek naar Mercy. 'Ik zag je bezig met je telefoon en nam aan dat je hetzelfde aan het doen was. Ik kwam niet naar buiten omdat Rafe had gezegd dat ik je niet mocht wegjagen.'

Mercy glimlachte gespannen, maar zei niets.

'De hond is hier eerder langsgekomen,' ging Ned verder. 'Ik heb hem eerder vanmiddag gezien. Niet lang nadat jullie waren vertrokken. Een of andere vent was hem aan het uitlaten.'

'Was hij ongeveer 1 meter 80, met een bril, donker haar en een snor?' vroeg Gideon, daarmee de man beschrijvend die het had gewaagd die zaterdag in de dierenwinkel in de buurt van Daisy te komen.

'De lengte klopt, maar verder niets,' zei Ned. 'Geen bril, blond haar met een spoortje grijs en geen snor.'

'Zo zag die vent in het busstation eruit. Weet je nog, Gideon, degene die een kaartje kocht toen wij naar Eileen vroegen?'

'Dus hij gebruikt vermommingen.' Gideon slaakte een zucht. 'Natuurlijk doet hij dat. Hoe vaak is hij hier met de hond langsgekomen?'

'Ik heb hem een paar keer gezien. Ik heb vanmiddag een praatje met hem aangeknoopt omdat ik hem hier zag rondhangen. Ik zou hem bij buurtpreventie hebben gemeld als hij dat was blijven doen. Ik hou er niet van als vreemden hier in de wijk rondzwerven. Ik bedoel er niets mee, mevrouw Callahan,' voegde hij er beleefd aan toe.

'Al goed,' zei Mercy met een glimlach die een knoop in Gideons maag losmaakte. Hij had die glimlach in te veel jaren niet gezien.

'Dus toen Zandra ontsnapte, heeft de hond haar hierheen gebracht.' Daisy aaide de hond. 'Brave hond.' Toen hield ze haar hoofd schuin. 'Ik vraag me af of hij de weg naar H-U-I-S weet.'

Agent Hunter beëindigde zijn gesprek en kwam net op tijd bij hen om die laatste opmerking te horen. 'Goed idee. Als ik een riem heb kan ik het uitproberen.'

'Ik heb er een,' zei Ned. 'Geef me even een minuutje, dan zal ik hem halen.' Hij liep op een holletje naar zijn huis.'

'Wat nu?' vroeg Daisy.

'Ik zou graag willen dat jij, Mercy en je vader naar binnen gaan en wachten tot een andere agent jullie naar het ziekenhuis kan brengen,' zei Gideon. 'Ik ga met agent Hunter en de hond mee. Als we zijn H-U-I-S niet kunnen vinden, dan zie ik jullie bij de spoedeisende hulp.'

Daisy keek bedenkelijk. 'Je kunt niet gaan. Je bent nog herstellende. Als er al iemand gaat, dan zou ik dat moeten zijn. Ik kan beter schieten.'

Gideon zag Fredericks mond opengaan met het woord 'nee' al op zijn lippen, maar hij weerhield de oudere man ervan dat te zeggen door zijn hand op te steken. 'Jij kunt beter schieten,' gaf Gideon toe. 'Zelfs als allebei mijn handen functioneren. Maar als hij jou te pakken kan krijgen, dan zal hij je gebruiken om ons zijn wil op te leggen. Dan kan hij ontsnappen. Met jou.'

Daisy haalde diep adem. 'En dan zou het met mij net zo aflopen als met Trish,' zei ze zacht. 'En de anderen.'

Frederick verbleekte en Mercy stond hen allemaal aan te kijken, duidelijk in de war. *Ik leg het haar later wel uit*, dacht hij. Het belangrijkste op dit moment was Daisy beschermen.

'En de anderen,' herhaalde Gideon ernstig. Hij legde zijn hand even op Daisy's wang. 'Dus je blijft hier? Je bent dan ook sneller op de spoedeisende hulp,' voegde hij eraan toe toen ze niet reageerde. 'En je hebt Zandra beloofd dat je er zou zijn.'

De zijdelingse blik die ze hem toewierp maakte hem duidelijk dat hij zijn mond moest houden. Dus dat deed hij.

'Ja,' zei ze ten slotte. 'Ik blijf. Maar als hij begint te schieten, laat je Hunter terugschieten.'

Frederick ontspande en wierp hem een dankbare blik toe.

Gideon zag kans zijn eigen opluchting te verbergen. 'Ik zal Hunter al het zware werk laten doen,' zei hij en in gedachten voegde hij daaraan toe: *Als me dat lukt.* Opnieuw zag hij dat hij haar niet voor de gek had gehouden. 'Dank je. Blijf voorlopig bij elkaar en dan zoeken we later wel uit hoe we alles gaan regelen. Is dat goed, Mercy?'

Mercy knikte. 'Al begin ik wel moe te worden. Ik heb de hele nacht doorgewerkt voor ik vanmiddag die vlucht nam. Mijn klok staat nog op een andere tijdzone. Misschien dat ik in de wachtkamer kan slapen.'

Ze werkte heel erg goed mee. Dat maakte Gideon eerlijk gezegd een beetje nerveus. 'Je gaat niet weg?'

Haar glimlach was flauw. 'Ik heb het beloofd. Ik ga niet eerder weg dan wanneer we de gelegenheid hebben gehad om te praten.'

Ned kwam terug met een halsband en riem. 'Kijk eens aan. Het is een reserve, dus je hoeft je niet te haasten om hem terug te geven.'

'Dank u, meneer,' zei Hunter. Hij deed de hond van de moordenaar de halsband om en gaf de riem aan Gideon. 'Laat me even het huis van mevrouw Dawson controleren voor ze naar binnen gaan,' zei hij.

'Ik zal Molina bellen,' zei Gideon, 'dan vraag ik om versterking.' Gideon wachtte op het trottoir en keek toe terwijl Daisy, Mercy en Frederick achter Hunter aan naar het huis liepen en draaide zich toen om naar Ned. 'Dank u,' zei hij een beetje nors. 'Ik waardeer het dat u het huis in de gaten hebt gehouden en Rafe hebt laten weten dat er een auto voor het huis stond. En ook bedankt dat u haar in de gaten hebt gehouden om te zorgen dat ze niet weg zou gaan. Ik... ik heb mijn zus een heel lange tijd niet gezien.'

Ned glimlachte. 'Graag gedaan.' Zijn glimlach vervaagde. 'Die vent met wie ik heb staan praten, die met de hond? Is hij de moordenaar over wie ze het op het nieuws de hele tijd hebben? Degene die Daisy's vriendin Trish heeft vermoord?'

'Zeer waarschijnlijk,' antwoordde Gideon. 'Als u weer iemand ziet die aan dat signalement voldoet, wilt u dan meteen Rafe bellen?' Hij moest een huivering onderdrukken, want het stak dat hij tegen de man moest zeggen dat hij iemand anders moest bellen met die informatie. Maar hij was met ziekteverlof en hij was niet van plan om iets te doen wat deze zaak in gevaar kon brengen. Niet als Daisy's veiligheid in het geding was. Wanneer ze die klootzak te pakken kregen, wilde hij hem voor eeuwig achter de tralies en hij was niet van plan om de een of andere strafpleiter een reden te geven om die hufter vrijuit te laten gaan. 'Ik ben niet meer belast met deze zaak.' Toen Ned niet-begrijpend keek wees hij naar zijn mitella. 'Hij heeft me in het weekend neergeschoten.'

'Daar heb ik ook over gelezen. Wauw.' Ned leek voor een deel vol afschuw en voor een deel gefascineerd. 'Ik heb nog nooit eerder naast een moordenaar gestaan. Ik weet niet goed wat ik daarmee aan moet.' Hij vermande zich. 'Ik ga een stevige borrel pakken en dan proberen te slapen. Ik wens u een goede nacht, agent Reynolds.'

'Insgelijks.'

Gideon bleef op de stoep staan, keek om zich heen of hij ergens beweging zag en belde Molina. Ze nam meteen op.

'Agent Reynolds.' zei ze opgewekt. 'Ik ben net bijgepraat door agent Hunter. Ik stond eerlijk gezegd op het punt hem terug te bellen. Ik heb iets over Zandra Jones. Ze is vrijdagmiddag verdwenen vanuit Vail. Ze was in een bar, kreeg onenigheid met een man daar, een andere gast. Ze was volgens de berichten op dat moment heel erg dronken. Een andere gast zei dat de man een tijdje weg was nadat hij had gezegd dat hij een taxi voor mevrouw Jones zou bellen. Hij kwam na een paar minuten terug en zei dat hij de vrouw naar het vliegveld had gestuurd.'

'Het vliegveld,' zei Gideon nadenkend. 'Hij is geen vrachtwagenchauffeur. Hij werkt in een vliegtuig. Misschien als steward. Of misschien zelfs een piloot. Daarom kon hij zijn slachtoffers op zo veel verschillende plekken vinden.'

'Dat klinkt logisch,' zei ze. 'De vrouw kan niet ver hebben gelopen. Je zei dat de hond haar daarheen gebracht heeft?'

'Daar lijkt het wel op. De buurman van Daisy zei dat hij een man de hond hier in de buurt heeft zien uitlaten.'

'Slim dier.'

'Hunter en ik willen proberen of hij de weg naar huis weet.'

'En mevrouw Dawson?'

'Die is bij haar vader. En mijn zus.'

'O. Dat is... heel fijn,' zei ze, een beetje stijfjes, maar niet onvriendelijk. 'Ik geloof dat Daisy's vader hen wel kan beschermen tot ik versterking heb opgeroepen die hen kan vervoeren. Het FBI-kantoor in Baltimore staat voor Daisy en hem in.'

'Ja. We moesten Hunter met agent Carter laten praten voor hij Frederick bij ons in de auto liet stappen.'

'Ben je in staat om te rijden?' vroeg ze.

'Ja,' zei hij ogenblikkelijk. Hij vermoedde dat hij wist waar ze naartoe wilde en hij wilde niets missen. 'Ik heb sinds vanochtend geen pijnstillers meer genomen.'

'Ik wil dat je de auto van agent Hunter neemt en achter hem aan rijdt terwijl hij uitzoekt of de hond de weg naar huis weet zodat je hem kan dekken mocht dat nodig zijn. Ik zorg zo snel ik kan voor nieuwe versterking. In de tussentijd ga ik de adressen bij elkaar zoeken van alle piloten die in een straal van vijf straten van mevrouw Dawson wonen.'

Gideon dacht aan het lichaam van Trish. S-Y. 'Zoek ook naar een kruisverwijzing met de naam Sydney.'

'Heb ik net gedaan,' zei ze, 'maar bedankt. Ik heb de politie van Sacramento om versterking gevraagd. Ze zijn er binnen drie minuten. Het zal een beetje langer duren voor er iemand van de FBI arriveert, maar ik zal je laten weten wie er komt. Laat onmiddellijk van je horen als je het huis hebt gevonden. Dan zal ik iemand ogenblikkelijk een huiszoekingsbevel laten opstellen.'

'Kom voor elkaar. Hunter komt eraan. Ik zal hem op de hoogte brengen en dan merken we wel wat de hond ons kan laten zien.'

'Wees voorzichtig, Gideon.'

'Zal ik doen. Dank u.' Hij maakte een einde aan het gesprek op het moment dat agent Hunter zich bij hem voegde. Hij vertelde Hunter wat Molina had gezegd en Hunter ruilde zijn sleutels met hem voor de hondenriem.

Hunter ging op zijn hurken voor de hond zitten en aaide hem liefdevol over zijn kop. 'Hij is in goede conditie. Schoon, geborsteld. Prima gewicht. Er is goed voor hem gezorgd.' Hij boog zich voorover en liet de hond hem in het gezicht likken. 'Je bent een brave hond, hè? Laten we eens kijken hoe braaf.' Hij kwam overeind en trok zachtjes aan de riem. 'Kom, naar huis.'

Maandag 20 februari, 23.10 uur

Hij keek achterom en deed zijn best om kalm te blijven terwijl hij zich voorthaastte. Hij had niet veel tijd. Zandra had met de FBI gesproken. Met Reynolds, nota bene.

Het laatste van de benzine stroomde uit de jerrycan en hij schudde die even voor hij hem aan de kant zette. Hij keek nog een laatste keer naar het huis dat het eerste was geweest wat echt van hém was geweest.

Maar het moest eraan. Hij was niet van plan om enig bewijsmateriaal achter te laten dat tegen hem kon worden gebruikt.

Verrekte forensische wetenschap.

Het vuur zou alles vernietigen – zijn DNA, vingerafdrukken, de Jeep die hij in de garage had gezet. De souvenirs in de kelder. Sydney's lichaam. En opgeruimd stond netjes. Zonder bewijs was het gewoon zijn woord tegen dat van Zandra.

Hij vervloekte zijn verbonden hand toen hij onhandig met de lucifers worstelde. Die verdomde Daisy Dawson. Vanaf het moment dat ze hem in die steeg had afgeweerd was alles in het honderd gelopen.

Ik had haar die avond gewoon dood moeten schieten. En dat kleine rotkeffertje van haar ook.

Maar dat had hij niet gedaan en nu probeerde hij – zonder daarin te slagen – een lucifer aan te strijken om zijn eigen huis in de as te leggen. Hij keek achterom en luisterde of hij het geluid van sirenes hoorde.

Hij had kostbare minuten besteed met het overgieten van de trap naar de kelder en de buitenmuur aan de achterkant, maar de benzine was opgeraakt voor hij de rest van de muren kon besprenkelen. Hopelijk had hij niet te veel tijd verspild.

Maar er klonken geen sirenes. Hij klemde het luciferdoosje tussen zijn handpalm en de drie functionerende vingers en nam de lucifer in zijn rechterhand. *Nou, strijk die lucifer af.*

Eindelijk. De lucifer kwam tot leven en hij liet hem op de doorweekte grond aan de achterkant van zijn huis vallen. Hij greep de jerrycan, rende naar de voorkant van het huis, gooide hem in de garage en pakte toen een plunjezak uit de bagageruimte van zijn Jeep. Daarin zaten noodvoorraden zoals water en geld. En ten minste één vermomming. Hij sloot de garagedeur en haastte zich naar Sydney's Mercedes. Hopelijk zou het een tijdje duren voor iemand in staat was haar lichaam te identificeren. Hij moest de tijd hebben om weg te komen.

Hij kroop achter het stuur, zette de auto in zijn achteruit en reed kalm de oprijlaan af. Toen schakelde hij en reed weg.

Hij wist niet precies waarheen. Maar hij wist wel hoe hij daar moest komen.

Maandag 20 februari, 23.15 uur

Gideon reed heel langzaam in Hunters SUV achter de man aan, die een heel blije hond volgde. De hond leek niet te zijn mishandeld. Hij was bijna te lief.

Het was moeilijk om het beeld van een liefhebbende eigenaar van een huisdier te vereenzelvigen met de moordenaar die het lichaam van Trish zo had verminkt. En de anderen.

'Reynolds!' riep Hunter. 'Hij trekt me in de richting van dat huis daar.' Hij wees naar een keurig klein, bungalowachtig huis met klimrozen aan de zijkant.

Gideon keek vooruit en kon een paar tellen alleen maar staren. Want er begonnen rookwolken op te stijgen. *O god.* 'Het huis dat in brand staat?'

Hunters ogen werden groot toen hij de rook uit het huis zag opstijgen. 'Shit.' Hij deed het achterportier van de SUV open en de hond sprong meteen naar binnen. 'Er ligt een brandblusser onder je stoel.' Hij smeet het portier dicht, rende naar de bestuurderskant, deed het portier open en pakte de brandblusser terwijl Gideon het alarmnummer belde en het adres doorgaf aan de centralist.

Hunter rende naar het huis en Gideon kwam achter hem aan, de hond veilig in de auto achterlatend. Hij trok zijn wapen, hield het in zijn linkerhand terwijl hij het huis naderde waar de vlammen aan de buitenmuren likten.

De klootzak had de beige Chevy in brand gestoken nadat hij uit Macdoel was gevlucht. Nu had hij een huis in de hens gezet. Hunter was bezig de brandblusser leeg te spuiten op de vlammen, maar dat was niet voldoende.

Kut. Dit was de plek waar Zandra was vastgehouden.

Gideon keek om zich heen op zoek naar iets waarmee hij het vuur kon bestrijden, al was het maar om het te vertragen tot de brandweer arriveerde. Hij begon om het huis heen te lopen en bleef staan toen hij naast de klimrozen een kraan en een tuinslang zag. En een stapel van acht grote zakken aarde.

'Hunter!' riep hij. Hij stak zijn pistool weg en greep met zijn goede hand de slang beet.

Hunter kwam de hoek om gerend en kwam glijdend tot stilstand. 'Laat mij dat doen,' zei hij toen hij zag dat Gideon de slang in de richting van de vlammen trok, die op dat moment beperkt leken tot die ene muur.

'Ik doe dit wel. Pak jij die zakken aarde. Dat kunnen we op het vuur gooien.'

'Komt voor elkaar.' Hunter hees met een grimmig gezicht een zak op elke schouder en liep achter Gideon aan om het huis heen. Hij rukte de zakken open en begon aarde op de vlammen te gooien terwijl Gideon de muur nat hield.

'Dit is lang niet genoeg,' schreeuwde Hunter boven het geloei van de vlammen.

'We hoeven het niet te doven,' schreeuwde Gideon terug. 'We moeten voorkomen dat het zich verspreidt. De brandweerkazerne is hier vlakbij.'

Hunter knikte en ging nog meer aarde halen. Toen hij terugkwam had hij twee agenten in uniform bij zich, die zich net hadden gemeld. Met zijn drieën gooiden ze de resterende zakken leeg op de vlammen en toen nam een van de agenten de slang over van Gideon.

Hij bedankte hem en belde Molina. 'Met Gideon,' zei hij toen ze opnam.

'Wat is daar allemaal aan de hand?' wilde ze weten.

'We hebben het huis gevonden. Hij heeft het in de fik gestoken.'

'Klootzak,' snauwde ze.

'Misschien dat we het een beetje hebben weten te vertragen, Hunter en ik en een paar agenten.' Luid klinkende sirenes werden nog luider toen een brandweerauto de straat in kwam denderen. 'De brandweer is er.' Hij gaf haar het adres en op dat moment wenkte Hunter hem naar de voorkant van het huis. Gideon en een van de politieagenten volgden hem.

'Ik ga naar binnen,' riep Hunter. 'Hij kan nog wel meer slachtoffers hebben daarbinnen.'

Gideon knikte naar hem. 'Zorg voor een huiszoekingsbevel,' zei hij tegen zijn baas, 'maar Hunter en ik gaan naar binnen.'

'Ik hoorde het,' zei Molina. 'Ik wil dat je er nu buiten blijft, Gideon. Je bent er te nauw bij betrokken. Ik wil die hufter niet laten glippen omdat jij ervan beschuldigd wordt dat je bewijzen hebt neergelegd omdat hij je heeft neergeschoten. Waarvoor je met zíékteverlof bent. Ik meen het.'

Hunter keek hem vragend aan. Gideon wees naar de agent. 'Jullie twee gaan. Ik sta aan de zijlijn.'

Met een meelevend knikje wendde Hunter zich tot de agent. 'Klaar?' De agent knikte en Hunter trapte de deur in. Het tweetal verdween in het huis.

Gideon knarste met zijn tanden. Hij wist dat zijn baas gelijk had, maar dat wilde nog niet zeggen dat hij het leuk moest vinden. 'Hunter is binnen,' zei hij kalm tegen zijn baas. 'Ik niet.'

'Dank je,' zei Molina. 'Blijf aan de telefoon met me. Ik laat een rechter het bevel tekenen en mijn assistent heeft net de gegevens van het onroerend goed opgevraagd. Het huis is eigendom van Carson Garvey. Mensen die aan hem gerelateerd zijn... zijn vader Paul Garvey en... bingo, Sydney Garvey, Pauls echtgenote. Paul Garvey is eigenaar van een luchtvaartbedrijf, een chartermaatschappij.'

Carson Garvey. Eindelijk een naam bij al dat kwaad.

'Hij zal er niet zijn,' vermoedde Gideon. 'Hij heeft de boel in de hens gestoken en is ervandoor gegaan.' Hij keek door het raam van de garage. 'Er staat hier een Jeep. Ik zal de buren vragen of hij nog een ander voertuig had. Het kan zijn dat hij er gewoon weer een gestolen heeft. Ik bel u meteen terug als ik meer weet.'

Hij beëindigde het gesprek en stak de straat over naar waar zich een groepje buren had verzameld. 'Ik ben speciaal agent Reynolds. Heeft iemand de afgelopen tien minuten een auto van het terrein zien vertrekken?'

Ze schudden allemaal het hoofd, maar een paar van hen hadden een paar uur eerder een zwarte Mercedes daar geparkeerd zien staan.

'Hij krijgt nooit bezoek,' zei een vrouw. 'De auto viel me op omdat het me verbaasde die daar te zien.'

Verschillende buren knikten instemmend.

'Dank u,' zei Gideon. 'Ik kom zo terug.' Hij liep een eindje weg en belde Molina opnieuw. Dit keer werd de telefoon op de luidspreker gezet. 'Bezit Carson, Paul of Sydney een zwarte Mercedes?'

'Ik kijk nu in de gegevens van het bureau voor voertuigregistratie,' zei een mannenstem. Dat moest Jerry zijn, Molina's assistent. 'Ja,' zei hij een minuut later. 'Er staat een zwarte Mercedes S-klasse cabrio op naam van Sydney Garvey, veertig jaar.'

Gideon floot zachtjes. 'De vanafprijs van die dingen is honderddertigduizend dollar. Niet bepaald onopvallend. We moeten een opsporingsbevel hebben, maar voeg er de waarschuwing aan toe dat hij gebruikmaakt van vermommingen.'

'Komt voor elkaar,' zei Jerry.

De telefoon werd weer ingeschakeld en de luidspreker uitgezet. 'Ik stuur nog twee agenten ter plaatse,' zei Molina. 'Die nemen de ondervraging van de buren voor hun rekening.'

Gideon moest zijn teleurstelling wegslikken. 'Begrepen.'

'Voor wat het waard is,' zei ze, 'het spijt me.'

'Ik begrijp het.' En dat was echt zo. Het was alleen waardeloos.

'Gideon,' zei ze zacht. 'Je hebt meer gedaan dan van je kon worden verlangd. Je bent nog geen zesendertig uur geleden geopereerd. Stel dat hij weer komt opdagen. En weer een pistool heeft. Hij heeft je al een keer neergeschoten. Ik ga geen goede agent verliezen omdat jij zo nodig actie wil zien. Er komen nog andere zaken.'

'Ja, dat weet ik. Nu we het daar toch over hebben, ik wil graag gezichtsherkenning laten doen op twee leden van de Eden-sekte. Ik heb hun foto's laten verjongen.'

'Stuur ze maar,' zei ze. 'En blijf buiten de vuurlinie. Begrepen?'

Hij snoof. 'Ja, mevrouw.' Hij maakte een einde aan het gesprek en op dat moment kwam Hunter met een grimmig gezicht het huis van de moordenaar uit. Hij zag bleek.

Hij trof Hunter bij de SUV. 'Wat hebben jullie gevonden?' vroeg Gideon.

'Als dat huis was gaan branden, dan zou alle bewijsmateriaal zijn verdwenen. Hij heeft het vanbinnen doorweekt met benzine, helemaal naar beneden over de keldertrap.' Hunter boog zijn hoofd respectvol. 'Dat was snel bedacht met die aarde. Zo te zien heeft de brandweer het vuur geblust.' Hij ging met een hand over zijn gezicht en liet een zwarte streep achter. 'Er liggen twee lichamen in de kelder. Allebei van een vrouw. De een is ongeveer veertig. Ze lag op een bed in een geluiddichte kamer. Gewurgd. De andere was jonger, maar het is moeilijk te zeggen. Ze was in een vrieskist gepropt.'

'Shit,' zei Gideon zacht. Toen schraapte hij zijn keel. 'Het huis is eigendom van Carson Garvey. De vrouw van veertig is vermoedelijk

Sydney Garvey, echtgenote van Paul. Paul is eigenaar van een luchtvaartmaatschappij.'

'Het klopt allemaal.' Hunter hield zijn telefoon omhoog. 'Er is beneden een kast. Ik heb hem opengebroken.' Hij slikte. 'Ik heb foto's gemaakt van de inhoud.'

Gideon liet zijn blik naar Hunters telefoon gaan. 'O, jezus christus,' fluisterde hij terwijl hij naar de rij met rijbewijzen keek en naar de halskettingen en armbanden en ringen die aan haakjes onder de bijbehorende rijbewijzen hingen. Zijn souvenirs. 'Hoeveel?'

Opnieuw een heftig slikken. 'Eenendertig.'

Gideons verafschuwde blik schoot omhoog naar die van Hunter. De man maakte net zo'n geschokte indruk. 'Eenendertig?'

'Zandra Jones zat er niet bij,' zei Hunter. 'En Sydney Garvey ook niet. Maar Trisha Hart wel. En Kaley Martell. En Eileen Danton. Het spijt me.'

Gideon voelde pijn in zijn borst en hij realiseerde zich dat hij zijn adem inhield. 'Dank je.' Hij vergrootte de foto en zuchtte. 'Het haakje onder Eileens rijbewijs is leeg.'

'Net als dat onder dat van Trisha Hart.'

Gideon gaf Hunter zijn telefoon terug. 'Stuur deze naar Molina, als je wil.'

'Dat was ik al van plan. Nadat ik ze aan jou had laten zien.'

Gideon kon een flauwe glimlach opbrengen als dank voor dit teken van respect. 'Dank je. Dat waardeer ik.'

'Ik kan je terugbrengen naar Daisy's huis zodra onze versterking is gearriveerd. Dan breng ik jullie daarna samen naar het ziekenhuis om Zandra te bezoeken.'

Daisy was niet langer mevrouw Dawson, hoorde Gideon. Hij keek naar het raampje van de SUV waar een harige poot ertegenaan sloeg. *O ja. De hond.* 'Wat doen we met hem?'

'Dat is een verrekt goede vraag,' zei Hunter. 'Dat kunnen we aan een hondengeleider vragen. Die weet misschien een plek om hem onder te brengen. Ik zou het vreselijk vinden als hij naar een asiel moet.'

'Dat zou kunnen. Maar een van de slachtoffers is ontvoerd terwijl ze haar hond aan het uitlaten was.' Gideon masseerde zijn slapen. 'Als het haar hond was, dan wil haar familie hem misschien terug. De vrouw uit Seattle. Janice...'

'Fiddler,' zei Hunter zacht. 'Ik heb Zandra haar naam een paar keer horen noemen. Je hebt pijn zo te zien, Gideon.'

Gideon knikte. 'Dat heb ik ook. Mijn hoofd meer dan mijn arm, denk ik.'

Hunter ging naar de achterklep van de SUV en haalde een fles water uit een koelbox. Vervolgens pakte hij iets uit het handschoenenvak. 'Hier,' zei hij. 'Water en aspirine.'

Gideon slikte opgelucht de pijnstiller en spoelde die weg met water. Hij keek in Hunters bezorgde ogen. 'Dank je...' Hij schudde zijn hoofd. 'Ik weet niet eens je voornaam.'

'Tom.'

'Dank je, Tom.' Gideon dronk het flesje leeg. 'Dat is nogal een welkom dat Sacramento je heeft bereid.'

Tom glimlachte zuur. 'Ik verveel me niet graag.'

'Dan past dit precies in je straatje.'

Maandag 20 februari, 23.45 uur

Hij nam de afslag naar het vliegveld, op zijn hoede voor politie, maar hij zag niets. Hij had per slot van rekening niet veel tijd. Zodra de brand bij zijn huis werd ontdekt, zouden ze zich concentreren op het bluswerk. Gelukkig waren benzinebranden altijd fel en snel, dus tegen de tijd dat de brandweer arriveerde zouden ze proberen het vuur onder controle te krijgen in plaats van te blussen.

Maar als ze het gevaar dat het vuur zou overslaan eenmaal hadden bezworen, dan zouden ze erachter komen dat hij daar woonde. Daarna zou het ze niet veel tijd kosten om te weten te komen dat hij voor een chartermaatschappij werkte.

Maar tegen die tijd zou hij in Mexico zitten. Dan had hij een vliegtuig, dus ook inkomsten. Verdomme, hij kon zelfs drugstransporten gaan doen, zoals zijn vader had gedaan. Het enige verschil was dat zijn vader dat risico alleen maar zo nu en dan nam, wanneer hij een kapitaalinjectie nodig had.

Ik kan het fulltime doen. Ik kan in minder dan geen tijd een zaak opbouwen. En dan begin ik een nieuw leven.

Hij zou zijn logeerkamer in de kelder missen, maar het kon niet zo heel moeilijk zijn om een nieuwe te bouwen.

Hij zette zijn richtingaanwijzer aan en draaide de afslag naar hun toegangsweg in, toen hij de zwaailichten zag. *Kut. Kut. Kut.*

Overal waren politieauto's. Ze omsingelden zijn hangar. De deuren stonden open en de vliegtuigen blonken in de plafondverlichting. Voor de hangar stond een bus van een SWAT-team. Mannen en vrouwen in uniform liepen rond in beschermende kleding en gewapend met AR-15's.

O, mijn god.

Kut, fuck, shit.

Ze weten het. Hij schoot de hoofdweg weer op, wat hem een stoot op de claxon opleverde van de man achter hem. *Ze weten dat ik het ben. Ze weten waar ik werk.*

Hoe? Hoe wisten ze dat? Hoe waren ze zo snel hier gekomen?

Zijn maag draaide om. 'Wat moet ik nu?' fluisterde hij hardop en hij kromp ineen toen hij de angst in zijn eigen stem hoorde.

Je gaat je kop erbij houden. Je gaat nadenken.

Hij moest een andere manier bedenken om de stad uit te komen. Hij kon rijden. Maar het was negen uur naar de grens en dat alleen als hij niet in een file terechtkwam, wat niet erg waarschijnlijk was. Via secundaire wegen zou het veel meer tijd kosten. Bovendien zou hij ergens een vals identiteitsbewijs op de kop moeten tikken. En een vals paspoort. En als hij op een wegversperring stuitte, dan was hij de lul.

Hij wist niet hoe hij op land een grens moest oversteken. Hij had altijd gevlogen.

Ik had Zandra moeten vermoorden toen ik de kans had. Maar dat had hij niet gedaan en nu was ze een belangrijke getuige tegen hem.

Maar... als ze dat niet was? Stel dat ze was gestorven. Zijn huis stond op dat moment in brand. Er zou niets overblijven wat belastend voor hem was. Hij had die auto in het noorden verbrand, had nergens vingerafdrukken achtergelaten.

Ze hebben je DNA. Daisy heeft je in die steeg gekrabd.

Verrekte forensische wetenschap.

Maar... er waren geen andere getuigen van zijn poging haar te ontvoeren. Hij zou kunnen zeggen dat Daisy had ingestemd. Dat ze van mening was veranderd en zich tegen hem had verzet. Dat hij haar had laten gaan toen hij zijn vergissing inzag. Zonder getuigen zou het zijn woord tegen het hare zijn.

En ze is alcoholist. Niemand zal haar geloven.

Hij knikte in zichzelf. Dat kon weleens werken.

Dus in wezen was Zandra het enige wat tussen hem en vrijheid in stond. Het was tijd om dat losse eindje weg te werken. Maar eerst moest hij zich ontdoen van de Mercedes. Die was veel te opvallend.

28

Sacramento, maandag 20 februari, 23.45 uur

'Daisy, ik word helemaal gek van je,' zei Frederick zacht. 'Ga alsjeblieft zitten, schat.'

Daisy bleef abrupt midden in haar woonkamer staan met één voet nog boven de grond. 'Dat kan ik niet.' Ondanks dappere pogingen van Brutus. 'Dat waren brandweersirenes, papa.' Ze had de sirenes gehoord, de zwaailichten gezien toen de auto's het einde van haar straat passeerden. Dat ze naar het huis van de moordenaar gingen stond voor haar vast.

Hij had die zaterdag een auto in brand gestoken om DNA dat hij mogelijk had achtergelaten te vernietigen. *Zoals bijvoorbeeld zijn bloed dat hij dankzij mij op het portier heeft gelekt.* Hij was ernstig genoeg gewond om die verpleegkundige te ontvoeren. En haar toen te vermoorden. En wanhopig genoeg om de eigenaar van de pick-up te doden.

En kwaadaardig genoeg om minstens acht vrouwen om te brengen. En hij was nog steeds op vrije voeten, wat de reden was dat de politieman in zijn auto op haar oprit stond en een andere de wacht hield bij de achterdeur. Want volgens de agent hadden Gideon en agent Hunter het huis gevonden, maar was de moordenaar verdwenen. *Hij kan wel overal zijn. Hij kan mij opwachten of Gideon. Of zijn volgende slachtoffer.*

'Gideon loopt daar ergens rond en is al gewond,' zei ze. Ze wist dat ze afstevende op een paniekaanval, want Brutus wisselde het likken van haar vingers af met op haar arm kloppen met zijn kleine pootjes. 'En dan krijgt hij nu een brand voor zijn kiezen?' *En ik zit hier niks te doen.*

'Ik weet het,' zei Frederick kalm. Hij zat op de bank met één arm op de rugleuning, zijn hele houding zo ontspannen alsof hij klaarzat om naar een voetbalwedstrijd te kijken.

Ze keek hem boos aan. 'Hoe kun je zo kalm blijven?'

Zijn mondhoeken gingen omhoog. 'Meditatie.'

Haar woedende blik veranderde in hem met open mond aanstaren. 'Jij? Meditatie? Echt?'

'Het onderdrukt...' Hij wuifde met zijn hand in de richting van zijn hoofd. 'De ruis. Daarboven.'

De ruis daarboven. Ze vroeg zich af wat die paar woorden werkelijk betekenden.

Hij trok zijn grijzende wenkbrauwen op. 'Geloof je me niet?'

'Natuurlijk geloof ik je wel.' De woorden kwamen er in een haastige stroom uit, maar stierven abrupt weg. 'Ik ben... Nou, ik ben... verrast, dat is alles.'

'Meditatie helpt,' zei Mercy met zachte stem.

Daisy draaide zich met een ruk naar haar om. Mercy had geen woord gezegd sinds ze in haar appartement waren. Ze had vanaf het moment dat ze was binnengekomen de muurschilderingen staan bestuderen.

Daisy probeerde te bedenken wat ze moest zeggen en zei toen wat haar hart haar ingaf. 'Daar ben ik blij om.'

Mercy's glimlach was flauw, maar hij was er. 'En therapie. Heel veel therapie.'

'Jazeker,' zei Frederick en Daisy keek weer naar hem, nu nog verbaasder.

'Volg jij therapie?' Ze liep naar haar stoel en liet zich erin vallen. Het moment was bijna onwerkelijk geworden. Ze drukte Brutus tegen haar kin en voegde eraan toe: 'Echt?'

Hij glimlachte weemoedig. 'Echt.' Hij zuchtte. 'Na... nou, nadat Taylor en jij erachter waren gekomen dat... je weet wel.' Hij wierp een blik in de richting van Mercy, die hem nauwlettend gadesloeg. 'Ik was in de jaren tachtig krijgsgevangene,' vertelde hij haar. 'In El Salvador. Dat was... onaangenaam.'

'Ben je gemarteld?' Mercy stelde haar vraag op nauwelijks hoorbare toon.

'Inderdaad. Het heeft me veranderd. Het heeft veranderd hoe ik over dingen denk,' bekende hij. 'Hoe ik reageerde. Mijn logica was helemaal in de war, alsof de paadjes in mijn hersenen touwtjes waren die in de knoop zaten.'

Mercy knikte, maar in haar ogen was een diep begrip te lezen.

'Van wat ik heb gehoord was jij ook een gevangene,' ging Frederick verder op een toon die zo zachtaardig was dat Daisy tranen in haar ogen kreeg. Deze man, deze vriendelijke, zachtaardige, meelevende man was niet de vader die ze had gekend.

Ze schaamde zich toen ze besefte dat ze niet alleen maar blij was om hem zo te zien. De gespannen vader die Taylor en haar gedrild had alsof ze een paramilitaire eenheid waren – dát was de vader die ze kende. De vader die een abrupt, overhaast besluit had genomen die tot de dood van haar oudere zus had geleid... dát was de vader die ze kende.

En, drong tot haar door terwijl ze even naar adem snakte, de vader die ze nooit had vergeven.

Ze gaf hem nog steeds de schuld van Carrie's dood. En ze wist zeker dat hij zichzelf ook de schuld gaf.

Dat was misschien niet helemaal eerlijk. Carrie had op de een of andere manier kans gezien de hand te leggen op drugs terwijl ze uren rijden van de dichtstbijzijnde stad waren. Ze was al wild geweest vóór ze naar de boerderij verhuisden.

Wie weet? Misschien dat Carrie als ze in Oakland waren gebleven nog wel eerder was weggelopen en een overdosis had genomen. Dat kon niemand weten. Toch gaf Daisy hem nog steeds de schuld.

Dat was helemaal niet eerlijk. En het was niet gezond. Het was niet juist.

Het was geen liefde.

Ze slikte moeizaam en perste haar lippen op elkaar om niet te gaan huilen. *Later.* Ze zou later wel huilen. Voorlopig wilde ze deze man observeren die het over meditatie en therapie en over zijn verleden had met de zus van Gideon – een vrouw die hij nauwelijks kende.

Misschien omdat het gemakkelijker was om deze waarheden aan een vreemde te bekennen. *Maar op een manier zodat ik het toch kan horen. Zodat ik het kan begrijpen. En hem vergeven.*

'Ik denk dat dat zo is,' reageerde Mercy. 'Het was geen oorlog in Eden. Niet in de gebruikelijke zin van het woord. Maar, ja, het was een gevangenis. En ja, er was... marteling. En ja, dat heeft me veranderd.' Ze sloeg haar ogen weer neer en keek naar haar schoenen. 'Het heeft me harder gemaakt.'

Frederick zuchtte. 'Ja. Mij ook.'

Mercy keek even in de richting van Daisy, die aannam dat ze nog steeds stomverbaasd stond te kijken, want Mercy wierp haar een flauwe, verdrietige glimlach toe. 'Therapie heeft geholpen. Het heeft me een tijd gekost voor ik eraan begon. Het heeft me nog meer tijd gekost om het toe te passen.'

'Maar je hebt het wel gedaan,' zei Frederick. 'En nu ben je hier. Dat is behoorlijk dapper.'

Mercy knikte onzeker. 'Misschien. Ik wist alleen dat ik moest komen. Ik heb een vriendin in New Orleans. Ze weet... alles. Zij is degene die me heeft geholpen een therapeut te vinden. En zij is degene die een vliegticket voor me heeft gekocht, een huurauto voor me heeft gereserveerd, me van mijn werk heeft ontvoerd, me naar het vliegveld heeft gebracht en me daar heeft achtergelaten.'

'Dat is een echte vriendin dus,' zei Frederick met een oprechte glimlach. 'Mijn vriendin'– hij sloeg zijn ogen ten hemel – 'wat belachelijk klinkt op mijn leeftijd. Zij is degene die erop heeft aangedrongen dat ik in therapie zou gaan. Ze is verpleegkundige. Kinderverpleegkundige, maar ze doet vrijwilligerswerk met veteranen. Doet hippotherapie met ze, samen met mijn andere dochter. Sally hoorde een van de veteranen met een andere praten over meditatie en ze heeft onderzoek voor me gedaan. Het helpt.'

Hij keek even naar Daisy. 'Allebei mijn dochters geven wat terug aan de maatschappij. Daisy is actief in de gemeenschap hier. Ze geeft haar tijd aan het gemeenschapscentrum, jongeren uit de LHBTQ-gemeenschap, dierenopvang, en heeft een sponsorloop geregeld voor onderzoek naar leukemie. Ik ben trots op haar. Trots op hen allebei. Maar dat is niet iets waar ik me voor op de borst kan slaan.'

Daisy's hart deed pijn en brak. 'Dat weet ik nog niet zo net,' zei ze en haar stem klonk aan de schorre kant van hees. 'Toen je nog advocaat was, was je altijd een voorvechter van burgerrechten en bescherming van de zwakken. Je nam ons mee om vrijwilligerswerk te doen in de gaarkeukens en we raapten afval in het park en bezochten verpleeghuizen.' Hoe had ze die tijd kunnen vergeten? Ze herinnerde zich het nu weer. Bij haar vader op schoot zitten terwijl hij bij ouderen naast het bed zat en hun voorlas, op een kist staan om in de stoofschotel te roeren in het opvanghuis...

Hij schudde zijn hoofd. 'Dat was allemaal het werk van je moeder.'

'Nee. Ook dat van jou. Dat weet ik nog.' Nu wel.

'Toen ze was gestorven... nou, het was moeilijk.'

'Je had drie kinderen, papa. Een baby met een handicap. De oudste was wild. En de middelste, hoewel voor negenennegentig procent fantastisch, was zo af en toe een handvol.'

Zijn lippen trilden even. 'Af en toe,' stemde hij in en toen werd zijn uitdrukking weer somber. 'En toen gingen we naar de boerderij, waar ik jullie ook in de gevangenis stopte.'

'Dat wás een beetje overdreven,' gaf Daisy toe, want het was een gevangenis geweest. Dat ontkennen zou het ontkennen zijn van dit hele gesprek, dat een enorme stap vooruit leek te zijn. 'Je bent misschien een beetje obsessief geworden, maar...' Ze haalde haar schouders op. 'Dat zeggen mensen ook van mij.' Ze wees naar de muurschildering. 'Ik heb het in ieder geval van geen vreemde.'

Frederick keek haar even aan, gooide toen zijn hoofd in zijn nek en lachte, een bulderende lach die Daisy al zo lang niet had gehoord. Niet sinds haar moeder was gestorven, besefte ze. Zeker niet nadat Donna op het toneel was verschenen. De vrouw was puur gif geweest – voor hen allemaal, met inbegrip van haar eigen dochter. Daisy had tenminste nog haar vader gehad. Taylor was de hare haar hele leven ontzegd.

'Dat is wel waar, denk ik,' zei hij terwijl hij zijn tranen wegveegde.

Daisy wist niet zeker of die helemaal te danken waren aan zijn gelach, dus liep ze naar de bank, ging naast hem zitten en legde haar hoofd op zijn schouder. 'Dank je,' zei ze zacht.

Hij verstijfde even, alsof hij verrast was, maar ontspande zich weer en sloeg zijn arm om haar heen en trok haar tegen zich aan. 'Waarvoor?'

'Omdat je meteen kwam toen ik zei dat ik je nodig had.'

Hij kuste haar op haar hoofd. 'Altijd. Ik zal er altijd zijn als je me nodig hebt.'

'O!' Het geluid kwam van Mercy, die de schilderijen had ontdekt die Daisy op de ezels had laten staan nadat ze Gideon vrijdag een penseel in handen had gedrukt.

Mercy pakte met langzame bewegingen en een verbijsterde uitdrukking op haar gezicht het doek van de ezel. 'Heeft Gideon...?

'Ja,' zei Daisy alleen maar.

Mercy stond daar en staarde naar het gezicht dat Gideon uit zijn geheugen had geschilderd. Mercy als klein meisje, zittend in een veld met blije madeliefjes.

'Ik kan me die dag nog herinneren,' fluisterde ze. 'Ik was negen. Hij was bijna dertien. De kleine kinderen maakte een uitstapje met school naar het bos en Gideon was een van de hulpjes. We moesten eigenlijk leren om kruiden te vinden voor de genezer, maar ik werd afgeleid en stuitte op de bloemen. Ze waren zo mooi.' Ze keek naar Daisy met een trieste glimlach op haar lippen. 'Maar het veld stond vol rode bloemen. Hij heeft er madeliefjes van gemaakt.'

Daisy's hart kneep zich samen. Gideon had haar ook in zijn schilderij opgenomen. 'Wat gebeurde er die dag?'

'Je klinkt alsof je zeker weet dat er iets is gebeurd,' zei Mercy en ze hield nieuwsgierig haar hoofd schuin.

'Niet zeker, maar Gideon had een blik in zijn ogen terwijl hij zat te schilderen. Alsof het bitterzoet was.'

'Het was de laatste keer dat ik hem zag voor zijn overgang. Zijn dertiende verjaardag,' verduidelijkte ze. 'Er was tegen ons gezegd dat we niet naar het bloemenveld mochten, maar ik vond ze zo mooi en ik dwaalde een beetje af. Gideon vond me en...' Ze slikte opnieuw en zette het schilderij voorzichtig weer op de ezel. 'Hij nam die dag mijn straf op zich.'

'En waar bestond die uit?' vroeg Daisy voorzichtig, want Mercy leek heel breekbaar.

'Een week in de kist.'

Daisy liet haar adem ontsnappen en ze voelde dat haar vader roerloos bleef zitten. 'De kist?' vroeg ze.

'Dat was een klein bijgebouwtje. Je kreeg elke dag water en een beetje eten. Het zou voor mij omdat ik negen was een héél klein beetje zijn geweest. Omdat hij mijn straf op zich nam, kreeg hij dezelfde hoeveelheid.'

'Ze hongerden hem uit,' fluisterde Daisy.

'Daar kwam het op neer, ja. Het werd daarbinnen heel heet, zelfs in de bergen. Het was zomer. Toen ze Gideon kwamen halen was hij zo mager. Hij moet die week minstens zes kilo hebben uitgezweet. Ze haalden hem er op de zevende dag uit, wasten hem en kleedden hem aan voor zijn overgangsfeest later op de dag.'

Tegen het einde van die dag vocht hij voor zijn leven, dacht Daisy en ze verwonderde zich over Gideons kracht, zelfs als jongen.

Mercy liet zich in de stoel zakken waar Daisy had gezeten en legde haar stevig gevouwen handen in haar schoot. 'Dat was de laatste keer dat ik hem zag. Ik kwam er de volgende ochtend achter dat hij Edward McPhearson had vermoord, Ephraim Burton in zijn oog had gestoken en met hulp van mijn moeder was ontsnapt.'

Daisy keek even naar haar vader. 'En daarna kwam die arme Eileen bij Ephraim terecht. Ze werd aan hem "gegeven". Dat is de man voor wie ze is gevlucht.'

'Wat weet jij van Eileen?' vroeg Mercy scherp.

Daisy aarzelde. 'Ik denk dat Gideon je dit wilde vertellen.'

'Hij heeft tegen me gezegd dat hij denkt dat ze dood is. Ik wilde hem vragen waar hij het over had, maar Zandra had onze hulp nodig. Nu wil ik het weten en hij is er niet, maar jij wel. Zandra noemde Eileens naam, maar ze noemde haar Eileen Danton. Haar achternaam was niet Danton.'

'Een momentje, alsjeblieft.' Ze tikte snel een berichtje naar Gideon. HIER ALLES OKÉ. MERCY VRAAGT NAAR EILEEN. OKÉ OM HAAR TE VERTELLEN WAT IK WEET?

Zijn antwoord volgde snel: JA. OP WEG NAAR JOU. BRENG JE NAAR DE SEH.

Ze werd overvallen door opluchting. Hij was ongedeerd. Ze wilde dolgraag meer informatie, maar ze kon wachten tot hij er was. En met Mercy praten zou een prima afleiding zijn.

'Oké dan.' Daisy nestelde zich weer op de bank naast haar vader met Brutus op schoot en vertelde Mercy over Eileen en de Dantons. 'Hij leende haar het geld voor een buskaartje. Rafe Sokolov, de man van wie dit huis is, is rechercheur van de afdeling Zware Misdrijven bij de politie van Sacramento. Hij onderzoekt zaken van mishandeling en moord. Hij is vandaag naar Portland gegaan om te proberen haar gangen na te gaan.'

Mercy's voorhoofd rimpelde even terwijl ze Daisy onderzoekend aankeek, tot het haar begon te dagen. 'Haar medaillon. Zo wisten jullie dat zij het was. Gideon belde me donderdag en vertelde dat er een medaillon was gevonden met de naam *Miriam* op de achterkant gegraveerd. Hij was bang dat het dat van mij was.'

'Omdat jouw naam ook Miriam is en hij wist dat je was ontsnapt,' zei Daisy, meer ten behoeve van haar vader.

Mercy's ogen werden groot. 'O. Gideon zei dat een vrouw was aangevallen en het medaillon van de nek van haar aanvaller had gerukt. Dat was jij? Dat is hoe jullie elkaar hebben ontmoet?'

Daisy knikte. 'Rafe's moeder, Irina Sokolov, doet al een halfjaar pogingen om ons te koppelen, maar we bleven haar ontwijken. Donderdagavond heeft alles veranderd.'

'Gideon heeft haar een paar keer genoemd,' zei Mercy. 'Irina. Hij zei dat ze over hem moedert.'

'Ze bemoedert ons allemaal,' zei Daisy met een glimlach vol genegenheid. Ze voegde er bijna aan toe dat Irina ook over Mercy zou moederen, maar ze had geen idee hoelang de vrouw hier zou blijven.

Daisy hoopte voor Gideon dat ze een hele tijd zou blijven.

Toen er op de deur werd geklopt rende ze erheen en keek door het spionnetje. Gideon. Ze deed de deur open en voelde opnieuw een steek. Hij zag er... moe uit. Verslagen.

O, Gideon. Wat is er gebeurd? Maar dat vroeg ze niet. Ze deed een stap naar voren en sloeg, voorzichtig vanwege de mitella, haar armen om zijn nek. Hij slaakte een huiverende zucht en sloeg zijn goede arm om haar heen en verborg zijn gezicht in haar hals.

Hij rook naar rook. 'De brandweer was op weg naar zijn huis,' constateerde ze.

'Ja.'

De moed zakte haar in de schoenen. 'Is alles vernietigd?'

'Nee. Tom en ik hebben weten te voorkomen dat het vuur verder ging tot de brandweer er was.'

Oké, dacht ze. 'Je, eh, hebt een brand geblust?'

'Tom heeft het meeste werk gedaan.'

'Wie is Tom?'

'Agent Hunter.'

'Oké. Wat heb je aangetroffen, Gideon?'

'Ik heb helemaal niets aangetroffen,' mompelde hij tegen haar huid. 'Ik sta aan de zijlijn.'

O. 'Prima. Wat heeft Tom dan aangetroffen?'

Hij schudde alleen maar zijn hoofd en klampte zich aan haar vast alsof ze zijn reddingsboei was. Op dat moment was ze dat misschien ook wel. En op dat moment was ze blij dat haar vader haar eerder voldoende had weten af te leiden om te voorkomen dat ze een paniekaanval kreeg. Anders had ze helemaal niets voor Gideon kunnen betekenen.

Ze maakte zich ver genoeg los om hem te kunnen aankijken. 'Kom jij binnen of gaan we weg?'

'Weg,' zei hij. 'Tom heeft de SUV in de garage gezet.' Hij deed een stap achteruit en ging rechtop staan. Zijn groene ogen stonden dof en vol pijn.

'Wanneer heb je voor het laatst een pijnstiller genomen?' vroeg Daisy.

Gideon maakte een gebaar in de richting van Frederick en Mercy. 'Kom mee. We gaan kijken hoe het met Zandra gaat en dan brengen we jullie terug naar de Sokolovs. Zeker omdat hij weet waar je woont, Daisy.'

'Geloof nou maar niet dat ik niet doorheb dat je me volledig negeert wat de pijnstillers betreft,' zei Daisy scherp. 'Daar kunnen we het later wel over hebben. Maar je moet wel bedenken dat hij ook moet weten waar Karl en Irina wonen. Hij heeft jou zaterdag gevolgd, Gideon. Weet je nog wat die verslaggeefster gisteren zei? Hij was bij het appartement van Trish en vroeg waar je naartoe was. Zo wist hij dat hij ons naar Redding moest volgen.'

Hij wreef over zijn voorhoofd. 'Je hebt gelijk. Ik breng je naar een schuiladres.'

Ze stopte Brutus in haar tas en hing die om haar schouder. Gideon kon niet goed nadenken en dat was de reden dat ze niet in paniek raakte bij de gedachte aan een schuiladres. 'Prima. Maar als ik ga, dan ga jij ook.'

Hij zuchtte diep. 'Daar kunnen we het later over hebben.'

Achter haar begon haar vader te hoesten, maar ze was er vrijwel zeker van dat hij een lach probeerde te maskeren. Dat vond Daisy prima. Ze had hem eindelijk, na veel te veel jaren, weer eens echt horen lachen. Ze kon niet wachten om dat nog eens te horen. 'Prima. Kom op.'

Dinsdag 21 februari, 01.05 uur

Eindelijk. Hij had op de parkeerplaats van het ziekenhuis zitten wachten op een dokter of een verpleegkundige of een doktersassistent met de juiste maat die gekleed in ziekenhuiskleding naar buiten kwam. En met een badge. Vooral met een badge.

Hij klopte even op zijn zak om zich ervan te vergewissen dat hij de injectiespuit bij zich had die hij meteen toen hij aankwam had gevuld met een verdovend middel. Dat had in zijn tas voor noodgevallen gezeten die hij uit de Jeep had gegraaid. Hij had die tas voor het laatst in Vail gebruikt, het verdovende middel bij Zandra. Er was nog voldoende over om een man van gemiddelde omvang minstens een uur uit te schakelen. Hij bekeek de man en dacht dat de kleding goed zou passen. Misschien een beetje ruim aan de voorkant, maar dat was alleen maar beter om zijn pistool te kunnen verbergen.

De man stond in zijn eentje in de schaduw een sigaret te roken. Beter nog, hij had oortjes in en leunde met één schouder tegen de muur terwijl hij zachtjes zijn hoofd bewoog op het ritme van de muziek waar hij naar luisterde.

Hij zal me niet zien aankomen. En dat deed hij ook niet.

Hij naderde de man van achteren en sloeg hem met de kolf van zijn pistool hard op zijn schedel. Toen de man wankelde nam hij een sprong en gebruikte zijn gewicht om de man naar de grond te sleuren, waarna hij het verdovende middel in zijn hals spoot. Dat ging onhandig met zijn rechterhand, maar hij hoefde niet heel precies te mikken.

Hij bleef de man tegen de grond drukken. Hij plantte een knie in zijn rug en legde zijn goede arm in zijn nek tot zijn worsteling ophield en hij slap werd, knock-out.

Hij kleedde de man snel uit, propte de ziekenhuiskleding in zijn tas, nam de badge en sleepte hem achter een paar bosjes. Niet de beste plek om iemand te verbergen, maar die vent was zwaar.

En ik heb haast. Hij keek even naar het identiteitsbewijs. Voor de eerstkomende tijd was hij Nabil Halif, verpleegkundige. *Wel godver.* Zijn vermomming paste niet echt bij die naam, maar hij was sowieso niet van plan om een praatje met iemand aan te knopen. Hij gebruikte de badge om door de personeelsingang naar binnen te gaan en liep kalm naar de dichtstbijzijnde toiletgroep. Daar zou meer dan voldoende ruimte zijn om zich te verkleden en de vermomming aan te brengen die hij bij zich had. Daarna zou hij op zoek gaan naar Zandra's kamer.

Dinsdag 21 februari, 01.30 uur

'Waar bleven jullie?' wilde agent Molina weten toen ze met zijn vijven uit de lift op Zandra's verdieping stapten. Ze fronste haar voorhoofd. 'Ik had alleen om mevrouw Dawson en agent Hunter gevraagd.'

Want Zandra had om Daisy gevraagd en alleen om Daisy.

Gideon fronste op zijn beurt zijn wenkbrauwen. 'Mijn zus was bij Daisy thuis toen we daar aankwamen. Ik wilde haar daar niet achterlaten. En Daisy's vader stond erop om mee te komen, omdat ze alleen onder die voorwaarde überhaupt hier kon komen. Dat had ik u gezegd.'

Molina zuchtte. 'Ja, dat heb je gezegd. Mijn excuses. We zijn allemaal moe. Maar alleen mevrouw Dawson en agent Hunter mogen bij mevrouw Jones in haar kamer.'

Gideon was moe en zijn hoofd deed pijn. Zijn arm klopte. Hij had die pijnstiller moeten nemen die Daisy hem onderweg naar het ziekenhuis had geprobeerd te laten slikken, maar die pillen maakten hem veel te suf. Dan had niemand wat aan hem. Zeker Daisy niet.

'Met alle respect, mevrouw,' zei hij, 'dat is gelul.'

Daisy keek hem met rollende ogen aan. 'Je bent echt superchagrijnig als je pijn hebt.' Ze wendde zich met een innemende glimlach naar zijn baas. 'Agent Molina, Gideon is toch met ziekteverlof?'

'Ja. Dat is de reden dat hij in de wachtkamer moet blijven.'

'Nou, als hij met ziekteverlof is, dan is hij hier als mijn begeleider, toch?'

'Ik denk het wel.'

'Aangezien hij mijn begeleider is, zou ik graag willen dat hij me begeleidt. Ik heb een hulphond hier in mijn tas. Gideon is een soort van hulp... man. Mijn anker. Zonder mijn ankers krijg ik ernstige paniekaanvallen die mijn nuchterheid bedreigen. Ik wil graag helpen mevrouw Jones te kalmeren zodat u haar een verklaring kunt afnemen, maar als ik niet kalm ben, dan zal zij dat ook niet worden. Dus ik vraag u met alle respect Gideon toestemming te geven mij te begeleiden.'

Molina's mond vertrok werkelijk even. 'U bent een lastpak, mevrouw Dawson.' Toen werd ze weer zakelijk. 'Oké. Ik heb al te veel tijd verspild met wachten op jullie. Kom mee, jullie drie. Maar de vader en de zus gaan naar de wachtkamer. Die is om de hoek. Er staat een gewapende agent voor de deur van mevrouw Jones' kamer en een politieman in uniform bij allebei de liften. Als u hulp nodig hebt, aarzel niet om erom te vragen.'

Frederick en Mercy liepen in de richting van de wachtruimte. Frederick leek een lach te onderdrukken.

Gideon daarentegen dacht niet dat hij binnenkort nog weer zou lachen. *Eenendertig slachtoffers.* Ze hadden tot dusver nog maar zeven lichamen gevonden, want Eileen was nog niet gevonden. Hij dacht aan het lichaam in de vriezer. Maar Kaley Martell wel. Dus tot nu toe acht lichamen.

Het vroegste van de rijbewijzen was tien jaar eerder afgegeven. Als dat eerste slachtoffer was ontvoerd in het jaar dat haar rijbewijs was afgegeven, dan betekende dat dat hij gemiddeld drie moorden per jaar pleegde. Maar het was duidelijk dat hij zijn tempo het afgelopen jaar had opgeschroefd en zeker de afgelopen week. Hij was aan het escaleren en hij was gefocust op Daisy.

En dat joeg Gideon tot in het diepst van zijn ziel angst aan.

'Mevrouw Jones is verdwenen van een vliegveld in Vail,' vertelde Molina Daisy terwijl ze naar de kamer liepen.

'Dus geen vrachtwagenchauffeur,' zei Daisy zacht.

'Nee. Hij is piloot. We hebben bevestigd gekregen dat hij en een andere piloot vrijdag een gezelschap naar Vail hebben gevlogen voor een skivakantie. Ze zijn daar drie uur gebleven terwijl het vliegtuig werd volgetankt.'

Daisy keek zijn baas vol ongeloof aan. 'Dus hij heeft Zandra ontvoerd en haar mee naar huis genomen?'

'Ja. Hij heeft haar blijkbaar ontvoerd bij een bar een paar kilometer van het vliegveld. Laat me u nog een paar bijzonderheden geven voor u met haar gaat praten. Ze is officier van justitie in Rhode Island. Ze was verloofd. Volgens haar familie was ze in Vail voor haar bruiloft, die zaterdag zou zijn geweest. Ze is weggegaan toen ze haar verloofde en haar beste vriendin... samen aantrof.'

'Arme Zandra,' zei Daisy. 'Dus ze ging naar een bar?'

'Blijkbaar,' zei Molina. 'De bar had bewakingscamera's binnen, maar die buiten waren ontkoppeld.'

'Door onze verdachte?' vroeg Tom.

'Alleen als hij dat op een eerdere reis heeft gedaan. We hebben hem op beelden van binnen. Hij lijkt helemaal niet op de foto op zijn rijbewijs of op de man die op de beveiligingsbeelden stond van de bar waar mevrouw Hart werkte.'

'Ik heb hem twee keer gezien,' zei Daisy, 'een keer bij de dierenwinkel en een keer in het busstation van Redding en hij zag er twee keer totaal verschillend uit.'

'Dat maakt de getuigenis van mevrouw Jones zo belangrijk,' merkte Molina op.

'Zij is misschien de enige die zijn ware gezicht heeft gezien,' zei Gideon.

'Precies,' zei Molina. 'Mevrouw Dawson, ik zou graag willen dat je agent Hunter zo veel je kunt helpt een zo volledig mogelijk signalement te krijgen. En een beschrijving van alles wat ze zich herinnert over de gebeurtenis zelf. Met inbegrip van hoe ze erin is geslaagd weg te komen.'

'Ik nam aan dat de vermoorde vrouw op het bed haar eruit heeft gelaten,' opperde Tom.

'Als zij de Sydney is die hij in de huid van zijn slachtoffers kerfde,' voegde Gideon eraan toe, 'en dat ligt voor de hand aangezien een auto die voldoet aan de beschrijving van de hare op de oprijlaan stond, dan was hij op zijn minst geobsedeerd door haar. Dat Sydney is gewurgd geeft aan dat er sprake was van heel veel woede. Als hij erachter kwam dat Zandra weg was en deze vrouw ervoor in de plaats was gekomen? Dat kan hem ertoe gebracht hebben haar te vermoorden.'

'Dat klinkt logisch,' zei Molina. 'Maar waaróm? Dat is wat ik wil weten.'

'Wat ik zou willen weten is hoe ernstig Zandra's verwondingen zijn,' merkte Daisy met zachte stem op.

'Kneuzingen in haar gezicht en schaafwonden aan polsen en enkels,' antwoordde Molina. 'Hij heeft letters in haar lichaam gekerfd. Hij heeft haar gehecht en verbonden zodat ze kon genezen.'

'Hij wilde haar langer houden,' veronderstelde Tom.

'Misschien. Ik hoop dat zij ons dat kan vertellen.'

Molina ging langzamer lopen toen ze dichter bij Zandra's kamer kwamen. Ze stond op het punt naar binnen te gaan toen Daisy haar bij een arm pakte.

'Wacht.' Daisy beet op haar lip.

Molina hield haar hoofd schuin en keek veelbetekenend naar Daisy's hand die nog steeds op haar arm lag. 'Ja, mevrouw Dawson?'

Daisy sloot haar ogen, zonder Molina los te laten alsof ze de steun nodig had om niet om te vallen. 'Is ze seksueel misbruikt?'

Molina aarzelde. 'Daar lijkt het wel op.'

Daisy had haar ogen nog steeds gesloten. 'En Trish?'

O, schat, dacht Gideon verdrietig. Natuurlijk was ze daar bang voor geweest. Maar ze had geen woord gezegd, behalve die ene keer dat ze het had gevraagd. Ze was er helemaal alleen bang voor geweest.

'Nee,' antwoordde Molina op vriendelijke toon. 'Het voorlopig autopsierapport maakt daar geen melding van.'

Daisy slaakte een diepe zucht. 'Dank u. Ik bedoel, ik heb de patholoog gebeld, maar toen waren ze nog niet klaar met het verslag. En toen gebeurden al die andere dingen. Dus... dank u.'

Molina klopte op Daisy's arm. 'Graag gedaan. Dit is haar kamer. Succes.'

'Dank u,' mompelde Daisy. 'Helemaal geen druk.'

Zandra's kamer werd bewaakt door een gewapende agent. Gideon kende de man goed genoeg om hem te groeten, dus hij knikte even terwijl hij naar binnen liep.

Hij kreeg een meelevende blik als antwoord. *Mijn hemel, ik moet er vreselijk uitzien.*

Hij voelde zich in elk geval wel vreselijk. Desondanks ging hij, toen Daisy op de stoel naast Zandra's bed ging zitten, achter haar staan. Iedereen die bij Daisy wilde komen, moest eerst langs hem zien te komen.

Daisy boog zich voorover met een vriendelijke glimlach op haar gezicht. 'Hoi, Zandra. Ken je me nog?'

Zandra klampte haar blik vast aan Daisy's gezicht. 'Daisy.'

'Dat klopt. Ik heb gehoord dat je met me wilde praten.'

'Alleen met jou.' Ze wierp een boze blik in de richting van Molina, Hunter en Gideon. 'Niet met hen.'

'Nou, dit is het probleem. Agent Hunter moet jouw verklaring opnemen, zodat we alle puntjes op de i kunnen zetten om die klootzak voor de rest van zijn leven achter de tralies te stoppen.'

'Ik wil dat jij dat doet.'

'Dat zou ik wel willen,' verzekerde Daisy haar, 'maar ik ben niet van de politie.'

Zandra knipperde verrast met haar ogen. 'Niet?'

'Nee. Ik ben te tegendraads om van de politie te zijn. Ik praat alleen maar op de radio.'

'Daar heb je wel de stem voor.'

Daisy glimlachte. 'Dank je. Jíj klinkt een stuk beter. Verbazingwekkend wat een slokje water kan doen, hè?'

Zandra probeerde ook te glimlachen, maar vertrok haar gezicht toen haar lip begon te bloeden. 'Wil je een tissue voor me pakken?'

Daisy gaf haar de doos. 'Alsjeblieft. Nou, die man achter mij, dat is mijn vent, oké? Ik krijg soms angstaanvallen en hij helpt me om kalm te blijven. Ik vermoed dat wat jij hebt doorgemaakt voor jou niet gemakkelijk zal zijn om te vertellen en voor mij niet om aan te horen. Ik wil niet doordraaien terwijl jij vertelt. Is het goed dat hij blijft?'

Zandra depte haar bloedende lip. 'Ik hoop dat hij niet zo'n vreemdgaande rat is.'

Daisy veegde een lok van Zandra's voorhoofd en ging door met het haar uit haar gezicht strelen. 'Ik heb gehoord dat jouw vent wel zo'n smerige rat was.'

Er verschenen tranen in Zandra's ogen. 'Ik was voordat ik in die bar kwam nog nooit dronken geweest. Nooit van mijn leven.'

'En die ene keer kom je die klootzak tegen die je heeft gemolesteerd.'

Zandra knikte. 'Weet mijn familie dat ik hier ben?'

Daisy keek even achterom naar Molina. 'Weten ze dat?'

'Jazeker,' antwoordde Molina. 'Je ouders en je zus komen morgen met de eerste vlucht.'

'Mooi.' Het kwam er als een kleine snik uit en er liepen nieuwe tranen over haar wangen.

Daisy pakte een tissue en depte Zandra's ogen. Vervolgens nam ze haar hand. 'Nou, speciaal agent Hunter wil je een paar vragen stellen. Ben je er klaar voor?'

'Yes.'

Tom ging in de stoel aan de andere kant van Zandra's bed zitten. 'Dank je dat je met me wil praten.'

Zandra leek haar ogen tot spleetjes te knijpen, maar dat was lastig te zien omdat ze zo opgezwollen waren. Carson Garvey was behoorlijk losgegaan op het gezicht van deze vrouw.

Maar ze leeft in ieder geval nog.

'Je ziet er veel te jong uit voor een FBI-agent,' merkte Zandra op.

Tom glimlachte. 'Ik ben zesentwintig en een hálf.' Hij legde de nadruk op 'half' alsof hij een klein kind was. 'Je hebt met mij te maken omdat de andere agent die met deze zaak belast is op weg terug is van Portland.'

Zandra had moeten glimlachen om dat 'en een hálf', maar haar glimlach verdween. 'Danton, Eileen. Oregon,' mompelde ze.

'Ja,' zei Tom zacht.

'Ze is dood.'

'Dat weten we,' zei Tom op dezelfde rustige manier. Die maakte Gideon slaperig, verdorie. 'Kun je ons vertellen hoe hij eruitziet?'

'Hij was ongeveer 1 meter 80. Had een doorsnee gezicht. Niet knap, maar ook niet lelijk. Niet het soort dat in een bar vrouwen kan oppikken. Geen zelfvertrouwen. Hij had donkerbruine ogen. Zijn neus was dun. Scherp. Hij was kaal. Helemaal. Geen lichaamshaar. Daar schepte hij over op. Hij zei dat hij nooit ergens fysiek bewijs achterliet. O, en hij had krassen boven aan zijn borst.' Ze sloot haar ogen. 'Hebben jullie zijn huis gevonden?'

'Ja,' antwoordde Tom. 'De hond heeft ons erheen gebracht.'

Ze leek oprecht geamuseerd toen ze dat hoorde. 'Het is een leuke hond. Wat is er met hem gebeurd?'

'We hebben hem naar een dierenarts gebracht,' zei Gideon. 'De arts die ook voor de politiehonden zorgt. Hij gaat hem onderzoeken en daarna zullen we een goed tehuis voor hem zoeken. Hij wordt een held.'

Zandra keek hem aan. 'Dank je. Hij is een held. Hij heeft me gered.' Ze sloot haar ogen. 'Dus als jullie zijn huis hebben gevonden, hebben jullie ook zijn kast gevonden?'

'Ja,' fluisterde Tom. 'Je hebt een aantal van de namen onthouden. Hoe heb je dat gedaan?'

'Ik kon een paar van hun rijbewijzen zien. Ik heb hun namen steeds maar weer herhaald.'

'Waarom?' wilde Tom weten.

'Omdat ik wilde dat hun families wisten wat er met hen was gebeurd als ik eenmaal was ontsnapt. Hij bleef zeggen dat het niemand iets kon schelen wat er met ze was gebeurd, dat niemand naar hen aan het zoeken was. Dat het niemand iets kon schelen dat ik was verdwenen. Maar ik geloofde hem niet.'

'Goed zo,' prees Tom. 'Hoe heb je weten te ontsnappen?'

Ze snoof een bittere lach. 'Sydney. Mijn god, wat een doorgedraaide bitch. Ze kwam die kamer binnengestormd en riep dat ik een hoer was. Ze zei dat ik hem niet mocht hebben. Zei dat ze de beste jaren van haar leven aan hem had gewijd, dat ik niet zomaar aan kon komen waaien en hem inpikken. Ik bedoel, ik dacht eerst dat ze me kwam helpen, maar zij heeft me de gespleten lip bezorgd. Hebben jullie haar gevonden?'

'Nog niet,' zei Tom en dat was het juiste antwoord, want ze hadden het lichaam nog niet met honderd procent zekerheid geïdentificeerd. 'Dus ze schold je uit en sloeg je. Wat gebeurde er toen?'

'Ze maakte me los. Ze zei dat als ik er een voor mezelf wilde, ik er zelf maar een moest maken. Dat ik vroeg moest beginnen.' Zandra huiverde. 'Ze zei dat het het beste was om ermee te beginnen voor ze tien jaar oud waren. Twaalf op zijn laatst.'

Het kostte Gideon moeite om niet ineen te krimpen. Tom knipperde één keer met zijn ogen, maar bewaarde zijn kalmte. Niet slecht voor een beginneling. Het zou helemaal goed komen met agent Hunter.

Daisy daarentegen hield nog steeds Zandra's hand vast, maar stak haar andere in de tas. Het was een onhandige positie en de arme Brutus werd ongetwijfeld zo'n beetje aan stukken gereten. Gideon trok zachtjes haar hand uit de tas, tilde Brutus eruit en zette de hond op haar schoot. Haar blik vol dankbaarheid was overduidelijk.

Zandra knipperde met haar ogen. 'Is dat een... hond?'

'Ja,' zei Daisy een tikkeltje verdedigend. 'Ze heet Brutus en ze is mijn hulphond.'

Er verscheen langzaam een glimlach op Zandra's gezicht. 'Mag ik haar ook aaien?'

Daisy wist dat ze dat eigenlijk niet goed moest vinden omdat Brutus aan het werk was, maar Zandra had zo veel doorgemaakt. 'Natuurlijk.' Ze liet Zandra's hand los en deed Brutus haar vest uit. 'Shazam, Brutus,' zei ze en ze zette de hond op het bed zodat ze haar allebei konden aaien. Brutus draaide zich verheerlijkt op haar rug om over haar buik geaaid te worden.

'Ze is lief,' zei Zandra. 'Helpt ze je?'

'Ja. Ik sta nu acht jaar droog. Brutus helpt me om te gaan met mijn angsten en dat helpt weer om van de drank af te blijven. Je zou kunnen overwegen er zelf een te nemen voor PTSS. Je weet wel, wanneer je weer thuis bent.'

'Misschien doe ik dat wel.' Ze haalde diep adem en wendde zich toen vastbesloten tot Tom. 'Sydney had zo'n woeste blik in haar ogen. Ik ben officier van justitie. Ik zie dagelijks misdadigers. Ik heb ze gezien terwijl ze high waren en geestelijk gestoord. Ik kan je met de beste wil van de wereld niet vertellen wat zij was – verdomme, misschien wel allebei – maar het was beslist een van de twee.'

Molina deed een paar stappen naar voren en pakte de rand van het bed aan het voeteneinde vast. 'Heeft ze gezegd dat ze Sydney heette?'

'Nou, dat vermoedde ik. Hij...' Haar stem stierf weg en haar vingers waren druk bezig in Brutus' vacht. 'Hij bleef eisen dat ik zou zeggen dat het me speet. Telkens weer, maar ik deed het niet. Ik had het gevoel dat dat was waar hij op wachtte. Dat hij móést horen dat ik sorry zei. En als ik dat eenmaal zou doen, dan zou hij me vermoorden. Ik bleef hopen dat als ik het nog een beetje langer vol kon houden iemand me zou vinden.'

'Hij zei dat ook tegen mij,' zei Daisy zacht. 'Dat ik mijn excuses moest aanbieden.'

Zandra's gezwollen ogen werden een beetje groter. 'Jij? Heeft hij jou ook te pakken gekregen?'

'Dat probeerde hij. Donderdagavond. Ik heb hem afgeweerd en ben ontsnapt. Maar ik verraste hem, denk ik. Hij wilde eigenlijk mijn vriendin. Trish Hart.'

Zandra zuchtte. 'Hart, Trisha. Californië.'

Daisy knikte. 'Heb je haar halsketting gezien?'

'Turkooizen kruis? Ja. Die had hij de laatste keer dat ik hem zag om. Hij voerde een of ander bizar ritueel uit toen hij een kristallen hoefijzer afdeed en dat aan een haakje onder het rijbewijs van Kaley Martell hing. Toen zette hij Trisha's rijbewijs op het schap en hing het turkooizen kruis om zijn nek.' Ze keek van Tom naar Gideon. 'Kaley Martell. Ze ligt in de vriezer. Haar lichaam, bedoel ik.'

'We hebben haar gevonden,' zei Tom. 'Maar dank je.' Hij haalde diep adem. 'Ik heb een vraag die waarschijnlijk moeilijk voor je is om te beantwoorden, maar we moeten het weten.'

Zandra zette zich schrap. 'Ja, hij heeft me seksueel misbruikt. Maar niet met zijn...' Ze vertrok haar gezicht. '... penis. Hij had... dingen.

Sommige waren seksspeeltjes. Sommige waren andere dingen. Die liggen in een van de laden. Jullie zullen ze wel vinden als jullie alles doorzoeken. Ik kreeg de indruk dat hij hem niet overeind kon krijgen bij me. Hij probeerde het wel. Hij probeerde het echt. Hij noemde me zelfs Daisy toen hij het probeerde, maar zijn erectie hield geen stand, dus moest hij de dingen uit de la gebruiken.' Ze keek even naar Daisy. 'Sorry.'

Daisy was zichtbaar ineengekrompen. 'Nee, nee. Geen excuses. Ik had me niet gerealiseerd...'

Gideon vocht om zijn woede in bedwang te houden. Hij was zich bewust van Molina's voortdurende observatie. De man had erover gefantaseerd Daisy te verkrachten. *Maar dat heeft hij niet gedaan. Want ze heeft hem afgeweerd.*

Dus verpest het nu niet. Verlies niet je zelfbeheersing. Concentreer je op het pakken van die klootzak. Hij dwong zich te ontspannen en zag dat Molina hetzelfde deed. Hij was geslaagd voor de test.

Hij richtte zijn aandacht weer op Zandra, die nog steeds aan het woord was.

'Ik heb overwogen om gebruik te maken van zijn impotentie,' zei ze, 'om hem uit zijn evenwicht te brengen, maar hij had scherpe messen en ik wilde niet dat hij die nog vaker in me zou steken dan hij al deed wanneer hij... je weet wel, aan het kerven was.' Ze slikte. 'Hij heeft alle letters van Sydney's naam in mijn buik gekerfd, behalve de laatste Y. Hij zou het afmaken wanneer hij terugkwam, maar Sydney schopte me eruit voor het zover kwam.' Haar zelfbeheersing wankelde, en stortte toen in. 'Ik hou littekens.'

'Het spijt me,' fluisterde Daisy en haar stem brak.

Zandra pakte een tissue uit de doos en gaf die aan Daisy, die haar wangen droogveegde. 'Ik leef nog,' zei ze grimmig. 'Ik kom er wel doorheen.'

Tom aarzelde en schudde toen zijn hoofd.

'Wat?' zei Zandra kortaf. 'Maak je niet druk om mijn gevoelens. Ik geloof dat ik helemaal verdoofd ben.'

Tom keek haar met een verontschuldigende blik aan. 'Ik heb een vriendin met soortgelijke littekens van een aanval toen we kinderen waren. Ze heeft tatoeages om ze te verbergen. Wijnranken en bloemen. Als je zover bent en je hebt interesse, neem dan contact met me op, dan zal ik je aan haar voorstellen.'

Zandra keek hem lang en ernstig aan. 'Misschien doe ik dat wel. Ik draai nu helemaal op adrenaline en roep mijn keiharde advocatenzelf op, maar later... Dan zal ik iets nodig hebben. Steun. Wat dan ook.'

'Een vriendin?' suggereerde Daisy. 'Bel me, wanneer dan ook.'

'Dat doe ik misschien ook wel. Dank je.'

'Je zei dat je aannam dat ze Sydney was,' zei Gideon toen Zandra eraan toe leek om verder te gaan met de ondervraging. 'Wat gebeurde er toen?'

'Ik zei "Sydney" en ze leek zo blij als wat dat hij haar had genoemd.'

'Kun je haar beschrijven?' vroeg Tom.

'Ongeveer 1 meter 72, een jaar of veertig, had wat laten doen. Blond haar.' Ze richtte haar laserblik op Tom en toen weer op Gideon. 'Jullie hebben haar gevonden, hè? Hij is teruggekomen en heeft haar daar aangetroffen.' Ze liet zich weer in de kussens zakken. 'God. Zij heeft dat monster gecreëerd. Ik weet niet zeker of ik medelijden moet hebben of blij moet zijn dat ze door zijn hand is omgekomen.' Ze wuifde vermoeid met haar hand. 'Maak je geen zorgen. Ik ga dit aan niemand vertellen. Geen interviews met deze scoop. Dit is allemaal al schadelijk genoeg voor mijn carrière.'

Dat snapte Gideon. Nu hij het slachtoffer was van een schietpartij zou dat iedere keer dat hij voor de rechtbank moest getuigen ter sprake komen. Er zou worden getwijfeld aan zijn geloofwaardigheid en onpartijdigheid. Dat had hij vaker gezien. Hoeveel erger zou het niet zijn voor een openbaar aanklager?

'Kunt u ons nog meer vertellen, mevrouw Jones?' vroeg Molina.

Zandra aaide Brutus een volle minuut terwijl ze nadacht en zei toen: 'O, ja. Hij is beschoten. Zijn linkerhand, en hij is links.'

'Dat weet ik. Ik heb op hem geschoten.'

Zandra's mondhoeken gingen opnieuw omhoog. 'Goed gedaan, meid.' Haar glimlach vervaagde. 'Ze schopte de hond. Sydney, bedoel ik. Ze sleepte me dat kamertje uit en toen gaf ze de hond een schop omdat hij in de weg liep. Ze gooide ons er allebei uit, de hond en mij. Maar hij bleef vriendelijk. Likte me en danste in het rond tot ik hem volgde. Naar jullie.' Ze trok een wenkbrauw op. 'Ik heb ook nog twee mensen om hulp gevraagd terwijl ik onderweg was en ze dreigden de politie te waarschuwen omdat ze dachten dat ik dronken en dakloos was. Ik zou willen dat ze de politie hadden gebeld. Ik zou graag willen dat ze weten dat ze me hebben afgewezen. Gewoon omdat ik wil dat ze zich er akelig over voelen.'

Daisy knikte. 'Schrijf op wat je je kunt herinneren van die twee mensen en dan regel ik dat zelf. Dat is ook mijn buurt.' Ze huiverde. 'We hadden een seriemoordenaar in onze wijk.'

'Dat zal een geweldige opsteker zijn voor de prijs van onroerend goed,' zei Zandra droog. 'Nog iets. Hij gebruikt vermommingen. Ik heb er een paar gezien. Hij kan zichzelf eruit laten zien als totaal iemand anders.'

'Ik heb er ook een paar gezien,' zei Daisy. 'Hoe zag hij er vrijdag in de bar uit?'

Zandra deed even haar ogen dicht. 'Hij zag er... glad uit. Zijn haar zat wild. Een soort melkboerenhondenhaar en blonde highlights. Als een rockster die er jonger probeert uit te zien. Zijn neus was langer. Een beetje scherper.'

'U lijkt erg zeker,' constateerde Molina.

Zandra deed haar gezwollen ogen open. 'U impliceert dat ik te dronken was om het me te herinneren. Ja, ik was dronken, maar ik weet nog dat ik dacht dat hij op een jongen leek met wie ik op de middelbare school verkering had en die me beduvelde met een cheerleader. Ik weet wat ik zag.'

Molina zuchtte zacht. 'Het spijt me, mevrouw Jones. Het was niet mijn bedoeling om beschuldigend te klinken. Maar u hebt een trauma doorgemaakt en we moeten absoluut zeker zijn.'

'Ja, nou ja, ik heb kans gezien om de namen van tien van zijn slachtoffers te onthouden.'

Molina boog haar hoofd. 'Daar hebt u een punt.'

'Dank u,' snauwde Zandra. Toen liet ze zich in haar kussens zakken, duidelijk uitgeput.

'Je bent moe,' zei Daisy zacht. 'Bent je klaar, agent Hunter?'

'Jazeker.' Tom ging staan. 'Dank u, mevrouw Jones. Ik laat mijn kaartje achter bij de verpleegstersbalie. Neem alsjeblieft contact op als u nog iets te binnen schiet.'

'Dat zal ik doen.' Zandra haalde diep adem. 'Dank jullie. Dank jullie dat jullie me hebben gered. Bedank de vrouw die uit haar auto is gekomen om me te helpen.'

'Dat zal ik doen,' zei Gideon. 'Dat is mijn zus.'

'Ik zie de gelijkenis.' Ze sloot haar ogen. 'Bedankt dat jullie het gemakkelijker voor me hebben gemaakt. Ik zal later wel instorten, maar...'

'Dat is aan Brutus te danken.' Daisy stopte de hond terug in de tas en hing die goed. 'Ik zal mijn nummer ook bij de verpleegsters achterlaten. Aarzel alsjeblieft niet om te bellen.'

En met die woorden lieten ze Zandra alleen om uit te rusten. En hopelijk uiteindelijk te herstellen.

29

Sacramento, dinsdag 21 februari, 01.45 uur

Hij vertraagde zijn pas toen hij Zandra's kamer naderde. De deur was dicht en er stond een man in een zwart pak buiten op wacht.

Niet in paniek raken. Blijf kalm. Hij was al zonder problemen twee groepjes verpleegkundigen en de politieman bij de lift gepasseerd. Gelukkig was de vermomming uit zijn tas een van zijn favorieten. Niemand zou hem herkennen. Hij had het verband van zijn hand gehaald en de handschoenen die hij aanhad pasten perfect bij het hele plaatje van verpleegkundige. *Dus doe dit. Nu.*

'Ik moet naar de patiënt,' zei hij tegen de bewaker. 'Het is tijd voor haar pijnstillers.' Die in de vorm van het pistool dat in zijn broeksband zat zouden komen. Hij zou naar binnen gaan, haar door het hoofd schieten en weer vertrekken. Snel en simpel en dan geen Zandra meer. Geen getuigen meer.

'U zult moeten wachten,' zei de bewaker nors.

Hij putte uit alle medische series die hij op televisie had gezien en maakte zich langer. 'Ze is mijn patiënt. Haar zorg staat voorop. Laat me binnen.'

'Blijf hier.' De bewaker fronste zijn voorhoofd en deed de deur net ver genoeg open om het geluid van stemmen te laten klinken.

Hij deed zijn best om niet te verstijven toen hij de vrouw die aan het woord was onmiddellijk herkende. Daisy. Daisy was daar bij haar. *Verdomme.*

Dat had hij moeten voorzien. Hij had moeten weten dat Daisy haar in het ziekenhuis zou opzoeken. Ze leek... iemand die zoiets deed.

'Hoe zag hij er vrijdagavond in de bar uit?' vroeg ze op dat moment.

De stem van Zandra klonk veel krachtiger dan hij had verwacht. 'Hij zag er... glad uit. Zijn haar zat wild. Een soort melkboerenhondenhaar en blonde highlights. Als een rockster die er jonger probeert uit te zien. Zijn neus was langer. Een beetje scherper.'

Glad? dacht hij beledigd. Maar hij verstijfde toen haar volgende woorden tot hem doordrongen. *Shit.*

Ze had hem zojuist beschreven. Perfect. Hij droeg nu hetzelfde gezicht als hij had gehad toen hij haar in Vail had ontvoerd. Ze was zo dronken geweest. En hij had haar verdoofd. Ze zou zich helemaal niets moeten herinneren. Maar dat deed ze dus wel.

En nu keek de bewaker hem met een achterdochtige, onderzoekende blik aan.

'Ik had me niet gerealiseerd dat de politie er is,' mompelde hij. 'Ik kom straks wel terug.'

Hij begon weg te lopen, niet te snel, niet te langzaam. Gewoon een verpleegkundige die bezig was gewone verpleegdingen te doen. Hij kwam aan het einde van de gang en wierp een blik in de ronde spiegel die in een hoek hing. Er liep niemand achter hem.

Maar dat wilde nog niet zeggen dat hij in veiligheid was. Hij moest zich van zijn vermomming ontdoen en vluchten. Hij moest het ziekenhuis uit. Het land uit. Hij moest een drukmiddel hebben. Iemand die hem een vrije doortocht kon bezorgen.

Daisy zelf zou perfect zijn, maar dat zou niet gebeuren. Ze had die FBI-pitbull die geen moment van haar zijde week.

Hij sloeg de hoek om en kwam bij de wachtruimte. Zich ontdoen van de vermomming was de eerste taak. Dat kon hij hier doen. Hij bleef bij de deuropening staan en keek in de ronde spiegel uit naar de bewaker terwijl hij luisterde of er iemand binnen was.

Dat was het geval, verdomme. Minstens twee mensen. Een man en een vrouw.

'Hoelang kun je blijven?' vroeg de man.

'Een week,' antwoordde de vrouw. 'Ik had verlofdagen gespaard op mijn werk bij het laboratorium, dus die heb ik opgenomen.'

'Gideon zal blij zijn om dat te horen,' antwoordde de man en er klonk een glimlach door in zijn stem.

Gideon? Dat was geen algemene naam. Het lag voor de hand dat als Daisy hier was, haar lijfwacht er ook zou zijn.

De vrouw zuchtte. Ze klonk gefrustreerd en gespannen. 'Ik denk... nou ja, ik weet niet goed wat ik denk. Ik hoop alleen dat ik hem niet meer kwets dan ik al heb gedaan.'

'Je broer houdt van je, Mercy.' De man klonk vreselijk vriendelijk. 'Ik denk dat hij blij zal zijn met alles wat je hem kunt geven.'

Broer? Er vormde zich een glimlach om zijn mond. Een zus zou misschien een nog beter drukmiddel zijn dan een vriendin.

Hij bleef achter hun stoelen terwijl hij het vertrek binnenging en rechtstreeks naar de koffieautomaat liep en net deed alsof hij de voorraad bekertjes en melkpoeder controleerde. Ze keken niet om. Ze waren zo diep in gesprek dat ze hem niet hadden zien binnenkomen.

'Ik wil hem niet tekortdoen,' gaf Mercy toe. 'Hij heeft ook vreselijke dingen meegemaakt.'

Ah, arme agent Reynolds, dacht hij spottend. Hij keek vanuit zijn ooghoeken naar het tweetal. De vrouw leek van gemiddelde lengte. Ze had haar donkere haar in haar nek vastgezet met een haarspeld. Hij kon haar overweldigen als dat nodig was, zelfs met zijn slechte hand. De man was ouder, maar lang en breed. Die zou lastiger zijn om uit te schakelen.

De man klopte op Mercy's hand. 'Eén dag tegelijk, schat. Meer kun je niet doen. Dat en het goedmaken waar je kunt. Je hebt een geweldig uitgangspunt, maar doe het wel nu.' Zijn stem brak een beetje en hij schraapte zijn keel. 'Laat je verleden niet je hele leven bepalen zoals ik heb gedaan.'

Verdomme. Hij zou willen dat hij nog van dat verdovende middel had, maar dat had hij allemaal voor die verpleger buiten gebruikt. Hij zou eerst proberen de man buiten westen te slaan en als dat niet lukte zou hij hem neerschieten. Ook al klonk de man aardig.

Het is zij of ik. Ik kies voor mezelf.

Hij had een stap in de richting van de oudere man gedaan toen die plotseling opstond. 'Ik moet even naar het toilet,' zei hij nors. 'Ik ben binnen twee minuten terug.'

Hij hield zijn adem in tot de man weg was en toen trok hij, terwijl hij nog steeds achter de zus van de FBI-agent stond, de pruik van zijn hoofd en stopte die in zijn zak. Hij trok zijn pistool, liep het vertrek door en –

Hij bleef stokstijf staan toen de vrouw met trillende handen een pakje sigaretten uit haar tas pakte. Hij hield zijn adem in terwijl zij dieper in haar tas groef en een aansteker tevoorschijn haalde.

En plotseling leek het allemaal te gemakkelijk. Hij stopte zijn pistool weer weg en trok aan zijn hes om het te verbergen.

'Mevrouw,' zei hij en ze sprong overeind en draaide zich met een ruk om. Haar ogen waren groot en er stond paniek in te lezen. Ze drukte haar hand op haar hart en klemde de sigaretten tegen haar lichaam.

'O.' Ze haalde diep adem en liet die weer ontsnappen. 'U laat me schrikken.'

Hij glimlachte zo vriendelijk als hij kon. 'Het spijt me. Maar u mag hierbinnen niet roken.'

Ze knikte, hing haar tas aan haar schouder en omklemde het pakje sigaretten en de aansteker. 'Dat weet ik. Ik wilde iemand vragen waar ik heen kan.'

'Als u me een sigaret geeft, dan laat ik u zien waar u naartoe kunt,' zei hij, alle charme waarover hij beschikte inzettend. 'Mijn sigaretten liggen in mijn locker.'

Ze leek te ontspannen. 'Ik was bang dat u me zou vertellen dat het slecht is voor mijn gezondheid.'

Hij haalde zijn schouders op. 'Dat is het ook. Maar heel veel medisch personeel rookt.' Hij kon het weten. Hij had meer dan genoeg chartervluchten met artsen naar een congres gemaakt en ze meerdere keren moeten vertellen dat ze niet konden roken, ook al betrof het een privévliegtuig. 'Kom mee. Dan wijs ik u de weg.'

Beducht dat de oudere man elk ogenblik kon terugkomen van het toilet, liep hij met ingehouden adem de wachtruimte uit in de hoop dat ze achter hem aan zou komen. En dat deed ze. Hij ging naar het dichtstbijzijnde trappenhuis, eenvoudig omdat hij haar uit het zicht wilde hebben.

'Deze trap komt vlak bij de uitgang uit,' zei hij over zijn schouder terwijl hij op een holletje de eerste trap nam. 'Maar ik moet wel opschieten, want mijn pauze is bijna voorbij.'

Ze volgde hem en hield hem gemakkelijk bij. 'Ik moet ook opschieten. Ik had een briefje moeten achterlaten. Ze zullen zich zorgen om me maken.'

'Nou, ik zal u gewoon even laten zien waar u kunt roken en dan kunt u weer snel naar boven om tegen uw vrienden te zeggen waar u uithangt.'

'Oké. Ik rook niet veel. Alleen wanneer ik gespannen ben.'

'Ik ook,' antwoordde hij naar waarheid. 'Ik ook.'

Ze kwamen onder aan de trap en toen hij haar voorging de gang in zag hij tot zijn opluchting dat de dichtstbijzijnde deur opnieuw een personeelsingang was en geen nooduitgang die een alarm zou doen afgaan als hij hem opendeed.

'Hier is het,' zei hij terwijl hij de deur voor haar openhield.

Zodra ze buiten waren deed hij de deur dicht, pakte haar bij de arm en stak zijn pistool in haar zij. 'Lopen, Mercy. Als je gaat gillen, maak ik je af. Ik heb niets te verliezen.'

Hij had gedacht dat ze zou protesteren. Zich zou verzetten misschien.

Maar dat deed ze niet. Ze verstijfde en haar blik werd leeg. Hij wachtte een seconde om te zien of ze iets zou doen, maar ze stond alleen maar te staren. Alsof hij een knop had omgezet of zoiets.

Wat krijgen we nou? Nou ja. Zolang ze zich niet verzette.

Hij leidde haar om het ziekenhuis heen en ze liep gewillig mee. Als een marionet. Of iemand in trance. Het was verdomde griezelig.

Toen ze bij de MPV kwamen wierp hij een blik in de richting van de bosjes bij de deur waardoor hij naar binnen was gegaan en zag tot zijn opluchting dat de verpleger die hij had verdoofd nog steeds diep in slaap was. Het was te hopen dat iemand hem snel zou vinden. Hij zou nog longontsteking oplopen als hij hier te lang bleef liggen.

Mercy struikelde toen hij haar in het busje zette dat hij in de buurt van het vliegveld had gestolen van een afgelegen parkeerplaats voor lang parkeren. Omdat hij niet wist of ze op een zeker moment bij haar positieven zou komen haalde hij het identiteitsbewijs van het koord en gebruikte het koord toen om haar polsen vast te binden.

Omdat hij wist dat de tijd voor hem drong, haastte hij zich weer naar binnen naar de wachtruimte om zijn tas te halen, die hij daar had achtergelaten. Hij gooide hem over zijn schouder en liep op een holletje terug naar de MPV.

Toen reed hij weg. Hij had zijn drukmiddel. Nu moest hij alleen nog een vliegtuig hebben.

Dinsdag 21 februari, 01.50 uur

Daisy zag kans zich te beheersen tot Gideon en zij samen met agent Molina en Hunter Zandra's kamer uit waren. Toen draaide ze zich om naar Gideon, begroef haar gezicht in zijn borst en was niet meer in staat haar tranen in te houden. 'Ik had daar kunnen liggen,' snikte ze.

'Ik weet het,' fluisterde Gideon terwijl hij met langzame bewegingen haar rug streelde. 'Maar dat is niet zo.' Maar hij trilde terwijl hij die woorden sprak.

'Ik wil haar helpen. Ik wil iets doen. Ik wil terug naar donderdag en harder vechten. Dan had hij haar niet gepakt. Ik weet dat het stom klinkt, maar... Mijn God, Gideon.'

Gideon kuste de bovenkant van haar hoofd. 'Je kunt niets veranderen aan wat Zandra is overkomen, maar je steunt haar nu. Dat betekent iets, Daisy.'

Ze knikte onzeker en veegde met de rug van haar hand haar tranen weg terwijl ze een stap achteruit deed. Molina stond te kijken – maar haar blik was gevestigd op agent Hunter, die met gebogen hoofd tegen de muur geleund stond. Zijn tot vuisten gebalde handen hingen langs zijn lichaam.

'Gaat het, agent Hunter?' vroeg Molina kortaf.

Daisy's nekharen gingen overeind staan bij het horen van haar toon, maar het leek precies te zijn wat Hunter nodig had. Zijn hoofd kwam met een ruk omhoog en hij ging rechtop staan.

'Ja, mevrouw.' Hij klemde even zijn kaken op elkaar. 'Of dat komt wel. Dat was moeilijk om aan te horen.'

'Dat was het inderdaad,' zei Molina. 'Je hebt het goed gedaan, Tom.' Ze wierp een blik op haar horloge. 'Ik moet terug naar het bureau.'

'Gaat u dat signalement met dat rocksteruiterlijk aan het opsporingsbevel toevoegen?' vroeg Gideon.

'Dat heb ik al gedaan toen we daar nog binnen waren,' zei Molina terwijl ze haar mobieltje omhooghield. 'Meteen toen we wisten dat Paul Garvey de vader van de verdachte is, hebben we rechercheurs en een arrestatieteam naar het vliegveld gestuurd vanwaar ze opereren voor het geval Carson Garvey daar kwam opdagen om met een vliegtuig op de vlucht te slaan. Tot nu toe is dat niet het geval geweest.'

'Welk vliegveld?' wilde Gideon weten.

'Garvey Airfield, dertig kilometer ten noorden van Sacramento International. Paul Garvey heeft het al meer dan twintig jaar in eigendom. We houden nu Carsons huis, het huis van zijn vader, hun hangar op het vliegveld en het kantoor waar hij werkt in de gaten. Het kenteken van de Mercedes die op Sydney's naam staat is ook toegevoegd aan het opsporingsverzoek. Er worden luchtverkenningen gedaan en alle vliegvelden zijn gewaarschuwd of worden dat zodra ze opengaan.' Ze keek het drietal aan. 'Waarom ga je de vader van mevrouw Dawson en je zus niet ophalen, Gideon, en dan naar huis om uit te rusten?'

'En u?' vroeg Daisy. 'Gaat u ook uitrusten?'

Molina's wenkbrauwen gingen omhoog en ze leek een beetje verbijsterd dat Daisy dat aansneed. 'Ik...' Ze vermande zich en stak haar kin naar voren. 'Het is aardig van u dat u dat vraagt. Maar ik ben heel goed in staat om te beslissen of ik rust nodig heb, mevrouw Dawson.'

Daisy schudde met een vermoeide glimlach haar hoofd. 'Natuurlijk bent u dat.'

Molina zag kans om de indruk te wekken dat ze haar ogen ten hemel sloeg, ook al deed ze dat niet. 'Agent Hunter, ik heb je nodig op het bureau. We onderzoeken de computer die is meegenomen uit het huis van Carson Garvey. Ik heb je expertise nodig. Ik heb iemand geregeld die de bescherming van agent Reynolds voor zijn rekening neemt.'

Hunter knikte. 'Ja, mevrouw.'

'Gideon!'

Ze draaiden zich als één man om en zagen Frederick met een bleek gezicht door de gang rennen. Verschillende verpleegsters keken hem bestraffend aan omdat hij midden in de nacht in de gang liep te schreeuwen, maar hij leek ze niet te zien.

'Mercy,' riep hij wanhopig. 'Ze is weg.'

Gideon naast haar zwaaide op zijn benen. 'Wat?' barstte hij uit.

Frederick kwam hijgend bij hen. 'Ik moest even naar de wc. Twee minuten. Ik was twee minuten weg. Toen ik terugkwam was ze verdwenen. Ik ben naar de lift gerend, maar de agent daar zei dat niemand die kant op was gekomen.'

De FBI-agent die op wacht stond bij Zandra's kamer kwam met een ernstige uitdrukking op zijn gezicht naar voren. 'Agent Molina, een verpleegkundige – een witte man – probeerde de kamer van het slachtoffer binnen te komen. Toen hij hoorde dat jullie daar waren, zei hij dat hij later terug zou komen.'

'Signalement?' wilde Molina weten.

'Bruin haar, aan de lange kant.'

'In de war?' vroeg Gideon scherp.

'Ja,' zei de agent.

Ze stonden daar een seconde terwijl de waarheid tot hen doordrong. *Nee. Nee, nee, nee.* Het kon niet waar zijn.

'O, mijn god.' Het gefluister van Gideon klonk gepijnigd. 'Hij heeft haar.'

Molina belde een nummer en gaf het signalement van Mercy door aan degene met wie ze sprak. 'Heb je een foto, agent Reynolds?'

Gideons antwoord kwam langzaam. 'Ja. Maar die is oud.' Hij haalde zijn telefoon uit zijn zak, maar pakte die onhandig beet.

Daisy nam de telefoon uit zijn bevende handen en toetste de pincode in die hij haar had gegeven toen ze in Macdoel om hulp belde. Ze opende zijn fotobestanden en hield het mobieltje vast terwijl Gideon op de map met zijn favorieten tikte. De foto van Mercy stond bovenaan en het was inderdaad een oude foto. Het gezicht dat vanuit de telefoon keek was magerder dan dat van Mercy nu. Haar haar was nu langer. Hij tikte nog een paar toetsten in en knikte toen naar zijn chef.

'Ik heb hem naar u gestuurd. Maar ze ziet er tegenwoordig anders uit.'

'Ik heb haar vanavond gezien. Ik zal ervoor zorgen dat de goede informatie wordt verstrekt, Gideon.' Molina legde een hand op zijn arm. 'Probeer kalm te blijven, oké?'

Hij knikte en liep toen in de richting van de lift met de rest van hen achter zich aan. Toen hij bij de lift kwam drukte hij driftig op de knop. De agent die op wacht stond wilde zich ermee bemoeien, maar Molina schudde haar hoofd en de man deed een stap achteruit, maar bleef alert.

'Waar gaan we heen, Gideon?' vroeg Frederick. Hij liet zijn stem klinken zoals hij deed bij onrustige paarden op de boerderij.

'Haar zoeken,' snauwde Gideon. 'Haar vinden voor hij haar iets kan doen. En haar vermoorden. Zoals hij al eenendertig vrouwen heeft vermoord.'

Daisy snakte naar adem. 'O, mijn god.' Ze keek even naar Hunter, toen naar Molina. En zag dat het waar was. Eenendertig vrouwen.

Frederick ging naast Gideon staan en positioneerde zichzelf tussen Gideon en de lift. Gideon keek hem woedend aan. 'Probeer niet me tegen te houden, Frederick.'

'Dat probeer ik ook niet. Maar ik ga wel met je mee.'

De liftdeur ging open voor Gideon kon reageren. Hij liep om Frederick heen de lift in, alleen om weer terug te worden geduwd door Rafe Sokolov.

'Rafe,' zei Daisy opgelucht. 'Mercy is ontvoerd.'

Rafe keek van de een naar de ander alsof ze gek waren geworden. 'Wat?'

'Carson Garvey is naar het ziekenhuis gekomen en heeft Mercy ontvoerd,' zei Daisy ongeduldig. 'Wat doe je hier?'

'Ik ben hier omdat ik thuiskwam en mijn buurman me moest vertellen wat er was gebeurd. Niemand had de moeite genomen me even op de hoogte te brengen.'

De verpleegkundige die zich afzijdig had gehouden kwam tussenbeide. 'Dames en heren, ik weet dat u te maken hebt met een crisis, maar daar zult u ergens anders verder mee moeten. Dit is een ziekenhuis en u stoort de andere patiënten.'

Molina hield de telefoon een eindje bij haar oor vandaan. 'Tom, ga naar het bureau. Je vervanger zal ze naar huis brengen.'

'Ik breng ze naar huis,' zei Rafe zonder zijn blik ook maar een moment van Gideons gezicht af te wenden.

Daarop lag de uitdrukking die Gideon ook had gehad op de avond dat ze elkaar ontmoetten, constateerde Daisy. Ze was de afgelopen dagen zo gewend geraakt aan de meer open Gideon dat de strakheid van zijn gezicht haar verraste.

Gideon negeerde hen allemaal en drukte nogmaals op de liftknop.

Molina knikte. 'Ik zal Hunters vervanger naar uw huis sturen, rechercheur Sokolov.'

'Ik loop wel even mee naar hun auto,' bood Hunter aan.

De liftdeuren gingen open en ze stapten er als groep in, Gideon omringend. Deels als steun, dacht Daisy, en deels om te voorkomen dat hij er plotseling vandoor zou gaan

Want in zijn ogen stond pure angst te lezen.

Want hij had gezien waar de moordenaar toe in staat was. Hij had het lichaam van Trish gezien. Hij was op de hoogte van de anderen.

Eenendertig, had hij gezegd. Dat was voor het eerst dat ze daarvan hoorde en Daisy vroeg zich af wat ze verder nog in dat huis hadden gevonden. Het huis waar hij Zandra gevangen had gehouden. Waar hij haar had gemarteld. Waar hij zo veel anderen had gemarteld.

Eenendertig.

Laat hem Mercy alstublieft niets aandoen. Ze had al zo veel doorgemaakt.

En Gideon had haar nog maar net terug. *Alstublieft.*

Dinsdag 21 februari, 02.10 uur

Nee. Nee, nee, nee.

Gideon wist dat hij achter in Rafe's Subaru stapte, maar hij was te verdoofd om zijn eigen lichaam te beheersen. Hij wilde schreeuwen. Hij wilde zijn hoofd in zijn nek gooien en schreeuwen tot hij geen stem meer overhad. Maar daar hielp hij zijn zus niet mee.

Zachte handen pakten zijn gezicht en toen hij opkeek zag hij Daisy hem bezorgd opnemen. Ze zei niets, boog zich alleen voorover om zijn veiligheidsgordel vast te maken. Een minuut later zat ze naast hem en hield zijn hand stevig vast.

Ze zei nog steeds niets. Geen woorden van troost. Niets scherps of wijs. Geen 'we zullen haar vinden, Gideon' of 'het komt goed'. Want ze kon dat allemaal niet beloven.

Maar ze was er. Bij hem. Zich aan hem vastklampend alsof ze hem nooit meer zou loslaten.

'Hij is haar op dit moment misschien wel iets aan het aandoen,' zei hij met schorre stem.

Ze veegde over zijn wang en hij besefte dat hij zat te huilen. 'Gideon, luister naar me.' Ze wachtte tot hij diep adem had gehaald. 'Hij heeft haar om een bepaalde reden ontvoerd. Hij is op de vlucht. Hij is erbij. Hij zal proberen te ontsnappen.'

Gideon knikte. Haar woorden drongen door het waas van paniek. 'Een drukmiddel.'

'Hij zal haar nu nog niets doen. Hij heeft nog geen eisen gesteld.'

Haar woorden waren als een reddingsboei. 'Oké. We moeten hem vinden.'

'En we weten nu wie hij is en wat hij doet. Dat is meer dan we een paar uur geleden wisten. Dus probeer te kalmeren. Molina is goed in haar werk, hè?'

Opnieuw een knik. 'Ja.'

'Hou vol dan,' zei ze terwijl Rafe en Frederick voor instapten, de portiers dichtgooiden en hun gordels omdeden.

Gideon zag Tom Hunter naar zijn SUV lopen en besefte dat de drie hadden staan overleggen. 'Waar hadden jullie het met Hunter over?'

'Gegevens vergelijken,' antwoordde Rafe. 'De politie weet schijnbaar dingen en de FBI weet andere dingen. Ze delen die informatie misschien op het niveau van Molina, maar heel veel komt niet verder.'

'Zoals?' vroeg Daisy.

'Zoals dat de FBI de namen van de slachtoffers kent. Zowel de FBI als de politie van Sacramento weet waar Carson werkt, maar de politie weet met wie hij werkt. De politie heeft het kantoor omsingeld vanwaaruit zijn vader zijn luchtvaartmaatschappij runt. Erin en ik zijn daar rechtstreeks naartoe gegaan nadat we terug waren uit Portland. We hebben de vluchtgegevens en de personeelslijsten. Carsons copiloot is Hank Bain.'

'Wordt hij verdacht?' vroeg Gideon.

Rafe haalde zijn schouders op. 'Zou kunnen. Alle ontvoeringen vonden plaats terwijl ze samen dienst hadden. We hebben zijn huis doorzocht en hem ondervraagd, maar hij zweert dat hij niets afwist van Carson Garvey's bezigheden. Volgens Bain waren ze niet bevriend en gingen ze verder niet met elkaar om. Hij had er geen bezwaar tegen dat we zijn huis doorzochten en we hebben niets gevonden wat erop wees dat hij slachtoffers mee naar huis had genomen. Niets zoals we in Carsons huis hebben aangetroffen.'

Daisy keek nadenkend. 'Hoe verklaart hij het feit dat Carvey slachtoffers – levende vrouwen – vervoerde op hun vluchten?'

'Hij zegt dat Garvey een koelbox in het vliegtuig had en dat hij die na elke vlucht mee naar huis nam om schoon te maken. Volgens hem beweerde Garvey dat hij jaagde en dan stukken hert of eland mee naar huis nam.'

'En hij heeft nooit in die koelbox gekeken?' vroeg Frederick ongelovig.

Rafe haalde zijn schouders op. 'Hij zegt dat hij vegetariër is en dat hij misselijk wordt als hij rood vlees ziet. En dat als hij had geweten dat er levende slachtoffers in zaten hij wel zou hebben gekeken. Hij zei dat ze tussen de vluchten door elk hun eigen weg gingen. Hij had een alibi voor het tijdstip dat Zandra bij de bar werd ontvoerd. Hij had seks met een chauffeuse van de luchthavenshuttleservice. Zij heeft het bevestigd. Hij heeft ons zelfs een lijst met namen van vrouwen gegeven die we konden bellen. Hij heeft in elk stadje een ander schatje. Dat heeft hem blijkbaar in de problemen gebracht met mevrouw Bain. Hij was zondagavond in New York City toen een van zijn vrouwen de heel erg zwangere mevrouw Bain belde en haar in tranen de waarheid vertelde. Mevrouw Bain is bij hem weggegaan en heeft de overige kinderen meegenomen. Hij stond op het punt om heel erg dronken te worden toen wij arriveerden, maar toen hij erachter kwam dat zijn medepiloot een seriemoordenaar was, ontnuchterde hij snel.'

'Wist hij iets van Sydney af?' vroeg Daisy.

'Hij zei dat ze af en toe op kantoor langskwam. Ze noemde Carson "Sonny", waar hij vreselijk de pest aan had, en ze kon niet van hem afblijven – maar alleen als haar echtgenoot niet op kantoor was. Wanneer ze dan weer weg was, was Carson, en ik citeer, "een nog grotere klootzak dan anders". Bain nam aan dat er iets tussen hen was, maar aangezien Carson niets zei over Bains scharreltjes, hield hij ook zijn mond. Hij leek niet te weten hoelang dat al gaande was.'

Fredericks wenkbrauwen kropen naar elkaar. 'Hoe ziet Bain eruit?'

'1 meter 93, blond haar – allemaal van hemzelf, Erin heeft het gecontroleerd – en geen krassen op zijn borst.'

'Dus hij is niet de man die Daisy in die steeg heeft aangevallen,' constateerde Frederick. 'Kan het zijn dat hij een stille handlanger was?'

Rafe haalde opnieuw zijn schouders op. 'Alles is mogelijk, maar hij was er als de kippen bij om afstand van Carson te nemen. Bain heeft ons zijn bankrekening laten zien. We mochten elk vertrek doorzoeken, zelfs die niet onder het huiszoekingsbevel vielen. Hij had achter in de tuin een schuur en die hebben we ook doorzocht. Alles maakte een normale indruk. Het is mogelijk dat hij iets verbergt. Maar hij leek mee te werken.'

'Dus Garvey zal Mercy niet in Bains huis verborgen houden,' begreep Gideon terneergeslagen.

Rafe schudde zijn hoofd. 'We hebben daar overal mensen, Gid. Erin is gebleven om Bain in de gaten te houden en er zeker van te zijn dat hij geen doelwit of medeplichtige is, maar op dit moment? Mercy is niet daar.' Hij startte de motor. 'Kom, we gaan naar huis.'

Placerville, Californië, dinsdag 21 februari, 02.45 uur

Hij bracht de gestolen MPV tot stilstand en liet langzaam zijn adem ontsnappen. Niemand had hem vanuit de stad gevolgd en zijn terrein was alleen toegankelijk via een privéweg, dus hij zou niet worden opgemerkt door toevallige voorbijgangers.

'Waar zijn we?'

Hij draaide zich om en zag de zus van Gideon Reynolds kalm op de passagiersstoel zitten met haar gebonden handen in haar schoot.

'Je bent er weer,' zei hij.

Ze keek hem kalm aan. Dat was bijna net zo griezelig als dat lege-blikgedoe dat ze eerder had gehad. Hij werd er gespannen van en daar hield hij niet van.

'Waarom werd je helemaal wezenloos daar in het ziekenhuis?' vroeg hij.

'Verdedigingsmechanisme. Dat is de manier waarop ik met stress omga.' Ze knipperde niet met haar ogen. Ze zag er in de verste verte niet bang uit. 'Ik vermoed dat we allemaal weten hoe jij omgaat met stress.'

Hij wist niet goed of hij dat als een compliment moest beschouwen of beledigd moest zijn. 'Dit is wat er gaat gebeuren. Jij blijft hier zitten. Als je probeert te vluchten of begint te gillen of wat dan ook om me dwars te zitten, dan schiet ik je door je hoofd en gooi je lichaam ergens neer waar geen mens het ooit zal vinden.'

Ze slikte, het enige teken dat ze het had gehoord.

'Is dat duidelijk, Mercy?' vroeg hij.

Ze knikte.

'Mooi.' Hij stapte hoofdschuddend uit en inspecteerde de oude weg aan de achterkant van het terrein dat al generaties in het bezit was van Sydney's familie. Er was nooit iets op gebouwd. Het was een beetje te ver van zowel Sacramento als Lake Tahoe om handig te zijn. Dat was althans wat Sydney had gezegd.

Het was de droom van iedere jongen – er waren drie schachten van een verlaten goudmijn op het land. Hij had ze allemaal onderzocht, wat achteraf gezien heel erg stom was geweest. Mijnschachten waren geen plek voor kinderen. Het was ook een prima plek om naar de sterren te kijken, ver genoeg van de stad zodat er geen lichtvervuiling was.

Sydney nam hem hier vaak mee naartoe toen hij nog jong was. Ze was destijds begin twintig geweest, het trofeevrouwtje dat zijn vader mee naar huis had genomen om de plaats van zijn moeder in te nemen. Hij had haar aanvankelijk niet aardig gevonden, maar ze had hem ingepalmd met lekkers en leuke uitstapjes. Zoals hierheen.

Dan ging hij op onderzoek uit in de mijnen en wanneer de zon onder was pakte hij zijn telescoop, keek naar de sterren en bracht die in kaart. Hij had destijds astronaut willen worden. Maar toen had Sydney hem duidelijk gemaakt wat ze van hem wilde. De eerste keer was op deze plek geweest.

Hij was toen twaalf. Toen hij die avond was thuisgekomen, had hij zijn telescoop in de kast gezet en hem nooit meer gebruikt. Hij had geen idee waar het ding nu was.

Hij schudde de herinnering van zich af. *Genoeg.* Hij had deze plek al lang geleden weer in bezit genomen en hem gebruikt voor zijn eigen doeleinden. Voor zover hij wist was Sydney hier in jaren niet geweest.

Jammer dat ik niet meer tijd had. Ze had hier een laatste bezoekje kunnen brengen.

Hij hoorde haar stem terwijl hij over de oude weg liep waar Sydney hem voor het eerst had verpest. *Ik zal je een fijn gevoel bezorgen. Ons geheimpje. Niemand anders zal je ooit zo'n gevoel geven.*

En dat was waar. Dat kon niemand. Ze had hem goed getraind.

En nu was ze eindelijk dood.

En ik kan eindelijk weer ademen.

Hoewel het niet aan te raden was om hier al te diep adem te halen. Eileen Danton was nog aan de verse kant. Ze was twee maanden eerder in een schacht gedumpt. Haar lichaam was nog aan het ontbinden. De deur die de mijn afsloot was dik, maar geen enkele deur was zó dik.

Hij had er altijd over gefantaseerd dat hij Sydney vermoordde en haar dan hier zou achterlaten. Nu was haar lichaam bezig tot as te verbranden en dat leek niet helemaal eerlijk.

De weg was nog steeds begaanbaar. Er zaten een paar kuilen in, maar geen al te diepe. Hij was wel op ergere plekken geland. Hank Bain was een redelijke piloot. Hij had hier zonder problemen een vliegtuig geland. Hank zou moeten worden overgehaald om het hier af te leveren, maar daar had hij ook in voorzien.

Helaas zal hij Eileen en de anderen gezelschap gaan houden, maar ik zal zorgen dat het snel gebeurt.

Hij had de belangrijkste foto's op zijn telefoon gezet. Hank met Sweetie, de chauffeuse in Dallas. Hank met Debbie, de eigenaresse van de koffiebar in Tulsa. Hank met Laura, de bagageafhandelaar in Minneapolis. Hij hield zijn hoofd schuin. Dat was eerlijk gezegd een heel interessant standje. Hij had zich nooit gerealiseerd dat Hank zo lenig was.

Hij had de foto's in de loop der jaren genomen voor het geval Hank nieuwsgierig zou worden en op het verkeerde moment in de koelbox zou kijken.

Hij riep Hanks nummer op en belde.

Granite Bay, dinsdag 21 februari, 03.05 uur

Rafe draaide de oprit van de Sokolovs in en Daisy was bezig Gideons gordel los te maken omdat hij er niet bij kon vanwege zijn mitella, toen Rafe's mobiele telefoon overging.

Rafe keek even achterom. 'Het is Erin. Wacht even.'

Dus wachtten Gideon, haar vader en zij in gespannen stilte terwijl ze luisterden naar Rafe's kant van het gesprek. Frederick zag grauw en Daisy was bezig geweest zich zorgen om hem te maken op de momenten dat ze niet bezig was bezorgd om Gideon te zijn. Of Mercy. Haar vader voelde zich schuldig vanwege de rol die hij bij Mercy's ontvoering had gespeeld, al leek Gideon hem niets kwalijk te nemen.

Dat was in ieder geval iets.

'Dat meen je niet,' zei Rafe. 'Wanneer?' Hij luisterde langer dan een minuut, keek toen naar Gideon, terwijl zijn ogen nog groter werden. 'Oké. We zijn er binnen tien minuten.'

Hij beëindigde het gesprek, zette de auto in zijn achteruit en reed de oprit weer af.

'Nou?' barstte Gideon uit toen Rafe niets zei.

'We waren aan het rijden toen ik dit telefoontje kreeg,' antwoordde Rafe en dat sloeg nergens op. Toen zette hij het blauwe zwaailicht op het dak en racete de straat uit. 'Want ik weet dat je Daisy bij je wil hebben en Frederick laat haar niet gaan als hij er niet bij is.'

Gideon zat te trillen. 'Verdomme, Rafe, wat is er gebeurd? Hebben ze haar gevonden?'

'Nee,' zei Rafe. 'Maar Erin zat naast Bain aan zijn keukentafel toen hij een telefoontje kreeg van Carson. Carson eist dat Hank hem een van zijn vliegtuigen brengt.'

'Waarnaartoe?' wilde Gideon weten.

'Dat wilde hij niet zeggen. Bain zei dat hij gek was geworden, dat hij met geen mogelijkheid een vliegtuig uit de hangar kon krijgen terwijl de politie daar rondhing. En zelfs al het hem lukte, zou geen vliegveld hem laten landen. Carson zei tegen Bain dat hij zich daar niet druk om hoefde te maken en dat hij een drukmiddel had.'

'Mercy,' zei Gideon ademloos.

'Waarom dacht hij dat Bain hem zou helpen?' vroeg Frederick.

'Carson had fotografisch bewijs van Bains escapades. Hij dreigt het aan zijn vrouw te vertellen. Maar Bains vrouw weet het al. Hij gaat ervan uit dat hij op dit moment niets meer te verliezen heeft. En misschien dat als hij helpt die man te pakken hij als een held zal worden gezien en dat mevrouw Bain hem dan zal vergeven.'

Daisy sloeg haar ogen ten hemel. 'Ik vraag me af of hij naïef is of gewoon een optimist.'

'Ik weet het niet,' zei Rafe. 'Bain vroeg Carson of hij echt al die vrouwen heeft vermoord waarvan hij wordt beschuldigd. Carson zei van niet, dat hij erin werd geluisd, dat hij vals werd beschuldigd. Dat als Bain hem niet geloofde, hij de foto's meteen naar zijn vrouw zou sturen en ergens anders hulp zou zoeken.'

'Is rechercheur Rhee op de hoogte van de situatie met Mercy?' vroeg Frederick.

Rafe knikte. 'Ik heb haar gebeld voor ik in de auto stapte.'

'Heeft Erin dit telefoontje doorgegeven aan de politie of de FBI?' wilde Daisy weten. Ze greep Gideons hand vast toen hij die op zijn borst legde.

'Ze heeft mij als eerste gebeld,' antwoordde Rafe. 'Ze is op dit moment waarschijnlijk aan de telefoon met onze chef.'

Daisy keek op naar de achteruitkijkspiegel, waar Rafe af en toe in keek om hen gade te slaan. 'Je zei dat je nog onderweg was zodat Gideon erbij kan zijn en jouw excuus zou dan zijn dat je geen tijd wilde verliezen met hem eerst af te zetten.'

'Precies,' zei Rafe.

Gideon sloot zijn ogen. 'Dank je.'

'Ik krijg er toch geen spijt van, hè?'

Gideon schudde zijn hoofd. 'Nee. Dat beloof ik je.'

30

Folsom, Californië, dinsdag 21 februari, 03.13 uur

Zeven minuten later draaiden ze de oprit in van een leuk huis in Folsom. Gideons hart sprong bijna uit zijn borst. *Alstublieft. Laten we haar alstublieft op tijd vinden. Laat hem haar alstublieft niets aandoen. Alstublieft.*

Hij was er niet zeker van of Mercy een nieuw trauma wel zou overleven. Het viertal klom uit de Subaru en haastte zich naar Bains voordeur. Erin stond hen daar met een boze blik op te wachten. 'Je hebt ze meegenomen? Wat haal je in je hoofd, Sokolov?'

'Carson Garvey heeft zijn zus ontvoerd,' zei Rafe zacht.

Erins gezicht betrok. 'Dat weet ik. Dat heb je me verteld. Maar, Rafe, Gideon hoort hier niet te zijn. Dat weet je.'

Jawel, ik hoor hier wel te zijn. Als iemand plannen maakt die betrekking hebben op mijn zus, reken maar dat ik hier hoor te zijn. Erin Rhee kon hem niét dwingen om weg te gaan.

Dat kon ze gewoon niet.

Hij kwam een stap dichterbij. 'Erin, alsjeblieft.' Hij was bereid om op zijn knieën te smeken als dat nodig was. 'Je hebt gezien waartoe hij in staat is. Alsjeblieft.'

Erins ogen vulden zich met medeleven. 'Ik weet het, Gideon. Maar –'

'Ik heb haar de eerste keer niet gered,' barstte Gideon uit. 'Alsjeblieft, geef me de kans haar nu te helpen.'

Erin leek in verwarring, maar Rafe slaakte een zucht. 'Wat hij je donderdagavond niet heeft verteld, is dat zijn zus ook bij die sekte zat. Gideon is niet zozeer ontsnapt, als wel door zijn moeder weggesmokkeld omdat hij bijna dood was geslagen. Zijn zus is vier jaar later ook door hun moeder naar buiten gesmokkeld en Mercy... nou, ze was er slecht aan toe. Gideon heeft de hele tijd dat zijn zus en zijn moeder daar nog waren naar de gemeenschap gezocht.'

Erins ogen waren groot geworden, maar ze schudde haar hoofd. 'Het spijt me, Gideon, het spijt me echt. Je zult buiten moeten wachten. Ik ga deze zaak niet in gevaar brengen door jou bij een getuige te laten komen en hem proberen te dwingen te praten.'

Gideon deed zijn mond open om te smeken, maar Rafe hield hem met zachte hand tegen. 'Wacht,' zei Rafe zacht. 'Erin, ik heb nog iets van je tegoed.'

Erin staarde hem aan. 'Meen je dat nou?'

Rafe's normaal gesproken glimlachende gezicht was onkarakteristiek ernstig. 'Ja. Dat meen ik.'

Gideon wilde weten waarom Rafe iets van haar tegoed had, maar hij hield zijn adem in terwijl hij wachtte tot Erin zou instemmen. Ze leek te twijfelen en haar blik ging van de een naar de ander. Uiteindelijk knikte ze en hij kreeg weer adem.

'Oké,' zei ze berustend. 'Geef mij niet de schuld als dit in het honderd loopt.'

'Zeker niet.'

'Laat ze nou maar binnenkomen,' riep een geïrriteerde stem vanuit het huis. 'Jullie laten de kou binnen en bezorgen mijn buren de derde voorstelling van vannacht.'

Erin hield de deur open en ze liepen met zijn vieren naar binnen. Een verfomfaaide man zat aan de keukentafel en staarde dof naar een leeg bierflesje. Toen ze om de tafel gingen zitten keek hij met een trieste en vermoeide uitdrukking op zijn gezicht naar hen op terwijl Erin hen voorstelde.

'Ik hoorde wat u net zei,' zei Bain. 'Het spijt me van uw zus.'

'Ik moet haar redden.'

'Ik zal doen wat ik kan,' beloofde Bain. 'Binnen redelijke grenzen. Ik wil hem geen vliegtuig brengen. Hij zei dat ik alleen moest komen en ik wil mijn kinderen graag zien opgroeien.'

'Hij krijgt géén vliegtuig,' zei Erin. 'Niemand laat hem wegvliegen, zeker niet nu hij Mercy heeft.'

'Weet u waar hij heen kan zijn gegaan?' vroeg Gideon de man en hij hoorde de wanhoop in zijn stem, maar maalde daar niet om.

Bain schudde zijn hoofd. 'Ik heb het al tegen de rechercheurs gezegd – Carson en ik waren niet bevriend. We stonden niet op vertrouwelijke voet. Het enige persoonlijke wat ik van hem weet is dat hij de zoon van de baas is, dat hij de vrouw van de baas neukte, erop rekende dat hij het bedrijf zou krijgen als de baas met pensioen ging, dat hij dol was op zijn rozen en echt kickte op de muziek van Barry Manilow. Wanneer hij gestrest was luisterde hij soms naar die vent zijn muziek op zijn telefoon.'

Dat klopte in ieder geval. Gideon herinnerde zich dat Molina hem had verteld dat een van de slachtoffers net naar een concert van Barry Manilow was geweest. De vriendin met wie ze was zei dat ze na het concert was benaderd door een man die kwaad was omdat ze was gaan staan en was gaan dansen. Ze ruzieden en de vrouw lachte het weg. Daarna was haar vriendin nooit meer gezien.

Hij had ook ruzie uitgelokt met zowel Trish als Eileen. *Hij kiest vrouwen die hem kwaad hebben gemaakt. Ook al moet hij ze zo uitlokken dat hij kwaad wordt.*

Daisy had met een peinzende uitdrukking op haar gezicht haar ellebogen op tafel gezet. 'Kunt u hem niet aan het lijntje houden? Zeg tegen hem dat u nu geen vliegtuig voor hem kan regelen, maar dat u dat zult doen zodra de politie weg is bij het vliegveld. Bied hem tot het zover is een auto aan. Een die hij niet hoeft te stelen, zodat de politie er niet naar zal zoeken.'

'En een plek om zich schuil te houden tot het ergste achter de rug is,' voegde Frederick eraan toe. 'Dan kunt u hem over een dag of twee een vliegtuig bezorgen.'

'Maar wij zorgen voor de auto,' zei Rafe terwijl hij instemmend knikte.

Gideon schudde zijn hoofd. 'Hij zal haar vermoorden zodra hij je ziet.'

Rafe keek naar Erin. 'Niet als ik er lang genoeg uit kan zien als meneer Bain zodat jij hem van achteren kan benaderen om hem op de korrel te nemen.'

'We moeten voor versterking zorgen,' zei Erin peinzend. 'Alleen op hem afgaan is zelfmoord.'

Nee! wilde Gideon uitroepen. *Geen politie. Hij zal haar vermoorden.* Maar hij dwong zichzelf het nuchter te benaderen. Als een professional. 'Ik zou een SWAT-team vertrouwen,' zei hij. 'Maar geen groep plaatselijke agenten of zelfs FBI-mensen die niet getraind zijn in gijzelingssituaties.'

'Prima,' zei Erin. 'Dus wat voor auto bieden we aan als hij het voorstel van meneer Bain aanvaardt? Die van meneer Bain? Nee,' beantwoordde ze haar eigen vraag. 'Aangezien ze samenwerken zou hij waarschijnlijk bang zijn dat de politie de auto met hem in verband brengt.'

'Hij is bij mijn huis geweest,' zei Rafe. 'Dus misschien heeft hij de mijne gezien. Het moet die van jou worden.'

'Oké,' zei Erin. 'En de plek? Het moet een bestaande plek zijn zodat hij dat kan natrekken op internet als hij dat wil.'

'Ik heb een huisje in Lake Tahoe,' bood Frederick aan.

Daisy keek hem verbaasd aan. 'Echt waar? Sinds wanneer?'

'Sinds jij naar Sacramento bent verhuisd en ik eindelijk de boerderij had verkocht,' antwoordde hij. 'Ik moest het geld investeren. Mag ik uw pen en papier even lenen, rechercheur?' Erin schoof het gevraagde naar hem toe en hij pende het adres neer en de naam Cadajulor Inc. 'Ik heb het onder de bedrijfsnaam gekocht die ik gebruikte toen ik de boerderij kocht.' Hij haalde zijn schouders op. 'Ik word niet graag gevonden. Oude gewoonten slijten langzaam.'

Cadajulor, dacht Gideon. *Voor Carrie, Daisy, Julie en Taylor.* De man was dol op zijn dochters. De steek medeleven die Gideon voelde voor Frederick en zijn onstuimige relatie met zijn dochters betekende even uitstel van de overweldigende, drukkende angst die zijn borst samenkneep. Heel even maar, maar het uitstel was welkom.

'Het laatste detail,' zei Rafe en hij nam Bain schattend op, 'is hem lang genoeg te laten denken dat ik u ben om het SWAT-team de kans te geven hem onder schot te krijgen.'

'En Mercy?' vroeg Gideon, maar al te goed in staat om het tafereel voor zich te zien. De klootzak zou Mercy een pistool tegen het hoofd zetten. Zodra Carson besefte dat hij was omsingeld... Hij huiverde, niet in staat om daarover na te denken.

Rafe keek hem met een zekere en kalme blik aan. 'Ik haal haar bij hem weg.'

Gideon voelde en nieuwe golf van angst, dit keer voor de man die al zestien jaar een broer voor hem was. Wat was Rafe van plan? 'Hoe?'

Rafe kneep in zijn arm. 'Ik vind wel een manier.'

'Een veilige manier,' zei Gideon tandenknarsend.

'Maak je geen zorgen,' zei Rafe vastberaden. 'Ik ben niet van plan om zijn laatste slachtoffer te worden.' Hij wendde zich tot Bain. Het onderwerp was duidelijk gesloten. 'U hebt maat vijftig?'

'Ja. Wilt u een van mijn uniformen? Ik zal er een halen.'

Rafe kwam overeind. 'Ik wil u niet beledigen, meneer. U bent heel behulpzaam geweest. Maar ik zal met u mee moeten gaan.'

'Natuurlijk.'

Toen ze het vertrek uit waren keek Erin Gideon, Daisy en Frederick ernstig aan. 'Jullie gaan niet mee. Is dat duidelijk?'

Dacht je dat echt? Gideon hield zich in en knikte. 'Ja, rechercheur.'

Rafe kwam een paar minuten later terug, gekleed in een wit pilotenuniform, compleet met pet. Ze hadden dezelfde maat, hun haar was verschillende kleuren donkerblond, maar ze leken genoeg op elkaar zodat als Rafe zijn hoofd boog om zijn gezicht te verbergen hij van een afstandje kon doorgaan voor Bain. Zeker wanneer het donker was.

'Oké,' zei Rafe. 'Dit is hoe we het gaan aanpakken. Rechercheur Rhee blijft bij meneer Bain terwijl hij het telefoontje pleegt. Ik ga met jullie drie naar een andere kamer.'

Gideon wilde protesteren, maar Rafe stak zijn hand op en bleef doorpraten. 'Meneer Bain zal met zijn mobieltje eerst naar mijn telefoon bellen. Vervolgens belt hij Carson terug en koppelt de twee gesprekken, zodat we een vergadergesprek hebben. Meneer Bain zet zijn telefoon op de luidspreker, zodat rechercheur Rhee mee kan luisteren. Ik schakel op mijn telefoon de microfoon uit zodat je alles kunt horen, Gideon, maar niet kunt meepraten.' Hij wierp Gideon een verontschuldigende blik toe. 'Als dat niet acceptabel is, Gid, dan moeten jullie met zijn drieën buiten in de auto wachten.'

Gideon wilde protesteren, maar besefte toen dat Rafe gelijk had. Hij wist niet zeker of hij wel stil zou kunnen blijven wanneer hij eindelijk de stem van die hufter hoorde. 'Dat is acceptabel,' zei hij ruw. 'Bedankt.'

Er trok een golf van opluchting over Rafe's gezicht. 'Oké, dan. Laten we –'

'Wacht,' onderbrak Frederick hem. 'Zal hij niet kunnen zien wie er verder meedoen aan het gesprek?'

Erin schudde haar hoofd. 'Nee. Hij zal alleen zien dat meneer Bain hem belt. Dat is ook wat rechercheur Sokolov te zien krijgt.'

'Iedereen akkoord?' vroeg Rafe. Toen iedereen knikte, wendde hij zich tot Bain. 'Pleeg uw telefoontje, alstublieft, en veel succes. Haal rustig adem en wees uzelf. De rest van jullie, kom mee. Meneer Bain heeft ons toestemming gegeven om mee te luisteren in de slaapkamer van zijn zoons.'

Rafe beantwoorde Bains telefoontje terwijl hij hun voorging naar een kinderkamer waar een lits-jumeaux stond en een klein bureau. Rafe deed de deur dicht terwijl hij nog steeds wachtte tot de klootzak aan het gesprek werd toegevoegd.

Gideon liet zich langzaam op het bed zakken dat een Pikachu-dekbedovertrek had en voelde zich honderd jaar oud. Daisy ging naast hem zitten en Frederick ging op het bed met een Spider-Man-overtrek zitten, terwijl Rafe de bureaustoel naar zich toe trok.

Net op dat moment kwam Carson Garvey's stem uit Rafe's telefoon.

'Hank,' blafte Carson. 'Waar blijft dat vliegtuig?'

Gideon kon de grom die uit zijn keel opwelde niet onderdrukken. Daisy wreef hem geruststellend over zijn rug en Rafe pakte hem bij zijn arm en kneep, zijn uitdrukking meelevend en zonder een spoortje van *ik zei het toch?*

Brian hakkelde zijn antwoord. 'Ik k-kan je geen vliegtuig bezorgen, Carson. Niet op dit moment,' voegde hij er haastig aan toe toen Carson begon te vloeken. 'De politie is overal op het vliegveld. Het zou beter zijn als je je gedeisd houdt tot ik je een vliegtuig kan bezorgen. Eén dag. Hooguit twee.'

'Ik luister,' zei Carson achterdochtig.

'Mijn buurman is de hele maand weg. Hij is voor zijn werk naar India. Hij komt pas half maart weer terug. Ik heb de sleutels van zijn auto en van zijn huis. Ik kan de sleutels van zijn zomerhuisje in Lake Tahoe uit zijn huis pakken. Dat is afgelegen en comfortabel.'

Het bleef heel, heel lang stil. Toen: 'Oké. Me schuilhouden is op dit moment het verstandigst. Als iemand er moeilijk over doet dat ik in dat huisje zit, dan stuur ik de foto's naar je vrouw. Die zal ze heel verhelderend vinden. Je zou echt condooms moeten gebruiken, Hank. Wie weet wat je hebt opgepikt en voor haar mee naar huis hebt genomen.'

Bain kreunde zachtjes. 'Nee!' riep hij uit. 'Niet doen, alsjeblieft.'

'Hij klinkt echt alsof hij van streek is,' mompelde Rafe en hij leek onder de indruk. Dat was Gideon ook – tenzij die vent tegenover hen ook toneelspeelde.

God, hij hoopte van niet. Als dat wel zo was, dan liepen Rafe en Erin regelrecht in de val. En dan zou Mercy in het kruisvuur belanden. *En ze verwachten van mij dat ik hier hulpeloos blijf zitten.*

'Ik heb geen behoefte aan je gejammer,' zei Carson vol verachting. 'Ik wil dat je doet wat ik heb gezegd en me dat vliegtuig bezorgt. Als je me belazert, dan zul je me om vergeving smeken.' De klootzak begon te grinniken.

Gideon probeerde opnieuw een grom te onderdrukken, maar was niet helemaal succesvol. Daisy drukte een lichte kus op zijn gewonde schouder en Rafe kneep nog harder in zijn arm.

'Ik... ik begrijp het,' zei Bain met trillende stem. 'W... waar ben je?'

Opnieuw een lange stilte. Gideon dacht dat zijn hart het zou begeven van de spanning. Maar nee. Het bleef kloppen tot Carson een zucht slaakte. 'Placerville. Ik bel je met de precieze coördinaten zodra je in de buurt bent.'

'Oké,' fluisterde Bain. Toen vroeg hij: 'Carson, ik heb drie kinderen en er is er nog een onderweg. Ik kom toch weer bij ze thuis, hè?'

'Natuurlijk kom je thuis,' antwoordde Carson glad. 'Je hebt dertig minuten. En mocht je van plan zijn om de politie in te schakelen, niet doen. Mijn drukmiddel is alleen bruikbaar als ik vervoer heb. De politie zal me geen vliegtuig of auto geven, dat weet ik. Ze zullen net doen alsof ze onderhandelen, maar dat liegen ze. Ze willen alleen genoeg tijd winnen om me gevangen te nemen en dat zal niet gebeuren. Als ik mijn eigen weg moet gaan en op de vlucht moet, dan wordt mijn drukmiddel een gevaar. Dan vermoord ik haar en dump haar in je achtertuin en dan vind ik wel een manier om het eruit te laten zien alsof jij het hebt gedaan. Dan zal de politie jóú komen ondervragen.'

Bain maakte een verstikt geluid. 'Dat zou je niet doen.'

'Je hebt geen idee van wat ik zou doen,' zei Carson onheilspellend.

'Dus het is waar. Je hebt... je hebt mensen vermoord?' vroeg Bain met afschuw in zijn stem.

Gideon nam aan dat Erin hem had gevraagd die vraag te stellen zodat ze het konden opnemen.

Carsons lach was onplezierig. 'Laten we het erop houden dat je niet wil dat iemand denkt dat je in de vrije uurtjes met me hebt opgetrokken.'

'Oké, oké. Ik zal het doen. Doe... doe alleen niemand iets. Alsjeblieft.'

'Verkloot dit dan niet, Hank. Je hebt nu nog negenentwintig minuten. Maak er goed gebruik van. Tot straks.' Er kwam abrupt een einde aan het gesprek en Gideon voelde zich nog hulpelozer dan eerst. En hopelozer.

Zijn gevoelens moesten van zijn gezicht af te lezen zijn geweest, want Rafe kneep alweer in zijn arm. 'We fiksen dit, broer,' fluisterde hij.

Broer. Dat waren ze altijd geweest. 'Ja,' wist Gideon uit te brengen. 'Oké.'

Rafe schoof de stoel onder het bureau en stak toen zijn hand uit om Gideon omhoog te trekken. 'Kom. We hebben een heleboel te doen.'

Ze troffen Erin aan haar telefoon en Bain die naar die van hem zat te staren. 'Hij is van plan me te vermoorden als ik kom opdagen,' zei Bain dof.

'Zeer waarschijnlijk,' stemde Rafe in. 'Maar u zult hier zijn. Beschermd.'

Erin beëindigde haar gesprek en kwam met een grimmige uitdrukking op haar gezicht overeind. 'Ik heb net de inspecteur gesproken en hij is bij agent Molina. Ze zijn een SWAT-team aan het samenstellen, maar ze verwachten pas over een uur in Placerville te zijn.'

Gideon slikte zijn angst weg. 'Dan heeft hij haar al vermoord.'

Rafe en Erin wisselden een lange, lange blik terwijl Gideon zijn adem inhield omdat hij wist dat ze zonder iets te zeggen bediscussieerden of ze moesten gaan of wachten. Hij ademde huiverend uit toen Erin met tegenzin knikte. 'Ik geloof inderdaad dat Carson haar zal doden,' zei ze zacht. 'Hij heeft echt niets te verliezen.'

'Ik geloof hem ook,' stemde Rafe in met een grimmige uitdrukking op zijn gezicht. 'We kunnen geen uur wachten. En zelfs als ze vol gas gaan is het FBI-bureau altijd nog vijfenveertig minuten van Placerville. Degenen die de politie van Sacramento stuurt zouden het misschien in een halfuur kunnen halen.'

Erin wreef vermoeid over haar voorhoofd. 'Laten we op weg gaan naar Placerville. Dat is een halfuur rijden, maar we kunnen het in twintig minuten halen. We gaan naar de coördinaten zodra Carson die aan Bain doorgeeft. We komen pas in actie als Mercy in onmiddellijk gevaar lijkt te zijn.'

'Ze verkéért al in onmiddellijk gevaar,' bracht Gideon uit.

Erin wierp hem een ernstige, ingehouden blik toe. 'We gaan dit op de juiste manier doen. We gaan ons niet halsoverkop in een teringzooi storten. En jij blijft hier.' Ze zuchtte. 'Je zult op ons moeten vertrouwen, Gideon.'

Gideon knikte kortaf in de wetenschap dat ze gelijk had. 'Oké.'

Rafe kneep nog een laatste keer in zijn arm voor hij zich weer tot zijn partner wendde. 'Rhee, kom mee naar je auto. Als we dichterbij moeten komen, zal ik rijden terwijl jij je gedekt houdt. Ik zal je eerst afzetten zodat jij je weg kunt zoeken.'

Erin verroerde geen vin. 'Hoe weten we waar hij uithangt?'

'Hij zei dat hij meneer Bain zou bellen als hij in de buurt was,' antwoordde Rafe. 'Meneer Bain kan ons bellen als hij de locatie weet.'

Bain keek onzeker. 'Maar dan zit ik niet in mijn auto. Hij zal het verschil horen.'

'Daar hebt u een punt,' gaf Rafe toe. 'We zullen de agent vragen u rond te rijden tot u zijn telefoontje krijgt.'

Bain leek daar niet blij mee. 'Dan denken mijn buren dat ik gearresteerd ben. Het zal op het nieuws komen en dan zien mijn kinderen het.'

'We zullen de agent vragen met u mee te gaan in uw eigen auto,' zei Rafe. 'Niemand zal denken dat u bent gearresteerd. Als u het telefoontje van Carson krijgt, bel mij dan of rechercheur Rhee met de coördinaten die hij u geeft.'

'Ik kan het terrein op Google Earth bekijken,' bood Gideon aan. 'Geef me gewoon de coördinaten wanneer hij ze aan jullie doorgeeft. Dan kan ik het terrein beschrijven zodat je weet hoe je dichterbij kunt komen.'

Erin schudde haar hoofd. 'Leuk geprobeerd, Gideon, maar helaas.'

'En als hij van plan is jullie er stap voor stap naartoe te leiden?'

'Dan doen we weer een telefonische conferentie zoals we net ook hebben gedaan,' zei Erin. 'Opnieuw leuk geprobeerd. Maar nog steeds helaas. Ik betrek je hier niet bij. Je blijft híér.'

Rafe omhelsde hem vluchtig. 'Gid, laat dit aan ons over. Daisy, jij wacht hier tot je beveiliging er is om je naar pap en mam te brengen. Ik zal zeggen dat ze je escorte hierheen moeten sturen.' Hij drukte zijn autosleutels in haar hand, boog zich voorover en omhelsde haar en fluisterde iets in haar oor wat Gideon niet kon horen.

Ze knikte naar Rafe en glimlachte toen lief. 'Jij ook.'

Erin bleef in de deuropening van de keuken even staan. 'Meneer

Bain, er komt een agent om u te begeleiden. Jullie drie' – ze wees naar Gideon, Daisy en Frederick – 'blijven híér.'

Daisy maakte het padvindersteken, alsof ze een eed aflegde.

Toen ze weg waren stak Gideon zijn hand uit. 'De sleutel. Jij blijft hier.'

'Eh, nee.' Daisy gaf de sleutel in handen van haar vader. 'Hoe zit het met je rijvaardigheid, papa? Ik ben wat dat betreft een beetje roestig.'

'Met die van mij is niets aan de hand. Die van jou was al vreselijk vóór je roestig werd.'

Daisy liep naar het raam en maakte een gefrustreerd geluid. 'Jezus. Erin zit achter het stuur. Ze laat Rafe niet rijden.'

'Omdat ze weet dat hij ons hen zou laten volgen,' zei Frederick grimmig.

Ze wendde zich van het raam af. 'Oké, ze zijn weg. Als we snel zijn en het handig aanpakken kunnen we ze nog inhalen. Kom op. Papa rijdt, want jij bent moe en doodsbang en je zult een ongeluk veroorzaken voor we bij Mercy zijn. Ik ga mee voor het geval je een scherpschutter nodig hebt.'

Gideon wilde protesteren, maar hij wist dat ze gelijk hadden. Hij was nog maar één stap verwijderd van plat voorovervallen en hield zich alleen maar staande door de pure angst om Mercy.

Een van de agenten die buiten hadden zitten wachten klopte aan en kwam vervolgens binnen. 'Rechercheur Rhee heeft me gevraagd meneer Bain rond te rijden in zijn auto terwijl we wachten op het telefoontje. Meneer Bain? Bent u zover?'

Hank zette zich af tegen de tafel en gaf de agent zijn autosleutels. 'Rijdt u maar. Ik wil niet ook nog gepakt worden voor rijden onder invloed,' voegde hij er met een strak gezicht aan toe.

'Wij wachten in de auto,' zei Daisy tegen de agent. 'Ons escorte komt er zo aan.'

De andere agent uit de politieauto buiten wierp hun een nieuwsgierige blik toe terwijl hij langs hen heen liep om het huis binnen te gaan, maar hij zei niets. Dat verbaasde Gideon, maar hij zei er niets over tot ze in Rafe's Subaru zaten, hun gordels hadden vastgemaakt en wegreden in de richting waarin Erins blauwe Range Rover was verdwenen.

'Die agent zei geen woord tegen ons,' merkte hij op.

'Omdat hij niet verwachtte dat we zouden blijven,' zei Daisy. 'Rafe heeft waarschijnlijk iets tegen hem gezegd.'

Gideon trok zijn wenkbrauwen op. 'Wat fluisterde Rafe je in je oor?'

'De combinatie van de wapenkluis,' zei ze. 'In de bagageruimte.'

Placerville, dinsdag 21 februari, 04.15 uur

Hij leunde tegen het portier aan de passagierskant van de MPV die hij had gestolen en keek uit naar koplampen. Hij had Hank twintig minuten eerder gebeld om de coördinaten door te geven. Hij was tien minuten later dan het toegestane halfuur.

Die eikel moest opschieten. Het was om te beginnen koud buiten, maar nog belangrijker, de zon zou over een paar uur opkomen. Hij wilde voor het licht werd veilig weggestopt zitten in het vakantiehuisje. Op die manier bestond er minder kans op ontdekking.

De weg naar Lake Tahoe kon wel verraderlijk zijn als het weer verslechterde. Als hij sneeuwkettingen moest kopen, dan zou hij moeten wachten tot de plaatselijke Walmart om zes uur openging.

Het had hem behoorlijk geërgerd toen hij er een van de eerste keren dat hij een lichaam in de verlaten mijn had gegooid achter kwam dat de Walmart niet de hele nacht geopend was. Hij had op weg naar huis zin gehad in een snack.

Hij kwam tot de conclusie dat het ervan afhing wat voor auto Hank voor hem had. Sommige SUV's konden bergachtig terrein aan zonder kettingen. Hopelijk zou hij er zo een krijgen.

Hij schrok toen het raampje achter hem openging en zijn hand schoot naar het pistool in zijn zak. Hij ontspande toen hij besefte dat Mercy het knopje van het raam per ongeluk met haar elleboog had ingedrukt. Haar handen waren gebonden en ze bevonden zich minstens anderhalve kilometer van het dichtstbijzijnde huis. Ze ging nergens heen, zeker als je in aanmerking nam dat hij haar schoenen had afgepakt.

'Op wie sta je te wachten?' vroeg Mercy op die rustige manier van haar.

Hij wist niet goed wat hij aan de zus van agent Reynolds had. Hij kon niet zeggen of haar merkwaardige kalmte vredig was of ronduit eng. Hij neigde naar eng.

'Gaat je niets aan,' snauwde hij.

'Op het gevaar af afgezaagd te klinken, de kans is niet groot dat je hiermee wegkomt. Mijn broer is heel goed in zijn werk en hij zal niet ophouden je te zoeken, wat er ook gebeurt.'

Hij keek haar over zijn schouder aan. Ze had grote groene ogen en ze zat hem kalm op te nemen. 'Hou je mond,' zei hij met een blik die veel van zijn slachtoffers het zwijgen had opgelegd.

Maar zij vertrok geen spier. Knipperde niet met haar ogen. 'Ben je van plan me te vermoorden?'

'Nee. Maar dat doe ik wel als je nu verdomme je kop niet houdt.'

Ze haalde licht haar schouders op, alsof het allemaal niet uitmaakte. Ze probeerde psychologische spelletjes met hem te spelen. Dat wist hij zeker. 'Wat doe je eigenlijk voor de kost?' vroeg hij oprecht nieuwsgierig.

'Ik ben forensisch onderzoeker.'

Hij sloeg zijn ogen ten hemel. 'Natuurlijk ben je dat. Verrekte forensische wetenschap. Dus je bent een soort *CSI*?'

Nu was het haar beurt om de ogen ten hemel te slaan. 'Nee. Dat is geen op feiten gebaseerde serie.'

'Doe je weleens veldwerk?' vroeg hij, want forensische opsporing had hem altijd net zozeer gefascineerd als het hem had geërgerd.

'Nee. Ik doe voornamelijk laboratoriumwerk.'

Hij hield zijn hoofd schuin. 'Probeer je er nu voor te zorgen dat ik je aardig vind zodat ik je niet zal vermoorden?'

'Nee,' zei ze gemakkelijk. 'Ik neem aan dat je gaat doen wat je gaat doen.'

'Ben je niet bang voor me?'

'Nee.'

Hij fronste zijn voorhoofd. 'Waarom niet?'

Haar mondhoeken gingen heel even een beetje omhoog. Een beetje spottend. 'Ik heb een monster overleefd dat veel angstaanjagender was dan jij. Niet lullig bedoeld.'

Nu was hij heel erg nieuwsgierig. 'Vertel me eens over hem.'

Ze schudde haar hoofd. 'Nee. Je had Eileen diezelfde vraag moeten stellen.'

'Waarom?'

Ze keek uit het raampje, nu zonder hem aan te kijken. 'Zij heeft hetzelfde monster overleefd.'

'Ze was koppig,' zei hij met een tedere glimlach. 'Ze heeft het twee dagen volgehouden.'

'Zandra drie,' zei ze op vriendelijke toon. 'Tot ze ontsnapte.'

Zijn gezicht verstrakte. *Kalm blijven*, hield hij zichzelf voor. *Ze zit je te stangen om je uit je concentratie te halen.* 'Als jij zo dapper bent, vertel me dan eens waarom je helemaal zombie werd toen we het ziekenhuis uit gingen.'

'Dat heb ik al gezegd. Dat is de manier waarop ik omga met stress. Ik schakel uit.'

'Maar ben je nu niet gestrest dan?'

'Natuurlijk wel. Je gaat me waarschijnlijk vermoorden.'

Hij trok een wenkbrauw op en raakte toen zijn gezicht aan; ergens had hij een van zijn valse wenkbrauwen verloren. 'Maar je bent niet bang.'

'Stress is iets anders dan angst.'

'Je hebt gelijk,' gaf hij toe. 'Of je bent gewoon getikt. Ik weet nog niet goed welke van de twee.' Toen ze niet reageerde, vroeg hij: 'Waarom ben je geen zombie als je nog steeds zo gestrest bent?'

'De periodes duren niet meer zo lang als vroeger.'

'Nou, ik neem aan dat dat fijn voor je is.' Niet dat het er iets toe deed. Vroeg of laat zou hij haar doden. Hij keerde zich weer naar de weg en keek uit naar Hank. De man was bijna door zijn tijd heen. *En wat dan? Wat ga je dan doen?*

Dan vermoord ik Mercy, dump haar en rij naar Mexico. Hij moest dan alleen bedenken waar hij een vals paspoort op de kop kon tikken. Of waar hij de grens over kon zonder.

'Waarom deze plek?' vroeg Mercy, waarmee ze hem verraste. 'Waarom ben je hier nu heen gekomen?'

Hij keek haar onderzoekend aan. 'Waarom wil je dat weten?'

'Ik ben van nature nieuwsgierig. En ik ruik de dood.'

Hij haalde diep adem door zijn neus. Ja, hij kon het ook ruiken. 'Dat zal Eileen zijn,' zei hij. 'Als mijn lift niet snel komt, word je met haar herenigd.'

Hij richtte zijn aandacht weer op de weg en terwijl hij keek werd zijn gevoel van onheil met elke seconde die voorbijging groter. Er klopte iets niet. Hank had hier al moeten zijn.

Hij was nu vijftien minuten te laat.

Zijn hart begon sneller te slaan toen hij zijn mobieltje tevoorschijn haalde en Hank belde. Hij onderdrukte de neiging om te gaan ijsberen terwijl de telefoon maar bleef overgaan. *Hij neemt niet op*, dacht hij toen het gesprek werd doorgeschakeld naar voicemail. *Waarom neemt hij niet op?*

Hij sloot af en omklemde zijn telefoon terwijl hij zichzelf dwong om niet in woede uit te barsten. *Blijf kalm. Blijf verdomme kalm.*

De telefoon ging over in zijn hand. Hank. 'Waar zit je, verdomme?' vroeg hij op hoge toon. 'En waarom nam je verdomme niet op?'

'Sorry,' zei Hank en hij klonk een beetje buiten adem. 'Ik was aan het tanken. De meter stond bijna op nul en ik wist dat je onderweg niet zou willen stoppen, vanwege alle camera's bij tankstations.'

'Dat is zo,' gaf hij met tegenzin toe. 'Waarom ben je zo laat?'

'Het heeft me even gekost om naar het huis van de buurman te gaan om zijn auto te halen.'

Dat klonk bijna geloofwaardig, maar er klopte iets niet. *Of ben ik gewoon paranoïde?* 'Wanneer ben je hier?'

'Gauw. Ik ben nog geen tien minuten –'

Hanks stem werd onderbroken door luid gerinkel van alarmbellen.

De alarmbellen van een spoorwegovergang. Hij klemde zijn kaken op elkaar. Er was geen spoorweg in de buurt. Maar er was wel een overweg in de buurt van Hanks huis.

Hank had gelogen. Hij kwam niet.

Hij werkte samen met de politie.

Ik moet hier weg. Nu. Hij beëindigde het gesprek behoedzaam en nadrukkelijk en dwong zichzelf adem te halen. *Blijf kalm. Adem. Denk na.*

'Hij komt niet, hè?' Mercy had die spottende toon weer in haar stem. 'Je maatje, bedoel ik. Hij komt niet.'

Hij kookte nu van woede. Hij schoof het mobieltje in zijn zak en rukte het portier open. Hij sleurde Mercy het voertuig uit en smeet haar op de grond, waar ze met een kreet van pijn op haar knieën in de lichte sneeuw belandde.

'Bespot me niet,' gromde hij.

Ze draaide haar hoofd om over haar schouder te kijken met een veel te serene glimlach op haar gezicht. 'Ik zou niet durven. Maar hij komt niet. Wat ga je nu doen?'

Zijn rechterhand kwam op haar kaak terecht voordat hij in de gaten had dat hij haar wilde slaan. Haar hoofd schoot achterover en ze snakte even naar adem.

'Wat ik ga doen?' snauwde hij. 'Ik ga om te beginnen jou vermoorden.'

'Mij vermoorden en dan je drukmiddel kwijtraken?' zei ze met een kalmte die hij zou willen voelen.

Ze had gelijk. Hij had er de pest over in dat ze gelijk had. Hij boog zich over haar heen, greep een handvol haar en rukte haar overeind.

Hij zag het mes in haar hand een fractie van een seconde te laat en schreeuwde van woede toen ze haar lichaam verdraaide en het mes in zijn dijbeen plantte. Hij sloeg haar hand weg voor ze het mes kon omdraaien of dieper in zijn been duwen. Hij trok het eruit en zag tot zijn opluchting dat het maar een centimeter of drie erin was gegaan.

Waar had ze dat verdomme verborgen gehouden? Ik had haar moeten fouilleren. Verdomme.

Maar hij was opgelucht toen hij zag dat de wond niet al te ernstig was. De snee bloedde als een rund, maar was verre van levensbedreigend.

Hij bracht het mes over naar zijn gewonde hand, greep met zijn rechter opnieuw een handvol haar en rukte haar overeind. Hij sloeg zijn linkerarm om haar hals en trok haar tegen zich aan. Hij pakte het mes in zijn rechterhand en drukte de punt tegen haar keel.

'Als ik de tijd had zou je nu op je knieën excuses aanbieden,' gromde hij in haar oor. Ze stond als verstijfd tegen hem aan en hij kalmeerde nu hij de situatie weer onder controle had.

Tot hij achter zich het geluid van een motor hoorde. Hij bleef haar vasthouden, draaide zich samen met haar met een ruk om en zag een SUV met gedoofde lichten komen aanrijden. *Hank?*

Kan ik het mis hebben gehad? Kan er een spoorlijn zijn die ik over het hoofd heb gezien?

Hij keek vol argwaan toe terwijl de SUV langzaam elke bocht in de weg nam, maar het was te donker om te zien welk model het was. Maar een SUV betekende dat de weg naar Tahoe geen probleem zou vormen.

Dat was één zorg minder.

Tenzij hij het wel bij het rechte eind had en er geen trein in de buurt reed. Hij liet instinctief de stiletto op de grond vallen en haalde zijn pistool tevoorschijn. Hij drukte de loop tegen Mercy's slaap terwijl de SUV tot stilstand kwam en de koplampen aangingen, waardoor hij verblind werd. Het portier ging open en een man stapte uit.

Hij kon zien dat de man lang was, net als Hank. Hij droeg een wit uniform, net als Hank.

Maar... zijn nekharen gingen overeind staan en hij drukte de loop van het pistool nog harder tegen Mercy's hoofd en werd beloond met een zachte kreet van pijn.

'Doe je lichten uit, Hank,' riep hij, maar de man bleef langzaam naderbij komen. Toen schoven de wolken even voorbij en verscheen het zwakke licht van maan en sterren.

De auto was blauw. Een blauwe Range Rover. Die hij eerder had gezien. Hij zocht wanhopig in zijn geheugen naar het verband, naar –

Het mortuarium. Hij had hem bij het mortuarium gezien, waar hij naast de zwarte Toyota van Reynolds geparkeerd had gestaan. Het was een van de rechercheurs die de moord op Trish Hart onderzochten. Sokolov of Rhee. Het moest Sokolov zijn, want het was een man in dat uniform.

Hij was bedonderd. Dit was toch een valstrik.

Val dood, Hank. Ik kom je halen, klootzak.

'Dat is ver genoeg,' riep hij. 'Handen waar ik ze kan zien, Sokolov, anders maak ik haar af.'

Hij voelde Mercy's lichaam zich spannen. *Mooi.* Misschien zou ze in zombiestand gaan. Dan zou ze gemakkelijker onder controle te houden zijn.

De man in het witte uniform bleef staan en stak zijn handen omhoog, maar zei nog steeds niets.

'Ik weet dat jij dat bent, rechercheur Sokolov! Blijf daar staan. Zeg dat degene die in je auto zit eruit moet komen.'

'Er is niemand. Ik ben alleen gekomen.'

Hij snoof. 'Ja hoor. Jullie gaan nooit alleen op pad. Er zit daar ergens nog iemand van de politie.' Of meer. *Shit.* Hij keek nerveus om zich heen. Er konden op dit moment wel een stuk of tien geweren op hem gericht zijn. Hij moest Mercy tegen zich aan gedrukt houden. Ze was niet zo lang als hij, maar het scheelde niet veel. Ze zou zijn schild vormen als de kogels in het rond begonnen te vliegen.

De koplampen verblindden hem. Hij zou niet in staat zijn om iemand te zien als ze daar al waren, maar hij zag wel dat Sokolov dichterbij was gekomen terwijl hij om zich heen keek op zoek naar de steuntroepen van de man. De klootzak kwam nog stééds dichterbij. Het wit van het uniform dat hij droeg gloeide bijna. 'Sta stil! Ik vermoord haar. Ik zweer het.'

Sokolov bleef staan, maar nu kon hij het wapen zien dat de rechercheur in zijn hand hield. 'Wat wil je, Carson?' riep hij.

Wat wílde hij? 'Ik wil dat je iedereen hier weghaalt. Anders vermoord ik haar. Ik heb niets te verliezen.' Hij dacht even na en voegde er toen aan toe: 'Behalve jij. Jij blijft. Leg je pistool op de grond en ga op je buik liggen.' Want hij zou Sokolov zijn rug moeten toekeren wanneer hij Mercy in de auto zette om te kunnen vluchten. Hij begon in de richting van de achterkant van de MPV te schuifelen, Mercy met zich meetrekkend. 'Ik zie je pistool nog niet op de grond liggen, Sokolov. Ik meen het serieus.'

'Ik ook,' antwoordde Sokolov. 'Als ik mijn wapen weggooi, vermoord je ons gewoon allebei. Dus waarom zou ik dat doen?'

Omdat ik het zeg, wilde hij schreeuwen, maar dat deed hij niet. Hij stond nu te trillen en dat haatte hij. Hij haatte het dat de man hem zo zenuwachtig kon maken. Haatte het dat de klootzak de bovenhand had. Het laatste woord.

Haatte het dat hij hulpeloos was en dat zijn mogelijkheden begonnen op te raken.

'Omdat ik niets te verliezen heb,' zei hij kalmer.

31

Placerville, dinsdag 21 februari, 04.15 uur

'Verdomme,' siste Frederick. Ze hadden Erins blauwe Range Rover uit het oog verloren. Ze waren door een bocht in de weg gereden en achter twee trucks met oplegger terechtgekomen die moeite hadden met de steile helling. 'Erin moet voor die twee zijn geglipt voor wij er waren.'

Gideon zat achterin achter Frederick en onderdrukte een vloek. De man kon er niets aan doen. Hij had verrekte goed gereden en had kans gezien Erin bij te houden over de US 50 met snelheden die de maximumsnelheid ver overschreden.

Daisy vloekte binnensmonds. 'Ze heeft ervoor gezorgd dat we haar niet kunnen volgen.'

Gideon sloot zijn ogen. Rafe en Rhee waren goede politiemensen. En Rafe zou zijn uiterste best doen om Mercy er levend uit te krijgen. Zelfs als zijn uiterste best betekende dat hij zich in de vuurlinie moest wagen en dat joeg Gideon misschien nog wel het meeste angst aan. Hij kon vanavond een broer én een zus verliezen.

'Haal adem, schat,' zei Daisy zacht met haar hand op zijn wang. 'Je moet ademhalen.'

Hij probeerde het. Hij probeerde het echt, maar zijn longen wilden zich niet vullen.

'Verdomme, Gideon.' Daisy's handen lagen nu op zijn gezicht en ze was niet zachtaardig. Ze had haar gordel losgemaakt en ging naast hem op haar knieën op de bank zitten. Ze gaf een paar lichte klappen op zijn wangen. Niet pijnlijk, maar net genoeg om zijn aandacht te trekken. 'Kijk me aan.'

Hij knikte terwijl hij met zijn ogen knipperde. 'Je bent niet beschermd.'

Ze maakte weer een van die geluidjes van frustratie. 'En jij bent er niet bij.' Ze legde haar voorhoofd tegen het zijne. 'Adem, schat,' fluisterde ze. 'Adem met me mee.'

Hij kreeg zichzelf weer in de hand en voelde zich belachelijk ondanks de paniek waarin hij verkeerde. 'Het gaat al. Doe je gordel om.'

'Het spijt me, Gideon,' zei Frederick en het was duidelijk dat hij zich ellendig voelde.

'Niet nodig,' zag Gideon kans om uit te brengen. 'Je hebt al zo veel gedaan. Erin is nooit van plan geweest toe te staan dat we haar konden inhalen.'

Er kwam een afslag aan. 'Moet ik die nemen?' vroeg Frederick.

'Ja,' antwoordde Gideon. 'Als ze in de buurt zijn, dan zullen we de voertuigen van het SWAT-team zien en dan kunnen we ze volgen.' *Als het tegen die tijd al niet te laat is.*

Zijn telefoon begon te zoemen en Gideon graaide hem tevoorschijn in de hoop dat het Rafe was. Maar het was een onbekend nummer. Misschien Carson Garvey die belde om te onderhandelen. 'Reynolds,' nam hij op en hij deed zijn best om regelmatig te ademen, want zijn hart ging tekeer.

'Met Tom Hunter.'

'Tom? Wat gebeurt er?'

Daisy naast hem keek op toen ze de naam van Hunter hoorde.

'We spreken elkaar op dit moment niet,' zei Tom voorzichtig. 'Zeg dat je dat begrijpt.'

Gideons hartslag ging nu door het dak. 'Ik begrijp het. Leeft ze nog?'

'Dat weet ik niet, maar ik weet wel dat Sokolov en Rhee onderweg zijn naar Placerville. En ik twijfel er geen moment aan dat jullie dat ook zijn.'

'Dat klopt,' gaf Gideon toe, 'maar ze hebben ons afgeschud.'

'Is Daisy bij je?'

'Ja.'

'Zet me op de luidspreker. Daisy,' zei hij toen dat was gebeurd, 'ik wil graag dat je deze coördinaten in de gps van je telefoon zet. Je weet toch hoe dat moet, hè?'

'Eh, ja,' zei Daisy en ze keek glimlachend naar Gideon. 'Het is een terrein in Placerville. Sla hier rechts af, papa. Dank je, Tom.'

'Graag gedaan. En je hebt dit niet van mij.'

'Hoe ben je hierachter gekomen?' vroeg Gideon terwijl zijn longen zich eindelijk weer volzogen.

'Molina heeft me Carsons financiën laten uitpluizen. Follow the money, weet je wel? Hij heeft zijn oog laten vallen op dit terrein en heeft geprobeerd het geld bij elkaar te krijgen om het te kopen. Het was eigendom van Sydney. Onbebouwd terrein.'

Gideon was bijna sprakeloos. 'Waarom? vroeg hij. 'Waarom doe je dit voor mij?'

'Omdat ik ook een zus heb en ik zou helemaal gek worden als iemand haar iets zou doen. Ik ben lang geleden net als jij op jacht geweest en ik weet hoe het voelt om machteloos te zijn.'

'Van welk nummer bel je nu, Tom?' vroeg Daisy.

'Ik ga nooit de deur uit zonder wegwerptelefoon,' zei Tom en de geamuseerdheid was duidelijk in zijn stem te horen. 'En dat heb ik ook nooit gezegd.' Hij aarzelde. 'Veel geluk, Gideon. Blijf veilig.'

Het gesprek kwam ten einde en het enige wat Gideon kon doen was toekijken en bidden terwijl Daisy Frederick de weg over een landweg wees.

'Daar, papa.' Ze wees naar een toegangsweg met overal borden met VERBODEN TOEGANG en PRIVÉTERREIN.

Frederick sloeg af en de Subaru hobbelde toen hij over iets groots reed.

'Dat was de poort,' zei hij, waarna hij de verlichting uitschakelde en behoedzaam over de besneeuwde weg reed.

Een paar minuten later hadden ze geen verlichting meer nodig. Ze konden Erins Range Rover zien, waarvan de koplampen een tafereel verlichtten waar Gideon het bloed van in de aderen stolde.

'O, mijn god,' zei hij ademloos. Een kale man van ongeveer 1 meter 80 drukte Mercy tegen zijn borst, zijn onderarm lag over haar keel en hij hield een pistool tegen haar hoofd.

Carson Garvey. Niet vermomd.

Gideons maag kwam in opstand. *Nee. Nee, nee, nee.*

Rafe stond onverschrokken tegenover de man. Zijn wapen was gericht op Carson en Mercy, maar Gideon kende zijn beste vriend. Rafe straalde een zelfvertrouwen uit dat hij niet vaak voelde. Zeker niet wanneer er levens op het spel stonden. Zoals dat van Mercy nu.

Frederick deed het raampje omlaag zodat ze konden horen wat er gebeurde, maar hij hield de Subaru ver genoeg weg om Carson niet te laten merken dat ze er waren.

'Ik wil dat je iedereen hier weghaalt,' zei Carson op dat moment.

'Anders vermoord ik haar. Ik heb niets te verliezen. Behalve jij. Jij blijft. Leg je pistool op de grond en ga op je buik liggen.'

Carson begon zich naar de achterkant van de MPV te bewegen met Mercy in zijn greep. Hij hield haar op zo'n manier vast dat ze op haar tenen moest staan om te kunnen ademhalen. Haar polsen waren vastgebonden.

Mijn hemel, Mercy. Het spijt me zo. Want Gideon wist dat Carson niets tegen Mercy had. Ze was goed van pas gekomen. *Hij wilde mij.* En Daisy.

'Ik zie je pistool nog niet op de grond liggen, Sokolov,' riep Carson. 'Ik meen het serieus.'

'Ik ook,' antwoordde Rafe. 'Als ik mijn wapen weggooi, vermoord je ons gewoon allebei. Dus waarom zou ik dat doen?'

Er volgde een lange stilte waarin Carson niets zei en zich alleen maar langzaam verder naar rechts bewoog. 'Omdat ik niets te verliezen heb,' zei hij ten slotte en zijn stem klonk vreemd kalm.

'Kijk,' fluisterde Daisy. 'Achter de auto.'

Gideon scheurde zijn blik los van het gezicht van zijn zus. 'Erin,' fluisterde hij.

Erin sloop van achteren met haar pistool in haar hand, maar Carson moest haar hebben gehoord, want hij draaide zich om en probeerde achterom te kijken terwijl Rafe voetje voor voetje dichterbij kwam.

Carson brulde en tilde Mercy helemaal van de grond toen hij zich realiseerde dat Rafe nu vlakbij was. Mercy spartelde, haar mond wijd open in een geluidloze schreeuw. Ze bracht haar gebonden handen naar zijn arm in een poging lucht te krijgen.

Gideon legde zijn hand op de deurkruk. Hij wilde Rafe of Erin niet afleiden, maar hij kon niet aanzien dat Mercy leed.

'Laat haar gaan!' riep Rafe. 'Je zult dit keer niet ontsnappen, Carson. Laat haar gaan!'

'Of anders?' treiterde Carson, die Mercy nog steeds van de grond getild hield.

Mercy kronkelde nu en zelfs van die afstand kon Gideon zien dat haar gezicht rood aanliep. Carson draaide zich met een ruk om en zag Erin, die nog maar een paar meter van hem verwijderd was.

'Ik zei: blijf daar!' bulderde hij. Hij dook in elkaar om zichzelf kleiner te maken en schermde zich achter de MPV af van Erin. Maakte Mercy tot zijn schild. Daardoor kon ze in ieder geval haar voeten weer op de grond zetten en ze snakte niet langer naar adem.

Maar geen van beide politiemensen had een vrij schootsveld.

Toen haalde Carson zijn pistool lang genoeg van Mercy's hoofd om twee schoten af te vuren op Rafe. Het eerste raakte hem in de arm met het wapen, de tweede in het been aan de andere kant.

Net als Gideon had gedaan, liet Rafe zijn pistool vallen. Zijn arm hing slap langs zijn lichaam. Maar het tweede schot haalde Rafe neer. Hij viel op de grond en stond niet meer op. Het bloed stroomde uit zijn been en kleurde de sneeuw helderrood. Zijn ongedeerde arm probeerde afwisselend het wapen dat hij had laten vallen te pakken en druk uit te oefenen op de wond in zijn been.

Genoeg. Gideon kon gewoon niet nog een seconde langer blijven zitten. Hij haalde zijn pistool uit de holster aan zijn riem en stak het op zijn rug in de broeksband zodat Carson hem niet meteen zou zien. Hij wilde niet dat Carson Mercy zou neerschieten omdat hij zich in een hoek gedreven voelde, maar zodra de kans zich voordeed zou Gideon een kogel door het kale hoofd van dat monster jagen.

'Het spijt me,' zei hij zacht tegen Daisy. Toen stapte hij uit Rafe's Subaru en begon in de richting van Carson te lopen.

Mercy had worstelend geprobeerd los te komen, maar Carson had het pistool weer snel tegen haar slaap gezet en ze staakte haar verzet. Carson had zijn hoofd tegen de MPV en hield het zo dat hij de hoek aan de achterkant kon zien terwijl hij op Erin wachtte. Hij keek de tegengestelde kant op van Gideons nadering.

'Ik weet dat je daar bent, rechercheur Rhee,' zei Carson. 'Ik wil dat je je pistool in mijn richting gooit en daarna wil ik dat je naar je partner loopt, maar blijf minstens twee meter bij hem vandaan. Dan ga je op de grond liggen. Nu! Anders gaat de volgende kogel in het hoofd van je partner en die daarna in dat van jou.' Hij gilde het laatste bevel en er kwam een wapen langs de MPV zeilen.

'Mooi,' zei Carson. Hij klonk heel tevreden, maar zijn lichaam bleef ineengedoken en beschermde zo zijn hoofd. 'Blijf lopen, Rhee.'

Erin verscheen, maar hij zag tot zijn schrik dat ze een pistool in haar hand hield. Zijn blik schoot naar het wapen in de sneeuw en toen weer terug. Ze had haar reservewapen gegooid.

Erin richtte het wapen op zijn hoofd. 'Laat. Haar. Gaan.'

Carson draaide zich om en stond nu recht tegenover Erin. Hij was nog steeds ineengedoken zodat Mercy zijn schild vormde en hield nog steeds zijn pistool tegen het hoofd van Mercy.

Gideon hoorde zijn zus jammeren toen hij tevoorschijn kwam uit de schaduw van Erins Range Rover, waarvan de koplampen nog steeds het gebied verlichtten.

'Laat. Haar. Gaan.' Gideon stak zijn goede arm uit om te laten zien dat hij niets in zijn hand had. 'Ik ben ongewapend,' loog hij. 'Laat haar gaan. Je weet dat je eigenlijk mij wilt hebben.'

Carson grinnikte. 'Wat lief. Maar je zult met meer voor de dag moeten komen, Reynolds.'

Gideon slikte moeizaam en keek in Mercy's opengesperde ogen. Hij was zich ervan bewust dat Rafe op de grond lag te bloeden. 'Het spijt me,' zei hij tegen Carson. 'Het spijt me... heel erg. Doe haar alsjeblieft niets. Neem mij in haar plaats.'

Dinsdag 21 februari, 04.20 uur

Daisy's hart klopte in haar keel en dreigde haar te verstikken. Een paar seconden lang kon ze alleen maar geschokt toekijken terwijl Gideon zich in de vuurlinie begaf.

'Jezus christus,' zei Frederick zacht.

'Wat was dat, meneer?' vroeg de centralist van de alarmlijn. Frederick had binnen een paar seconden nadat Rafe was geraakt gebeld, beschreven wat er gaande was en om medische hulp gevraagd.

'De situatie is verder geëscaleerd,' fluisterde Frederick scherp. 'Waar blijft dat SWAT-team dat de FBI zou sturen?'

Daisy zat verstijfd van angst, maar toen kwamen haar hersenen weer op gang. 'Verdomme, nee,' snauwde ze en ze klauterde over de achterbank naar de bagageruimte van de Subaru, waar ze de wapenkluis aantrof waar Rafe het over had gehad. Het was ook geen kleine wapenkluis. Hij was lang genoeg om geweren te bevatten. *Laat er alsjeblieft een geladen geweer in zitten.*

Ze toetste de code in – de geboortedatum van Irina – en opende de kluis, waar ze een geweer en twee handvuurwapens aantrof. Ze nam het geweer, gaf haar vader een pistool en haar eigen mobiele telefoon en liet zich toen van de achterbank op de grond glijden.

'Bel Molina,' zei Daisy zacht maar dringend tegen hem. 'Haar nummer staat in mijn contactenlijst. Vraag haar waar dat SWAT-team blijft. Vraag haar waar zíj verdomme uithangt.'

Ze hield het portier open, deed het raampje omlaag en gebruikte de sponning om het geweer te ondersteunen. Het was te zwaar voor haar om vast te houden. Ze was moe en haar handen trilden.

'Wát denk je dat je aan het doen bent? wilde Frederick, nog steeds fluisterend, weten.

'Ik ga afmaken waar ik donderdag aan ben begonnen. Ik had zijn wapen moeten afpakken in plaats van het alleen maar weg te slaan. Bel Molina, verdomme. Nú.'

Frederick slaakte een zucht. 'Hallo, alarmcentrale? Ik moet ophangen.' Hij verbrak de verbinding, ook al zei de centralist dat hij dat niet moest doen. En toen belde hij Molina, precies zoals Daisy hem had gevraagd.

Ze zette haar handen in een stabiele positie terwijl ze haar best deed zich niet te laten afleiden door haar vaders gesprek met Molina. De vrouw en haar team zouden op tijd komen of niet. *Als ze niet op tijd zijn, dan zal ik doen wat gedaan moet worden.* Maar toen ze door het telescoopvizier van het geweer keek bleef haar hart stilstaan.

Gideons luide stem droeg gemakkelijk over het terrein. 'Wil je dat ik smeek?' vroeg hij Carson met overduidelijke wanhoop in zijn stem. 'Prima. Dan smeek ik. Neem mij in haar plaats. Alsjeblieft.'

En toen liet Gideon zich voor Carson op zijn knieën vallen.

Daisy's angst werd nog een tandje groter, ook al zag ze dat Gideon bezig was met een afleidingsmanoeuvre. Dat hoopte ze in ieder geval. *O god. Ga alsjeblieft niet dood. Ga alsjeblieft niet dood.*

Carsons ogen volgden Gideons neerwaartse beweging, zijn kin ging omlaag en zijn mond viel open. Hij was een fractie van een seconde afgeleid – een fractie van een seconde die Mercy gebruikte om haar gebonden handen in een boog te zwaaien en in Carsons verbonden hand te knijpen.

De kale man slaakte een kreet en Mercy maakte van zichzelf dood gewicht, liet zich uit zijn armen vallen en kroop in de richting van Rafe. Erin stapte naar voren en porde met haar pistool in Carsons rug.

Erins duidelijke bevel bereikte de Subaru. 'Laat je wapen vallen en steek je handen in de lucht.'

Carson begon langzaam zijn wapen te laten zakken, maar versnelde toen zijn beweging, zwaaide zijn arm achteruit en vuurde blindelings. Haar kreun van pijn maakte duidelijk dat het raak was. Ze wankelde achteruit met één hand tegen haar borst gedrukt. Ze schoot één keer toen haar lichaam de grond raakte, maar het schot ging naast.

'Kut,' zei Frederick en hij maakte aanstalten om zijn portier open te doen.

'Wacht,' zei Daisy kortaf. 'Ze draagt een kogelwerend vest.'

'Dat was van heel dichtbij,' wierp Frederick tegen. 'Ze heeft vast ribben gebroken. Of erger.'

'Ze leeft nog. Loop níét in mijn vuurlinie. Waar blijft dat SWAT-team?'

'Nog vijf minuten of minder. Molina is bij ze. Ze hebben ook helikopters in de lucht.'

'Ik geloof niet dat we vijf minuten hebben,' mompelde Daisy.

Erin lag op haar rug naar adem te happen en staarde recht omhoog naar de hemel. Carson hief zijn pistool om nog eens op haar te schieten. Daisy had hem in het vizier en begon de trekker over te halen, maar vloekte toen Gideon zijn wapen vanuit zijn broeksband haalde terwijl hij overeind kwam en naar voren begon te rennen.

Ze snakte naar adem toen Gideon abrupt tot stilstand kwam. Zijn wapen was op Carsons hoofd gericht. En Carsons pistool op dat van Gideon. Beiden hielden ze hun wapen in hun verkeerde hand. Geen van beiden was in het voordeel en ze stonden gedurende enkele pijnlijke seconden die jaren leken te duren in een impasse.

Gideon deed een stap achteruit en Daisy wilde gillen: *Nog één stap achteruit, één stap maar.* Want de hoek was bijna perfect. Maar als Gideon naar voren bewoog, ook al was het maar een beetje, dan zou ze hem raken.

Carson glimlachte naar Gideon en dat was een angstaanjagend gezicht. 'Op je knieën, Reynolds,' zei hij zacht. 'Je zult op je knieën sterven.'

Ja, dacht Daisy wanhopig. *Doe het. Alsjeblieft.* Maar ze wist dat hij het niet zou doen. Gideon zou misschien voor Mercy op zijn knieën vallen, maar hij zou niet op zijn knieën doodgaan. Ze wilde naar hem toe rennen, maar ze bleef staan, handhaafde haar positie en wachtte op het juiste moment. Als Carson maar een halve meter naar links zou gaan, dan had ze een vrij schootsveld.

En toen, tot Daisy's schok, begon Gideon zich opnieuw op zijn knieën te laten zakken.

Carson lachte en de loop van zijn wapen volgde Gideons neerwaartse beweging.

Daisy haalde de trekker over.

Carson stierf lachend.

Dinsdag 21 februari, 05.13 uur

Gideon liet zich op handen en knieën vallen en zoog zo veel lucht naar binnen als hij maar kon.

'Gaat het?'

Die vraag kwam van Mercy, die Rafe's riem had gebruikt om een tourniquet aan te leggen om zijn been. Ze zat in de sneeuw met Rafe's hoofd in haar schoot terwijl ze de wond in zijn arm dichtdrukte.

'Ja. Dit was te veel op het nippertje.' Hij hees zich overeind, stopte zijn eigen pistool in de holster en raapte dat van Carson op voor hij controleerde of de klootzak nog een hartslag had. Hij constateerde tevreden dat dat niet het geval was, trok zijn broekriem los en liep achteruit naar Rafe terwijl zijn ogen Daisy zochten. Ze lag in haar vaders armen.

'Ze is in orde,' riep Frederick.

Meer dan in orde, dacht Gideon terwijl hij naar Mercy en Rafe liep, zich heel goed bewust van het feit dat Daisy zijn leven had gered. Precies zoals hij had verwacht dat ze zou doen. Hij had Carson kunnen neerschieten, maar dan zou de man hem waarschijnlijk ook hebben neergeschoten. En als Carsons kogel Gideon als eerste zou hebben geveld, dan was er niemand meer geweest om Mercy, Rafe en Erin te beschermen.

Dat was eerlijk gezegd niet waar. Als Carson hem eerst had neergeschoten, dan zou Daisy hem zonder met haar ogen te knipperen hebben uitgeschakeld. *Maar ik vind de manier waarop het allemaal heeft uitgepakt een heel stuk beter.*

Hij hurkte naast Mercy. 'Gaat het wel met jou?'

Mercy knikte. 'Mijn keel doet pijn, verder ben ik ongedeerd.'

Hij slaakte een opgeluchte zucht. 'Mooi. Gebruik deze voor zijn arm,' zei hij terwijl hij haar zijn riem gaf. 'Ik ben zo terug. Ik moet kijken hoe het met Erin gaat.'

Hij liep op een holletje naar Erin en was bezig Molina te bellen toen hij zich naast de rechercheur op zijn knieën liet vallen, die nog steeds naar adem lag te snakken. Hij zette de telefoon op de luidspreker en legde hem op de grond. Met één hand trok hij zachtjes aan het klittenband dat Erins kogelwerende vest dichthield.

Zijn baas nam meteen op en ze was kwaad. 'Ik hoop dat je hier een héél goede reden voor had, Gideon. Je hebt elk bevel genegeerd –'

'Dat komt allemaal later wel,' onderbrak hij haar. 'Op dit moment hebben we luchttransport nodig voor Sokolov en Rhee. Hij heeft twee schotwonden en die blijven allebei bloeden. Een kogel heeft Rhee van dichtbij in de borst geraakt. Ze droeg een kogelwerend vest, maar misschien is er een long geperforeerd.'

'Al mee bezig,' zei Molina. 'Daisy's vader belde me toen jij in dat vuurgevecht verwikkeld raakte. Maar dat is alles wat ik heb gehoord voor er een wapen werd afgevuurd en meneer Dawson ophing. Hoe zit het met Carson Garvey?'

'Dood. Daisy heeft hem te pakken gekregen met een scherpschuttersgeweer.' Hij probeerde het vest uit te trekken, maar dat lukte hem niet met één hand en zijn rechterhand functioneerde nog onvoldoende om van nut te zijn. 'Frederick!' riep hij. 'Ik heb je hulp nodig.' Toen tegen zijn baas. 'Ik moet ophangen. We hebben gewonden.' Hij beëindigde het gesprek en liet de telefoon in zijn zak glijden.

Hij zou die bittere pil later wel slikken. Hij zou alles zo nog een keer doen.

Frederick liet zich al naast Erin op zijn knieën vallen. Hij maakte het klittenband los en tilde het zware vest over Erins hoofd. Ze knikte hem dankbaar toe.

'Beter,' zei ze, maar ze snakte nog steeds naar adem. 'Help Rafe.'

Frederick spreidde zijn jas over Erin uit. 'We zijn zo terug.'

Daisy zat naast Rafe toen Gideon terugkwam en had een deken over hem heen gelegd. 'Die heb ik in Rafe's auto gevonden, samen met een verbanddoos,' zei ze. 'Ik weet niet of Erin er ook een heeft.'

Frederick begon pakken drukverband open te scheuren en Rafe's wonden vakkundig te verbinden.

'Heb je ervaring op medisch gebied?' vroeg Gideon.

'Nee. Maar ik heb veel te lang op drie uur rijden van de dichtstbijzijnde dokter gewoond,' antwoordde Frederick. 'Ik heb het op de moeilijke manier geleerd. Het goede nieuws is,' zei hij tegen Rafe, 'dat de tourniquets het bloeden hebben gestopt. Je krijgt waarschijnlijk wat hechtingen en dan kun je weer herrie gaan schoppen, net als Gideon.'

Dat maakte Rafe aan het glimlachen en Gideon voelde zich iets geruster. Hij was te dicht bij het verlies van te veel gekomen, maar het zou allemaal goed komen. Dat zou hij zichzelf blijven voorhouden.

Frederick leek de eerste hulp onder controle te hebben, dus richtte Gideon zijn aandacht op Daisy en tilde haar kin omhoog. Ze huilde. 'Adrenaline?' vroeg hij terwijl hij haar tranen droogde.

Ze schudde haar hoofd en sloot toen haar ogen. 'Ik heb nog nooit eerder iemand gedood. Ik bedoel, ik ben blij dat ik het heb gedaan en ik zou het zo weer doen, maar –'

'Daisy,' zei Rafe met schorre stem. 'Dank je.'

Mercy glimlachte beverig. 'Ja. Dank je.'

'Maar het is moeilijk,' hield Gideon haar voor. 'De eerste keer en alle keren daarna.'

Daisy snikte nog harder. 'Hij liet je knielen,' huilde ze. 'Het spijt me zo.'

Gideon streelde haar haar en begon te lachen, een vreemd geluid in de nasleep. 'De eerste keer knielde ik omdat ik wist dat hij er een kick van zou krijgen als ik mezelf vernederde en voldoende afgeleid zou zijn om Erin een kans te geven hem uit te schakelen. Dat was míjn idee, dus dat was ik die hém manipuleerde.' Hij leunde achterover zodat hij haar kin weer omhoog kon duwen. 'Weet je waarom ik de tweede keer knielde?'

Ze snoof. 'Nee. Waarom?'

'Omdat ik wist dat je hem op de korrel had.'

Haar mond viel open. 'Echt waar?'

'Echt waar. En je hebt het waargemaakt, precies zoals ik had gedacht.'

'Is hij dood?' vroeg Rafe terwijl hij moeizaam ademhaalde. 'Weet je het zeker?'

'Heel erg zeker,' verzekerde Gideon. 'Het was een schot uit het boekje. In het hoofd. Maar nu zullen we nooit weten waar hij de rest van zijn slachtoffers heeft begraven.'

'Die zijn allemaal hier,' zei Mercy. 'Er is hier een verlaten mijnschacht. Hij heeft ze hierheen gebracht.'

'Het terrein was eigendom van Sydney,' maakte Gideon hun duidelijk. 'Dus dat klinkt logisch.' Hij liet Daisy los. 'Ik ga bij Erin zitten tot ze haar komen weghalen.' Hij kuste haar op haar voorhoofd. 'Dank je, schat.'

Ze stak haar hand uit en hij trok haar omhoog. Samen liepen ze naar Erin die zich op haar ellebogen had gehesen. 'Ik ben blij dat jullie niet naar me hebben geluisterd,' zei ze zacht. 'Rafe zou zijn omgekomen als we geen hulp hadden gehad.' Ze knikte in de richting van Carsons lichaam. 'Hij had ons allemaal kunnen vermoorden.' Ze hief luisterend haar hoofd. 'Sirenes. Godzijdank.'

Het eerste voertuig dat arriveerde was een zwarte personenauto en het verbaasde Gideon absoluut niet toen hij Molina van de achterbank zag komen. Ze liep in hun richting en ze nam het geweer dat tegen de Subaru geleund stond en het lichaam van de moordenaar op de grond in zich op.

Ze bleef staan waar Gideon en Daisy bij Erin zaten. 'Speciaal agent Reynolds.'

Gideon knikte. 'Leidinggevend speciaal agent Molina.'

Haar gezicht stond strak en haar ogen schitterden van woede. 'Dit krijgt gevolgen.'

'Weet ik,' zei Gideon alleen maar. 'Maar ik zou het weer doen. Mercy is mijn zus. Rafe is mijn broer. En Erin, al heeft ze vreselijk haar best gedaan om ons hier weg te houden, is dankbaar.'

Molina sloeg haar ogen ten hemel. 'We praten morgen wel verder, Gideon. Daisy, goed gedaan. Dank je.'

Daisy knipperde met haar ogen. 'Ik kan niet zeggen dat het graag gedaan is, mevrouw, maar tot uw dienst.'

Molina snoof. 'Zijn kerkhof?'

'Ja.' Gideon was eerder te opgewonden geweest om het te ruiken, maar nu bespeurde hij ook de geur van dood. *Een van die lichamen is Eileen.* 'We zullen ze eruit moeten halen.'

Molina legde een hand op zijn ongedeerde schouder. 'Iemand zal dat doen. Maar dat hoef jij niet te zijn. En het hoeft niet nu te gebeuren.' Ze keek op toen het geluid van een helikopter naderbij kwam. 'Bel me morgen. Gideon. We moeten praten. Vandaag moet je voor jezelf en je vrienden zorgen.'

32

Sacramento, donderdag 23 februari, 13.50 uur

'Heb je verder nog iets nodig?' vroeg Daisy terwijl ze de kussens van Rafe opschudde. Hij had meer kleur in zijn gezicht dan de dag ervoor, maar hij was nog lang niet de oude.

Zijn glimlach was vermoeid. 'Alles is in orde. Ik ben alleen maar moe. Moet slapen.'

Hij was die ochtend ontslagen uit het ziekenhuis en had – tegen alle gevlei en gezeur van zijn moeder in – ervoor gekozen te herstellen in zijn huis in Midtown in plaats van in de woning van de Sokolovs, met als argument dat hij in het huis van zijn ouders nooit aan slaap zou toekomen. De trap maakte het onmogelijk om naar zijn eigen appartement op de bovenste verdieping te komen, dus maakte hij voorlopig gebruik van Daisy's appartement. Irina was in Rafe's appartement getrokken zodat ze in de buurt kon zijn en Sasha woonde maar één verdieping hoger, dus hij was niet echt alleen.

Dat maakte Daisy tijdelijk dakloos, maar daar zat ze niet mee. Ze verbleef bij Gideon, aanvankelijk bij de Sokolovs, maar vanaf die avond in zijn huis. Alleen maar tijdelijk. De situatie zou gauw weer normaal worden, maar tijd met Gideon was wat ze op dit moment nodig had.

'Oké.' Ze drukte een kus op zijn voorhoofd. 'Je moeder doet een dutje, maar ze heeft een babyfoon bij zich en de andere is bij Sasha. Gideon en Mercy en ik blijven een tijdje bij Sasha, dus als je wat nodig hebt, geef je maar een gil. We komen nog even kijken voor we weggaan.'

Hij deed zijn ogen dicht, al bijna in slaap. 'Ik hou van je, DD, maar je loopt te moederen. Ga alsjeblieft weg en dankjewel.'

Ze lachte zachtjes, in het geheel niet beledigd. Het was waar. Ze liepen allemaal over hem te moederen, geschokt als ze waren dat ze hem bijna kwijt waren geweest. 'Oké. Ik ben aan het weggaan.'

Ze sloop het appartement uit en ging naar boven naar Sasha, waar Gideon en Mercy zaten te wachten voor Gideons geopende laptop. Sasha was weer aan het werk, maar ze had Mercy aangeboden dat ze zolang ze op bezoek was gebruik kon maken van de logeerkamer. Gideon was een beetje teleurgesteld geweest, maar hij had begrip voor Mercy's behoefte aan ruimte.

'Hij slaapt,' zei ze tegen hen. 'Zijn we zover?'

Gideon en Mercy knikten. Ze hadden dezelfde grimmige uitdrukking op hun gezicht. Het was gemakkelijk om de overeenkomst te zien wanneer ze zo naast elkaar zaten. Hetzelfde donkere haar, dezelfde groene ogen. Mercy had nog geen grijs in haar haar, maar haar ogen leken veel ouder dan de zijne.

'Skype is klaargezet,' zei Gideon. 'We wachten tot agent Dabney belt.'

Dabney was Gideons collega van het kantoor in San Diego. Hij was ook degene die contact had gelegd met Lawton Malloy, de zwemmer van het universiteitsteam met de bijna-Eden-tatoeage. Gideon was niet in staat om naar het zuiden te reizen en Lawton zat midden in de examens en kon niet naar het noorden komen, dus hadden ze besloten elkaar via een videoverbinding te spreken.

Daisy ging naast Gideon zitten en zette Brutus op haar schoot, omdat ze vermoedde dat ze haar nodig zou hebben. Ze pakte Gideons hand. 'Wat hij ook gaat zeggen, we kunnen het aan.'

'Ik weet het.' Hij drukte een kus op haar slaap. 'Dank je dat je er bent.'

Daisy kneep bij wijze van antwoord in zijn hand en vervolgens wachtten ze met zijn drieën in stilte.

De verbinding kwam precies om twee uur tot stand. Gideon accepteerde, het scherm kwam tot leven en liet een man zien van in de vijftig in een zwart pak die agent Dabney moest zijn en naast de jonge zwemmer zat die Daisy had gevonden tijdens haar zoektocht naar de Eden-tatoeage. Hij droeg een overhemd en stropdas en zijn haar was keurig gekamd. Hij had een angstige blik in zijn ogen.

'Gideon,' zei agent Dabney warm. 'Ik hoor dat je een beetje opwinding hebt gehad daar.'

Gideon snoof vermoeid grinnikend. 'Dat kun je wel zeggen. Bedankt dat je dit hebt geregeld. Dit is mijn zus, Mercy Callahan, en mijn vriendin, Daisy Dawson. Daisy is degene die begonnen is met de zoektocht die ons naar u heeft geleid, meneer Malloy.'

Lawton Malloy's glimlach was een beetje onzeker. 'Het verraste me nogal toen de FBI contact opnam.'

'Dat kan ik me voorstellen,' zei Gideon zacht. 'Bedankt dat u met ons wil praten. Hoeveel heeft agent Dabney precies verteld?'

'Niet veel. Alleen dat u mijn tatoeage hebt gezien en me erover wilde spreken. Waarom wilt u dit weten? Het is geen bendeteken of zo, als dat is wat u dacht.'

Gideon en Mercy wisselden een blik en Mercy knikte hem bij wijze van toestemming toe.

'We weten wat het betekent. Want ik had een tatoeage die heel erg op die van jou leek, Lawton.'

Lawton noch agent Dabney kon zijn schok verbergen. Dabney zei niets, maar Lawton vroeg geschokt: 'Wat? Waar?'

'Op dezelfde plek als jij, maar ik heb er een andere tatoeage overheen laten zetten toen ik achttien was. Er zaten heel akelige herinneringen aan vast. Hij was tegen mijn wil aangebracht.'

Lawton zette nog steeds grote ogen op. 'Dus u kwam van... Eden?'

Mercy kromp ineen bij het horen van de naam. Gideon kromp niet ineen, maar zijn linkeroog trilde even. 'Ja, dat klopt,' antwoordde hij, en vervolgens maakte hij een gebaar naar zichzelf en Mercy. 'Wij allebei.'

Lawtons ogen vulden zich onverwacht met tranen. 'Hij dacht dat hij de enige was.'

'Wie ken je die daaruit is ontsnapt?' vroeg Mercy met zachte stem.

'Levi.' Lawtons adamsappel ging op en neer terwijl hij probeerde te slikken. 'Hij heette Levi Hull.'

Mercy snakte naar adem. 'Levi?'

Lawton veegde met de muis van zijn handen in zijn ogen. 'Hij...' Hij slaakte een sidderende zucht. 'Levi heeft een jaar geleden zelfmoord gepleegd.'

O nee. Daisy voelde een steek van pijn.

Gideon sloot even zijn ogen. Mercy was bleek geworden. Gideon herstelde zich als eerste en schraapte zijn keel. 'Waren jullie bevriend?'

Lawton knikte en veegde nieuwe tranen weg. 'We waren meer dan vrienden. Dat wilden we in ieder geval. Maar die plek... Die deed klotedingen met zijn hoofd. Excuses voor mijn taalgebruik. Sorry.'

'Dat geeft niet,' zei Gideon zacht. 'Je hebt het over Eden?'

'Eden,' spoog Lawton alsof het woord een bittere smaak in zijn mond achterliet. Hij knipperde zijn tranen weg en zijn ogen brandden nu van onverholen woede. 'Ze predikten dat homoseksualiteit zondig was, maar de mannen neukten jongetjes van dertien.'

Gideon zei niets. Hij deed zijn mond open en sloot hem weer.

Mercy draaide zich om en staarde naar zijn profiel en op haar gezicht waren groeiend besef en absolute afschuw zichtbaar. 'Gideon?' fluisterde ze.

Ze had het niet geweten. Daisy wist niet wat ze moest zeggen. Wat ze moest doen. *Mercy had niet geweten waarom Gideon was gevlucht.*

Gideon schudde gespannen zijn hoofd, zijn blik aan het scherm gekluisterd. 'Ik ben ontsnapt. Maar het scheelde niet veel. Ik neem aan dat Levi niet die mazzel had.'

Lawton schudde langzaam en ongelooflijk verdrietig zijn hoofd. 'Nee. Dat had hij niet.'

'Hoe heb je hem leren kennen?' vroeg Daisy toen Gideon en Mercy stilvielen.

'Op de middelbare school. Ik kom uit L.A. Levi kwam bij zijn oom wonen toen we vijftien waren. Mijn moeder en de vrouw van zijn oom waren vriendinnen en ze dachten dat ik goed zou zijn voor Levi. U weet wel, hem aan anderen voorstellen, met hem omgaan. We konden goed met elkaar opschieten en na een tijdje waren we onafscheidelijk. Lawton en Levi.' De tranen stroomden over zijn wangen. 'Voor eeuwig vrienden.'

Daisy glimlachte vriendelijk. 'En toen meer dan vrienden.'

'Ja,' zei Lawton met schorre stem. 'Maar Levi had zo veel demonen. Hij wilde een leven met mij, maar al die Eden-troep kwam steeds maar terug. Hij ging twee stappen vooruit en drie stappen terug, begrijp je?'

Daisy knikte verdrietig. 'Ik begrijp het.

'En toen kreeg ik die zwembeurs,' zei hij ellendig. 'Levi had tot het laatste jaar bij me in het team gezeten. Ik weet niet waarom hij stopte, maar toen verraste ik hem op een dag in zijn kamer terwijl hij een ander shirt aantrok. Hij had littekens van het snijden en verse injectieplekken. Hij had niet gewild dat iemand dat wist. Daarom stopte hij met zwemmen. Nou ja, en omdat hij bij wedstrijden niet door de drugstest zou zijn gekomen. Ik probeerde hem hulp te laten zoeken.

Probeerde hem in therapie te krijgen. Dat deed zijn oom ook. Maar Levi weigerde te gaan. Hij was bang dat de therapeut hem zover zou krijgen dat hij zijn geheimen vertelde en dan zou hij alles over Eden vertellen. Dat was voor het eerst dat ik daarover hoorde en hij dwong me te beloven dat ik het nooit verder zou vertellen.' Hij wendde zijn blik af. 'Dus dat heb ik ook niet gedaan.'

Daisy kende dat gevoel. Zij was tijdens haar afkicken ook niet in staat geweest zich helemaal open te stellen. Ze was bang geweest de familiegeheimen prijs te geven – dat ze zich schuilhielden en bang waren voor Taylors biologische vader. Dus had ze heel, heel weinig verteld.

Ze keek naar Gideon, die dezelfde verwegblik in zijn ogen had als de avond dat ze elkaar net hadden ontmoet en hij eruit gooide dat de man op Eileens trouwfoto dood was.

'Gideon?' zei ze zacht.

Hij knikte, maar hij zei niets. Mercy ook niet.

Oké dan. 'Wat er is gebeurd of niet is gebeurd is niet jouw schuld, Lawton,' zei Daisy. Ze verwachtte niet dat haar woorden een verschil zouden maken, maar Lawton verraste haar.

'Dat weet ik. Het is de schuld van die klootzakken die hem hebben misbruikt en van al die anderen die de andere kant op keken. Maar Levi was degene die heeft geleden. En wij dus ook.'

'Wist zijn oom het?' vroeg Daisy.

'Nee. Zijn oom kreeg te horen dat Levi verloren was gegaan in het systeem en Levi maakte hem niet wijzer. Hij zei later tegen me, toen het allemaal uitkwam, dat hij het zijn oom niet kon vertellen omdat zijn oom op jacht zou gaan naar Eden en dat zijn moeder dan gestraft zou worden omdat "zij" het zouden weten. Dus heeft hij het nooit aan iemand verteld. Alleen aan mij.'

Gideon ging abrupt rechtop zitten. 'Hoe is hij daar weggekomen?'

'Zijn moeder heeft hem naar buiten gesmokkeld in een of andere bevoorradingsvrachtwagen. Hij had haar uiteindelijk verteld wat er gaande was en ze moest huilen. Ze gaf hem de naam van haar broer en betaalde toen de chauffeur om hem mee te nemen en bij een busstation af te zetten.'

Ze betaalde de chauffeur, dacht Daisy bitter. Gideons moeder had met haar lichaam betaald. Het lag voor de hand dat die van Levi hetzelfde had gedaan.

‘Welk busstation?’ vroeg Gideon.

‘Dat in Medford, Oregon,’ antwoordde Lawton.

‘Dat is ongeveer dezelfde reistijd van Macdoel als het busstation in Redding,’ zei Daisy zacht.

Gideon knikte ten teken dat hij haar had gehoord, maar zijn blik was vastgeklonken aan de jongeman op het scherm. ‘En zijn moeder?’

Lawton schudde zijn hoofd. ‘Ze had nog meer kinderen. Ze kon ze niet achterlaten.’

Gideon en Mercy wisselden een langdurige blik. Mercy slaakte een diepe zucht. ‘We kennen dat verhaal,’ zei ze op die kalme manier van haar. ‘Ik was het kind waarvoor mijn moeder moest blijven.’

Gideon liet vol medeleven zijn schouders hangen. ‘Mercy,’ fluisterde hij.

‘Maar het is waar,’ zei Mercy.

Daisy voelde Mercy’s pijn. *Wat een last moet dat zijn.*

Lawton leek net zo aangedaan. ‘God, het spijt me.’

‘Dank je,’ zei Mercy. ‘Ik kan me Levi nog herinneren. Hij was acht of negen toen ik wegging, echt een lief jochie.’ Eén mondhoek kwam omhoog. ‘Ik paste soms op hem en een paar van de andere kinderen wanneer de moeders naar de naaikring waren of naar Bijbelles. Hij was dol op bloemen.’

Lawton glimlachte beverig. ‘Hij wilde botanicus worden. Die kans heeft hij nooit gekregen.’

‘Zijn jullie samen naar de universiteit gegaan?’ vroeg Daisy.

‘Nee. Hij slaagde wel voor zijn eindexamen, maar zijn cijfers waren slecht. Hij had een heleboel scholing gemist terwijl hij opgroeide in Eden. Hij gebruikte ook steeds meer drugs, dus dat hielp ook niet. Toen ik die beurs kreeg, heb ik die bijna geweigerd. Ik wilde thuisblijven en voor hem zorgen, maar dat vond hij niet goed. Hij spoorde me aan om te gaan. Kwam naar mijn wedstrijden. Juichte me toe.’ Lawton sloot zijn ogen en zette zich duidelijk schrap. ‘Toen hing hij zichzelf op aan een boom in de achtertuin van zijn oom.’

Er heerste stilte, tot agent Dabney die met een diepe zucht verbrak. Hij had de hele tijd geen woord gezegd en alleen maar met een gepijnigde uitdrukking op zijn gezicht zitten luisteren. ‘Wil jouw betrokkenheid hier zeggen dat de FBI het onderzoek naar Eden heropent?’

Lawtons ogen werden groot. 'Wacht. Wilt u zeggen dat de overheid op de hoogte is van deze klootzakken en er geen einde aan heeft gemaakt?'

'Dat ligt gecompliceerd,' zei Gideon. 'Ik heb aangifte gedaan toen ik bij de FBI begon en ze hebben naar de gemeenschap gezocht, maar de leiders van Eden zijn heel goed in zich verborgen te houden. Ik heb de leiding van het onderzoek gekregen nu er nieuwe bewijzen zijn. We hebben het de afgelopen week nogal druk gehad met een seriemoordenaar, maar nu dat is opgelost zal ik al mijn tijd besteden aan hen opsporen. Lawton, als je me de naam en adres van Levi's oom kunt geven, dan zou dat helpen.'

'Hij is ook dood. Hij had hartproblemen en de vondst van Levi's lichaam aan de boom was de genadeslag. Levi en hij konden niet met elkaar opschieten. Zijn oom kon niet begrijpen waarom hij naar de drugs had gegrepen. Hij gooide Levi er een paar weken voor de zelfmoord uit.'

Gideon klemde zijn kaken op elkaar. 'Ik snap het. Dank je, Lawton, dat je met ons hebt willen praten. Laat het me alsjeblieft weten als je je nog iets anders herinnert.'

'Zal ik doen.' Hij kneep zijn ogen, die vol haat glinsterden, tot spleetjes. 'Ik hoop dat jullie ze bij hun donder pakken. Ik hoop dat jullie ze in de bak flikkeren, dan kunnen ze voelen hoe Levi zich voelde.'

Amen, dacht Daisy en de heftigheid van haar gedachte benam haar de adem.

Dabney en Gideon maakten een einde aan het gesprek en ze bleven met zijn drieën stil zitten.

'Wel godverdegodver,' vloekte Gideon zacht.

Mercy zuchtte. 'Wat nu, Gideon?'

'We blijven zoeken naar de anderen die zijn ontsnapt.' Hij deed zijn laptop dicht. 'En we hebben de trouwfoto's. Edward McPhearson en Ephraim Burton moeten ergens vandaan zijn gekomen. Het is nauwelijks te geloven dat mannen die zo slecht zijn geen wreedheden tegen anderen hebben begaan voor ze naar Eden kwamen.'

De flikkering van diepe angst in Mercy's ogen was zo snel weer verdwenen dat Daisy zich afvroeg of ze het zich had verbeeld. Daisy deed haar mond open om ernaar te vragen, maar deed hem weer dicht toen Mercy haar een smekende blik toewierp. *Niet vragen. Alsjeblieft.*

Dus hield Daisy de vraag voor zichzelf.

'Maar we moeten nu ergens heen,' ging Gideon verder, zich schijnbaar niet bewust van de zwijgende conversatie tussen haar en Mercy.

Mercy glimlachte flauw. 'Naar een afspraakje, hoop ik.'

Daisy stopte Brutus in haar tas. 'Nou, misschien later. Ik moet naar een bijeenkomst. Gideon moet buiten wachten en dan kan hij zich zorgen om me maken, maar daarna kunnen we hopelijk ergens iets gaan eten.'

Mercy keek bedenkelijk. 'Een bijeenkomst? Zoiets als een buurtvergadering?'

Daisy had zich niet gerealiseerd dat Mercy het niet wist. 'Nee, een bijeenkomst van de AA. Mercy, ik ben alcoholist. Ik sta nu acht jaar droog,' voegde ze eraan toe toen Mercy's ogen groot werden.

Maar het enige wat Mercy zei was: 'Veel plezier.'

'Je mag gerust met ons mee,' bood Daisy aan. 'Dan kun je Gideon gezelschap houden terwijl hij buiten bij het gemeenschapscentrum loopt te ijsberen.'

'Nee, dank je. Ik denk dat ik Rafe maar even gezelschap ga houden.'

Gideon wekte de indruk dat hij Mercy een kus wilde geven, maar ze deinsde terug. Gideon hield zijn gezicht in bedwang, verborg zijn gekwetstheid en probeerde naar haar te glimlachen. 'Nou, tot straks dan.'

Mercy slikte moeizaam. 'Het spijt me,' fluisterde ze.

Gideon bleef doodstil staan. 'Wat spijt je?'

'Ik kan niet aangeraakt worden. Het... het ligt niet aan jou, oké?'

'Oké,' zei hij op zachte toon. 'Ik begrijp het.'

Hij hield de deur voor Daisy open en zei geen woord tot ze buiten op de stoep stonden. 'Ze wist het niet,' fluisterde hij.

Hij hoefde dat niet nader te verklaren. Dat Mercy niet had geweten waarom hij was ontsnapt zat ook vooraan in Daisy's gedachten. 'Ik weet het. Luister, ik ben heel goed in staat om zelf bij het gemeenschapscentrum te komen. Jij kunt hier blijven en echt met haar praten. Ik weet dat je dat al een hele tijd wil.'

Hij zuchtte. 'Ze zei dat ze is gekomen om te praten, maar elke keer dat ik een gesprek probeer te beginnen vindt ze iets anders om te doen. Ik denk dat ik maar gewoon wacht tot zij naar mij toe komt.'

'Dat is waarschijnlijk wel het beste.' Ze sloeg haar armen om hem heen, omdat hij eruitzag alsof hij dat nodig had. Hij trok haar tegen zich aan en liet zijn wang op haar hoofd rusten.

'Geen wonder dat ze het me kwalijk nam.' Zijn stem brak. 'Ze dacht dat ik gewoon weggelopen was omdat ik het daar haatte en mama gewoon achterliet om jarenlang te worden misbruikt.'

'Ik weet het,' zei ze troostend. 'Gun haar de tijd, Gideon.'

'Ik doe mijn best.'

'Ik weet het, schat.' Ze deed een stap achteruit en pakte zijn hand. 'Ik moet gaan, anders kom ik te laat.'

Hij haalde diep adem en knikte. 'Kom op. Waar gaan we daarna eten?'

Ze slikte moeizaam. 'Trish en ik gingen altijd naar zo'n tent. De Forty-niner Diner.'

'Wil je daar graag naartoe?' vroeg hij zacht.

Ze had er de hele dag al over lopen dubben, maar ze had zich gerealiseerd dat dat was wat Trish zou hebben gewild dat ze zou doen. 'Ja. Ik geloof van wel. Misschien neem ik zelfs een extra sundae voor Trish.'

Hij kneep in haar hand en leidde haar naar het trottoir. 'Forty-niner Diner, we komen eraan.'

Donderdag 23 februari, 22.30 uur

'Wat een leuk huis heb je,' zei Daisy terwijl ze met haar hand over het marmeren aanrechtblad in Gideons keuken ging. Het huis was strak, met een eenvoudige, maar mannelijke aankleding. Heel erg Gideon.

Het was de eerste keer dat ze in zijn huis kwam. Ze hadden bij Karl en Irina gelogeerd, in Sasha's oude slaapkamer waar een tweepersoonsbed stond zodat ze niet op de grond rolden. Daisy had zo veel mogelijk tijd met haar vader willen doorbrengen voor hij terugkeerde naar Maryland. Haar vader, dat moest gezegd, had nauwelijks een wenkbrauw opgetrokken toen ze meedeelde dat Gideon en zij een kamer zouden delen.

Karl had later tegen haar gezegd dat haar vader zijn momenten uitkoos. Daar kon Daisy mee leven. Vooral omdat ze niets meer hadden gedaan dan in elkaars armen liggen slapen.

Maar vanavond wilde ze tijd alleen met Gideon. Ze wist dat hij daar ook behoefte aan had, zeker na de middag die ze achter de rug hadden. Haar hart brak telkens opnieuw wanneer ze terugdacht aan de blik op Mercy's gezicht toen tot haar doordrong wat de ware reden was van Gideons vertrek uit Eden.

Maar daar ging ze nu niet aan denken, want Gideon stond tegen de deurpost geleund naar haar te glimlachen en toe te kijken terwijl zij op ontdekkingstocht was. 'Ik ben blij dat je dat vindt,' zei hij, 'maar ik moet toegeven dat ik wel een beetje jaloers ben op mijn aanrechtblad.'

Ze keek naar haar hand die het aanrecht streelde en grinnikte. 'Nergens voor nodig. Dát doet niets interessants wanneer ik het streel.'

Hij gooide zijn hoofd achterover en lachte. 'God. Daisy.'

Ze trok een onschuldig gezicht. 'Wat?'

Hij schudde nog steeds glimlachend zijn hoofd. 'Je bent... absoluut perfect.'

'Niet echt.' Ze hield met alle plezier op het aanrecht te strelen om haar armen om zijn nek te kunnen slaan. 'Maar ik ben vreselijk blij dat je dat denkt.' Ze kuste hem, kort en snel. Een plaagkus. 'Nou, ik heb deze verdieping gezien. Wat is er verder nog?'

'De badkamer die ik net af heb. Er zitten glitters in de tegels.'

Ze grijnsde. 'Glitters? Echt?'

'Irina heeft ze uitgekozen.'

'En heeft ze ook geholpen met de inrichting van je slaapkamer?'

'Nee,' zei hij zacht en hij kuste haar echt, diep en nat, tot haar tenen ervan gingen krullen. 'De slaapkamer is helemaal mijn werk,' fluisterde hij tegen haar lippen, plotseling heel ernstig. 'Wil je hem zien?'

'Ik dacht dat je het nooit zou vragen,' fluisterde ze terug.

Hij nam haar bij de hand, leidde haar de trap op en door de deur aan het einde van de overloop. Het bed was het eerste wat ze zag – kingsize en met de lakens teruggeslagen. Het tweede wat ze zag was de muur achter het bed. De overige muren waren blauwgrijs, maar de wand achter het bed had een heel speciale kleur blauw.

'Dat is dezelfde kleur als mijn ogen,' zei Daisy zacht.

'Dat was me ook opgevallen.' Gideon stond achter haar en sloeg zijn goede arm om haar middel. 'Ik vond dat een goed voorteken, want ik heb die kleur zelf uitgezocht.'

Hij stootte heel licht met zijn heupen, net genoeg zodat zij zijn erectie kon voelen. Hij was hard en er klaar voor.

Ze was er ook klaar voor. Ze hadden sinds het avondeten al om elkaar heen gedraaid, luchtig, met een belofte van wat zou volgen. Maar het was de hoogste tijd. Naar het gemeenschapscentrum gaan zonder Trish op donderdag was vreemd geweest en had helemaal verkeerd geleken. Het grootste deel van haar AA-groep was ergens tijdens de bijeenkomst in tranen uitgebarsten. Het was vreselijk uitputtend geweest. Ze had dit nodig.

Ze had hem nodig.

Ze draaide zich om in zijn armen en sloeg de hare opnieuw om zijn nek. 'We hebben wel recht op een paar goede voortekens.' Ze maakte zijn mitella los en deed hem af zodat ze bij de knopen van zijn overhemd kon en begon ze ongeduldig los te maken. Maar toen ze het overhemd van zijn schouders schoof, deed ze dat langzaam en met zorg, want hij was verre van genezen.

Zodra zijn borst ontbloot was ging ze met haar handen over de harde vlakken en volgde licht de contouren van zijn fenikstatoeage. Zijn riem was als volgende aan de beurt en binnen een paar seconden lagen zijn broek en boxershort op de vloer en was hij heerlijk naakt. Ze deed een stap achteruit en gaf haar ogen goed de kost. Ze bekeek hem van top tot teen en alles daartussenin. Hij was werkelijk een heel mooie man.

Ze wilde om hem heen lopen, zich plotseling bewust van het feit dat ze hem nog nooit van achteren had gezien. Ze schrok toen zijn hand uitschoot en haar arm greep. Haar ogen schoten omhoog om hem aan te kijken.

Waar eerst plezier en lust waren geweest, zag ze nu angst.

'Wat is er?' fluisterde ze.

Hij haalde diep adem. 'Ik heb littekens. Op mijn rug. Wees voorbereid. Oké?'

Ze knikte ernstig en hij liet haar los. Ze liep, op haar hoede nu, om hem heen en was blij dat hij haar had gewaarschuwd. Niet omdat ze afschuw voelde. Niet omdat hij lelijk was.

Maar de littekens waren... extreem. Als hij haar niet had gewaarschuwd, zou ze misschien gewoon van de schok hebben gereageerd. En uit woede.

Ze had geweten dat hij was geslagen, maar ze had gedacht dat dat met vuisten was gebeurd. Niet zo.

Zij hadden hem dit aangedaan. *Hem mishandeld.* Er stonden groeven en strepen in en op zijn rug en de achterkant van zijn benen, alsof ze zwepen en messen hadden gebruikt. Bij een dertienjarige jongen. Op zijn verjaardag. Nadat hij al een pedofiel had afgeweerd.

Zijn schouders hadden zich gespannen terwijl hij wachtte op haar reactie en haar hart brak opnieuw. Ze sloeg haar armen om zijn middel en legde haar wang op zijn rug. De littekens waren niet dik en verhoogd en de meeste waren vervaagd, maar ze... bestónden.

Ze slikte moeizaam en bad dat ze het juiste zou zeggen. 'Ik ben op dit moment zo kwaad,' fluisterde ze. 'Ze hebben aan je gezeten. Ze hebben je mishandeld. Ik wil ze vinden en dan wil ik... nou, ik wil dingen doen die ik eigenlijk niet aan een FBI-agent zou moeten vertellen.'

Zijn schouders ontspanden en hij grinnikte. 'Je bent een bloeddorstige vrouw.'

Haar ogen begonnen van pure opluchting te prikken. 'Ik bescherm wat van mij is, Gideon. Net als jij.' Ze kuste een streep op zijn rug en ging toen met haar vinger over de ergste littekens. 'Als je je zorgen maakt dat ik...' Haar stem stierf weg omdat ze niet zeker wist welk woord te gebruiken.

'Het afstotelijk vind?' vroeg hij zacht.

Nu voelde ze afschuw. 'Dat vind ik níét. Die littekens zijn een deel van je en je bent mooi. Helemaal echt.' Ze dacht na over die verklaring terwijl ze zijn perfecte achterste bekeek. 'Behalve je kont, want dat is pure kunst.'

Hij snoof en schudde zijn hoofd en ze wist dat het goed was. Ze kwam voor hem staan en keek hem aan. 'Zet die zorgen uit je hoofd, Gideon. Er is niets aan je waar ik niet opgewonden van raak.'

Hij aarzelde. 'Ik heb nooit eerder een vrouw mijn rug laten zien.'

Haar ogen werden groot. 'Nooit?'

Zijn gezicht werd rood. 'Nee. Ik vertrouwde geen van hen, denk ik. Dan hadden ze willen weten wat er was gebeurd en dat was niet iets wat ik wilde delen.'

Maar hij had haar alles toevertrouwd. Het geprik in haar ogen was weer terug en ze moest haar best doen om de juiste toon te vinden. 'Betekent dat dat ik de eerste ben die ooit je kont heeft gezien?'

Zijn mondhoeken trilden. 'Ja.'

'Dat maakt me dan heel erg blij.' Ze trok een wenkbrauw op. 'Wil jij de mijne zien?'

Hij deed een stap naar voren en legde zijn linkerhand om haar bil. 'Absoluut. Waarom sta ik hier naakt terwijl jij nog helemaal aangekleed bent?'

Ze glimlachte ondeugend. 'Ik laat me makkelijk afleiden. Ik moet aanwijzingen krijgen.'

Zijn zoen benam haar de adem. 'Doe je kleren uit, Daisy,' gromde hij en alle speelsheid was verdwenen. Hij meende het. Een man met een missie. Dat bezorgde haar een geweldig soort rillingen.

Ze gehoorzaamde en wees toen naar de onafgemaakte tatoeage op haar bil. 'Zie je? Brutus.'

'Ik zie het. Ik zie ook een tatoeage waarvan ik liever zou hebben dat je hem niet laat afmaken.'

Ze knipperde verrast met haar ogen. Hij was bloedserieus. 'Waarom?'

'Omdat ik bescherm wat van mij is en ik niet wil dat een tatoeëerder je kont ziet.'

Ze zou bij ieder ander misschien in opstand zijn gekomen bij dat verzoek. 'Oké.'

Nu was het zijn beurt om met zijn ogen te knipperen. 'Echt waar?'

'Ja. Het is een redelijk verzoek.'

Hij nam een van haar borsten in zijn hand en de draad van het gesprek ging verloren toen ze een behoeftig, gulzig geluid maakte. 'En als ik je zou verzoeken om in mijn bed te stappen?' vroeg hij suikerzoet.

Ze ging op haar tenen staan om hem te zoenen en begon te neuriën bij het pure genoegen van het gevoel van haar borsten tegen zijn borsthaar. Ze legde een hand in zijn nek en streelde met de andere zijn erectie, waardoor hij begon te kreunen.

'Een héél redelijk verzoek, maar aangezien ik het meeste werk moet doen omdat jij je arm niet kunt gebruiken, kun jij er waarschijnlijk het beste eerst in stappen.'

Zijn ogen fonkelden, donker en heet, en hij liep achteruit tot ze bij het bed waren. Hij liet haar lang genoeg los om achterover in de kussens te gaan liggen. 'Kom hier.'

Ze knielde bij zijn hoofd en ging in gedachten haar plan na om er zeker van te zijn dat ze kon doen wat ze wilde doen zonder hem pijn te doen. Ze boog zich voorover voor een nieuwe zoen waar ze van naar adem snakte. 'Ik vraag me af of je me klaar kunt laten komen zonder je handen te gebruiken.'

Zijn neusgaten sperden zich open en zijn gezicht verstrakte. 'Kom. Hier.'

Haar hart bonsde bij het vooruitzicht. Ze ging schrijlings op hem zitten met een knie aan weerszijden van zijn hoofd, goed oplettend dat ze niet in de buurt van zijn schouder kwam. Ze was van plan geweest hem een beetje te plagen, maar hij schokte haar door zijn hoofd een stukje op te tillen en zijn tong in haar te planten.

Ze onderdrukte een kreet, pakte het hoofdeinde en liet haar lichaam zakken zodat ze zijn mond kon berijden. Toen liet ze zich gaan. Ze hield het niet lang vol.

Haar orgasme kwam snel en scherp en ze leunde op het hoofdeinde terwijl ze op adem kwam. 'Gídeon!'

Hij had een zelfingenomen glimlach op zijn gezicht toen ze eindelijk de energie en de coördinatie had om haar been over zijn hoofd te brengen en naast hem omlaag te glijden. 'Nou?' vroeg hij.

Ze kon hem alleen maar met de ogen knipperend aankijken. 'Als mijn hersenen zijn opgehouden met koken, dan wil ik dat nog een keer.'

Hij rolde zich op zijn zij. Zijn lippen glommen nog van de nattigheid. 'Ik zou weleens willen weten of je mijn lul net zo kunt berijden als je met mijn mond deed.'

Haar heupen schokten even onvrijwillig. 'O god.' Het was deels een kreun en deels een lach. 'Ja, graag en dank je.'

Vrijdag 24 februari, 15.10 uur

'Het gaat zo te zien wel goed met haar,' zei Frederick terwijl hij naar zijn dochter keek die zich met een oudere vrouw onder de mensen mengde die naar de herdenkingsbijeenkomst voor Trish waren gekomen.

Het was een moeilijke bijeenkomst geweest. Er waren verhalen over Trish geweest, sommige lief, sommige grappig en andere die beslist niet geschikt waren voor op het werk. Er was gelachen, maar er waren voornamelijk verdriet en tranen geweest. Zo veel tranen.

Frederick wendde zich tot Gideon. 'Gaat het goed met haar?' Gideon wist niet goed wat hij daarop moest antwoorden. Op dit moment ging het helemaal niet met Daisy. Ze had verdriet om zo veel dingen – het verlies van Trish, de dertig andere vrouwen die gestorven waren door Carsons hand, het feit dat ze een man had gedood – ook al was het iemand die gedood móést worden – en de tijd die zij en haar familie hadden verloren omdat niemand Frederick al jaren geleden had geholpen met zijn PTSS.

Maar het zou goed met haar komen. Daar was Gideon van overtuigd. Dus nam hij dat maar als leidraad, want dat gaf antwoord op de vraag die Frederick werkelijk stelde – liep Daisy gevaar weer aan de drank te gaan? 'Het komt goed met haar. Ze gaat naar bijeenkomsten en ze zal doorgaan met alle methodes te gebruiken die ze heeft verfijnd in de afgelopen acht jaar dat ze van de drank is gebleven. Je hebt een sterke vrouw grootgebracht, Frederick.'

'Ik weet het,' zei Frederick zacht. 'Ze is sterker dan ik, dat is een ding dat zeker is.'

Gideon wist ook niet goed hoe hij daarop moest reageren, want hij geloofde dat Frederick gelijk had. Dus zei hij de waarheid. 'Ze vergeeft het je.'

Het plotseling stokken van Fredericks adem klonk verdacht veel als een ingehouden snik en maakte hem duidelijk dat hij de juiste woorden had gekozen.

'Je kunt nu jezelf vergeven,' zei Gideon met zachte stem. 'Al weet ik dat dat gemakkelijker gezegd dan gedaan is.' Want hij wist niet zeker of hij zichzelf ooit kon vergeven voor wat Mercy en hun moeder was overkomen. *Het was niet mijn schuld.* Maar het was nog steeds zo moeilijk.

'Zo is het maar net,' mompelde Frederick en hij draaide toen zijn hoofd in de richting van Sasha, Mercy en Rafe, die met zijn drieën in de volle ruimte afgezonderd aan de zijkant zaten. Rafe zat in een rolstoel, want hij was vastbesloten geweest erbij te zijn, deels voor Daisy, maar vooral voor Sasha, die stil en terneergeslagen voor zich uit keek. Met haar zou het ook goed komen, maar dat kon wel even duren.

'Blijft je zus nog?' vroeg Frederick.

Gideons maag kromp ineen bij de gedachte aan de situatie met Mercy. 'Niet lang meer. Ze had maar een week vakantie opgenomen.' En er viel nog zo veel te zeggen.

'Ze komt terug,' zei Frederick en hij klonk overtuigd. 'Gun haar de tijd.'

'Dat is wat Daisy ook steeds zegt.'

Fredericks mondhoeken gingen omhoog. 'Luister naar haar. Ze is wijs. O, kijk, mevrouw Jones is gekomen.'

Zowel Gideon als hij stond op toen Zandra Jones dichterbij kwam met een ouder koppel van wie Gideon aannam dat het haar ouders waren. 'Aardig van u om te komen,' zei Gideon tegen Zandra. 'Ik weet zeker dat Daisy dat waardeert.'

'Het was het minste wat ik kon doen,' zei Zandra. 'Ik wilde u voorstellen aan mijn ouders, meneer en mevrouw Jones. Mama, papa, dit zijn meneer Dawson en speciaal agent Reynolds, die mijn leven hebben gered.'

Meneer Jones schudde hun pompend de hand en mevrouw Jones omhelsde hen terwijl ze ongegeneerd huilde. 'Dank u,' zeiden ze en dat gaf Gideon een geweldig en tegelijkertijd gegeneerd gevoel.

'Het was eigenlijk de hond,' zei Gideon.

Zandra's ogen begonnen te schitteren. 'Abercrombie. Zo heette hij toen hij van Janice Fiddler was. Haar familie wil dat ik hem hou. Hij gaat morgen met me mee naar huis.'

'Dat is fijn,' zei Gideon. 'Ik zal het agent Hunter laten weten. Hij maakte zich zorgen.'

'Zeg maar tegen hem dat de hond behandeld zal worden als een koning,' zei meneer Jones.

Zandra knikte, maar werd toen weer ernstig. 'Ik wilde Daisy iets vertellen wat ik me heb herinnerd, maar ik weet niet of dit het goede moment is.' Ze keek snel even achterom naar waar Daisy nog steeds mensen aan het begroeten was voor ze zich vooroverboog en begon te fluisteren. 'Hij mompelde iets over Trish toen hij...' Ze maakte een vaag gebaar in de richting van haar middenrif en klopte vervolgens haar moeder op de arm toen de oudere dame een gepijnigd geluid maakte. 'Hoe dan ook, hij bleef zeggen dat ik net zo koppig was als Trish. Als ze hem gewoon had verteld waar Daisy woonde, dan had ze haar bestraffing gemakkelijker kunnen maken. Ik kreeg de indruk dat hij Trish had gemarteld, maar ze hield vol dat ze niet wist waar Daisy woonde. Ze is gestorven terwijl ze Daisy beschermde. Ik weet niet of Daisy zich daardoor beter zal voelen of niet. Ik bedoel, hij is duidelijk op de een of andere manier te weten gekomen waar ze woonde, maar niet van Trish.'

Gideon liet zijn adem in een diepe zucht ontsnappen. Het schuldgevoel dat op Daisy werd gestapeld was te groot om te bevatten. 'God, ik geloof niet dat ze dat op dit moment moet weten. Maar dank je dat je het ons vertelt. We zien wel hoe we dat aanpakken.'

'Dat vermoedde ik al. Nou, nogmaals mijn dank.'

Frederick huiverde toen de familie Jones weg was. 'Vertel het haar niet. Nooit.'

'Zeker niet. In ieder geval niet tot ze er klaar voor is om het te horen. Dat is misschien wel nooit.'

Daisy kwam naar hen toe, arm in arm met de oudere vrouw met wie ze had staan praten. Ze hadden allebei een rode neus en gezwollen oogleden door de tranen die ze hadden vergoten. 'Papa, Gideon, dit is Rosemary, mijn sponsor.'

'U bent haar vader,' zei Rosemary tegen Frederick en ze draaide zich toen om naar Gideon met haar wenkbrauwen zo'n beetje boven aan haar voorhoofd. 'En ik heb álles over jóú gehoord, Gideon.'

Gideon voelde zijn wangen rood worden, maar Daisy grinnikte. 'Leuk je te ontmoeten,' bracht hij uit.

'Insgelijks,' zei Rosemary met een zweem van een glimlach. 'We zijn zó trots op Daisy, meneer Dawson. Ze is een echte held. Alles wat ze deze week heeft gedaan. Ik zou nooit zo dapper kunnen zijn of mijn hoofd zo koel kunnen houden.'

Frederick duwde met zijn vinger Daisy's kin omhoog zodat ze hem aankeek. 'Niet alleen deze week. Ze is de afgelopen acht jaar al vreselijk dapper. Ze is van de drank afgebleven terwijl ze dingen doormaakte die een zwakker iemand zouden hebben gebroken. Ik ben ook heel erg trots op haar. Ik weet dat ik me nergens zorgen over hoef te maken wanneer ik weer naar huis ga.'

Daisy's ogen werden groot en schitterden toen van de tranen. 'Verdorie, papa. Ik kan niet meer huilen.' Ze ging op haar tenen staan en kuste hem op de wang. 'Dank je. Dat is precies wat ik moest horen.'

Gideon voelde zich wat geruster, een beetje maar. Het zou ook goed komen met Daisy en haar vader. Hij stak zijn hand uit naar Daisy. 'Ben je klaar om te gaan? We moeten over een uur bij Molina zijn en er is veel verkeer.'

Frederick keek verrast. 'Ik dacht dat je geschorst was?'

Gideon haalde zijn schouders op. Molina was uiteindelijk blij geweest dat hij die nacht bij de verlaten mijn was, maar hij had zich niet aan haar bevelen gehouden. Meerdere keren. 'Ik ben een week geschorst met inhouding van mijn salaris, maar samenvallend met mijn ziekteverlof vanwege mijn arm. Dus ik krijg wel een aantekening in mijn dossier, maar het heeft geen gevolgen voor mijn salaris. Dat was het beste wat mijn baas kon doen.'

Daisy fronste haar voorhoofd. 'Nee, wat ze had kúnnen en móéten doen was je loonsverhoging geven en een plaquette voor aan de muur én een betere parkeerplaats.'

Hij lachte. 'Dat mag jij haar allemaal vragen. Ik geloof dat ze jou het meeste mag.'

Vrijdag 24 februari, 15.35 uur

Er was zo veel verkeer dat Daisy en Gideon een paar minuten te laat waren. Gideons baas zat achter haar bureau en door het raam was in de verte de Sierra Nevada zichtbaar.

'Kom binnen en ga zitten,' zei agent Molina. 'Ik dacht dat je nog wel antwoord zou willen hebben op een paar vragen in de zaak-Carson Garvey. Om te beginnen, we zijn begonnen met het weghalen van de stoffelijke resten in Placerville.' Haar gezichtsuitdrukking verzachtte. 'Het eerste lichaam dat we tegenkwamen was dat van Eileen.'

Gideon slikte moeizaam. 'Ze is met zekerheid geïdentificeerd?'

'Ja. Gale Danton in Macdoel heeft ons dingen gegeven die ze had gebruikt toen ze bij hen verbleef – een haarborstel, tandenborstel. We hebben het aan de hand van DNA kunnen bevestigen.'

'Dat was snel,' zei Gideon en zijn stem klonk een beetje schor.

'We hebben het identificeren van Garvey's slachtoffers de hoogste prioriteit gegeven. Ik neem aan dat jij haar resten zult willen hebben,' voegde Molina er op vriendelijke toon aan toe.

Gideon knikte. 'Ik zal voor haar as zorgen. Dank u.'

'Ik zal het papierwerk voor je in orde maken. Je zou de urn in de loop van volgende week moeten ontvangen. Nu, verder met de debriefing. Toen we het huis van Carson doorzochten, stuitten we op een goudmijn. Dus dank je, agent Reynolds, voor het redden van het huis. We hebben onder het bed stapels foto's gevonden. Carson was blijkbaar al een tijd bezig geweest om materiaal te verzamelen om zijn vader, Paul Garvey, te chanteren. Er waren foto's van zijn vader met minnaressen in uiteenlopende seksuele situaties. Er waren ook foto's van zijn vader met bekende leden van Mexicaanse kartels.'

'Hij vervoerde drugs met zijn vliegtuigen,' begreep Gideon.

'Precies. Dat stelde ons in staat om een huiszoekingsbevel te krijgen voor het huis en het kantoor van Paul Garvey. We zullen heel lang bezig zijn met het uitpluizen van zijn financiën.' Ze aarzelde. 'We hebben ook de verzameling video's van zijn vrouw gevonden. Die waren... niet fijn om te bekijken.'

'Carson en Sydney?' vroeg Daisy.

Molina knikte. 'Vanaf dat hij twaalf jaar oud was. Ik zal je de details besparen, maar de opnamedatums zijn veelzeggend. We hebben zijn vluchtgegevens bekeken en die komen overeen met de plaatsen en datums waarop zijn slachtoffers zijn verdwenen. Niet elke video resulteerde in een verdwijning, maar er was voor elke ontvoering wel een video.'

Daisy voelde zich een beetje misselijk. 'Dus seks met Sydney was zijn aanleiding.'

'In wezen wel, ja. Er was een hiaat van zes maanden in de video's toen Carson achttien was. Dat komt overeen met de periode dat zijn vader Sydney meenam voor een reis van een halfjaar door Europa. Binnen drie dagen na hun terugkomst maakte Sydney een nieuwe video. Het eerste van Carsons slachtoffers werd de volgende dag gevonden. Daarna maakte hij zeven jaar lang gemiddeld twee slachtoffers per jaar. Vorig jaar heeft hij er zes vermoord.'

Daisy maakte de berekening. 'Heeft hij het afgelopen jaar elf vrouwen gedood?'

'Ja. De eigenaar van de pick-up in Macdoel en de verpleegkundige niet meegerekend.'

'En Sydney,' mompelde Gideon.

'En Sydney,' stemde Molina in.

'Wat was er veranderd?' vroeg Daisy.

'Paul Garvey ging vaker op reis. Hij was vaak lange periodes afwezig.' Ze haalde haar schouders op. 'Sydney verveelde zich.'

'Ik ben zo blij dat ze dood is,' zei Daisy. 'Vermoedde de vader niets?'

'Over het misbruik? Ik heb hem vanochtend gesproken en ik kreeg de indruk van niet. Hij zegt dat hij wist dat Sydney affaires had. Hij ontkent uit alle macht dat hij wist dat ze zijn zoon misbruikte. Hij leek verrast toen hij hoorde dat zijn zoon van plan was hem te chanteren. Hij wist niet dat Carson het in zich had om zo veel informatie te verzamelen.'

'Waarom wilde zijn zoon hem chanteren?' wilde Gideon weten.

'Een van de redenen waarom Paul dit jaar zo veel op reis ging was dat hij bezig was de verkoop van zijn chartermaatschappij voor te bereiden,' zei Molina. 'Zijn werknemers – onder wie Carson – waren daar begrijpelijkerwijs ongerust over. Hij vermoedt dat Carson van plan was geweest zijn materiaal te gebruiken om hem ervan te weerhouden de zaak te verkopen.'

'Carson gebruikte de vliegtuigen om zijn slachtoffers te vervoeren,' zei Daisy. 'Hij wilde die mogelijkheid niet kwijtraken.'

'Mee eens. Maar wat Carson niet wist was dat de verkoop sowieso door zou gaan. De andere reden dat Paul op reis ging was dat hij een oncoloog in San Francisco consulteerde. Hij heeft uitgezaaide darmkanker. Hij verkocht het bedrijf omdat hij wist dat zijn zoon of zijn echtgenote het zou verpesten. De verkoop van het bedrijf is weer belangrijk vanwege de datum. Het is vorige week donderdag bekendgemaakt.'

'De dag dat hij Trish en mij heeft aangevallen,' zei Daisy.

'Ja. Het was de eerste keer dat een slachtoffer lokaal werd ontvoerd – of in dit geval geprobeerd werd te ontvoeren omdat u bent ontsnapt, mevrouw Dawson. We vermoeden dat het de enige keer was dat hij die kous als masker heeft gebruikt. Hij was zo overstuur over de verkoop van het bedrijf en hij had een hele reeks provocerende sms'jes van Sydney gekregen. Toen hij niet reageerde op de manier die zij wilde, stuurde ze hem beelden van de video's die ze had gemaakt. En elke keer eiste ze dat hij zijn verontschuldigingen zou aanbieden.'

Gideon zuchtte. '"Zeg dat het je spijt."'

Molina knikte. 'Ja. Na zijn mislukte poging om mevrouw Dawson te ontvoeren, waarvan we nu weten dat hij in werkelijkheid mevrouw Hart wilde, ontvoerde hij Kaley Martell. De volgende dag vloog hij naar Vail, waar hij Zandra meenam uit de bar. Hij vond de meeste van zijn slachtoffers in bars, trouwens. De enige ontvoering die een raadsel voor me was, was het slachtoffer dat hij ontvoerde na het concert van Barry Manilow nadat ze ruzie hadden gemaakt omdat ze voor zijn stoel was gaan staan. Maar toen vonden we een stapel oude lp's, allemaal van Barry Manilow. Meneer Garvey was in staat daar enig licht op te werpen. Hij zei dat zijn eerste vrouw een groot fan was geweest en die platen voortdurend draaide. Voor ze stierf zong Carson altijd met haar mee en na haar dood draaide hij de platen. Toen trouwde meneer Garvey met Sydney. Hij leek tamelijk kapot van de video's van haar misbruik.'

'Dat is tenminste iets,' zei Daisy bitter.

'Het laatste wat hij zei was dat het terrein dat Carson als zijn begraafplaats gebruikte nu van hem is – de vader, bedoel ik. Sydney heeft het aan hem nagelaten. Hij gaat het verkopen en de opbrengst doneren aan slachtofferhulp. Persoonlijk denk ik dat hij dat doet om een wit voetje te halen bij de officier van justitie vanwege die drugsaanklacht, maar families van slachtoffers krijgen in ieder geval het geld.' Ze nam haar lijst door. 'Meer heb ik niet. Als jullie geen vragen hebben, dan zijn jullie vrij om te gaan.'

Daisy keek haar kalm aan en dacht toen: *Waarom ook niet?* 'Ik heb een vraag. Wanneer zal de FBI agent Reynolds belonen vo–'

Gideon sprong overeind met een geërgerde uitdrukking op zijn gezicht. 'Dáisy!'

Daisy trok een wenkbrauw op. 'Je zei dat ik het moest vragen.'

Daisy zwoer dat ze even een glimlach op Molina's gezicht zag. Heel even maar.

'Dat meende ik niet.' Hij stak zijn hand naar haar uit. 'Kom mee. Als ik geschorst ben, dan wil ik hier niet blijven.' Hij trok haar overeind en draaide zich, opnieuw kalm, naar zijn baas. 'Dank u voor de informatie, mevrouw. We gaan nu.'

Gideon marcheerde haar naar de huurauto die zijn verzekering had geregeld omdat de motor van zijn Camry vervangen moest worden vanwege het bleekmiddel dat Carson in de tank had gegoten toen zij in Macdoel met Gale Danton spraken.

Toen ze bij de auto waren duwde hij haar tegen het portier. Ze keek glimlachend naar hem op. 'Wat?'

Hij lachte. 'Jij...' Hij schudde zijn hoofd. 'Dank je. Dat je bereid was het te vragen.'

'Ik vind nog steeds –'

Hij snoerde haar de mond met een zoen die een einde maakte aan alle gedachten. Toen hij zijn hoofd ophief, zuchtte ze. 'Ik ben vergeten wat ik wilde zeggen. Je hebt mijn hersenen in de war gegooid.'

'Dat had je niet moeten zeggen. Nu zal ik je elke keer zoenen wanneer je me tegenspreekt.'

Ze legde haar handen om zijn gezicht met een lichter gemoed dan ze in dagen had gehad. Misschien wel ooit. 'Dan zal ik je heel vaak tegen moeten spreken.'

'Ik kijk ernaar uit.'

Epiloog

Sacramento, donderdag 2 maart, 10.25 uur

Gideon zette zich af tegen de muur waar hij tegen geleund stond toen Daisy door de beveiliging van de hal van het FBI-gebouw kwam. De bewaker wilde haar tas pakken en knipperde even verrast met zijn ogen toen ze Brutus eruit haalde. Ze drukte het hondje tegen de onderkant van haar kin terwijl ze door de metaaldetector liep en vervolgens de bewaker een glimlach toewierp en een 'Goedemorgen'.

Niemand zou hebben gedacht dat ze al om vier uur die ochtend na een rusteloze nacht wakker was geworden. Niemand, behalve Gideon, die haar in zijn armen had gehouden toen ze om middernacht gillend wakker was geworden uit een nachtmerrie die bijna elke nacht terugkeerde. Meestal droomde ze dat ze het lichaam van Trish vond, maar de droom van die nacht ging over haar vader en de martelingen die hij had ondergaan als krijgsgevangene. Dat was alles wat ze had weten uit te brengen.

Hij nam aan dat het te maken had met de therapiesessie die ze de middag ervoor had gehad – haar eerste. Ze had een therapeut gevonden en was begonnen met de verwerking van de resterende woede op haar vader vanwege het isolement waarin hij hen had meegesleurd. Dat ze op weg naar de afspraak met de therapeut eerst Frederick op het vliegveld hadden afgezet had waarschijnlijk ook niet geholpen. Het was een afscheid geweest waarbij Frederick en Daisy het geen van beiden droog hielden. De arme Brutus was bijna kaal geaaid op de weg terug van het vliegveld, maar de hond deed gewoon haar werk en leidde haar af voor haar tranen overgingen in een angstaanval. Het gaf Daisy troost.

Dat was een taak die Gideon nu deelde. Hij keek glimlachend op haar neer toen ze voor hem bleef staan. 'Je klonk goed vanochtend,' zei hij.

Blonde wenkbrauwen gingen omhoog. 'Heb je naar het programma geluisterd?'

'Stukjes en beetjes.' Dat was gelogen. Hij had het hele programma afgeluisterd zodat hij een oordeel kon vellen over de dj die Karl de plek van TNT had laten innemen. De man was er op proef. Als Karl tevreden was en, nog belangrijker, Daisy hem zag zitten, dan zou hem de baan worden aangeboden.

'Leugenaar,' zei ze zacht. 'Heeft Jack de toets doorstaan?'

Hij lachte terwijl hij haar naar de lift begeleidde. 'Zeker. Ik behoud me het recht voor om van mening te veranderen, maar tot dusver is hij oké.'

Daisy drukte op de knop voor omhoog. 'Heb je de as?'

Hij werd weer ernstig en knikte. 'Ja.' De begrafenisondernemer had gebeld om hem te laten weten dat Eileens as klaarstond en hij had die opgehaald toen Daisy in de studio was. 'Ik heb ook meneer Danton gebeld. Hij zei dat het prima was als we vanmiddag wilden komen.' Want ze hadden besloten Eileens as uit te strooien op de enige plek waar ze vriendelijkheid had ondervonden.

'Dat wist ik wel.' Toen ze in de lift stonden gaf ze Brutus een kus op haar kopje, stopte haar terug in de tas en ging toen op haar tenen staan om Gideon een kus op zijn wang te geven. 'Waar gaat die afspraak met Molina over?'

Aangezien hij nog steeds geschorst was, wist hij dat het niets te maken had met zijn dagelijkse werk. 'Ik vermoed dat ze nieuws heeft over de zoekactie die ik haar gevraagd had te doen op die trouwfoto's van Eileen.'

'Nou, mooi. Het werd tijd.'

Hij onderdrukte een glimlach. 'Zeg dat alsjeblieft niet waar zij bij is.'

Daisy slaakte een overdreven zucht. 'Ik zal proberen me te gedragen. Wie zijn er verder nog bij?'

'Rafe.' Die voorspoedig genas, maar nog steeds zijn been niet mocht belasten. Hij was in een rolstoel gearriveerd, die werd geduwd door niemand minder dan Mercy. 'En Mercy. Ik weet niet zeker of ze hier is als mijn zus en dus zeer betrokken bij de zaak of als de persoonlijke assistent van Rafe.' Want het tweetal had veel tijd samen doorgebracht sinds de gebeurtenissen op Carsons begraafplaats. Sasha moest werken, daarom had Mercy afwisselend met

Irina dienst gedaan en ervoor gezorgd dat Rafe goed werd verzorgd.

Daisy hield haar hoofd schuin. 'Heb je dat niet gevraagd?'

'Dat durfde ik niet,' gaf Gideon toe. 'Ik durf haar helemaal niets persoonlijks te vragen. Ik ben bang dat ze dan weggaat.'

'Ze is al meer dan een week hier,' zei Daisy hoopvol.

'Ik weet het.' Mercy had maar een week vakantie genomen. Ze had al terug moeten gaan naar New Orleans, maar ze was nog steeds hier. 'Ik denk dat ze haar vakantie heeft verlengd.'

'En jij vraagt je af of dat vanwege Rafe is of vanwege jou.'

Hij knikte, niet verbaasd dat ze het begreep. 'Ik gun haar de tijd, precies zoals jij had gezegd.'

Daisy vlocht hun vingers in elkaar en kuste toen zijn knokkels. 'Ik denk dat ze nog steeds de waarheid moet verwerken over wat de reden was dat je de gemeenschap bent ontvlucht. Het kost tijd om dingen te begrijpen wanneer je je realiseert dat de situatie niet was zoals je altijd hebt gedacht dat die was.'

Ze had het over hem en Mercy, maar ook over zichzelf en haar vader. Mercy was geschokt door de wetenschap dat Gideon gewongen was geweest te vluchten voor zijn leven. 'Ik zou alleen willen dat ze me niet ontweek.' De liftdeuren gingen open en hij leidde haar naar Molina's kantoor, maar aarzelde toen hij zijn hand ophief om aan te kloppen.

Daisy keek hem begrijpend aan. 'Wat ze ook zegt, we kunnen het aan.'

Hij haalde diep adem en klopte.

'Agent Reynolds,' zei Molina. 'Kom binnen.'

Daisy en hij kwamen binnen en namen hun plaatsen in tussen Molina en Rafe. Mercy zat aan Rafe's rechterkant. Ze wierp Gideon een gespannen glimlach toe. Haar nervositeit was overduidelijk.

Dus ze is hier als mijn zus. Dat deed hem zich afvragen of Rafe hier was als rechercheur of als Mercy's steun, maar hij vroeg het niet.

Gideon had de volgende persoon aan tafel daar niet verwacht – forensisch onderzoeker van de politie van Sacramento Cindy Grimes. Gideons hart begon een tikje sneller te kloppen. Cindy had zich beziggehouden met de stukjes in elkaar passen van de foto die Eileen had verknipt. Haar aanwezigheid kon betekenen dat haar dat was gelukt en dat ze iets had gevonden. Of niet.

Hij deed een schietgebedje voor het eerste.

Molina stelde iedereen aan elkaar voor en wendde zich toen tot Gideon. 'Ik heb de twee foto's door de gezichtsherkenning gehaald. De verjongde foto's van de mannen die jij kent als Edward McPhearson en Ephraim Burton. We hebben meer dan tweehonderd treffers gevonden. En dat was nog nadat we alle mensen eruit hadden gehaald die waren overleden of in de verkeerde leeftijdsgroep zaten.'

Gideons opwinding nam een beetje af. 'Tweehonderd. Dat is... een heleboel.'

'Ja. We zouden een hele tijd zoet zijn geweest met onderzoek doen. Maar brigadier Grimes werkte apart.' Ze gebaarde naar Cindy en gaf haar het woord.

'Het heeft me meer dan een week gekost om Eileens foto weer in elkaar te zetten,' zei Cindy. 'Jouw voltooide puzzel heeft goed geholpen als voorbeeld, Daisy. Zonder zou het me misschien wel twee weken extra hebben gekost. Hoe dan ook, ik heb twee vingerafdrukken van de foto weten te lichten. Eén is van Eileen.' Ze keek Gideon met een verontschuldigende blik aan. 'De lijkschouwer heeft ondanks de conditie van het lichaam een vingerafdruk kunnen nemen.'

Gideon knikte met een strak gezicht, want hij begreep wat ze niet had gezegd. Eileens lichaam was blootgesteld aan het vocht en de onvoorspelbare luchtstromingen in de mijnschacht en verkeerde in verregaande staat van ontbinding. 'Huidhandschoen?'

Cindy knikte en maakte aanstalten om verder te gaan, maar Daisy hield haar tegen.

'Het spijt me u te moeten onerbreken, maar wat is een huidhandschoen?'

Toen Cindy aarzelde, gaf Mercy antwoord. 'Het is precies wat het lijkt. De buitenste laag van de huid komt los van het lichaam. De lijkschouwer verwijdert het intact, draagt de huid als een handschoen en maakt vingerafdrukken.'

Daisy's uitdrukking was er een van verafschuwde fascinatie, met de nadruk op verafschuwd. 'O.'

'Ze dragen uiteraard handschoenen,' voegde Mercy er zakelijk aan toe.

Daisy liet haar adem ontsnappen. 'Dank je. Het spijt me dat ik u heb onderbroken, brigadier Grimes.'

Cindy zat Mercy met een nieuwsgierige blik op te nemen. 'Dat geeft niet, mevrouw Dawson. Hebt u forensische wetenschap gestudeerd, mevrouw Callahan?'

Mercy leek zich plotseling ongemakkelijk te voelen nu alle ogen op haar waren gericht. 'Ik ben forensisch onderzoeker bij de politie van New Orleans. Ik werk daar in het laboratorium.'

Gideons mond viel open. Hij was verbijsterd. Geschokt. 'Je bent wat?'

'Al twee jaar.'

'Maar...' Hij schudde verward zijn hoofd. 'Dat heb je me nooit verteld.'

Haar ongemak nam toe en haar blik ging naar haar handen. 'Het spijt me. Ik ben niet erg goed geweest in dingen delen.'

Gideon knipperde nog steeds verbijsterd met zijn ogen om zijn hoofd helder te maken. 'Nee, dat klopt.' Hij had niet geweten wat zijn eigen zus deed voor de kost. Hij voelde zich... gekwetst, besefte hij. Gekwetst omdat er zo'n groot deel van haar leven was waar ze niets over had verteld. Zo'n groot deel dat ze hadden kunnen delen.

Daisy schraapte haar keel toen de stilte ongemakkelijk dreigde te worden. 'Wat wilde u vertellen, brigadier Grimes? Over de vingerafdrukken die u van de foto hebt genomen?'

'Juist,' zei Cindy kortaf en Gideon dwong zichzelf op te letten. 'De eerste afdruk was van Eileen. De tweede had resultaten in de landelijke databank, maar net als bij de gezichtsherkenning waren dat er nogal wat.'

'Maar er was maar één naam die op beide lijsten voorkwam,' zei Molina. 'Harry Franklin.' Ze haalde een politiefoto uit de map die voor haar op tafel lag en legde hem op tafel.

Gideon staarde ernaar. Zijn hart ging nu tekeer als een op hol geslagen paard en zijn huid werd klam en koud. Het enige wat hij nog kon voelen waren de vuisten van Ephraim. Het enige wat hij nog kon horen was de stem van Ephraim die hem vertelde dat hij ging sterven.

'Haal adem,' zei Daisy zacht.

Het gevoel van Daisy's hand die in de zijne kneep bracht hem terug, schakelde zijn hersenen weer in. Het was hem. Ephraim Burton. Hij was uiteraard jonger. Minstens tien jaar jonger dan Gideon hem zich herinnerde. Maar het was hem. Geen twijfel mogelijk.

De verjongde foto van Tino was griezelig accuraat. Zo accuraat dat

Gideon ervan stond te kijken dat de gezichtsherkenning zo veel verschillende resultaten had opgeleverd.

'Harry Franklin,' zei hij zacht. 'Wat heeft hij gedaan?'

'Hij heeft een bank beroofd en een bewaker, een kassier en een klant vermoord,' zei Molina. 'Hij en zijn handlanger, Aubrey Franklin, die Abe werd genoemd en later Edward McPhearson, worden al dertig jaar gezocht.'

'Broers?' vroeg Rafe.

'Ja,' bevestigde Molina.

'Ze hielden zich schuil,' zei Gideon zacht. 'In Eden. Harry Franklin nog steeds.'

Molina knikte. 'We hebben het onderzoek naar de Eden-sekte geopend op basis van de mishandeling die agent Reynolds heeft gemeld. Maar de wetenschap dat deze "religieuze beweging" een moordenaar onderdak biedt rechtvaardigt een grotere inzet en, belangrijk, geeft ons een plek om te beginnen. We wilden dat agent Reynolds en mevrouw Callahan het als eerste wisten.'

'Wat...' Mercy schraapte haar keel. 'Wat verwacht u van ons?'

'Voorlopig nog niks,' zei Molina.

'En in de periode na voorlopig?' zei Rafe uitdagend en vanwege zijn toon bekeek Gideon hem wat nauwkeuriger. Rafe's blik was aan Molina's gezicht gekluisterd en hij keek... fel.

Gideon knipperde met zijn ogen. *O.* Rafe hield Mercy's hand vast. Kneep er zelfs in. *Ooo.*

'Wilt u dat ze als aas dienen om deze klootzakken uit te lokken?' ging Rafe verder. 'Want als dat is wat u denkt, kunt u maar beter iets anders denken.'

Gideon leunde achterover om zijn zus beter te kunnen gadeslaan. Mercy zag bleek. Heel, heel erg bleek. En ze beefde.

Molina keek beledigd. 'Ik ben absoluut niet van plan om burgers als lokaas te gebruiken, rechercheur,' snauwde ze. Toen haalde ze diep adem en haar zelfbeheersing was weer terug. 'Agent Reynolds en mevrouw Callahan, ik zal u misschien verzoeken om met onze onderzoekers te praten om antwoorden te geven en hen te voorzien van achtergrondkennis. En er zijn misschien momenten dat ik u zal vragen met de pers te praten, als het zover komt.'

Gideon vertrok zijn gezicht, maar knikte. 'Dat willen we wel,' zei hij op hetzelfde moment dat Mercy 'Néé' zei.

Alle ogen gingen naar haar. Mercy ging staan en begon met trillende vingers haar jas dicht te knopen. 'Ik heb géén zin om met uw onderzoeksteam te praten. En ik zal beslíst niet met de pers praten. Dank u voor de informatie over Harry Franklin en zijn broer. Maar mijn betrokkenheid houdt hier op.' Ze begon in de richting van de deur te lopen, maar draaide zich toen om naar Rafe, die net zo geschokt zat te kijken als de rest. 'Kunnen we gaan?' vroeg ze Rafe.

Zijn geschoktheid ging snel over in bezorgdheid. 'Natuurlijk.'

Mercy pakte de handvatten van zijn rolstoel en reed hem weg. Ze deed de deur zo voorzichtig achter zich dicht dat er geen geluid te horen was.

Gideon staarde haar na. 'Ik ben...' Hij schudde zijn hoofd. 'Ik denk dat we daar toch niet mee akkoord zijn.'

Molina fronste haar voorhoofd. 'Het was niet mijn bedoeling haar van streek te maken. Dat had ik moeten voorzien.'

Gideon ging staan. 'Ik moet achter haar aan. Zijn we hier klaar, agent Molina?'

'Ja.' Molina verraste hem toen ze hem bij de mouw van zijn colbertje pakte. 'Zeg alsjeblieft tegen haar dat het me spijt.'

'Dat zal ik doen. Daisy?'

Ze was al overeind gekomen en hing de tas met Brutus goed aan haar schouder. 'Ik ben er. Dank u, brigadier Grimes,' riep ze over haar schouder en dat herinnerde Gideon eraan dat de forensisch rechercheur nog steeds aan tafel zat en toekeek terwijl hun privégeschiedenis werd onthuld.

'Ja, dank je,' voegde hij eraan toe. Toen pakte hij Daisy bij de hand en ze gingen nog net niet rennend op weg naar de lift. Ze slaakten een zucht van verlichting toen ze dichterbij kwamen.

Mercy zat op een bank naast de lift. Rafe zat in zijn rolstoel en op zijn gezicht lag een uitdrukking van hulpeloze bezorgdheid. Want... *Shit.* Mercy zat te huilen en had haar handen voor haar gezicht geslagen.

Gideon knielde voor haar op de grond terwijl paniek zijn borst samenkneep. 'Hé. Het spijt me. Ik had niet mogen zeggen dat het goed was zonder het jou te vragen. Er zal niets gebeuren wat je niet wil. Huil alsjeblieft niet.' *Ga alsjeblieft niet weg.*

'Ik kan het niet,' snikte ze en ze zat te wiegen terwijl ze huilde. 'Ik kan het gewoon niet.'

'Ik weet het,' zei Gideon zacht. Hij aarzelde en toen, hopend dat hij het juiste deed, ging hij naast haar zitten, sloeg zijn goede arm om haar heen en trok haar hoofd naar zijn schouder. 'Ik weet dat je het niet kunt. Je hoeft het ook niet te doen.'

Ze draaide zich naar hem toe, raakte hem voor het eerst aan terwijl ze haar gezicht tegen zijn borst verborg, en haar lijf schokte van de snikken die zijn hart braken. Hij wist niet goed hoelang ze daar zo zaten, maar uiteindelijk kalmeerde Mercy.

Ze slaakte een diepe, huiverende zucht. 'Het spijt me. Ik heb je helemaal nat gehuild.'

'Dat vind ik niet erg,' zei Gideon zacht en hij legde zijn wang op de bovenkant van haar hoofd.

'Als jij met al die mensen wil praten, prima. Maar ik... ik kan het niet.'

'Dat hoef je ook niet. Maar...' Hij stikte bijna in de woorden, zo graag wilde hij ze zeggen. 'Wil je wel met mij praten? Een beetje?'

Ze knikte langzaam. 'Maar niet nu, oké?'

'Oké.' Hij probeerde zijn teleurstelling niet te laten merken.

'Wat gaan jullie vanmiddag doen?' vroeg ze, waarmee ze hem schokte.

'Daisy en ik waren van plan om naar Macdoel te rijden om Eileens as uit te strooien. Wil je meekomen?' vroeg hij, al wist hij dat ze nee zou zeggen.

'Ja,' zei ze, hem opnieuw schokkend. 'Ik denk dat ik dat moet doen.'

Macdoel, donderdag 2 maart, 17.40 uur

'Het is prachtig,' zei Daisy zacht terwijl ze naar de bergen staarde met de urn met Eileens as stevig in haar handen geklemd. Gale Danton had hun kleine karavaan naar een prachtige uitkijkplek geleid – Gideon en Daisy en daarna Mercy en Rafe, die apart in een auto waren gekomen. Gideon had zich een beetje gekwetst gevoeld dat zijn zus maar afstand tussen hen bleef bewaren, maar Daisy nam aan dat Mercy in staat wilde zijn om weg te gaan als ze van mening veranderde over teruggaan naar een plek met uitzicht op Mount Shasta.

Toen had Gideon het begrepen.

'Ze vond het hier fijn,' zei Danton schor. 'Sammie of ik nam haar hier mee naartoe en dan zat ze alleen maar naar de bergen te staren. Ik vroeg haar waar ze aan dacht en ze zei dat ze zich een wereld heel ver van Eden voorstelde.'

'Ik begrijp waarom,' zei Daisy.

Met een hoogte van dik 4300 meter domineerde Mount Shasta het uitzicht en reduceerde de omringende pieken tot niet meer dan heuvels. Maar de drie bergen in het noorden en oosten waren allemaal boven de 2500 meter en bedekt met sneeuw.

Mercy duwde Rafe's rolstoel over de plaat triplex waar meneer Danton voor had gezorgd om een provisorische hellingbaan te creëren en de korte afstand tussen de auto en het uitkijkpunt te overbruggen. Dat Rafe met Mercy mee zou gaan was geen punt van discussie, dus had Gideon onderweg de oudere man gebeld om te vragen of hij er met een rolstoel kon komen.

Gideon stond nu aan de rand en draaide langzaam helemaal in het rond. 'Het is ongelooflijk,' stemde hij in. Daisy wist dat hij het schouwspel voor hem in overeenstemming probeerde te brengen met hetgeen hij in zijn hoofd voor zich zag wanneer hij aan Eden dacht.

'Eileen had de bergen nog nooit in het westen gezien,' merkte Danton op en Daisy borg die aanwijzing weg voor wanneer Gideon weer op zoek zou gaan naar Eden.

Want ze wist dat hij dat zou doen.

Ze keek langs Danton naar waar Mercy in de verte stond te staren met een ondoorgrondelijke uitdrukking op haar gezicht. Haar snikken in het kantoor van de FBI waren Daisy door merg en been gegaan. Maar de hulpeloze blik op Rafe's gezicht was bijna net zo erg geweest. Ze hadden zonder iets te zeggen elkaars hand vastgehouden, Rafe en zij, terwijl Gideon zijn zus troostte.

Er stopte een pick-up achter hen en Sammie Danton sprong er met een trieste blik in haar ogen uit. 'Hoi, Daisy. Gideon. Rafe.' Sammie had een dag in Portland doorgebracht met Rafe, Erin en een van Molina's agenten. 'Ik heb over je avontuur gelezen. Je ziet er beter uit dan ik had verwacht.'

'Dank je?' zei Rafe droog.

'Geen dank.' Ze liep naar Mercy toe om zich voor te stellen. Mercy deinsde achteruit alsof ze niet had gehoord dat Sammie naderbij kwam. Sammie veranderde onmiddellijk haar houding en liet haar stem vriendelijk klinken.

Daisy kende die toon en die houding. Taylor en haar vader gebruikten die vroeger wanneer ze een onrustig paard moesten kalmeren. Sammie was bezig Mercy te kalmeren. Gideons zus ontspande zichtbaar en schudde de hand die Sammie had uitgestoken.

'Zijn we zover?' vroeg Danton.

Gideon aarzelde. 'Ik heb dit nooit eerder gedaan. Iemands as uitstrooien.'

'Ik ook niet,' gaf Daisy toe terwijl ze huiverend naar de urn keek.

Danton stak zijn hand uit. 'Geef maar aan mij.' Daisy gehoorzaamde en de man liep naar de rand. Daisy en Gideon volgden hem, hun handen stevig in elkaar verstrengeld. Sammie ging met tranen op haar wangen naast haar vader staan.

'Is er nog iets wat jullie willen zeggen?' vroeg Danton.

'Wees gelukkig,' fluisterde Gideon en Daisy's ogen prikten.

'Wees veilig,' zei Sammie.

Mercy kwam van achter hen en ging naast Gideon staan. 'Wees vrij,' zei ze.

Danton slikte. 'Amen.' Hij goot de urn langzaam leeg en de as dwarrelde naar de grond in de kloof onder hen. 'Deze helling staat in de zomer vol met bloemen. Dus er zullen bloemen voor haar zijn.'

'Dat is mooi,' zei Gideon. 'Maar we hebben gevraagd of haar as hier uitgestrooid mocht worden omdat jullie de eerste en enige mensen waren die haar vriendelijkheid hebben betoond.'

Meneer Danton sloeg zijn ogen neer naar de urn, maar Daisy zag tranen op de mouw van zijn jas vallen. Hij hoestte, keek toen op en gaf de urn aan Gideon. 'Nou, als iemand anders uit die helse plek weet te ontsnappen, dan staat mijn deur voor ze open.' Hij draaide zich om en duwde Rafe naar Mercy's huurauto, hielp hem instappen, stapte toen in zijn pick-up en reed weg.

'Dank je,' zei Sammie terwijl ze haar tranen wegveegde. 'Dat betekende veel voor hem. Haar dood heeft hem heel veel pijn gedaan. Eileen is maar twee weken bij ons geweest, maar het was alsof ze bij onze familie hoorde. Nou, zorg goed voor jezelf. Geen schietpartijen meer. En doe rechercheur Rhee de groeten van me. Ik ben blij dat iedereen van jullie team weer zal herstellen.'

Gideon keek haar glimlachend aan. 'Dank je. Ik zal het doorgeven aan Erin.'

Toen ze weg was aarzelde Mercy even, maar gaf Gideon toen een kus op zijn wang. 'Ik zie je gauw.'

Terwijl zijn glimlach vervaagde keek Gideon toe hoe ze achter het stuur van haar huurauto kroop en met Rafe wegreed. 'Ze gaat weg, hè?'

Daisy's hart brak, want ze wist dat het waar was. 'Misschien. Maar ik denk dat ze terugkomt. Ze zei dat ze met je zou praten en ik geloof niet dat ze loog.'

Toen de achterlichten van Mercy's auto uit het zicht waren verdwenen, draaide Gideon zich met een zucht weer om naar de bergen. 'Ik blijf zoeken,' zei hij.

'Dat weet ik.'

'Zelfs als zij het niet kan, kan ik het wel.'

'Ja, dat kun je.'

'Verdomme, misschien blijf ik wel zoeken omdát zij dat niet kan.'

Daisy sloeg een arm om hem heen. 'Daar twijfel ik geen moment aan. En ook niet aan jou. Je zult Eden vinden. En je zult ervoor zorgen dat ze boeten voor alles wat ze mensen hebben aangedaan.'

'En jij? Wat ga jij doen terwijl ik op zoek ben naar Eden?'

'Ik ga met je mee en ik zal je helpen. En je verhaal schrijven voor een tijdschrift, ik weet nog niet welk.'

Dat moest het juiste zijn geweest om te zeggen, want er verscheen een trage glimlach op zijn gezicht. 'En als ik zeg dat dat niet mag?'

'Dan zal ik je tegenspreken en dan moet je me kussen, maar uiteindelijk krijg ik toch mijn zin. Dus laten we het ruziën maar overslaan en meteen overgaan tot zoenen.'

'Omdat je uiteindelijk toch je zin krijgt?' vroeg hij en hij drukte een plagerige kus op haar lippen.

Ze lachte. 'Je leert snel.'

'Zolang ik ben wat je wil.'

'Ja,' zei ze simpelweg. 'Laten we naar huis gaan, Gideon.'

Dank aan:

Terri Bolyard omdat ze naar me luistert wanneer ik vastloop.
Dr. Marc Conterato voor alle medische zaken.
Caitlin Ellis omdat ze de zaken soepel laat verlopen wanneer ik in de grot zit.
Sarah Hafer voor haar onderzoek naar nieuwe religieuze bewegingen.
Jack Harris van WFLA Tampa Bay, voor het radiojargon.
Linda Hurtado van WTVT Tampa, voor de details van televisieverslaggeving.
Brandweerman Terence Keenan, die me heeft geholpen de brand op de juiste manier te blussen.
Amy Lane en Brenda Novak, die me kennis hebben laten maken met Sacramento.
Sonie Lasker voor de Russische vertalingen en alle zelfverdedigingsbewegingen.
Спасибо большое, я всегда буду любить тебя.
Beth Miller en Sarah Hafer voor al het redactiewerk.
Amy Schneider, die me heeft geholpen om van Brutus een echte hulphond te maken.
De Zeesterren voor al het plannen.
Forensisch onderzoeker Geoff Symon voor zijn hulp bij het echt houden van mijn plaatsen delict en het voorkomen dat mijn lijkschouwers een Quincy met me deden.
Claire Zion, Robin Rue, en Alex Clarke voor jullie niet-aflatende steun. Jullie maken het voor mij mogelijk om te doen wat ik het liefste doe – verhalen verzinnen waarin de slechteriken hun verdiende loon krijgen, de ceremoniemeesters hun 'nog lang en gelukkig' beleven en het aantal dodelijke slachtoffers niet ál te veel uit de hand loopt.
Alle fouten komen voor mijn rekening.

Lees ook van Karen Rose:

Advocaat Thomas Thorne wordt wakker naast een dode vrouw, haar bloed aan zijn handen. Hij heeft echter geen enkele herinnering aan wat er gebeurd is die nacht. Heeft het voorval te maken met het verleden dat hij achter zich gelaten dacht te hebben? Is er iemand die wraak op hem wil nemen?
Zijn vrienden en met name zijn collega Gwyn Weaver zijn ondanks alle bewijslast overtuigd van Thorne's onschuld en zetten alles op alles om dat aan te tonen. Ieder van hen om een heel eigen reden...

'Karen Rose bezorgt je koude rillingen.' – Tess Gerritsen

Paperback, 560 blz., ISBN 978 90 261 5081 4 | E-book ISBN 978 90 261 5082 1
Luisterboek ISBN 978 90 261 5510 9

Lees ook van Karen Rose:

In zijn lange carrière bij de brandweer van Chicago heeft Reed Solliday nog nooit zoiets meegemaakt als de recente uitbraak van woningbranden. De branden zijn heftig, en nemen snel in aantal toe. De brandstichter lijkt bovendien op persoonlijke wraak uit. Want bij elke nieuwe brand zijn mensen van wie Reed en zijn nieuwe geliefde, rechercheur Mia Mitchell, houden het slachtoffer. De dader is uit op dood en vernietiging en lijkt niet te stoppen. De tijd tikt...

'Gruwelijk spannend en voorzien van een flinke dosis romantiek. Rose is een van de toppers binnen het thrillergenre.' – *Telegraaf Vrouw*

Paperback, 496 blz., ISBN 978 90 261 4778 4 | E-book ISBN 978 90 261 4779 1
Luisterboek ISBN 978 90 261 5405 8

Lees ook van Karen Rose:

Het leven van psychiater Tess Ciccotelli wordt beheerst door angst. Iemand bedreigt haar patiënten, dwingt hen tot zelfdoding en zorgt dat het lijkt of Tess daaraan schuld heeft. Tess kan de volledige waarheid niet vertellen, daarmee zou ze haar beroepsgeheim schenden. Ook niet wanneer rechercheur Aidan Reagan haar vraagt een lijst potentiële slachtoffers op te stellen. En zelfs niet wanneer zij zelf in gevaar blijkt te zijn. Maar hoelang houdt Tess dat vol? En tot welke prijs?

'Rose prikkelt de verbeelding door het fantastisch neerzetten van setting en personen en daarbij heeft ze er patent op dat ze je emoties weet te raken.' – Hebban

Paperback, 464 blz., ISBN 978 90 261 4776 0 | E-book ISBN 978 90 261 4777 7
Luisterboek ISBN 978 90 261 5093 7

Lees ook van Karen Rose:

Clay Maynard spoort vermiste kinderen op, maar zijn eigen dochter Taylor is door haar moeder jarenlang bij hem weggehouden. Al sinds haar jeugd heeft haar moeder aan Taylor verteld dat haar vader een monster is, maar nu ze hem eindelijk ontmoet kan ze dat beeld bijstellen.

Terwijl Taylor werkt als therapeut en eindelijk nieuwe vriendschappen en familiebanden durft aan te gaan, ligt er een gevaar op de loer. Een gevaar dat duisterder en bedreigender is dan iedereen kan vermoeden...

Paperback, 464 blz., ISBN 978 90 261 4590 2 | E-book ISBN 978 90 261 4591 9
Luisterboek ISBN 978 90 261 5108 8

Lees ook van Karen Rose:

Dana runt in Chicago een opvanghuis voor vrouwen. Wanneer ze onderdak biedt aan Sue kan ze niet vermoeden welk onheil ze binnenhaalt. Sue is net vrijgekomen en vastbesloten wraak te nemen op iedereen die verantwoordelijk is voor haar gevangenisstraf.

Het ontvoeren van een 11-jarige jongen is daarin nog maar de eerste stap. Dana krijgt steeds meer achterdocht bij Sue's verhaal en zodra er in haar buurt gruwelijke moorden worden gepleegd, weet Dana dat dit slechts het begin is...

Paperback, 448 blz., ISBN 978 90 261 4370 0 | E-book ISBN 978 90 261 4371 7
Luisterboek ISBN 978 90 261 4974 0